정동정치와
언택트 문학

정동정치와
언택트 문학

평등을 실천하는
정치와 문학

나병철
지음

문예출판사

| 일러두기 |

1. 책, 잡지, 논문집, 신문, 영화, 연속극, TV 프로그램의 제목은 《 》로 표기했다.

2. 책에 수록된 단편 작품, 논문, 기사, 연속극에 포함된 회, 노래의 제목은 〈 〉로 표기했다.

3. 외래어 표기는 국립국어원 외래어표기법을 따르되 일부 학계에서 통용되는 예는 그대로 썼다.

4. 인용 도서의 출처를 표기할 때, 저자명은 국립국어원 외래어표기법과 다르더라도 인용 도서의 저자
표기를 따랐다. 단, 각주 등 출처 표기에 한해서이며 해당 저자명이 본문에 나올 때는 3을 따랐다.

머리말

　근대의 낭만적 사상가들은 감성적인 해방을 통해 예술과도 같은 조화된 세상을 만들 것을 소망했다. 그런 유토피아의 꿈이 사라진 지금은 미학적 균열이 감성적 배반을 넘어 고착된 사회적 부조화의 징후로 유포되는 시대이다. 이제 현실의 경직된 부조화의 비극은 무엇보다도 유토피아의 소망을 잃은 예술과 대중문화에 의해 경고가 울리고 있다. 우리 시대는 조화된 예술도 아름다운 사회도 잃어버린 반낭만주의의 시대이다.

　예술과 대중문화의 경고는 사회적 경고의 대체물일 수 있다. 월러스틴은 차별과 불평등성이 심화된 시대에는 도처에서 '변혁의 유령'이 출몰한다고 말했다.[1] 변혁의 유령이란 실제로는 사람들의 무의식 속의 감성적 반란과 경고일 것이다. 그런데 21세기에는 현실에서 어떤 유령도 보지 못하는 대신 《기생충》(봉준호 감독, 2019)이나 《어느 가족》(고레에다 히로카즈 감독, 2018) 같은 대중문화에서 정동적 반란을 발견한다. 이 문화적 경고는 아마도 불길한 현실의 대리적 신호일 것이다. 그것은 감성적 유토피아가 배반당한 상처로부터 나타난 강렬한 정신적인 동요이다. 이 책에서는 그런 대중문화에서의 무의식의 소요와 정동적 반란을 월러스틴이 말한 위기의 대응의 대체물로 주목할 것이다.

　문제는 위기의 신호의 발신처일 것이다. 21세기에는 거리가 조용한 대

1　이매뉴얼 월러스틴, 백승욱 역, 《우리가 아는 세계의 종언》, 창비, 2001, 20~34쪽.

신 유토피아를 잃은 예술과 문화의 자화상이 음산한 유령처럼 출몰하고 있다. 이 책은 그런 특별한 미학적 유령의 이면에 불평등성 문제의 본질이 숨겨져 있음을 상기시킬 것이다. 왜 월러스틴이 경고한 유령은 스크린과 소설책(《사하맨션》,《해피 아포칼립스!》)에서 먼저 출몰하는가.

오늘날의 중요한 난제는 심화된 불평등성이 우리의 삶을 황폐하게 만들고 있다는 점이다.《기생충》,《오징어 게임》(황동혁 극본 연출, 2021),《버닝》(이창동 감독, 2018) 등 우리시대의 화제작들은 모두 극단의 불평등성의 문제를 다루고 있다. 중요한 것은 이 작품들이 차별과 불평등성을 비슷하게 인간 존재의 파괴와 연관시킨다는 점이다. 세 영화에서 기생충(《기생충》)과 깐부(《오징어 게임》)와 벌거벗은 육체(《버닝》)는 특이한 시대적 유령들이며, 이들의 특징은 계급적 저항 대신 존재 자체의 파괴와 대응을 암시한다는 점이다. 지난 시대의 계급사회와 다른 점은 우리를 전율하게 하는 인격적 존재 자체의 극심한 피폐화이다. 그런 특별한 존재론적 주제는 우리시대의 위기가 감성적 불평등성의 문제에서 시작되고 있음을 알려준다. 만연된 감성적 불평등성은 거리의 유령을 침묵시킨 대신 스크린에서 정동적 유령이 출몰하게 만들고 있다.

감성적 불평등성이란 빈곤한 타자들을 인간 이하의 존재로 강등시키는 차별을 말한다. 우리 시대의 핵심적 문제는 구조화된 경제적 불평등성이 인격적·존재론적 차별을 야기시키고 있다는 점이다. 존재론적 차별은 혐오와 증오의 왜곡된 감성을 통해 고통받는 타자의 인격을 강등시킨다. 그로 인해 인격성이 피폐해진 타자가 침묵하기 때문에 불평등성의 세상에서도 거리가 조용한 것이다. 그 대신 문제가 감성적 위기이므로 현실의 침묵을 뚫고 미학과 문화에서 먼저 신호가 오고 있는 셈이다. 이 책은 문학과 대중문화가 미리 암시한 그런 감성적 불평등성의 화두가 정치적 주제로 확대되어야 함을 주장한다.

대중문화에서의 감성적 불평등성의 충격은 오늘날 새로운 **존재론적 문**

제가 제기되었다는 암시이다. 19~20세기에는 불평등성을 계급 착취의 산물로 생각했으며 마르크스처럼 자본주의 세계의 변혁을 통해 문제를 해결하려 했다. 눈앞의 자본의 현실이 문제이므로 마르크스는 진리의 이름을 외치기 전에 세계 자체의 원리를 인식할 것을 주장했다. 그러나 우리 시대에는 문제의 해결이 '세계 자체의 인식'으로부터 나오지 않는다. 《기생충》과 《오징어 게임》이 보여주듯이, '존재 자체'가 피폐화됐기 때문에 문제를 인식해도 사람들이 잘 움직이지 않는 것이다. 그로 인한 오늘날의 선결과제, 즉 인격적 자긍심을 회생시켜 사람들을 움직이게 하는 문제는 초유의 정치적 주제로 떠오르고 있다.

이 책에서는 그런 새로운 존재론적 정치의 주제를 **정동정치**라고 부를 것이다. 정동정치는 피폐한 **존재의 회생**을 **감성**과 **정동**의 문제에 연결시키는 존재론적 정치이다. 우리는 스피노자와 들뢰즈에 의해 발전되고 마수미에 의해 현대화된 정동정치의 개념을 21세기의 불평등성의 문제를 해소하는 해결책으로 재구성할 것이다.

《기생충》에서의 '냄새', 《오징어 게임》에서의 연대의 해체, 《버닝》에서의 에로스의 상실은 모두 존재론적 정동의 문제와 연관이 있다. '세계 자체의 원리'로부터 해결책이 나온다고 말한 마르크스는 이성적 인식을 중시했다. 반면에 감성적 차별과 연대의 해체를 극복하기 위해서는 존재의 진리와 정동의 문제가 중요하다. 오늘날의 불평등성의 문제는 감성적 차별과 존재론적 착취에 연관되어 있기 때문에 인식론적 전환에 앞서 존재론적 정동정치가 긴요한 것이다. 거리보다 스크린과 소설에서 먼저 출현한 새로운 유령들은 마르크스의 현실 인식에 앞서 무의식 속의 정동투쟁을 요구하고 있다.

우리 시대는 '세계 자체'의 이성적 인식과 함께 '존재 자체'를 변혁하는 정동적 실천이 긴급한 사회이다. 이 책은 오늘날 왜 정동적 실천이 이성적 인식에 앞서 중요한지 설명하는 것을 핵심적 목표로 삼는다. 불평등한 세상을 변화시키려면 쓰러진 사람들을 다시 일으켜 세워야 하기 때문에 인격적 존재를 회생시키는 정동정치가 필요한 것이다.

감성은 이성을 가로막는 불순물이 아니라 그 자체로 정치적인 것이 되었다. 이 책에서는 그처럼 **정치적**으로 영향을 끼칠 정도로 감염력이 있는 감성을 **정동**이라고 부를 것이다. 정동은 세상을 코뮌적인 공동체로 구성할 수도 있고 파시즘적인 사회로 만들 수도 있다.

실제로 1930년대 독일의 나치즘은 강제적 폭력보다는 정동의 전염력에 의존한 대중의 정치였다. 물론 반대로 정동은 좋은 세상을 만드는 데도 매우 중요하다. 우리 시대의 촛불집회는 선전과 구호보다는 자발적인 정동의 확산에 의해 다중의 정치적 물결을 만들었다.

이 책은 낯선 단어인 정동에 감춰져 있는 그런 사회적 비밀을 살펴보려고 한다. 파시즘 시대의 혐오의 정동이 이성을 파괴했다면 촛불집회에서의 능동적 정동은 이성과 제휴해 진실을 회생시킨다. 문제는 이성적 인식이 따라잡지 못하는 정동의 놀라운 감염력에 있다. 정동은 이성을 흐리는 개인적 감정을 넘어서서 사회 전체의 흐름을 형성한다. 열악한 정동이 이성이 마비된 사회를 만든다면 능동적 정동은 이성이 증진된 세상을 소망한다.

정동과 연관된 그런 사회적 비밀을 알려면 먼저 익숙한 단어인 감정과 어떻게 다른지 밝혀야 할 것이다. 정동은 어떻게 감정과 달리 밀물 같은 감염력을 얻는가. 오늘날 진실의 회생을 위해 왜 유례없이 정치적·사회적 정동의 전파력이 중요해졌는가.

감정과 구분되는 정동의 가장 중요한 특징은 개인을 넘어선 사회적 변화의 물결을 일으킨다는 점이다. 감정과 정동은 모두 유동적 **물결**로 은유될 수 있다. 그러나 감정이 개인의 내면에서 소용돌이친다면 정동은 상호 신체적으로 도처에 번져간다.

들뢰즈는 감정을 물질적 자극이 각 개인의 신체 내부에서 물결치는 것으로 묘사했다. 감정을 느끼는 순간은 자아가 외부로부터 분리된 신체의 독립성을 감지하는 시간이다. 고양된 감정은 개체 내부의 미결정적 간격을 점령해 자아를 자율적 주체로 만들어준다. 뇌의 미결정적 간격은 지적 투명성을 방해하는 동시에 내면의 자의식을 풍부하게 해준다. 그런 감정이 없기 때문에 놀라운 지력(知力)에도 불구하고 인공지능에는 아직 내면도 자의식도 없다. 감정이 부재한 인공지능은 지능의 방해물이 없는 동시에 데이터들이 자신의 내부에서 물결치는 순간도 없다. 인공지능이 독립된 개체가 되려면 데이터가 내면의 물결이 되는 비밀을 발명해내야 한다.

정동은 그 다음 단계이다. 인공지능이 감정을 갖는다 해도 다른 개체와 상호 신체적인 감성을 느끼는 것은 또 다른 회로를 필요로 한다. 상호 신체성이란 만지는 몸 위에 만져지는 몸이 감기는 교감, 그 은밀한 순간에 몸이 서로 교체되는 듯한 감성이다. 감정이 타인과 다른 자기 자신의 독립성이라면 정동은 상호 신체성을 통한 감성적 물결의 흐름이다. 그 때문에 능동적 정동은 자신의 신체의 힘을 증대시키는 동시에 개체를 넘어선 정동의 공동체를 향해 퍼져간다.

감정 역시 감염되지만 도미노나 산불 같은 감정과 달리 정동은 동시에 확산되는 미적분적 무한성의 전파력을 지닌다.[2] 감정이 주변 사람들을 부화뇌동하게 만든다면 능동적 정동은 이성을 흐리는 것이 아니라 진실을 위한 실천적 이성을 증진시킨다. 그처럼 진실을 향해 앞으로 나아가기 때문에 정동의 감염력은 플로이드에 의해 촉발된 반인종주의 시위에서처럼 무한히 번져가는 실천력을 지닌다.

정동의 미적분적인 무한성이란 끝없는 차이의 생성(미분)과 서로 끌어 안는 연대(적분)의 회생을 말한다. 스피노자는 그런 능동적 정동의 무한성을 내재원인에 연결되는 원리로 설명했다. 내재원인에 연결된 순간은 개

---

2   카치아피카스는 변혁운동을 추동하는 능동적 정동을 에로스 효과라고 부르며, 에로스 효과는 도미노나 산불이 아니라 미적분적인 동시적 상호 증폭으로 나타난다고 말하고 있다. 조지 카치아피카스, 원영수 역, 《아시아의 민중봉기》, 오월의 봄, 2015, 564~565쪽.

체의 능동성이 증폭되는(차이의 생성) 동시에 탈개체화 속에서 상호 신체적 관계(연대)가 무한히 계속되는 시간이다. 그처럼 신체의 힘이 증대되고 상호적 연대를 생성시키는 점에서 능동적 정동은 진실의 실천을 위한 무한의 윤리이기도 하다.

이 책은 존재론적 착취를 통해 자아를 무력화시키는 시대에 문제 해결의 열쇠가 정동적 윤리의 감염력에 있음을 논의했다. 불평등성의 심화가 인격성을 빈곤하게 만든다면 정동적 윤리는 능동적인 차이와 연대의 운동을 회생시킨다. 우리는 그런 정동적 감염력을 입증하기 위해 무한의 윤리를 근거로 스피노자의 **내재원인**을 레비나스의 **타자 윤리**에 연관시켰다.[3] 스피노자와 레비나스는 떨어져 있는 것 같지만 우리 시대의 난제의 해결을 위해 합류할 수 있다.[4] 신자유주의의 과도한 탈윤리와 탈진실의 상황은 무한의 윤리의 회생을 위해 두 철학자가 만날 필요성을 만들어주고 있다. 스피노자가 유한한 목적론을 비판하며 무한한 내재원인을 주장했다면, 레비나스는 한정된 동일성을 와해시키는 타자의 무한한 잉여를 강조했다.[5] 스피노자는 내재적 무한을 주장하고 레비나스는 외재적 무한을 강조했지만 **존재론적 고양**을 위한 무한의 윤리를 논의한 점에서 겹쳐진다. 미적분적인 무한의 윤리는 스피노자와 레비나스의 역동적인 공통분모이다. 스피노자는 내재원인의 연결을 통해, 레비나스는 타자성의 잉여를 고양하며, 스크린과 소설을 떠도는 우리 시대의 유령들을 존재론적

---

3 레비나스는 존재에 연결되어 있으면서도 (동일화되지 않고) 차이를 지닌 존재자로 끝없이 지속되는 것을 무한이라고 불렀다. 레비나스, 김도형·문성원·손영창 역, 《전체성과 무한》, 그린비, 2018, 426쪽. 또한 스피노자는 개체들이 내재원인에 연결될 때 무한이 생성된다고 논의했다. 박기순, 〈들뢰즈와 스피노자: 무한의 사유〉, 《진보평론》, 2007 봄, 제31호, 59~62쪽.
4 이 책은 '윤리의 부재'를 무기로 삼는 신자유주의에서는 스피노자와 레비나스의 윤리가 둘 다 필요함을 입증해 보일 것이다.
5 두 사람은 형이상학적 목적론과 전체주의적 동일성을 거부하는 무한의 윤리를 철학적 토대로 삼았다고 볼 수 있다.

으로 회생시킬 수 있다.[6]

레비나스는 유한의 세계에 갇힌 사람들을 무한의 공간으로 해방시키는 것을 윤리라고 불렀다. 스피노자의 능동적 정동 역시 그런 무한의 윤리와 연관이 있다. 레비나스의 윤리가 유한의 세계를 넘어서는 잉여의 시간에 있다면 스피노자의 윤리는 내재원인에 연결되는 능동적 정동에 있다.

전 지구에서 '나는 숨 쉴 수 없다'는 말이 끝없이 반복되는 순간 우리는 유한한 개인에서 벗어나 무한한 윤리의 공간에 접속한다. 그 순간은 추방된 타자와 재회하는 존재론적 무한의 넘쳐흐름의 시간(레비나스)이다. 그와 동시에 자아가 빈곤해져 쓰러져 있던 사람들이 무한의 힘으로 다시 일어서는 순간(스피노자)이기도 하다. 이때 불현듯 우리의 신체의 힘을 증대시키며 새로운 세상을 향하게 하는 것은 윤리적인 무한의 정동이다. 능동적 정동의 감염력인 존재론적 무한성은 기껏해야 전체주의를 만드는 유한의 세계에서 벗어나 내재원인과 실재계적 타자[7]에 접속할 때 작동된다.

타자와의 교감과 내재원인의 작동은 능동적 정동이 증폭된 공동체를 생성시킨다. 반면에 신자유주의처럼 정동을 식민화하는 사회는 타자가 추방되고 내재원인이 망각된 세상이다. 오늘날의 고착화된 불평등성과 연관된 감성적 차별은 타자의 추방과 내재원인의 망각에서 기인된 것이다. 그런 정동의 식민화에 대한 존재론적 반격이 필요하기 때문에 우리 시대는 무엇보다도 타자의 회생과 능동적 정동의 부활이 중요한 시대가

---

6   레비나스와 스피노자의 윤리는 존재론적·정동적 고양과 전파에 대한 논의로 볼 수 있다. 서동욱,
    《타자철학》, 반비, 2022, 135쪽, 401~402쪽.

7   레비나스는 바깥에서 오는 타자를 강조했는데 우리는 레비나스의 '바깥'을 체제(상징계) 외부의
    실재계로 재해석할 수 있다. 레비나스도 타자의 위치가 물 자체의 영역이라고 말하고 있으며 물
    자체는 라캉의 실재계와 연관된 영역이다. 레비나스, 김도형·문성원·손영창 역, 《전체성과 무한》,
    그린비, 2018, 86쪽. 한편 프레드릭 제임슨은 역사를 작동시키는 요인을 라캉의 실재계나 스피노
    자의 내재원인으로 말하고 있는데 여기서도 실재계적 타자와의 만남이 내재원인의 자각과 연관이
    있음을 암시받을 수 있다. 제임슨, 이경덕·서강목 역, 《정치적 무의식》, 민음사, 2015, 41쪽, 101쪽.

되었다.

이 책에서는 타자(레비나스)의 배제와 내재원인(스피노자)의 소실을 신자유주의의 증상으로 파악했다. 신자유주의란 레비나스와 이별하고 스피노자를 납치한 시대이다.《기생충》과《오징어 게임》의 충격은 그런 보이지 않는 사회적 증상을 보여준 데 있다. 이 영화와 드라마에 나타난 연대의 해체는 타자가 지하로 추방되고 상호 신체적 내재원인이 망각된 수동적인 사회의 증상이다.《기생충》과《오징어 게임》은 그런 사회적 증상에 대응하려면 능동적 정동을 증폭시켜 연대를 회생시키는 정동정치가 절실함을 암시한다.

상징계의 균열과 얼룩인 **증상**은 단순한 오작동이 아니라 체제의 메커니즘의 필연적 산물이다. 예컨대 자본주의는 체제의 필수물인 동시에 위험한 존재인 프롤레타리아라는 타자를 만들어냈다. 그 같은 자본주의의 제1의 증상을 감지한 마르크스는 프롤레타리아의 단결이 새로운 세상을 만들 것으로 생각했다.

그러나 자본주의가 더 진행되자 이번에는 감정과 인격성의 영역까지 상품화하면서 타자를 추방하는 체제가 만들어졌다. 타자의 추방[8] 역시 체제의 오작동이 아니라 상부구조에까지 침투한 보다 순도 높은 자본주의의 필연적 산물이다. 자본주의의 제1의 증상은 타자의 단결을 꿈꾸게 했지만 제2의 증상은 저항을 위한 연대의 해체를 의미하고 있다.

하지만 증상이란 어떤 균열도 없는 유토피아에 대한 충동을 낳는다. 감성적 차별은 경제적 착취 이상으로 비합리적이기 때문에 그 합리성 내부의 비합리성은 윤리적 반격의 충동을 결코 잠재울 수 없다. 증상의 반격은 증상이 없어진 사회에 이를 때까지 계속된다. 그 점에서 우울한 제2의 증상 역시 절망의 암점인 동시에 실재계적 반격의 근거이기도 하다. 예컨

---

8 한병철도 타자의 추방과 에로스의 종말을 신자유주의의 증상으로 말하고 있다. 한병철, 이재영 역,《타자의 추방》, 문학과지성사, 2017. 한병철, 김태환 역,《에로스의 종말》, 문학과지성사, 2015.

대 《기생충》에서 기택은 지하 벙커로 추방된 후에 모스부호로 교신하며 반격을 모색한다. 또한 〈외진 곳〉(장은진)에서는 비장소로 밀려난 사람들이 마당의 눈사람을 바라보며 은밀한 교신을 시도한다. 마찬가지로 〈월드 피플〉(이재웅)에서는 국적이 다른 T구역 사람들이 감시 카메라의 차별에 맞서 인간 건축물로 저항하고 있다. 모스부호와 눈사람, 인간 건축물은 쫓겨난 타자가 감성적 차별에 맞서 내재원인의 연결을 모색하는 능동적 정동의 반격이다.

이 책에서는 그처럼 타자가 추방된 세상에서 가장 긴급한 것이 정동정치의 새로운 발명임을 살펴봤다. 이제까지 우리의 역사에는 타자가 추방된 두 시기가 있었다. 하나는 식민지 말의 신체제였으며 다른 하나는 오늘날의 신자유주의 사회이다. 이 두 시기는 피케티가 말한 U자의 양극단으로서 차별과 불평등성이 고착화된 세계이다. 우리는 불평등성이 고착화된 세계란 타자가 추방되고 내재원인이 소실된 사회이며 그런 시대에는 존재론적 무력감을 극복하는 정동적 전략이 긴요해짐을 살펴봤다.

타자가 추방되면 90%들이 내재원인을 망각하고 수동적 정동에 얽매이기 때문에 연대가 해체되고 저항이 잘 나타나지 않는다. 그러나 그런 우울과 절망의 시대인 U자의 양극단에서도 다양한 방식의 정동정치가 시도되고 있었다. 예컨대 식민지 말 김남천은 여성 타자의 숨겨진 정동을 통해 존재의 회생을 모색하는 대화적 정동정치를 시도했다. 또한 신자유주의 시대에는 다양한 문학과 대중문화에서 배제된 타자를 회생시키는 특이한 정동정치가 나타남을 볼 수 있다.

정동정치는 타자가 추방되고 연대가 해체된 시대에 쓰러진 사람들을 일으켜 세우는 존재론적 반격이다. 그런 오늘날의 존재론적 정동정치는 그람시와 라클라우의 문화 헤게모니론의 대안으로 볼 수 있다. 그람시와 라클라우의 헤게모니론 역시 적극적인 연대가 어려운 억압적 체제를 극복하기 위한 정동적인 전략을 갖고 있다. 즉 대항 헤게모니란 저항적 사상을 근거로 정동의 물결을 일으켜 사람들을 결집시키는 것을 말한다. 박선영의 《프롤레타리아의 물결》은 식민지 시대의 진보적 문학이 차별에 대항하는 물결을 일으키며 제국의 폭력에 맞서는 대항 헤게모니로 작동되었음을 보여준다.

그러나 식민지 말이나 신자유주의 시대는 반격의 근거가 되는 타자의 추방으로 인해 대항 헤게모니의 작동이 매우 힘들어진 세계이다. 프롤레타리아와 민중이라는 타자를 상실하면서 비판적 사상 역시 한겨울의 한파 속으로 사라진 것이다. 이처럼 타자가 비장소로 추방되고 사상이 책갈피로 숨어든 시대에는 헤게모니에 앞서 타자를 회생시키는 정동정치가 필요하다고 할 수 있다. 정동정치는 그람시의 진지전과 문화적 전쟁을 쇄신한 새로운 개념의 정치학이다. 헤게모니론에서의 집합의지와 접합의 정치학은 정동정치에서 힘에의 의지(니체)와 능동적 정동(스피노자)으로 다시 등장한다. 힘에의 의지와 능동적 정동은 신자유주의의 무의식의 식민화에 맞서는 유일한 무기로 부상한다.

타자를 회생시키는 전략으로서 정동정치는 은유적 정치이기도 하다. 《DP》(김보통·한준희 극본 한준희 연출, 2021)에서 조석봉 역으로 백상예술대상 남자조연상을 받은 조현철은 보이지 않는 타자들이 '여기에 다 있다'고 말했다. 그는 박길래, 김용균, 변희수, 이경택, 세월호 학생들이 빨간 꽃으로 우리와 함께 있다고 했다. 그가 말한 불행한 타자들은 현장에서 벌거벗은 얼굴로 만나지 못했던 사람들이다. 그처럼 신자유주의가 타자를 추방시켜 내재원인을 망각하게 했다면 조현철은 내재원인과 실재계적 잔여물(대상 a)을 움직이며 타자를 회생시키고 있었다. 그는 빨간 꽃의 은유로 타자의 귀환을 말하면서 능동적 정동을 전파시키고 있었다. 이처럼 실재계적 잔여물을 빨간 꽃으로 은유하며 에로스의 정동을 고양시킨 점에서 그는 정동정치와 은유로서의 정치를 수행한 셈이었다. 빨간 꽃이라는 은유적 정치는 회생한 타자와 교감하고 내재원인을 작동시키며 흘어진 사람들을 연결시켜 준다. 조현철이 '여기 다 있다'라고 힘주어 말한 것은 우리 시대의 연대의 부활이 **존재론적 정치**에서 시작됨을 암시한 셈이다.

과거의 변혁운동이 현장에서 타자와 교감하며 새 세상을 보는 인식론적 정치였다면, 오늘날에는 추방된 타자를 회생시키는 존재론적 정치가 매우 중요해졌다. 빨간 꽃의 은유처럼, '여기 다 있다'를 외치는 존재론적 정치의 특징은, 멀어진 타자와 다시 만나는 특이한 교감의 방식에 있다. 정동을 식민화하는 신자유주의에서는 사람들이 수동적 정동에 포위되어 의지와는 상관없이 우울한 얼굴로 살아가게 된다. 우울이란 어디에서도 벌거벗은 얼굴을 만날 수 없다는 무력감이다. 그 점에서 수동적 정동에 감염된 시대는 바이러스에 오염된 시대와 유사한 점이 있다. 바이러스로 인해 마스크를 쓰고 거리를 두며 소통해야 하듯이, 이제 우리는 수동적 정동에서 멀어지면서 다시 내재적으로 가까워져야 한다.

이 책은 그처럼 맨얼굴의 교감 대신 떨어진 채 은유로 존재를 회생시키는 방식을 주목했다. 은유는 내재원인과 실재계의 동요이기 때문에 추방당한 타자의 절망의 거리를 뛰어넘는다. 빨간 꽃으로 타자를 회생시키는 오늘날의 존재론적 정치는, 그처럼 절망적 거리를 은유적 반격으로 전회시키는 **언택트 윤리**를 추동력으로 하고 있다. 우리는 벌거벗은 얼굴의 타자와 만나는 대신 심연의 실재계적 잔여물을 은유로 회생시키며 멀어진 타자와 재회한다. 언택트 윤리는 맨얼굴을 상실한 우울의 시대를 넘어서는 타자 윤리(레비나스)의 현대적 재발명이다. 신자유주의는 벌거벗은 얼굴을 빼앗으며 레비나스와 결별했지만 은유적 정치는 존재론적 반격을 통해 타자 윤리를 부활시킨다. 우리는 '얼굴 없는 인간'(아감벤)의 세상에서 맨얼굴 대신 은유와 정동정치로 회생한 타자와 다시 만난다. 21세기의 레비나스의 윤리는 벌거벗은 얼굴 대신 은유적 정치와 정동정치로 부활한다.

그런 언택트 윤리의 대표작이 바로 《파이란》(송해성 감독, 2001)이다. 한 번도 만난 적이 없는 여자와의 사랑을 그린 이 영화에서, 삼류 조폭 강재는 편지와 동영상('파이란 봄바다')을 보며 난생처음 파이란에게 사랑을 느낀다. 만일 강재와 파이란이 현실에서 만났다면 가슴 뛰는 절절한 사랑은 없었을 것이다. 이 영화의 가상을 통한 언택트 사랑은, 수동적 정동으로 오염된 세상에서도 아직 심연에 감동적인 사랑이 남아 있음을 암시한다.

2000년대 이후 시간 환상을 그린 작품들이 많아진 것도 언택트 미학과 연관이 있다. 시간 환상은 수동적 정동의 맥락에서 벗어난 사람들끼리 깊은 곳에 감춰두었던 정동(에로스)을 확인하는 장치이다. 《파이란》에서 강재가 동영상을 통해 파이란과 포옹을 하듯이, 《시월애》(이현승 감독, 2000)에서 2000년에 있는 은주는 만날 수 없는 1998년의 성현에게서 가장 깊은 정동적 교감을 느낀다. 그와 비슷하게 《동감》(김정권 감독, 2000)에서 신자유주의 시대를 사는 지인은 변혁운동의 황금기에 있는 소은으로부터 능동적 정동의 향기를 맡는다. 더 나아가 《시그널》(김은희 극본 김원석 연출, 2016)에서 이재한과 박해영의 교신은, 선적 시간을 뛰어넘는 목숨을 건 도약을 통해 맥락에서 해방된 윤리가 능동적 정동으로 물결치게 만든다.

선적인 시간을 넘어서서 필사적 도약을 통해 타자와 만나는 진행은 《레몬》(권여선, 2019)에서도 나타난다. 《레몬》은 주인공 다언이 죽은 언니로부터 멀어지면서 레몬 향기를 통해 불현듯 다시 가까워지는 이야기이다. 신자유주의의 존재론적 차별의 세계에서는 사람들이 정동적으로 위축된 채 심리적 거리를 두고 살아간다. 이 소설은 그런 감성적 차별에 맞서서 존재를 팽창시키는 정동적 유출의 순간을 보여준다. 폭포수처럼 쏟아진 레몬의 빛은 빈약한 자아로부터 숨겨진 정동이 샘솟으며 능동적 자아를 회복하는 순간을 암시한다. 다언은 능동적 정동이 다시 동요하는 순간 존재의 오류와 감성적 권력을 관통하며 신자유주의의 타자(한만우)와 비밀 교신을 한다. 그녀는 한만우와 거리를 둔 상태에 동영상을 찍듯이 그를 심연에 각인시킨다. 그 순간 다언은 레몬으로 샘솟았던 정동의 물결이 타자와의 관계에서 눈부신 전류로 전이되는 언택트 윤리의 시간을 경험한다.

타자를 추방하는 존재론적 차별의 세계에서는《기생충》에서처럼 모스부호를 통해 비밀리에 언택트 교신을 할 수밖에 없다. '파이란 봄바다'와 무전기 '시그널'(《시그널》), '레몬' 향기(《레몬》)는, 지하 벙커의 모스부호와 함께 우리 시대의 은유적인 신무기이다. 현실에서 무력해진 사람들은 은유를 통해 정동을 팽창시키며 타자로부터 멀어진 채 다시 가까워져야 하는 것이다.

우리 시대의 은유적인 신무기의 대표적인 방식은 문학과 대중문화이다. 이 책에서 고착화된 불평등성을 해소하기 위해 문학과 미학의 부활을 호소한 것은 그 때문이다. 현장에서 벌거벗은 얼굴을 만나기 어려운 시대에는, 문학과 대중문화, 다양한 매체의 담론을 통해, 타자를 회생시키고 능동적 정동의 물결을 부활시켜야 한다. 가상을 사용하는 문학과 미학은 '쓸모'에 민감한 극단의 합리주의 시대에 긴요하지 않은 것으로 여겨진다. 그러나 문학은 은유의 비밀스러운 힘으로 보이지 않는 심연의 정동적 파문을 다시 보여준다. 능동적 정동의 물결이 일지 않으면 모두가 평등하게 행복해지는 활력적인 세상은 오지 않는다. 우리는 평등과 정의를 되찾기 위해 언택트로 무전을 하고 심연에서 타자의 동영상을 보며 레몬 향기가 쏟아지는 세상을 만들어야 한다.

우리 시대는 사상도 혁명도 책갈피로 숨어든 시대이다. 사상가와 지식인의 은거와 침묵은 타자의 추방과 표리를 이루고 있다. 오늘날의 타자의 추방은 불평등성을 영구화하는 장치로서 아무도 말하지 않는 자본주의의 특이한 제2의 증상이다. 제2의 증상으로서 타자의 추방은 비판적 사상을 공허하게 만들고 사회를 서열화시키면서 침묵의 시대를 만든다.

그러나 제2의 증상 역시 절망인 동시에 또 다른 유령의 반격을 낳는다.

대중문화와 문학이 보여주는 오늘날의 유령은 타자를 추방하는 제2의 증상이 '균열 없는 유토피아'의 충동을 잠재울 수 없음을 알리고 있다. 유령이란 배반당한 유토피아를 심연에서 포기할 수 없음을 전하는 귀환의 소망의 응시이다. 오늘날 거리에서 추방당한 유령은 스크린과 OTT와 소설책을 누비며 여기저기 떠돌고 있다. 우리는 이 전류 같은 21세기 유령의 응시를 심연의 샘물의 잔여물을 길어 올리라는 신호로 수신해야 한다. 그에 대해 응답하는 깊은 샘의 은유가 바로 빨간 꽃이다. 아무 데도 없지만 모든 곳에 다 있는 빨간 꽃이 돌아올 때, 책갈피에 숨어든 사상은 다시 홍수 같은 물결로 우리를 구원할 것이다. 타자가 추방된 시대의 증상인 우울증은, 아직 깊은 샘물이 남아 있다는 호소이며, 추방된 벽장 속에 갇혀 있는 타자의 기다림이다. 그런 절망의 기다림이 있기에 지금도 '균열 없는 유토피아'의 충동이 끝나지 않은 것이다. 정동정치는 그 잔여물(대상 a)에 근거해 '얼굴 없는 인간'의 시대에 멀어진 채 다가서며 다시 물결을 일으킨다. '이상한 고요함'(배수아)의 시대에도 유령의 응시는 아직 사라지지 않았다. 배회하는 스크린과 소설책의 유령은 21세기의 도전적인 '정동정치의 선언'을 촉구하고 있다. 이제 추방된 타자가 유령의 배회를 넘어 빨간 꽃으로 귀환할 때, 다시 한번 연대의 밀물을 일으키며 새로운 세상을 향한 능동적 실천의 움직임을 시작할 수 있을 것이다.

'정동정치'에 대한 논의를 풍부하게 해준 한국교원대학교 정은주, 홍진일, 이은숙, 주영하, 최미란 선생님께 고마움을 전한다. 이 책을 발간하는 데 따뜻한 격려와 많은 도움을 주신 문예출판사 전준배 사장님께 진심으로 감사드린다. 아울러 이 책을 정성껏 꾸며주신 문예출판사 편집부 여러분께도 깊은 사의를 표한다.

2023년 2월
나병철

차례

머리말 | 5

제1장 정동과 정동정치

1. 정동이란 무엇인가 | 25

2. 에로스와 혐오 ― 능동과 수동 | 34

3. 편재하는 젤리와 정동정치 | 39

4. 시각적 차별과 정동의 식민화 ― 미시권력과 정동권력 | 53

5. 캐슬 사회에 대한 반격 ― 총체성을 대신하는 내재원인과 대상 a | 60

6. 추방된 타자의 회생과 언택트 윤리
   ―《용균이를 만났다》와 '소낙눈 사진' | 67

제2장 평등과 정동정치

1. 평등의 이름 ― 윤리의 정치화 | 79

2. 고착성과 유동성 ― 피케티를 넘어선 존재론적 정치 | 84

3. 정동의 물결과 정동정치 ― 우영우의 고래 | 91

4. 자연과 자유의 조화, 대상 a에 대한 열망으로서의 평등 | 96

5. 부재와 존재, 위험천만한 언택트 사랑
   ― 시와 '동백꽃'과 '사랑의 불시착' | 109

6. 평등과 사랑, 반세습의 은유 ― 타자의 회생과《거짓말의 거짓말》| 118

7. 수동적 정동을 유포하는 자본주의와 정동정치
   ― 피케티를 넘어서는 타자의 서사 | 131

8. 무증상의 증상과 언택트 문학
   ― 제2의 증상에 대응하는 새로운 윤리 | 142

제3장 역사의 미로와 여성 타자의 정동

1. 역사의 미로와 추방된 타자 | 165

2. 일신상의 진리와 여성 시점 소설 ― 김남천의 소설들 | 171

3. 여성 타자의 육체적 절박성 ― 이중주의 대화 | 177

4. 사회와 심리의 분열과 윤리적 정동 ―《낭비》 | 183

5. 여성 타자의 대화성과 능동적 정동의 소망 ―〈경영〉,〈맥〉 | 196

6. 역사의 미로와 여성적 정동의 감염력 | 211

제4장 변혁운동의 황금시대와 비천한 타자의 정동

1. 변혁의 시대와 타자의 서사 | 225

2. 왜 계급적 자각 대신 능동적 정동인가 ―《윤리21》을 넘어서 | 231

3. 타자와 내재원인 ― 실천의 윤리 | 243

4. 타자와 앱젝트, 대상 a | 248

5. 이데올로기 시대의 타자의 서사
   ― 조선작의 〈성벽〉,〈영자의 전성시대〉 | 259

6. 선물의 은유와 비천한 타자의 정동 ― 황석영의 〈몰개월의 새〉 | 273

제5장 변두리의 정동과 지식인의 위치

1. 민중 소설에서 변두리 소설로 ― 떨어짐과 다가섬 | 283

2. 변두리 소설과 존재론적 정동정치의 출발
   ― 재현 불가능한 서발턴의 재현 | 289

3. 가슴의 반복운동을 통한 정동적 감염
   ― 양귀자의 〈원미동 시인〉,〈비 오는 날이면 가리봉동에 가야 한다〉 | 298

4. 떨어진 채 다가서는 더 큰 세계 ―〈한계령〉 | 307

5. 폭력과 돈벌이의 세계에 저항하는 '인간의 근본'
   ― 김소진의 〈개흘레꾼〉 | 312

6. 출고될 수 없는 서발턴의 순수 기억

　　―〈그리운 동방〉,〈비운의 육손이 형〉 ｜ 324

7. 별과 똥의 카니발 ―〈별을 세는 남자들〉 ｜ 334

제6장　감성적 불평등성과 침묵의 권력에 대한 반격

1. 헤게모니에서 정동정치로 ― 타자에게 다가섬의 문제 ｜ 347

2. 정동의 영역에서의 최초의 싸움 ― 침묵의 권력과의 전쟁 ｜ 358

3. 미시권력의 젤리와의 싸움 ― 정세랑의《보건교사 안은영》 ｜ 366

4. 침묵을 강요하는 감성적 차별에 대한 반란

　　― 정진영의《침묵주의보》 ｜ 375

제7장　존재의 오류와 싸우는 언택트 미학

1. 존재의 오류와 제2의 증상 ― 은유적 대응과 언택트 문학 ｜ 389

2. 젤리의 세계에서 금빛 전류를 발생시키는 방법

　　― 얼굴을 넘어선 정동 ｜ 398

3. 감성적 차별에 저항하는 레몬의 정동 ― 권여선의《레몬》 ｜ 406

4. 존재의 오류를 견디는 아름다운 포옹 ― 한강의〈작별〉 ｜ 415

5. 감성의 오류에 저항하는 새로운 연대 ― 이재웅의〈안내자〉 ｜ 422

제8장　캐슬 사회와 비장소의 반격

1. 변두리에서 비장소로 ｜ 433

2. 과잉 네트워크 사회와 비장소의 은유적 반격 ｜ 440

3. '외진 곳'에서의 은유적 연대의 생성 ― 장은진의〈외진 곳〉 ｜ 451

4. 이질적 타자들의 고통의 공명 ― 이재웅의〈월드 피플〉 ｜ 461

5. 재난 시대의 비장소와 정동적 반격

　　　— 장은진의 〈빈집을 두드리는 이유〉 ｜ 468

6. 가슴을 두드리는 은유적 리얼리즘 ― 김탁환의 〈할〉 ｜ 477

7. 비장소의 시대와 비대면의 윤리

　　　— 제3의 비장소와 '길 없는 길'로서의 은유적 윤리 ｜ 489

제9장　비장소의 시대에서 정동적 시간의 회생으로

1. 미시권력과 정동권력의 결합 ―《사이렌》의 경고 ｜ 505

2. 비장소의 시대와 좀비의 서사 ―《지금 우리 학교는》 ｜ 510

3. 타자와 재회하는 순수 기억의 드라마

　　　— 한강의 《작별하지 않는다》 ｜ 514

4. 비장소와 비대면을 넘어서 ― 김초엽의 〈관내분실〉 ｜ 531

5. 평등을 실천하는 정동정치

　　　— 문화의 정치화와 내재원인의 네트워크 ｜ 539

찾아보기 ｜ 551

제1장   정동과 정동정치

1. 정동이란 무엇인가

우리 시대는 정치와 문화의 영역에서 전례 없이 '감성적인 것'이 중요해진 시대이다. 민주주의의 꽃인 선거에서 모든 정치인들은 '국민을 감동시키는 정치'를 하겠다고 맹세한다. 또한 국제영화제에서 수상한 작품에 대한 최고의 찬사는 '마음을 움직이는 영화'라는 것이다. 그동안 사적 영역으로 여겨온 감성이 이제는 공적 영역에서도 이성적 사유 못지않게 좋은 삶의 원천으로 말해지고 있는 것이다.[1]

오늘날 감성은 정치권력을 변화시키는 데도 매우 중요한 역할을 하고 있다. 억압적 권력에 대항하기 위해서는 조직과 단결을 통해 사람들의 힘을 결집시켜야 한다. 그런데 우리 시대에는 깃발과 구호보다도 감성적인 공감이 흩어진 힘을 끌어모으는 역할을 한다. 희망버스와 촛불집회, 미투운동의 공통점은 한순간에 공감력이 증폭되며 사람들의 연대를 확산시켰다는 점이다. 감정을 앞세우지 말라는 말이 있지만 오늘날은 감성적인 것이 앞장서야 변화를 일으킬 수 있는 일들이 많아지고 있다.

그처럼 사람들의 힘을 증대시키고 연대감을 고양시키는 감성을 **정동**(affect)이라고 부를 수 있다. 오늘날 정동이라는 말이 자주 사용되는 것은 사회를 변화시키는 데 감성적인 것이 이성 못지않게 중요해졌기 때문이다. 우리 시대에는 감성과 정동의 질이 이성적 판단과 행위력을 좌우하는 상황이 많아지고 있다. 스피노자가 말한 것처럼 능동적 정동이 작동하는 신체에서 최고의 이성이 발휘될 수 있는 것이다.[2]

스피노자의 정동론은 기(氣)를 중시하는 이기론(理氣論)의 최신식 판본

---

1 '감동적인 정치'와 '마음을 움직이는 영화'에는 당연히 이성적인 사유가 작동되고 있다. 그러나 웬일인지 이성보다 감성을 앞세우는 표현이 더 최고의 찬사로 느껴진다.

2 스피노자, 조현진 역,《에티카》, 책세상. 2006, 47쪽.

이라고 할 수 있다. 정동은 기(氣)처럼 이(理)와 구분될 수 없는 것인 동시에 자발적으로 이를 생성시키기도 한다. 신체의 정동적 사건은 정신의 이성적 사건과 표리를 이루고 있다.[3] 그런 이성과 정동의 긴밀한 관계는 원효의 '불일불이(不一不二)의 기적'과도 유사하다.[4] 정동과 이성은 똑같은 것이 아니지만 또한 단순히 다른 것이라고 말할 수도 없다.

그처럼 정동과 이성은 불가분의 관계에 있지만 어느 것이 중요한지는 시대에 따라 달라진다. 과거에 이성을 통해 능동적 정동을 불러일으키려 했다면, 지금은 능동적 정동이 동요해야 이성이 움직이는 시대이다. 예전에는 '독재 타도'를 외치며 사랑과 분노의 불길을 일으켰지만, 오늘날은 사랑의 불꽃이 다시 타올라야 잘못된 세계를 고치려는 집단적 이성이 발휘되기 시작한다.

두 시기에 모두 정동은 사적인 감정을 넘어서서 공적으로도 중요한 역할을 한다고 볼 수 있다. 정동 역시 감성적인 것이지만 단순한 감정과는 달리 신체에 힘을 부여하고 사람들이 모이게 만든다. 그처럼 정동이 뜨거워져야만 신체가 능동성을 회복하며 올바른 이성적 인식과 실천이 시작되는 것이다.

흥미로운 것은 20세기 후반 이후 권력이 우리보다 먼저 감성적인 정동을 사용해왔다는 점이다. 예전에는 권력의 원리를 연구하며 그에 대해 저항이 작동했지만, 지금은 권력이 저항의 원리를 미리 전유해 **선제적으로** 움직인다. 새로운 권력은 스피노자의 정동론을 납치했다고 할 수 있다. 오늘날의 신자유주의는 사람들을 활기차게 만들며 동원하는 방식으로 권력을 사용한다. 우리 시대의 권력은 각자의 능력을 증진시켜 정동을 북돋우

---

3   위의 책, 68쪽.

4   이도흠, 《화쟁기호학, 이론과 실제》, 한양대학교출판부, 2001, 108~114쪽. 나병철, 《미래 이후의 미학》, 문예출판사, 2016, 103~105쪽. 스피노자는 이성와 정동의 관계에 대해 말했고 원효는 세속과 일심(진리)의 관계에 대해 논의했지만 이분법적 대립의 논리를 넘어서는 점에서는 서로 유사하다고 할 수 있다.

는 척하며 실제로는 상품사회의 수동적 부품으로 만든다. 새로운 자본주의는 스피노자와 68혁명을 전유해 우리의 감정과 몸을 식민지로 이용하고 있다. 신체가 식민지가 된 시대에는 사람들이 활기차게 모여도 이상하게 거리감이 생기게 된다. 오늘날은 모임과 떨어짐의 역설이 고도로 극단화된 시대이다. 신자유주의의 상품사회에 동원될수록 우리는 가까이 다가가는 동시에 서로 멀어지며 우울하게 살아간다. 우리는 납치된 정동론을 구출해내야만 회복된 진실 속에서 다시 한번 진짜로 모일 수 있다. 그처럼 수동적 정동을 만드는 권력에 대응해야 하기 때문에 오늘날 능동적 정동정치가 절실해진 것이다. 우리가 **정동정치**를 핵심적 주제로 삼아야 하는 이유는 권력과 저항이 정동의 영역에서 최초로 격돌하기 때문이다.

그렇다면 밝혀야 할 것은 정동이 사회의 영역에서 어떻게 작동되는가일 것이다. 정동이 개인적 감정을 넘어서서 오늘날의 사회적 장에서 하는 역할은 무엇인가. 사회적·정치적 정동과 개인적 감정의 차이는 무엇인가.[5]

정동은 감정과 달리 우리의 신체 내부에 있는 동시에 외부로도 작용한다. 스피노자는 **감정**(affection)과 **정동**(affect)을 '변용'과 '변용의 이행 활동'으로 구분했다.[6] 감정이란 우리의 신체가 외부 대상과 만나는 순간 일으키는 변용을 말한다. 예컨대 무서운 맹수를 만나면 우리의 신체는 두려움의 감정으로 변용된다. 이때의 두려움의 감정은 외부의 힘에 대한 내부의 반응이지 외부를 향한 우리의 신체의 대응력을 나타낸 것은 아니다.

반면에 정동은 우리의 신체가 하나의 변용에서 다른 변용으로 이행하는 활동이다. 우리는 정적인 감정을 넘어선 그런 신체의 변용의 전화 과정을 사건이라고 부를 수 있다. 예컨대 에로스의 정동은 대상에 의한 신

---

5 감정이 개인적이라면 정동은 전개인적(pre-individual)이다. 전개인적인 정동은 개인 이하의 무의식인 동시에 개인을 넘어서서 사회적·문화적·정치적 장에 유포된다.

6 진은영, 〈감응과 구성의 정치학〉, 《코뮨주의의 선언》, 2007, 교양인, 288쪽.

체의 변용의 결과가 아니라 신체에서 점차 능동적으로 힘이 증대되는 사건의 진행이다. 에로스의 정동은 사랑하는 사람에 의해 촉발되었다 하더라도 근원적으로는 외부 대상이 아니라 인간 안의 자연의 본성(내재원인)의 작동에 의한 것이라고 할 수 있다. 감정이 외부에 의해 촉발된 정적인 변용의 결과와 상태라면 정동은 신체 자체의 능동적 변용의 활동 과정이다. 감정적 상태란 대상의 지각과 나의 행동 사이에서 머뭇거리는 것을 뜻한다. 반면에 정동은 스스로 활동적인 이행의 느낌 속에서 능력의 증감을 감지한다. 감정이 활동과 행동의 예비단계라면 이행 활동으로서의 정동은 그 자체가 신체의 힘이자 행동의 등가물이 된다. 개인의 내면에서 출렁이는 감정과 달리 정동의 물결은 이미 관계이자 사건이고 활동이다.

예컨대 내가 어떤 사람을 사랑해서 그 사람에게 가까이 가고 싶다면 나는 사랑의 감정을 갖고 있다고 할 수 있다. 나는 사랑하는 사람의 지각과 나의 행동 사이에서 머뭇거리고 있다.[7] 반면에 사랑의 대상에게 다가가지 않아도 내 안에서 그와 교감하고 있다면 나는 변용의 이행 활동으로서 정동을 느끼고 있는 것이다. 나는 자기성의 감정(나르시시즘) 상태에서 벗어나 타자와 교감하는[8] 에로스적 정동으로 이행하는 활동을 하고 있다.[9] 앞의 감정이 목적을 위한 선적인 시간에서 생긴다면, 후자의 에로스적 정동은 선적인 시간을 넘어서서 이미 나의 신체의 힘을 증대시킨다. 사랑을 성취할 목표로 생각하면 사랑의 감정이 행동으로 이어져야 하지만, 에로스적 정동은 그 자체로 신체의 능력을 변화시키는 끝없는 활동이

---

7 스피노자는 이런 감정의 상태를 아직 행동의 무능력과 단편적 인식의 상태에 있는 것이라고 말한다. 스피노자, 《에티카》, 앞의 책, 46~47쪽.

8 이처럼 타자와 교감하는 유동성과 역동성 때문에 정동은 어느 정도 지속되는 감정과 달리 미세한 변화 속에 있다고 할 수 있다. 타자성의 사랑은 자기성의 상태에서 무의식이 활성화된 타자성의 자아로 이동하는 끝없는 과정이다. 그런 정동은 이미 관계의 표현이자 행동이고 사건이라 할 수 있다.

9 에로스적 정동을 느낄 때 우리는 윤리적 상승을 경험한다. 감정이 개인의 자유와 연관된다면 정동은 타자성의 사유와 관계가 있다. 윤리 역시 정동처럼 타자성의 사유의 산물이다.

된다.[10]

그처럼 정동의 작용은 신체의 힘을 증대시키거나 감소시킨다. 예컨대 기쁨을 느낄 때 우리는 신체의 힘이 커지지만 우울[11]해지면 기력이 없어진다. 기쁨이나 우울은 개인 내부의 감정일 수도 있지만 또한 외부와 연관된 정동적 작용일 수도 있다. 가령 나의 기쁨에 자족하는 것이 감정이라면 나 자신의 기쁨이 타자와의 연대감과도 연관된다면 정동의 물결이 일고 있는 것이다. 출세를 했을 때의 기쁨은 개인적 감정[12]인 경우가 많지만, 창조적인 성취의 기쁨은 그 자체가 능동적 정동의 활동이 된다. 전자에서의 기쁨은 바깥(체제)의 힘에 의존한 것인 반면, 후자에서의 기쁨은 타인과 함께하는 자신의 힘의 증대에 의한 것이다.[13]

신체의 힘과 연관된 정동에는 능동적인 것과 수동적인 것이 있다. 능동성과 수동성은 신체 자체의 힘의 특질이지만 그런 힘은 사람들과의 관계와도 연관된다. 예컨대 기쁨이 넘치는 순간에 사람들과의 능동적 연대감이 증폭된다면 우울할 때는 수동적으로 분리된 상태가 된다. 그 때문에 신체 내부에서 물결치는 감정을 넘어 정동은 몸 안에 흐르는 동시에 발산되어 퍼져나간다. 마치 안개나 비밀처럼 사람들 사이에 흐르는 동시에 사회적 공간에 떠다니기도 하는 것이다.

그런 맥락에서 언론, TV, 영화, 미디어 등은 **사회의 도처**에 정동을 유포시키는 중요한 역할을 한다. 드라마에서 주인공은 감정을 연기하지만

---

10 감정이 상징계(표상체계) 내에서 나타나는 것이라면 정동은 상징계를 넘어선 차원의 감성이라고 할 수 있다. 프로이트는 쾌락원칙과 현실원칙(상징계)을 넘어서면 죽음충동과 에로스를 만날 수 있다고 했는데 죽음충동과 에로스는 감정이기보다는 정동이라고 할 수 있다.

11 스피노자는 슬픔을 예로 들었지만 오늘날의 맥락에서는 우울이 더 적당할 것이다.

12 이 감정은 수동적 정동이라고도 말할 수 있다. 수동적 정동이 개인적 감정과 다른 것은 개체를 넘어서 사회에 유포된다는 점이다. 예컨대 삶권력은 외부 권력에 예속된 대가로 기쁨을 얻는 수동적 정동을 유포하는 권력이라고 할 수 있다. 수동적 정동의 권력은 개인적인 감정에 만족하는 사람들을 만들어낸다.

13 스피노자,《에티카》, 앞의 책, 47쪽.

생산된 감정은 곳곳에 유포되는 순간 정동으로 퍼뜨려진다. 정동은 내 안에 있는 동시에 사회적 매체를 통해 도처에 퍼져 사람들과 교섭한다. 그때문에 우리는 능동적 정동이 충만한 사회에서 연대감이 증폭된 공동체를 경험하게 된다. 반면에 수동적 정동의 사회에서는 각자 흩어져 쓸쓸하게 살아간다. 정동이 개인적 감정과 달리 사회적·정치적으로 매우 중요한 작용을 하는 것은 이 때문이다.

그처럼 세계 속에서의 신체의 대응력인 점에서 정동은 니체의 힘에의 의지와도 연관이 있다. **힘에의 의지**는 신체를 능동적으로 만들고 개인을 **다수성** 속에서 어우러지게 만드는 원리이다.[14] 니체에게 정동이란 신체의 힘을 증대키는 내밀한 작동 방식으로 힘에의 의지의 한 형식이다.[15] 정동의 실행으로서의 힘에의 의지는 기(氣)의 개념으로 잘 이해될 수 있다. **정동**은 동양사상의 **기**(氣)처럼 감성이자 힘이기 때문에 미시적으로 흐르면서 개인을 넘어 **권력**에 맞설 수 있다. 힘에의 의지의 작동 원리인 정동은 신자유주의와 감정 자본주의의 미시권력에 대항하기 위해 꼭 필요한 무기이다. 오늘날 우리는 권력이 만든 수동적 정동이 만연된 상황에서 능동적 정동의 잠재적 반격을 모색하는 사회에 살고 있다.

감정과 정동의 차이는 베르그송의 논의에서도 근거를 찾아볼 수 있다. 베르그송은 지각(perception)이 대상에 대한 반사작용이라면 감정(affection)은 대상의 자극을 흡수하는 것이라고 말했다. 지각은 신체가 물질적 진동(대상의 자극)을 반사하며 바깥에 놓인 대상의 이미지를 보는 것이다. 반면에 감정은 대상의 자극을 신체 안에 흡수해 변용된 신체의 이미지를 느끼는 것이다. 감정이란 외적 물체의 이미지에 우리 신체의 내적인 것을 혼합

---

14 들뢰즈(1993), 신범순·조영복 역,《니체, 철학의 주사위》, 인간사랑, 84, 94쪽. 박찬국,《들뢰즈의 《니체와 철학》읽기》, 세창미디어, 2012, 36~37쪽. 신체가 다수성과 연관된다는 것은 개인의 정체성이 타자와의 관계에서 생성되는 것으로 보는 것을 뜻한다.

15 이상범,《니체, 정동과 건강》, 한국학술정보, 2020, 34~38쪽.

한 것이다.[16]

베르그송 역시 스피노자처럼 감정을 신체의 흡수와 변용으로 보고 있다. 밖의 대상의 지각과 신체 안의 감정의 느낌 사이에는 본성적인 차이가 있다. 그러나 지각과 감정은 흔히 다양하게 뒤섞이는데 그것은 감정에 기억이 작용하기 때문이다. 감정이 말단의 감각기관과 기억이 있는 뇌 사이에서 물결칠 때 지각은 감정의 불순물[17]을 제거하려 해도 최소한의 기억과 혼합된다. 대상의 지각에서 감정으로의 이행은 얼마간의 기억과 연관해서 물체의 이미지와 신체의 감각이 혼합되는 작용이다.

이 과정에서 감정과 연관된 기억은 현재의 대상 앞에서 제한적이다. 그런데 대상 없이도 이미지로 나타나는 기억이 있는데 그것이 바로 **순수 기억**이다.[18] 예컨대 5·18의 기억은 시간이 지난 후 광주가 아닌 곳에 있어도 심연에서 수시로 이미지로 떠오른다. 그 이유는 5·18이 자아의 존재의 한 부분이 되어 매 순간 나를 따라다니기 때문이다. 그러다가 1987년 6월의 상황에서 5·18의 순수 기억(시간-이미지[19])은 순간적으로 확산되면서 6월 항쟁으로 폭발했다. 이처럼 순수 기억이 팽창하며 선적인 시간을 중단시키고 새로운 시간을 창조하게 하는 힘이 바로 정동이다.

6월 항쟁은 5·18의 순수 기억의 창조적 변용이라고 할 수 있다. 독재 정권에 대한 분노와 희생자에 대한 사랑의 감정이 터져 나온 것이 6월 항쟁이다. 그런데 그처럼 분노와 사랑의 감정이 폭발한 것은 그 순간 심연에서 5·18과 다른 항쟁들의 순수 기억이 팽창하며 자아를 능동적으로 만들었기 때문이다. 현재의 상황에 대한 **부분적인** 기억의 대응이 **감정**이라

---

16 베르그송, 박종원 역,《물질과 기억》, 아카넷, 2005, 104쪽.

17 위의 책, 104~105쪽.

18 순수 기억은 선적인 시간의 한 점이 아니라 과거 전체의 시간으로서 우리의 존재를 이루며 따라오는 기억을 말한다. 순수 기억은 무의식 속에서 잠재태로 떠돌다가 이미지-기억의 형태로 생성된다. 위의 책, 131쪽.

19 들뢰즈의 시간-이미지는 순수 기억 중에서 심연에 중요하게 각인된 것을 말한다.

면 **전존재**의 핵심을 이루는 순수 기억[20]이 고양되며 신체를 움지인 것은 능동적 **정동**이다.[21]

그런 맥락에서 감정이 선적인 시간 안에 있는 반면 정동은 선적인 시간을 단절시키고 새로운 시간을 창조한다.[22] 감정이 선적인 시간 안에 있는 것은 기존의 시간을 단절시킬 만큼 행동을 촉발시키지 못함을 뜻한다. 반면에 능동적 정동은 곧바로 행동으로 내던져져서 '순수 기억'과 '떠오르는 현재'의 동시발생인 사건이 시작되게 만든다.[23]

그처럼 감정과 정동은 행동과의 관계에서 다른 위상을 갖는다. 감정이란 혼란스러운 지각과 주저하는 행동 사이에서 신체 내부로부터 물결치는 것이다.[24] 반면에 정동은 선적인 시간을 폭파시키며 순수 기억의 팽창과 현재의 재창조를 동시적으로 발진시킨다.

신체 안에서 물결치는 감정은 개인에게 등록되지만 자아와 세계의 관계인 정동은 이중주로 연주된다.[25] 만일 타자와 무관한 상태에 있다면 정동은 개인의 감정으로 환원된다. 반면에 감정과 달리 정동은 타자나 다른 존재들과의 상호관계 속에서 발생한다.[26] 타자와의 교감에서 강렬한 능동적 정동이 생성된다면, 자아와 타자가 분리될 때 우리는 수동적 정동의 상태를 경험한다.[27]

---

20 순수 기억과 창조의 관계에 대해서는 베르그송, 황수영 역, 《창조적 진화》, 아카넷, 2005, 550쪽. 이처럼 순수 기억과의 관계에서 정동이 생성되기 때문에 정동은 감정보다 훨씬 표상하기 어려우며 미세하고 가변적이다.

21 마수미, 조성훈 역, 《정동정치》, 갈무리, 2018, 27, 97~105쪽.

22 위의 책, 102쪽.

23 위의 책, 99쪽.

24 들뢰즈, 이정하 역, 《시간-이미지》, 시각과언어, 2002, 나병철, 《영화와 소설의 시점과 이미지》, 소명출판, 2009, 34쪽.

25 마수미, 《정동정치》, 앞의 책, 26~27쪽.

26 위의 책, 29쪽.

27 수동적 정동은 사람들을 나르시시스트로 만들면서 정동을 개인의 내부의 감정에 머물게 한다. 그러나 수동적 정동 역시 널리 유포되기 때문에 사적인 동시에 공적이며 개인의 감정과는 달리 정치

스피노자는 타자에 대해 상술하지 않았지만 그의 윤리적 정동은 타자와의 관계를 전제로 해야만 빛을 발한다. 스피노자는 체제에 대해 논의하지 않았기 때문에 타자에 대한 본격적인 언급이 없다.[28] 그러나 체제는 흔히 목적론에 묶여 있는 동일성 집단이므로, 목적론을 비판하는 스피노자의 입장은 타자의 위치나 자아와 타자의 관계를 중시하는 셈이다.[29] 그런 전제에서 정동론을 불평등한 체제를 해결하는 원리로 재해석하려면, 타자를 배제하는 차별의 세계에 대응하는 타자성의 윤리와 결합시킬 필요가 있다. 즉 스피노자가 말한 '다른 사람과의 관계'(우정)[30]를 '고통받는 타자와 교섭하는 윤리'로 확대하는 현대적인 해석이 필요하다.

스피노자 역시 다른 사람과의 관계를 중시하는 정동을 능동적인 윤리의 근거로 말했다. 우리는 거기서 한발 더 나아가 억압적 체제에 동화되지 않은 채 고통을 겪고 있는 타자를 주목할 필요가 있다. 근대의 모든 사회는 동일성의 체제로 되어 있으며 차이와 부적응 속에서 고통받는 타자를 발생시킨다. 그런 타자와 교섭할 때 우리는 체제에 예속된 수동적 자아에서 벗어나 능동적 정동을 생성시킬 수 있다.

그 같은 측면에서 타자와의 교감과 연관되는 능동적 정동은 차별 없는 윤리적 공동체의 근거가 된다. 이점 역시 감정과 정동의 차이를 드러내는 중요한 요소의 하나이다. 감정이 공동체를 만든다고 말하는 것에는 많은 매개항이 필요하다. 반면에 능동적 정동은 그 자체가 평등한 공동체를 만드는 근원으로 작용한다. 감정의 독립이 개인을 **자유롭게** 만든다면 능동

권력에 의해 이용된다.

28 스피노자는 '자기를 보존하려는 정동'과 '다른 사람과 우정을 맺으려는 정동'을 결합한 강한 정동을 강조한다. 진태원, 《스피노자 윤리학 수업》, 그린비, 2022, 266~267쪽 참조. 우리는 이런 스피노자의 논의를 타자 윤리를 강조하는 관점과 결합시킬 필요가 있다.

29 타자의 위치와 스피노자의 내재원인의 관계에 대해서는 4장 3절 참조. 스피노자가 말하는 내재원인의 인식과 개인의 능동적 주체화 역시 고립된 개인을 넘어선 타자와의 관계를 함축하고 있다. 진태원, 위의 책, 332~333쪽.

30 위의 책, 266쪽.

적 정동은 타자와의 관계에서의 **평등**과 연관된다고 할 수 있다.[31] 스피노자는 공동체의 근거인 능동적 정동을 자유와 연관해 말하지만 이때의 자유는 평등을 끌어안은 자유이다.

정동이 평등과 연관된다는 사실은 우리 시대에 매우 중요한 논점이다. 능동적 정동이 활발해져 타자와의 교감이 왕성해지면 평등성의 소망도 고양된다. 반면에 수동적 정동이 만연되어 타자와의 거리가 멀어지면 불평등성을 묵인하는 사회가 도래한다. 오늘날 감정보다 정동이라는 단어가 긴요해진 것은 평등의 회복의 문제가 가장 긴급한 화두가 되었기 때문이다. 그런 맥락에서 이 책에서는 무엇보다도 정동의 문제를 평등성과의 관계에서 살펴볼 것이다. 오늘날의 불평등성의 문제를 해결하려면, 정동이 어떻게 타자와의 관계에서 미시권력에 대응하는 능동적 힘을 생성하는지 이해하는 것이 가장 필수적인 과제이다.

2. 에로스와 혐오 — 능동과 수동

스피노자는 기쁨과 슬픔을 능동적 정동과 수동적 정동의 예로 말했다. 그러나 21세기의 시점에서 보다 더 주목해야 할 정동은 사랑과 혐오일 것이다. 슬픔의 공동체에서 기쁨의 공동체로의 이행이 스피노자의 과제였다면, 오늘날에는 혐오의 정치에서 벗어나는 사랑의 정동정치가 매우 중요하다. 스피노자를 현대적으로 해석하려면 사랑과 혐오의 정동에 대해 깊이 있게 살펴봐야 한다.

에로스와 혐오는 우리의 주제인 평등과 매우 긴밀하게 연관되어 있다. 평등의 소망을 고양시키는 정동이 **에로스**라면 불평등을 묵인하게 하는

---

31 정동은 타자와의 관계에서 나의 정체성이 구성되는 과정이기 때문에 개인 이하의 것인 동시에 개인을 넘어선 사회적인 것이라고 할 수 있다.

정동은 **혐오**이다. 카치아피카스가 말한 에로스 효과[32]는 억압과 차별이 없는 사회로 가는 원동력이다. 반면에 혐오 발화가 만연된 사회는 평등한 공동체에 대한 에너지가 고갈된 세상이다. 그 점에서 에로스의 반대말은 아마도 우리 시대에 만연된 혐오일 것이다. 평등의 소망과 연관된 **능동적** 정동의 정점이 사랑(에로스)인 반면, 불평등의 세계를 존속시키는 **수동적** 정동의 대표는 혐오(그리고 원한[33])인 것이다.[34]

우리는 흔히 잘못된 정치권력이 대중을 '갈라치기'하며 혐오를 조장한다고 비판한다. '갈라치기'는 불평등에 무감해진 사회의 특징이며 그 숨겨진 기제가 바로 혐오의 정치이다. 반면에 불평등을 해결할 수 있는 것은 '차이'의 존중이며 그것을 이루어주는 것이 에로스의 정치이다.

레비나스는 타자에 대한 공감을 에로스라고 말했는데, 오늘날의 권력은 그 반대로 타자와 약자를 혐오하게 하는 방식을 사용한다. 갈라치기 권력의 작동에 의한 여성과 장애인의 혐오가 대표적인 예일 것이다. 예컨대 남성중심적 사회에서 '평등을 요구하는 여성'을 혐오하는 것은 차별에 무감각한 남성주의 권력이 사회를 장악하는 대표적인 방식이다. 그에 저항하며 타자에 대한 공감과 에로스를 무기로 성적 평등을 요구하는 것이 바로 미투 운동이다.

에로스적 사랑은 타자와의 상호작용인 동시에 사회의 곳곳에서 동시다발적으로 번져간다. 마찬가지로 타자를 외면하게 하는 혐오 역시 일상의 도처에서 사람들을 감염시킨다.[35] 후자의 혐오의 감염에 의존하는 것이 파시즘과 신자유주의라면 전자의 사랑의 정치적 효과는 촛불집회와

---

32 조지 카치아피카스, 원영수 역, 《아시아의 민중봉기》, 오월의 봄, 2015, 563쪽.

33 니체는 원한을 약한 반작용적 정동으로 논의했다.

34 스피노자는 능동적 정동을 기쁨과 사랑에 연관시키는 반면 수동적 정동은 슬픔과 증오에 관한 것으로 논의한다. 기쁨은 자신의 내재원인으로 돌아올 때 사랑이 되며 슬픔은 내재원인의 망각과 연관될 때 증오가 된다. 들뢰즈, 박기순 역, 《스피노자의 철학》, 민음사, 2001, 79~81쪽.

35 에로스가 번져가는 원리가 실재계적 무한의 윤리라면 혐오를 감염시키는 원리는 상상계적 환상의 장치이다.

미투 운동이다. 파시즘과 신자유주의가 차별을 묵인하고 불평등에 눈감게 한다면 촛불집회와 미투 운동은 차별에 저항하며 평등성을 고양시키는 운동이다.

신자유주의는 사랑과 감성, 소통 등의 인격성의 영역을 상품화하는 미시권력의 체제이다. 인격성의 영역이 상품화되었다는 것은 우리의 존재가 상품이나 물건처럼 딱딱하고 빈약해졌음을 뜻한다. 그 때문에 인격과 감정의 자본주의화는 사람들을 수동적인 물건처럼 만드는 '정동의 식민화'이기도 하다.

신자유주의의 정동의 식민화[36]는 쾌락과 혐오라는 반작용적 정동의 장치를 사용한다. 쾌락과 혐오는 반대되는 정동 같지만 타자를 배제하는 점에서 일치한다. 쾌락은 에로스적 향락(jouissance)과는 달리 개인적인 성취를 통해서만 얻어지며 타자와는 아무런 상관이 없다. 모든 사람이 성과에 매진하며 쾌락을 추구하는 사회는 사회적 루저와 타자를 배제하고 혐오할 따름이다. 인격성의 영역마저 상품화된 신자유주의의 현실원칙은 상품논리(그리고 쓸모)일 뿐이며, 상품논리에 순치된 사람들은 쾌락원칙에 갇힌 채 패배한 타자를 혐오한다. 오늘날 눈부신 캐슬(자본의 캐슬)의 선망과 함께 타자에 대한 혐오가 만연되는 것은 점점 현실원칙(상품논리)과 쾌락원칙(나르시시즘)을 넘지 못하는 사회가 되어가고 있음을 입증하고 있다.

신자유주의는 쾌락의 정동을 최대한 이용하는 동시에 쾌락원칙을 넘지 못하는 체제이다. 역설적인 것은 그런 신자유주의 역시 신체를 활기차게 만드는 듯한 환상을 통해 수동적 정동(쾌락과 혐오)을 전염시킨다는 점이다. 신자유주의는 쾌락의 장치를 통해 상품사회의 성과에 매진하도록 모든 사람의 전인격을 동원시킨다. 그러나 성과사회의 활기는 직선적인 시간의 질주일 뿐 거기에는 능동적 정동과 순수 기억의 고양에 의한 창조

---

36 마수미는 정동을 식민화하는 것을 정동의 납치라고 부른다.

적인 활력이 없다.[37]

다른 한편 신자유주의는 혐오의 장치를 통해 타자를 배제함으로써 자아의 심연의 심리적 잔여물을 매장한다. 고통받는 타자란 일상인의 보이지 않는 심리적 잔여물을 대신 눈에 보이게 드러내 주는 존재이다. 심리적 잔여물이란 인격을 가진 존재가 상품논리에 지배되어 살아갈 때 남겨진 심연의 앙금이다. **타자**를 혐오하는 것은 실상 그런 **자신**의 심연의 잔여물을 봉쇄하면서 상류층과 권력자 쪽으로 돌아서는 것이다. 신자유주의는 그런 방식으로 사람들이 타자를 혐오하는 동시에 상승의 환상 속에서 불가능한 성과에 목을 매게 만든다. 그처럼 타자와 멀어진 채 상승 욕구에 지배되면 불평등한 세상은 영원히 회복되지 않는다.

쾌락과 혐오가 짝을 이룬 신자유주의는 왜 화려한 볼거리의 시대가 혐오의 시대이기도 한지 알려준다. 그런 신자유주의의 쾌락과 혐오의 장치에 예속된 나르시시즘의 세계가 바로 《펜트하우스》(김순옥 극본 주동민 연출, 2020~21)이다. 《펜트하우스》의 세계는 쾌락 및 부의 욕망과 루저(타자)에 대한 혐오로 가득 차 있다. 이 드라마에는 부의 욕망에 물신화된 괴물 같은 존재가 있을 뿐 타자에게 관심을 갖는 사람은 아무도 없다. 그런데도 놀라운 시청률을 자랑하며 오늘날의 대표적인 나르시시즘 정동을 보여준 배우에게 최고연기상의 명예를 수여한다.

《펜트하우스》와 달리 《스카이 캐슬》(유현미 극본 조현탁 연출, 2018~19)에는 상류층의 좌절과 반성이 얼마간 그려진다. 그러나 《스카이 캐슬》 역시 교훈적인 메시지를 발신함에도 불구하고 사람들이 예서책상을 사들이고 코디를 물색케 하는 신드롬을 일으켰다. 우리 시대는 이성적인 교훈이 수동적 정동의 확산을 멈추기 어려운 세상이다. 정동이 식민화된 사회에서는 단지 사람들의 자각의 촉구만으로는 덧없는 욕망의 환상을 잠재우기 어려운 것이다. 《스카이 캐슬》은 열악한 정동의 극복을 위해서는 이성

---

37 신자유주의가 쾌락원칙을 넘지 못하는 것은 이 때문이다.

적 설득보다 능동적 정동의 증폭이 필요함을 분명히 보여주었다. 이 드라마가 입증했듯이, 만연된 수동적 정동을 반전시키기 위해서는 교훈적인 메시지보다는 정동정치의 반격이 반드시 필요하다.

쾌락과 혐오가 짝을 이룬 수동적 정동의 사회의 특징은 타자에 대한 배제이다. 그런데 그처럼 타자를 혐오하면 90%의 사람들도 수동적 정동에 감염되어 인격성이 빈약해진 채 살아가게 된다. 타자와의 교감은 단지 약자를 동정하는 것이 아니라 자신의 존재의 인격적 품성을 확인하는 것이다. 반면에 타자를 망각하고 인격성이 빈약해지면 존엄한 인간적 존재의 소망을 상실한 채 상승 욕구에 목을 매게 된다.《스카이 캐슬》의 시청자들이 상류층의 비법을 답습한 것도 수동적 정동에 감염되어 인격성이 빈곤해졌기 때문이다. 타자가 사라진 사회는 90%의 인격이 빈약해져서 능동적인 변화의 가능성이 없어진 세상이다. 그에 대한 반격은 추방된 타자를 회생시키면서 일상의 사람들의 빈곤한 자아를 다시 부활시키는 것이다.

우리 시대의 변혁운동들이 한결같이 타자에 대한 에로스적 공감을 구호로 내세우는 것은 우연이 아니다. 타자의 회생은 에로스라는 능동적 정동의 부활을 통한 90%들의 존재의 회생이기도 하다. 예컨대 '희망버스'에 모인 사람들은 타자의 가면을 쓰고 "우리가 김진숙이다"를 외쳤다. 또한 미투 운동은 "나도 서지현이다"라고 소리치고 있다. 우리 시대의 변혁운동은 사라진 타자가 우리 곁에 다가오는 순간 에로스(능동적 정동)를 회생시키며 시작된다. 타자란 신자유주의에서 쓸모없어진 잔여물을 지니고 고통스럽게 살아가는 사람들이다. 그런 타자가 회생하는 순간은 우리 자신의 아득한 샘물을 퍼 올리고 신체의 힘을 증대시키며 사람들이 모이게 되는 시간(에로스 효과[38])이다. 카치아피카스가 말한 '에로스 효과'란 능동

---

38 카치아피카스는 변혁운동에서 자발성과 무의식적 운동에 의해 세속적 가치가 한순간에 정지되며 사랑과 유대가 동시적으로 물결치는 것을 에로스 효과라고 불렀다. 사람들은 마치 사랑에 빠진 것 같은 감성적 상태가 되어 타자와 교감하며 스스로 움직인다. 카치아피카스, 원영수 역,《아시아의

적 정동에 감염되는 사건을 신체 자체에서 발생시키는 정동정치에 다름이 아니다.

정반대이면서 비슷한 쾌락과 혐오에 감염되면 사람들은 수동적 정동에 포위되어 불가능한 상승의 환상 속에서 살아간다. 그처럼 반작용적 정동에 감염된 사회에서는 이성적인 설득도 교훈적인 계몽도 무용지물이 된다. 권력의 캐슬은 설교 앞에서 결코 동요하지 않는다. 타자에 대한 공감의 증폭 속에서 스스로 능동적으로 움직일 때만 우리는 '펜트하우스'와 '스카이 캐슬'을 흔들 수 있게 된다. 우리 시대의 자본과 권력의 캐슬 앞에는 정동을 식민화하는 미시권력이 안개와 젤리로 퍼져 있다. 변혁이든 개혁이든 수동적 정동의 미시권력을 횡단하는 정동정치가 앞장서야만 거대 권력을 뒤흔드는 반격이 시작될 수 있을 것이다. 스피노자는 열악한 정동을 극복하려면 반드시 더 강한 정동에 호소해야 한다고 말했다.[39] 오늘날 정동정치가 필요한 것은 미시권력의 안개를 뚫고 능동적 정동을 회복해야만 불평등을 해소하려는 사람들의 물결이 다시 일어날 수 있기 때문이다.

3. 편재하는 젤리와 정동정치

《보건교사 안은영》(정세랑·이경미 극본 이경미 연출, 2020)[40]에는 다양한 젤리가 곳곳에 널려 있는 세계가 그려진다. 편재하는 젤리는 우리의 신체에 유해한 힘으로 작용하지만 보건교사 외에는 아무도 보지 못한다. 이 소설의 젤리는 죽은 사람뿐 아니라 산 사람도 뿜어내는 입자들인 점에서

민중봉기》, 앞의 책, 563쪽.

39 스피노자, 《에티카》, 앞의 책, 72쪽.

40 정세랑의 원작 소설(2015)을 드라마화한 것이다.

악령이나 귀신과는 조금 다르다. 바이러스처럼 신체를 감염시키며 지각 체계에 영향을 미치는 젤리들은 보이지 않는 해로운 정동의 응집체에 가깝다. 다양한 점성을 지닌 유해한 젤리들은 사람들의 신체에 달라붙어 수동적 정동의 존재로 살아가게 만든다. 젤리에 감염된 학생들은 개인의 의지와 상관없이 수동적으로 움직이며 파국을 맞게 된다. 정동이 식민화되었다는 것은 그처럼 우리의 신체가 젤리와도 같은 유해한 정동에 감염되어 살아간다는 뜻이다. 보건교사의 활약이 필요한 시대[41]는 정동적 바이러스가 만연된 젤리의 시대이기도 한 것이다.

정동은 주관적 감정과는 달리 사회적으로 널리 유포된다. 그 점에서 정동은 개인의 내부에 갇혀 있지 않으며 반대로 우리가 정동의 흐름 속에 놓여 있는 것이라고 할 수 있다.[42] 신체와 지각 체계에 직접 영향을 미치는 보이지 않는 미시권력의 세계, 이것이 권력이 정동적으로 작용하는 우리 시대의 모습이다. 《보건교사 안은영》은 신자유주의의 현실이 우리의 이성을 마비시키는 정동권력에 포위된 시대임을 알려준다. 학생들을 자신의 의지와 상관없이 옥상으로 향하게 하는 젤리는 가장 유해한 수동적 정동에 다름이 아니다. 반면에 광선검과 비비탄총으로 젤리를 퇴치하는 보건교사는 오늘날 필요한 정동정치의 은유이다.

정동정치는 과거와 다른 오늘날의 존재론적 미시권력에 대한 대응이다. 존재론적 미시권력으로서 정동권력은 지각 체계와 존재 자체에 영향을 미쳐 사람들이 체제에 수동적으로 예속되어 살아가게 만든다. 우리 시대에 비판적 정치가 약화된 것은 일차적으로 그런 정동권력에 대한 대응

---

41 퇴마사가 아니라 보건교사가 젤리를 물리치는 것은 젤리의 병리적 특성을 암시한다. 그런데 젤리를 물리칠 수 있는 것은 보건교사와 타자(장애인인 홍인표)와의 교감이 생성한 금빛 전류 같은 정동이다. 보건교사와의 교감을 통해 금빛 전류를 발생시키는 홍인표는 젤리로부터 보호막을 지니고 있는 타자라고 할 수 있다.

42 최진석 〈'정동'은 우리를 어디로 인도할 것인가? ─ 브라이언 마수미, 《정동정치》〉, 《문학동네》 제25권 제4호, 1~10쪽, 2018.

(정동정치)이 미흡하기 때문이다. 아무도 젤리를 보지 못하는 상황에서 보건교사 한 사람의 분투만으로는 부족한 것이다. 오늘날 비판 사상들이 무력화된 깃은 우리가 보이지 않는 젤리를 퍼뜨리는 정동권력에 포위된 채 살아가기 때문이다.

초유의 권력 장치로서 지각 체계에 감성적으로 작용하는 점액질의 젤리란 무엇인가. 마치 바이러스와도 같이 곳곳에 퍼져 있는 정동권력을 이해하려면 근대 이후의 권력의 계보학을 살펴봐야 한다. 정동권력은 일상의 도처에 보이지 않게 편재하는 점에서 푸코의 미시권력과 비슷하다. 푸코가 말했듯이 권력 방식의 변화는 통치와 연관된 지배와 저항의 장 자체를 변화시켜왔다. 권력의 계보학적 변화는 대응 방법의 전환을 가져왔으며 그 끝에 (젤리와 광선검 같은) 정동적 차원의 예속과 저항이 놓여 있는 것이다.

푸코는 근대적 권력의 특징으로 '왕 없는 권력'과 '법 없는 성'을 강조했다.[43] 왕은 권력의 얼굴을 보여주며 죽음의 권리(그리고 칼의 법)를 통해 피지배자를 죽게 하거나 살게 내버려둔다.[44] 그에 반해 근대 이후에는 얼굴을 보여주지 않으며 삶과 욕망(성)의 방식으로 작용하는 권력이 등장했다. 왕 없는 삶권력은 사회의 도처에 편재하는 미시적 그물망으로 실행된다. 여기서는 법이 칼보다는 삶의 규율로 작용하며 새로운 규율권력은 사람들의 육체를 탈취하는 대신 삶에 순치시킨다. '왕 없는 권력'이란 순치된 육체로 살게 하는가 죽음 속으로 내쫓는 권력이다.[45]

푸코의 논의는 거대한 권력도 일상에 편재하는 미시권력으로 작용함을 주목한 점에서 의미가 있다. 우리의 주제인 정동권력 역시 대표적인 미시권력이며 푸코의 삶권력의 첨단의 진화된 형태이다. 푸코의 삶권력의

---

43 푸코, 이규현 역,《성의 역사》, 나남, 1996, 105쪽. 군주의 '칼의 법'은 생명을 빼앗는 특권에서 절정에 이르렀고 그로부터 사물, 시간, 육체의 탈취가 부속적으로 행사되었다.

44 위의 책, 146쪽.

45 위의 책, 148쪽.

그물망이 도처에 편재하듯이 젤리 같은 정동권력도 비가시적으로 삶 자체에 편재한다. 푸코가 말한 권력의 그물망은 오늘날 젤리를 만들어내며 더욱더 공고하게 작동되고 있다.

편재하는 규율권력은 왕 같은 독재자가 물러난 후에도 왜 곳곳에 권력의 그물망이 남아 있는지 설명해준다. 삶 자체의 도처에 편재하는 권력을 변화시키지 않는 한 진정한 민주주의는 실현되지 않는다. 상황이 더욱 난처한 것은 푸코가 주목하지 않은 또 다른 강력한 권력 장치들의 작동 때문이다.

아감벤은 근대적 권력을 유지시키는 것이 푸코의 규율권력이 아니라 비식별성의 권력이라고 주장했다. 푸코의 규율권력이 보이지 않는 감옥 장치(파놉티콘)에 근거한다면 아감벤의 비식별성의 권력은 법의 예외 상태에 의존한다.[46] 비식별성의 권력은 합법인지 불법인지 구분이 어려운 상태에서 타자를 죽음에 이르도록 배제한다. 그처럼 외부로 배제하면서 체제 내부에 포함하는 것이 법질서의 예외 상태이다. 법으로부터 버림받은 사람은 법질서의 외부에 놓인 상태(배제)로 내부에 위치(포함)하게 된다. 아감벤은 예외 상태를 통해 체제를 유지시키는 것은 푸코의 감옥 장치가 아니라 수용소 장치라고 말한다.[47]

감옥이 규율에 순치시키는 것을 목적으로 한다면 수용소는 순치되지 않는 타자를 죽음으로 배제(그리고 포함)한다. 아감벤이 말한 호모 사케르(벌거벗은 생명)란 죽음으로 배제해도 아무 일도 일어나지 않는 수용소적 상황에 처한 존재를 뜻한다. 법 체제는 그처럼 호모 사케르를 배제하는 장치를 체제 내에 포함함으로써 질서를 유지한다. 푸코가 법이 신체의 규율로 작용하는 것이 근대 권력의 특징이라고 말했다면, 아감벤은 순치되

---

46 아감벤, 박진우 역,《호모 사케르》, 2008, 64쪽.

47 수용소는 타자를 비식별성의 상태에서 법의 외부로 배제하는 장치인 동시에 체제의 내부에서 기능하고 있다.

지 않는 타자를 죽음으로 내쫓아야 법적 질서가 유지된다고 주장했다.

푸코와 아감벤은 '순치된 채 살게 하거나 죽음으로 내쫓는' 근대 권력의 두 측면을 말한 셈이다. 그런데 아감벤은 푸코의 삶권력과 달리 타자를 죽음으로 내쫓는 권력이 보다 근본적이라고 논의했다. 푸코의 규율권력의 한계는 타자를 방치하면 규율 공간에 대한 역습이 잠재한다는 것이다.

아감벤의 주장의 핵심은 체제의 유지에 가장 필요한 것이 **타자**를 관리하는 데 있음을 말한다는 점이다. 그가 논의한 법의 안이면서 밖인 '비식별성', 그리고 배제하면서 포함하는 '예외 상태'는, 타자와 연관된 주장이다. 타자란 체제의 내부(상징계)에 존재하는 외부적(실재계적) 존재이다. 타자가 불길한 것은 규율에 순치될 수 없는 상태로 규율 공간의 내부에 위치해 있기 때문이다. 불길한 타자란 체제에 포함하면 이질성의 문제가 생기고 배제하면 외부의 반격이 위험으로 남는 존재이다.

아감벤이 '배제하면서 포함하는 권력'을 말한 것은 타자를 처리하기 위한 방법을 말한 셈이다. 타자를 내쫓아 이질성을 추방하면서 다시금 포함해 외부의 요소를 관리해야 하는 것이다. 타자의 관리가 중요한 것은 타자란 일상인의 잠재적 응시(라캉)[48]의 잔여물을 밖으로 표현하는 존재이기 때문이다. 그처럼 실재계적 잔여물을 흘리고 있는 불온한 타자를 처리해야만 일상인을 삶권력에 동화시킬 수 있게 된다.

아감벤의 생명권력은 타자를 관리하는 장치를 말한 점에서 우리의 정동의 주제와 직접적으로 연관된다. 앞서 살폈듯이 능동적 정동은 감정과 달리 **타자와의 이중주**로 연주된다. 아감벤의 생명권력은 타자와 교감하는 능동적 정동을 배제하고 수동적 신체로 살아가게 만드는 권력이다.

아감벤은 배제와 포함에 의해 무력화된 타자를 벌거벗은 생명이라고

---

48 응시란 권력의 시선에 대응하는 타자의 위치에서의 시각성을 뜻한다. 라캉, 민승기·이미선·권택영 역, 《욕망이론》, 문예출판사, 1994, 186~255쪽.

불렀다. 벌거벗은 생명은 순치되지 않은 신체 때문에 추방당한 채 수용소에 갇힌 존재이다. 벌거벗은 생명을 살해해도 아무런 동요가 일어나지 않는 것은 타자의 배제 과정이 일상인의 응시의 잔여물을 제거하는 과정이기도 하기 때문이다. 생명권력은 타자와의 교감으로 응시의 잔여물이 회귀하기 전에 미리 타자를 제거하는 방법을 고안해내야 한다.

아감벤은 그런 생명권력(생명정치)의 고안물을 비식별성의 장치라고 불렀다.[49] 벌거벗은 생명은 자연의 신체가 아니라 권력에 의해 정치의 장으로 끌어들여진 존재이다. 정치의 장은 내부(체제)의 공간이지만, 벌거벗은 생명을 관리하기 위해서는 내부와 외부, 합법과 불법이 불분명한 비식별성의 공간을 마련해야 한다. 비식별성의 공간에서는 순치되지 않는 신체(외부 요소)[50]가 배제된 채 포함되기 때문에 벌거벗은 생명은 거세된 무력한 존재가 된다.

그러나 아감벤에게도 맹점이 남아 있다. 생명정치를 포함한 어떤 절대적 권력도 배제할 수 없는 것이 바로 벌거벗은 타자의 '얼굴'이다. 권력은 타자를 죽일 수 있을지언정 고통스런 얼굴을 강제로 지울 수는 없다. 비식별성의 장치와 수용소 공간에 남아 있는 틈새는 벌거벗은 얼굴의 응시이다.[51] 벌거벗은 얼굴은 벌거벗은 생명에게 남아 있는 마지막 외부(실재계)이자 최후의 반격의 근거이다.

비식별성의 권력이 타자를 벌거벗은 생명으로 만든다면 타자는 벌거벗은 얼굴을 통해 응시의 잔존을 표현한다. 벌거벗은 얼굴은 (제거되거나 숨겨진) 일상인의 응시의 잔여물을 향해 호소하며 다가온다. 레비나스가 타

---

49 아감벤,《호모 사케르》, 앞의 책, 76~79쪽.

50 아감벤의 논의에서 내부와 외부는 체제(싱징계)와 바깥(실재계)을 나타낸다. 반면에 스피노자가 말하는 외적 원인은 체제의 요인이며 내적 원인은 체제에 예속되지 않은 내재원인이다. 따라서 스피노자의 내적 원인은 체제 외부의 실재계의 위치에 가깝다.

51 비식별성의 권력은 불온한 타자를 제거할 수 있지만 아무런 저항력도 보호막도 없는 벌거벗은 얼굴은 지워버릴 수 없다.

자를 미래라고 말한 것은 벌거벗은 얼굴을 통해 사람들의 심연의 잔여물이 자극돼 물밑의 응시를 증폭시킬 수 있기 때문이다.

이제 문제는 사람들이 벌거벗은 얼굴에 얼마나 공감하느냐에 달려 있다. 수용소 장치는 공감을 호소하는 고통의 얼굴마저 제거할 수는 없기 때문에 비식별성에 의한 타자의 추방은 완전하지 않다. 호모 사케르냐 타자의 회생이냐는 사람들(일상인)과 벌거벗은 얼굴과의 공감의 문제이다. 아감벤이 **법**의 차원에서 말한 비식별성의 영역은 이제 **정동**(그리고 윤리)의 문제가 된다. 법의 안이면서 밖인 아감벤의 비식별성의 장치는 사람들의 공감을 마비시켜 (타자를 외면하는) 비윤리적 정동에 감염되게 한다. 반면에 법의 외부로서 간신히 살아남은 벌거벗은 얼굴은 공감을 호소하며 윤리적 정동[52]을 회생시킨다. **정동**이란 사람들을 **권력**의 질서에 순응시키느냐, 대응하게 하느냐를 결정짓는 감성이다. 벌거벗은 생명을 만드는 것은 마비된 공감으로 타자를 외면하게 하는 수동적 정동이다. 반면에 벌거벗은 얼굴에 의해 회생하는 **윤리**란 타자를 추방하는 비식별적 체제에 대응하며 수동적 정동에서 벗어나 신체를 능동적으로 회생시키는 정동이다.

예외 상태의 법은 어떻게 벌거벗은 얼굴이 수용소에서 살아남았는지 설명하지 못한다. 반면에 정동론은 윤리가 정동의 차원이기 때문에 '예외적 법조차 무용지물인' 얼굴에 살아남음을 암시한다. 타자의 얼굴은 사람들에게 호소하며 신체 자체로부터 법을 넘어선 능동적인 윤리적 정동을 회생시킨다. 예외를 질서의 일부로 만든 법이 피지배자를 수동적 신체로 만든다면, 윤리는 '예외적 법마저 넘어서는' 정동으로 작용하며 능동적 신체를 부활시킨다.

그런데 이제 마침내 그 모든 것을 종결시키는 권력이 나타났다. 예외 상태의 법조차 뿌리치는 정동작용을 간파한 권력은 새로운 감성적 장치

---

52   윤리적 정동은 사람들의 심연에서 생성되는 동시에 이중주의 연주이다.

를 발명해냈다. 레비나스의 벌거벗은 얼굴이 예외 상태에 대한 반격이라면 신자유주의의 정동권력은 벌거벗은 얼굴마저 무력화하는 최후의 미시적 장치이다. 신자유주의는 자본주의의 자기 갱신을 통해 인격성의 영역인 사랑, 감성, 소통마저 상품화했다. 이른바 감정 자본주의에서 **사랑의 식민화**는 타자의 진정한 얼굴의 상실과 표리를 이루고 있다. 감정의 상품화란 얼굴의 상품화이며 '연출된 표정'이 없는 벌거벗은 얼굴은 어디서도 감지되지 않는다.

사랑이 세상을 변화시킬 수 있는 것은 수용소 장치에서 살아남은 벌거벗은 얼굴이 호소할 때이다. 우리 시대의 감정의 상품화란 그런 벌거벗은 얼굴의 다가옴을 막는 장치에 다름이 아니다. 감정이 상품처럼 유통되고 소비되면 사라지는 것은 타자의 고통스러운 얼굴과 에로스의 정동이다. 오늘날 우리는 고통받는 타자의 벌거벗은 얼굴에 공감하지 못할 뿐 아니라 연인과 이웃의 진정한 얼굴을 감지하지 못한다. 그처럼 타자(타인)와의 능동적 사랑을 불가능하게 함으로써 권력의 수동적 질서에 순응하게 하는 것을 **정동의 식민화**라고 부를 수 있다.

사랑은 혼자서 할 수 없기 때문에 사랑과 윤리의 정동은 타자와의 이중주로만 연주된다. 정동의 식민화는 그런 능동적 정동의 이중주를 불가능하게 하는 장치이다. 사랑이 불가능한 시대에도 심연의 에로스의 샘물이 사라지거나 타자의 고통스러운 얼굴이 없어진 것은 아니다. 정동의 식민화는 얼굴의 상품화를 통해 자아와 타자 사이의 정동적 교감을 어렵게 만드는 것으로 진행된다. 얼굴이 상품화되면 쾌락과 혐오가 만연되면서 인격을 물건처럼 딱딱하게 만드는 수동적 정동이 젤리처럼 유포된다. 그처럼 일상의 곳곳이 점액질의 수동적 정동으로 포위되면 잔존하는 심연의 에로스와 타자의 얼굴 사이의 교감은 매우 어려워진다.

이제 사회의 도처에 편재하는 것은 권력의 그물망과 예외 상태(수용소)의 장치만이 아니다. 보다 중요한 것은 편재하는 비가시적인 수동적 정동의 응집체들이다. 곳곳에 떠다니는 쾌락과 혐오의 정동들[53]은 벌거벗은 얼굴에 공감하며 예외 상태에 대응하는 능동적 정동을 사라지게 만든다. 그치럼 수동적 정동에 포위된 사회에서는 보이지 않는 '권력의 그물망'과 '예외 상태의 장치'가 무저항 속에서 영속적으로 계속된다.

《보건교사 안은영》에서 안은영은 일상의 곳곳에서 젤리들을 보며 힘들게 살아간다. 젤리는 죽은 사람이나 산 사람에게서 흘러나온 입증되지 않은 입자들의 응집체이다. 젤리의 응집체는 사람들 사이의 능동적 교감을 왜곡하기 때문에 안은영은 자신의 기운을 입힌 광선검으로 내려친다. 안은영이 보는 젤리의 응집체란 사랑의 교감을 방해하는 수동적 정동의 덩어리에 다름이 아니다.

감정 자본주의에서 수동적 정동의 젤리[54]는 곳곳에 만연되어 있지만 아무도 보지 못한다. 젤리에 의해 지각이 왜곡되고 유해한 일들이 생겨도 입자들을 보지 못하는 사람들은 자신이 스스로 행동하는 듯이 느낀다. 불행한 사건의 원인은 신체의 외부[55]에 있지만, 그것이 보이지 않는 젤리로 달라붙기 때문에 무엇에 홀린 듯이 스스로 행동한다고 여기는 것이다.

한병철은 우리 시대에는 외부 권력에 의해 불행으로 내몰리는 것이 아니라 자발적으로 호모 사케르가 된다고 말한다.[56] 오늘날의 호모 사케르는 예외 상태의 장치에 의한 것이기보다는 자유와 강제의 일치에서 생긴다. 자유로운 강제에 몸을 맡기는 우리는 착취자인 동시에 피착취자이다.[57]

그러나 한병철이 말한 자발성은 강력한 외부 요인에 의한 것이기도 하다. 한병철이 간과한 것은 곳곳에 만연된 보이지 않는 유해한 동물성 젤

---

53 이 수동적 정동들은 쾌락원칙과 현실원칙(상품논리)을 넘지 못하게 하며 에로스를 불가능하게 만든다.

54 감정 자본주의가 만들어내는 익명의 사람들의 수동적 정동의 흐름에 의해 젤리들이 만들어진다.

55 이 신체의 외부는 상징계의 작동을 원활하게 하는 상상계라고 할 수 있다.

56 한병철, 김태환 역,《피로사회》, 문학과지성사, 2012, 110~111쪽.

57 위의 책, 28~29쪽.

리들이다. 수동적 정동의 젤리들이 신체를 움직이기 때문에 사람들은 자발적인 동시에 외부 원인(그리고 권력의 그물망과 예외 상태 장치)에 지배되는 것이다.

푸코의 권력의 그물망이 인간관계 전체에서 작동되듯이 수동적 정동들은 모든 관계들이 이루어지는 곳에서 작용한다. 또한 미시권력이 규율기관과 담론, 지식에 의해 생산되듯이 정동권력의 수동적 젤리는 체제의 감성의 분할[58]과 그것을 유포하는 매체에 의해 만연된다. 푸코의 규율권력이 일방적인 시각성에 의해 작동된다면 정동권력은 캐슬을 선망하고 타자를 혐오하는 감성의 분할에 의해 실행된다.

그 같은 정동권력이 작동되면 권력 장치의 작용은 자발적으로 야기하는 고통처럼 경험된다. 예컨대 《보건교사 안은영》에서는 성과사회의 입시지옥[59]이 만든 나쁜 기운에 감염되어 학생들이 몸이 아프다고 비명을 지른다. 수능을 앞두고 공부 잘하는 학생의 방석을 훔치려다 죽은 학생의 방석을 가져오는 바람에 생긴 일이었다. 그 때문에 학생들의 고통은 자신들이 자초한 것이며 그들은 스스로를 자발적인 호모 사케르처럼 느끼게 된다. 죽은 학생을 애도하는 대신 나만이라도 성적을 올리기 위해 이기적으로 행동을 하다 뜻밖의 일이 벌어진 것이다.

그러나 이 사건의 뒤에는 학벌 캐슬을 선망하고 루저를 혐오하는 입시지옥의 감성 체계(감성의 분할)의 유해한 젤리가 숨어 있다. 방석 사냥을 하는 학생들 각자에게 잘못이 있다기보다는 사회의 왜곡된 감성체계가

---

58 감성의 분할이란 정치권력에 의해 규정된 보이는 것과 보이지 않는 것, 발화와 잡음 사이의 경계 설정을 말한다. 랑시에르, 오윤성 역, 《감성의 분할》, 도서출판 b, 2008, 14~15쪽. 수동적 정동의 젤리는 타자를 보이지 않는 혐오의 대상으로 만든다. 신자유주의의 감성의 분할에서 보이는 것은 캐슬이며 보이지 않는 것은 타자라고 할 수 있다.

59 성과사회의 입시지옥은 '시험 능력주의'라고 부를 수 있다. 시험 능력주의는 캐슬 사회의 장치의 하나이며 스카이 캐슬을 선망하고 루저를 혐오하는 정동권력(그리고 감성의 분할)의 장치와 짝을 이루고 있다. 성과사회는 한병철, 《피로사회》, 앞의 책, 23쪽, 시험 능력주의는 김동춘, 《시험 능력주의》, 창비, 2022 참조.

유포하는 수동적 젤리들이 문제인 것이다. 입시 지옥의 체제가 물신화되면 사회 구성원들의 감성의 구조 자체가 왜곡되기 때문에 체제를 바꾸려는 대응이 사라지고 유해한 정동에 지배되는 사회가 도래한다. 입시지옥이라는 규율 장치를 에워싼 정동권력은 학생들의 고통을 자발적인 불행으로 전도시키면서 규율 체제의 모순에 대한 대응을 무력화한다.

유해한 젤리는 캐슬 사회와 감정 자본주의가 물신화된 체제에서 만연된다. 그런 상황에서 아주 유해한 젤리들이 끝없이 달라붙으면 극단으로 내몰리기도 한다. 예컨대 연예인 설리는 단지 벌거벗은 얼굴을 보여주려한 이유로 악플에 시달리다 자살을 했다. 설리의 자살은 자발적인 죽음이 아님은 물론 단순히 저열한 악플러 때문만으로도 볼 수도 없다. 설리를 죽음으로 내몬 것은 악플러 개인들이기보다는 그들을 악플과 혐오 발화에 감염시킨 해로운 젤리들이다. 젤리에 감염된 사람들이 악플을 남발하고 그 악플이 더 유해한 젤리들을 만들면서 설리를 자살로 내몬 것이다.

우리 시대에 혐오 발화와 가짜뉴스가 만연된 것은 개인적인 타락이기에 앞서 사회 도처에 유해한 젤리[60]들이 퍼져 있음을 반증한다. 이제 고통받는 타자를 죽음으로 내모는 것은 예외 상태(수용소) 장치와 공모하는 수동적 정동의 젤리들이다. 오늘날 예외 상태의 장치가 강제 수용소 대신 일상에 만연된 것은 (《보건교사 안은영》에서처럼) 젤리들이 곳곳에 떠다니기 때문이다. 이런 상황에서는 악플러를 처벌한다 해도 유해한 젤리들이 없어지지 않는 한 억울한 자살자는 계속 나타난다. 일상의 감성을 왜곡시키고 타자를 사지로 내모는 이 수동적 젤리들은 인격성마저 식민화하는 감정 자본주의가 만들어낸 새로운 권력 장치이다. 그 때문에 이제 미시권력과의 싸움은 일상의 젤리를 둘러싸고 시작되어야 한다.

《보건교사 안은영》에서 학생들이 그로테스크한 표정으로 옥상 철망을

---

60 젤리들은 개인들로부터 발산된 것의 응집체이지만 이제 그것이 사회 구성원 전체에게 영향을 미치게 된다.

기어오르자 안은영은 광선검으로 그들의 머리를 내려친다. 힘에 부친 안은영은 철망 아래로 거대한 괴물 젤리를 보게 된다. 괴물은 귀신이 아니라 익명의 **유해한 정동의 덩어리**였다. 안은영은 괴물을 비비탄총으로 쏘았지만 좀처럼 당해낼 수가 없었다. 그때 안은영을 돕는 홍인표의 손이 그녀의 손에 포개지자 금빛 전류 같은 강력한 기운이 느껴졌다. 전류의 기운은 비비탄총알로 옮겨져 마침내 괴물을 쓰러뜨릴 수 있었다.

괴물 젤리가 학생들을 옥상으로 내몬 해로운 정동의 응집체라면 손이 포개질 때의 기운은 능동적 정동의 전류이다. 안은영은 열악한 정동이 더 강한 정동에 의해서만 극복될 수 있다는 스피노자의 주장을 다시 입증하고 있다. 우리 시대의 일상을 점령한 수동적 젤리를 물리칠 수 있는 것은 안은영과 홍인표의 포개진 (상호 신체성의) 신체에서 생성된 능동적 정동이다. 이제 아감벤의 **죽음의 수용소**와 연관된 대응은 **일상의 젤리**를 둘러싼 싸움이 되었다. 그처럼 우리 시대에는 정동이 생성되고 유포되는 위치에서 권력과 저항이 최초로 격돌하는 것이다.

《보건교사 안은영》과 《기생충》 같은 드라마와 영화 자체가 이미 충격적으로 그런 정동적 충돌을 보여주고 있다. 정동의 영역에서의 정치적 격돌은 사상적 투쟁과는 달리 흔히 대중문화와 다양한 매체(언론, 방송, 인터넷)에서 암시된다. 《보건교사 안은영》과 《기생충》의 정동적 연출은 극단적 불평등성의 시대에 왜 (공산주의 유령을 대신하는) 그로테스크한 유령이 소설과 스크린에서 먼저 출현하는지 알려준다. 거리에서 공산주의의 유령을 침묵시킨 것은 보이지 않는 익명의 젤리들이다. 그 대신 가두에서 내쫓긴 정동적 유령들은 소설과 스크린에서 우리에게 충격을 주며 떠돌고 있다.

오늘날 쫓겨난 타자들이 내몰리는 극단의 장소는 강제 수용소가 아니라 옥상과 지하 벙커이다. '배회하는 유령'으로서 연대를 모색하던 프롤레타리아(타자)는 이제 자발성을 가장한 죽음과 어둠의 공간으로 내몰리고 있다. 타자를 그런 극단의 장소로 내모는 것은 일상의 예외 상태를 조장하며 악플과 혐오를 생산하는 수동적 정동의 젤리들이다. 그 같은 정동적 예외 상태에 대한 예외, 즉 예외적으로 소설과 스크린에서 출현한 환상과 유령은, 젤리를 물리쳐야만 사라진 타자들이 다시 회생할 수 있음을 암시한다.

수동적 젤리는 타자를 무력화할 뿐 아니라 90%들의 공감력을 마비시킨다. 정동권력은 그런 방식으로 일상을 점령해 미시권력을 보이지 않게 숨기면서 대신 앞장서는 역할을 하고 있다. 그 때문에 권력의 얼굴은 더 드러나지 않고 사람들 자신이 자발적으로 호모 사케르가 되는 것처럼 여겨지는 것이다. 이런 상황에서는 직접적으로 규율권력과 예외 상태에 저항하는 일이 매우 어려워진다. 정동권력에 포위된 사회에서의 이 **자발성의 비극**은 수동적 젤리의 퇴치가 일차적으로 해결해야 할 문제가 되었음을 나타낸다.《보건교사 안은영》과《기생충》에 나타난 환상과 유령은 정동적 가상공간이 젤리를 둘러싼 중요한 전쟁터의 하나임을 알려준다. 미학과 문화의 공간에서 나타난 유령의 정동적 도발은 촛불집회 같은 연대의 힘으로 전이되어 일상의 틈새 공간에서 넘쳐흘러야 한다.

정동정치는 침묵을 만드는 젤리를 물리치는 데서 시작된다.《보건교사 안은영》과《기생충》은 정동적 비극을 보여주지만 일상에서는 젤리 자체가 잘 보이지 않는다. 그 때문에 젤리에 포위된 사회에서는 어떤 강제력도 없는 듯한 상황에서 곳곳에 희생자가 생겨나게 된다. 서지현 사건에서 법적 조직의 사람들이 법을 정지시키며 성추행을 해도 모두 가만히 있었던 것은 끈적한 젤리가 달라붙었기 때문이다.《침묵주의보》(정진영, 2018)에서 언론사 인턴의 억울한 죽음에 사람들이 침묵한 것 역시 보이지 않는 젤리 때문이다. 마찬가지로《여신강림》(이시은 극본 감상협 연출, 2020~21)에서 주인공을 폭력적으로 왕따를 하며 옥상으로 내몬 외모중심주의 또한 수동적 정동의 젤리가 원인이다. 더욱더 불행한 것은 수동적 젤리의 덩어리가 혐오와 가짜 뉴스의 홍수 속에서 민주주의의 꽃인 선거마저 왜곡시킨다는 점이다. 여성혐오와 소수자 혐오가 선거의 숨겨진 정략으로 작용하는 현실은 정동권력의 은밀한 장치를 전제로 해야 이해될 수 있다.

이제 편재하는 젤리와 괴물 젤리를 물리칠 수 있는 것은 상호 신체성을 통해 금빛 전류의 기운을 생성하는 정동정치이다. 그러나 안은영과 홍인표의 전류는 한순간의 위기를 넘기게 했지만 널리 퍼져나가지는 못했다. 그 이유는 오늘날이 신자유주의와 감정 자본주의에 의해 사회 전체에서 정동의 식민화를 겪는 시대이기 때문이다. 정동의 식민화란 카치아피카스가 말한 '에로스 효과'를 중단시키는 장치이다. 에로스 효과란 물결치는 능동적 정동이 연쇄적 도미노를 넘어 동시적으로 곳곳에서 상호 증폭되는 원리이다. 에로스 효과가 금빛 전류를 다중적으로 곳곳에 퍼져나가게 한다면, 정동의 식민화는 편재하는 젤리를 통해 에로스의 생성과 확산을 불가능하게 만든다.

우리 시대의 변혁운동은 수동적 정동의 젤리와 능동적인 에로스 효과 사이에 있다. 정동의 식민화 시대에는 보이지 않는 젤리들을 물리치는 에로스 효과에서 운동이 시작되어야 한다. 우리 시대의 희망버스, 미투 운동, 촛불집회 등이 보여주는 것은 음악과도 같은 울림의 연주와 확산이다. 사랑을 할 때처럼 타자와 교감하며 금빛 전류를 느끼고 에로스 효과가 물결쳐야만 새로운 변화가 생성될 수 있는 것이다. 에로스 효과와 정동정치는 물밑의 반격인 동시에 변혁운동의 출발점이다. **정동정치**는 안은영의 광선검을 대신해 젤리들을 퇴치시키는 우리 시대의 변혁운동의 새로운 발명품이다.

과거에는 깃발과 구호의 비판과 반격이 저항의 출발점이었다. 그러나 젤리에 둘러싸여 권력 장치들이 보이지 않게 된 시대에는 정동정치가 무력화된 비판을 회생시키는 거점이 된다. 이제 우리는 숨겨진 권력의 그물망과 예외 상태 장치들이 얼마나 젤리 응집체에 의존하는지, 그런 젤리들에 맞서기 위해 광선검과 비비탄총 대신 어떤 방식의 정동정치가 필요한 지 살펴볼 것이다.

4. 시각적 차별과 정동의 식민화
　— 미시권력과 정동권력

　권력이 정동의 차원으로 전회된 시대에도 규율권력의 그물망(푸코)과 예외 상태의 장치(아감벤)는 매우 강력하게 작동된다. 핵심적인 것은 정동권력이 규율권력과 예외 상태를 더 보이지 않게 해주면서 건재하게 만든다는 점이다. 푸코의 규율권력은 순치되지 않은 타자와 교감하는 사람들에 의해 윤리적인 반격에 부딪히게 된다. 또한 아감벤의 예외 상태의 장치는 벌거벗은 얼굴의 공감적 호소를 막을 수 없었다. 반면에 신자유주의의 정동권력은 타자와의 공감을 어렵게 하면서 규율권력과 예외 상태의 장치를 영속적으로 작동되게 만들고 있다.

　그처럼 세 가지 미시권력이 서로를 공고하게 만드는 상황이 바로 오늘날의 **양극화된 사회**일 것이다. 양극화된 사회란 계급 사다리가 끊어지고 타자가 비참하게 외면받는 세계이다. 정동권력과 함께 규율권력과 예외 상태는 양극화 사회의 비극을 침묵 속에서 영속화시킨다.

　그처럼 세 가지 미시권력의 공모가 만들어낸 양극화의 비극의 핵심에는 타자의 배제가 있다. 사회가 회복 불가능하게 양극화된 사회의 증상은 타자와 루저가 '없는 사람'이나 혐오스러운 존재가 된다는 것이다. 오늘날 약자와 소수자에게 혐오가 만연된 현실은 계급 사다리가 끊어져서 경직되게 양극화된 사회와 긴밀하게 연관되어 있다. 혐오가 만연된 존재론적 차별의 사회는 구조화된 불평등성의 세계와 표리를 이루고 있다. 반대로 경직된 불평등성의 세계를 변혁하려면 혐오받는 타자를 구원하는 존재론적 회생의 정동정치가 일차적이다.

'경직된 불평등성'과 '존재론적 차별'과의 관계를 이해하는 것은 정동정치에서 매우 핵심적인 요건이다. 우리는 1990년대 이전의 사회와 오늘날의 비교를 통해 그 두 가지 요인(경직된 불평등성과 존재론적 차별)의 연관성을 살펴볼 수 있다. IMF 사태 이전의 사회는 타자(그리고 하층민)에 대한 공감이 남아 있는 동시에 사회적 유동성이 잔존하는 세계였다. 반면에 오늘날의 신자유주의는 타자를 외면하는 동시에 계급관계가 경직된 채 자본이 캐슬화된 시대이다. 두 시기에서 타자와 하층민에 대한 공감적 관계는 사회적인 역동성과 인간적인 활력의 함수로 나타나고 있다. 양자의 차이는《응답하라 1988》과《기생충》의 차이로 분명히 드러난다.

《응답하라 1988》 역시 자본주의 사회를 그리고 있지만 거기에는 사회적인 역동성과 인간적인 활력이 남아 있다. 역동적인 사회란 한마디로 계급이동의 사다리가 끊어지지 않은 사회라고 할 수 있다. 그런 사회에서는 자본주의를 변혁하지 않더라도 규율권력이 물신화되지 않아서 보다 능동적인 삶에 대한 기대를 갖게 된다.[61] 규율권력이란 피지배자에 대한 일방적인 시선이며 그런 일방성에서 벗어나는 것이 계층이동이다. 물론 계층이동을 통해 일방적 규율화에서 벗어났다고 규율권력 자체가 해체되는 것은 아니다. 그러나 자본주의 내부에서의 계급이동의 유동적 가능성은 규율권력의 계급적 효과가 물신화되는 것을 막아준다. 계급 효과가 물신화되면 지배권력의 일방적 시선이 고착화되기 때문에 사회 구성원의 유동적 활력은 사라진다. 반면에《응답하라 1988》에서 중간층은 물론 하층민조차 인간적인 활력을 보여주는 것은 규율화의 계급 효과가 아직 고착화되지 않은 상황을 말해준다.

규율권력은 신분 상승이 불가능하다는 대체 불능성의 감각이 감지될

---

61 규율권력과 삶권력은 사람들을 활기차게 만드는 듯이 보여도 실상은 수동적으로 살아가게 한다. 규율권력이 물신화되면 냉혹한 시각적 권력이 작용하게 된다. 그러나 계급이동이 자유로운 사회는 규율권력이 물신화되지 않아서 오늘날과 달리 비정한 시각적 권력의 작용은 훨씬 완화된다.

때 **계급적 효과**를 일으킨다.[62] 《응답하라 1988》에서 《기생충》으로의 변화는 그런 계급적 효과가 고착화되는 진행이다. 양자의 차이는 계급이동이 단절되면 규율권력의 숨겨진 **시선의 원리**가 하층민에 대한 비정한 **시각적 권력**으로 전화됨을 생생히 보여준다.

구성원에 대한 일방적인 시선인 규율권력은 그에 순응하는 한 피지배자의 삶을 부양시켜준다.[63] 이제 하층민 역시 규율에 순응하는 한 삶의 부양을 보장받게 되었지만, 그것은 노동으로 상류층을 떠받치도록 삶을 유지시키는 한도에 제한된다. 그 때문에 상류층에게는 자본의 규범이 자기 자신의 정체성인 반면 하층민에게는 노동에 대한 감시의 시선으로 작용하게 된다. 그런 상황에서 하층민은 삶을 부양하는 권력(삶권력)이 오히려 인간적 자유를 박탈하게 만드는 계급적 효과를 떠안게 되었다. 과거의 신분권력은 아예 '대체'를 꿈꿀 수 없는 권력이었다. 반면에 규율권력은 대체(계층이동)를 꿈꾸는 순간 삶의 부양 방식의 차이에 의해 대체 불가능성을 느끼게 만드는 장치이다. 하층민도 삶을 부양시켜 주지만 그것은 결국 그들이 체제의 메커니즘에 잘 순응하는지 감시하는 시선에 예속되는 과정이기도 하다.

다만 계급이동이 가능한 유동적인 사회에서는 그런 시각적 고통이 훨씬 완화될 수 있다(《응답하라 1988》). 반면에 계급 사다리가 끊어져 시선의 역전이 어렵다는 대체 불가능성이 물신화되면 계급적 효과가 **시각적 차별**로 전화된다(《기생충》). 계급이 물신화됐다는 것은 아무리 노력해도 상류층이 될 수 없다는 대체 불가능성의 감각이 생겼다는 뜻이다. 특히 밑바닥의 하층민은 마치 원형 감옥의 죄수처럼 운명적으로 규율권력의 감시

---

62 푸코, 《성의 역사》, 앞의 책, 140쪽. 푸코는 자리바꿈을 통해 계급 효과가 나타난다고 말하는데, 이는 삶권력의 욕망이 상층과 하층에서 다르다는 것을 느낄 때, 즉 대체 불가능한 위치를 감지할 때 계급 효과가 나타난다는 뜻이다.

63 규율권력이 부드러운 삶권력으로 보이는 것은 그 때문이다.

의 시선에서 벗어나기 어렵게 된다.[64] 더 나아가 체제에 동화되기 어려운 타자는 존재 자체가 배제와 추방의 위기에 처하게 된다.[65] 그처럼 일방적인 시선의 권력이 고착화되면 하층민과 타자는 가난할 뿐 아니라 인격적인 차별을 모면할 수 없게 된다. 이제 부드러운 삶권력은 비정한 시각적 권력으로 전화된다. 그 비참한 결과를 보여주는 것이 바로 계급 간의 선을 넘지 못하는《기생충》의 시각적·인격적 차별의 세계이다.

계급사회에서 대체 불가능성의 물신화는 일방적인 시선의 고착화와 함께 하층민의 인격의 강등을 가져온다. 여기서는 경제적 불평등성에 의해 **인격성의 하락**이 발생하는 상황이 핵심적이다. 불평등성의 고착화가 **시선의 권력**을 매개로 **인격성의 차별**을 야기하는 것이다.

이런 특별한 계급사회의 불행은 식민지 사회와 비교하면 매우 실감난다. 사이드는 푸코의 일방적인 시선(규율권력)을 인종 관계에 적용시켜 피식민자가 열등한 인격으로 취급되는 과정을 논의했다.[66] 계급사회에서 푸코의 죄수의 공간에 하층민이 위치한다면 식민지에서는 피식민자가 그 자리에 놓인다.[67] 식민지의 인종적 관계가 계급사회와 다른 점은 피부색(그리고 골상학)의 대체 불가능성으로 인해 시선의 일방성이 고착화되어 있다는 점이다. 얼마간이든 신분 상승이 가능한 계급사회와는 달리 흑인 피식민자가 백인의 위치에서 시선의 권력(시각적 권력)을 갖는 일은 일어나지 않는다.

그처럼 식민지에서는 캐슬의 주인 같은 제국인이 피식민자를 일방적으로 바라보지만 계급사회의 경우 차별은 피부색처럼 고착화되어 있지는 않다. 그런데 계급사회에서도 사다리가 끊어지면 인종주의(그리고 신분사회)처럼 일방적 시선이 고착화되어 인격적 차별이 만연된 캐슬 사회가 된

---

64 권력은 피지배자를 체제의 부품으로 감시하면서 쓸모가 없어지면 죽음에 유기한다.

65 아감벤이 말한 수용소의 상황이 이런 측면을 나타낸다.

66 사이드, 박홍규 역,《오리엔탈리즘》, 교보문고, 1991, 237쪽.

67 위의 책, 215~216쪽.

다. 캐슬 사회란 규율권력의 감시의 기제가 대체 불가능한 차별로 전이되어 인종주의에서처럼 시각적·인격적 차별이 일어나는 체제이다.[68] 오늘날 우리는 같은 민족끼리 인종주의적인 **시각적 권력**의 비극을 겪고 있는 기이한 계급사회에 살고 있다.

1990년대 이후 신자유주의에서는 규율권력의 시선의 장치가 일방성의 고착화와 함께 잔인한 시각적 권력이 되었다. 이제 상류층은 물론 중간층마저 하층민을 동등한 인격적 존재로 보지 않기 때문에 빈민들의 고통의 호소는 외면된다. 하층민은 벌거벗은 얼굴 대신 냄새나는 신체를 보여주는 감성적·시각적 권력의 희생자가 되었다. 규율의 물신화로 인한 그런 **벌거벗은 얼굴의 상실**은 양극화 사회와 타자가 추방된 시대의 상징이다. 사회적 양극화와 계급이동의 단절은 **타자와의 공감**이 약화되고 추방된 루저들이 보이지 않게 된 상황과 표리를 이루게 되었다.

신자유주의란 자본의 동일성 규율[69]의 강화와 인간적 삶의 열망의 약화로 요약될 수 있다. 불평등한 사회에서는 차별에 대한 분노와 함께 저항이 나타나게 마련이다. 그러나 신자유주의 캐슬 사회에서는 90%의 사람들이 시각적 위계화 속에서 자아가 수동적으로 빈약해지기 때문에 대응이 잘 이루어지지 않는다.[70] 계급적 단절이 타자와의 공감을 약화시켰고 타자의 추방은 시각적 서열화와 함께 능동적 삶의 소망을 무력화한 것이다. 불평등성은 심화되었지만 아무도 저항하지 않는 세상, 이것이 **정동**

---

68 물론 계급사회가 시종일관 캐슬 사회였던 것은 아니다. 계급이동이 가능한 사회는 개인의 노력이 대체 불가능성의 장벽을 통과할 수 있는 인간적인 소망이 남아 있는 체제였다. 그런 사회에서는 특히 상승의 가능성을 지닌 중간층이 일방적 시선의 규율의 제한에서 유동적이 된다. 대체 불가능성이 하층민을 감시하며 희생을 강요한다면 중간층의 유동성은 희생자의 위치가 인격이 위계화된 고착된 곳이 아님을 감지한다. 그 때문에 자본의 규율에 수동적으로 예속되었더라도 중간층은 유동성의 감각으로 밑바닥의 타자에 대한 공감을 상실하지 않는다

69 시선의 권력이 고착화되면 물신화된 동일성 권력이 생겨나게 된다.

70 공정성에 대한 이의제기가 없지는 않지만 흔히 편협한 능력주의에 근거함으로써 사회 전체의 평등성에 대한 주장으로 진전되지는 못한다. 캐슬 사회에서는 현실적으로 완전히 공정한 능력 평가가 불가능하기 때문에 능력주의의 요구는 빈번히 캐슬에 대한 선망을 수반하는 경향이 있다.

이 식민화된 신자유주의의 풍경이다.

정동적 식민지에서는 인종적 식민지에서처럼 시각적 위계가 생기고 사회적 타자가 비참하게 배제된다. 물론 정동적 식민지에는 이민족의 지배자의 횡포는 없다. 그 대신 끝없는 침묵 속에서 사회가 정적이 되는 점에서는 오히려 더 비극적인 불행이 강요된다. 인종적 식민화에서는 시각적 권력에 지배되더라도 아직 예속되지 않은 피식민 타자의 잠재적인 정동적 반격이 상존한다. 반면에 정동이 식민화되면 캐슬을 선망하고 타자가 아예 추방되기 때문에 좀처럼 저항이 일어나지 않는다.

시각적 차별의 세계가 정동적 식민지임은 앞에서 살핀 수동적 젤리(정동)가 만연된 상황에 연관해서 보다 분명해진다. 보임(캐슬)과 보이지 않음(지하 벙커)의 시각적 차별의 세계는 캐슬을 선망하고 지하 벙커를 혐오하게 하는 정동적 작용이기도 하다. 푸코의 시선의 권력이 일상의 담론으로 편재하듯이 시각적 차별의 권력은 감성의 분할을 만드는 정동들로 편재하고 있다. 푸코의 시선의 권력(규율권력)은 담론으로 유통되지만 시각적 폭력의 규율권력은 수동적 젤리로 퍼뜨려진다. 곳곳의 담론들이 시선의 권력을 실행하는 것처럼 수동적 젤리들은 도처에서 폭력화된 시각적 질서를 만들고 있다. 수동적 젤리가 만연되면 규율권력의 폭력화에 무방비 상태가 되어 아무 일도 없는 듯이 차별을 감수하며 살아가게 된다. 시각적 권력과 정동의 식민화는 폭력화된 규율권력에 조용히 순응해 살아가는 기묘한 정동적 상황을 연출한다.

오늘날은 한병철의 주장처럼 규율권력과 예외 상태가 사라지고 성과사회가 된 상황이 아니다. 규율권력(시선의 권력)이 일으키는 계급 효과는 오히려 더 비정한 차별의 기제로 진화하고 있다. 오늘날 푸코의 규율권력은 스카이 캐슬, 기업, 법조직, 언론을 장악해 범접하기 어려운 캐슬들의 그물망으로 진화해 있다. 다만 타자가 혐오스러운 존재가 되고 중간층이 오히려 상층의 캐슬을 선망하게 됐기 때문에 규율화 대신 자발성의 느낌을 갖는 것이다.

정동이 식민화되면 피지배자는 비판력을 상실한 채 캐슬을 선망하지만 성채가 된 규율권력은 한층 더 폭력적이 된다. 이제 캐슬화된 재벌의 규율의 명령은 '갑질'이 되었다. 또한 법 조직의 규율의 테크놀로지는 '유전 무죄-무전 유죄'가 되었다. 그런 법 조직과 그물망을 이루고 있는 캐슬화된 언론의 기사는 '가짜 뉴스'와 '프레임' 제조기가 되었다. 갑질과 무전유죄와 가짜 프레임 뒤에는 규율권력을 폭력화하는 비정한 시각적 차별의 권력이 있다. 규율권력이 폭력화되었다는 것은 차별을 조용히 고착화시키는 시각적 위계화가 작동된다는 뜻이다.

이런 정동의 식민화는 앞 절에서 논의한 **감정의 상품화**와 함께 **계급 효과의 고착화**가 중요한 요인이다. 이제 규율권력은 더 폭력화되었지만 정동의 식민화와 보이지 않는 젤리의 작용에 의해 사회는 더 조용해진다. 권력은 고착화된 시선의 무기를 폭력적으로 사용하지만 피지배자의 대응과 응시는 불가능해진 것이다.

피케티는 이처럼 선을 넘을 수 없게 된 사회를 세습 자본주의라고 불렀다. 세습 자본주의란 계급 차별이 심화되어 신분사회와 인종주의에서처럼 상층과 하층이 대체 불가능하게 고착화된 사회를 말한다. 그런 차별적 사회를 별 저항 없이 조용히 유지시켜 주는 것은 사람들의 존재 자체를 훼손시키는 시각적 권력과 (권력이 유포한) 점액질의 젤리들이다. 정동적 식민지는 어떤 면에서 공간적 식민지보다도 더 조용한 사회이다. 여기서는 시각적 차별의 불행이 계속되지만 피부색이 다른[71] 인종적 식민지와 달리 감성 폭력의 근거인 정동적 젤리를 아무도 보지 못한다. 정동이 식민화된 사회에서는 피부색과 혈통에 근거한 인종적 식민지나 신분사회와

---

[71] 인종적 식민지에서는 시각적 차별의 근원으로서 피부색과 골상학이 눈에 보인다. 보이는 피부색과 골상학은 차별의 근거이기도 하지만 그것의 부당함을 인지하는 근거이기도 한다. 그러나 정동적 식민지에서는 정동적 젤리들이 보이지 않기 때문에 저항이 더 어려워진다.

는 달리 차별의 최종심급이 잘 보이지 않는다.[72]

차라리 신분사회라면 《기생충》 같은 냄새나는 혐오에 대한 모멸감은 없었을 것이다. 그러나 세습 자본주의는 신분사회가 아니기 때문에 모멸에 저항할 수 없다는 **우울한** 무력감에서 벗어날 수 없다. 세습 자본주의란 사람들의 윤리적 정동을 끝없이 빈곤하게 만드는 특별한 계급사회이다. 계급사회를 신분사회 같은 세습 자본주의로 변형시킨 것은 윤리적 정동을 마비시켜 자아를 빈곤하게 만든 정동의 식민화이다.

그 때문에 반격은 자아를 회생시키는 **능동적 정동의 귀환**에서 시작되어야 한다. 능동적 정동의 귀환은 《기생충》에서처럼 지하 벙커에 갇힌 타자와의 비밀 교신에서 시작될 수 있다. '기생충' 같은 앱젝트가 된 타자와 교신할 때만 사회적 루저를 지하에서 구출하는 동시에 우리 자신이 수동적 정동의 젤리에서 벗어날 수 있다.[73] 타자와의 비밀 교신은 보이지 않는 타자를 보이게 만들며 시각적·정동적으로 회생시켜준다. 그와 함께 90%들의 능동적 정동을 증폭시켜 젤리를 물리치고 시각 권력을 역전시키며 자본과 권력의 캐슬을 뒤흔들 수 있게 해준다.

5. 캐슬 사회에 대한 반격
─총체성을 대신하는 내재원인과 대상 a

정동적 식민지의 비극은 **감정의 상품화**와 **계급이동의 단절**의 동시적 효과이다.[74] 그 두 가지 요인에 의해 정동적 차별의 사회가 되면 아무리

---

72 하층민에 대한 차별적 인지의 근거는 소유물이나 거주지의 시각성이지만 신체 자체에서는 차별의 근거가 보이지 않는다.

73 《기생충》은 돈을 벌어 캐슬을 매입하는 꿈으로 끝나지만 타자와의 교감은 캐슬을 뒤흔드는 것으로 전개되어야 한다.

74 우리는 3절과 4절에서 그 두 요인에 대해 각각 살펴보았다.

불평등성이 심화되어도 변화가 잘 일어나지 않는다. 정동적 식민지에서는 저항이 어려워진 상황에서 자본과 권력은 점점 견고한 캐슬로 진화한다. 이렇게 되면 진보적 정권이 들어서도 그물망을 이룬 캐슬화된 권력집단들은 요지부동의 성곽을 유지한다. 신자유주의란 자본의 캐슬화뿐 아니라 그물망을 이룬 권력들의 편재와 연결 때문에 사회를 변화시키기 어려워진 체제이다.

과거에는 노동운동이 변혁운동을 대표하면서 모두가 사회 전체의 총체적 변화를 열망하게 만들었다. 그러나 지금은 노동운동이 아무리 활발해도 사회 구성원 전원의 총체성의 힘을 결집시키지 못한다. 편재하는 캐슬의 연결망을 지닌 기업, 법조직[75], 언론, 가부장제 등은 이제 구식 무기가 된 총체성의 힘으로는 변혁이 불가능하다.

자본과 권력의 캐슬화와 정동의 식민화라는 동시적 과정이 과거의 총체성의 저항을 무력화시킨 것이다. 권력집단들은 편재하는 동시에 그물망을 이루어 일사불란하게 움직인다. 자본 역시 일상의 사람들의 감정, 소통, 지식까지 남김없이 상품화하고 있다. 그처럼 권력이 캐슬화되고 자본이 영혼마저 동원하는 체제가 되었지만 90%들은 총체성을 대신할 무기를 찾지 못하고 있다. 오늘날 노동, 학생, 청년, 여성은 분산되고 흩어진 상태에서 수동적 정동의 젤리에 포위되어 있다.

스피노자는 고통의 원인을 알아야 능동적 정동을 되찾을 수 있다고 말했다. 그런데 오늘날 우리는 편재하는 권력들의 부분적 원인은 알지만 총체적으로 다 인식할 수는 없다. 더욱이 도처의 권력들은 캐슬을 이루어 조직화되기 때문에 변혁의 근거인 원인의 조망은 매우 힘들어졌다. 그로 인해 부분적으로만 원인에 접근하기 때문에 수동적 정동에서 벗어나기 어려운 것이다.[76]

---

75 오늘날은 법 조직처럼 비선출 권력집단이 보다 더 문제이다.

76 진은영, 〈코뮨주의와 유머〉, 《코뮨주의 선언》, 앞의 책, 295쪽.

그와 연관된 타자의 추방은 우리를 수동적 젤리에 얽매이게 만드는 결정적인 요인이다. 오늘날 자본과 권력이 캐슬화되었다는 것은 동일성 원리(도구적 이성과 교환가치)가 물신화되어[77] 타자를 배제하는 데 성공하고 있다는 뜻이다. 자본과 권력이 물신적으로 캐슬화된 사회는 쓸모에 따라 사람들을 움직이면서 필요가 없어진 타자를 지하 벙커로 추방하는 체제이다.

그처럼 타자가 추방되면 사회적 증상(균열)[78]이 잘 보이지 않을뿐더러 윤리적 정동이 약화되어 활력을 잃은 세상이 된다. **캐슬화된 권력**은 과거의 총동원 체제에 덧붙여 피지배자의 **정동을 식민화한 체제**이다. 즉 상류층을 선망하고 타자를 혐오하게 된 오늘날의 상황은 단순히 총체적으로 억압하는 체제와 다른 캐슬화된 권력의 특징을 보여준다.

그런 정동의 식민화에서 벗어나려면 우리는 두 가지 문제를 해결해야 한다. 하나는 화려하게 캐슬화된 권력이 왜 우리를 고통스럽게 하는지 숨겨진 원인을 알아야 한다. 다른 하나는 타자를 회생시켜 윤리적 정동을 증폭시키면서 자아의 능동성을 되찾아야 한다.

먼저 권력의 동일성의 논리는 매우 단순하지만 그것이 전부가 아니다. 문제는 진화된 권력이 교묘하게 유혹적인 전략을 실행하는 방법이다. 캐슬화된 권력은 다양한 스펙터클을 통해 우리의 욕망을 현혹하면서 문제를 대신 해결해준다는 환상을 만들어낸다.

《내부자들》(우민호 감독, 2015)에서 신문 주간 이강희(백윤식 분)는 "대중들은 개돼지이기 때문에 적당히 짖다가 알아서 조용해질 거"라고 말한다.

---

77 자본과 권력의 캐슬이 서로 연계되어 사회를 장악하고 있다는 것은 다양한 것을 포용적으로 품고 있다는 뜻이 아니다. 기업, 법조직, 언론, 가부장제는 각기 다른 영역이지만 캐슬화의 원리는 권력의 동일성을 지키려는 도구적 이성일 뿐이다. 자본 역시 다양한 상품들을 만들어내면서도 모든 것을 횡단하는 핵심은 교환가치의 획일적 원리이다. 자본과 권력의 캐슬화는 그런 동일성 원리가 과거보다도 더 물신화되었음을 뜻한다.

78 증상이란 균열과 얼룩인 동시에 체제 운행의 필연적인 산물이다. 그 때문에 증상은 체제를 변화시킬 필요성을 암시해준다.

그처럼 캐슬화된 권력은 대중들이 선을 넘지 못하는 인격성이 강등된 존재임을 알고 있다. 그러나 그 같은 단순한 배제의 방법만으로는 캐슬을 유지하는 데 충분하지 않다. 오늘날의 권력은 일방적 배제가 분노를 일으킴을 알기 때문에 교묘한 방법으로 사람들을 포섭하면서 배제한다. 이강희는 위기에 처하자, "대중들에게 술자리에서 씹어댈 안줏거리를 계속 던져주면 적당히 씹어대다 뱉어버릴 거"라고 말한다.

이강희가 말하고 있는 것은 단순히 관심을 딴 데로 돌리기 위한 임시방편이 아니다. 그보다는 항상 실체에 대한 갈증이 남아 있는 대중의 심리를 이용하는 고도의 전략에 대한 비유이다. 이는 권력집단이 갖고 있는 구조적인 결여, 즉 언제나 실체를 전부 밝히지 못하고 잔여물이 남는 한계를 권력 자신의 생존을 위해 이용하는 전략이다. 이강희의 말은 실체의 이면에 남는 잔여물을 계속 안줏거리로 던져준다는 뜻이다. 라캉은 그처럼 잔여물을 쫓아가는 운동을 대상 a의 위상학이라고 불렀다.[79] **대상 a**[80] 란 상징계에서 미처 해소되지 못하고 매번 남는 실재계적 잔여물을 말한다. 상징계의 한계로 인해 권력체제(상징계)에서 살아가는 사람들은 항상 해결되지 않는 잔여물이 남는다는 무의식을 갖는다. 욕망의 성취이든 문제의 해결이든 권력의 체제에서는 완전한 충족이나 해결이 계속 연기되며 잔여물이 남는 것이다. 캐슬화된 권력은 사건의 실체를 보여주는 대신 그런 무의식적 잔여물을 자극하는 적당한 안줏거리를 던져준다. 이강희가 말하는 안줏거리란 잔여물이 해소되었다는 느낌을 주는 대상 a의 대리물이다. 대리물과 실체를 잘 구분 못하는 대중들은 계속 안줏거리를 던져

---

79 지젝, 이수련 역,《이데올로기라는 숭고한 대상》, 인간사랑, 2002, 98쪽. 지젝, 김서영 역,《시차적 관점》, 마티, 2011, 133쪽. 지젝은 대상 a의 운동을 실패와 접근의 반복으로 설명하고 있다. 그러나 우리는 자본의 운동 같은 대상 a의 대리물의 운동과 내재원인(부재원인)에 다가가려는 순수 욕망의 운동을 구분할 필요가 있다.

80 대상 a는 어머니와의 행복한 화합의 기억의 잔여물로서 아버지의 상징계에 진입한 후에 무의식과 실재계에 남겨진 욕망의 대상이자 원인이다. 대상 a를 열망하는 것을 순수 욕망이라고 부르는데 순수욕망은 쾌락적인 욕망과는 달리 윤리적인 본성을 지니고 있다.

주면 실체의 규명 없이도 잔여물이 해소되었다는 환상을 갖게 되는 것이다.

자본 역시 대상 a의 위상학을 통해 캐슬의 환상을 유지한다. 신상품의 스펙터클은 욕망의 잔여물(대상 a)이 완전히 해소되었다는 느낌을 주면서 사람들을 유혹한다. 그 때문에 대중들은 신상품이 쏟아질수록 꿈꾸던 유토피아의 세상으로 가고 있다는 환상을 갖게 된다. 그러나 신상품이란 불평등한 사회를 그대로 놔둔 채 대상 a의 욕망을 대리적으로 만족시키는 잉여 향락일 뿐이다. 잉여 향락은 술자리의 안줏거리처럼 평등성의 열망(에로스)을 대신해서 막연히 심리적 잔여물이 해소되었다는 환상을 갖게 한다.

그처럼 캐슬화된 권력은 '대리물을 통한 포섭'과 '진짜 대상 a의 배제'를 통해 동일성의 체제를 유지한다. 자본과 권력의 '유사 대상 a의 위상학'은 포섭과 배제의 이중기제를 통해 우리를 끌어안는 동시에 밀쳐낸다. 그런 이중성 때문에 우리는 권력이 안줏거리와 잉여 향락을 계속 던져주는데도 왜 고통이 더 심해지는지 알지 못한다. 사람들은 부분적으로만 고통의 원인을 알기 때문에 수동적 정동으로 살아갈 수밖에 없는 것이다.

그렇다면 오늘날의 권력의 비밀을 아는 것은 안줏거리와 잉여 향락을 넘어서서 대상 a의 비밀에 다가가는 것이다. 프레드릭 제임슨은 모순을 품고 있는 자본주의의 작동을 인식하는 일은 상징계 차원의 표상으로는 불가능하다고 논의한다. 그는 권력 체제에 대한 총체적 인식의 대안으로 **라캉의 실재계** 차원과 **스피노자의 내재원인(부재원인)**을 말한다. 그와 함께 상징계의 표상을 완전히 부정하는 대신 실재계와 연관된 서사와 텍스트를 생성할 것을 주장한다.[81] 제임슨은 과거의 **총체성의 서사**의 대안으로 **실재계와 연관된 서사**를 논의하고 있는 것이다. 우리는 (안줏거리가 아닌) 진정한 대상 a의 위상학이야말로 제임슨이 논의한 실재계 차원(그리고

---

81 프레드릭 제임슨, 이경덕·서강목 역,《정치적 무의식》, 민음사, 2015, 41쪽, 65~67쪽, 102~104쪽.

64

내재원인)과 연관된 원인을 말하는 것이라고 얘기할 수 있다.

예컨대 세월호 사건은 왜 대상 a의 위상학이 총체성의 대안이 되는지 잘 알려준다. 세월호 사건은 권력 기관의 수사로는 총체적 인식이 불가능하며 계속 잔여물이 남을 것임을 암시하고 있었다. 그런 상황에서 수사기관은 유병언의 비리를 안줏거리로 던져주며 잔여물이 해소되었다는 환상을 심어주려 하고 있었다. 그러나 이번에는 사람들이 안줏거리로 만족할 수 없었으며 희생자인 학생들(타자)과 교감하려는 열망이 증폭되고 있었다.

수동적 정동의 젤리로 포위된 사회에서는 용산참사에서처럼 희생자에 대한 공감력이 약화될 수밖에 없다. 그러나 세월호 사건은 그 이전과 달랐다. 용산참사 때와는 달리 세월호는 우리의 심연에 '잠재하는 것'을 깨워주는 거대한 은유로 작용하고 있었기 때문이다.

권력이 학생들에게 한 '가만히 있으라'는 말은 이제까지 안줏거리를 던져주며 했던 무언의 말을 응축한 것과도 같았다. 학생들에 대한 이 일방적인 명령은 끝내 밝혀지지 않는 잔여물에 대한 사람들의 갈망을 오히려 증폭시켰다. 이제까지의 무언의 '가만히 있으라'는 말이 한꺼번에 들려오며 이번만은 가만히 있을 수 없게 된 것이다. 학생들은 지금까지 사람들이 당해온 것을 모두 다 떠안은 희생자였기 때문에[82] 그들에 대한 공감이 증폭되기 시작했다.

희생된 타자에 대한 공감은 원인을 밝히려는 충동과 긴밀한 연관이 있다. 학생들이 꽃과 나비로 돌아오며 물밑에서 목소리가 들려오기 시작한 것이다. "이젠 말해주세요. 왜 구하러 오지 않았는지." 꽃으로 귀환하는 학생들의 목소리는 '타자에 대한 사랑'이 '원인에 대한 갈증'이기도 함을 말해준다. 스피노자가 말한 원인에 대한 인식은 사랑에 대한 갈망과 표리를 이루고 있다.

---

82 앞서 밝혔듯이 그처럼 우리의 잔여물을 눈에 보이게 드러내는 존재를 타자라고 부른다.

원인의 잔여물에 대한 갈증은 공감을 증폭시키는 희생자의 잔여물(꽃)과 함께 돌아온다. 우리는 그 두 가지 잔여물에 대한 열망을 **대상 a의 위상학**이라고 말할 수 있다. 레비나스의 타자에 대한 사랑과 스피노자의 원인에 대한 갈증은 대상 a의 위상학으로 포괄될 수 있다. 꽃으로 돌아온 학생들은 대상 a에 대한 에로스적 공감의 은유이다. 그런 은유를 통한 타자에 대한 에로스의 증폭은 '불가능한 총체성(총체적 인식)'의 잔여물에 대한 끝없는 갈망과 동전의 앞뒷면을 이루고 있다. 오늘날 총체성은 타자와의 에로스적 공감의 증폭과 사건의 잔여물을 추적하는 열정이라는 '실재계적 무한'으로 대체되었다.[83] 대상 a의 열망을 통한 윤리적 정동의 증대는 진정한 인식(그리고 실천)이라는 무한한 진리의 열정을 낳는 것이다.

스피노자는 사건의 **내재원인**을 알 때 자아가 능동적이 된다고 말했다. 스피노자가 말한 내재원인의 작동은 우리가 살펴본 실재계적 대상 a의 위상학과 같은 움직임을 함축하고 있다. 그것은 총체성을 대신해서 능동적인 앎을 위해 원인의 잔여물을 끝까지 쫓아가는 것이다. 그와 함께 외면당했던 희생된 타자에 대한 에로스적 공감을 증폭시키는 것이기도 하다. 내재원인을 안다는 것은 우리를 수동적 존재로 만든 **권력의 비밀**과 남아 있는 **인간의 비밀**[84]을 드러내는 것이다. 그 두 가지 의미에서 내재원인과 대상 a에 대한 열망은 타자에게 공감하고 우리 자신의 힘을 증대시키면서 사건의 원인을 끝까지 추적하게 만든다.

오늘날의 변혁운동의 무력화는 자본과 권력이 캐슬화된 데 반해 사람들은 낡은 총체성의 무기를 사용할 수 없게 되었기 때문이다. 세월호는 총체성을 대신하는 새로운 무기로서 끝없이 **원인을 쫓아가는 열정**과 희생된 **타자에 대한 공감**의 회생을 말하고 있다. 희생된 사람을 사랑하는 일은

---

83 드라마 《시그널》에서는 그 두 가지가 '사라진 이재한에 대한 사랑'과 '끝까지 포기하지 않으려는 윤리'로 표현되고 있다.

84 인간의 비밀이란 지성으로 환원될 수 없는 무의식, 에로스, 창조적 상상력 등을 말한다. 나카자와 신이치, 김옥희 역, 《예술인류학》, 동아시아, 2009, 242쪽.

사랑하는 사람에게 고통을 준 원인을 알려는 열망을 생성시킨다. 그 두 가지 갈망은 실재계적 대상 a에 접근하려는 열정과 밀접한 관계에 있다.

세월호에서처럼 표상할 수 없는 대상 a에 대한 열망은 은밀한 은유와 모험적인 서사를 통해 우리 앞에 나타난다. 은유는 심연에서 잠자고 있는 열망을 일깨워 내재원인과 대상 a에 다가가게 해준다. 은유적 서사와 대상 a의 작동은 제임슨이 강조한 내재원인(그리고 실재계)을 추동하는 서사에 상응한다. 대상 a를 움직이며 흩어진 연대를 회생시키는 은유적 정치는 정치적 무의식의 작동인 동시에 내재원인에 접촉하는 정동정치의 실천이다. 수동적 정동의 젤리를 횡단하며 불가능한 총체성 대신 다시 한번 서로의 손을 잡게 하는 것은 은유로서의 정치와 대상 a의 운동이라는 능동적인 모험일 것이다.

6. 추방된 타자의 회생과 언택트 윤리
   ―《용균이를 만났다》와 '소낙눈 사진'

라캉의 대상 a가 총체성의 대안이라는 것은 역사적 주체의 중심 대신 **이중주의 정동**[85]을 말하는 것과도 같다. 대상 a의 작동이 이중주라는 것은 사랑이 두 사람 사이의 사건인 것과 똑같다. 사랑처럼 대상 a란 혼자서 작동시킬 수 없으며 **타자와의 공감**을 통해서만 비로소 움직이기 시작한다. 진실의 이중주란 일상인(중간층)과 타자가 교감하며 윤리적 정동을 생성할 때 울려 퍼지기 시작한다. 오늘날 비판적 주체의 생성이 어려운 것은

---

85 진리란 실재(the Real)와 담론의 이중주이다(나카자와 신이치는 이를 색즉시공이라는 복논리에 비유한다). 실재(계)는 표상되지 않기 때문에 표상적(재현적) 담론을 필요로 하며, 표상적 담론은 상징계에서 실재계에 접촉하고 있는 타자와 교섭해야 한다. 따라서 타자와 교섭하는 이중주를 통해서만 실재계적 대상 a가 작동되고 진리를 실천하려는 윤리가 생성된다고 할 수 있다. 나병철, 《반복의 문학과 진실의 이중주》, 129쪽 참조.

이중주의 윤리를 발현시킬 자아(중간층)와 타자의 **거리**가 멀어졌기 때문이다. 그런 상황에서는 정동정치를 통해 양자의 거리를 없애고 윤리의 이중주를 연주하며 대상 a를 작동시켜야 한다. 대상 a가 작동될 때 윤리적 정동이 능동적으로 증폭되며 진실을 위한 인식과 실천이 시작된다. 수동적 정동의 젤리 때문에 가슴이 뛰지 않는 사회에서는 타자와의 공감의 회생을 통한 윤리의 이중주와 진실의 이중주가 더욱 중요하다.

그 점에서 MBC의 다큐 프로 《용균이를 만났다》는 매우 모험적인 시도라고 할 수 있다. 희생된 타자인 김용균을 만나는 것은 단지 불행한 비정규직 노동자를 구원한다는 의미에 그치지 않는다. 타자와의 만남은 수동적 정동의 젤리를 떨치고 능동적 윤리의 정동을 증폭시키며 우리 자신의 신체의 힘을 증대시킨다.

다큐 프로의 화자는 '우리는 김용균을 만난 적이 없다'라고 말하며 방송을 시작한다. 화자가 말하고 있는 것은 레비나스가 논의한 '타자와의 만남'에 대한 것이다. 이 다큐 프로는 가상현실(VR)을 통해 한 번도 본 적이 없는 김용균과 만나게 하는 것을 목적으로 하고 있다. 그러나 김용균과의 만남이란 현실에서처럼 생생하게 사건의 현장을 보게 하는 것만을 뜻하진 않는다. 레비나스가 말한 타자와의 만남이란 상징계의 예속적 맥락에서 벗어나 '인간 자체'와 만나는 것을 의미한다. 김용균과 만나게 하려는 다큐 프로 역시 '인간 자체'와의 조우를 시도하는 것일 터이다.

우리는 누구나 자본주의 사회의 상징계적 맥락에 얽매여서 살아간다. 타자란 김용균처럼 그런 맥락을 놓치고 인간 자체의 적나라한 모습이 된 존재를 뜻한다. 타자가 우리에게 호소하며 다가오는 것은 자본주의적 맥락에서 벗어나서 살아 있는 인간적 존재로 대면할 것을 요구하는 것이다. 레비나스는 그런 이해관계 맥락 바깥에서의 조우를 벌거벗은 얼굴과의 만남[86]이라고 불렀다. 벌거벗은 얼굴과의 만남은 우리 자신이 자기중심성

---

[86] 벌거벗은 얼굴과의 만남은 상징계의 맥락에서 벗어난 실재계적 만남이다.

에서 벗어나서 윤리적인 순간을 경험하게 한다.

그런데 우리 시대는 벌거벗은 얼굴을 상실했기 때문에 설령 김용균과 현실에서 만났다 하더라도 '타자와의 만남'이 될 수 없다. 만일 가상현실을 통한 만남이 단순히 현실을 생생히 재현하는 것이라면 진정으로 타자를 만나게 해줄 수 없을 것이다. 더욱이 가상현실은 이미지를 통한 감성적인 조우일 뿐 진짜로 김용균의 실물과 접촉하는 것은 아니다.

그러나 이 프로의 강점은 바로 그처럼 실물이 아닌 가상을 통해서 만난다는 점에 있다. 가상현실은 김용균 휴대폰 속의 966장의 사진과 25개의 동영상을 이용해 만들어졌다. 김용균의 VR은 체험자에게 생생한 이미지로 보이지만 누구도 실제로 김용균과 만난다고 생각하지는 않는다. 실제 현실과 가상현실의 차이는 후자에는 현실의 지시 대상이 없다는 점이다.

현실의 지시 대상이란 자본주의적 상징계의 맥락에 얽매여 있는 원본을 뜻한다. 가상현실은 그런 원본에서 멀어진 이미지이며 아무리 생생하더라도 체험자가 상징계의 맥락 안으로 들어오지는 못한다. 하지만 바로 그 때문에 체험자는 맥락에 회유되지 않은 상태에서 인간 자체의 눈으로 타자를 만날 수 있는 것이다. 우리 시대의 자본주의적 맥락은 수동적 정동의 젤리로 오염되어 있다.[87] 가상현실은 수동적 젤리에서 벗어난 상태에서 김용균과 조우하게 함으로써 타자와의 만남을 가능하게 해준다.

김용균은 2인 1조 원칙의 보호를 받지 못한 채 태안화력발전소의 석탄 컨베이어 벨트를 점검하다 죽음을 맞았다. 가상현실의 체험자는 그때 없었던 2인 1조의 일원이 되어 김용균을 지켜보고 있는 셈이다. 체험자는 김용균이 위험을 느낄 때마다 깜짝 놀라며 몸을 움츠린다. 그 순간 체험자가 타자의 고통을 자신의 것처럼 느낀 것은 서로의 신체가 뒤섞인 듯한

---

87 사회적 맥락의 파악은 현실인식에서 매우 중요하지만 우리 시대에는 맥락이 젤리로 오염되어 있어 오히려 진정한 인식을 흐리는 경향이 있다.

상호 신체성의 경험을 했기 때문이다. 그는 아무런 맥락도 없는 공간에서 희생자를 만났기 때문에 타자에 대한 공감이 증폭된 것이다.

설령 현실에서 김용균을 만났거나 현장에 있었더라도 체험자는 지금처럼 공감력이 증폭되지 않았을 것이다. 상징계의 맥락이 수동적 정동의 젤리로 뒤덮여 있어 자신도 모르게 '이상한 고요함'의 공기 속에 있게 되는 것이다. 그 때문에 오늘날은 가상현실을 통한 체험이 현실에서보다 더 타자에 대한 공감을 증폭시켜주는 시대이다. 원본에서 멀어진 이미지인 가상현실이 원본보다 더 타자와 조우하게 해준다는 것은 우리 시대의 중요한 역설이다.

원본에서 떨어져 나온 지시 대상이 없는 이미지를 시뮬라크르[88]라고 부른다. 우리 시대는 시뮬라크르가 일상에서 침묵에 묻힌 사건을 다시 솟아오르게 해주는 사회이다. 시뮬라크르는 현실이 아닌 이미지이지만 우리는 오히려 더 타자에 대한 공감이 증폭된다. 현실에서 침묵했던 사람들은 원본에서 벗어난 순간 멀어진 채 다시 가까워진다.

이처럼 실제 접촉이 없는 만남에서 더 밀접해지는 것이 수동적 정동에 포위된 사회의 특징이다. 수동적 젤리에 포위되면 벌거벗은 얼굴을 상실할 뿐 아니라 《보건교사 안은영》에서처럼 그로테스크한 얼굴로 살아가게 된다. 현실에서 로봇 같은 얼굴이 된 사람들은 가상현실에서 비로소 인간의 얼굴을 되찾는다.

멀어진 채 가까워지는 타자의 회생은 오늘날의 변혁운동에서도 찾아볼 수 있다. 예컨대 '희망버스'에서 한진중공업 김진숙은 고공의 크레인에 오름으로써 사람들의 곁으로 다가올 수 있었다. 일상에서는 노동자와 마

---

88 시뮬라크르는 원본의 지시대상이 없는 이미지를 말한다. 원본이 오염된 시대에는 시뮬라크르가 오염된 체제에 대한 반격의 근거가 된다. 예컨대 수동적 정동에 오염된 시대에는 원본의 현실에서는 자아의 무력화로 인해 저항이 불가능해진다. 반면에 플로이드의 동영상처럼 원본에서 이연된 시뮬라크르는 원본의 수동적 맥락에서 해방된 이미지를 유포함으로써 정동적 반격을 가능하게 하고 있다.

주쳐도 벌거벗은 얼굴과의 조우를 통한 윤리적 정동이 생성되지 않는다. 그러나 희망버스를 타고 온 사람들은 고공으로 멀어진 김진숙을 생각하며 "우리가 김진숙이다"를 외쳤다. 김진숙은 하늘을 향해 멀어짐으로써 지상의 수동적 젤리에서 벗어나 우리의 가슴속으로 가까이 다가온 것이다.

현장에서 침묵하다 이미지를 통해 타자와의 공감을 회생시킨 일은 플로이드의 사건에서도 발견된다. 플로이드는 목이 졸려 죽어가며 '숨 쉴 수 없다'고 외쳤지만 경찰은 물론 주위의 아무도 폭력을 말리는 사람이 없었다. 그런데 흑인 소녀 프레이저에 의해 사건의 동영상이 유포되면서 희생자에 대한 공감의 물결이 일기 시작했다. 플로이드의 외침은 사람들이 자신도 일상에서 숨 쉴 수 없는 삶을 살았음을 자각하게 하면서 공명의 정동을 증폭시켰다.

김용균의 가상 체험, 김진숙의 고공 투쟁, 플로이드의 동영상은, 원본의 현실에서 멀어지면서 사람들이 다시 가까이 다가올 수 있었음을 보여준다. 오늘날 신자유주의는 수동적 정동을 만연시켜 쓸모없어진 타자를 배제하고 대상 a를 망각하게 만든다. 가상공간과 고공 투쟁과 동영상은 수동적 정동에 오염된 원본의 현실에서 벗어나 거리를 두는 동시에 다시 가까워지는 방식이다. 이처럼 실제 접촉이 없이 더 밀접하게 접촉하는 공감력의 회생을 **언택트 윤리**라고 부를 수 있다. 언택트 윤리는 희생된 타자를 추방하는 시대에 멀어진 타자와 다시 가까워지며 대상 a를 작동시키는 비밀병기이다.

바이러스와의 전쟁 이후 경제, 교육, 의료, 시장에서 언택트 사회의 도래에 대한 담론이 많아지고 있다. 그러나 비대면 시대에 중요한 것은 온라인 경제도 원격의료도 아닌 언택트 윤리라고 할 수 있다. 언택트 윤리야말로 바이러스와 수동적 젤리의 공격에 대한 인간적 정동의 반격이기 때문이다.

언택트 윤리의 역설은 **감성적 불평등성의 사회**에서 더 실감을 얻는다. 감성적 불평등성의 사회란 《기생충》에서처럼 선을 넘을 수 없기 때문에 가까워질수록 멀어지는 세계이다. 《기생충》은 경제적 불평등성이 극단화되면 감성적·시각적 불평등성이 발생한다는 우울한 비극적 현실을 보여준다.[89] 그처럼 경제적 차별이 감성적 차별로 전화되는 것은 앞서 살폈듯이 감정의 상품화와 계급이동의 단절 때문이다.

오늘날은 경제적으로 불평등할 뿐 아니라 보이지 않는 선 때문에 90%들이 신분사회처럼 인격성이 강등된 채 살아가는 세상이다. 이런 사회에서는 사람들이 물리적으로 가까이 다가와도 서로 연대감이 잘 생겨나지 않는다. 그 때문에 아무리 고통스러워도 저항이 나타나지 않으며 경제적 불평등성이 영구화된다.

우리 시대에 선을 넘을 수 없는 것은 《기생충》에서의 박사장과 기택네의 관계만이 아니다. 중간층이나 하층민은 루저나 노숙자 같은 셔터 저편의 사람에게서 절벽 같은 선을 느끼고 있다. 그처럼 타자가 추방된 상황에서 90%들이 캐슬을 선망하면서 빈약해진 자아로 살아가는 것이 감성적 불평등성의 사회이다.

하지만 감성적 불평등성의 사회에서도 깊은 심연의 에로스의 샘물(대상 a)이 말라버린 것은 아니다. 아직도 우리는 사랑이 '소낙눈'처럼 쏟아지는 사회를 그리워하지만 수동적 정동의 젤리가 만연되어 가까이 다가서지 못하는 것이다. 《한겨레》 신문에 실린 '2021년 1월 18일 10시 31분 11초'의 장면이 그것을 말해주고 있다. 무섭게 쏟아지는 눈발 속에서 한 시민이 추위에 떠는 노숙자에게 입고 있던 점퍼와 장갑, 그리고 지갑 속의 5만 원을 건네주는 장면이다.

이 장면을 찍은 기자는 '지금 내가 무엇을 보고 있는 건가'라는 생각이

---

89 이런 자본주의의 제2의 증상에 대해서는 2장 2, 7, 8절과 6장을 참조할 것.

들었다고 한다.[90] 감성적 불평등성의 사회에서는 타자(노숙자)에게 쉽게 다가갈 수 없기 때문에 '소낙눈'처럼 가슴을 강타한 장면에 잠시 얼떨떨해진 것이다. 그러면서도 기자는 자신도 모르게 놓치지 않기 위해 정신없이 셔터를 눌렀다. 앞으로 다시 만날 수 없을 듯한 장면이기도 했지만 마음 깊은 곳에서 기다리던 이미지였던 것이다.

너무나 뜻밖이었기 때문에 '뭔가?' 하는 순간에 옆에 있던 시민이 중계를 하듯이 이야기를 나누고 있었다. 기자뿐 아니라 눈을 맞고 있는 모든 사람들이 그 장면에 놀라면서도 감동하고 있었던 것이다. 다만 시민들은 선뜻 다가서지 못하고 거리를 둔 채 상황을 중계하고 있었다.

사람들이 노숙자에게 다가서지 못한 것은 거리를 지배하고 있는 '감성적 불평등성'의 사회의 맥락 때문이었다. 그 맥락에 달라붙은 수동적 정동의 젤리 때문에 접근하지 못하고 조심스럽게 중계방송을 하고 있었던 것

90 〈"커피 한잔" 부탁한 노숙인에게 점퍼·장갑까지 건넨 시민〉, 《한겨레》, 2021. 1. 18.

이다. 사람들은 거리를 두고 바라보면서 비로소 타자에게 가까워질 수 있었다.

소낙눈처럼 가슴을 기습한 이 장면의 아름다움은 중계방송과 사진을 만들어낸 '거리(距離)'에서 생겨나고 있었다. 노숙자에게 옷을 준 시민이 재빨리 사라져버린 것도 곳곳에 널려 있는 수동적 젤리에 붙잡히지 않기 위해서였을 것이다. 우리는 타자와 대면하며 함께 어울려 살 수 없는 사회에 살고 있다. 슬픈 일이지만 시민이 달아났듯이 루저와 노숙자로부터 떨어져 있어야만 수동적 젤리에서 벗어나 다시 가까워질 수 있는 것이다.

《한겨레》에 사진이 실리자 수많은 댓글과 격려가 쏟아졌다. 사람들은 자신이 스스로 다가가지 못하는 대신 이미지를 통해 마음을 연 것이다. 김용균의 VR과 플로이드의 동영상에서처럼 현장에 서 있지 못한 대신 이미지와 시뮬라크르를 통해 타자와 손을 잡고 있는 것이다.

소낙눈 사진은 언택트 윤리를 작동시켰다. 실제로 우리는 그런 언택트 윤리가 절실하게 필요한 사회에 살고 있다. 우리가 타자와 포옹하지 못하는 것은 수동적 젤리에 포위된 감성적 불평등성의 사회에 살고 있기 때문이다. 이런 사회에서는 사라진 시민처럼 떨어진 채 다가서며 '기습적으로' 마음을 열고 대상 a를 작동시키는 공격이 필요하다.

오카다 다카시는 언택트의 사회에서는 디스커넥트 인간형이 승리한다고 말하고 있다. 현생인류는 탐욕과 혐오로 오염되었기 때문에 바이러스에서 벗어나듯이 디스커넥트 방식의 인간형을 탄생시켜야 한다는 것이다. 디스커넥트 인간형은 오래 번영했으나 타락해버린 호모 사피언스를 대체할 미래의 신인류이다.[91]

그러나 떨어진 채 다시 모이지 못하는 디스커넥트 인간형은 신인류도 미래의 대안도 아니다. 오카다는 우리 시대에 해결해야 할 숙제를 방기하고 있다. 디스커넥트 인간형은 지금 전 지구를 지배하고 있는 감성적 불

---

91   오카다 다카시, 송은애 역, 《디스커넥트 인간형이 온다》, 생각의 길, 2021.

평등성의 사회를 변화시키지 못한다. 감성적 불평등성의 사회에서는 수동적 정동의 바이러스와의 싸움이 필요하며 그것을 위해서는 멀어진 채 가까워지는 언택트 전략이 요구된다. 또 다른 바이러스와 싸우는 포스트 바이러스 시대에는 떨어진 채 다가서며 다시 손잡는 소낙눈 같은 기습적인 정동정치가 필요한 것이다.

제2장

평등과 정동정치

1. 평등의 이름 — 윤리의 정치화

21세기에 들어서면서 우리는 자유의 쟁취보다 평등의 실행이 얼마나 더 어려운지 실감하고 있다. 엘뤼아르는 〈자유〉(1942)라는 시에서 세상의 모든 곳에 자유를 쓴다고 말했다. 그는 노트와 책장, 들판, 땅에 자유의 이름을 적었다. 그처럼 곳곳에 자유를 쓰는 것은 자신의 내면에 적는 것이며, 그 순간은 가슴으로부터 억압에서 벗어나려는 열망이 증폭되는 시간이다. 그 때문에 엘뤼아르처럼 가슴에 자유를 적은 사람들은 서로 손잡고 억압에서 벗어나는 운동을 일으킬 수 있었다.

그러나 자유와 달리 불평등한 세상에는 평등의 소망을 쓸 수 있는 공간이 없다. 노트와 책장과 들판에 평등을 쓴다고 세상은 평등해지지 않는다. 각 개인이 자유를 소망하며 손을 잡는 것과는 달리 평등의 교감은 불균등한 공간을 횡단하는 틈새가 필요하기 때문이다. 진짜로 평등의 이름을 쓰려면 비대칭적인 자아와 타자 사이의 공간이 요구된다. 평등의 문제가 난관에 부딪히는 것은 근대의 딜레마인 타자의 문제가 놓여 있기 때문이다.

피케티는 자본소득과 노동소득 사이의 불평등성을 말하며 사회적 국가(복지국가)와 누진세를 해결책으로 제시했다. 그러나 그런 제도적 개혁은 잘 실행되지 않을뿐더러 제도가 바뀐다고 곧바로 평등과 공정이 이뤄지는 것도 아니다. 피케티는 평등에 대해서 글을 쓰며 제도적 내부의 공간에서 손을 잡으려 했다. 그러나 피케티의 주장은 그의 내면에 쓰였을 뿐 세상의 공간에는 쓰이지 않았다. 내면에 자유를 쓴 사람들이 연대한 것과는 달리, 평등을 쓴 사람들이 손을 잡고 함께 실천으로 나아가는 운동은 이루어지지 않았다.

피케티가 내면과 책에 쓴 평등이 번져나가지 않은 것은 평등을 위해서는 다른 공간이 필요함을 암시한다. 다른 공간은 바로 **타자의 공간**이다. 설령 엘뤼아르처럼 노트와 책장에 평등을 쓴다 해도 자아와 타자를 횡단하지 않는 한 평등한 세상은 오지 않는다.

우리가 평등을 쓸 수 있는 공간을 잃었다는 것은 오늘날의 극단적 불평등성의 구조에서 가장 실감을 얻는다. 극단적으로 불평등한 사회란 단순히 소수의 부자들이 대다수의 사람들을 억압하는 구조가 아니다. 단지 그것뿐이라면 불만을 지닌 다수의 저항에 의해 기울어진 세상을 바로잡으려는 복원력이 발휘될 것이다. 그러나 구조화된 불평등성의 사회란 그런 복원력이 좀처럼 발휘되지 않는 세계이다. 극단적으로 불평등한 사회가 되면 중하층의 사람들이 최하층과 한편이 되는 대신 오히려 그들을 외면하게 된다. 중하층들은 하위계층에 손을 내미는 대신 손이 닿지 않는 상류층을 선망하게 된다. 그 때문에 피케티가 외친 제도적 개혁의 요구는 세상에 쓰이지 못한 채 공중에서 무용지물이 되는 것이다.

중하층들은 평등을 소망하면서도 자기 자신은 그런 이름을 쓸 공간을 갖고 있지 않다. 신자유주의 시대의 공간은 스카이 캐슬, 장미빌라, 근린생활주택, 반지하, 지하로 서열화되었다. 평등의 이름은 자아와 타자 사이에 쓰여야 하는데 **공간적 서열화**는 그런 틈새를 배제하는 질서이다. 틈새의 배제와 타자의 추방, 이것이 바로 오늘날의 세습 자본주의가 자신을 유지하는 비밀이다. 극단적 불평등성의 사회가 공간적 서열화를 계속하는 방식은 바로 타자의 추방이다. 타자를 추방함으로써 틈새의 교섭을 불가능하게 만들고 평등이 쓰일 공간을 아예 배제하는 것이다.

이런 사실은 오늘날 경제적인 불평등성을 만드는 권력 이외의 다른 권력이 작용함을 뜻한다. 극단적인 불평등성의 사회에는 사회를 불평등하게 만드는 권력과 그런 불평등성을 유지시키는 또 다른 권력이 있다.[1] 구

---

1 또 다른 권력은 자본주의가 견제를 받지 않고 순도 높게 진행될 때 나타나는 점에서 그 자체도 자본의 본성으로부터 출현한다고 할 수 있다.

조화된 경제적 불평등성이나 인격적 불평등성의 상태는 벤야민과 아감벤이 말한 예외 상태의 사회와 비슷하다. 그러나 우리 시대에는 또 하나의 권력이 있다. 아감벤의 벌거벗은 생명은 설령 죽여도 좋은 생명일지라도 얼굴이 배제되지는 않는다. 벌거벗은 얼굴은 평등이 쓰일 수 있는 유일한 위치였다. 그 때문에 수용소 시대를 지나 레비나스의 반격이 시작되었고 타자에 대한 사랑을 외치는 많은 변혁운동이 가능했던 것이다. 그러나 우리 시대에는 타자의 벌거벗은 얼굴 자체를 배제하는 또 다른 권력이 작동되고 있다.

우리는 1장에서 그처럼 벌거벗은 얼굴을 상실하게 하는 핵심 요체가 정동권력임을 살펴봤다. 그런 정동권력 하에서는 피케티처럼 법적 제도의 개혁만으로는 평등한 세상을 만들 수 없다. 오늘날 우리는 법 이외에 '타자의 회생'이 **정치적으로** 요구되는 상황에 직면했다. 타자의 회생은 아무도 말하지 않는 평등 정치의 핵심적 요건이다. 그 사실과 함께 또 하나 중요한 것은 타자의 회생의 비밀이 사랑의 정동에 있다는 것이다. 사랑과 윤리는 정치화하기 가장 어려운 항목이지만 우리 시대의 정치는 **목숨을 건 도약**이 필요한 정동영역의 정치화를 요구하고 있다.

프로이트는 트라우마를 극복하는 방법으로 쾌락원칙을 넘어선 정동적 운동을 주목했다. 정동적 반복운동은 합리적 표상 체계(상징계와 현실원칙)를 넘어선 도약을 전제로 한다. 우리는 그와 비슷하게 불평등성의 트라우마를 극복하기 위해서는 쾌락원칙과 현실원칙을 넘어선 목숨을 건 정동적 정치가 요구됨을 말할 수 있다.

우리 시대는 합리적인 현실원칙의 보완만으로는 불평등성을 교정하기 어려운 세상이다. 법적 제도와 합리적인 현실원칙을 넘어서면 우리는 죽음충동과 에로스를 만난다. 죽음과 사랑은 극심한 불평등성의 사회가 우울증 속에서 조우하는 양극단이다. 사랑을 상실한 사회에서는 죽음과 부딪히는 극한적인 순간에 사랑을 갈망하게 되는 것이다. 우리는 오늘날의 부끄러운 최고의 자살률에서 사랑의 갈망을 읽어내야 한다.

패트릭 헨리는 자유가 아니면 죽음을 달라고 말했다.[2] 반면에 우리 시대는 사랑과 죽음이 문제되는 시대이다. 오늘날의 우울증과 최고의 자살률에는 들리지 않는 사랑의 갈망이 스며들어 있다. 지금의 난관에서 탈출하는 사랑의 회생은 타자와 연관된 문제이며 자유와 달리 제도를 변혁한다고 해결될 수 있는 일이 아니다.

사랑이 아니면 죽음을 달라는 외침을 우리는 스피노자적 의미의 정동의 열망으로 부를 수 있다. 정동이란 죽음의 근거와 대립하는 삶의 근거를 증진시키는 존재 능력의 변용이다.[3] 그런데 존재의 능력을 증폭시키며 열악한 정동을 극복하기 위해서는 이성이 아니라 더 강한 정동이 필요하다(스피노자). 90%들이 타자를 외면하고 상류층을 선망하는 상태는 이성적인 설득만으로 해결할 수 없다. 그런 열악한 정동을 극복하려면 세월호 사건에서처럼 희생자(타자)에 대한 능동적 정동을 증진시키는 미학과 정치가 필요하다. 능동적 정동은 나의 삶의 능력을 증진시킬 뿐 아니라 타자와의 교감을 회생시키는 점에서 윤리적이다. 우리는 **윤리적 정동**을 **정치화**해야 하는 초유의 시대적 과제에 직면해 있다. 정동권력이 벌거벗은 얼굴을 상실하게 하며 마지막 영역인 윤리를 침범했기 때문에 타자와 연관된 윤리가 최초로 정치의 영역이 된 것이다.

그 같은 **윤리적 정동의 열망**이 일어나는 곳이 바로 평등의 이름을 쓸 수 있는 우리 시대의 공간이다. 평등을 수행하기 위해서는 (자본과 권력에 의한) 인격성의 식민화(상품화)에서 자유로워져서 자아를 팽창시키고 능동성을 증폭시켜야 한다. 그 때문에 자아와 타자를 횡단하며 제도와 규범

---

2   패트릭 헨리(1736~1799)는 미국의 정치가이자 독립운동가이다. 그는 1765년 버지니아 식민지 회의 의원이 되어 미국의 독립운동에 앞장섰다. 1975년 리치몬드에서 한 연설 가운데 독립을 주장하면서 외친 "자유가 아니면 죽음을 달라!"(Give me liberty, or give me death!)라는 말로 유명해졌으며, 한 달이 채 지나지 않아서 미국의 독립운동이 시작되었다.

3   들뢰즈, 이기웅 역,《전복적 스피노자》, 그린비, 2005, 22쪽.

을 넘어선 곳에서 평등을 쓰는 일은 **정동정치**를 통해서만 시작될 수 있다. 정동정치는 표상할 수 없는 타자에 대한 사랑을 표상 공간 안에서 실행하는 평등의 정치의 출발점이다.

정동이란 세상에 영향을 미치는 감성과 힘이다. 정동정치란 **법적 제도와 규범을 넘어선** 곳에서 세상을 바꾸는 정치를 말한다. 즉 아감벤이 주목한 법적 차원을 넘어서서 윤리를 정치의 공간으로 흘러넘치게 하는 것이다. 90%의 윤리를 마비시키는 권력에 저항하며 윤리의 회생을 주장하는 것, 이것이 정동정치이다. 피케티가 하지 못한 정치의 실행을 위해서는, 평등의 이름을 세상에 쓸 수 있는 틈새를 찾는 정동정치가 필요하다.

변혁운동이 일어나도 후속적으로는 법을 제정하는 차원에서 변화가 논의된다. 그러나 평등과 정의를 위해서는 그것만으로는 불충분하다고 말할 수 있다. 우리는 이제까지 불가능해 보였던 일을 주장해야 한다. 신자유주의처럼 윤리를 마비시키는 권력에 대응하려면 법과 제도로 결코 환원될 수 없는 **윤리 차원의 정치화**가 중요하다. 이 어려운 일이 무모하지 않은 것은 스피노자의 윤리학이 우리에게 영감을 제공하기 때문이다. **정치적 인간학**으로 불리는 스피노자의 윤리학[4]은 이름을 쓸 수 없는 곳에 자유와 평등의 이름을 쓰게 해준다. 용산참사는 건물 위의 높은 망루에도 공정과 정의의 이름이 쓰이지 않음을 보여주었다. 그러나 세월호 사건은 휴대폰의 동영상과 시집과 광장에 정의와 평등의 이름을 쓸 수 있게 했다. 정의와 평등의 이름이 쓰일 수 있는 곳은, 자아와 타자 사이의 교섭이 복원되며 죽음을 넘어서 사랑이 돌아오는 공간이다. 침몰한 세월호는 윤리를 마비시키는 권력에 대응하는 정동의 정치화에 대해 질문을 시작했다. 그에 응답한 촛불집회는 자아와 타자 사이의 교섭과 사랑을 무기로 한 초유의 정동적 변혁운동이었다. 정동을 정치화하려면 자아와 타자의 틈새를 발견해 사랑을 증폭시키며 이름을 쓸 수 있는 공간을 찾아야 한

---

4   발리바르, 진태원 역,《스피노자와 정치》, 그린비, 2014, 114~146쪽.

다. 팽목항의 물밑의 탐색은 동영상에서 시집으로, 그리고 시집에서 광장으로, 끝없는 물밑의 정치로 이어졌다.[5] 그처럼 평등과 정의를 쓸 수 있는 표상 없는 틈새들을 얻으려는 '사랑의 정치화'의 시도가 바로 정동정치이다.

2. 고착성과 유동성
─피케티를 넘어선 존재론적 정치

피케티는 장기적인 자본의 역사[6]에서 세습 자본주의가 U자를 그리며 회귀하는 과정을 발견했다. 세습 자본주의란 계급이동의 사다리가 끊어져 불평등성이 고착화된 사회를 말한다. 그런 U자의 양극단에서 벗어난 20세기 중반은 불평등성이 완화되었던 자본주의의 황금기였다. 피케티가 주목하는 것은 고착화된 불평등성(세습 자본주의)에서 벗어나 사회가 유동적이었던 자본주의의 황금시대이다. 그처럼 자본주의를 완전히 철폐하지 않고도 성장과 분배가 균형을 이루며 인간답게 살 수 있는 시대가 있었던 것이다.

U자를 그리는 불평등성의 회귀 과정은 우리의 자본의 역사에서도 나타난다.[7] 다만 우리의 경우 피케티와 다른 점은 불평등성이 적었던 20세기 중반이 단순한 황금시대가 아니었다는 점이다. 1970~80년대는 계급이동이 가능했던 역동적인 사회였지만 정치적으로는 가장 독재적인 시대이기도 했다. 우리의 역사가 피케티의 논의와 다른 것은 신식민지 시기에 나타났던 가혹한 독재정치 때문이다. 신식민지의 상황은 독재정치를 용

---

5   동영상, 시집, 광장은 표상 없는 틈새들이다.

6   19세기와 20세기 사이의 자본주의 역사를 살펴보고 있다. 피케티, 《21세기 자본》, 글항아리, 2014.

7   김낙년, 〈피케티 방법론으로 본 한국의 불평등〉, 류이근 편, 《왜 자본은 일하는 자보다 더 많이 버는가》, 시대의 창, 2014, 257쪽.

인하게 했으며 우리의 1970~80년대는 역동적인 동시에 가장 억압적인 시대이기도 했다. 피케티가 간과한 것은 자본주의의 황금기에도 신식민지와 연관된 정치적 고착성은 쉽게 해소될 수 없었다는 점이다.

(신)식민지적 고착성의 문제는 인종이나 젠더 영역과 계급 영역의 차이를 말해준다. 피케티처럼 계급적 불평등성만 주목하면 인종과 젠더 영역의 차별이 빚는 불행을 놓치게 된다. 그와 달리 우리 사회에서 불평등성의 문제를 논의하려면 계급관계에 인종 및 젠더 영역이 중첩되는 특징을 주목해야 한다.

흥미로운 것은 인종과 젠더 관계의 맥락에서는 자본주의의 황금시대에 비견되는 시기를 말할 수 없다는 점이다. 식민지나 남성주의 사회에서 보듯이 인종과 젠더의 영역에서는 불평등성이 완화된 유동적인 시기를 아예 설정할 수 없다. 인간적인 식민지나 참을 만한 남성적 폭력이란 이미 표현 자체가 모순을 지니고 있다. 제국주의와 남성중심적인 사회에서는 아무리 시간이 지나도 피식민자와 여성의 황금시대란 영원히 오지 않는다. 자본주의의 황금시대란 계급 사다리가 역동적이고 유동적인 시대이다. 그러나 인종과 젠더의 영역에서는 인종 사다리나 젠더 사다리라는 말 자체가 아예 처음부터 상상이 불가능한 것이다.

인종 및 젠더 영역에서 발견되는 이런 차이는 계급과는 다른 대체 불가능한 불평등성을 말해준다. 가난한 사람이 부자가 되는 일은 가능하지만 제국과 식민지가 뒤바뀌거나 남성과 여성이 전위되는 일은 일어나지 않는다. 자본주의의 황금시대가 가능하다는 것은 계급 관계가 인종 및 젠더 관계에 비해 상대적으로 덜 고착화되어 있다는 뜻이다.

그러나 문제는 오늘날처럼 계급 관계에서도 대체 불가능한 고착 상태가 발생한다는 점이다. 계급 모순이 인종주의와 착종되거나(식민지) 경제적 권력이 견제 없이 극단적으로 질주하면(신자유주의) 계급 모순 역시 고착화된다. 이런 상황에서는 대체 불가능한 계급적 불평등성이 생기면서 아무리 기다려도 계급적 차별은 해소되지 않는다.

구조화된 계급적 불평등성의 사회에서는 제도 개혁만으로 변화를 이루기 매우 어려운 상황이 도래한다. 그렇다고 극단적 불평등성에 불만을 가진 사람들이 사회를 변혁하려는 움직임을 나타내는 것도 아니다. 지금 우리가 경험하는 양극화 사회는 위로부터의 개혁도 밑으로부터의 변혁도 어려워진 딜레마에 처해 있다.

근본적인 사회적 변화가 어렵다는 것은 고착화된 사회의 공통적인 특징이다. 예컨대 인종적·젠더적 불평등에서는 제도적 변화만으로 해방된 사회가 쉽게 오지 않는다. 개혁을 통해 불만이 없어진 식민지란 생각할 수도 없는 일이다. 마찬가지로 아무리 여성 인권이 보장되어도 남녀 간의 기울어진 운동장은 결코 평평해지지 않는다.

그러나 식민지에서는 90%의 피식민자가 단결해 해방운동을 일으킬 수 있다. 남성중심적 사회에서 역시 50%의 여성들이 손을 잡고 미투 운동을 발생시킬 수 있다. 인종적·젠더적 관계에서는 제도적 개혁이 큰 의미가 없는 대신 밑으로부터의 변혁운동이 해방구인 것이다.

반면에 고착화된 계급관계에서는 제도적 개혁이 힘들뿐더러 밑으로부터의 변혁운동 역시 어려워진다. 양극화된 사회란 1%의 상류층과 99%의 하층민의 대립관계가 결코 아니다. 계급관계가 고착화되었다는 것은 유동적이었던 90%들이 상류층을 선망하는 쪽으로 선회했다는 뜻이다.[8] 식민지에서는 무력을 통해 전 사회를 장악했더라도 90%의 피식민자들이 끝없이 해방의 기회만을 엿보고 있었다. 반면에 고착화된 계급사회에서는 1%의 특권층이 무력을 행사하지 않고도 자기 쪽으로 돌아선 90%를 이용해 사회 전체를 장악할 수 있다. 구조화된 계급사회를 유지시키는 것은 경제적 부의 위력보다는 90%를 자신의 쪽으로 선회시키는 **존재론적**

---

8   상당수의 진보적인 사람들도 부의 성취를 통한 욕망을 버리지 못하는 것이 신자유주의의 냉엄한 현실이다.

권력이다.

 이것이 바로 구조화된 불평등성의 사회를 변혁하는 일이 식민지나 남성주의에서 보다 더 어려운 이유이다. 90%들이 무의식적으로 캐슬을 선망하면 아직 유동성를 잃지 않은 그들 역시 캐슬의 벽처럼 딱딱해진다. 그들은 심연의 사랑의 샘물이 아직 마르지 않았지만 〈벌레들〉(김애란)에서처럼 하층민과의 관계에서 절벽을 느끼고 있다. 그처럼 캐슬을 선망하며 하층민의 절벽에서 위기를 느끼는 심리를 프레드릭 제임슨은 무의식의 식민화[9]라고 불렀다. 무의식의 식민화, 혹은 정동적 식민지[10]는 공간적 식민지에서보다 변혁운동이 더 일어나기 어려워진 체제이다.[11] 우리는 무의식의 식민화에서 탈출하는 새로운 **존재론적 운동**이 발명되어야만 사회변혁을 소망할 수 있는 시대에 살고 있다.

 피케티는 자본주의의 황금시대를 주목하며 제도적 변화를 통해 인간적인 사회를 이룰 것을 주장한다. 그러나 그의 향수 어린 시선이 보지 못하는 것은 90%들의 무의식의 식민화이다. 90%들의 심연의 샘물을 다시 퍼 올리는 존재론적 정치가 없다면 '사회적 국가'나 '누진세'는 환호성 속에서 다시 실행되지 못한다. 제도 개혁은 상품이나 물건처럼 딱딱해진 사람들을 다시 유연하게 만드는 정치와 손잡을 때만 비로소 효과를 얻을 수 있다. 그처럼 상품으로 강등된 인격을 다시 유동적인 인간으로 상승시키는 존재론적 전환을 우리는 **정동정치**라고 부를 수 있다.

 오늘날 우리는 불평등성을 절감하면서도 증세를 통한 복지정책에는 막연한 위기감을 느끼고 있다. 또한 부동산 재벌을 질시하는 반면 자기 자신이 투기를 위한 대출에 관심을 버리지 못한다. 문제의 어려움은 그런

---

9 정신과 인격성의 영역에까지 상품물신화가 침투하는 것을 말한다. 프레드릭 제임슨, 〈포스트모던의 조건에 대하여〉, 리오타르, 유정완·이삼출·민승기 역,《포스트모던의 조건》, 민음사, 1992, 22쪽.

10 정동적 식민지에 대해서는 1장 3절과 4절 참조.

11 비포는 무의식이 식민화된 사회를 시간의 식민지라고 부르고 있다. 프랑코 베라르디 비포,《미래 이후》, 난장, 2013, 42~43쪽.

모순된 상황의 반전을 위해 합리적인 설득만으로는 부족하다는 데 있다. 새로운 세상을 위해 사람들이 스스로 움직이게 만들려면 강력한 감염력을 지닌 창조적인 정동적 활동들을 발명해내야 한다.[12]

실제로 그런 존재론적 정치는 신자유의 시대에 발명된 변혁의 구호 자체에서 암시되고 있다. 과거에는 90%의 사람들이 유동적이었기 때문에 민주주의라는 구호만으로도 변혁운동을 촉발시킬 수 있었다. 김지하가 '신새벽 뒷골목에 민주주의라는 이름'을 쓸 수 있었던 것은 그 때문이다. 그러나 지금은 모두가 절실해 하는 **평등이라는 이름**을 쓸 수 있는 공간이 아무 데도 없다. 타자의 추방에 의해 평등의 이름을 쓸 수 있는 자아와 타자 사이의 틈새가 사라져버렸기 때문이다. 신자유의 시대의 타자의 추방은 90%들의 무의식의 식민화에 상응한다. 그 때문에 오늘날의 변혁운동은 한결같이 존재 자체의 식민화에서 벗어나려는 자아와 타자 간의 교섭 운동으로 시작된다. 희망버스의 '우리가 김진숙이다'에서부터 희생자를 회생시키는 '우리가 김용균이다'까지, 변혁의 구호들은 모두 **타자와 손 잡을 공간**을 얻으려는 갈망을 표현한다. 타자의 손을 잡는 공간은 평등의 이름을 쓸 수 있는 공간이기도 하다. 김진숙이나 김용균의 손을 잡는 순간 우리는 추방된 타자가 되돌아오는 시간을 경험한다. 그와 동시에 그 순간은 90%의 사람들이 딱딱해진 인격성을 유동적인 생명적 존재로 되돌리는 시간이기도 하다. 존재의 능동성을 회생시키는 그 정동정치의 순간, 우리는 되돌아온 타자와 손을 잡는 공간에 평등의 이름을 쓰면서 변혁운동을 출발시킬 수 있다.

평등의 이름을 쓸 공간이 없는 사회는 90%의 존재가 유동성을 잃은 세계이다. 무의식의 식민화나 인격성의 상품화는 억압을 통해 욕망을 금지시키는 전략이 아니다. 그보다는 욕망을 증진시키되 그 방식이 인격성의 상품화이기 때문에 우리는 활발해지는 동시에 물건(상품)처럼 딱딱해

---

12 진은영, 〈감응과 구성의 정치학〉, 《코뮨주의 선언》, 2007, 교양인, 296쪽.

지는 것이다. 그에 대항해 존재를 유연하게 만드는 정치는 이성적으로 신자유주의적 욕망을 비판하는 방식으로 성취되지 않는다. 그와 달리 상품화된 욕망보다 더 강렬한 욕망(순수 욕망)을 통해 우리의 존재를 유동적이고 능동적으로 전위시켜야 한다. 여기서는 활발한 욕망의 원인이 우리 자신의 생명적 존재에 있기 때문에 우리는 수동적 욕망에서 벗어나 능동적으로 존재를 팽창시키게 된다. 능동적 존재의 유동성을 되찾는 그 순간 우리는 비로소 평등의 이름을 쓸 수 있는 틈새 공간을 얻게 된다. 딱딱하게 고착화된 구조화된 불평등성의 사회는 틈새 공간이 사라진 체제이다. 반면에 존재의 유동성과 사회의 유연성을 되찾은 세계는 곳곳에 타자와 만나는 평등의 이름을 쓸 수 있는 틈새 공간에 생겨난 세상이기도 하다.

　오늘날 절차적 공정성을 외치는 사람은 있어도 사회 전체의 평등을 주장하는 사람은 많지 않다. 그 이유는 사회가 고착화되어 평등을 쓸 수 있는 공간이 눈에 보이지 않기 때문이다. 평등의 실현을 위해서 사회를 유동적으로 만드는 정동정치가 먼저 필요한 것은 그래서이다. 더욱이 이런 딜레마는 사회 전체의 평등뿐 아니라 공정성의 요구에도 해당된다. 계급 사다리가 끊어진 사회에서도 상승에 대한 욕망은 계속되기 때문에 공정성에 목을 매는 사람은 많아진다. 그러나 고착화된 불평등성의 사회에서 절차적 공정성은 결코 실현되기 쉽지 않다. 절차적 공정성 역시 사회가 유연해지고 평등성의 소망이 확장되어야만 보장받을 수 있다.

　예컨대《스카이 캐슬》의 김혜나는 불공정성에 대해 항의하며 침묵하는 90%들의 불만을 대변하는 능력주의자의 모습을 보여준다. 그러나 공정성을 요구하는 그녀의 꿈은 캐슬 사회에 입성하는 것이지 사회를 변화시키는 것이 아니다. 스스로의 힘으로 캐슬의 가계에 합류해 자신의 능력을 증명하는 것이 그녀의 최고의 목표이다. 김혜나는 '스카이 캐슬'의 입성을 꿈꾸는 우리 시대의 편협한 능력주의자[13]의 상징이다. 그녀는 공정성과

13　김혜나의 능력주의는 시험 능력주의라고 할 수 있다. 김동춘,《시험능력주의》, 창비, 2022 참조.

능력주의를 주장하면서도 캐슬에 목을 매며 개인의 자율성을 스스로 침해하는 고착된 사회의 희생자이다. 이 드라마가 보여주듯이 고착된 사회에서는 보이지 않는 편법에 의해 은밀히 특권이 묵인되는 일이 많아진다. 김혜나의 공정성의 요구의 한계는 평등을 주장하기보다 그런 특권 사회에 접근할 기회를 요구한 점에 있다.[14]

김혜나의 비극은 고착화된 사회에서 공정성에 목을 매는 일이 얼마나 비현실적이고 위험한지 말해준다. 그녀처럼 스스로 인격성이 딱딱해진 채 공정성을 외치기보다는 존재의 유동성을 되찾아 평등을 소망할 때 공정성의 실현도 가능해진다. 딱딱한 세계에서 불가능한 상승에 목을 매기보다는 경직된 사회를 유동적으로 만들어 곳곳의 틈새 공간에서 평등에 대한 소망이 생겨나게 해야 하는 것이다.

사회를 유동적으로 만드는 틈새 공간은 추방된 타자가 되돌아올 때 생겨난다. 유기된 타자를 회생시키며 90%들의 존재의 유동성을 회생시키는 정치를 우리는 **존재론적 정치**라고 부를 수 있다. 그처럼 존재의 유동성을 되찾고 능동적 정동이 물결쳐야 평등을 쓸 수 있는 틈새가 생기고 불평등을 변혁하려는 운동이 시작될 수 있다. 김혜나는 바닥도 보이지 않는 흙수저였지만 타자의 위치를 보지 못하고 홀린 듯이 캐슬만 바라보고 있었다. 김혜나를 불행하게 만든 것은 구조화된 불평등성의 체제의 고착성이었다. 경직된 사회가 존재 자체를 편협하게 만들어 불가능한 상승 욕구에 매달리게 만든 것이다. 그런 김혜나의 비극에서 벗어나 불평등성의 세상을 해소할 수 있으려면 정동정치를 통해 존재의 유동성을 되찾아 능동적 정동이 물결치는 세상을 만들어야 한다.

---

14 박권일, 〈배고픈 건 참아도 배아픈 건 못 참는〉,《한겨레》, 2023. 1. 20.

3. 정동의 물결과 정동정치
— 우영우의 고래

《이상한 변호사 우영우》(문지원 극본 유인식 연출, 2022)는 〈양쯔강 돌고래〉 편에서 '이상한 고요함'의 시대에도 아직 평등의 실현을 위해 용기 있게 싸우는 사람들이 있음을 보여준다. 류재숙 변호사(이봉련 분)는 미르생명의 구조조정에서 여성을 우선적으로 해고한 회사에 맞서 해직된 노동자들을 위해 분투한다. 자폐스펙트럼을 지닌 우영우(박은빈 분)는 류재숙이 멸종된 양쯔강 돌고래 같다며 그녀가 멸종되지 않았으면 좋겠다고 말한다.

류재숙과 노동자들은 재판에서 패소하지만 졌잘싸(졌지만 잘 싸웠다)를 외치며 옥상에 모인다. 그들은 평등한 노동권에 대해 되씹는 계기를 만든 의미 있는 패소였다고 생각한다. 그리고 재판 뒤풀이에 모여 시를 낭송하며 재충전의 시간을 갖는다.

그들이 낭송하는 시는 패소를 했어도 능동적 정동을 잃지 않으려는 정동정치의 시도이다. 오늘날은 시를 낭송해야 고래가 멸종위기를 간신히 모면하는 시대이다. 우영우는 시 낭송을 들으며 이미 멸종되었다고 알려진 양쯔강 돌고래가 등 뒤로 헤엄쳐 지나가는 것을 본다.

돌고래가 멸종위기를 맞은 것은 강과 바다가 점점 척박해지고 오염되어 가기 때문이다. 우영우가 좋아하는 고래들이 마음껏 헤엄칠 수 있는 바다는 능동적 정동이 자유롭게 물결치는 곳이다. 류재숙과 노동자들이 시를 낭송하는 것은 다시 정동을 고양시켜 맑아진 바다에서 양쯔강 돌고래를 되살리기 위해서이다. 류재숙의 목적은 여성의 경제적 평등을 되찾는 데 있지만 그것을 위해 정동적 차원의 정치를 시도하고 있다. 류재숙의 정동정치의 시도는 희귀종 고래를 되살리기 위해 정동의 바다를 다시 정화시켜야 하는 시대를 암시한다. 그처럼 바다를 정화시키는 일은 정동의 식민화에 의해 딱딱해진 인격을 다시 유동적으로 회생시키는 일이기도 하다. 정동적 식민지에서는 경직된 자아가 유동성을 회복해야 평등을 쓸 수 있는 틈새가 보이고 변혁의 목소리가 멸종되지 않는다.

우영우의 생각처럼 지금은 고래가 멸종위기에 몰려 있지만 한때는 푸른 바다가 고래들의 터전으로 물결치는 시대가 있었다. 예컨대 1970년대에 송창식의 〈고래사냥〉은 동해 바다로 고래사냥을 떠나자고 노래하고 있었다. 오늘날은 우영우만이 고래에 빠져 있지만 그때는 동해에 사는 생기 있는 고래의 존재를 의심하는 사람은 없었다. 물론 1970년대 같이 경제발전을 위해 질주하는 시대에 동해 바다로 고래를 찾아 나설 사람은 많지 않았다. 그러나 사회가 아직 유동적이었기 때문에 사람들은 무의식 속에 저마다의 고래(은유적인 고래)를 갖고 있었다.

술마시고 노래하고 춤을 춰봐도
가슴에는 하나 가득 슬픔뿐이네
무엇을 할 것인가 둘러보아도
보이는 건 모두가 돌아앉았네
자— 떠나자 동해 바다로
삼등 삼등 완행열차 기차를 타고

간밤에 꾸었던 꿈의 세계는
아침에 일어나면 잊혀지지만
그래도 생각나는 내 꿈 하나는
조그만 예쁜 고래 한 마리
자— 떠나자 동해 바다로
신화처럼 숨을 쉬는 고래 잡으러

우리의 사랑이 깨진다 해도

모든 것을 한꺼번에 잃는다 해도

모두들 가슴 속에 뚜렷이 있다

한 마리 예쁜 고래 하나가

자— 떠나자 동해 바다로

신화처럼 숨을 쉬는 고래 잡으러

송창식이 노래한 동해 바다의 고래는 아무도 말하지 않지만 모두가 소
망하는 대상 a였다. 신화처럼 숨 쉬는 그것은 은유로 표현된 스피노자의
내재원인[15]이기도 했다. 개발을 위해 일제히 질주하는 시대에도 모두의
가슴에는 고래 한 마리가 **뚜렷이** 있었던 것이다. 그렇기 때문에 그 시대는
가장 비인간적이었던 사회이면서도 아직 인간의 비밀을 잃어버리지 않은
세상이었던 것이다.

하지만 1990년대를 지나면서 고래는 암각화의 벽화처럼 화석화되어버
렸다. 사람들은 가슴 속의 한 마리 고래를 상실하는 동시에 자아가 벽화
처럼 빈약해져 버렸다. 단지 우영우처럼 소통 불가능한 타자만이 고래를
생생히 볼 수 있게 되었다. 우리 시대는 우영우 같은 '이상한 타자'를 잃어
버린 동시에 신화처럼 숨 쉬는 고래를 망각한 시대이다.[16] 노동자가 해고
되고 여성이 차별받아도 가슴이 잘 뛰지 않는 '이상한 고요함'의 시대는
바로 그때부터 시작되었다.

---

15 신오현은 스피노자의 자연으로서의 신을 원효의 일심에 비유한다. 원효의 일심은 존재의 고향이
자 바다와도 같은 것이다. 또한 성회경은 원효가 바다와 파도의 관계를 실체와 양태처럼 설명했음
을 말하며, 스피노자의 내재원인의 작동으로서 신(실체)과 개별적 사물(양태)의 관계 역시 바다와
파도에 바유할 수 있다고 논의한다. 신오현,《원효 철학 에세이》, 민음사, 2003. 성회경,《스피노자
와 붓다》, 한국학술정보, 2010, 75쪽. 이 같은 맥락에서 실재계적 대상 a는 바다 속의 고래로 은유
할 수 있다.

16 《이상한 변호사 우영우》는 실상 매우 예외적인 경우이며 타자를 배제하는 정동권력의 시대에 대
한 숨은 반격이다. 사람들이 우영우에 열광하는 것은 우리의 아득한 곳의 고래를 다시 숨 쉬게 하
기 때문일 것이다.

1970~80년대는 청년과 노동자의 연대가 가능한 시대였다. 그러나 1990년대 이후 21세기가 시작되자 n포세대라는 말이 암시하듯이 청년은 포기의 상징이 되었다. 그와 함께 무의식의 식민화로 인해 노동자들마저 무력화된 세상이 되었다.

〈폐허를 보다〉(이인휘)에서 노동자 정희의 남편은 '자본의 세계에서 태어나 자본이 가르쳐준 세상만 보고 죽는구나'라고 고백한다. 정희는 죽은 남편의 일기를 환청같이 떠올리며 티끌 같은 희망이라도 잡고 싶어 굴뚝에 오른다.[17] 정희가 굴뚝에 오른 것은 남편이 갈망하던 '깊은 사랑'이 모두 고갈되지는 않았기 때문일 것이다. 그녀가 사랑을 길어 올리길 소망한다는 것은 사람들의 가슴을 뛰게 했던 한 마리 고래(대상 a)가 완전히 사라진 것은 아님을 뜻한다.

그러나 우리들의 가슴 속에 남은 고래는 그리 **뚜렷하지 않다.** 그것은 '자본이 가르쳐준 세상만 보다가 자본이 만들어준 수의를 입고 죽는 세상'이 되었기 때문이다. 그런 자본의 포위에서 벗어나기 위해 정희가 남편의 일기를 떠올린 것은 류재숙이 시를 낭송하는 것과도 같다. 〈폐허를 보다〉의 정희는 거기서 한발 더 나아가 굴뚝에 오르며 자본의 유해한 정동들을 떨쳐내려 한다.

정희의 정동적 투쟁은 새로운 방식의 존재론적 정치를 암시한다. 과거에는 가두에서 청년과 노동자가 서로 손잡고 독재정권과 자본주의에 저항했다. 그러나 무의식의 식민화로 인해 청년과 노동자마저 자본에 포위된 세상에서는 굴뚝과 크레인에 오르는 투쟁이 요구된다. '희망버스'에서의 김진숙 역시 인격성과 무의식마저 예속화한 자본의 맥락을 뿌리치기 위해 크레인에 오른 것이다.

류재숙의 시 낭송과 정희의 굴뚝 투쟁은 고래가 암각화가 된 시대의 새로운 변혁운동을 암시한다. 두 사람의 정동투쟁은 가슴 속의 고래를 되

---

17 이인휘, 〈폐허를 보다〉, 《폐허를 보다》, 2016, 실천문학사, 2016, 318~320쪽.

살리는 일인 동시에 오염된 정동에 저항하는 타자성을 회생시키는 일이기도 하다. 오늘날 정동적 고양과 타자성의 회생은 그 자체가 변혁운동의 출발점이 되었다.

가슴 속 고래의 시대와 암각화의 시대의 차이는 《난장이가 쏘아올린 작은 공》 연작과 희망버스 사이에서도 발견된다. 〈칼날〉(조세희, 1975)에서 신애는 일상 속에서 '저희들도 난장이랍니다'라고 말한다.[18] 그러나 지금은 희망버스를 타고 함께 모여야 '우리가 김진숙이다'라고 외칠 수 있다. 과거와 현재의 차이는 일상에서의 말이 틈새 공간에서의 정동적 호소가 되었다는 점이다. 암각화의 시대에는 경직된 자아를 유동적으로 만들며 멀어진 타자와 다시 만나는 일이 그 자체로 변혁운동의 중요 과정이 된다. 벌거벗은 얼굴의 상실로 경직된 인격을 유동적으로 만들기 위해 새로운 방식의 변혁운동이 필요해진 것이다.

새로운 변혁운동은 흔히 멀어진 타자와 다시 만나는 특별한 방식으로 시작된다. 과거에 신애가 노동자(난장이) 앞에서 느낀 동요가 나체화의 정동이라면, 김진숙이 크레인에 오르며 자본에서 탈출한 것은 **언택트 윤리**일 것이다. 벌거벗은 얼굴과 나체화를 상실한 오늘날은 38m의 크레인에 올라 얼굴이 잘 보이지 않아야 비로소 가슴이 뛰기 시작한다. 그래야만 암각화가 된 한 마리 고래가 움직이면서 사람들이 동요하기 시작하는 것이다. 과거에는 울 것 같은 얼굴로 노동자를 바라보며 '우리도 난장이'라고 조용히 말했다. 그 순간은 같이 바다로 떠나고 싶은 가슴 속의 고래를 확인하는 시간이기도 하다. 그러나 지금은 얼굴이 멀어져야 비로소 얼굴이 보이기 시작한다. 자본에서 탈출하는 일의 절망의 높이(크레인)가 보여야 상실한 샘물(에로스)을 길어 올리며 다시 한번 '우리가 김진숙이다'를 외치게 되는 것이다.

언택트 윤리는 우리 시대의 역설이다. 자본에 포위된 시대에는 멀어질

---

18 조세희, 〈칼날〉, 《난장이가 쏘아올린 작은 공》, 문학과지성사, 1986, 45쪽.

수록 가까워지기 때문에 '언택트'는 절망인 동시에 희망이다. 크레인의 높이는 절망이지만 그것만이 희망버스의 희망을 출발시킬 수 있었던 것이다. 이것이 나체화를 상실한 시대에 과거의 일상의 사건을 회생시키려는 우리 시대의 존재론적 정치이다. 나체화의 시대에는 불평등성과 싸우기 위해 일상에서 벌거벗은 얼굴로 손을 잡을 수 있었다. 그러나 지금은 멀어진 타자와 다시 만나는 틈새를 만들기 위해 목숨을 건 투쟁이 필요해졌다. 예전에는 일상에서 우발적으로 가능했던 일이 지금은 필사적인 정동 정치가 되었다.

우영우의 고래가 흐뭇한 것은 아직 우리의 심연에 깊은 샘이 남아 있기 때문이다. 그러나 '고래사냥'의 노래가 다시 모두의 가슴에서 울려 퍼지려면 멀어진 타자가 필사적인 정동적 고양 속에서 가까이 다가와야만 한다. 청년과 노동자마저 잘 가슴이 뛰지 않은 사회는 향수 어린 고래를 되살리기 위해 아득한 샘물을 퍼 올리는 정동정치가 절실해진 시대이기도 하다. 정동정치는 멸종위기의 고래를 되살리는 동시에 모두의 가슴 속의 고래가 숨 쉴 수 있도록 능동적 정동이 물결치는 바다를 만드는 일이기도 하다.

4. 자연과 자유의 조화, 대상 a에 대한 열망으로서의 평등

고래는 우리의 가슴 속에 있는 자연이다. 《이상한 변호사 우영우》에서 우영우가 고래를 볼 때 우리는 가슴 속 자연이 숨 쉬는 '고래사냥'의 자유를 다시 갈망한다. 그와 함께 〈양쯔강 돌고래〉 편에서처럼 류재숙이 돌고래로 우영우의 등 뒤로 지나갈 때 우리는 다시 한번 평등을 소망한다. 가슴 속의 고래나 양쯔강 돌고래처럼 자연과 조화된 자유는 평등의 정동과도 연관된다. 우리는 스피노자의 자유의 윤리에서도 그 점을 발견할 수 있다.

스피노자의 철학은 자유의 윤리로 불린다. 《에티카》에서 말하는 자유는 내재원인을 아는 사람의 가장 깊이 있는 자유이다. 이 스피노자의 자유는 자유주의의 자유와는 매우 다른 윤리적 정동의 열망이다. 우리는 그런 깊은 자유를 고착화된 불평등성을 해소하는 평등의 정치의 무기로 재해석할 수 있다.

어떻게 **자유**의 윤리가 **평등**의 소망이 되는가. 엘뤼아르는 노트와 책장과 땅에 자유라는 단어를 썼다. 반면에 스피노자는 자연과도 같은 신을 사랑할 때 감지되는 사물들의 **내재원인**에 자유라는 단어를 쓰고 있다.[19] 내재원인은 자연의 원리이자 우리의 존재에 내재하는 근원적인 원인이다. 엘뤼아르가 개인이 만날 수 있는 대상들에서 자유의 갈망을 느꼈다면 스피노자는 보이지 않는 내재원인[20]을 감지하며 자유를 소망하고 있다.

스피노자의 자유는 보이는 대상들에 있는 것이 아니라 **보이지 않는** 근원적 관계들에 있다. 〈고래사냥〉에서 역시 우리가 매혹되는 것은 보이지 않는 고래(대상 a)와의 근원적 관계이다. 그와 함께 가슴 속의 고래를 발견하는 순간은 바다로 떠나고 싶어지는 순간이기도 하다.

동양사상에 비유한다면 자연의 내재원인은 원효가 말한 일심의 바다와 비슷한 것으로 볼 수 있다.[21] 일심의 바다란 일상에서 진(眞)과 속(俗)의 대립을 경험하는 사람들이 불화를 넘어서서 하나가 되는 물결이다.[22] 세속적인 삶을 사는 사람들은 가슴 깊은 곳에 진실에 대한 열망을 품고 있는데, 그것이 발현되는 순간 대립과 불화(그리고 차별)를 넘어서 일심의 바다로 향할 수 있는 것이다. 그런 맥락에서 모두의 가슴 속의 고래에 대한 충동은 일심의 바다에 대한 열망이기도 하다. 인간 안의 자연, 즉 내재

---

19 이는 실상 자유가 눈에 보이는 곳에 쓰일 수 없음을 뜻한다.

20 내재원인은 엘뤼아르가 만난 보이는 사물들의 보이지 않는 연결 관계이다.

21 신오현, 《원효 철학 에세이》, 민음사, 2003.

22 이도흠, 《화쟁기호학, 이론과 실제》, 한양대학교출판부, 2001, 114쪽.

원인이 감지되는 곳은 자아와 타자[23] 사이에서 퍼 올려지는 '에로스의 샘물'인데, 그것은 일심의 바다를 향한 충동이기도 한 것이다. 〈고래사냥〉에서처럼 가슴 속에서 에로스의 샘물이 퍼 올려질 때 동해 바다로 떠나고 싶어지는 것은 그 때문이다. 에로스의 샘물과 일심의 바다 같은 내재원인은 스피노자의 '자유'가 자연에 조화된 '평등한 세상'과 연관이 있음을 암시한다.

스피노자에 의하면 고통받는 사람은 내재원인 대신 외적 (체제의) 원인에 예속된 존재들이다. 자아와 타자 사이에서 에로스를 느끼는 순간 우리는 **내재원인**[24]을 감지하고 외적 원인에서 해방되며 자유를 느낀다. 그런데 90%의 사람들이 캐슬을 선망하는 오늘날은 욕망과 감정이 자본의 외적 원인에 묶여 있어 그런 자유를 누리기 어렵다.[25] 스피노자의 자유를 잃은 사람들은 화폐의 자유를 선망하는 대가로 사랑을 상실한 사람들이다. 반면에 타자와의 교감이 다시 회생할 때 90%의 사람들은 다시 에로스를 퍼 올리며 **인간 존재** 자체의 자유[26]를 얻을 수 있다.

화폐를 가진 사람은 무엇이든지 할 수 있으므로 자유롭다고 생각할 수도 있다. 그러나 화폐에 물신화된 사회에서는 피케티가 말했듯이 필연적으로 불평등성이 발생하며 90%들이 부자유를 경험한다. 이런 사회에서는 상류층도 나르시시즘적 자유를 누릴 뿐 타자와 교감하는 에로스를 상실하게 된다. 화폐의 목적에 얽매인 사회는 그처럼 인간 안의 자연인 에로스를 상실할 뿐 아니라 전체적인 자연을 도구화하게 된다.

반면에 스피노자는 외적 목적(화폐 등)이 아니라 자연의 내재원인에 조화될 때 진정으로 자유로워진다고 생각했다. 그 순간 인간 안의 자연 에

---

23 타자란 체제에 의해 고통을 당하면서도 수동적 욕망이 불가능한 존재이기 때문에 근원적 관계(내재원인)에 대한 순수 욕망(윤리)을 불러일으키는 요인이 된다.

24 내재원인은 내적인 연관관계인 동시에 사랑의 정동을 일으키는 요인이기도 하다.

25 캐슬을 선망하는 것은 수동적인 욕망에 지배되는 것이며 존재의 자유와 평등을 얻기 어렵다.

26 스피노자의 존재론적 자유는 자유의지의 자유와 구분된다.

로스의 고양으로 자아는 자유를 얻게 되며 그런 능동적 자유는 타자와 교감하는 자유이기도 하다. 원효의 사상으로 표현하면, 대립과 불화를 넘어서 자유로워지는 순간은 일심의 바다로 향하는 시간이기도 하다. 그 때문에 스피노자의 자연과 조화된 자유는 개인의 자유인 동시에 공동체 전체의 자유인 평등의 소망이기도 하다.

스피노자의 자유는 존재론적 평등(조화)을 가져오는 자유이지만 그런 자유와 평등의 소망은 경제적 평등을 이루려는 실천의 원리가 된다. 경제적 불평등이 심화되면 오늘날 같은 캐슬 사회가 도래하며 여기서는 90%들이 존재가 빈곤해진 채 살아가게 된다. 반면에 타자와 교감하는 능동적 정동의 **자유**는 존재론적 빈곤을 야기한 불평등성(경제적 불평등성)에서 벗어나려는 **평등**의 소망이기도 하다. 화폐의 자유를 대신하는 스피노자의 존재론적 자유는 화폐의 불평등성을 에워싼 존재론적 불평등성에서 벗어나려는 평등의 주장인 셈이다. 외적 원인에 예속되는 대신 내재원인을 감지하는 것, 즉 화폐의 자유 대신 사랑의 회생을 소망하는 스피노자의 자유는, 불평등성에서 탈출하며 평등을 소망하는 해법이 된다. 스피노자는 빈곤의 문제를 말하지 않았지만 그의 자유와 평등의 원리는 경제적 불평등과 뒤얽힌 존재론적 불평등을 해소하는 원리로 볼 수 있다. 존재론적 불평등은 경제적 불평등과 뗄 수 없는 관계에 있을 뿐 아니라 그것을 해소하는 전제이기에 스피노자의 존재론이 평등 사회를 위해 핵심적인 것이다.

고착화된 불평등성으로 자유를 상실한 또 다른 사회는 식민지 시대였다. 식민지 시대의 고착화된 불평등성의 원인은 제국의 타자인 피식민자의 인격성을 강등시킨 데 있었다. 제국의 권력에 압도당함으로써 조선인은 능동성을 상실한 채 수동적 인격체로 살아갈 수밖에 없었던 것이다. 식민지 시대의 시들은 그로 인한 슬픈 정서를 드러내면서 내적 관계들에 대한 이해를 통해 외적 강제에서 벗어나려는 소망을 표현한다. 외부의 권력에 대응하는 피식민자의 능동성의 소망은 흔히 내재적 원인인 자연과의 관계를 통해 나타난다.

> 공중에 떠다니는
> 저기 저 새요
> 네 몸에는 털 있고 깃이 있지
>
> 밭에는 밭곡식
> 논에는 물벼
> 눌하게 익어서 수그러졌네
>
> 초산 지나 적유령
> 넘어선다
> 짐실은 저 나귀는 너 왜 넘니?[27]

위에서 시적 화자는 자유로운 새와 자신의 슬픈 유랑을 대비시키고 있다. 농민들이 잃은 것은 경제적 풍요('눌하게 익은 벼')이지만 그것은 존재론적 자유의 박탈로 통렬하게 묘사된다. 그처럼 경제적 착취를 존재론에 연관시키는 원리는 바로 자연과의 관계이다. 시의 전개는 자연 속의 새와 달리 자유를 잃고 적유령을 넘는 자신의 슬픈 신세에 대해 질문하는 형식이다. 그런 질문은 자연과 인간, 그리고 외적 강제와 자유의 소망을 복합적으로 대비시키는 방식으로 진행된다. 이처럼 자유를 **자연**과 연관시키면 경제적 부자유마저도 존재론적 자유의 문제가 된다. 또한 자연과 연관된 자유의 문제란 앞서 살폈듯이 공동체 전체의 평등의 문제에 다름이 아니다.

---

27 김소월, 〈옷과 밥과 자유〉, 《진달래꽃》, 민음사, 1994, 14쪽.

그런데 이 시에서 묻고 있는 것은 단지 자연과 다른 인간세계의 모습이 아니다. 인간세계의 자유는 단순히 자연의 새처럼 살아간다고 저절로 얻어지지는 않을 것이다.[28] 자연의 일부인 인간이 자유로워지려면 전체 자연을 이해하면서 인간세계 안에서 자연의 방식으로 내적 관계를 맺으며 살아가야 한다.

2와 3행에서 눌하게 익은 '물벼(물베)'와 '짐실은 나귀'를 노래한 것은 바로 그 때문이다. 벼와 나귀는 새와 달리 인간세계 안의 자연이다. 벼는 자연처럼 풍성하지만 인간세계의 가난과 모순되며, 나귀는 자연의 존재이면서도 인간처럼 유랑 길을 떠나야 한다. 자연이면서 인간세계에 속한 벼와 나귀의 모순과 부자유는 인간의 빼앗긴 자연의 소망을 보다 절실하게 확인시켜준다. 인간과 가까운 벼와 나귀의 불행한 처지는 자연을 잃은 인간이 부자유의 비극을 맞는 신세를 보다 잘 투사해 보여주는 것이다. 그 때문에 새에서 벼와 나귀로의 진행은 존재 자체로서 인간세계의 부자유의 모순을 점차 증폭시킨다. 그와 함께 자연과 연관된 부자유의 고통은 경제적 부자유를 존재론적 부자유와 불평등성에 연관시켜준다.

이 시의 백미는 마지막 행의 나귀에 대한 물음이다. 나귀는 자연에 속해 있으면서 인간세계에 가장 접근해 있는 존재이다. 이 시는 인간세계에 가장 가까이 있는 자연에게 질문함으로써 자연에서 벗어난 유랑인 자신의 불행을 더없이 뼈아프게 반추하고 있다. 나귀에게 물어보는 것은 나귀의 은유에 투사된 심연 속 자연의 갈망이면서 그것을 빼앗는 불행의 원인에 대한 항의이기도 하다. 그런 두 의미를 함축한 질문은 한마디로 인간 안의 자연의 위치에서 '부인된 **내재원인**(자연)'을 찾는 것이라고 할 수 있다.

나귀가 대답할 수 없듯이 이 시는 유랑인 화자의 침묵 속에서 끝난다. 화자는 자연을 배반하는 모순이 냉혹하게 현실화되고 있기 때문에 선뜻

---

28 이 시가 새와 인간의 대비만 그렸다면 유랑인의 부자유는 매우 추상적인 차원에 그쳤을 것이다.

대답할 수가 없는 것이다. 그러나 침묵은 단순히 무력감의 표현만은 아니다. 질문에 대한 침묵의 시간은 자연을 이해하는 사람만이 느끼는 아픔의 휴지이기도 하다. 화자의 침묵은 자연을 빼앗긴 자의 아픔이며 바로 그것이 대답을 하지 못하는 부자유의 이유인 것이다. 나귀와 화자의 침묵은 자연을 빼앗긴 부자유의 순간인 동시에 자연을 아는 사람의 자유와 능동성에 대한 소망이기도 하다. 여기서의 자유의 소망은 **자연에 대한 이해**를 통해 암시적으로 전체적 관계를 노래하며 확인된 것이다.[29] 그런 방식으로 자연과 괴리된 식민지 세계에 반발하며 부조화와 불균등에 대해 대응하고 있는 것이다.

이 시에서 인간에 깃든 자연(그리고 내재원인)을 이해하는 자유는 단순한 개인의 내면의 자유를 넘어선다. 여기서의 자유는 나와 공동체의 불행을 함께 극복하려는 소망이며, 내면의 자유를 넘어서서 차별과 불평등이 없는 공동체에 대한 소망을 담고 있다. 그 같은 평등한 공동체에 대한 소망은 경제적 궁핍은 물론 존재 자체의 빈궁(수동적인 유랑민)을 넘어서려는 열망의 표현이다. 이 시의 빼어남은 그처럼 자연을 배경으로 **자유의** 소망을 노래함으로써 불평등성을 극복하려는 **평등의 갈망**과 인격적인 **존재론적 회생**의 소망을 함께 체감시키는 데 있다.

스피노자는 자연에 대한 이해가 슬픔을 넘어서는 자유의 소망을 갖게 한다고 말했다. 위의 시는 스피노자의 자유의 소망이 개인과 공동체가 함께 행복해지는 조화와 평등의 소망이기도 함을 입증하고 있다. 옷과 밥의 자유, 그리고 그 내적 관계(내재원인)에 대한 질문은, 자연(새와 벼)에 조화됨으로써 식민지의 불균등성과 불평등성을 넘어서려는 자유와 평등의 표현인 것이다. 여기서 '옷'과 '밥'은 경제적 불평등성과 존재론적 불평등성을 관통하며 평등을 소망하는 스피노자적인 자유의 은유로 나타나고

---

29 스피노자는 슬픔의 원인을 알 때 자유로워지며 수동적 상태에서 능동적 정동으로 전위된다고 논의했다.

있다.[30]

불평등성과 차별에 저항하는 자유는 한용운의 시에서 더 구체적으로 나타난다. 〈당신을 보았습니다〉는 자유를 잃은 유랑인의 처지를 **피식민 타자**의 위치에서 보다 생생하게 묘사하고 있다. 한용운이 노래하는 타자란 식민지 현실에서 님의 부재에 의해 무시당하고 배제되는 존재이다.

　나는 갈고 심을 땅이 없으므로 추수가 없습니다

　저녁거리가 없어서 조나 감자를 꾸러 아웃집에 갔더니 주인은 거지는 인격이 없다 인격이 없는 사람은 생명이 없다 너를 도와주는 것은 죄악이다고 말하였습니다

　그 말을 듣고 돌아나올 때에 쏟아지는 눈물 속에서 당신을 보았습니다[31]

한용운은 식민지의 유랑인이 가난할 뿐 아니라 존재와 생명 자체를 인정받지 못하는 처지임을 알리고 있다. 그런데 자유와 존재를 박탈당한 유랑인은 분노하는 대신 보이지 않는 당신을 언뜻 보고 있다. 당신이란 한용운의 모든 시에 깃들어 있는 사랑하는 님과도 같은 존재이다. 유랑인은 자신의 처지를 호소하는 동시에 개인적인 증오 대신 사랑의 대상인 님을 보고 있는 것이다.[32]

이 시의 유랑인처럼 타자란 식민지 자본주의에서 버림받은 존재이다. 그처럼 외적 체제에서 배제된 존재이기 때문에 타자는 자신의 심연에 **내재한** 사랑의 대상을 볼 수밖에 없는 것이다. 그렇다면 아무도 보지 못하지만 타자의 눈에는 보이는 님(당신)이란 누구일까. 한용운은 님이란 철학

30　이처럼 자유가 평등의 소망에 연관되는 과정에는 물질적 차별에 덧붙여 존재론적 차별의 문제가 동반된다. 자연과 연관된 자유는 평등의 문제인 동시에 존재론적 회생의 문제이기도 하다. 그런 복합적 의미가 실감나는 것은 이 시가 식민지를 배경으로 하고 있기 때문일 것이다.

31　한용운, 〈당신을 보았습니다〉, 《한용운》, 문학세계사, 1996, 37쪽.

32　권영민, 《한국현대문학사》, 민음사, 2002, 281쪽.

이자 봄비이고 자유라고 말했는데[33] 우리는 거기에 스피노자의 사랑의 대상 '자연으로서의 신'을 덧붙일 수 있다. 한용운의 님은 스피노자의 자연-내재원인처럼 부재하는 동시에 심연에 내재하는 사랑의 대상[34]이다. 타자는 외적 체제에서 버려진 존재이기 때문에 외재적 욕망에 묶인 다른 사람은 보지 못하는 내재적 사랑을 볼 수 있는 것이다.

이 시는 님의 부재로 가장 고통을 겪는 타자가 님의 존재를 본다는 역설을 노래하고 있다. 유랑인의 비참한 처지는 님의 부재 때문이지만 부재의 고통의 정점인 타자의 위치에서 비로소 님을 보고 있는 것이다. 이처럼 님이란 부재하는 동시에 외적 체제에서 배제된 타자의 심연에 존재한다.

한용운 시의 님은 아무 데도 없으면서 모든 곳에 편재하는 궁극적인 사랑의 요인이다. 스피노자의 자연으로의 내재원인 역시 부재하는 동시에 존재하는 부재원인이다. 위의 시의 탁월한 통찰은 그처럼 보이지 않는 님을 볼 수 있는 위치가 배제된 타자라는 역설을 간파한 데 있다. 한용운은 타자의 역설을 통해 고통받는 사람이 능동적 삶을 되찾기 위해서는 증오보다도 **사랑**(님에 대한 사랑)이 더 강력한 무기임을 암시한다.

그와 함께 님을 사랑하는 자유의 소망[35]은 평등의 소망이기도 함이 시사된다.[36] 차별 때문에 가장 고통스러운 타자의 위치에서 자유를 원하는 것은 지식인의 내면의 자유를 넘어 평등을 소망하는 것이다. 한용운의 님과 스피노자의 자연-내재원인은 자유를 소망하는 타자의 위치에서 가장 잘 보인다. 그런데 그처럼 님을 사랑하고 내재원인(자연)을 이해하는 타자

---

33 한용운, 〈군말〉,《한용운》, 앞의 책, 15쪽. 한용운은 연애가 자유라면 님도 자유라고 말하고 있다. 그런데 연애의 자유는 내면의 자유로서 구속을 받는 반면 님의 자유는 그런 구속이 없다고 암시하고 있다.

34 님은 사랑의 대상이자 부재원인으로서 나를 주체로 생성시키는 요인이기도 하다.

35 한용운은 〈군말〉에서 님을 사랑하는 자유는 일상의 사람들처럼 '구속받는 자유'가 아님을 강조하고 있다.

36 권영민,《한국현대문학사》, 앞의 책, 281쪽.

의 자유의 소망은 식민 체제가 부인한 **평등**[37]의 갈망에 다름이 아니다. 스피노자는 타자를 강조하지 않았지만 우리는 레비나스를 참조해 타자의 자유의 소망이 평등의 소망임을 확인할 수 있다. 우리의 주제 평등이란 한마디로 **타자의 자유**이기도 한 셈이다.[38] 타자의 자유의 소망이란 경제적-존재론적 차별('인격이 없는 거지')을 관통해 넘어서려는 사랑과 평등의 갈망이기도 하다.

님이 부재하는 동시에 존재하는 내재원인임은 〈알 수 없어요〉에서 더욱 분명히 나타난다. 〈님의 침묵〉은 님은 떠났지만 내 마음에는 여전히 존재한다는 역설을 말하고 있다. 〈알 수 없어요〉는 거기서 더 나아가 부재하는 님이 자연의 곳곳에 존재하고 있음을 노래한다.

바람도 없는 공중에 수직의 파문을 내이며 고요히 떨어지는 오동잎은 누구의 발자취입니까

지리한 장마 끝에 서풍에 몰려가는 무서운 검은 구름의 터진 틈으로 언뜻언뜻 보이는 푸른 하늘은 누구의 얼굴입니까

끝도 없는 깊은 나무에 푸른 이끼를 거쳐서 옛탑 위의 고요한 하늘을 스치는 알 수 없는 향기는 누구의 입김입니까

근원은 알지도 못할 곳에서 나서 돌부리를 울리고 가늘게 흐르는 적은 시내는 굽이굽이 누구의 노래입니까

연꽃 같은 발꿈치로 가이 없는 바다를 밟고 옥 같은 손으로 끝없는 하늘을 만지면서 떨어지는 날을 곱게 단장하는 저녁놀은 누구의 시입니까

타고 남은 재가 다시 기름이 됩니다 그칠 줄을 모르고 타는 나의 가슴은 누

---

37 피식민 타자를 배제한다는 것은 평등을 부인하는 일에 다름이 아니다.

38 지식인의 자유는 내면의 자유에 그칠 수 있지만 타자의 자유의 소망은 평등의 소망이 될 수밖에 없다. 타자의 인간으로서의 호소는 평등의 호소이며 우리가 그에 응답할 때 윤리의 이중주가 연주된다. 타자의 윤리를 논의한 레비나스는 타자란 자유주의적 내면의 자유가 적용될 수 없는 위치임을 강조한다. 반면에 우리가 말하는 타자의 자유란 스피노자적인 의미의 깊은 자유이며 그것은 평등의 의미를 함축하고 있다고 할 수 있다.

위의 시는 '오동잎', '푸른 하늘', '저녁놀' 등이 님의 자취임을 노래하고 있다. '알 수 없어요'라는 제목은 직관으로 알고 있다는 뜻이며[40] 앎의 깊이를 강조하는 역설이다. 모르는 동시에 알고 있는 님의 자취는 화자가 열거한 자연 이외에 더 나열될 수 있다.

이처럼 소망의 대상이 끝없이 열거될 수 있는 것은 엘뤼아르의 〈자유〉와 비슷한 점이다. 엘뤼아르와 다른 점은 보이는 대상들이 보이지 않는 어떤 것('누구')에 연결되어 있다는 점이다. 물론 엘뤼아르가 나열하는 대상들 역시 부재하는 자유와 연결된 총체성을 암시한다고 말할 수 있다. 그러나 엘뤼아르의 부재하는 자유와 한용운의 보이지 않는 님 사이에는 차이가 있다.

엘뤼아르의 경우에는 자유를 되찾은 다음에는 곳곳에 자유를 쓸 필요가 없어진다. 반면에 한용운의 님은 설령 조국을 되찾았다 하더라도 여전히 완전히 자신의 존재를 드러내지 않는다. 그 이유는 되찾은 자유는 이성적으로 확인할 수 있는 것이지만 사랑하는 님은 직관으로밖에 감지할 수 없기 때문이다.

이처럼 현존하지 않은 채 무한한 대상들의 존재(그리고 사건)의 원인인 점에서 한용운의 님은 스피노자의 **내재원인**과 비슷하다. 존재의 원인이면서 사랑하는 대상인 점에서도 양자는 유사하다. 흥미로운 것은 존재와 사랑의 원인이자 대상인 비슷한 것을 라캉이 대상 a라고 말한 점이다. 마지막 행의 나의 '타는 가슴'이 사랑이라면 님은 사랑을 무한하게 만드는 **잔여물**('타고 남은 재')로 나타나기도 한다. 라캉은 무한한 사랑을 가능하게

39 한용운, 〈알 수 없어요〉,《한용운》, 앞의 책, 16~17쪽.

40 합리적으로는 알 수 없지만 직관으로는 알고 있다는 뜻이다. 스피노자는 직관을 앎의 최고의 단계라고 말하고 있다.

하는 잔여물을 부재원인 대상 a라고 불렀다. 스피노자의 내재원인이란 무한한 사랑의 원인이거니와 잔여물이 다시 타오르는 라캉의 대상 a 역시 무한한 순수 욕망의 원인이다. 부재인 동시에 존재인 님은 스피노자의 내재원인인 동시에 라캉의 (상징계에 부재하는) 실재계적 원인이기도 하다.

라캉은 가장 지고의 사랑이 스피노자의 내재원인 신에 대한 사랑이라고 말했다. 스피노자가 신을 편재하는 자연이라 말한 후 파문을 당했듯이 라캉은 (대상 a가 있는) 실재계와 무의식을 강조한 대가로 국제정신분석학회의의 제재를 받았다.[41] 스피노자와 라캉의 도발적인 공통점은 어디에도 없으면서 모든 곳에 다 있는 **내재원인**과 **부재원인**을 강조한 점이다.

제임슨은 재현 불가능한 총체성이 스피노자의 내재원인(부재원인)에 의해 재현의 지평에 들어온다고 논의한다.[42] 또한 라클라우는 부재하는 총체성을 대신하는 논리로서 부재원인 대상 a를 강조한다.[43] 두 사람의 경우 총체성은 없다고도 할 수 없고 있다고도 할 수 없다. 한용운의 님 역시 마찬가지일 것이다. 님은 자연의 모든 것인 동시에 부재의 형식을 지닌 존재의 원인이기도 하다.

한용운은 님이 떠나갔지만 그런 부재가 자연에 깃든 님의 자취를 더욱 잘 알 수 있게 만든다고 노래한다. 그러면서도 '알 수 없다'고 노래한 것은 님이란 표상 불가능한 실재계적 존재이기 때문이다. 자연의 곳곳에 님을 연결시키는 한용운의 시는 총체성을 알 수 없는 실재계(대상 a)로 대체하려는 도발적인 노래이다.

그런 위험한 존재론에도 불구하고 한용운이 스피노자나 라캉처럼 제재를 받지 않은 것은 불교가 있는 곳에서 불교적 논리를 펼쳤기 때문이다. 불교는 스피노자처럼 사랑을 통해 자유를 얻을 것을 주장한다. 그처럼

---

41 김은주, 〈스피노자와 라캉〉, 《스피노자의 귀환》, 서동욱·진태원 편, 민음사, 2017, 144, 165쪽.

42 프레드릭 제임슨, 이경덕·서강목 역, 《정치적 무의식》, 민음사, 2015, 41쪽, 66~67쪽.

43 라클라우, 〈민중주의적 이성에 관하여〉, 알렉세이 디 오리오·롤랜 백소, 강수영 역, 《전쟁은 없다》, 인간사랑, 2011, 44쪽, 80, 84쪽.

자연에 대한 이해와 사랑을 통해 자유를 소망하는 것은 (앞서 살폈듯이) 개인을 넘어선 조화와 평등의 소망이기도 하다.

내재원인과 대상 a에 대한 사랑을 표현하는 것은 **자유로운 주체**로 생성되는 것이다. 그런데 그것은 일상의 모든 곳의 사람들과 사물들의 관계에서의 자유이기 때문에 조화와 평등이기도 하다. 착취와 차별의 세계인 식민지에서 〈알 수 없어요〉는 자연에 대한 이해를 통해 사랑의 힘으로 님에게 한발 더 다가서고 있다. 〈당신을 보았습니다〉가 타자를 노래했다면 〈알 수 없어요〉는 자연을 노래하고 있는 것이다. 그런데 후자에서도 자연은 어둠에 직면한 순간(낙엽, 검은 구름, 노을)의 반전(푸른 하늘, 향기, 시)으로 그려지고 있다. 그와 함께 '나'의 사랑 역시 어두운 밤을 지키는 등불로 표현되고 있다. 밤이 식민지 현실이라면 '나'의 '타는 사랑'은 나 자신의 가슴뿐 아니라 식민지의 밤을 밝히려는 등불인 셈이다. 가슴을 밝히는 것이 자유라면 식민지의 밤을 밝히는 것은 조화와 평등의 열망이다. 님(대상 a)에 대한 사랑으로 타는 가슴은 '나'의 자유의 열망인 동시에 차별이 없는 평등의 소망이기도 하다.

반복되는 '누구'란 표상할 수 없는 사랑의 원인이자 대상이라는 뜻이다. 없는 동시에 모든 곳에 있는 '누구'에 대한 사랑은 '나'의 가슴의 불로 세상의 곳곳을 밝히려는 빛의 열정이기도 하다. 그처럼 세상의 밤을 지키려는 열망으로 인해 님에 대한 사랑은 약한 등불인 동시에 끝없는 갈망이기도 하다. 한용운의 시에서 보이지도 알 수도 없는 님('누구'), 그 내재원인과 대상 a에 대한 사랑은, '내' 가슴을 자유로 채우면서 세상을 평등하게 만들려는 능동적 정동의 열망으로 표현되고 있다.

5. 부재와 존재, 위험천만한 언택트 사랑
— 시와 '동백꽃'과 '사랑의 불시착'

한용운의 모든 시는 님의 부재를 통한 존재의 자각을 노래하고 있다. 님이 부재하는 것은 한용운이 처해 있는 상황이 식민지 현실이기 때문일 것이다. 그러나 해방이 되었다고 해서 님이 저절로 돌아오는 것은 아니다. 실제로 해방 후 1950년대는 여전히 님(진실)이 부재한 시대였으며 그런 부재의 공백으로 인해 4·19라는 사건이 일어났다고 할 수 있다.

여기서 주목할 것은 4·19에 의해서도 자유와 평등이 넘치는 능동적인 삶이 얻어지지 않았다는 점이다. 혁명의 성공 여부와는 상관없이 완전히 충만한 세상은 항상 연기되는 것이다. 사랑의 대상인 님(내재원인)은 식민지가 아니라도 표상 불가능한 심연의 근원이기 때문에 잘 드러나지 않는다. 그와 동시에 님과 내재원인은 변혁을 시도해도 항상 충만한 현존이 연기되기 때문에 부재하는 원인이기도 하다. 한용운의 님은 식민지 상황에서 부재하는 대상인 동시에 존재론적으로 부재하면서 끝없이 사랑을 갈망하게 하는 요인(원인)이라고 할 수 있다.

여기서 우리는 님의 사랑과 연관된 부재와 공백, 타자와의 관계를 말할 수 있다. 바디우는 상황의 공백이 생기고 사건이 일어나면 윤리적 충동에 의해 새로운 존재 방식이 나타난다고 말한다.[44] 바디우의 윤리는 대상 a에 대한 사랑의 정동이자 순수 욕망이다. 윤리적 충동에 의해 존재 방식의 변혁이 일어난 것은 스피노자가 말한 능동적 정동에 의한 존재의 변용과도 같다. 다만 바디우는 기존의 상황을 지배하는 체제를 전제하므로 (기존의 상황의) 공백과 사건의 계기를 강조하고 있는 것이다.

그런 맥락에서 보면 식민지란 일상적으로 공백과 부재가 계속되는 상태라고 할 수 있다. 식민지는 일상 자체가 공백이자 잠재적 사건인 공간

44　바디우, 이종영 역, 《윤리학》, 동문선, 2001, 54~55쪽.

이다. 식민지적 공백은 기존의 상황의 공백인 동시에 님의 부재 상태라고 할 수 있다. 식민지 같은 억압적 체제는 공포스러운 공백을 만들기 때문에 염상섭은 〈암야〉와 〈만세전〉에서 '묘지'라고 외쳤던 것이다. '묘지'란 님이 부재하는 무서운 공백이다.[45] 3·1운동은 그런 식민지라는 전례 없는 공백에서 일어난 사건이자 도약이었다. 3·1운동의 도약은 물밑에 정동적 공동체를 만들어[46] 끝없는 또 다른 도약의 잠재성을 생성했다. 그러나 그런 전민족적 도약에도 불구하고 식민지라는 공백의 공간은 해소되지 않았고 피식민자의 고통은 계속되었다. 그 점에서 식민지란 바디우의 사건으로서의 공백이 한순간이 아니라 연속적으로 계속되는 공간이라고 할 수 있다. 식민지라는 상황 자체가 공백의 연속이며 폭발 직전의 잠재적 사건의 공간인 것이다.

식민지라는 공백의 상황이 지속될 수 있다는 것은 식민지를 지배하는 권력이 일상의 억압보다 엄청나게 강압적임을 뜻한다. 그와 함께 공백이 사건의 잠재성을 만들지만 저절로 사건을 발생시키고 존재의 전환을 만드는 것은 아님을 알 수 있다. 〈당신을 보았습니다〉에서처럼 **타자**의 위치에서 내재원인이 자각되고 님에 대한 갈망이 고조되어야만 존재론적 전환이 발생한다. 타자란 공백을 내재원인에 대한 자각의 필연성으로 만드는 존재이다.

내재원인의 자각은 고통의 원인을 아는 것인 동시에 사랑의 갈망이기도 하다. 사랑이란 식민지의 외적 압제에서 벗어나 내재원인을 자각하면서 존재를 능동적으로 변용시키는 것이다. 한용운의 '지칠 줄 모르는' 님에 대한 사랑은 식민지적 타자의 위치에서 내재원인과 끝없이 교섭하는 것이다. 그런 교섭의 열망이 모든 사람들의 응답을 얻어 물결로 일렁일

---

45 식민지의 공백은 피식민자가 기존의 상황으로 돌아가지 못하고 새로운 도약을 모색하게 만든다. 식민지란 항상 잠재적 사건의 공간이며 3·1운동은 식민지적 공백에서 일어난 사건이자 도약이다.

46 3·1운동 이후 근대문학이 꽃피고 활발히 전개된 것은 물밑에 정동적 공동체가 생성되었기 때문이다.

때 변혁의 파도가 생성된다.

그런데 그 같은 사랑의 과정 역시 부재하는 님을 단숨에 존재하게 만드는 것이 아니다. 앞서 살폈듯이 님의 충만한 현존은 항상 연기되며 우리는 사랑의 힘으로 지금 세상에 님의 자취를 옮겨놓을 수 있을 뿐이다. 사랑이란 님과 포옹하려는 열망이지만 완전히 충만한 화합은 연기되며 오히려 그처럼 지연되기 때문에 끝없는 충동 속에서 미래로의 갈망이 생성되는 것이다.

예컨대 님이 심은 꽃나무가 자라날 때 우리는 식민지에서 해방될 수 있다. 그러나 식민지에서 해방된 후에도 님이 완전히 돌아온 것은 아니다. 우리가 만날 수 있는 것은 꽃나무이며 꽃나무가 커갈 때 님에게 다가갈 수 있는 것이다. 새로운 세상이란 님의 사랑의 자취가 생겨난 세상이며 그런 사랑의 흔적이 많아질 때 우리는 좋은 세상으로 다가가는 것이다.

> 사랑을 사랑이라고 하면 벌써 사랑은 아닙니다
>
> 사랑을 이름 지을 만한 말이 어디 있습니까
>
> 미소에 눌려서 괴로운 듯한 징밋빛 입술인들 그것을 스칠 수가 있습니까
>
> 눈물 뒤에 숨어서 슬픔의 흑암면을 반사하는 가을 물결의 눈인들 그것을 비칠 수가 있습니까
>
> 그림자 없는 구름을 거쳐서 메아리 없는 절벽을 거쳐서 마음이 갈 수 없는 바다를 거쳐서 존재? 존재입니다
>
> 그 나라는 국경이 없습니다 수명은 시간이 아닙니다
>
> 사랑의 존재는 님의 눈과 님의 마음도 알지 못합니다
>
> 사랑의 비밀은 다만 님의 수건에 수놓는 바늘과 님의 심으신 꽃나무와 님의 잠과 시인의 상상과 그들만이 압니다[47]

---

47 한용운, 〈사랑의 존재〉, 《한용운》, 앞의 책, 33쪽.

위에서 사랑에 이름을 붙일 수 없는 것은 식민지처럼 님이 부재하기 때문일 수 있다. 그러나 한용운의 사랑의 진실은 국가를 되찾은 지금도 채워지지 않은 채 우리의 심장을 동요시키고 있다. 사랑이 비밀인 것은 대상의 현존으로 채울 수 없는 '현존을 흘러넘치는 잉여'이기 때문이다. 레비나스에 의하면, 애무란 사랑의 상대를 포함해 모든 것이 다 있는 현실에서 아직 오지 않은 것과 관계하는 행위이다. 대상이 현존하더라도 아직 오지 않은 것이 있으며 그런 잉여가 없다면 사랑도 없을 것이다.

한용운은 너희도 님이 있느냐고 물으면서 그것은 님의 그림자라고 말했다. 님이 표상할 수 없는 내재원인(그리고 대상 a)이라면 현존하는 연인은 그것의 표상인 이미지(그림자)일 뿐이다. 사랑에서 중요한 것은 대상 a(내재원인)와의 교섭이지 제한된 표상인 현존의 대상과의 만남이 아니다. 한용운은 대상 a와의 교섭을 '수놓는 바늘'과 '꽃나무', '시'로 은유하고 있다. 대상 a와의 교섭은 국경을 넘어서고 수명(壽命)의 시간을 넘어선다. 반면에 국경과 수명 안에 있는 아름다운 눈도 입술(현존)도 님(대상 a)의 사랑을 알지 못한다.

한용운은 마치 데리다처럼 눈에 보이는 현존보다 더 근원적인 어떤 것이 (부재하는) 님이라고 말하고 있다. 현존과 부재는 신체의 존재와 부재의 차이가 아니다. 한용운이 현존의 님이 그림자라고 한 것은 일상의 신체가 외적 체제나 즉물성에 갇혀 있기 때문이다. 외적 요인이나 즉물성에 예속된 수동적 신체는 님의 마음을 아는 능동적 사랑을 할 수 없다. 스피노자가 신체의 능동성을 부재원인(내재원인)의 앎에 연관시켰듯이, 한용운은 부재하는 님에 대한 사랑에서 능동성의 비밀을 찾고 있다. 님과의 사랑은 부재원인과의 교섭처럼 결코 현존으로 충만하게 드러나지 않는다. 그 같은 은밀한 님과의 사랑이 없다면 현존이란 수동적인 신체이자 그림자일 뿐이다.

레비나스가 말한 애무는 님과의 사랑의 신체적 증거이다. 그러나 신체적 애무는 즉물적인 현존이 아니라 현존도 이름도 없는 님과의 사랑을 지속할 때만 그런 증거가 된다. 능동적 신체의 증거로서의 애무는 신체와 부재원인과의 끝없는 교섭인 것이다.

한용운이 수놓아진 수건과 꽃나무와 시인의 상상을 현존을 넘어선 사랑이라고 말한 것은 그 때문이다. 데리다는 한용운이 말한 수(繡)와 꽃나무와 시를 대리보충이라고 명명했다. 그리고 사물의 '직접적 현존'의 즉물적 환상은 대리보충의 중개에서 파생된 것이라고 주장했다.[48] 이 말은 신체의 사랑보다 수와 꽃나무의 사랑이 더 근원적이라는 뜻이 아니다. 그보다는 님과의 사랑의 증거인 수와 꽃나무가 없다면 신체만의 접촉은 즉물성의 환상에 불과하다는 의미이다. 애무의 향락은 즉물적 접촉이 아니라 신체와 님(부재원인)과의 교감에서 생겨난다. 애무를 하는 순간은 신체를 접촉하며 수와 꽃나무를 보는 것과도 같다. 그런 수와 꽃나무를 보지 못한다면 애무란 즉물적 접촉의 환상일 뿐이다. 반면에 신체의 접촉이 없더라도 내 일부가 된 사랑의 기억을 근거로 수와 꽃나무를 본다면 그것은 애무와도 다름이 없다. 데리다가 말한 대리보충이란 현존의 대체물이 아니라 **님(부재원인, 대상a)과의 교감**의 은유적 증거이다. 대리보충이 현존에 선행한다는 것은 대상 a와의 교감이 있는 애무만이 향락과 감동을 준다는 뜻이다.

그렇기에 문제는 신체의 현존과 부재가 아니다. 신체가 현존해도 수와 꽃나무(대리보충)가 없다면 그것은 즉물적인 사랑일 뿐이다. 반면에 연인의 신체가 부재해도 수와 꽃나무를 통해 대상 a와의 교감이 계속된다면 나의 신체는 능동적인 힘을 얻게 된다.

예컨대 황석영의 〈몰개월의 새〉에서 베트남 파병 군인 '나'는 몰개월의 성 노동자 미자를 사랑하면서도 '식구 같아서' 섹스도 하지 못한다. 군인들이 베트남으로 떠나는 날 몰개월의 여자들은 제일 좋은 옷을 입고 트럭

---

48 데리다, 김성도 역, 《그라마톨로지》, 민음사, 1996, 311쪽.

을 따라오며 일제히 선물을 던졌다. '나'는 미자가 던져준 플라스틱으로 만든 조잡한 오뚝이 한 쌍을 받았다. 그 후 베트남에서 죽음의 전쟁터를 경험하면서 '나'는 비로소 인생에는 유치한 것이 없다는 것을 알게 된다. 미자의 선물은 한용운이 말한 수와 꽃나무였다. 그것만이 '살아가는 게 얼마나 소중한지 아는' 사람의 '사랑의 비밀'이었다. '나'는 미자와 대면할 때는 섹스도 하지 못했지만 사랑의 비밀을 알고 난 후 비로소 '이 세상에 없는 것'으로부터 애무를 받는 듯한 느낌을 갖게 된다.

루소는 《고백록》과 《에밀》에서 대리적인 것의 사랑을 생명력을 파멸시키는 '위험천만한 대리보충'이라고 말했다. 현존의 부재 속에서 대리물을 통해 사랑을 하는 것은 〈몰개월의 새〉에서도 마찬가지이다. 〈몰개월의 새〉에서 '나' 역시 얼굴을 보며 하지 못했던 애무를 미자의 선물을 통해 대신하고 있다. 오뚝이는 식구 같아서 하지 못했던 섹스의 대용물이다. 그러나 '나'의 대리보충의 사랑은 루소와는 반대로 생명적인 것의 의미를 통해 죽음의 전쟁터를 응시하게 했다. '나'의 먼 나라에서의 사랑은 오히려 죽음정치를 고안해낸 권력자들에게 위험천만한 '언택트 사랑'일 것이다.

언택트 사랑은 아무도 보지 못하는 부재원인과의 교감이기 때문에 체제의 권력자들에게는 위험한 것이다. 그 때문에 신자유주의는 애무의 향락이란 '아직 없는 것'과의 관계라는 말(레비나스)을 체제 안에 편입시키기 시작했다. 우리 시대의 감동적인 이벤트와 퍼포먼스가 바로 그것이다. 오늘날은 사랑과 결혼, 생일을 위해 '이 세상에 없는 것'을 시각적으로 표현하는 이벤트가 유행한다. 신자유주의의 이벤트와 퍼포먼스의 스펙터클은 한용운의 수와 꽃나무의 상품화에 다름이 아니다.

수와 꽃나무만이 사랑의 비밀을 안다는 말을 증명하듯이 각종 이벤트들은 '아직 오지 않은 것'을 이미지로 시각화한다. 하지만 눈부신 스펙터클에도 불구하고 우리 시대의 이벤트는 님과의 교감도 사랑의 비밀도 표현하지 못한다. 현존의 그림자를 넘어서려는 사랑의 비밀이 진정성을 상실한 채 그림자의 장식물이 되었기 때문이다. 한용운의 님과의 교감은 수와 꽃나무를 통해 신체의 능동적 힘을 증진시킨다. 반면에 자본에 편입된 퍼포먼스는 님(부재원인)과의 교감의 증거 대신 장식물을 통해 여전히 자본에 예속된 신체를 잠시 동요하게 만든다. 신자유주의의 발명품인 이벤트와 퍼포먼스는 우울한 신체를 활기차게 만드는 척하며 다시 체제에 예속된 수동적 상태로 되돌린다.

그런데 여기에도 반전이 있다. 예컨대 《동백꽃 필 무렵》(임상춘 극본 차영훈 연출, 2019)의 동백의 생일 이벤트 같은 것이다. 고아에다 비혼모, 술집여자인 동백(공효진 분)은 평생을 비천하게 살아왔기 때문에 세상에 진정한 사랑이 있다고 믿지 못한다. 이제까지 '님의 그림자'만 보아온 그녀는 용식(강하늘 분)의 저돌적인 사랑 앞에서 오히려 가슴이 아팠다. 그러다 생일도 모르는 그녀는 우연히 까멜리아(술집) 안쪽에 마련된 '동백길'이라는 메모와 눈부신 꽃잎 퍼레이드를 발견한다. 동백이 본 것은 단순한 이벤트가 아니라 말할 수 없는 사랑의 비밀을 알려주는 '수와 꽃나무'였다. '생일을 모르면 매일 생일하면 된다, 매일 생일로 만들면 된다'라는 이어진 용식의 글은 한 편의 시였다.

사랑을 상실한 시대에는 대면을 통해서 진정성이 전해지지 않기 때문에 용식은 수와 꽃과 시로 사랑의 비밀을 알린 것이다. 신자유주의의 행사용 이벤트는 동백과 용식 앞에서 언택트 애무로 반전된다. 용식의 생일 없는 생일 이벤트는 위험천만한 **언택트 사랑**이었다.

동백은 '내가 뭐라고'하며 울먹였지만 이번에는 자격지심의 수동적인 감정 상태가 아니었다. 동백은 내내 고통에 시달려온 신체에서 탄력적으로 튀어오르는 힘을 느끼며 경찰서로 달려갔다. 그리고 이제까지 자신을 성희롱해온 규태(오정세 분)를 고소하며 용식에 대한 사랑을 확인한다.

이 같은 타자의 위치에서의 반전은 《사랑의 불시착》(박지은 극본 이정효·김나영 연출, 2019~20)에서도 나타난다. 이 드라마는 남한의 윤세리(손예진 분)가 행글라이더 불시착으로 북한에 넘어간 후 그곳의 군인 리정혁(현빈 분)과 사랑을 맺는 이야기이다. 윤세리는 남한으로 귀환했지만 조철강(북한의 강경파, 오만석 분)의 침투로 위험에 처하게 되자 리정혁은 남하를 감행한다. 윤세리는 서울 한복판에서 자신에게 환상처럼 걸어오는 리정혁을 목격한다. 그 후 리정혁이 다시 돌아갈 날짜가 임박했을 때 윤세리는 퇴근 뒤 텅 빈 집에서 리정혁이 가버린 줄 알고 흐느끼기 시작했다. 그 순간은 사랑하는 사람의 부재를 통해 존재를 확인하는 시간이었다. 그런데 그때 불이 켜지며 리정혁과 북한 군인들이 불시에 모습을 드러냈다. 리정혁 일행은 윤세리의 생일을 축하하기 위해 남쪽 풍습대로 깜짝 이벤트를 준비했던 것이다. 갑자기 감정이 복받친 윤세리는 눈물을 흘리며 밖으로 뛰쳐나갔다. 그녀는 뒤따라 나온 리정혁에게 "무서워서 그래. 앞으로 생일에는 오늘만 생각날 거 아냐"라고 말했다.

윤세리는 사랑을 상실한 남한에서 유일하게 리정혁에게 사랑을 느꼈기 때문에 그들의 귀환이 두려웠던 것이다. 상류층이지만 여성의 위치에서 고난을 겪은 윤세리는 주변의 남한 사람들과는 달리 사랑의 소중함을 알고 있었다. 그녀는 수없이 생일 이벤트를 경험했지만 북한 군인들이 연출한 드라마는 남다를 수밖에 없었다. 겉치레 행사용 이벤트와는 달리 거기에는 '수와 꽃나무와 시'가 있었던 것이다. 리정혁 일행의 귀환은 윤세리가 가장 두려워하는 '수와 꽃나무와 시'의 상실이었다.

리정혁은 눈물을 흘리는 윤세리를 위로했다. "사랑하는 사람이 살아 있어줘서 고맙다, 난 어디서든 그럴 것이니 앞으로도 좋은 날일 거요." 리정혁의 말은 대면이 불가능해도 사랑은 계속된다는 선언이었다. 남한이 승인하지 않은 사람들이 돌아가야 할 시점에서 윤세리는 사랑이란 만날 수 없는 타자하고만 가능함을 깨닫고 있었다. 그런 타자를 배제하는 남한에는 어디에도 사랑이 없었다. 윤세리는 떨어져야 할 사람들하고만 사랑이

가능하다는 비극적 운명을 감지했다. 그런 윤세리를 위로하며 리정혁은 떨어져서도 사랑이 가능하다는 사랑의 비밀을 말하고 있었다. 사랑은 윤세리의 생일 이벤트 같은 수와 꽃나무이므로 연인들끼리 직접 대면이 없어도 매일 사랑을 할 수 있을 것이었다.

대면이 없이 사랑이 가능하다는 것은 사랑의 비극이자 아름다운 비밀이기도 하다. 자본주의가 모든 것을 상품화한 우리 사회에서는 직접 대면의 사랑에 대한 신뢰가 사라졌다. 그럼에도 리정혁은 타자의 입장에서 **언택트 사랑**이 똑같이 중요함을 말하고 있었다.

우리는 코로나 사태 이후 언택트 시대의 도래를 언급하고 있다. 그러나 언젠가부터 이미 사랑은 '떨어져서만 가능한 것'이 되어 가고 있었다. 자본주의가 자연, 지식, 감정까지 식민화한 상황에서는 자본의 점령지에서 떨어질수록 가까워지는 운명이 도래한 것이다. 윤세리의 무서움과 리정혁의 사랑의 위로는 개인적인 감정이 아니라 우리 시대를 관통하는 정동을 말하고 있다.

우리 시대는 '수와 꽃나무와 시'를 상실할 듯한 낯선 두려움('무서움')의 시대이다. 낯선 두려움이란 신자유주의의 곳곳에 편재한 모래인간(나쁜 아버지) 앞에서의 무서운 거세공포이다.[49] 그에 대한 반격은 리정혁이 말한 언택트 사랑이다. 윤세리의 무서움이 사랑의 대상인 타자의 배제에 의한 것이라면, 리정혁의 반격은 배제된 타자가 떨어진 채 다시 사랑을 회생시키는 것이다. 실제로 두 사람의 무서움과 사랑의 반격은 오늘날의 정동투쟁인 변혁운동에서도 나타난다.

희망버스에서 김진숙은 낯선 두려움을 느끼며 크레인에 올랐다. 하지만 그처럼 그녀가 멀어졌을 때 우리는 위험한 언택트 사랑에 불을 붙이기 시작했다. 언택트 사랑은 광장에서 모르는 사람들끼리 손을 잡게 만드는

---

49 낯선 두려움(unhomely)이란 어머니의 품 같은 고향도 합리적 규범도 파탄된 상태에서의 거세공포이다. 프로이트는 호프만의 소설《모래인간》의 예를 들어 낯선 두려움에 대해 설명하고 있다. 프로이트, 정장진 역, 〈두려운 낯설음〉,《창조적인 작가와 몽상》, 열린책들, 1996, 109~138쪽.

사랑의 반격이다. 크레인의 높이는 권력의 폭력과 타자의 탈주를 말하고 있었다. 위험한 크레인은 보이지 않았던 배제의 거리인 동시에 그것을 보여준 타자의 다가옴이기도 했다. 그 순간 배제에 의해 위태로워진 김진숙을 홀로 외롭게 놔둬서는 안 된다는 생각이 사랑을 샘솟게 한 것이다. 김진숙은 보이지 않게 멀어진 순간 사랑의 비밀을 보여주고 있었다. 희망버스에서의 가면과 풍등과 노래는 수와 꽃나무와 시였다. 그것만이 국경도 수명의 시간도 없는 사랑의 나라에 대해서 말하고 있었다.

6. 평등과 사랑, 반세습의 은유
　　— 타자의 회생과 《거짓말의 거짓말》

스피노자는 능동적 정동의 정서적 감염력에 의해 기쁨의 공동체의 구성이 가능하다고 생각했다.[50] 그러나 국가와 자본은 권력을 중심으로 한 동일성의 체제를 계획하고 있다. 물신화된 동일성 체제는 타자를 배제하고 90%들이 상류층을 선망하게 만들어 불평등한 사회를 영속화시킨다. 오늘날 스피노자가 말한 자아의 **능동성**의 상실은 **타자**의 배제와 표리를 이루고 있다. 그에 대한 반격은 멀어진 타자에 대한 사랑을 회생시켜 90%들을 살아있는 존재로 귀환시키는 것이다. 타자의 구원과 함께 90%가 구출되어야만 불평등한 체제에 대한 능동적 존재의 반격이 기획될 수 있다. 오늘날 스피노자의 능동적 정동의 공동체는 타자와의 **사랑**이 필요한 **평등**의 기획이 되었다.

피케티는 불평등성이 영속화된 사회를 세습 자본주의라고 불렀다. 그런데 오늘날의 금수저 자본주의는 서구의 19세기의 세습 자본주의와는

50　진은영, 〈감응과 구성의 정치학〉, 고병권·이진경, 《코뮨주의 선언》, 교양인, 2007, 286~287쪽, 295쪽

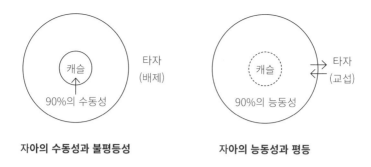

자아의 수동성과 불평등성　　　**자아의 능동성과 평등**

조금 다른 점이 있다. 금수저는 세습의 은유이지만 그들의 세습 방법은 단순히 혈통에만 의존하지는 않는다.

　금수저의 세습에는 예서책상과 코디와 법을 정지시키는 비법이 필요하다. 우리 시대의 금수저 자본주의는 혈통에 특권을 부여해 세습을 가능하게 하는 전근대적 신분사회는 아니다. 그보다는 묵인된 아빠 찬스를 이용해야 하기 때문에 그것을 완전무결하게 만들기 위해 음모와도 같은 비법을 찾아내야 한다.

　여기서 중요한 것은 사람들이 묵인된 비법을 선망하게 만드는 것이다. 그러려면 90%의 사람들을 사로잡아 상류층의 삶에 환상을 갖게 순치시켜야 한다. 권력은 피지배자가 **다른 사회**를 꿈꾸지 못하도록 끝없이 계급 상승의 욕망이 움직이게 만들어야 한다. 그처럼 90%들을 상승 욕구의 환상에 감염시켜야만 새로운 세습 자본주의는 안전한 운행을 계속할 수 있다.

　물론 실제로 흙수저가 캐슬에 입성하는 것은 불가능하다. 그럼에도 불가능한 환상에 끝없이 매달리게 만드는 것이 오늘날의 친밀한 유혹의 권력의 비법이다. 그런 비법 중에 친밀한 권력[51]이 창안해낸 최고의 환상은

51　친밀한 권력은 친밀하게 다가오는 동시에 낯선 두려움에 시달리게 만드는 권력이다. 나병철,《친밀한 권력과 낯선 타자》, 소명출판, 2019 참조.

결혼을 통한 신분 상승이다. 오늘날의 신데렐라 드라마는 불평등한 사회를 영속화시키는 금수저 자본주의의 감성적 보완물이다.

피케티는 《고리오 영감》(발자크, 1835)을 분석하며 이 소설이 왕정복고 시대의 세습 자본주의를 생생하게 묘사하고 있다고 논의한다. 주인공 라스티냑은 같은 하숙집의 보트랭으로부터 공부를 통한 출세보다 결혼을 통한 성공이 얼마나 놀라운 비법인지 설교를 듣는다. 라스티냑은 실력보다 유산이 유리하다는 보트랭의 비법에 귀가 솔깃해졌다.

피케티는 이 소설이 노동과 공부가 유산과 결혼을 따라잡을 수 없는 세습사회의 특징을 잘 드러낸다고 말한다. 그러나 피케티가 놓치고 있는 것은 결혼을 통해서라도 신분 상승이 가능한 사회는 덜 고착화된 사회라는 점이다. 우리 시대의 신데렐라 드라마는 일종의 환상이며 실제로 하층민이 상류층과 결합하는 예는 1%도 되지 않는다. 오늘날은 19세기 서구와 달리 귀족계급이 잔존하지 않는 대신 상류층 캐슬의 폐쇄성은 더 고착화된 측면이 있다.

피케티가 간과한 또 다른 사실은 라스티냑이 불평등한 사회와는 **다른 세상**을 간절히 소망했다는 점이다. 라스티냑은 귀족과 결혼한 딸들에게 버려진 채 가난하게 죽어가는 고리오 영감을 보며 이렇게 울분을 토한다. "하느님이 계셔서 지금보다 좀 더 나은 세상을 만들어놓으셨을 거야. 그렇지 않으면 우리의 세상은 무의미하지."[52]

우리 시대는 라스티냑이 외친 '좀 더 나은 세상'에 대한 꿈이 약화된 세계이다. 그 대신 보트랭의 설교에 귀를 기울이는 사람들이 점점 많아지고 있다. 물론 법을 공부하는 것을 때려치우고 출세를 위해 상속자와 결혼하려는 계획을 세우는 사람은 드물다. 그러나 불평등의 주범으로 부자를 비판하기보다는 상류층의 캐슬을 덧없이 선망하는 사람들이 늘어나고 있다. 피케티의 말대로 마치 U자를 그리듯이 실력이 유산을 따라잡을 수 없

---

52 발자크, 박영근 역, 《고리오 영감》, 민음사, 1999, 411쪽.

는 시대가 다시 도래하고 있는 것이다.

물론 우리 시대에는 보트랭의 말대로 노골적으로 결혼을 통해 신분 상승을 노리는 사람은 많지 않다. 그러나 신데렐라 드라마가 성행하는 사회는 무의식 속에서 자신도 모르게 결혼을 베팅의 방법으로 꿈꾸는 사회이다. 다만 부자의 캐슬의 견고함을 알기 때문에 겉으로 드러내지 않을 뿐이다.

〈낭만적 사랑과 사회〉(정이현, 2002)의 '나' 역시 상류층 남자와 가능한 것은 연애뿐이라는 사실을 잘 알고 있다. 부잣집 아들은 결정적인 순간에 부모 핑계를 대거나 결혼 얘기는 아예 꺼내지도 않는다. 그 사실을 알고 있는 '나'는 적당한 상대가 나타날 때까지 치밀한 계획을 세우고 때를 기다린다.

'나'의 숨겨진 자신감은 자신이 신자유주의의 심리학자이자 연애학의 문학가임을 자부하는 데서 나온다. '나'는 다른 여자들이 속으로만 품고 있는 욕망을 실행에 옮기려는 강한 여자이자 창의력 있는 학자이다. 우리 시대는 보트랭의 말을 액면 그대로 믿는 대신 무의식 속에서 듣고 있는 사회이다. 상류층과의 결혼을 사다리로 삼는 사람은 많지 않지만 무의식 속에서는 몰래 꿈꾸고 있는 것이다. 그런데 '나'는 사람들이 속으로만 생각하고 있는 것을 청춘을 걸고 실행에 옮기려는 모험가였다.

'나'의 모험은 계획적이고 주도면밀했다. 신데렐라 드라마의 여자들은 아름다운 성품이 무기이지만 그것의 비현실성을 알고 있는 나는 순결이라는 진품에 명운을 건다. '나'는 심리학적 통찰을 통해 많은 부자들 중에서 진품에 매혹될 만한 희귀한 남자를 찾아냈다. 그리고 미리 준비한 십계명의 레시피에 따라 움직였다.

하지만 그 남자는 '나'의 진품을 '뻑뻑한 물건'으로 말하며 돌아섰다. '나'의 실패는 그에게서 거리를 잃고 가슴이 쿵쾅거린 데 있었다. '나'는 진품의 진정성으로 거리를 두는 대신 결혼의 신분 상승에 심장이 두근거린 것이다. 외적 요인에 마음을 빼앗겼기 때문에 부자를 당해낼 수 없었으며 손에 쥔 진품의 패를 빼앗긴 것이다. '나'의 진품은 결혼을 위한 공물로 전락해버린 것이다.

'나'는 보트랭의 설교를 신자유주의에 맞게 재해석했지만 양가적인 모험가 라스티냑[53]을 이해하지는 못했다. '나'의 한계는 라스티냑이 외친 지금과는 **다른 세상**을 꿈꾸지 못한 데 있었다. 결혼에 목을 매는 순간 진품의 진정성이 내재적 원인(스피노자)에서 멀어졌기 때문에 온몸의 힘을 잃어버린 것이다.

〈낭만적 사회와 사랑〉은 보트랭의 말이 무의식으로 이동한 우리 시대의 풍속도를 보여준다.[54] 그런데 보트랭의 설교에는 결혼 이외에 또 다른 세습사회의 비밀이 있었다. 보트랭은 결혼 상대로 추천한 빅토린이 100만 프랑을 물려받을 수 있는 부자의 사생아임을 강조했다. 그는 라스티냑과 같은 집에 하숙을 하는 수줍은 빅토린의 출생의 비밀을 말해준 것이다.

결혼과 출생의 비밀은 보트랭이 밝힌 세습사회에 편입되기 위한 두 가지 출구이다. 실제로 출생의 비밀은 신데렐라 드라마와 함께 우리 시대의 하층민의 계급이동의 방식으로 그려지고 있다.《반짝반짝 빛나는》,《황금빛 내 인생》,《스카이 캐슬》,《오! 삼광빌라》 등 수많은 드라마가 여기에 속한다.

《황금빛 내 인생》(소현경 극본 김형석 연출, 2017~18)에서 두 딸 중 한 명이 재벌집 혈육임을 안 미정(김혜옥 분)은 일부러 친딸 지안(신혜선 분)을

---

53 《고리오 영감》의 결말에서 라스티냑은 보트랭에 따르는 듯하면서도 내면에서는 그와 다른 마음을 갖고 있다. 라스티냑의 심연에는 죽어가는 고리오 영감의 모습이 각인되어 있기 때문이다. 라스티냑의 결말에서의 선언은 '타락한 사회에서 타락한 방식으로 진정한 가치를 추구한다'는 골드만의 생각을 표현하고 있는 듯하다.

54 결혼을 통한 계급 상승이 실제로 실현되긴 어렵지만 무의식 속에서는 자신도 모르는 욕망으로 자리잡게 되었다는 점에서 그렇다고 할 수 있다.

그 집으로 보낸다. 어머니의 애정이 부자에 대한 선망으로 왜곡되어 자신도 모르게 그런 행동을 하게 된 것이다. 지안 역시 만류하는 아버지(태수, 천호진 분)를 뿌리치며 그동안 너무 힘들었다고 고백한다. "날마다 죽고 싶었어요. 내 노력만으로는 안 되는 세상이에요."

출생의 비밀을 통한 상류층으로의 진입은 자극적이고 비현실적이어서 막장 드라마의 클리셰로 불리기도 한다. 그러나 일단 그런 설정을 받아들이고 나면 자신도 모르게 **무의식** 속의 욕망이 움직이기 시작한다. 상류층과 연관된 출생의 비밀 드라마가 대부분 **높은 시청률**을 보이는 것은 그 점을 입증한다. 오늘날 주말 드라마의 높은 시청률은 자신도 모르게 보트랭의 설교에 예속된 무의식의 반영이다. 우리 시대는 보트랭의 설교가 겉으로는 거부감이 느껴지면서도 무의식 차원에서는 드라마로 재현될 수 있는 사회이다.

《반짝반짝 빛나는》이나《황금빛 내 인생》에서 보듯이 출생의 비밀 드라마는 겉으로 느껴지는 거부감을 해소하는 방향으로 진행된다. 뒤바뀐 운명 중에서 흔히 부잣집 혈육이 아닌 인물에 초점을 맞춰 거친 환경에서의 홀로서기를 그리는 진행이 그것이다. 그렇게 함으로써 상승 욕구의 대리 충족 후에 오는 허망감을 달래주는 것이다.

그러나 그런 자아실현의 서사는 출생의 비밀을 통해 상류층과의 절벽의 괴리감이 완화된 후에야 비로소 가능하다. 자아실현의 서사는 불공정한 출발선이 별문제가 아닌 것처럼 만들어 비정한 캐슬 사회를 인간적으로 성형해주는 역할을 한다.[55] 그 과정에서 주인공의 인생 역정은 불평등성을 공정하게 변화시키는 일과는 전혀 무관하다. 출생의 비밀 드라마는 자아실현의 의지를 강조하는 척하며 위험한 불평등성의 구조를 안정되게 유지시켜 주는 기능을 한다.

출생의 비밀이 상류층과 연관되는 한 보트랭의 세습사회의 설교는 어

---

55   박권일, 〈성형대국의 의미〉,《한겨레》, 2015. 4. 27.

떤 방식으로도 사라지지 않는다. 우리는 보트랭의 설교에 따르지 않는 방식으로 그가 강조한 세습사회를 암암리에 용인한다. 상류층 출생의 비밀 드라마의 성행은 세습사회가 지속되고 있다는 은유인 것이다.

출생의 비밀 드라마의 가장 큰 문제점은 세습사회의 타자를 망각하게 한다는 점이다. 신데렐라적 상승 모티브든 이탈된 인물의 자아실현이든 배제된 타자를 잊게 만드는 것은 마찬가지이다. 그처럼 세습사회의 타자가 망각되는 한 물신화된 불평등성의 구조는 변화되지 않는다.

출생의 비밀 계열 중에서 배제된 타자를 주인공으로 한 유일한 드라마는 《거짓말의 거짓말》(김지은 극본 김정권 연출, 2020)이다. 이 드라마는 상류층 남편의 폭력에 시달리다 남편의 살인죄를 뒤집어쓴 불행한 여성 타자의 이야기이다. 주인공 은수(이유리 분)는 남편의 극렬한 폭행에 칼을 들고 방어하다 의식을 잃고 쓰러진다. 은수가 깨어났을 때 남편은 사망해 있었고 그녀는 살인의 누명을 쓰고 10년을 복역하게 된다.

은수는 옥중에서 아이를 낳았지만 아이는 시어머니 김호란 회장(D.O 코스메틱 회장, 이일화 분)에 의해 버려진다. 다행히 김호란의 지시에 따르지 않은 윤비서에 의해 아이는 목숨을 구하게 되고 A채널 기자인 지민(연정훈 분)의 집에 입양된다. 출감 후 이 사실을 알게 된 은수는 그녀의 딸 우주를 찾아내 미술 선생으로 접근한다. 우주와 가까워지고 지민과 사랑을 맺게 된 은수는 자신의 바람대로 결혼에까지 이르게 된다. 그러나 이 사실을 알게 된 김호란은 저지른 비행이 밝혀지는 것이 두려워 결혼을 파탄내고 우주를 제거할 계획을 세운다.

은수는 그런 음모에 분노할 뿐 아니라 김호란에게 결정적인 치명타를 날린다. 그녀는 우주가 김호란의 혈육이 아님을 밝히는 동시에 김호란이 우주를 죽이려 했던 사실을 폭로한다. 이 드라마가 여느 출생의 비밀 계열과 다른 점은 은수의 반격이 상류층과의 혈연관계를 끊어내는 방식으로 진행된다는 점이다. 출생의 비밀 장치는 흔히 상류층의 혈통을 입증함으로써 끊어진 사다리의 절망감을 완화시키는 기능을 한다. 반면에 이 드라마에서는 김호란의 모략에 맞서 은수가 유전자 검사를 통해 (옛 남편과) 우주가 김호란의 혈육이 아님을 증명하는 것이 절정의 장면이다. 은수가 김호란 앞에 유전자 검사서를 내미는 장면에서 우리는 알 수 없는 미묘한 통쾌함을 느낀다. 상류층 혈통의 비밀이 세습사회를 반증하는 은유라면 상류층과의 혈통을 부인하는 이 드라마의 설정은 **반세습의 은유**이다.

《거짓말의 거짓말》에서 반세습의 은유는 주인공들의 행복이 외적 조건이 아니라 그들의 내부에서 나온다는 사실과 연관이 있다. 이 드라마에서 출생의 비밀은 세습사회의 절망감을 호도하기 위해서가 아니라 오히려 그에 대항하기 위한 모티브로 사용된다. 김호란에 대한 혈통의 부인은 상류층을 선망하기는커녕 그들의 비리로부터 벗어나려는 장치이다. 또 하나의 출생의 비밀인 은수와 우주의 친자확인 역시 지민의 가족들로부터 묻어둬야 할 불행의 신호로 수신될 뿐이다.

그런 두 개의 출생의 비밀에 맞서는 것은 인간적인 따뜻함에 행복이 있다는 은수와 지민의 확신이다. 은수는 어두운 과거를 지닌 여자지만 지민과 우주는 모두 그녀와 있으면 따뜻해지는 느낌이 든다고 말한다. 그림을 그리는 은수는[56] 외적 조건보다는 인간적인 정을 그리워하는 여자였다. 그녀의 그런 내부로부터 나오는 따뜻함의 갈망이 세습에 연연하는 부자의 비리에 대항하는 무기인 것이다.

우주와 가까이하기 위해 지민에게 접근한 은수 역시 점점 그의 유연한 성품에 이끌리게 된다. 은수는 지민과 함께라면 자신의 구질구질한 인생에도 빛이 들 거로 느꼈다고 고백한다. 마침내 지민은 은수를 받아들이며 여성 타자를 구원하는 동시에 혈육이 아닌 아이(우주)를 중심으로 인간적인 가족을 만들려 하고 있었다.

물론 은수의 접근은 일종의 연출이었고 지민이 그것을 안 순간 또 한

---

56 은수와 대척점에 있는 김호란은 그림을 비자금을 모으는 수단으로 이용한다.

번의 위기가 찾아온다. 그런 위기를 넘어서서 은수가 받아들여지는 과정
에는 억울한 누명으로 위기에 처한 여성을 구원하려는 지민의 정의감이
작용했다. 지민이 다시 마음을 돌린 계기는 과거에 옥중의 은수가 기자인
자신에게 부친 편지가 모두 반송되었음을 안 이후였다. A채널 기자인 지
민은 억울한 한 여자를 위한 면담 요청을 모두 거절당했는데 나중에 은수
역시 편지를 보냈던 사실을 알게 된 것이다. 누군가의 방해로 두 사람의
대면이 이뤄지지 않았고 사건의 진실이 묻혀버린 것이다.

　우리 시대는 김호란이 아니라도 누군가의 방해로 진정성의 대면이 어
려워진 시대이다. 은수와 지민이 온화한 성품임에도 서로의 결합 과정이
지연된 것도 불신 사회에서 대면의 신뢰성이 약화되었기 때문이다. 은수
의 적극적인 접근과 고백에도 지민은 계속 머뭇거리고 있었다. 그런데 이
번에는 누군가에 의해 만나지 못한 사실을 알았을 때 둘 사이에 신뢰성이
회복될 수 있었다. 역설적으로 반송 편지와 면회 거절의 진실을 안 뒤에
지민은 만났던 것보다 오히려 은수를 더 믿게 된다. 지민과 은수의 진실
의 만남을 방해한 김호란은 **대면의 신뢰성**을 강탈한 권력의 은유이다. 반
면에 만나지 못한 사람들 사이에서 신뢰가 생긴 것은 대면을 불가능하게
하는 권력에 대한 공통의 반감 때문이다.

　김호란은 순수한 대면을 불가능하게 만드는 권력의 기제를 잘 보여준
다. 그녀는 진실한 사람들의 대면을 방해하는 대신 자신의 친밀한 얼굴을
기자들 앞에 노출시킨다. 그리고 그 가짜 친밀성을 언론을 통해 세상의
곳곳에 퍼뜨린다. 그처럼 진실의 대면을 방해하는 가짜 친밀성이 세상을
점령했기 때문에 우리의 대면을 통한 진정성의 소통이 힘들어진 것이다.

　반면에 은수는 전과자의 이력으로 사람들 앞에서 불안해하지만 오래
같이 있으면 진심이 전해지는 여자이다. 은수는 진정성의 소통을 위해 불
가피하게 연출과 연기가 필요한 운명을 지니고 살아간다. 그녀는 연출에
지배되는 사회에서 **연출의 방식**으로 진정성을 전달하는 여자였다. 은수의

연출은 김호란과는 달리 진정성의 방편인 점에서 문학과 그림의 가상과도 같았다. 순수한 대면을 불가능하게 만드는 김호란의 권력이 세상을 점령했기 때문에 은수는 가상 같은 연출을 통해 진성성의 소통을 시도한 것이다. 이것이《거짓말의 거짓말》이 보여주는 두 개의 거짓말의 차이이다.

거짓에 점령된 세상에서 **가상의 연출**이 필요하다는 것은 지민과 은수의 가짜 이별 장면에서도 나타난다. 지민은 김호란의 요구대로 은수와 이별하는 연기를 한 후에 안심한 김호란에게 반격을 준비한다. 은수의 가상을 통한 진심의 전달 방식이 지민에게도 전염된 것이다. 두 사람의 연출은 거짓에 침몰된 세상에서 가상을 통한 반격을 보여준다.

힘의 열세로 배제의 위기에 처한 타자에게는 가상의 연출이 중요한 무기의 하나이다. 권력이 연출한 각본에 따르는 듯해야만 타자가 존재하기 위한 틈새가 생기기 때문이다. 지민의 이별 연기는 김호란의 폭력으로부터 타자를 보호하려는 사랑의 표현이기도 했다. 권력자를 안심시키고 가상의 틈새에서 타자와 교섭함으로써 진정성의 반격이 가능해진 것이다. 김호란의 공격은 우주의 혈육을 내세워 위선적으로 폭력을 행사하는 전략이었다. 지민과 은수는 그에 맞서서 상류층과의 혈연관계를 끊어내며 타자의 사랑을 무기로 반격을 하고 있다.

특이하게도 이 드라마에서는 '혈통을 부인하는 출생의 비밀'이 **타자의 사랑의 반격**으로 이어지고 있다. 여기서는 상류층과의 혈통을 부인하는 순간이 타자가 구원되는 순간이다. 타자의 구원은 90%의 사람들이 세습 사회에 맞서며 인간적인 따뜻함을 갈망하게 만든다. 출생의 비밀 코드를 전복시키는 이 드라마의 '혈통의 부인'과 '타자와의 사랑'이야말로 반세습의 은유일 것이다. 반세습의 은유는 보트랭의 설교에 맞서 라스티냑의 눈물에 공감하는 사람들의 무의식의 표현이다.

자본주의와 가부장제 세습의 비유는 마르크스의《자본론》에도 나타난다. 보트랭의 설교와 피케티의 논의가 주목한 자본의 세습은 마르크스도 얼마간 감지하고 있었다. 마르크스는 자본이란 잉여가치를 낳아야만 자본이 될 수 있으며 그런 방식으로 가계를 이을 수 있다고 말한다. 잉여가치란 아버지가 낳은 자식과도 같으며 자식에 의해 아버지가 생기듯이 잉여가치가 발생해야 자본이 만들어진다.[57] 그 과정에서 자본이 만들어지는 진행은 시작과 끝이 '**아버지(자본)가 될 화폐**'이기 때문에 아버지 중심의 가계처럼 끝없이 계속된다.

물론 이런 마르크스의 비유가 직접 세습 자본주의를 뜻하는 것은 아니다. 마르크스는 자본의 서사 이외에 노동의 서사를 함께 말하고 있기 때문이다. 마르크스는 잉여가치(자식)를 낳는 아버지의 탄생이 노동이라는 타자에 의해 매번 위기에 처함을 강조하고 있다. 자본에 대항하는 타자의 서사는 변혁운동을 통해 새로운 세상을 주장하거나 적어도 사회적 변화를 만들 수 있다.

이 양가적 과정에서 자본이 자기모순에 의해 필연적으로 변혁운동을 유발한다는 것은 지나친 낙관일 수 있다. 그러나 적어도 우리가 자본의 서사와 타자의 서사라는 두 가지 방향에 미결정적으로 놓인 것은 틀림없다. 우리의 삶은 그 두 가지 서사의 양가적 과정 중 어느 곳에 위치할 것이다. 《자본론》에 나오는 아버지 서사의 연쇄 과정은 (자본의 속성을 보여주기 위해) 타자의 존재가 생략된 상태일 것이다. 거기서 더 나아가 타자가 실제로 보이지 않게 될 때 자본의 서사는 순조로운 운항을 이어갈 것이다. 반면에 타자가 사람들의 눈에 보이기 시작하면 어떻게든 자본은 보완책을 마련해야 한다. 그 점에서 자본의 서사냐 변혁의 서사냐는 **타자의 가시성**과 직접적으로 연관되어 있다.

자본의 서사에서 타자가 보이지 않으면 단지 은유적인 아버지의 가계만이 만들어지는 것이 아니다. 오직 아버지의 가계만 눈에 보인다는 것은 자본가가 아닌 사람들의 존재 가치가 하락된다는 뜻이다. 그런 과정이 심

---

57 마르크스, 김수행 역, 《자본론》 I, 비봉출판사, 2001, 200쪽.

화되면 원래의 자본주의의 불평등성이 신분사회나 인종주의처럼 인격의 불평등성으로 이행되는 단계가 나타난다. **타자의 배제**에 의해 아버지의 가계가 물신화된 그런 사회가 바로 피케티가 말한 세습 자본주의이다. 세습 자본주의는 인격적 차별이 계속되어도 이상한 고요함 속에서 아버지의 서사가 계속되는 사회이다.

반면에 타자가 눈에 보이게 되면 자본의 서사가 계속되더라도 신분사회 같은 불평등성은 생기지 않는다. 타자가 보이기 시작했다는 것은 90%의 사람들이 인격적 차별이 없는 따뜻한 사회를 원하게 되었다는 표시이기 때문이다. 이제 사람들은 무의식 속에서 캐슬을 선망하는 대신 《거짓말의 거짓말》에서처럼 따뜻한 사람 옆에 있고 싶어 한다. 《거짓말의 거짓말》이 보여준 것처럼 자본이 만든 수동적 감성이 전염되듯이 따뜻함의 정동 역시 전염된다. 그 반전의 순간 타자가 구원되고 90%가 구출되면서 인간적인 세상을 소망하는 변혁의 서사가 부활하게 된다.

사회가 어느 방향으로 나아가느냐는 타자의 구원과 긴밀한 연관이 있다. 또한 타자의 구원은 이성과 설교가 아니라 사랑과 정동의 문제이다. 피케티처럼 세습사회를 진단하고 사회적 국가와 보유세라는 처방을 내놓아도 타자가 배제된 사회에서는 아무도 움직이지 않는다. 21세기의 사회적 변화의 흐름은 마치 바이러스처럼 감성적 전염력에 의해서 주로 일어나기 때문이다. 이제 개혁이든 변혁이든 타자에 대한 공감에 의해 90%가 능동적 정동에 감염되어야만 변화가 일어날 수 있다.

그 때문에 세습 자본주의냐 새로운 변화냐는 타자의 구원과 중요한 연관이 있다. 신데렐라 드라마와 출생의 비밀의 성행은 캐슬을 선망하며 타자를 외면하는 세상의 무의식적 표현이다. 타자의 윤리가 자본을 성형해주는 미학으로 변질됨으로써 자신도 모르게 세습 자본주의를 용인하게 만드는 것이다. 그처럼 타자가 보이지 않는 세상은 보트랭의 설교를 아무도 모르게 무의식 속에서 수긍하고 있는 것이나 마찬가지이다. 반면에 보이지 않는 타자를 보이게 만들어 사랑을 부활시키는 일은 세습사회의 불평등에 맞서 새로운 세상을 바라보게 만든다. 그것은 어딘가에 있는 다른 세상을 바라보는 라스티냐의 호소에 귀를 기울이는 것과도 같다. 우리는 그처럼 타자에게 눈물을 흘리며 새로운 따뜻한 사회를 갈망하는 것을 윤리라고 부른다. 윤리와 사랑을 통해 평등을 갈망하며 상류층에 대한 선망을 끊어내는 것은 반세습의 은유이다. 타자의 구원과 사랑의 회생은 세습사회의 수동적 정동을 반전시키며 개혁과 변혁에 능동적 에너지를 제공하는 것과도 같다.

과거에는 자본주의의 전복이냐 개혁이냐가 논쟁의 한복판에 놓여 있었다. 그러나 지금은 아무리 불평등해도 변혁과 개혁의 조짐이 흐릿해진 이상한 고요함의 세상이 되었다. 그런 낯선 정적을 깨고 사람들을 움직이게 하기 위해 필요한 것은 타자를 구원하는 **정동정치**이다.

세습사회에서 사라지는 것은 이성적 비판이 아니라 타자와 교감할 때 얻어지는 사랑의 정동이다. 사랑의 정동이 약화되고 타자를 상실한 사회는 정동정치를 위한 인문학과 예술을 잃어버린 사회이기도 하다. 세습사회의 아버지들은 아들을 낳기 위한 경쟁에 골몰하며 인문학과 예술을 사장하는 신분서갱유의 시대를 만들고 있다. 우리의 가슴을 뛰게 하는 인문학과 예술이 약화되면 사람들은 바이러스와도 같은 수동적 정동에 감염되어 살아간다. 그에 대한 반격은 자아가 빈약해진 사람들을 다시 움직이게 만드는 능동적 정동의 회생이다. 변혁이든 개혁이든 이성적 비판이 행동력이 되려면 먼저 능동적 정동의 부활이 필요한 것이다. 세습사회를 유지시키는 것은 자본의 폭력이 아니라 수동적 정동의 바이러스이다. 그런 세습사회의 바이러스를 차단하고 능동적 정동의 감염력을 증폭시키는 것은 아버지 서사에 대항하며 추방된 타자를 회생시키는 인문학과 대중문화의 정동정치이다.

7. 수동적 정동을 유포하는 자본주의와 정동정치
─ 피케티를 넘어서는 타자의 서사

피케티는 자본주의가 원래 고도의 불평등성의 사회를 만드는 본성을 지닌다고 주장한다. 특별한 조치를 취하지 않는 한 자본주의는 극단적인 불평등성의 사회로 회귀한다. 그런 자기모순이 생기는 것은 자본의 수익률이 항상 경제성장률보다 높은 **근본 부등식** 때문이다.

$$r > g$$

r은 자본의 수익률이며 g는 경제성장률이다. 자본의 수익률이 경제성장률보다 항상 크다는 것은 이미 축적된 부의 수익이 새로 만들어지는 부보다 많다는 뜻이다. 이런 경향이 지속되면 중간층이나 하층민이 소득의 증식을 통해 상류층으로 이동할 가능성이 점점 작아진다. 그 때문에 자본주의는 그대로 놔두면 점차 불평등성이 심화되면서 세습사회로 이동하게 된다. 피케티는 그처럼 부가 편중되는 경향이 경제성장률이 하락하는 과정에 상응한다고 말한다.[58]

이런 과정은 마르크스의 아버지의 서사가 사회 전체에서 한쪽에 편중되는 현상을 나타낸다. 피케티의 부등식은 1%에 의한 아버지 서사의 부의 증가 속도가 99%의 소득의 증가 속도보다 점점 빨라짐을 뜻한다. 그렇게 되면 99%들 중의 누군가가 1%쪽으로 위치 이동하는 일이 어려워진다. 그런 부의 편중에 제동을 걸 수 있는 것은 중간층과 하층민 타자일 것이다. 그런데 역설적으로 불평등성의 모순이 심화되면 중간층과 하층민은 저항은커녕 점점 더 무력한 존재가 된다.

이런 역설은 아버지의 서사가 한쪽(1%)에 편중되는 현상이 **타자의 서**

---

58 피케티, 장경덕 외 역,《21세기 자본》, 글항아리, 2014, 506쪽.

사가 배제되는 일과 함께 일어나기 때문이다. 타자의 서사가 상실되면 90%의 사람들이 상류층을 선망하기 때문에 1%나 10%의 아버지 서사에 대한 저항이 잘 일어나지 않는다. 우리는 타자의 서사의 상실을 인문학과 예술이 사장되는 현대의 신분서갱유라고 불렀다. 캐슬화된 세습 자본은 인문학과 예술을 **돈이 안 되는 품목**으로 만들어 대중의 관심에서 사라지게 촉진한다. 이처럼 자본의 독주는 자본주의의 확산과 함께 인문학을 무력화하는 쪽으로 진행되는데, 그 이유는 그것이 자신의 독주를 계속할 수 있게 해주기 때문이다. 부자에 의한 아버지 서사의 독점(세습 자본주의)은 자본에 의한 신분서갱유에 의해 떠받혀지고 있는 셈이다. 자본주의는 불평등성의 사회로 이행되는 속성과 함께 인문학을 무력화시키는 본성을 지니고 있다.

인문학이란 스피노자가 말한 **내재원인**을 알려는 이성과 정동의 활동이다. 반면에 자본주의는 상류층은 물론 중간층과 하층민까지 점점 외적 체제의 요인에 예속시킨다. 이제 능동적 정동은 향수의 대상이 되고 10%는 물론 90%까지 수동적 정동에 회유된다. 자본주의는 자본의 수익률의 폭증뿐 아니라 내재원인(인문학)의 망각과 수동적 정동의 유포라는 속성 때문에 고착된 체제(세습사회)로 이행하는 것이다.

피케티의 말대로 r>g에 의해 불평등한 사회로 나아가더라도 타자의 능동적 반격이 있으면 세습 자본에 제동이 걸린다. 불평등성이 심화된 세계가 타자의 저항 없이 세습사회로 이행하는 것은 자본주의 자체가 90%의 대응을 무력화하는 정동을 유포하기 때문이다. 세습사회의 설명에서 피케티가 간과한 것은 **수동적 정동을 유포하는 자본주의의 본성**이다. 독주하는 자본주의는 인문학의 핵심인 감정과 지식, 사랑을 상품화하면서 인문학 자체는 도태된 품목으로 방치한다. 세습사회가 그런 신분서갱유에 의한 수동적 정동의 세계라면 그에 대한 저항은 능동성을 회생시키는 존재론적 정동정치에 의해 가능해질 것이다.

피케티는 20세기 중반에 불평등을 줄이려는 대반전이 일어난 계기로 대공황과 세계대전을 들고 있다. 전쟁에서 사람들이 죽어나가는 상황에서 불평등하게 부를 축적하는 사람들이 용납될 수 없었던 것이다.[59] 예컨대 미국에서의 누진세의 도입과 금융 규제가 대표적인 경우였다. 20세기 중반에는 전쟁의 여파로 그런 불평등을 완화시키려는 제도적 규제가 호응을 얻을 수 있었던 것이다. 이 시기에는 전쟁의 죽음정치의 희생자(타자)를 외면하지 않았기 때문에 자본주의를 포기하지 않고도 인간적인 사회에 대한 열망이 나타났던 셈이다.

반면에 1980년대 이후에는 '먼저 파이를 키워야 한다'는 생각에서 누진세를 후퇴시키는 정책이 실행되기 시작한다. 피케티는 그런 누진세의 후퇴를 불평등 확대와 세습사회 귀환의 핵심 요인으로 꼽는다. 그 때문에 그에 대한 처방은 복지정책(사회적 국가)과 보유세인 것이다.

그러나 지금은 전시와는 달리 누진세를 포함한 증세에 호응할 만한 절박한 사정이 없다. 죽음정치의 희생자는 여전히 있지만 그들은 오히려 '없는 사람'이나 혐오스러운 존재가 돼가고 있다. 피케티가 놓친 것은 신자유주의가 누진세의 후퇴와 함께 인격성의 영역을 식민화하는 전략을 사용하고 있다는 점이다. 신자유주의는 r>g의 공식에 따라 1%에게 부를 몰아주는 한편 그런 극단의 불평등성이 조용히 유지되도록 **타자의 추방**을 조장한다. 사회적 타자의 추방은 90%들이 상류층을 선망하는 인격성의 식민화와 표리의 관계에 있다. 그 때문에 우리는 피케티가 간과한 '자본에 의한 타자의 추방'에 맞서는 정동정치를 주장해야 하는 것이다.

피케티의 놀라운 통찰은 U자를 그리는 세습 자본주의의 귀환을 발견한 데 있다. 세습 자본주의의 귀환은 100년 이상 동안에 일어난 전세계적인 현상이다. 그러나 피케티는 불평등한 상황을 반전시키기 위해 정책의

---

59 김낙년, 〈피케티 방법론으로 본 한국의 불평등〉, 《왜 자본은 일하는 자보다 더 많이 버는가》, 시대의창, 2014, 254쪽.

당위성만 말할 뿐 사람들을 **움직이게** 하려는 전략이 없다. 반면에 우리는 피케티의 U자의 커브를 변화시키려면 숨겨진 **타자의 서사**라는 함수가 고려되어야 함을 주장한다. 타자의 서사의 회생은 침묵하는 사람들을 다시 움직여 U자의 커브를 반전시키려는 전략이다.

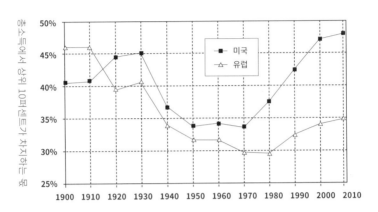

소득 상위 10퍼센트가 총소득에서 차지하는 몫은 1900~1910년에는 유럽이 미국보다 높고 2000~2010년에는 미국이 훨씬 더 높다.

출처 및 통계 : piketty.pse.ens.fr/capital21c

유럽과 미국의 소득 불평등 비교 1900~2010[60]

흥미롭게도 위의 U자의 곡선은 식민지를 경험한 우리나라에서도 발견된다. 물론 유럽이나 미국과 우리의 상황이 같지는 않을 것이다. 그러나 U자를 뒤집으려면 타자의 함수가 필요한 점은 크게 다르지 않다.

김낙년의 U자 곡선이 피케티와 다른 점은 식민지 시대의 불평등이 일

60 피케티, 《21세기 자본》, 앞의 책, 389쪽.

61 김낙년, 〈피케티 방법론으로 본 한국의 불평등〉, 《왜 자본은 일하는 자보다 더 많이 버는가》, 앞의 책, 257쪽.

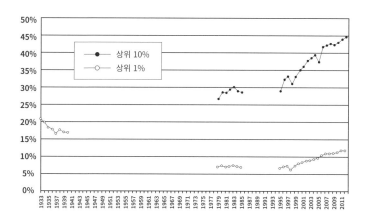

한국의 상위 1퍼센트와 상위 10퍼센트의 소득 비중[61]

본인의 자본소득 때문이었다는 점이다.[62] 이처럼 계급적 갈등에 인종적 갈등이 겹치면 불평등성의 고착화가 더 심화된다. 식민지란 제국이 피식민자를 억압하는 체제이므로 경제적 불평등을 해소하려는 타자의 서사(노동운동, 농민운동)는 암암리에 해방 투쟁을 전제로 했다. 농민운동과 노동운동에서 보듯이 경제투쟁은 그 자체로 정치투쟁이기도 했던 것이다. 그와 함께 해방이 되지 않는 한 불평등을 완화하려는 투쟁은 식민지 상황에서 일정한 한계를 지니기도 했던 셈이다.

반면에 해방은 농지개혁 등과 함께 불평등성을 완화하는 방향으로의 진행을 가능하게 했다. 그런데 1950~60년대는 사회 전체가 가난했고 경제성장률도 높지 않았다. 주목할 것은 1970~80년대의 고도성장기에 계급 분화가 일어났음에도 불평등성이 높지 않았다는 점이다.

피케티는 경제성장률이 높으면 불평등성이 완화된다고 말한다. r>g의 부등식에서 g가 높아지면 r-g의 차이가 적어지는 것이다. 그러나 그것이 전부가 아니다. 고도성장기의 완화된 불평등성을 보다 자세히 이해하려

---

62 위의 책, 260~261쪽.

면 **타자의 서사**와 연관된 논의가 필요하다.

우리의 경우 독재정치 시대에 오히려 불평등성이 낮았던 역설은 타자의 서사를 고려해야만 이해된다. 우리의 1970~80년대는 독재 시대였지만 역설적으로 타자의 서사가 서구보다 더 왕성한 시기이기도 했다. 타자의 서사는 부가 편중되어 세습화되는 사회에 대해 강한 반발을 일으키는 일을 가능하게 한다.

독재권력은 경제성장에만 주력할 뿐 죽음정치에 의해 노동자들이 희생되는 데는 아무런 관심이 없었다. 그러나 이 시기는 중간층이 유동적이었기 때문에 타자에 공감하며 인간다운 삶을 열망하는 흐름이 나타났다. 서구의 경우 20세기 중반에 불평등성이 완화되었던 것은 제도적으로 누진세와 복지정책이 실시되었기 때문이다. 반면에 우리의 1970~80년대에 평등한 사회에 대한 소망이 나타난 것은 독재권력에 저항하는 90%의 흐름이 있었기 때문이다.

우리의 1970~80년대는 높은 경제성장률과 함께 계급 사다리를 통해 계층이동이 가능한 시기이기도 했다. 이 시기의 사회적 역동성은 계층이동이 가능했던 중간층의 유동성과 표리를 이루고 있었다. 하지만 이런 역동성은 피케티의 r(자본의 수익률)>g(경제성장률)에 제동을 건 상황으로 설명될 수 없다. 이 시기의 역동성은 피케티의 처방대로 자본을 견제했기 때문이 아니라 중간층과 하층민이 손을 잡고 비인간적 자본에 맞서는 흐름을 생성했기 때문이었다. 독재권력은 죽음정치적 노동자들을 보이지 않게 배제했지만 계급관계가 고착되지 않은 중간층들은 하층민을 외면하지 않았다. 중간층은 상승 욕구를 갖기도 했으나 불현듯 타자의 벌거벗은 얼굴에 공감하는 순간을 경험하기도 했다. 1970~80년대의 수많은 소설들이 타자가 회생하는 윤리적 순간을 그리고 있는 것은 그 점을 입증한다. 〈영자의 전성시대〉, 〈몰개월의 새〉, 〈칼날〉, 〈아홉 켤레의 구두로 남은 사내〉 등 1970년대의 소설들은 죽음정치의 희생자인 타자가 회생하는 능동적 정동의 순간을 보여주고 있다. 그처럼 타자의 서사의 물결이 능동적 정동을 고양시켰기 때문에 자본주의의 불평등성의 확산을 저지하며 평등 사회를 꿈꿀 수 있었던 것이다.

이 시기는 독재정치의 시대인 동시에 그에 대항하는 타자의 서사 역시 역동적인 시기였다. 만일 독재정치만 계속되었다면 우리 사회는 쉽게 비인간적인 세습사회로 이행되었을 것이다. 반면에 이 시기의 역동성은 (r > g의 반전이기보다는) 이중주(중간층과 하층민)로 된 타자의 서사가 수동적 정동을 유포하는 자본에 맞서며 능동적인 공동체를 꿈꾸었음을 의미한다.

타자의 서사란 하층민을 경제적으로 상승시키려는 기획을 뜻하는 것이 아니다. 1970~80년대의 문학이 보여주듯이 타자의 서사란 하층민에게 감성적으로 공감하며 인간다운 사회를 만들려는 윤리적 갈망이다. 그런 타자의 서사가 사람들을 움직이는 사회는 세습사회로의 진행이 저지되는 시대이다.

1970~80년대 중간층의 유동성은 타자를 인격적으로 폄하하는 감성적 불평등성을 반대하게 만들었다. 그 때문에 90%들은 감성적으로 선을 넘을 수 있었고 보다 더 평등한 세상으로 나아가려는 변혁의 서사까지 나타나고 있었다. 서구에 비해 독재적이었던 시대는 서구보다 더 진보적인 변혁이 태동되던 때이기도 했다. 20세기 중반에 서구가 불평등이 완화된 자본주의의 황금기였다면,[63] 우리는 평등을 소망하는 변혁운동의 황금기였다. 그런 차이를 관통하며 세습사회에 저항했던 중요한 요소는 타자의 서사에 있었다.

반면에 U자의 양극단인 식민지 시대와 신자유주의 시대는 사회적 타자가 배제된 시기였다. 두 시기에는 타자의 서사가 작동되지 못하게 하는

---

63 서구의 자본주의의 황금시대도 68혁명에 의해 타자의 서사가 분출된 시기였다. 68혁명은 정치적 변화를 이끌기보다는 문화적 혁명을 일으켜 장기적으로 이후의 인문학 발전에 큰 영향을 끼쳤다.

고착화된 권력이 작용하고 있었다. 식민지 시대와 신자유주의 시대는 매우 상이하지만 **타자의 배제**에 의해 체제가 유지되는 점에서는 일치한다.

식민지란 피식민 타자를 존재론적으로 강등시켜야만 질서가 유지되는 체제이다. 타자의 배제란 감성적인 차별(시각적 불평등성)[64]인 동시에 인격성의 강등을 의미한다. 식민지에서는 피식민 타자가 보이지 않는 대상이 되거나 인간보다 못한 존재로 전락한다. 그런 비인간적인 존재론적 불평등성은 극단의 경제적인 불평등성을 야기하는 전제 조건이다. 그리고 이제 기아에 시달리는 불평등성의 사회는 타자를 배제하는 인종주의에 의해 영속화가 시도된다.

피지배자의 인격성을 예속화하는 방식은 신자유주의 시대에 다시 등장했다. 식민지와 달리 신자유주의는 민주주의인 동시에 세계화의 시대이다. 그러나 90%들의 인격성을 무력화하고 타자를 배제하는 점에서 양자는 비슷한 점이 있다. 과거의 식민지(공간의 식민지)가 타민족의 미래를 빼앗았다면, 신자유주의는 타자를 배제해 모두의 미래를 빼앗는 시간의 식민지[65]이다.

신자유주의란 감정, 지식, 무의식의 영역을 자본의 논리로 식민화한 시대이다. 피케티는 신자유주의(1980년대 이후)[66]가 1%와 10%에게 부를 몰아주는 불평등성의 권력이라고 논의했다. 우리는 그와 함께 신자유주의란 타자를 배제하고 90%들의 감성을 식민화함으로써 불평등성을 영속화하는 체제라고 주장한다. 고삐 풀린 자본주의는 계급적 불평등성을 심화시키는 동시에 사람들의 정동을 수동적으로 약화시킨다. 그처럼 **감성**이 **식민화**되면 아무리 시간이 지나도 극단의 불평등성의 사회가 조용하게 계속된다.

---

64 감성적인 차별은《기생충》에서처럼 흔히 시각적인 불평등성으로 나타난다.

65 비포, 강서진 역,《미래 이후》, 난장, 2013, 43쪽.

66 피케티는 신자유주의를 따로 언급하지 않고 1980년대 이후에 누진세가 후퇴한 사회의 흐름을 강조한다.

과거의 식민지에서는 고착화된 인종주의가 난제였지만 오늘날은 감성 영역의 물신화된 식민화가 문제이다. 양자의 경우에 고착성의 징표는 타자의 배제이다. 타자가 배제되면 90%들의 인격성이 식민화되면서 고도의 불평등성의 사회가 순항을 계속한다. 앞서 살폈듯이 피케티는 신자유주의의 고착화된 불평등성을 신분사회를 닮은 세습 자본주의라고 부르고 있다. 비슷한 논리로 우리는 정동이 고착화된 사회를 식민지를 닮은 무의식(그리고 정동)이 식민화된 사회로 부를 수 있다.

신자유주의는 계급의 영역에서 신분사회나 식민지와 닮은 고착성이 나타난 사회이다. 우리는 그 해법으로 타자의 서사를 부활시키는 정동정치를 말할 수 있을 것이다. 타자의 서사는 고착화된 경제적 차별의 근거인 감성적 차별을 해리시키는 유동성의 미학이다. 그런 타자의 서사는 일상인과 타자의 윤리의 이중주를 통해 가슴 뛰는 진리의 이중주를 연주한다. 그것의 표현이 바로 인문학과 문학, 예술일 것이다. 고도의 불평등성의 시대는 타자의 서사와 함께 인문학과 문학이 위기에 처한 시대이다.

그런데 식민지 시대에는 사상적 탄압 속에서도 문학만은 역동성을 지니고 있었다. 경제적 불평등성에 대한 저항은 매우 어려웠지만 피식민 타자는 문학을 통해 타자의 서사가 살아 있음을 입증했다. 그런 한에서 식민지는 고착된 비인간적 체제와 함께 물밑에 인간적인 유동성을 지닌 사회였다. 계급의 영역과는 달리 인종의 영역의 타자는 대체 불가능성[67]으로 인해 감성적으로 회유되기 어려운 본성을 지니고 있었다. 그 때문에 타자를 배제하는 엄혹한 체제에서도 물밑에 유동적인 타자의 서사가 잔존했던 것이다. 문학은 타자성의 윤리적 네트워크를 통해 수면 밑에서 조선인의 정동의 독립을 입증하고 있었다. 식민지의 타자는 계급과 인종의 중첩된 차별 속에서 비천하게 살아갔지만 감성적으로는 회유되지 않은 타자의 서사를 표현하고 있었다.

---

67 흑인이 아무리 노력해도 백인이 될 수 없는 것을 말한다.

반면에 신자유주의에서는 고도의 불평등성이 감성적 회유와 긴밀한 연관을 지니고 있다. 앞서 살폈듯이 중간층이 역동적일 때는 불평등성에 저항하는 능동적 정동의 순간이 나타날 수 있다. 반면에 신자유주의의 불평등성의 고착화는 그런 중간층이 역동성을 상실한 상황과 연관이 있다. 피케티 역시 세습 중산층의 존재를 중요한 사회적 변화의 요인으로 지적한다.[68] 중산층이란 상류 중간층을 말하며[69] 상위 10%(혹은 15%)나 중간의 40%의 위치에 있다. **세습 중산층**의 등장은 상위 10%의 부가 세습화되면서 40%조차 고착화되었다는 신호이다. 우리는 중산층의 고착화를 사회적 경직성(피케티)의 표시인 동시에 상류층 쪽만 바라보며 타자를 외면하는 **감성적 회유**의 증거로 해석해야 한다.[70]

신자유주의에서의 감성적 회유의 보다 결정적인 증거는 타자의 사라짐이다. 우리는 보이지 않게 사라진 셔터 저쪽의 사람을 **타자**라고 부른다. 타자가 실종된 시대는 중간층이 스스로 존재감을 약화시키며 캐슬 쪽으로 돌아선 시대이다. 그 때문에 보이지 않는 것은 타자만이 아니며 실제로는 90%들이 잘 눈에 띄지 않는 사람들이다. 90%의 사람들이 보이는 것은 스마트폰으로 인증샷을 찍을 때뿐이다.

타자가 사라지면 90%들이 존재감을 상실하며 인격성이 식민화되어 수동적 정동 속에서 살아간다. 그나마 과거의 식민지에서는 문학이 타자를

---

68 피케티, 《21세기 자본》, 앞의 책, 313~319쪽.

69 조귀동, 《세습 중산층 사회》, 생각의 힘, 2020, 9쪽.

70 감성적 회유란 계급 사다리가 끊어진 상태에서 상류층을 선망하는 수동적 정동 상태가 된 것을 뜻한다. 그런 수동적 정동의 상태는 시각적 불평등성으로 실감나게 표현될 수 있다. 세습 중산층이란 1% 밑의 10~15%의 중산계층이 견고하게 캐슬화되었다는 뜻이다. 캐슬화된 중산층은 1%의 스카이 캐슬을 선망한다. 그 밑의 40%의 또 다른 중산층(중간층)은 장미빌라(김애란, 〈벌레들〉)에 살면서 캐슬을 선망한다. 장미빌라의 중산층은 하층으로 추락할 절벽에 직면해 있기 때문에 50%의 하류층을 외면한다. 그런데 전체 부의 5% 미만인 외면당하는 50%들 역시 시각적으로 공간화되어 있다. 하류 중간층인 근린생활자는 장미빌라를 선망한다. 근린생활자 밑에는 시각적 불가능성을 경험하는 고시원, 반지하, 지하 생활자들이 있다. 더 내려갈 수 없는 지하 생활자의 밑에는 보이지 않게 '사라진 사람들'이 있다.

보이게 만들었지만 오늘날의 '정동적 식민지'에서는 타자의 서사가 더 약화되어 있다. 문학마저 위기에 처한 지금의 '시간의 식민지'는 '공간의 식민지'에 비해 더 큰 난제를 안고 있다.

오늘날 불평등에 연관된 수많은 논의들에서 결여된 것은 타자의 서사에 대한 것이다. 타자의 서사에 대한 논의는 능동적 정동에 대한 것이기도 하다. 능동적 정동의 물결은 타자의 서사가 상실되는 와중에서 문학의 쇠퇴와 함께 벼랑 끝으로 내몰렸다.

이런 상황에서 타자의 서사의 부활은 **인문학과 문학의 부흥**을 통해 이루어져야 할 것이다. 오늘날은 그런 시도 자체가 이미 정치적 모험이자 변혁운동이다. 새롭고 모험적인 인문학과 문학의 귀환은 예전과는 다른 방식을 경유할 수밖에 없다. 실제로 우리는 텍스트를 넘어서서 현실과 미학의 교류 속에서 인문학과 문학의 귀환을 발견한다. 예컨대 촛불집회는 세월호의 희생자들이 꽃으로 돌아오는 윤리와 시의 귀환이다. 윤리와 시의 귀환은 백남기 농민이 밀밭으로 돌아오는 타자의 서사의 귀환이기도 하다.

벤야민은 이야기 미학(소설)이란 타자성[71]을 필사적으로 끝까지 쫓아가는 것이라고 말했다. 타자성을 쫓아가는 것이 소설이라면 사라진 희생자와 재회하는 것은 시이다. 우리 시대는 타자를 환대하는 문학의 상상력과 변혁운동의 미학적 상상력이 중첩된 시대이다. 문학과 미학은 상품사회를 탈출하는 틈새에서 이야기와 시(타자성의 미학)의 상상력을 현실화하는 힘으로 귀환한다. 이 타자의 서사의 귀환에서는 문학과 현실이 더 이상 구분되지 않는다. 오늘날은 타자의 회생을 위해 문학과 현실이라는 두 개의 무대에서 강렬한 서사의 연출이 요구되는 시대이다.

타자의 서사에서는 '희생자(타자)'와 '90%의 우리'가 **주인공**이다. 예컨

---

71 벤야민, 이태동 역,《문예비평과 이론》, 문예출판사, 1987, 105쪽. 벤야민의 약분 불가능성은 이질적인 타자성이기도 하다. 호미 바바, 나병철 역,《문화의 위치》, 소명출판, 2012, 365쪽.

대 '우리가 세월호였다'[72]. '우리가 김용균이다'. '모두가 평형수로 나서야
한다'[73] 등이다. 우리 시대는 문학과 현실이 중첩된 무대에서 **두 명의 주인
공**(타자와 우리)이 필요한 시대이다. 두 주인공은 사랑과 윤리의 서사 속에
서 평등을 소망하는 평형수로 하나가 된다. 그처럼 타자와 교감하며 은유
를 통해 평형수의 정동을 갈망하는 것이 바로 인문학과 미학이다. 세습
자본주의가 문학을 빼앗는 사회라면 우리 시대는 타자와 교섭하는 미학
만이 사람들을 다시 움직일 수 있는 시대이다.

불평등성을 야기하는 속성을 지닌 자본주의는 사람들의 인격성을 강
등시키는 본성을 함께 지니고 있다. 마르크스는 자본주의가 스스로 반항
적인 프롤레타리아를 출현시켰다고 말했지만[74], 불평등성이 더 진행되면
자본은 그 스스로 타자의 반항심을 무력화하는 제2의 속성을 발휘한다.
자본주의가 제2의 본성을 드러내며 불평등성을 통해 인격성마저 하락시
키는 세습사회에서는, 현실과 미학을 횡단하며 능동적 정동을 회생시키
는 타자의 서사의 부활만이 다시 한번 평등한 공동체를 꿈꿀 수 있게 할
것이다.

8. 무증상의 증상과 언택트 문학
― 제2의 증상에 대응하는 새로운 윤리

신자유주의는 90%들의 존재를 무력화하는 정동권력을 자기 자신의
본성으로 포함하고 있다. 정동권력은 타자와 교감하는 능동적 정동 대신
자본에 회유된 수동적 정동에 감염시키는 장치이다. 신자유주의에서는

---

72 송경동, 〈우리 모두가 세월호였다〉, 《나는 한국인이 아니다》, 창비, 2016, 85쪽.

73 위의 책, 86쪽.

74 마르크스, 이진우 역, 《공산당선언》, 책세상, 2002, 24쪽.

숨겨진 폭력과 함께 정동적 회유의 방식이 사용되기 때문에 사건이 일어나도 이상한 침묵이 계속된다. 모두가 병들었는데 아무도 아프지 않은[75] 이런 세상은 무증상 자본주의의 사회라고 명명될 수 있다. 무증상 자본주의는 수많은 사람들을 소리 없이 감염시키면서 위기에 처한 타자를 죽음에 방치한다.

그 점에서 무증상 자본주의는 우리 시대의 무증상 바이러스와 매우 유사하다. 무증상 바이러스가 출몰하기 전에 우리는 매우 비슷한 무증상 자본주의를 경험했던 셈이다. 무증상 자본주의에서는 일상에서 사람들의 고통이 감춰지기 때문에 치유도 퇴치도 매우 어려워진다.

신자유주의 이전의 자본주의는 지금과 달리 눈에 보이는 증상을 드러냈다. 즉 착취당하는 하층민들과 벌거벗은 얼굴의 타자가 자본주의의 증상을 생생하게 보여주고 있었다. 증상이란 어떤 사회적 체제에서 나타난 균열과 비일관성을 의미한다. 그런 비일관성으로서의 증상은 체제의 오작동의 결과가 아니라 정상적으로 보이는 운행의 필연적인 산물이다. 마르크스는 부르주아가 자신들의 죽음을 가져올 무기를 스스로 만든 데 이어 그 무기를 들 사람들을 출현시켰다고 주장했다.[76] 자본주의의 운행을 위해 꼭 필요한 동시에 자본주의를 위협하는 무기를 들 사람들은 바로 프롤레타리아이다. 그렇다면 자본주의에 대한 위협으로서 착취당하는 프롤레타리아와 고통받는 타자의 출현은 자본주의 자신이 만들어낸 증상(라캉)[77]이라고 할 수 있다(지젝). 자본주의가 프롤레타리아를 만들어낸 것은 자신의 합리적 질서 자체에서 비합리성(그리고 탈합리성)을 출현시킨 일인 셈이다.[78] 그런 역설적 증상이 눈에 보이는 시대는 마르크스의 주장처럼

75 이성복의 시는 무증상 자본주의에 대한 예견으로 볼 수 있다. 이성복, 〈그날〉, 《뒹구는 돌은 언제 잠을 깨는가》, 문학과지성사, 1980, 63쪽. 김한민, 〈무증상 자본주의〉, 《한겨레》, 2020. 9. 28.

76 마르크스, 《공산당선언》, 앞의 책, 24쪽.

77 증상은 원래 라캉의 용어이다.

78 지젝, 이수련 역, 《이데올로기라는 숭고한 대상》, 인간사랑, 2002, 51쪽. 지젝은 마르크스가 자본주

자본주의를 변혁하려는 꿈을 꿀 수 있었던 시대였다.

그러나 신자유주의에서 보듯이 자본주의가 더 진전되면 고통받는 타자를 추방하는 권력이 작동되기 시작한다. 즉 증상으로서의 타자를 추방하는 무증상 자본주의가 나타난 것이다. 타자의 추방은 자본주의에서 모두가 병들었는데 아무도 아프지 않은 것처럼 보이게 만든다. 그처럼 신자유주의가 타자를 추방해 무증상의 시대를 만든 것은 권력에 대한 반격이 불가능하게 하기 위해서이다. 중요한 것은 무증상 자본주의를 만든 타자의 추방 역시 체제의 오작동이 아니라 자본주의 운동의 더 강렬한 진행의 필연적 산물이라는 점이다.

하지만 자본의 종결자 무증상 자본주의는 증상을 완전히 없앤 것이 아니었다. 《오징어 게임》에서 보듯이 자본주의의 희생자들이 서로 싸우고 잔인한 게임에 참여할 수밖에 없는 현실은 노동자의 착취 이상으로 비합리적이다. 자본주의의 합리적 질서는 무증상 체제를 만드는 데 성공했지만 결과적으로 훨씬 더 비합리적인 증상을 낳은 셈이다. 무증상 자본주의는 실상 자본주의의 숨겨진 제2의 증상[79]을 감추고 있다고 할 수 있다.

자본주의의 첫 번째 증상은 거리에서 저항하는 사람들을 출현시켰다. 반면에 무증상 자본주의는 거리를 무력화했지만 그 대신 두 번째 증상이 심연에서 정동적으로 감지되고 있다. 《기생충》과 《오징어 게임》은 그 보이지 않는 무증상의 '두 번째 증상'을 보이게 드러내고 있다고 할 수 있다.[80]

무증상 자본주의는 수동적 정동을 바이러스처럼 퍼뜨려 사람들을 '가만히 있게' 만드는 권력이다. 그에 대해 《기생충》과 《오징어 게임》은 보이지 않는 증상을 보이게 만들어 우리에게 충격을 주고 있다. 무증상 권력에 더 적극적으로 대응하려면 거기서 더 나아가 수동적 정동의 바이러스

의 체제에서 사회적 증상을 발견한 사람이라고 말하고 있다.

79 7장 1절 참조.

80 자본주의의 첫 번째 증상이 타자의 출현이었다면 두 번째 '무증상의 증상'은 타자의 추방에 의해 생겨난다.

에 대처하는 반격이 있어야 할 것이다.

실제로 우리 시대의 변혁운동은 무증상 바이러스에 대한 정동적 대응에서 시작된다. 예컨대 세월호 사건이 '이상한 고요함'(무증상)에 묻히지 않은 것은 사건 자체가 은유로 작용하며 바이러스(유해한 정동)에 감염되지 않은 사람들이 나타났기 때문이다. 오늘날 노동자들의 고공 투쟁이란 자본의 정동적 바이러스로부터의 언택트 거리두기에 다름이 아니다. 또한 세월호 사건이 촛불집회로 이어진 것은 시와 문학이 퍼뜨려지면서 정동적 백신으로 무장한 사람들이 광장에 다시 모일 수 있었기 때문이다.

무증상 자본주의는 불평등한 사회를 영속화하는 신자유주의의 최대의 발명품이다. 인격적 수모를 당하면서도 사회적 증상이 잘 발현되지 않기 때문에 불평등성이 조용히 계속되는 것이다. 다만 심리적 마스크를 쓰고 소리 없이 고통에 시달리는 사람들이 사건을 은유로 감지하는 순간들이 불현듯 나타난다. 예컨대 은유적 시위인 '점령하라', '촛불집회', '나는 숨쉴 수 없다' 등이 그것이다. 이 집회들에서 과거의 구호와 조직 대신 은유가 중요한 것은 우연이 아니다. 은유는 무증상 자본주의에 숨겨진 증상을 암시하면서, 더 나아가 권력의 비밀과 인간의 비밀을 드러내준다.

그러나 시위에서 일상으로 돌아오면 만연된 무증상 바이러스 때문에 다시 감염된 삶이 계속된다. 촛불 이후에도 일상에서의 촛불 시즌 2와 3이 지속되어야 하는 이유는 여기에 있다. 촛불집회는 필연적으로 끝없는 반복운동[81]을 요구하고 있다. 그와 함께 백신과도 같은 정동적 무기인 새로운 인문학과 문학, 대중문화의 창안이 필요하다. 화염병과 돌멩이 대신 인문학과 시의 백신(혹은 또 다른 바이러스)으로 무장해야만 광장에 다시 모일 수 있는 것이다.

문학과 대중문화에서의 그런 새로운 창안 중의 하나는 **언택트 윤리**이다. 무증상 바이러스로 인해 벌거벗은 얼굴의 윤리적 순간을 상실했기 때

---

81 나병철, 《반복의 문학과 진실의 이중주》, 소명출판, 2021 참조.

문에 언택트의 방식이 창안되어야 하는 것이다. 오늘날 언택트 사회는 경제나 의료, 교육뿐 아니라 인간관계 자체에서도 현실로 도래하고 있다. 그에 합류해야 할 새로운 인문학적 대응이 바로 언택트 윤리이다. 이 비대면의 윤리적 모험은 얼굴에 관련된 대면 관계의 숨겨진 모순의 자각에서 비로소 시작될 수 있다.

신자유주의에 의한 대면 관계에서의 혼돈은 마치 코로나 바이러스에 의한 무력감과도 비슷하다. 코로나 바이러스는 우리에게 벌거벗은 얼굴을 상실한 언택트의 시대를 자각하게 해주고 있다. 중요한 것은 맨얼굴을 상실한 언택트의 자의식이 비단 코로나에만 연관된 것이 아니라는 점이다.

아감벤은 얼굴 없는 인간의 시대가 소통과 정치를 추방하고 있다고 말한다.[82] 앞서 살폈듯이 무증상의 시대는 정동적 권력에 의한 벌거벗은 얼굴의 추방으로 시작되었다. 아무도 신음하지 않는 것은 수동적 정동에 감염되어 얼굴을 상실했기 때문이며, 소리 없이 시작된 정동적 팬데믹 상황은 바이러스를 차단하기 위한 언택트 장치의 필요성을 암시한다.

얼굴은 오래전부터 새로운 정동권력의 식민지가 되었다. 코로나로 인해 증폭된 언택트의 자의식은 소급적으로 정동적 바이러스에 대한 대응을 환기시킬 뿐이다. 단적인 예는 오랜 마스크 착용이 사회적 바이러스에 대한 방어책으로 전이되고 있는 현상이다. 예컨대 일본에서는 "노마스크가 무섭다"며 남에게 얼굴을 보이는 것에 거부감을 느끼는 청년들이 나타나고 있다. 맨얼굴이 두려운 것은 코로나 때문이기도 하지만 사회적 바이러스 때문이기도 하다. 히로시마에 거주하는 한 여성은 "마스크를 쓰면 더 미인으로 보이기 때문에 멸시당하고 싶지 않아서 코로나 후에도 벗을 생각이 없다"고 말했다.[83] 외모중심사회에서는 얼굴이 치부가 될 수 있기

---

82   아감벤, 박문정 역, 《얼굴 없는 인간》, 효형출판, 2021, 147~148쪽.

83   〈일본 젊은이에게 마스크는 '얼굴 속옷'…"코로나 후에도 쓰고 싶어"〉, 《한국일보》, 2021. 12. 26.

때문에 얼굴을 가리는 가오 팬츠(얼굴 팬츠)가 필요해진 것이다. 일본 여성이 말한 '가오 팬츠'는 코로나 바이러스 이외에 또 다른 사회적 바이러스에 대한 자의식을 암시하고 있다.

극단적인 경우이지만 일본 청년들의 고백은 이제 벌거벗은 얼굴을 통한 교감이 힘들어졌음을 시사한다. 얼굴이 치부가 된 시대란 레비나스가 윤리의 보루로 말한 벌거벗은 얼굴이 사라진 세상이다. 코로나가 끝나도 마스크를 벗지 않겠다는 것은 또 다른 바이러스가 끝나지 않았다는 뜻이다.

이런 상황에서는 정동적 바이러스를 차단하기 위해 벌거벗은 얼굴을 대신할 새로운 인간관계의 윤리가 필요하다. 얼굴 팬츠의 시대에 요구되는 그런 또 다른 인간관계의 정동적 장치가 바로 언택트 윤리이다. 우리는 얼굴을 상품화하는 정동적 바이러스에 대응하기 위해 새로운 언택트 윤리를 발명해내야 할 세상에 살고 있다.

언택트 윤리는 갑자기 튀어나온 인위적인 수사학이 아니다. 실상 신자유주의 이후 문학에서는 이미 은밀한 방식으로 언택트 윤리의 창안이 모색되어왔다. 새로운 언택트 윤리는 1990년의 박상우의 소설에서부터 21세기의 《기생충》에 이르기까지 다양한 창조적인 흐름을 드러내고 있다. 박상우의 〈샤갈의 마을에 내리는 눈〉에는 얼굴의 대면을 통해 유대감을 느끼지 못하는 사람들이 탁자 밑으로 필사적으로 손을 잡는 장면이 그려진다. 또한 《기생충》은 지하 벙커로 보이지 않게 추방된 타자와 먼 거리에서 모스부호로 교신하는 상황을 제시하고 있다. 《기생충》에 와서 매우 심화되었지만 두 작품은 비슷하게 맨얼굴로 만나지 못하는 사람들의 언택트 교신을 그리고 있다.

박상우의 〈샤갈의 마을에 내리는 눈〉(1990)은 언택트 윤리의 기원에 대한 소설이다. 이 소설의 화자가 '나' 대신 (연대의 기억을 지닌) '우리'의 인칭을 쓰는 것은 서로의 연대감을 잃지 않으려는 필사적인 시도이다. 그런데 '우리'는 폭설이 내리는 날 설렘으로 만났지만 세상의 관심사는 이미 주식과 부동산과 포르노로 변해 있었다. 벌거벗은 얼굴의 만남 대신 자본 주의적 관심사를 앞세워야만 활발한 대화를 나눌 수 있었던 것이다.

친구들은 하나 둘씩 돌아가고 '샤갈의 마을'(카페)의 우울한 여자와 두 사람만 남았다. 남은 둘이 절망을 느낀 것은 '샤갈의 마을'의 주인인 여자 가 눈을 치켜뜨며 분노의 표정을 보여주었을 때였다. 마주 보기 어려운 우울한 분노란 벌거벗은 얼굴의 상실과도 같았다. 여자는 물론 마지막 남 은 둘 사이에도 아무런 교감이 일어나지 않았다. 다만 둘 사이에 생겨난 여백 속에서 간신히 꿈속에서처럼 탁자 밑으로 손을 뻗을 수 있을 뿐이었 다. 두 사람은 이제 맨얼굴의 대면을 통한 포옹과 연대가 불가능해졌음을 직감했다. 그런 불길함 속에서 그들은 '우리'의 지칭에 겨우 남은 연대의 기억(순수 기억)을 놓치지 않기 위한 안간힘을 쓰고 있었다. 간신히 잔존 하는 '우리'를 위해 탁자 밑으로 손을 잡는 이 소설은 언택트 문학의 시작 을 알리고 있다. 언택트 문학은 보이지 않는 '무증상의 증상'을 보이게 드 러내며 거리를 둔 채 정동적 재결합을 시도한다. **언택트 윤리**란 벌거벗은 얼굴을 상실한 시대에 심연에 남은 잔여물을 회생시키기 위해[84] **떨어진 채 손을 잡는 것**을 말한다.

박상우의 언택트 문학은 〈내 마음의 옥탑방〉(1998)으로 이어진다. 이 소설에서 '나'와 주희는 스포츠용품점 사원과 백화점 안내 직원으로 만난 다. 옥탑방에 사는 주희는 지상의 삶(상류층)에 편입되려는 상승 욕구 때 문에 가난한 '나'에게 완전히 마음을 열기를 주저했다. 어느 날 옥탑방에 서 주희에게 한 번만 안아보고 싶다고 말하자 그녀는 '내'게 등을 보이며 돌아누웠다. 그리고는 '사마귀처럼 안아줘' 하고 속삭이듯 말했다. 주희는 '나'를 사랑하면서도 자신의 꿈을 포기하지 않기 위해 내 쪽으로 돌아눕 지 못하고 있었다. 이제 서로 얼굴을 마주 보는 포옹은 불가능해진 것

---

84 심연에 남은 잔여물이란 대상 a에 대한 열망을 말한다.

이다.

이 신자유주의 시대의 사마귀 신화는 인간의 비밀인 에로스가 절반만 가능해졌다는 신호였다. 그래도 '나'는 시지프스처럼 주희와의 사랑을 포기하지 않았고 주희 역시 옥탑방에 남겨진 '나'의 흔적 때문에 잠을 이루지 못하고 있었다. 어느 날 '나'를 기다리고 있었다고 고백한 주희는 사마귀가 아니라 사람답게 가슴을 열고 '나'를 부르고 있었다. 하지만 '나'는 그녀의 스스로를 원망하는 듯한 나직한 어조를 감지했고 그녀의 불행이 걱정되어 다가갈 수 없었다.

이처럼 사랑이 부족한 것이 아님에도 '나'와 주희는 사회적 조건 때문에 사마귀처럼 얼굴을 보는 포옹이 불가능했다. 다만 두 사람은 서로 헤어진 후에 옥탑방의 기억을 통해 시지프스처럼 끝없이 사랑을 확인할 수 있을 뿐이었다. 사마귀 신화란 타자와의 에로스를 상실한 자본주의의 제2의 증상의 상징에 다름이 아니다. 그것은 이제 사랑의 비밀이 얼굴의 대면을 통해 표현될 수 없게 됐다는 언택트 사회의 징후이다. 박상우는 우리 시대의 불완전한 접촉인 '사마귀 신화'가 시지프스 신화의 반복충동에 의해 극복되어야 함을 말하고 있다. 만났을 때는 얼굴을 볼 수 없는 포옹이 전부이지만 떨어져서라도 끝없이 순수 기억을 부풀리는 사랑을 계속해야 하는 것이다.

박상우의 언택트 사랑은 한강 소설에서 에로스의 종말을 넘어서는 모험으로 표현된다. 〈내 마음의 옥탑방〉에서의 사마귀 신화는 한강의 〈내 여자의 열매〉(1997)에서 보다 근원적인 사랑의 불가능성으로 제시된다. 바닷가 빈촌 출신인 아내는 연애시절 화초와 채소를 키우며 자연과 함께 하는 사랑을 꿈꿨다. 그러나 결혼 후 베란다의 화분들에는 메마른 흙만 남았고 젊은 시절의 사랑도 어디론가 사라지고 있었다. 그때부터 아내는 몸이 점점 거세되어 가면서 낭종과 피멍에 시달리게 된다.

무의식과 자연을 식민화한 신자유주의에서 아내는 '몸 안의 자연'을 포기하지 않은 대가로 점점 거세되어 갔다. 베란다의 화초 대신 스스로 식물의 꿈을 꾼 아내는 연두색 피멍과 시래기 같은 머리칼로 변해갔다. 아내의 거세는 자연의 상실과 함께 지상에서의 사랑이 불가능해졌음을 암시한다. 그러나 '나'(남편)는 점점 인간의 몸에서 멀어지는 아내를 보면서도 끝까지 사랑을 포기하지 않는다. 진초록색으로 변한 아내에게 필사적으로 도약하며 물을 끼얹자 아내는 파들거리며 아름다운 식물의 몸으로 청신하게 피어났다.

　이 소설은 신자유주의의 합리적 세계에서 이탈한 곳에서 목숨을 건 도약을 통해 에로스의 회생을 소망하는 이야기이다. 극단적인 합리적 세계에서는 사랑의 비밀이 베란다의 화초처럼 시들어갈 뿐이다. 자연의 꿈을 지닌 아내는 신자유주의의 증상의 희생자로서 인간의 몸으로는 만날 수 없는 존재가 되어 갔다. 사랑의 회생의 꿈은 인간의 몸이 거세되어가면서도 몸 안의 자연을 놓치지 않으려는 아내로부터 시작된다. 그리고 아내 몸의 풀 냄새를 기억하는 '나'의 필사적 도약을 통해 상실된 에로스의 소망이 부활하기 시작한다. 그처럼 포기하지 않는 자연의 꿈(아내)과 목숨을 건 물 세례('나')만이 에로스를 다시 한번 가능하게 할 것이었다.[85]

　이 소설은 '봄이 오면 아내의 꽃이 붉게 피어날까'라는 '나'의 독백으로 끝난다. 〈내 여자의 열매〉에서 꽃으로 사랑을 부활시키려는 상상력은 우리 시대의 존재론적 회생의 소망을 은유하고 있다. 이제 사랑은 맨얼굴의 대면이 아니라 상실한 존재의 회생으로서 꽃의 은유를 통해서만 되돌아온다. 꽃으로 부활하며 능동성을 되찾으려는 이 언택트 사랑은 시적 상상력을 통해 자아와 타자를 구원하려는 변혁운동의 꿈과 다르지 않다. 거세된 아내가 식물로 회생해야 에로스가 가능하듯이 배제된 타자가 꽃으로 돌아와야만 촛불 광장에 불이 밝혀질 수 있는 것이다.

　우리 시대에 에로스가 불가능해진 것은 신자유주의의 상품 권력이 자

85　이처럼 에로스의 회생을 위해서는 타자의 탈주와 일상인의 목숨을 건 도약이 필요하다.

연과 감정, 얼굴마저 예속화했기 때문이다. 신자유주의의 자본의 시간이 직선적으로 질주하면 체제에 수동적으로 예속된 사람들은 상품이나 물건처럼 자아가 빈약해진다. 자아가 빈약해졌다는 것은 직선적인 시간을 넘어서서 타자와 교감하는 순수 기억이 빈곤해졌다는 뜻이다.

타자와 멀어진 자아의 빈곤이 신자유주의의 증상이라면 여기서는 순수 기억을 다시 증폭시켜야만 문학과 변혁운동이 회생할 수 있다. 〈내 여자의 열매〉에서 아내가 꽃으로 피어나길 소망하는 것은 순수 기억을 팽창시켜 존재를 회생시키려는 시적인 은유이다. 벌거벗은 얼굴의 사랑은 힘들어졌지만 심연의 잔여물을 회생시키기 위해 은유와 환상을 통해 순수 기억을 고양시키며 도약을 시도하는 것이다.

그런 시적 은유와 함께 빈약한 순수 기억을 회생시키는 모험을 보여주는 또 다른 미학이 바로 시간 환상(타임슬립[86])이다. 〈내 여자의 열매〉가 **무의식의 식민화**에 대한 저항이라면, 시간 환상은 **시간의 식민지**에 대한 반항이다. 위축된 무의식을 해방시키기 위해 또 다른 공간을 창조하는 것이 공간 환상인 반면, 에로스가 불가능한 직선적인 시간의 예속에서 벗어나려는 것이 시간 환상이다.

순수 기억은 나이테의 동심원처럼 선적 시간을 넘어서서 과거를 현재로 만들고 시간을 존재로 전이시킨다. 그런 순수 기억이 빈약해진 우리 시대에 시간 환상이 성행하는 것은 우연이 아니다. 선적 시간의 다른 곳에서 교감하는 시간 환상은 과거의 타자의 시간이 나의 존재와 교섭하며 순수 기억의 나이테의 울림을 만드는 과정을 보여준다. 시간 환상에서는 직선적 시간이 나무의 나이테 같은 동심원이 되면서 자아와 타자 사이의 울림이 회생하게 된다. 예컨대 《시월애》(이현승 감독, 2000)에서 1988년에 있는 성현(이정재 분)이 2000년의 은주(전지현 분)와 교감하는 순간은 선적인 회로에서 벗어난 두 시간이 동심원처럼 두 사람의 순수 기억을 부풀리

---

86 현재에서 과거, 미래로 자유롭게 이동하는 환상 미학을 말한다.

는 순간이다.

성현과 은주는 선적인 시간에서 얼굴의 대면을 통해서는 사랑하는 사람을 만날 수 없었다. 레비나스는 에로스란 현존의 세상에서 아직 오지 않은 것과의 교섭이라고 말했다. 미래란 직선적인 시간이 아니라 순수 기억과 능동적 존재를 팽창시키는 타자성의 사랑에서 생성된다. 그런 순수 기억의 불꽃 같은 팽창을 벤야민은 텅 빈 현재에 별자리를 새겨 넣는 것으로 묘사했다.[87] 에로스를 상실한 사회는 순수 기억의 빈곤함 때문에 아무리 기다려도 불꽃의 순간이 오지 않는다. 이것이 직선적인 시간에 얽매여 우울하게 살아가는 시간의 식민지의 모습이다. 그러나 시간의 선분에서 미끄러지며 각자의 시간이 공명의 울림을 만드는 순간, 성현과 은주는 순수 기억의 동심원이 메아리치는 뜻밖의 순간을 느끼게 된다. 이른바 타임슬립이란 신자유주의적인 냉정한 선적 시간의 맥락에서 미끄러지며 시간의 식민화에서 해방되는 순간이다. 그 순간 자유로워진 두 시간이 울림을 통해 존재를 부풀리고 자아를 고양시키며 능동적 정동을 생성하는 것이다.

시간 환상은 언택트의 방식으로 순수 기억과 능동적 정동을 회생시키는 미학적 비밀병기이다. 얼굴을 대면한 사람들과 사랑을 나누지 못한 두 사람은 대면할 수 없는 거리에서 교감하며 자신도 모르게 사랑을 느낀다. 신자유주의가 사람들을 끌어들이며 냉혹한 바이러스에 감염시킨다면 시간 환상은 떨어진 사람들이 교신하게 함으로써 에로스를 회생시킨다. 〈시월애〉에서 한 번도 만나지 못한 성현과 은주가 가슴을 졸이며 서로에게 보낸 애틋한 감정은 에로스를 오염시킨 신자유주의 바이러스에 저항하는 언택트 사랑이다.

시간 환상은 신자유주의에 의해 상실된 에로스를 언택트의 방식으로 회생시키려는 시간의 마술쇼이다. 《동감》(김정권 감독, 2000)에서도 1979년

---

87 벤야민, 이태동 역, 〈역사철학테제〉, 《문예비평과 이론》, 문예출판사, 1987, 306쪽.

의 소은(김하늘 분)은 순수한 사랑을 꿈꾸지만 2000년의 지인(유지태 분)은 사랑의 가능성에 대해 의문을 갖고 있다. 소은은 티 없는 사랑을 소망했고 뜻밖에 사랑이 실패한 후에도 기억으로부터 시간의 향기를 맡으며 살아간다. 이 영화는 소은이 20년 동안 맡아온 순수 기억의 향기가 2000년의 지인에게까지 파종되는 과정을 그리고 있다. 지인이 경험한 타임슬립은 에로스를 상실한 신자유주의로부터 미끄러지며 또 다른 시간과 만난 것과도 같다. 지인은 무선기를 통해 소은과 교신하는 동안 1979년과 2000년의 시간이 동심원으로 공명하며 자신의 순수 기억을 부풀림을 감지한다. 마침내 그는 2000년에서 소은과 스쳐 지나가면서 한 번도 대면하지 못한 그녀로부터 자신의 가슴에 파종된 시간의 향기를 맡게 된다. 이 영화 역시 질투와 따돌림으로 감염된 신자유주의의 현실에서 언택트 방식으로 회생된 순수 기억을 통해 에로스를 소망하는 이야기이다.

시간 환상을 통해 신자유주의에 대항하는 서사는 체제의 희생자와의 교감을 그린 《시그널》(김은희 극본 김원석 연출, 2016)에서 정점에 이른다. 《시그널》은 《시월애》와 《동감》을 넘어 언택트 사랑의 비밀을 **타자와 교감하는 윤리**로 심화시킨다. 사랑을 상실하게 하는 신자유주의의 비극은 《시그널》에서 숨겨진 폭력적 사건으로 확대되어 제시된다. 신자유주의가 차별과 불평등의 세상을 유지하는 방법은 체제의 모순(그리고 사건)의 희생자인 타자를 배제하는 것이다. 타자가 배제된 세상에서는 사람들이 사랑을 잃은 채 권력의 '가만히 있으라'는 명령에 예속된다. 그러나 이 낯선 침묵의 증상은 심연의 잔여물을 통한 반격의 거점이기도 하다. 〈시그널〉에서 선적 시간을 넘어서서 타자가 돌아오는 순간은 순수 기억을 부풀리며 '가만히 있을 수 없는' 윤리를 회생시키는 시간이다. 우리가 시간 환상의 상상력을 용인하는 것은 신자유주의의 침묵의 증상에 대항하는 정동적 잔여물과 순수 기억을 회생시키기 위해서이다.

타자란 신자유주의의 직선적인 시간에서 고통스럽게 이탈한 존재이다.

《시그널》에서 인주시의 박해영(이제훈 분)의 형과 이재한(조진웅 분), 그리고 우리 시대의 세월호의 희생자들은 모두 타자이다. 시간 환상은 선적인 시간에서 보이지 않게 된 타자를 선적인 시간을 넘어선 상상력을 통해 부활시키는 장치이다. 신자유주의의 직선적 시간에서는 정의를 위해 사투를 벌이던 이재한 형사가 다시 돌아오지 않는다. 그러나 사라진 타자는 그를 사랑한 사람들의 기억에 남아 있으며 그 순수 기억[88]을 부풀리는 비밀 장치가 바로 시간 환상이다. 시간 환상이 감동을 주는 것은 신자유주의의 직선적인 시간과 침묵의 증상에 저항하며 **순수 기억의 잔여물**과 **타자의 흔적**이 동요하기 때문이다. 기억의 잔여물에 감춰진 순수 욕망(윤리)[89]의 충동이 신자유주의의 직선적인 시간을 폭파하며 진실의 갈망을 표출시키는 것이다. 신자유주의란 직선적으로 질주하며 기억의 잔여물과 타자의 존재를 망각시키는 체제이다. 그로 인한 침묵이 우울과 죽음충동에까지 이르렀기 때문에, 타임슬립이 순수 기억의 잔여물을 촉발시켜 '망각된 것의 귀환'의 반격을 시작한 것이다. 《시그널》의 시간 환상의 귀환 역시 침묵의 깊은 심연에서 아우성치는 이재한을 되돌아오게 하려는 미학적 장치이다. 직선적 시간에서의 타자의 추방이 침묵과 우울을 의미한다면 잔여물의 회생인 시간 환상은 타자의 귀환을 통해 변화된 세상을 갈망한다. 2000년대 이후 시간 환상이 활발해진 것은 우연이 아니다. 《시월애》와 《동감》, 《시그널》의 시간 환상은 자본주의의 제2의 증상인 타자의 추방에 대응하기 위해 특별히 고안된 환상 장치이다.

시간 환상이 타자와의 교감을 회생시키는 비밀은 선적 시간을 넘어선 **언택트 방식**에 있다. 신자유주의의 직선적인 질주는 무증상 바이러스를 통해 차별과 불평등성의 **원인**을 망각하게 만든다. 반면에 그런 직선적 시간과 수동적 바이러스에서 떨어졌을 때 우리는 증상의 원인에 대해 생각

---

88 타자란 순수 기억에 각인된 특별한 존재이다.

89 주판치치는 대상 a의 작동인 순수 욕망을 실재계적 윤리라고 부른다.

한다. 바이러스에서 면제되며 타자가 회생하는 순간은 사건의 원인을 자각하는 시간이기도 하다. 《시그널》에서 이재한은 박해영에게 (언택트 상태에서)[90] '거기도 그러냐'고 체제(신자유주의)의 증상을 드러내며 교감한다. 체제의 증상(자본주의의 제2의 증상)이란 부패한 권력에 의해 타자가 희생되어도 아무도 움직이지 않는 세상을 말한다. 이재한과 박해영처럼 대면했을 때는 하지 못할 말(체제의 증상)을 비대면 상태에서 폭로하는 것이 **언택트 윤리**의 비밀이다. 그들처럼 차별과 불평등을 유지시키는 신자유주의의 직선적 시간에서 떨어져 나와야만 원인의 인식과 순수 기억의 동요(내재원인의 작동)를 통한 윤리의 반격이 가능한 것이다.[91]

《시그널》에서 타임슬립의 교신에 빠져드는 순간은 정동적 바이러스를 떨쳐내고 억압된 순수 기억의 잔여물(그리고 배제된 타자)이 회귀하는 시간이기도 하다. 순수 기억의 잔여물이 해방될 때 우리는 박해영처럼 내재원인을 작동시키며 자아를 능동적으로 만들 수 있다. 시간 환상은 (언택트의 방식으로) 직선의 회로에서 탈출해 타자와 교감하고 순수 기억을 팽창시키며 존재의 능동성을 고양시킨다.

이처럼 타임슬립이 순수 기억을 부풀리는 장치인 점에서 《시그널》에서 과거로부터 걸려온 무전은 단순한 환상이 아니다. 우리는 환상이 아니라도 사건을 이상한 고요함에서 솟아오르게 하는 은유를 통해 사라진 타자의 목소리를 듣는다. 예컨대 세월호는 그 자체가 거대한 은유였기 때문에 우리는 물밑에서 들려오는 학생들의 목소리를 들을 수 있었다. "이제 말해주세요, 왜 우리를 구하러 오지 않았는지." 《시그널》에서의 2000년대의 상황을 궁금해하는 이재한의 목소리("거기도 그래요?")는 우리가 들은 세월호 학생들의 질문과 결코 다르지 않다. 타자의 목소리를 듣는 순간은 단

---

90 박해영은 무전기를 통해 시간적으로 떨어져 있는 이재한에게 말한다.
91 《시그널》이 암시하는 비밀은 직선적 시간에 맞서는 언택트 윤리야말로 능동적 정동을 회생시켜 차별과 불평등의 세상을 변화시킬 수 있다는 것이다.

순한 환상이 아니라 은유를 통해 억압된 순수 기억을 퍼 올리는 순간이다.

여기서 더 나아가 순수 기억의 은유는 타자의 목소리에 대한 응답으로 이어지기도 한다. 2016년의 박해영은 응답한다. "포기하지 않으면 절대로 무너지지 않을 것 같은 세상도 변화시킬 수 있다." 비슷한 시기에 그와 똑같이 우리는 이렇게 외쳤다. "금요일엔 돌아오렴", "우리 모두가 세월호였다", "우리 모두가 평형수로 나서야 한다." 우리를 사로잡은 것은 단지 환상이나 회상이 아니라 은유적 시와 순수 기억의 드라마였다. 순수 기억의 드라마[92]가 타자와의 교감을 가능하게 해주었기 때문에 '가만히 있지 않는' 윤리가 발동된 것이다.

은유적 시와 순수 기억의 드라마는 시간 환상과 구분되지 않는다.[93] 시간 환상은 미학의 원래 기능인 타자의 서사와 순수 기억의 운동을 기적처럼 회생시킨 신발명품이다. 직선적인 시간의 포로란 체제의 외재원인에 붙잡힌 수동적 정동의 상태에 다름이 아니다. 반면에 시간 환상에서 타자와 교감하는 동심원적인 순수 기억은 사람들이 내재원인을 감지한 상태에서 능동적인 윤리를 작동시키게 만들어준다.[94]

언택트 사랑은 시간 환상뿐 아니라 원본 없는 시뮬라크르를 통해서도

---

92 순수 기억의 드라마는 타자와 교감하는 윤리적 힘에 근거해 현재의 현실을 향해 앞으로 투사된다.

93 은유적 시와 시간 환상은 둘 다 우리를 직선적 시간의 포로에서 구출해 (동심원적) 순수 기억의 울림 속에서 능동적인 윤리의 주체로 만든다.

94 보다 근래의 작품으로 《재벌집 막내아들》(김태희 극본 정대윤 연출, 2022) 역시 타자의 흔적과 순수 기억의 잔여물을 회생시킨 타임슬립의 변형물이다. 이 드라마는 과거로 회귀한 진도준(송중기 분)이 순양 가문에 복수를 하는 이야기로 전개된다. 그러나 그런 기본 서사 외에 보다 중요한 것은 그가 단지 복수에만 사로잡히지 않고 서민영(신현빈 분)과의 관계에서처럼 사랑을 회생시키는 모험을 하고 있다는 점이다. 이 작품에서 진도준이 재벌 3세이면서도 가장 인간적으로 그려지는 것은 환생 이전의 타자에 대한 기억을 자신의 정체성인 순수 기억으로 갖고 있기 때문이다. 타임슬립으로 환생한 진도준은 냉혹한 직선적 시간이 강요하는 수동적인 정동(원한, 증오)에서 벗어날 수 있는 드문 인물로 그려지고 있다. 그 뒤 진도준은 비극적 죽음 후에 다시 현재에서 원래의 윤형우로 돌아와 복수를 이어간다. 이 마지막의 복수는 과거 속의 또 다른 자신인 진도준에 대한 기억(순수 기억)으로 인간적인 윤리를 실현하려는 열망을 나타낸 것으로 볼 수 있다.

우리를 사로잡는다. 시뮬라크르는 시간 환상처럼 이상한 고요함에 묻힌
사건과 타자를 솟아오르게 만든다. 신자유주의란 화폐 물신이 도처에 침
투한 순수한 원본의 자본주의이다. 원본의 자본주의는 아무리 불평등해
도 세상이 원래 그런 것처럼 느껴지도록 우리를 무증상 바이러스에 감염
시킨다. 반면에 원본에서 떨어져 나온 시뮬라크르는 체제의 증상을 드러
내며 우리를 동요시킨다. **시간 환상**이 직선으로 질주하는 순수 자본주의
에서의 탈주라면, **시뮬라크르**는 틈새가 없는 원본 자본주의로부터의 탈출
이다.

　오늘날은 현존의 상태로는 자본이 만들어준 원본의 세상에서 벗어날
수 없는 세상이다. 이런 상황에서는 역설적으로 현존의 복제인 듯한 시뮬
라크르가 타자와의 교감을 가능하게 해준다. 시뮬라크르는 현존의 대상
을 모두 포획한 자본의 권력에서 벗어나 억압된 비밀(인간의 비밀)의 의미
작용을 회생시키기 때문이다.

　예컨대 《파이란》(송해성 감독, 2001)에서 삼류 조폭 강재(최민식 분)는 숨
겨진 성품에 맞지 않는 생활을 하며 비천하게 살아간다. 원본 자본주의란
모두가 무증상 바이러스에 감염된 채 세상의 비윤리적 폭력에도 눈감고
살아가는 세상이다. 여린 감성의 강재 역시 아무런 반성 없이 조폭 생활
에 적응하며 세상이 원래 그런 것처럼(원본인 것처럼) 살아가고 있었다.

　그러던 어느 날 강재는 뜻밖의 사건을 경험한다. 한국에 먼 친척을 찾
아왔다 혼자가 된 중국 여인 파이란(장백지 분)과 인력사무소 소개로 위장
결혼을 한 일이다. 파이란과의 결혼은 푼돈을 받고 호적을 판 것이었으며
강재에게는 기억에도 남아 있지 않았다. 파이란은 외롭게 생활하며 세탁
소 일을 하다 죽음에 이르게 되었고 강재에게는 장례를 치르는 일이 맡겨
진다. 강재는 한 번도 대면한 적이 없는 아내의 장례를 위해 세탁소로 가
서 파이란의 편지를 보게 된다. 편지를 읽으며 사진을 보는 동안 강재는
'그의 아내로 죽고 싶다'는 파이란의 절절한 말에 마음이 움직이게 된다.

파이란은 강재를 가장 친절한 사람이라고 부르며 그의 사진을 익히기 위해 보는 동안 자신도 모르게 의지하게 되었다고 고백한다.

강재와 파이란이 현실에서 진짜로 만났다면 그들은 험한 세파 속에서 사랑에 이르지 못했을 것이다. 그러나 사진과 편지를 보는 동안 두 사람은 숨겨진 진심을 교환하며 애틋한 정을 느끼게 되었다. 강재가 경험한 것은 현실에서 잘 보이지 않는 타자가 시뮬라크르(사진과 편지)를 통해 살아나 가슴 속에 파고든 **사건**이었다. 모두가 자본의 바이러스에 오염된 상태에서 사진과 편지는 언택트의 방식으로 두 사람이 깊은 곳에서 마음을 열게 만들었던 것이다.

원본에서 멀어진 시뮬라크르가 타자를 솟아오르게 하는 사건은 이 영화의 마지막 장면에서 가슴 아프게 묘사된다. 강재는 낚싯배를 대가로 용식(친구이자 보스, 손병호 분) 대신 감옥에 가기로 한 약속을 깨고 고향으로 내려가려고 마음을 먹는다. 비인간적인 세상에서 파이란으로부터 인간의 비밀을 회생시키는 감동적인 사랑을 발견했기 때문이다. 강재는 비정함으로 가득 찬 세상에서 한 번도 만난 적이 없는 파이란과 사랑에 빠져 있었다. 마지막으로 '파이란 봄바다'라고 적힌 동영상을 보는 동안 강재는 용식이 보낸 킬러(조직원)에게 강선으로 목이 졸리면서도 동영상에서 눈을 떼지 않는다.

강재의 언택트 사랑은 세상을 모두 점령한 원본 자본주의에 대항하는 비밀을 암시한다. 파이란의 사진과 편지, 동영상은 원본에서 멀어진 시뮬라크르(들뢰즈)[95]인 동시에 현존의 대리보충(데리다)이다. 데리다는 대리보충이 직접적 현존의 허구성을 드러내면서 현존보다 선행해서 의미를 생성한다고 말했다.[96] 파이란의 동영상('파이란 봄바다')이야말로 현존의

---

95 이는 보드리야르의 '소비의 시뮬라크르'와 구분되는 '사건의 시뮬라크르'이다. 나병철, 《문학의 시각성과 보이지 않는 비밀》, 문예출판사, 2020, 397쪽, 422~424쪽 참조.

96 데리다, 《그라마톨로지》, 앞의 책, 314쪽.

현실에는 어디에도 없는 사랑의 의미를 보여주는 대리보충이다. 들뢰즈와 데리다의 만남을 통해 우리는 신자유주의가 상실한 사랑을 회생시킨다. 사랑과 윤리는 대리보충을 통해 회생하면서 현존의 세상으로까지 흘러넘쳐야 할 것이었다.

같은 맥락에서 '파이란 봄바다'는 한용운이 말한 '수(繡)의 비밀'이나 '꽃나무'와도 같다. 한용운은 현존의 대상은 님의 그림자이며 수와 꽃나무와 시만이 사랑(님과의 교섭)을 가능하게 한다고 말했다. 데리다와 한용운의 주장은 현실의 모든 것이 '무증상 바이러스'에 감염된 신자유주의에서 보다 실감을 얻는다. 자본주의가 증상을 감출수록 수와 꽃나무의 진실은 더욱더 진가를 발휘하는 것이다. 우리 시대에도 사랑이 가능하다면 그것은 대면을 통해서가 아니라 수와 꽃나무와 시, 그리고 '파이란 봄바다'를 통해서일 것이다.

물론 우리는 현실의 대상과 애무하면서 사랑을 느낄 수도 있다. 하지만 레비나스가 말했듯이 애무 역시 현존하는 것 속에서 이 세상에 없는 것과 관계를 맺는 행위이다. 이 세상에 없는 것은 수와 꽃나무와 시를 통해서만 교섭할 수 있다. 수와 꽃나무와 시가 없다면 현존의 대상과 애무하는 것은 즉물적인 쾌감일 뿐이다. 반면에 현존의 대상이 없더라도 꽃나무와 시가 있다면 '파이란 봄바다'를 보는 강재처럼 사랑에 빠질 수 있다.

신자유주의는 현존의 대상과의 대면을 통해서는 '꽃나무'가 보이지 않는 사랑을 상실한 시대이다. 이런 시대에는 강재처럼 언택트 방식으로 '파이란 봄바다'(꽃나무)를 보면서 공허한 현실에까지 사랑의 물결을 방류시켜야 한다. 그래야만 타자와의 사랑이 회생하면서 아직 오지 않은 세상으로 나아가려는 추동력이 부활한다.

언택트 사랑은 문학과 영화에서만 가능한 상상력이 아니다. 우리는 비슷한 언택트 윤리를 세월호와 촛불집회에서도 발견한다. 현실에서의 세월호는 무증상 자본의 권력에 의해 바다 밑으로 가라앉지 않을 수 없었다. 그러나 신자유주의의 제2의 증상은 증상을 감출수록 새로운 반격에 부딪힌다. 자본주의의 무증상의 증상은 언택트 포용의 절실함을 증폭시키며 은유의 정치를 만개시켰다. 물밑의 학생들과 교섭하는 언택트 윤리만이 그들을 꽃으로 돌아오게 하며 광장을 밝힐 수 있었다. 오늘날의 촛불집회는 꽃나무와 시를 통해 타자를 회생시켜야 사람들이 모일 수 있음을 입증하고 있다. 한용운의 사랑의 비밀은 무증상의 시대에 더욱더 만개한다. 촛불집회는 직접 대면 대신 꽃나무와 시를 통해 사랑을 회생시켜 다시 한번 부활한 변혁운동이다.

그렇다면 우리 앞에는 두 개의 세월호가 있는 셈이다. 하나는 무증상 권력에 의해 가라앉은 후 아직도 진실이 밝혀지지 않은 현실의 세월호이다. 다른 하나는 사라진 타자와 '꽃나무'를 통해 교섭하며 촛불 속으로 돌아온 세월호이다. 촛불 광장의 세월호는 언택트 방식의 위험한 대리보충을 통해 부활한 시이자 사랑이다. 우리는 그 언택트 사랑의 힘으로 현실의 세월호의 진실을 밝히는 힘든 일을 끝없이 반복할 수 있다. 한 번의 조사로 세월호의 진실이 모두 드러날 수는 없듯이 한 번의 촛불로 세상이 전부 밝아질 수는 없다. 정동적 반격과 진실의 인양은 끝없는 반복운동을 필요로 한다.

그처럼 언택트 사랑은 생명적 존재의 반복운동[97]의 과정과 겹쳐진다. 21세기의 문학과 현실은 타자의 귀환을 통한 정동적 반격을 반복운동의 리듬 속에서 표현하고 있다. 예컨대 박민규의 〈아, 하세요 펠리컨〉(2005)은 언택트 윤리와 반복운동의 중첩을 미학적으로 형상화하고 있다. 이런 언택트 윤리의 반복적 과정은 일상과 가상을 횡단하는 끝없는 윤리적 무의식을 증명하고 있다. 오늘날의 문학과 현실에서의 반복운동은 가상을 통해 증폭된 정동적 무의식을 일상의 현실에서 실현하려는 무한한 과정

---

97 생명적 존재의 반복이란 심장의 동요처럼 억압적 세계에서 고통받는 타자가 원래의 생명력을 회생시키려는 탄력성의 본능을 말한다. 나병철, 《반복의 문학과 진실의 이중주》, 앞의 책 참조.

이다.

박민규는 우리 시대의 난민(보트피플)들과 직접 대면하는 대신 심야전기의 교류를 통해 조우한다. 오리배 유원지에서 배를 타는 사람들은 모두 위로가 필요한 아픈 상처를 지닌 타자들이다. 그러나 '나'는 그들의 얼굴을 거리를 두고 바라보며 연민을 느낄 뿐이었다. 마침내 사업에 실패한 남자가 자살했을 때 더욱 고요해진 세상에서 '나'는 비로소 타자와 교섭을 시작한다. 어느새 심야전기가 증폭되어 사라진 타자를 생생한 오리배 이미지들로 상영하고 있었다. 이제 거리를 두고 연민을 갖는 대신 보이지 않는 타자와 이미지를 통해 교감하는 언택트 사랑이 시작된 것이다. 죽은 남자가 수많은 오리배의 군락으로 되돌아온 오리배 시민연합은 100년 전의 시인이 보았던 '꽃나무'와 '시'에 다름이 아니다. 사라진 타자는 국경도 수명도 없는 세계시민 연합으로 되돌아왔다. '나'는 꽃나무와 시의 비상을 보았기 때문에 비정한 세상에서 다시 한번 사랑을 소망할 수 있게 된다. '나'의 사랑의 소망은 오리배 시민연합이 시를 연출하며 유원지를 거쳐 지나갈 때마다 끝없이 반복된다.

〈아, 하세요 펠리컨〉은 세월호와 촛불집회의 예고편이다. 언택트 사랑은 문학을 흘러넘쳐 현실에서 상영된다. 현실의 세월호의 비극은 심야전기를 증폭시켜 타자가 꽃과 시로 돌아오는 촛불 광장을 열게 했다. 우리는 광장을 밝힌 촛불의 언택트 윤리의 힘으로 다시 한번 진실을 위한 싸움에 전력한다. 언택트 윤리가 쓰러진 사람들을 일으켜 세우는 정동투쟁이라면, 세월호의 진상 규명은 그 능동적 정동의 힘으로 '가만히 있으라'는 권력에 맞서는 진실 투쟁이다. 정동적 정치투쟁은 오리배의 비상처럼 한 번에 끝나지 않는다. 신자유주의의 무증상의 시대는 사랑의 진실(한용운)을 반복운동의 비밀(들뢰즈)[98]로 꽃피우는 시대이기도 하다. 우리 시대의 정동투쟁은 추방된 타자와 재회하는 언택트 윤리의 반복운동으로 심

---

98 들뢰즈, 김상환 역,《차이와 반복》, 민음사, 2004 참조.

장을 동요시킨다. 세월호의 진실 투쟁과 촛불 광장의 변혁운동은 보이지
않는 권력의 비밀과 타자의 비밀이 모두 보이게 밝혀질 때까지 끝없이 반
복될 것이다.

제3장

역사의 미로와
여성 타자의 정동

1. 역사의 미로와 추방된 타자

우리의 역사에는 세상이 끝난 듯한 종말의 감각을 느끼게 하는 시대가 있다. 그런 종말의 감각이 매번 신세계의 '초극의 감각'에서 시작되었다는 점은 흥미로운 역설이다. 초극의 신세계가 종말론으로 회귀한 것은 신질서에서 물신화된 목적론적 서사를 전개했기 때문이다. 신질서란 새로운 목적지로 일제히 질주하는 서사였으며 물신화된 목적론적 기획이 타자를 배제하는 순간 종말론으로 귀결되었다.

20세기 이후 우리는 그런 신세계의 역설에 대한 두 번의 경험을 갖고 있다. 한번은 일본의 대동아공영의 세계이며 다른 한 번은 신자유주의의 세계화의 전개이다. 신체제와 신자유주의는 새로운 역사의 전개를 주장하는 순간 우리를 종말론적인 위기감에 사로잡히게 만들었다.

1940년대에 고야마[1]는 신질서 건설을 선언하며 중일전쟁과 태평양 전쟁을 합리화했다. 전쟁으로의 질주는 지금까지의 국가라는 권역 내에 국한할 수 없는 새로운 역사적 국면을 실현하기 위한 것이었다.[2] 근대국가를 넘어선 근대의 초극과 대동아공영을 실현하기 위해서는 구질서를 타파하는 새로운 세계사적 주체가 필요했던 것이다.

그와 비슷하게 1992년에 후쿠야마는 진화 과정으로서 역사의 종언(종착점)을 말하며 자유민주주의의 승리를 입증하려 했다. 다양한 경로의 마차들이 한 마을에 도착하게 되면서 이제까지와는 다른 새로운 행선지인 인류 보편의 역사가 전개된다는 것이었다. 후쿠야마의 '약속의 땅'[3]은 실제 현실에서는 국가를 넘어선 자본주의적 세계화를 보여주는 신자유주

---

1   고야마, 《세계사의 철학》(1942), 히로야마 와다루, 김항 역, 《근대초극론》, 민음사, 2003, 52쪽.

2   히로야마 와다루, 위의 책, 63~68쪽.

3   프랜시스 후쿠야마, 이상훈 역, 《역사의 종언》, 한마음사, 1992, 14쪽.

로 전개되었다.

그런데 신체제와 신자유주의는 근대 역사의 종점이기는커녕 위험한 파국을 예감케 했다. 그처럼 두 번의 신질서의 전개가 비슷하게 위험한 종말 의식의 감각으로 귀결된 것은 우연한 일이 아니다. 고야마의 새로운 세계사적 주체는 '전쟁의 총동원'에 의해 소환된 주체였다. 또한 '상품의 총동원'을 명령한 신자유주의 역시 오늘날 강대국들의 경제전쟁의 위험에 직면해 있다. 고야마의 세계사적 주체와 후쿠야마의 자유주의적 주체가 파국의 위험에 처한 이유는 물신화된 목적론과 총체적인 총동원에 있었다.

새로운 주체는 동원의 주체인 동시에 타자성을 상실한 주체였다. 새로운 목적지와 행선지를 신뢰했기 때문에 거기로 향하는 주체의 행로에는 별다른 의심이 없었다. 그러나 동원의 주체란 아무리 자발적으로 보이더라도 외적 목적에 종속된 능동성을 상실한 존재이다. 외재 요인(목적론)에 예속된 수동적 주체는 물신화된 동일성에 종속되어 타자와의 교감 능력을 상실한 존재이기도 하다. 타자와의 교감이란 실재계적 내재원인의 감지이자 미래로 향하는 능동적 정동의 생성이다.[4] 반면에 타자의 배제란 내재원인의 망각인 동시에 미래의 상실이다.

타자의 상실은 극단의 차별성을 낳는다. 고야마는 동아시아의 공영(共榮)을 말했고 후쿠야마는 자유민주주의의 평등화를 주장했다. 그러나 대동아공영권은 전쟁과 차별의 세계가 되었으며 신자유주의는 극단적인 불평등성의 세계를 만들었다.

신체제와 신자유주의는 목적지를 과도하게 신뢰하며 자신의 기획에 의해 배제되는 타자를 무시했다. 이처럼 타자가 배제되면 사람들은 동일화된 목적에 예속화되면서 수동적 정동 속에서 살아가게 된다. 신질서의 아버지들은 타자를 배제하며 피지배자들을 무력화시켜 타자의 서사가 나

---

4 타자와 내재원인의 관계에 대해서는 4장 3절 참조.

타나지 못하게 만들었다. 2장에서 살폈듯이 타자의 서사의 상실은 정동의 독립을 표현하는 인문학과 문학의 쇠퇴에 상응한다. 식민지 말의 사상적 회유와 신자유주의에서의 인문학의 위기가 그것을 입증한다. 그처럼 타자의 서사를 상실하면 체제의 동일성이 물신화되면서 고도의 차별과 불평등성의 세상이 도래한다. 여기서의 심화된 불평등성의 원인은 체제의 고착화와 유동성의 상실에 있다. 타자의 서사가 사라지면 사람들이 체제가 만든 세상만 바라보기 때문에 아무리 차별과 불평등이 심해도 저항이 나타나지 않는다.

피케티가 말한 U자의 양극단의 세상[5]이란 타자의 서사가 사라진 사회라고 할 수 있다.[6] 100년을 사이에 둔 두 세상에서는 경제적 불평등이 극

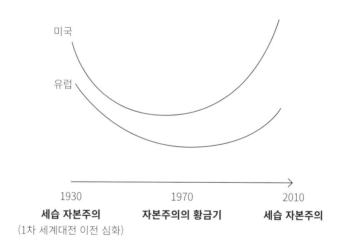

5 피케티, 장경덕 역,《21세기 자본》, 글항아리, 2014, 389쪽.

6 피케티는 1차 세계대전 직전에 상위 1%의 부의 비중이 가장 높아졌음을 지적한다. 19세기 후반에서 20세기 초에 이르는 불평등의 심화 과정은 서구에서 교양 이념이 와해되는 과정에 상응한다. 우리는 이 시기의 리얼리즘과 교양소설의 붕괴 과정을 타자의 서사가 해체되는 진행으로 볼 수 있다. 피케티의 논의는 19세기 같은 저성장의 시기를 불평등이 심화된 시기로 보고 1차 세계대전 직전까지 계속 불평등이 악화되었음을 주목한다. 또한 전쟁의 충격은 불평등을 완화하는 계기가 되었다고 주장한다. 위의 책, 406~408쪽 참조.

단화될 뿐 아니라 인격적 차별이 극심해진다. 그처럼 차별과 불평등성이 악화되어도 이상한 고요함 속에서 어떤 저항도 나타나지 않는 것이 타자의 서사를 상실한 사회이다.

그런데 우리가 경험한 U자의 양극단은 피케티의 설명과는 조금 달랐다. 피케티는 계급관계의 불평등성만 주목했지만 우리는 그에 덧붙여 인종주의적 차별을 경험했다. 인종주의적 차별은 식민지의 특징이며 여기서는 계급과 인종의 영역이 중첩되면서 차별이 극심해진다.[7] 물론 차별의 심화만이 식민지의 특성은 아니다. 앞서 살폈듯이 식민지는 물밑에 피식민자의 반격의 네트워크를 지닌 이중적인 사회였다. 그것의 증거가 바로 타자의 서사로서의 문학의 능동적 전개였다.

그러나 우리는 식민지 말에 이르러 모든 타자성이 추방된 극단화된 종말론적 세계를 경험했다. 그런 맥락에서 우리의 차별 경험의 극단은 식민지 말일 것이다. 계급과 인종 영역의 차별이 착종된 시대를 감안하면 우리의 U자 커브는 다음과 같이 표시될 수 있다.

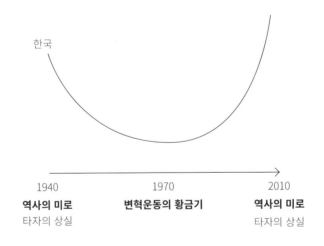

한국

1940   1970   2010

역사의 미로   **변혁운동의 황금기**   **역사의 미로**

타자의 상실   타자의 상실

---

7   여기서는 경제적 불평등성은 물론 인격적 차별이 훨씬 심해진다. 김낙년의 도표에서 경제적 불평등성이 상대적으로 심하게 나타나지 않은 것은 대다수를 차지하는 조선인들이 모두 가난했기 때문이다.

우리의 U자 커브[8]는 왜 식민지 말과 신자유주의가 정반대이면서도 비슷한지를 알게 해준다. 우리의 관심은 피케티처럼 차별과 불평등이 극단화된 양극단의 세계에 있다. 이제 우리는 3장에서부터 U자의 양극단과 그로부터 벗어났던 시기에 대해 살펴볼 것이다.

그런데 문제는 불평등이 심화된 양극단의 세계가 피케티의 처방으로는 쉽게 변화될 수 없다는 점이다. 피케티가 말한 사회적 국가와 누진세는 일종의 대증(對症)요법인 셈이다. 그런 대증요법은 보다 근본적인 원인인 **타자의 서사**의 부재라는 문제를 해결할 수 없다.

우리의 U자의 양극단에서 타자의 서사를 회생시키기 어려운 것은 신질서를 표방한 강력한 권력이 나타났기 때문이다. 두 차례의 경험에서 신질서의 질주의 기제는 비슷했다. 다양한 경로를 거쳐 질주하던 마차들은 자신도 모르게 한 마을을 찾게 되고 그 마을을 향한 여행이 신질서의 행선지가 되는 것이다.[9]

그러나 한 역사의 종점에서 새로운 행선지를 선전하는 체제는 타자의 서사를 배제한 세상일 뿐이다. 타자란 실재계적 내재원인(부재원인)에 접촉한 존재이다. 외적 체제의 행선지에 매혹되어 전력을 다해 마차를 모는 사회는 타자를 배제하며 내재원인을 망각하는 세계일 따름이다.

마차들이 그리로 올 거라고 도취된 권력의 비극은 신질서가 종말의 감각으로 반전될 때 실감된다. 신질서의 비극은 타자의 부재로 인한 **내재원인의 망각**에서 나타난다. 스피노자는 내재원인을 아는 것이 진정한 해방(자유)이라고 말했다. 반면에 외부 행선지에 매료된 신질서의 최후의 여행은 내재원인의 망각 때문에 다시 모순이 만개한 곳으로 돌아온다. 신체제와 신자유주의에서 똑같이 해방의 소망이 종말의 감각으로 반전된 것은

---

8 도표에서 식민지 말이 김낙년의 그래프보다 올라간 것은 타자의 추방으로 인격적 차별이 심화된 점을 감안한 것이다.

9 후쿠야마,《역사의 종말》, 앞의 책, 454쪽.

그 때문이다. 두 시기에 모두 직선적으로 질주하는 순간은 미로를 맴돌며 진정한 미래를 상실한 시간이기도 했다.

자유를 소망하며 숲속을 걷다가 자꾸 미로 같은 제자리로 돌아오는 경험을 프로이트는 낯선 두려움(unhomely)이라고 불렀다.[10] 낯선 두려움이란 '약속의 땅'이 길 잃은 거세공포로 변해버린 경험을 말한다. 후쿠야마의 오류를 미리 지적하듯이 프로이트는 물신적으로 코드화된 매혹적인 행선지의 자기모순에 대해 설명하고 있다.[11] 물신적인 행선지는 사람들을 신질서로 홀린 듯이 동원하지만 거기에는 타자에 대한 폭력과 방향을 잃은 역사가 있을 뿐이다. 신체제와 신자유주의는 역사의 방황이 끝난 지점에서 새로운 여행을 제안했으나 그 여행은 반복해서 더 혼란한 제자리로 회귀한 것이다.

두 번의 경험에서 매혹적인 행선지가 낯선 두려움으로 회귀한 것은 우연이 아니다. 비극의 요인은 타자의 서사의 상실과 내재원인의 망각 때문이다. 모든 사람이 그리로 오리란 기대감은 신질서도 역사의 종언도 아니다. 숲속에서 광장으로 나오려다 길을 잃은 두 번의 여행은 **타자의 상실**과 **내재원인의 망각**이 만든 **역사의 미로**일 것이다.

우리는 피케티의 양극단과 후쿠야마의 매혹의 여행을 역사의 미로라고 부를 것이다. 역사의 미로에서는 신질서의 기대감이 매번 종말의 위기감으로 뒤바뀐다. 여기서는 자유와 공영을 향한 여행이 낯선 두려움과 혼돈으로 전복된다. 그 같은 역설의 요인은 타자의 상실과 내재원인의 망각에 있다.

반면에 **타자의 서사**가 회생하면 **내재원인**을 감지하게 되고 신질서의

---

10 프로이트, 정장진 역, 〈두려운 낯설음〉, 《창조적인 작가와 몽상》, 열린책들, 1996, 125~126쪽.

11 물신적으로 코드화된 체제는 질서화된 미래를 선전하지만 실제로는 타자를 배제할 뿐 안정된 코드화를 성취하지 못한다. 결과적으로 혼돈의 상태에서 타자의 배제로 체제를 변화시키는 추동력이 거세된 상황이 진행된다. 역사의 미로에 대해서는 나병철, 《친밀한 권력과 낯선 타자》, 소명출판, 2019 참조.

자기모순을 알게 된다. 예컨대 식민지 말의 김남천의 소설들은 그런 과정을 매우 잘 보여준다. 일본의 신체제가 타자의 서사의 배제라면 김남천은 은밀히 타자의 회생을 모색했다. 역사의 미로의 시대는 사상이 시대의 짙은 안개에 가려지는 시대이다. 그런 비식별성의 시대에 김남천은 사상 대신 신체에 절박하게 남아 있는 모랄을 강조했다. 사상을 매각당한 후에 육체에 남겨진 모랄은 우리의 주제와 연관해 '타자의 서사'로 재해석될 수 있다.

　김남천은 다양한 소설적 모험을 시도했지만 특히 주목되는 것은 〈경영〉, 〈맥〉에서 정점에 이른 모랄의 서사였다. 〈경영〉, 〈맥〉은 최무경의 정신의 비밀을 통해 신체제에 동화되지 않은 절박한 신체적 무의식을 보여준다. 이 연작소설은 여성 시점 서사의 백미인 동시에 혼돈의 시대에 대응하는 모랄의 무의식을 매우 잘 암시한다. 그 점에서 모랄론과 연관해 새롭게 주목해야 할 것은 김남천의 여성 시점 소설들일 것이다. 이제 우리는 김남천의 여성 시점 소설들이 어떻게 식민지 말의 위기와 절망에 대처했는지 살펴볼 것이다. 우리는 특히 그의 여성적 서사가 시대의 미로에서 벗어나려는 타자의 서사와 연관이 있음을 밝힐 것이다. 차별과 폭력의 시대를 흔들기 위해 김남천이 찾아낸 것은 농무(濃霧) 같은 역사의 미로에서 '최초의 모랄'[12]을 암시하는 여성 타자의 서사였다.

2. 일신상의 진리와 여성 시점 소설
　　― 김남천의 소설들

김남천은 사상적 전향이 강요되는 시대에 사상과 세계관 대신 모랄(윤

12　김남천, 〈유다적인 것과 문학〉, 《김남천 전집》 I, 박이정, 2000, 306쪽. 작가의 최초의 모랄을 탐구하려는 김남천의 시도는 사회주의자와 모더니스트를 통해서도 성공하지 못하지만 〈경영〉, 〈맥〉에서 여성 타자로부터 발견하게 된다.

리)에 대한 논의를 전개했다. 모랄은 사상과 달리 육체적 절박성[13]으로 감지되며 신체검사[14]로부터 출발한다. 신체는 아직 팔아넘기지 않은 존재의 고통이 남아 있는 위치였다. 그런 신체를 검사하면서 자기 자신의 매각을 고발하며 분열을 초극하려 한 것이 바로 모랄이다. 자기 자신의 매각을 고발하는 순간 자아는 동일성 체제에 동화될 수 없는 신체적 무의식[15]을 발견한다. 사상도 무너지고 주체도 붕괴되었지만 '일신상의 진리'[16]는 아직 육체에 남아 있는 것이다.

모랄의 무의식은 불가능한 사상 대신 신체제에 회유되지 않은 신체적 절박감을 표현할 수 있게 해준다. 김남천은 당대의 비평적 흐름에 따라 주체의 재건을 주장했지만[17] 실제로는 부지불식간에 남겨진 잔여물의 회생을 모색하고 있었다. 남겨진 잔여물이란 사상을 매각한 후에도 체제의 동일성에 흡수되지 않고 잔존하는 타자성에 다름이 아니다. 김남천은 타자라는 말을 사용하지 않았지만 고착된 동일성의 체제에서 그의 소설이 가능했던 것은 동화되지 않은 신체적 무의식을 표현했기 때문이다. 그 점에서 그는 절박한 신체적 무의식의 위치에서 모랄의 생성을 위해 아직 흡수되지 않은 것들(타자성)을 찾으려 했다고 볼 수 있다. 김남천이 모랄을 탐색한 위치인 '심정과 사회의 분열' 역시 체제에 맞서 있는 존재(타자)의 무의식을 나타내고 있다. 3장에서는 식민지 말 김남천의 소설을 모랄이라는 윤리적 정동('심정')[18]을 매개로 타자성을 탐구한 작품으로 재해석할

---

13 김남천, 〈유다적인 것과 문학〉,《김남천 전집》Ⅰ, 앞의 책, 302쪽, 304쪽.

14 위의 책, 310쪽.

15 김남천은 개인으로 환원되지 않는 '자기'를 발견하는 것이 모랄의 출발점이라고 논의했다. 김남천, 〈도덕의 문학적 파악〉, 위의 책, 348쪽. 사회의 특수화인 개인으로 환원되지 않는 신체적 무의식으로서의 자기(자기의 무의식)가 바로 모랄일 것이다.

16 김남천, 〈일신상의 진리와 모랄〉, 위의 책, 354쪽. 사상과 세계관을 말하는 대신 일신상의 진리를 강조한 것은 이 때문이다.

17 김남천, 〈유다적인 것과 문학〉, 위의 책, 311쪽.

18 김남천은 모랄을 '심정과 사회의 분열' 및 '부재의식'을 극복하려는 일신상의 진리라고 주장했다.

것이다.[19]

특히 김남천이 자기 자신도 모르게 주목했던 것은 여성의 신체적 무의식이었다. 김남천의 여성적 무의식의 발견은 시대에 대응하는 역설적인 모험이었다. 새로운 행선지를 향한 여행에서 낙오자는 용납될 수 없었지만 여성 타자는 쉽게 간과될 수 있었다. 여성 타자는 처음부터 낙오된 운명을 평생 짊어져야 하는 인격의 식민지였기 때문이다. 여성은 가정과 공장, 정신대에서 수난을 당했지만 잘 보이지 않는 존재였기 때문에 은밀히 모랄의 반격을 표현할 수 있었다. 그 시대의 권력은 사상가의 회유에 전력했으므로 육체적 모랄이라는 여성의 반격은 미처 예상하지 못했다. 〈맥〉에서는 오직 최무경만이 신체제에 동화될 수 없는 무의식적 동요를 표현하고 있다. 일본은 민족주의와 사회주의를 탄압함으로써 피식민자와 노동자를 침묵시키면서도 여성 타자의 신체적 호소에 대해서는 예민하게 대응하지 못했다.

반면에 김남천은 오래전부터 자아를 빼앗겨온 여성으로부터 **신체적 절박성**을 발견하고 있었다. 그는 모랄을 탐색하는 중에 여성의 신체적 호소력을 발견하며 아직 동화되지 않은 타자의 서사를 회생시킬 수 있었다. 특히 후기 소설에서 김남천은 소시민 지식인이 여성 타자와 만나는 서사를 진전시켰다. 여성소설은 그의 모랄론의 한 축을 이루었으며[20] 그런 계열의 정점에 여성 인물 시점 소설 〈경영〉과 〈맥〉이 놓여 있다.

〈맥〉에서 주인공 최무경은 애인 오시형이 사회주의에서 신체제로 전향하는 순간 사랑을 빼앗기는 상황을 경험한다. 오시형은 사상을 매각하고도 침묵했지만 사랑을 잃은 최무경은 육체적 절박성을 감출 수 없었다.

---

19 김남천은 마르크스주의를 포기하지 않았지만 우리는 마르크스주의 역시 엔리케 두셀이 논의한 대로 타자의 서사로 해석할 수 있음을 환기할 수 있다. 김남천의 모랄론은 창작을 통해 자신도 모르게 타자성의 탐색으로 전환되며 그것은 그의 리얼리즘론과도 모순되지 않는 것이었다.

20 〈남편 그의 동지〉, 〈처를 때리고〉, 〈춤추는 남편〉, 〈제퇴선〉, 〈요지경〉, 〈경영〉, 〈맥〉은 김남천의 여성소설의 계보를 보여준다. 여기서 〈남편 그의 동지〉를 뺀 모든 소설이 모랄론과 연관된다.

아무도 사상의 매각을 고발할 수 없었으나 김남천은 최무경을 통해 일신상의 상처를 표현하고 있었다. 오시형이 전향 선언을 한 법정에서 안정된 질서를 확인한 재판장은 만족한 웃음을 지었다. 단지 최무경만이 심연의 상처를 느끼며 신체적 절박성을 통해 동화될 수 없는 무의식을 감지하고 있었다.

식민지 말 최고의 소설인 〈맥〉이 사상의 공백 지대에 있는 최무경의 서사를 통해 빛을 발한 점은 의미심장하다. 사상가들은 침묵하고 있었지만 최무경은 실연의 고통을 통해 신체제가 남성중심적 차별의 세계임을 폭로하고 있었다. 식민지 말의 차별과 불평등성의 세계는 한마디로 타자를 침묵 속에서 추방하는 체제였다. 식민지 말이 그 이전과 다른 점은 차별이 심화되었는데도 아무도 절망과 아픔의 소리를 내지 못한다는 것이었다. 최무경의 일신상의 고통의 표현은 그런 이상한 침묵에 저항하는 여성 타자의 비밀스러운 대응이었다.

오시형은 공적 영역에서 전향을 선언하면서 사적 영역에서의 연애의 배신은 무시하고 있었다. 반면에 최무경은 사적 영역의 고통을 통해 상처의 숨겨진 내적 요인을 감지하고 있었다. 최무경의 실연은 남성중심적 체제에서는 사적 영역의 일이었지만 그녀 자신에게는 인생을 유린당한 중대한 사건이었다. 사건에 대응하는 것이 모랄이며 최무경의 경우 그것은 일신상의 일로 보이는 것에서 시작되고 있었다. '일신상의 진리'라는 김남천의 표현은 사상이 무력화된 시대에는 개인적으로 보이는 사건이 오히려 진리에 다가가게 한다는 암시였다. 경직된 신체제가 정당성을 주장할수록 최무경의 일신상의 고통은 차별적 체제의 침묵에 상처를 내고 있었다. 오직 여성 타자만이 신체적 무의식을 통해 아무도 말하지 않은 숨겨진 진실에 다가가고 있었던 것이다. 김남천은 최무경의 일신상의 고통에 남성중심적 차별의 체제를 폭로하는 내적 진실의 호소력이 잠재해 있음을 감지했다.

사상과 이념으로 설명할 수 없지만 개인의 신체적인 것인 동시에 개인을 넘어서는 상처와 진실의 근원, 그 일신상의 진리의 근거는 내재원인과도 같은 것이었다. 김남천은 일신상의 진리란 일신화되고 내재화된(주체화된) 진리임을 강조했다.[21] 일신상의 진리는 일신이라는 개체에 잠재된 것인 동시에 내재화된 진리로서 개인을 넘어서는 것이다.

다음(4절)에서 우리는 최무경이 여성의 방에서 절박한 고통의 원인을 탐구한 것이 내재원인의 탐험이었음을 살펴볼 것이다. 내재원인이란 외적 이념으로는 표상되지 않으나 개체의 무의식에 숨겨진 개체를 넘어선 고통과 사건의 원인이다. 신체제가 여성적 사랑을 불가능하게 하며 차별을 심화시킬수록 최무경은 그에 동화될 수 없는 위치에서 능동적 체관을 통해 고통의 내재원인에 다가섰다.[22]

사상의 시대에는 주체의 이념이 진리를 주장할 수 있었다. 그러나 물신화된 동일성의 체제에서는 잔여적 윤리의 근원인 내재원인이 진리의 근거였다. 앞서 살폈듯이 내재원인이란 어떤 절대적인 체제도 동화시킬 수 없는 타자의 능동적 정동과 윤리의 근원이다. 오시형과 재판관, 청중이 모두 질주하는 체제(외재원인)에 동화된 순간, 여성 타자인 최무경만이 동화될 수 없다는 신체적 진실, 그 '일신상의 진리'를 통해 내재원인에 접근하고 있었다.

최무경은 공영과 평등을 선전하는 신체제가 실상은 냉혹한 차별의 체제임을 입증하고 있었다. 신체제가 차별과 불평등을 침묵으로 은폐하는 방법은 타자의 배제와 내재원인의 망각이었다. 반면에 최무경이 일신상의 진리를 통해 체제의 냉혹성을 증명하는 순간, 절대적 동일성 체제에서 망각된 내재원인이 여성 타자를 통해 되돌아오고 있었다.

다만 타자의 서사는 이중주로만 연주될 수 있기 때문에 고독한 최무경

---

21 김남천, 〈일신상의 진리와 모랄〉, 《김남천 전집》 I , 앞의 책, 354쪽.

22 실연당한 최무경이 시종 능동성을 잃지 않았던 비밀은 바로 그런 내재원인의 탐구에 있었다.

의 서사는 모랄을 얻기에 불충분했다. **내재원인**이란 권력의 비밀과 타자의 비밀[23]이며, 그 비밀은 사람들이 타자의 고통에 공감하는 순간 모랄로서 드러난다. 그 때문에 최무경(타자)의 일신상의 진리 역시 상처에 공감할 또 다른 상대가 필요했다. 〈맥〉은 최무경을 중심으로 한 대화적 소설이지만 오시형과 이관형이 떠나간 후에 그녀의 대화의 상대는 사라진다.

그러나 최무경의 인물 시점 소설은 내포독자를 대화의 상대로 한 작품이다. 고독한 한계 속에서도 〈맥〉은 인물시점을 통해 독자와 물밑에서 공감하며 동요의 물결을 일으키고 있다. 이 소설은 최무경의 대화를 갈망하는 타자성의 시점을 통해 독자를 그녀의 비밀의 물결 속에 끌어들이는 작품이다. 최무경의 신체적 모랄은 여성의 방에서 대화성의 꽃을 피우게 되고 독자는 교감을 원하는 최무경의 내면의 물결을 느끼게 된다. 우리는 단순히 그녀에게 감정이입하는 것이 아니라 대화를 갈망하는 사람의 정신의 비밀과 조우하게 된다. 그 순간 최무경의 심연의 비밀에 젖어 든 우리는 함께 물결을 일으키며 신체제의 캐슬을 뒤흔들게 된다. 새로운 행선지가 공고해지는 바로 그 순간 최무경과 독자는 안정된 신체제를 흔들리는 물 위의 도시[24]로 느끼고 있었다. 해방과 영구 평화를 향한 여행길은 낯선 두려움(거세공포)과 신체적 불안함의 순간이기도 했던 것이다. 사랑을 잃은 최무경의 육체적 절박감은 안정된 절대적 체제를 불안정하게 동요시키는 모랄(타자의 서사)을 암시하고 있었다.

---

23 앞의 1장 5절 참조.
24 '물 위의 도시'의 은유에 대해서는 김철, 〈'근대의 초극', 《낭비》, 그리고 베네치아〉, 《'국민'이라는 노예》, 삼인, 2005, 62~104쪽 참조.

3. 여성 타자의 육체적 절박성
　　ㅡ 이중주의 대화

　　김남천은 신질서의 역사의 미로에서 빠져나올 수 있는 '최초의 모랄'을 강조했다. 최초의 모랄은 최후의 만찬에서의 유다처럼 일신상의 절박성을 느끼는 사람만이 발견한다. 한 시대의 끝을 말하며 사상의 매각을 강요하는 시대에는 아무리 주체의 재건을 외쳐도 사상 자체는 되돌아오지 않는다. 김남천은 신체를 통해 절실하게 호흡하고 심장을 통과한 것만이 최초의 모랄을 탐색할 수 있다고 생각했다.[25]

　　작가의 모랄을 탐색하는 중에 김남천이 발견한 것은 일신상의 절박함을 안고 있는 여성 타자의 존재였다. 아무도 감지하지 못하지만 여성은 남성의 차별 때문에 평생을 빈곤과 결핍 속에서 신체적으로 고투하며 살아간다. 자기 고발 소설에서 김남천이 여성 주인공을 등장시킨 것은 신질서는 물론 사회주의조차 남성중심주의에 사로잡혀 있음을 알았기 때문이다. 최초의 모랄이 자아를 빼앗긴 절박한 신체에서 출발한다면 그중의 하나는 여성의 신체일 것이다. 여성의 위치에서의 남성중심주의에 대한 비판은 사회주의자마저 고발하며 혼돈을 넘어 모랄의 생성에 다가서게 할 것이었다.

　　김남천은 전향의 시대 이전부터 여성의 시각으로 사회주의의 남성중심주의를 비판하는 소설을 썼다. 예컨대 〈남편 그의 동지〉(1933)는 여성의 1인칭 인물 시점으로 사회주의자의 위선을 폭로하는 소설이다. 이 소설에서 '나'는 남편이 감옥에 간 뒤에 혼자서 쓸쓸하게 애를 낳지만 남편의 동지들은 아무도 관심을 갖지 않는다. '나'는 면회를 가서 자신뿐 아니라 감옥의 남편에게까지 냉담한 동지들에 대한 불만을 털어놓았다. 그러자 남편은 "빠가!"하고 소리를 지르며 그대로 문 안으로 들어가 버렸다.

25　김남천, 〈유다적인 것과 문학〉,《김남천 전집》I, 앞의 책, 307쪽.

동지들의 위선에 대한 비판에 귀를 막는 남편은 남성중심적 한계를 지니고 있다. 사회주의가 남성중심적이라는 것은 외부 목적에 고착되어 진정한 진실의 서사가 되지 못할 위험을 의미한다. 김남천이 이 소설에서 여성 시점을 사용한 것은 그런 한계를 지양하며 사회주의를 구원하기 위해서였다. 사회주의의 자기비판을 위해 1인칭 여성 주인공을 등장시킨 것은 여성이란 애를 낳은 '나'처럼 평생 신체적 고통을 안고 사는 타자이기 때문이다. 여성 타자의 목소리는 사회주의가 또 다른 동일성의 서사로 기울어지는 것을 막아준다. 그런데 이 소설은 여성 시점으로 사회주의자의 위선을 폭로하지만 여성의 목소리는 남편의 위압적인 벽을 넘지 못한다. 여성 타자는 문제점을 발견했으나 그것의 내적 원인은 밝히지 못한 채 남편의 벽에 부딪혀 침묵으로 돌아온다. 〈남편 그의 동지〉에서는 외적 목적에 붙잡힌 사회주의도 남성에 예속된 여성의 목소리도 진정한 내재원인을 감지하지 못한다. 남편의 독백과 '나'의 침묵만 있는 이 소설에는 타자는 있지만 타자의 비판은 없다.

〈남편 그의 동지〉의 실패는 사회주의자의 독백적 담론의 벽에서 비롯된 것이다. 김남천은 모랄론 이후에 자기비판을 위한 고발의 서사(타자성의 서사)가 독백을 넘어선 **이중주**로 연주되어야 함을 감지한다. 김남천의 고발문학에는 아직 더럽혀지지 않은 순박한 인물이 나오는데 그런 동화되지 않은 존재가 타자의 위치라고 할 수 있다. 자기 고발문학은 타자와의 대화적 관계 속에서 자기중심성의 한계를 넘어서려 시도하는 문학이다. 김남천의 모랄론과 연관된 소설들이 흔히 대화적 담론으로 나타나는 것은 그 점과 연관이 있다. 예컨대 〈처를 때리고〉(1937)는 사회주의자 남수와 아내 정숙의 1인칭 대화적 관계로 서술되는 소설이다. 특히 정숙의 1인칭은 극화된 서술로 되어 있어 대화적 설정이 더욱 실감을 높이고 있다.

김남천의 모랄론의 한 축이 대화적 소설로 전개된 데에는 또 다른 시대적 이유가 있다. 모랄론은 사상이 금지된 시대에 '주체의 재건'을 위한 자기 고발의 기획으로 시작되었다. 모랄의 단초는 사상을 빼앗긴 존재의 절박성이므로 '재건'은 신체적 무의식 속에 아직 빼앗기지 않은 것(잔여물)이 남아 있는 존재에서 출발해야 한다. '패배한 절박한 존재'로부터의 잔여물의 탐색은 새로운 모랄이 오욕과 굴욕을 경험하는[26] 척박한 곳에서 시작됨을 암시한다. 김남천은 구카프 비평가들을 따라 주체의 재건을 외쳤지만 냉엄한 현실에서 회생의 출발점을 주체의 신뢰 대신[27] 주체성을 잃은 질식할 듯한 존재('주체의 박탈')[28]에서 찾았다. 〈처를 때리고〉(1937)에서 〈녹성당〉(1939), 〈경영〉(1940), 〈맥〉(1941)[29]까지 김남천 소설에서의 질식할 듯한 존재가 바로 주체를 박탈당한 타자이다. 다만 김남천은 지식인이 스스로를 비판하는 소설에서는 큰 성과를 얻을 수 없었으며 사회주의자를 혼돈에서 구출할 수 없었다. 지식인이란 타자성을 몰각하고 아직도 주체의 사상에 연연해하는 존재였다.

김남천은 역사의 미로에서 사회주의자가 길을 잃은 것은 자신의 위험한 위치를 몰각한 때문으로 생각했다. 자기 매각의 패배[30]가 필연적인 상황에서 위험하고 미결정적인 위치의 몰각은 시대적 운무[31](미로)에서의 방황을 구원하지 못한다. 김남천이 지식인의 자기비판을 위해 〈처를 때리고〉에서처럼 보다 더 절박한 위치에 있는 존재(타자)를 주목한 것은 그 때문이다.

---

26 김남천, 〈지식인의 자기 분열과 불요불굴의 정신〉, 위의 책, 247쪽.

27 김남천은 주체의 신뢰에서 시작하는 영웅 같은 비평을 비판하며 절박한 현실에서 출발할 것을 강조했다. 김남천, 〈문학의 도덕적 파악〉, 위의 책, 337~338쪽.

28 김남천은 이런 타자의 위치를 "작가가 반역을 위해 주체의 박탈을 선택"한 것이라고 말한다. 또한 "자아가 패배에 울고 주체의 문제 앞에 직립한 채 질식한 듯한 상황"을 당한 것으로 말하고 있다. 위의 책, 338쪽.

29 〈녹성당〉에서 박성운이 느낀 물속에서의 질식할 듯한 고통이 바로 타자의 위치라고 할 수 있다. 김남천, 〈녹성당〉, 《김남천 단편선》, 문학과지성사, 2006, 204쪽.

30 김남천, 〈유다적인 것과 문학〉, 위의 책, 308쪽.

31 김남천, 〈창작방법의 신국면〉, 위의 책, 239쪽, 243쪽.

〈처를 때리고〉는 유연성을 잃고 방황하는 사회주의자를 위해 **대화의 장**을 만들어 굴욕당한 존재를 부활시키려는 서사이다. 이 소설은 시대적 회생을 위한 자기 고발의 모랄이 보다 비참한 위치의 타자와의 대화와 연관이 있음을 잘 보여준다. 전향의 시대에 유다적인 절박성은 사상을 매각한 사회주의자 자신의 것이었다. 그러나 남성중심적 삶을 쉽게 떨치지 못하는 사회주의자는 무력함을 느낄 뿐 신체적 절박성을 잘 감지하지 못한다. 김남천은 모랄의 생성을 위해 보다 더 신체적 절박성을 지닌 여성 타자를 사회주의자의 대화의 상대로 등장시켰다. 그는 육체적 감성이 예민한 여성 타자의 위치를 빌려 대신 자기 고발의 모랄을 탐색하려 한 것이다. 그 점에서 여성 타자는 당대의 사회주의자 일반의 남성중심성을 비판하려는 김남천 자신의 분신이라고 볼 수 있다.[32]

〈처를 때리고〉에서 아내(정숙)는 유산을 하고 불임이 되었으며 남편(남수)의 친구들로부터 성희롱을 당한다. 사회주의가 재건되려면 그런 굴욕당한 존재를 떠안으며 자기 자신을 넘어서서 유연한 모랄을 생성해야 한다. 그처럼 남성중심주의를 버리고 주체를 빼앗긴 존재의 **신체적 절박성**에 공감해야만 사회주의는 척박한 곳에서 다시 부활할 것이었다.

그러나 〈처를 때리고〉는 김남천의 의도와는 달리 여성 타자가 고발을 통해 사회주의자를 구원하는 데 성공하지 못한다. '사상을 빼앗긴 사상가'와 '여성 타자'는 소시민적 삶에 분노하지만 그 증오심이 자기 자신에게 되돌아옴을 느낄 뿐이다. 정숙은 남편 출판사를 돕는 허창훈의 성희롱에 맞서 그를 때리면서 맞을 때보다 오히려 분함이 더했다. 남수 역시 비열한 준호와 산보를 한 아내를 때리고 싶었지만 자신에게 돌아오는 불쌍한 심리를 느낄 뿐이다.

이런 자괴감은 정숙과 남수의 절박감이 수동적 정동에 얽매인 심리였

---

32 이처럼 고발문학은 흔히 김남천 자신의 분신인 타자를 주인공으로 등장시키는 방식을 취하고 있다.

기 때문이다. 정숙과 남수는 소시민성을 비판하면서도 자기 자신이 외부 목적에 얽매여 수동적 심리를 벗어나지 못한다. 남수가 멀어진 사회주의 사상의 외적 목적에 결박되어 있다면 정숙은 소시민적 삶의 외재성에 묶여 있다. 김남천은 사회주의자의 남성중심성과 소시민성을 자기 고발하기 위해 여성 타자를 등장시켰다. 그러나 여성 타자의 고통을 신체적 절박성으로 느끼고 있는 정숙 역시 여전히 소시민적 삶에 얽매여 고통의 진정한 내재원인을 감지하지 못한다.

김남천은 일신상의 진리가 이중주와 대화의 형식을 통해서만 산 혈액으로서 모랄이 됨을 간파했다. 하지만 진정한 대화란 상대의 말을 받아들여 자기성의 자아(소시민적 자아)를 해체하는 과정이다. 그것은 외부 요인에 얽매인 자아를 반성하며 신체에 깃든 내재원인에 다가가는 과정이기도 하다. 여성 타자의 신체적 절박성은 사회주의자의 위선을 비판하는 동시에 서로의 고통의 내적 원인을 드러내는 단초가 되어야 한다. 그래야만 일신상의 진리로서의 모랄을 통해 무력화된 사회주의가 타자성의 주체성[33]으로 회생할 수 있게 된다.

야, 사회주의자 참 훌륭허구나. 이십 년 간 사회주의나 했기에 그 모양인 줄 안다.

질투심. 시기심. 파벌 심리. 허영심. 굴욕. 허세. 비겁. 인치키. 브로커. 네 몸을 흐르는 혈관 속에 민중을 위하는 피가 한 방울이라도 남아서 흘러 있다면 내 목을 바치리라.

정치담이나 허구 다니면 사회주원가. 시국담이나 지껄이고 다니면 사회주원가. 백년이 하루같이 밥 한 술 못 벌고 십여 년 동안 몸을 바친 제 여편네나 때려야 사상간가. 세월이 좋아서 부는 바람에 우쭐대며 헌 수작이나 지껄이다가 감옥에 다녀온 게 하늘 같아서 백년 가두 그걸루 행셋거릴 삼아야 사회주

---

33 타자성의 주체성은 동일성의 주체성에서 벗어난 상태를 뜻한다.

의자든가.[34]

정숙의 신랄한 비판은 왜 김남천이 사회주의자의 자기 고발을 위해 여성 타자를 등장시켰는지 이해하게 해준다. 민중을 위한 피가 없다는 비판은 지식인의 신체에 깃든 소시민성에 대한 고발이다. 그러나 정숙의 사회주의 비판은 단지 '일신상의 푸념'에 그치고 있다. 김남천이 드러내려 한 유다적인 절박성은 소시민적 신세 한탄으로 후퇴하고 있다.

정숙의 항변이 모랄이 되지 못하는 것은 자신의 불행과 남편(남수)의 무력감이 비슷한 근원을 지닌 것임을 깨닫지 못한 데 있다. 정숙은 그녀의 굴욕을 사회주의자의 위선에 연관시킬 뿐 보다 근원적인 시대적 타자의 고통스러운 위치를 보지 못하고 있다. 정숙의 비판은 사회주의자가 간과했던 남성중심주의를 자각하게 해주지만 신질서에서는 남편 역시 정숙과 비슷한 고통을 안고 있다.

유산과 성희롱을 당한 여성의 고통은 자아(능동적 자아)를 빼앗기고 평생을 죄수처럼 사는 타자의 운명 때문일 것이다. 그와 비슷하게 남편의 아픔 역시 사상을 몰수당하고 질식할 듯한 삶에 갇혀 사는 신질서의 지식인의 모습이다. 능동적 주체성을 빼앗긴 존재에게는 소시민적 삶으로의 굴종만이 허용될 뿐이다. 정숙과 남편이 소시민적 삶을 벗어나기 어려운 것은 유사하게 남성중심주의와 신질서의 '물화된 동일성 권력' 때문이다.

따라서 정숙의 비판은 사회주의자의 위선을 넘어 동일성 권력에 대한 자각으로 나아가야 한다. 그들은 둘 다 동일성 권력의 폭력적 근원을 깨달아야만 소시민적 삶에서 벗어나 (타자로서) 고통의 근원에 다가갈 수 있다. 그처럼 권력의 폭력과 타자의 고통의 원인을 알게 해주는 것이 바로 내재원인이다.

하지만 정숙은 소시민적인 외적 요인에 얽매여 숨겨진 내재원인을 보

---

34 김남천, 〈처를 때리고〉, 《김남천 단편선》, 문학과지성사, 2006, 136~137쪽.

지 못한다. 정숙의 일신상의 푸념이 일신상의 진리로 전환되려면 신체에까지 깊이 스며든 내재원인에 대한 감지가 있어야 한다. 내재원인의 감지란 그들을 전락시킨 '권력의 비밀'과 사랑이라는 '타자의 비밀'을 아는 것이다. 그런 비밀을 감지해야만 논쟁 상대인 남편과의 새로운 유대를 통해 능동적 정동을 소망하는 서사가 부활될 수 있다. 그처럼 자아(사상과 여성성)를 매각당한 존재의 신체적 절박성[35]에서 능동적 정동의 소망이 회생해야만 비로소 최초의 모랄이 생성되기 시작할 것이다.

4. 사회와 심리의 분열과 윤리적 정동
　　―《낭비》

김남천은 신질서에서 다양한 사상적 질주들이 새로운 행선지로 대체된다는 주장을 부인하려 했다. 일본은 사회주의를 매각하고 모더니즘을 아카데미즘의 진열장에 전시한 후 법정에서 신체제의 출발을 선언하려 했다. 그러나 김남천에게는 (전향자의) 감옥 바깥과 아카데미즘의 상아탑, 제국의 법정이 단지 '유다적인 비극'의 장소일 뿐이었다. 그 때문에 김남천은 비판적 사상을 몰수하고 새로운 행선지를 강요하는 지점에서 유다의 죽음을 넘어선 모랄을 발견하려 했다. 김남천의 모랄은 능동성을 빼앗긴 신체의 절박한 목소리를 듣는 것에서 시작하며, 그 과정은 윤리적 신체검사에 의해 일신상의 진리에 이르는 것으로 진행된다. 앞서 살폈듯이 그런 신체검사와 일신상의 진리는 신질서에서 자아를 매각당한 '질식할 듯한' 존재에서 출발한다.

김남천은 타자라는 말을 쓰지 않았지만 자아를 매각당한 존재야말로 상처를 입은 타자였다. 모랄론과 연관된 일련의 작품들에서 고통받는 존

───────────

35 이 신체적 절박성은 고통스러운 신체만은 아직 매각당하지 않았다는 무의식적 지각에서 나온다.

재들의 위치가 중요한 것은 우연이 아니다. 고통받는 존재들의 위치란 자기 자신의 매각을 자각하게 하며 신체적 절박성을 느끼게 해주는 지점이다. 김남천은 지식인의 절박성을 주목했을 뿐 아니라 그것을 감지하게 해주는 보다 더 절박한 다양한 주변 인물들을 등장시켰다.

그의 소설에서 소시민적 지식인이 모랄의 생성을 시작하는 위치는 주변적 타자의 정동이 감지되는 지점이다. 김남천은 일본의 탄압이 강화된 후 세태에 물들지 않은 인물을 찾기 위해 〈남매〉, 〈소년행〉, 〈무자리〉 등에서 소년의 순박성(타자성)을 주목했다.[36] 또한 전향한 사회주의자가 나오는 〈처를 때리고〉, 〈춤추는 남편〉, 〈제퇴선〉 등에서는 여성 타자를 등장시켰다. 그와 함께 모더니스트가 등장하는 《낭비》에서는 피식민 타자의 위치를 은밀히 강조했다. 리얼리즘과 모더니즘의 혼합으로서 법정에서 신체제가 선언되는 〈경영〉, 〈맥〉에서는 다시 여성 타자를 등장시키고 있다.

〈처를 때리고〉, 〈경영〉, 〈맥〉에서의 여성 타자는 사회주의자의 자기 고발을 위한 또 다른 분신이다. 또한 《낭비》에서는 헨리 제임스나 제임스 조이스 같은 모더니스트가 식민지 출신임을 암시하고 있다. 이들 소설에서 여성 타자와 피식민 타자가 중요한 것은 자아를 매각당한 고통을 신체를 통해 절박하게 느끼는 존재이기 때문이다.

김남천의 타자성에 대한 관심은 대화적 소설의 창조로 이어졌다. 김남천은 1940년대까지도 리얼리즘의 부활을 주장하고 있었다. 그와 함께 리얼리즘이 실제 창작으로 이어지지 못하는 현실에서 모더니즘에도 관심을 가지고 있었다. 그 둘의 과정에서 그는 리얼리즘과 모더니즘의 길을 신행로(新行路)로 대체하려는 근대초극론과 조우해야 했다. 결과적으로 김남천의 비평과 창작은 리얼리즘·모더니즘·근대초극론이 서로 대화적 관계

---

36 〈남매〉, 〈소년행〉, 〈무자리〉 등 김남천의 소년 주인공 소설들은 아직 세속적 어른의 세계에 물들지 않은 소년 타자를 등장시키고 있다.

를 이루는 제2의 현실[37]의 장을 열고 있다.

제2의 현실이란 특정한 사상으로 투시한 세계가 아니라 여러 사상들이 명멸하며 조우하는 중에 나타나는 실재(the Real)[38]의 바다 같은 현실이다. 이제 다양한 사상들은 고착된 동일성 대신 타자성 속에서 유동적으로 동요하는 모습으로 나타난다. 특히 김남천은 창작을 통해 리얼리즘과 모더니즘, 근대초극론이 각기 닻을 내리고 있는 가운데 대화적으로 흔들리고 있는 모습을 보여준다. 일본 제국이 다양한 사상들을 배제-포섭하며 신체제의 행선지를 고정시키려 했다면, 김남천은 부동의 신질서를 동요시키며 이질적 사상들의 대화적 관계를 부활시켰다. 그런 이질적인 대화성은 당연히 고착된 동일성보다는 유동적인 틈새에서 꽃을 피울 수 있다. 여성 타자의 시점으로 대화의 공간(최무경의 여성의 방)을 열어젖힌 〈맥〉은, 이념적 공백의 틈새에서 가장 풍부한 유동성을 지닌 사상들의 대화성을 연출한다.

김남천의 모랄론과 연관된 대화적 소설들은 〈처를 때리고〉-《낭비》-〈경영〉, 〈맥〉의 계열을 이루고 있다. 이들 소설은 감옥 바깥과 상아탑, 법정에서 암시된 사회주의와 모더니즘, 근대초극론의 행로를 다루고 있다. 〈처를 때리고〉가 사회주의를 회생시키지 못했듯이 《낭비》 역시 모더니즘을 부활시키지 못한다. 그러나 그 둘의 종합인 〈경영〉, 〈맥〉에서는 실패한 사회주의자와 모더니스트가 다시 논쟁의 상대로 모습을 드러낸다. 그들은 모랄의 생성에 실패해 능동성을 잃은 자들이지만 김남천은 부동의 체제는 물론 잔여적 사상들도 남김없이 동요시키는 대화적 유연성을 보여주고 있다.

《낭비》(1940~41)는 주체의 재건이 어려워지고 리얼리즘의 부활도 힘들어진 시기에 쓰였다. 이 소설은 주인공 이관형의 모더니즘에 대한 열정에

---

37 바흐친, 김근식 역, 《도스또예프스끼 시학》, 정음사, 1988, 72~73쪽.
38 상징계로 표상할 수 없는 라캉의 실재계를 말한다.

초점을 맞추는 한편 그의 논문이 제국의 대학에서 거부되는 과정을 그리고 있다. 이처럼 모더니즘과 아카데미즘의 문제가 나타난 것은 최재서와 《인문평론》의 영향일 것이다. 또한 그런 진행에서 심리(심정)와 사회의 분열 및 윤리의 문제가 다뤄진 것은 서인식과의 교류와 연관이 있다.[39]

《낭비》의 이관형의 절박성은 모랄마저 불투명해진 시대적인 부재의식에 있었다. 부재의식의 극복은 식민지 말의 청년 이관형을 괴롭히는 가장 중요한 주제였다. 그러나 분열의 시대에 사회에 대응하는 심정(심리)으로서 창조와 혁신의 윤리는 현실적으로 불가능했다. 그 때문에 그는 자아를 찾기 위해 헨리 제임스를 주제로 한 모더니즘 논문에 매달리고 있었다. 그는 헨리 제임스의 모더니즘을 사회와 심정의 관계에서 새롭게 해석함으로써 부재의식을 넘어서려 한 것이다. 이관형의 논문 주제는 '문학에 있어서의 부재의식—헨리 제임스의 심리주의와 인터내셔널 시추에이션'이었다. 헨리 제임스의 미학적 심리주의를 인터내셔널한 관계에서 생긴 부재의식으로 해석해 자신의 숨겨진 갈등과 연관시키려 한 것이다. 이관형은 헨리 제임스가 심리주의 작가였기 때문에 그의 새로운 해석이 위험한 일이라고 전혀 생각하지 않았다.

《낭비》의 전복적 전개의 특징은 이처럼 이관형 자신도 처음에는 모더니즘의 위험성을 모르는 상태에서 출발한다는 점이다. 이 소설의 모더니즘의 주제는 일상의 규율을 넘어서는 향락의 충동에서 시작된다. 향락은 분열된 세계에서 감성의 치안을 넘어서려는 잉여의 욕망이다.[40] 심리와 사회가 분열된 세계에서 데카당스적인 향락[41]이 나타난다면, 모더니즘은

---

39 서인식, 〈문학과 윤리〉, 《인문평론》, 1940. 10.

40 향락이란 감성의 분할을 넘어선 허용되기 어려운 위태로운 욕망이다.

41 《낭비》의 초반부에 그려진 것은 사회주의는 물론 모랄조차 상실한 향락의 낭비 풍경이다. 총체적 동원 체제에서의 향락의 허용은 동원되지 못한 잔여물을 해소시키는 전체주의 방식의 하나였다. 총체화된 국가(제국)는 자신의 신성한 규율에 복종하는 한, 다른 것에 따르지 않아도 되는 탈도덕화를 통해 국민을 예속시킨다. 향락 방식의 삶권력은 영화, 대중잡지, 테크놀로지(라디오, 기차, 비행기), 소비문화(패션)를 통해 향락의 이미지를 제공하는 동시에 다시 부와 권력의 위계로 돌아온

분열의 경험에서 시작해서 관습적인 규범을 위반하는 향락으로 향한다. 《낭비》는 이관형이 송도원 별장에서 나체에 가까운 문란주가 탈의장에서 나오는 장면을 엿보는 것으로 시작된다. 물론 이관형의 위반의 욕망이 문란주처럼 향락의 낭비에 있는 것은 아니었다. 건너편 별장의 문란주가 창문을 열어젖히자 이관형은 커튼을 치고 향락의 열정을 내면으로 돌린다.

이관형의 향락의 욕망은 모더니즘에 대한 내면의 열정으로 향한다. 모더니즘적 위반의 향락마저 문제시하는 사회에서도 이관형은 숨겨진 열정을 멈출 수 없었다. 그는 헨리 제임스를 새로운 관점에서 다루며 아카데미즘이 승인한 한도 안에서 감춰진 이면을 들여다보려 했다. 이관형의 논문은 제국의 상아탑의 틈새를 통해 아슬아슬하게 '모더니즘의 나체'를 엿보는 것이나 다름없었다. 다만 문란주의 육체를 엿보는 것과는 달리 모더니즘을 통한 이면의 응시는 위험한 위반이 될 수 있었다. 그는 강사 채용 논문을 써서 제국의 아카데미즘에 자신을 위치시키려 하면서도 심연에는 자신도 모르는 위험한 욕망이 잠재되어 있었다.

이관형과 달리 소비적인 향락에 심취한 문란주는 마치 윤리적인 결핍을 지닌 여자와도 같았다. 문란주는 심심함을 가장 참지 못했으며 패션과 사교에서 쉽게 취향이 바뀌었다. 명랑과 우울 사이에서 동요하는 그녀는 단지 이관형에게만 오래 몰입할 수 있었다.

문란주의 향락의 욕망은 소비적인 것이었기 때문에 내면에 오래 담아둘 수 없었다. 그녀가 이관형에 대한 관심을 거리낌 없이 표현하곤 하는 것은 그 때문이다. 반면에 이관형의 헨리 제임스에 대한 위험한 관심은 그의 인물 시점 속에 은밀히 숨겨져 있었다. 김남천 소설에서 인물 시점

다. 실제로 향락을 누리는 것은 부유층이며 《낭비》에서는 송도원 별장에 모인 문란주와 최옥엽, 윤갑수 등이다. 《낭비》의 주인공 이관형 역시 향락의 욕망을 지닌 청년이며 그 점에서 문란주와 비슷한 측면이 있다. 그러나 이관형은 자신의 향락의 욕망에 커튼을 칠 자제력을 지닌 동시에 그 에너지를 다른 곳으로 돌리고 있었다. 이관형은 모더니즘에 대한 논문을 통해 향락의 열망을 경직된 규율을 넘어서려는 사회적 욕망으로 전이시키고 있었다.

은 주인공의 **정신적 비밀**을 오랫동안 숨겨두는 장치이다. 이관형은 나중에 경성제대의 사끼자까 교수에게 발각될 때까지 자기 자신도 모르는 비밀을 인물 시점 속의 무의식으로 담아두고 있었다.

이관형은 헨리 제임스에 대한 논문을 완성한 후에 "나는 이겼다"고 외쳤다. 헨리 제임스와 대화하는 중에 시대적 부재의식을 넘어서는 모랄의 생성을 감지했기 때문이다. 그러나 그와 동시에 그는 논문을 '자기'와 분리시키며 제국의 아카데미즘에 수용되기를 바랐다. '자기'의 승리에는 지식인으로서의 사회적 위치가 포함될 수 있기 때문에 제국의 학문에서는 위험한 것일 수 있었던 것이다. 이관형은 대학 강사직(사회적 정체성)의 기대감과 시대적 부재의식을 넘어서려는 모랄('자기'의 무의식)이라는 이율배반적인 욕망을 갖고 있었다. 그러면서도 아카데미즘의 냉정함을 예감하며 승리의 산물인 논문을 '자기'로부터 분리시켜 영국 비평사의 일부가 되기를 바라고 있었다.

학문 속에 〈자기〉가 섞이고 〈자기〉가 끌려들어가 버리는 것이다. 헨리 젬스는 헨리 젬스, 이관형은 이관형, 거기에 어떠한 교섭이 있을 리 없다고, 거듭 생각해보았으나, 일개의 후진한 문화 전통 속에서 자라난 청년의 정신이 〈너〉와 〈나〉를 구별하기 힘든 가운데, 헨리 젬스가 현대인의 사상으로 통하는 길이 있고, 다시 동방의 하나의 청년의 마음이 세계사상으로 통하는 통로가 열려 있는지도 알 수 없었다. 여하튼 관형은 논문의 타이프를 마쳐 버리고는 연구 방향을 바꾸어 버렸다. 〈영국 비평사〉──하나의 역사요, 남의 나라에서 하나의 비평이 점차 형성되고 성립되는 과정을 정밀히 살피는 사업이고 보니 조금만 노력하면 종차는 몰라도 자기 자신을 완전히 분리해 놓을 수가 있을 것 같았다.[42]

---

42   김남천, 《낭비》(9), 《인문평론》, 1940, 11쪽(현대어 표기-인용자).

위에서 '자기'란 단지 주관이 아니라 시대적 부재의식에 시달리는 이관형이 만난 최초의 모랄이다. 그 점은 김남천이 '자기'를 개인과 구분하며 최후의 특수물(특이성)[43]이자 모랄의 근거로 본 점에서도 알 수 있다.[44] '자기'란 부재의식을 침묵시키는 제국의 동일성을 넘어서려는 타자성의 주체성의 단초였다. 하지만 이관형은 아카데미즘에서 승인될 수 있도록 논문을 자기와 분리시키며 '너는 너고 나는 나다'라고 생각한다.

이관형의 '자기의 비밀'은 그의 인물 시점과 논문의 여기저기에 산포된 단어들로만 암시될 뿐이다. 그런데 논문을 읽은 지도교수 가사이는 문장의 활달함을 칭찬하면서도 '부재의식'을 거론한 점을 꺼림직해했다. 가사이는 헨리 제임스의 부재의식이 심리학의 영역을 넘어서 사회적인 깊이에까지 연결된 것이 마음에 걸린 듯했다.

가사이를 만난 후 이관형은 '부재의식'이라는 단어가 뇌리에서 떠나지 않았다. 동생 관덕 앞에서도 그의 머릿속에는 가사이에게 변명하듯 말하는 단어들이 떠올랐다. 부재의식은 기성 관습에 대한 개인의 심정의 부조화 상태로 헨리 제임스의 경우 그가 경험한 인터내셔널한 사회적 요인을 배제할 수 없었다. 이관형은 가사이 교수의 우려에 대해 사회와 심정의 부조화로 인한 부재의식이라는 학문적인 논리로 정당화하려 애쓰고 있었다.[45]

이관형은 아카데미즘에 수용되도록 그의 글이 영국 비평사로 축소되게 애썼지만 학문적인 논리까지 포기할 수는 없었다. 그것마저 포기한다면 이관형의 부재의식은 감당할 수 없이 커질 수밖에 없을 것이다. 때마

---

43 특이성(singularity)이란 보편성에 포함될 수 있는 개별성(특수성)과는 달리 어떤 동일화에도 저항하는 요소를 말한다.

44 김남천, 〈도덕의 문학적 파악〉, 《김남천 전집》 I, 앞의 책, 348쪽.

45 이관형의 생각은 자신의 논문에 대한 변호인 동시에 작가인 김남천 자신의 목소리이기도 했다. 더 나아가 '사회와 심정의 부조화'는 당시에 김남천과 교류한 서인식의 글에서 나타난 논리와도 맥락을 같이한다. 이관형은 김남천과 서인식의 논의가 반영된 자신의 생각을 헨리 제임스의 심리주의 미학으로 축소시켜 논문의 통과를 원하고 있었던 것이다.

침 한때 사랑했던 김연이 사업가와 결혼한다는 소식까지 들려와 이관형은 더없이 우울했다.

그런데 가사이의 충고는 부드러운 예고편에 불과했다. 가사이는 논문 통과가 영어 실력과 영문학 지식에 달렸다고 위로의 말까지 했다. 그의 위로는 이관형 자신이 논문을 자기와 분리시켜 영국 비평사에 위치시키려 했음을 이미 다 안다는 듯한 말이기도 했다. 비정한 것은 그런 가사이가 교수회를 통해 논문의 전형위원으로 영문학과 상관없는 사끼자까 심리학 교수를 선임한 일이었다.

이관형은 전형위원인 심리학 교수가 자신을 부른다는 말에 온몸이 긴장되지 않을 수 없었다. 영문학과는 아무 관련이 없는 심리학적 질문이 쏟아질 것에 대해 불길한 예감이 들었던 것이다. 가사이는 겉으로 위로하는 척하며 부재의식에 대한 심리학적 공격을 전형위원에게 떠맡긴 것이다.

사끼자까는 심리학과 교수답게 문제점을 적시하는 대신 이관형 스스로 그것을 발설하게 만들고 있었다. 그는 자신이 하고 싶은 말을 이관형이 무심코 꺼내놓도록 유도하고 있었다. 사끼자까의 전략은 이관형의 신체와 정신 속에 이미 들어 있는 것을 밝혀내는 일종의 신체검사였다.

신체검사는 김남천이 자기 고발과 모랄을 발견하는 데 필요했던 타자의 무기였다. 그런데 이번에는 제국의 아카데미 권력 쪽에서 신체검사가 시작된 것이 문제였다. 김남천의 신체검사는 자아를 매각당한 절박함을 직시하며 일신상의 진리를 통해 '자기'를 회생시키는 방법이었다. 그와 비슷하게 사끼자까는 논문에 나타난 몇 가지 단서를 근거로 이관형의 신체 속에 숨어 있는 절실한 부재의식을 찾아내려 했다. 제국의 상아탑에 자신을 위치시키려 했던 이관형에게 그런 신체적 절박성에 대한 질문이란 위험한 검열이 아닐 수 없었다.

사끼자까의 신체검사는 이관형이 영문학 논문에서 숨기려고 애썼던

'자기'에 관한 것이었다. 자기란 자아를 매각당한 절박성에 근거해 모랄을 생성하는 신체적 무의식이다. 이관형은 자기를 숨기고 영문학을 내세웠지만 사끼자까는 영문학을 제거하고 그 밑에 숨겨진 '자기'에서 '사회적 무의식'을 찾아내려 했다.

> "전체루서 받은 인상으로 심리학이 사회학의 밑에 포섭되는 것 같은 느낌을 받었는데 실상 그렇게 생각하고 있는 것이오?"
>
> (…중략…)
>
> "여기 크레아타 에르 크레안스라는 말을 사용했는데 그것은 대체루 어떤 의미루다 쓴 것이오?"
>
> (…중략…)
>
> "이 논문은 그렇지만, 단순히 문학적인 이유만으로 해석할 수 없는 군데가 많지 않겠소. 문학적인 이유 외에 사회학적인 이유라고도 말할 만한 것이 있지는 않소. 헨리 젬스는 군의 설명에도 있는 것 같이 미국에서 낳으나 구라파와 미국 새를 방황하면서 그 어느 곳에서나 정신의 고향을 발견치 못하였다고 말하오. 또 그의 후배라고 할 만한 젬스 조이스는 아이랜드 태생이 아니오. 뿐만 아니라 군이 부재의식의 천명의 핵심을 관습과 심정의 갈등 분리 모순에서 찾는 바엔 여기에 단순히 문학적인 이유만으로 해석될 수 없는 다른 동기가 있는 것이 아니오."
>
> 그것은 신랄한 질문이긴 하였으나 또한 적지 않은 사취와 독기가 풍기는 화살이었다. 이관형이는 단호한 어조로 항변하듯이 대답하였다.
>
> "아니 올시다. 결코 문학적인 이유 외에 다른 동기가 있을 리 없습니다."[46]

사끼자까의 첫 번째 질문은 심리학과 사회학에 대한 것으로 이관형이 신체검사를 눈치채지 못하게 유도한 것이었다. 이관형은 그의 질문을 심

---

46 김남천, 《낭비》(11), 《인문평론》, 1941. 2, 203~205쪽(현대어 표기-인용자).

리학의 홀대에 관한 것으로 여겨 필사적으로 심리학이 사회학 밑의 학문이 아님을 피력했다. 그러자 사끼자까는 인간과 사회의 관계(크레아타 에르 크레안스)에 대한 질문으로 방향을 돌렸다.

사회가 인간을 만들지만 인간이 사회를 만들 수도 있다는 대답은 아무런 사심이 없는 답변이었다. 그러나 사끼자까는 인간도 사회를 만든다는 답변을 심리(심정)와 사회의 관계(그리고 부재의식)에 연루시키며 이관형의 위험한 무의식에 다가섰다. 사끼자까의 은밀한 질책은 심리주의를 '사회를 만드는 인간'(사회적 무의식)에까지 확대시킨 데에 대한 추궁이었다. 그의 말은 심리주의 작가를 다루면서 왜 위험하게 '심리와 사회의 관계'라는 사회학적 무의식을 끌어들였냐는 데 핵심이 있었다. 그리고 이미 이관형이 꺼내놓은 말을 단서로 논문의 불순한 사회적 무의식을 겨누고 있었다.

부재의식에 대한 논의는 단순히 소외된 자아와 연관된 심리주의적 미학으로 축소될 수도 있었다. 그러나 사끼자까가 문제삼은 것은 이관형의 논문이 감추고 있는 '타자의 심리주의'에 숨겨진 사회적 위험성이었다. 그는 이관형의 말의 위험성을 깨닫게 하기 위해 모더니즘 작가들의 국적을 환기시켰다. 그 불길한 최후의 질문을 하며 사까자끼가 이관형을 정면으로 바라본 것은 이제 그의 신체검사가 끝나간다는 의미였다. 바로 그 순간 이관형이 스스로 발설한 말들(인간이 사회를 만들 수 있다)은 헨리 제임스와 제임스 조이스의 국적을 묻는 질문에 의해 화살이 되어 돌아오고 있었다. 심리학과 사회학에서 시작된 대화는 심리와 사회의 관계를 거쳐 마침내 이관형의 '자기(무의식)'를 향한 독기 어린 논쟁이 되었다.[47] 사까자까는 말을 하진 않았지만 이관형도 '제임스'와 '조이스'처럼 식민지 출신이 아니냐는 것이 논쟁의 종결점이었다. 이관형은 일관되게 심리학과 인

---

47 이관형과 사끼자까의 논쟁이 김남천과 서인식이 관심을 갖고 있던 심리(심정)와 사회의 관계를 둘러싸고 진행되는 점은 매우 흥미롭다. 김남천, 〈소설의 운명〉, 《인문평론》, 1940. 11. 서인식, 앞의 글.

간을 강조했고 위험한 사회학은 입에 담지도 않았다.[48] 그러나 사끼자까는 인간이 사회를 변화시킨다는 이관형의 말이 얼마나 위험한 발언인지 되묻고 있는 셈이었다. 이관형의 심정과 인간의 강조는 신체제가 배제해야 하는 타자(피식민자)의 말을 포함하고 있었다. 심리학을 둘러싼 논쟁적인 담론은 이제 사끼자까에 의해 위험한 사회학의 담론으로 반전되고 있었다.

사끼자까의 '사회학'은 '사회에 대한 것'을 거쳐 '사회과학'으로 변주되고 있었다. 사회과학이란 이관형과 김남천이 매각당한 것으로서 신체적 절박성과 위험한 부재의식의 근거였다. 사끼자까의 추궁은 심리와 인간을 강조한 이관형이 실제로는 사회과학을 우선시하고 있다는 질책이었다. 논문의 방법이 사회과학적이라는 말은 이관형의 '무의식'이 자아의 매각에서 벗어나려는 것이 아니냐는 반문이었다. 사끼자까는 이관형 자신도 명확하게 알지 못했던 사회적 무의식과 '자기'의 모랄을 적시한 셈이었다.

이관형은 영문학 속에 감춰두었던 '자기'가 누출되는 상황에서 논문의 방법이 사회적이 아니라 문학적이라고 필사적으로 외쳤다. 논문이 문학적이라는 말은 영문학의 아카데미즘에서 받아들여질 수 있다는 뜻이었다. 그러나 싱긋이 웃는 교수 앞에서 흥분을 가라앉힐 수 없는 것은 강사직은 물론 모랄의 비밀이 무용지물이 되었기 때문이다. 사끼자까가 암시했듯이 모더니스트의 부재의식과 자기의 모랄은 피식민자의 윤리적 정동이었다. 사끼자까는 물밑에서만 간직할 수 있는 위험한 '자기의 모랄'과 '타자의 정동'을 자신 앞에 꺼내놓음으로써 다시 한번 빼앗아 간 것이다.

신체제란 새로운 행선지 이외에 어떤 이질적 사상의 질주도 허용하지 않는 질서였다. 그것을 위해 신질서는 사회주의를 배제하고 모더니즘을

---

48 이관형은 헨리 제임스를 심리와 사회의 관계에 연결시키는 것이 사화학적 관점이라고 생각하지 않았다. 그의 숨겨진 사회적 관심은 내면의식을 통해서 독자들에게만 은밀히 알려진다.

(아카데미즘에) 포섭하며 다양한 사상들이 '나체'를 드러내지 못하게 만들었다. 반면에 이관형은 모더니즘 논문을 아카데미즘에 수용되게 하면서 물밑의 깊은 곳에 모랄을 숨기려 했다. 그런데 사끼자까의 신체검사에 의해 감춰진 모더니스트의 나체가 드러나고 만 것이다. 모더니스트의 나체는 피식민자의 신체적 무의식이었다. 원래 김남천의 발명품이었고 이관형의 부재의식을 일깨웠던 신체검사는 이제 제국의 전리품이 된 셈이다.

그러나 이관형의 '자기'의 무의식이 드러난 순간은 제국의 권력의 비밀이 누설된 시간이기도 했다. 사끼자까가 최후의 말을 하지 않고 이관형을 내보낸 것은 그 때문이다. 더 나아가 신체제는 지도교수 가사이를 통해 이관형을 따뜻하게 위로하면서 실패한 지식인마저 새로운 행로에 포섭하려 했다. 신체제란 모더니즘을 포섭하는 동시에 그것의 나체인 피식민자의 부재의식과 모랄을 배제하는 체제였다. 그와 함께 신체검사로 무력해진 모더니스트를 배제된 신체로 포섭하려 하고 있었다. 신체제는 다가오면서 물러서고[49] 물러서는 순간 다가오는 체제였다. 그런 방식으로 일체를 주장하는 동시에 더 심화된 차별을 행사하고 있었다.

부재의식으로 고통스러웠던 이관형은 논문을 신체검사 당한 후에 모랄을 잃고 허무주의에 빠진다. 다만 그는 그 일련의 과정에서 자신에게 고통을 주는 체제의 숨겨진 비밀을 얼마간 드러내게 된다. 그렇게 함으로써 미완의 장편인 《낭비》에서도 체제에 동화되지 않은 타자가 잔존함을 암시하고 있는 것이다. 그런 잔여물로 인해 그는 〈맥〉에서 최무경의 대화의 상대로 다시 등장하게 된다.

하지만 이관형을 통해 드러난 타자의 서사는 우리에게 신체적 절박함을 잘 전해주지 못한다. 김남천이 말한 '신체적 절박함'이란 체제에 동화되지 않은 것(타자성)이 신체에 남겨졌음을 뜻했다. 우리는 《낭비》에서 이

---

49 이런 신체제의 이율배반적 특성에 대해서는 테드 휴즈, 나병철 역, 《냉전시대 한국의 문학과 영화》, 소명출판, 2013, 101쪽 참조.

관형의 인물 시점을 통해 신체제의 행로와는 다른 길을 그와 동행한다. 그러나 사끼자까에게 신체검사를 당한 후 이관형의 숨겨진 모랄의 탐색은 내재적인 열정을 상실한다. 신체검사란 김남천과 이관형의 비밀 프로젝트인데 그 기밀을 제국의 지식인에게 빼앗긴 것이다. 비밀을 잃은 이관형은 구원하지 못한 부재의식 때문에 허무주의에 빠지고[50] 그에 대한 우리의 감정이입도 그리 강렬하지 못하다.

이관형이 허무주의로 흐른 것은 그의 고통의 내재원인의 인식이 고독한 개인의 독주로 진행된 점과도 연관이 있다. 내재원인이란 부재의식의 고통에 연관된 권력의 비밀과 타자의 비밀이다. 타자의 서사는 권력의 모순에 대응하는 비밀의 정동을 공유하는 사람이 있을 때 능동성을 얻는다. 하지만 이관형은 빼앗긴 연인 김연 이외에 마음을 열어본 사람이 없다.[51]

그는 헨리 제임스와의 상호텍스트적 관계에서 잠시 모랄의 소망을 감지했지만 사끼자까에게 적발당한 뒤 자신감을 잃고 만다. 사끼자까의 신체검사는 제국의 위치에서 '피식민자의 무의식'이라는 모랄의 비밀을 적발한 무서운 경고였다. 송도원 별장에서 시작된 나체의 무의식은 경성제대 연구실에서 위험한 전리품이 되었다. 이관형은 타자(피식민자)의 나체를 허용하지 않는 절대적인 체제에서 제국에 '들켜버린 비밀'을 허탈한 고독에 감출 수밖에 없었다. 그의 정신의 비밀도 인물 시점의 무의식도 우리에게 강렬하게 스며들지 못하는 것은 그 때문이다. 이관형의 절박한 비밀이 우리에게 정동적 감염력이 없다면 인간이 사회를 변화시킨다는 말[52]도 허무해질 수밖에 없다. 김남천의 모랄이 사회를 바꿀 수 있는 것은 은밀한 **정동적 감염력**을 무기로 하기 때문인 것이다. 김남천은 이관형의 타자의 서사를 미완으로 남겨둘 수밖에 없었으며 그보다 더 절박한 신체적

---

50 이 소설은 미완으로 끝나지만 〈경영〉에서 허무주의에 빠진 이관형의 모습이 암시된다.

51 이관형과 최무경의 차이는 대화적 욕망에 있다. 이관형은 헨리 제임스에게만 대화적 욕망을 갖는 반면 최무경은 타자성의 위치에서 대화적 열망을 그치지 않는다.

52 이 말은 이관형의 논문의 전제가 된 주장 중의 하나이다.

상실감과 정신의 비밀을 지닌 위치를 모색한다. 사회주의자와 모더니스트가 실패한 지점에서, 김남천은 여전히 그들과의 대화를 포기하지 않는 위치로 아무도 그 위험성을 감지하지 못한 여성 타자를 다시 발견하게 된다.

5. 여성 타자의 대화성과 능동적 정동의 소망
   ―〈경영〉, 〈맥〉

김남천은 〈경영〉, 〈맥〉 연작에서 숨겨진 관심사였던 여성 타자를 인물 시점으로 다시 등장시킨다. 신체제에서 여성 시점이 감성적 교섭의 위치가 될 수 있었던 것은 남성적 권력의 오만에 의해 여성의 위험한 타자성이 간과되었기 때문이다.《낭비》에서는 이관형이 감춰두었던 비밀(피식민 타자의 비밀)이 신체검사를 통해 적발되지만 〈경영〉, 〈맥〉의 최무경의 타자의 고뇌는 그저 일상의 풍경으로 비칠 뿐이다. 아무도 여성 타자의 위험성을 눈치채지 못했기 때문에 김남천은 여성 시점에 정신의 비밀을 숨겨두고 우리에게만 보여주는 방식을 시도할 수 있었다. 그의 여성 신체는 사회주의도 모더니즘도 실패한 지점에서 상실한 타자성의 비밀(정신의 비밀)을 대신 보여주는 숨겨진 대화의 장소였다.

김남천에게 타자성의 비밀이란 〈맥〉에서 암시한 '빵으로 갈리지 못한' 보리의 운명 같은 것이었다. 〈경영〉, 〈맥〉은 그런 절박한 타자성의 비밀이 대화를 통해 표현될 수 있음을 매우 잘 보여준다. 육체적 절박성이 대화로 표현된 〈처를 때리고〉에서의 서사적 전략이 〈경영〉, 〈맥〉에 와서 꽃을 피운 셈이다. 신체제란 모든 타자성을 불온시하는 절대적 동일성의 체제였다. 단지 여성 타자만이 남성중심적 동일성 체제의 숨겨진 공백에서 배제된 존재(빵으로 갈리지 못한 보리들)들을 되살리는 유연성을 지니고 있었다. 절대적 동일성이 이질성을 배제하는 기제라면 대화란 여러 시각들(사상들)이 틈새의 위치에서 서로 부딪히며 유동적으로 흔들리는 것을 말한다.[53] 〈경영〉, 〈맥〉의 최무경은 신체제가 배제와 포섭을 통해 견고해질수록 그 부동의 질서를 동요시키는 유연한 대화적 위치를 암시하고 있다.

여성의 인물 시점이 신체제에서 이질적 사상들의 대화성을 회생시키는 요인은 두 가지이다. 먼저 여성 신체는 직선적인 시간에서 남성들이 상실한 것을 심연의 '순수 기억'을 통해 되살리는 장소로 등장한다. 또한 여성은 그런 잔여물의 회생을 통해 이질적인 사상들이 교섭할 수 있는 공백을 열어 대화의 향연을 만개시킨다.

여성의 신체는 사상이 무력화된 뒤에도 그 잔여물을 순수 기억으로 지속시키는 곳이었다. 〈경영〉에서 최무경은 사회주의자 애인 오시형의 출감을 기다리며 그의 회중시계를 손에 쥐어본다. 오시형의 시간은 직선적으로 흐르고 있으며 사회주의에 대한 믿음이 차츰 흐려져 가고 있었다. 그러나 최무경에게는 오시형과 함께했던 고통의 시간이 자신의 일부가 되어 가슴을 동요시키고 있었다.

이 장침과 단침은 대체 몇 천 번이나 빤뜩빤뜩한 흰 판을 달리고 돌았는가? 초침이 한초 한초씩 시간을 먹어들어가는 소리를 물끄러미 듣고 있다가 그는 시계를 가만히 제 얼굴에다가 부비어 보았다. 차갑다. 그러나 가슴 속에선 누르고 참았던 감정이 포근히 끓어올라서, 이내 그의 볼 편의 체온은 크롬 껍질을 따끈하게 데우고야 만다. 가슴을 복받치는 울렁거리는 혈조를 가라앉히기 위해서 그는 한참이나 낯을 침대에 묻고 가만히 엎디어 보았다.[54]

---

53 절대적 동일성이 상상계적 위치를 강요한다면 대화성은 실재계적 타자들이 유동적으로 움직이게 해준다. 그 때문에 대화는 존재론적 전회 속에서 사람들이 능동적 정동에 감염되게 만든다.

54 김남천, 〈경영〉, 《김남천 단편선》, 앞의 책, 229~230쪽.

회중시계는 차가우면서도 뜨겁다. 오시형의 시계가 차가운 것은 사회주의자와 함께 견뎠던 시간들이 고통스러웠기 때문이다. 하지만 그 고통은 최무경에게 능동적 사랑의 소망을 고양시켰기에 지금도 가슴을 뜨겁게 끓어오르게 한다.

오시형이 잃어가고 있는 사회주의는 최무경의 **기억**으로만 남겨져 있다. 신체제에서는 사회주의가 불법이지만 어떤 금지의 명령도 최무경의 심연의 순수 기억을 빼앗을 수는 없다. 지금은 다시 차가운 시간이 흐르고 있지만 최무경은 여전히 사회주의자와의 사랑으로 가슴이 복받쳐 오른다. 이것이 신체제는 절대로 알 수 없으며 최무경의 시점에 젖어 든 우리에게만 암시되는 여성 타자의 **정신의 비밀**이다.[55]

김남천은 전향자 오시형을 등장시키면서도 최무경을 통해 사회주의를 포기하지 않고 있었다. 최무경은 오시형이 전향을 암시했을 때도 사회주의자 애인을 잃어버렸다고 생각하지는 않았다. 유연한 그녀의 내면에서는 사회주의와 신사상(근대초극론)이 대화적 관계로 공존하기 때문이다. 경제학과 사회주의가 불법이라고 무슨 상관인가. 공적인 영역에서 사회주의가 불법이 되었지만 사적인 여성의 영역에서 사회주의자와의 사랑의 기억은 여전히 뜨겁게 감지되고 있었다. 김남천은 회중시계를 뜨겁게 데우는 최무경의 순수 기억을 통해 사회주의자와의 사랑의 진정성이 계속되고 있음을 암시한다.

"경제학과 철학의 차이가 있을라구요. 학문이야 같을 텐데……"

하고 무경이는 제 의견을 나직히 말해보았으나 시형이는 그러한 것에 개의치는 않고 다시 제 생각을 펼쳐보았다.

(…중략…)

---

55 〈경영〉, 〈맥〉이 《낭비》와 다른 점은 이처럼 제국이 절대로 알 수 없는 비밀을 독자와 최무경만이 교감하게 한다는 점이다.

"가령 동양이라든가 서양이라든가 하는 개념도 로마의 세계에서 성립된 것이고, 또 구대니, 근세니 하는 특수한 시대 구분도 근세의 구라파 사학에서 성립된 구분이니까. 이런 것에서 떠나서 동양과 동양 세계를 다원사관의 입장에서 새로이 반성하고 성립시킬 필요가 있지 않은가. 이것은 동양인의 학문적인 사명입니다. 동양인 학도가 하지 않으면 아니 될 의무입니다."

그는 말을 뚝 끊었다. 그리고는 자리에서 일어났다.

(…중략…)

무경이는 무어라고 말할까를 몰랐다. 본시부터 오시형이가 어떠한 사상을 가지든 그것을 간섭할 생각이나 준비는 저에게는 없다고 생각하여왔다. 그에게는 오직 안에 있는 사람을 건강한 채로 하루라도 이르게 구하여내는 것만이 임무라고 생각되어졌었다. 그러니까 지금 오시형이의 열의 있는 독백을 들어도 그것에 관하여 이렇다 할 의견을 건네려 하지는 않았다.[56]

최무경은 신사상(철학)에 의해 사회주의(경제학)가 배척된다는 말을 이해할 수 없었다. 더욱이 그것이 사랑으로 연결된 자신과 오시형의 관계에까지 영향을 미칠 수는 없을 것이었다. 그 때문에 설령 오시형이 전향했다 하더라도 전과 다른 사람이 되리라고는 생각할 수 없었다. 다만 그의 말투가 연설투와 독백으로 변해 있는 것을 막연히 느끼고 있을 뿐이었다.

위에서 오시형의 독백체는 최무경의 대화적 어조와 대조를 이룬다. 최무경은 애인의 독백투가 어떤 변화를 뜻하는 것인지 나중에야 차츰 깨닫게 된다. 오시형이 아버지를 따라 평양으로 내려갔을 때, 편지를 해도 답장이 오지 않을 때, 그리고 결정적으로 공판정에서 자신을 배신했을 때 독백체와 오시형의 정체성의 관계가 드러나게 된다. 그와 동시에 그런 불길함이 계속될수록 최무경 자신의 대화적 무의식 역시 차츰 대비적으로 부각된다.

---

56 김남천, 〈경영〉, 《김남천 단편선》, 앞의 책, 257~259쪽.

오시형의 과거는 회중시계의 차가운 직선적인 시간 속으로 사라졌으며 그의 남성중심적 독백체는 그것의 암시였다. 반면에 남성중심주의의 타자인 최무경에게는 회중시계의 온기(순수 기억)가 남아 있었고 독백과 직선적 시간에서 버려지면서도 그 열정은 식지 않았다. 그 때문에 회중시계의 열정을 기억하는 최무경에게는 아직 오시형이 대화적 상대로 남아 있었다.

최무경의 대화적 무의식은 순수 기억의 잔여물과의 관계인 동시에 부재의식을 극복하려는 노력과도 연관이 있다. 오시형이 멀어져 갈 때 최무경의 어머니 역시 재혼의 뜻을 밝히게 된다. 최무경은 단 하나의 어머니와 유일한 애인을 한순간에 잃어버렸다. 혼자 남은 최무경은 '방도, 직업도 이제 나 자신을 위해 가져야겠다!'고 외친다.[57]

그러나 최무경의 외침은 단지 고독한 삶을 견디겠다는 의지의 선언이 아니다. 최무경의 '나 자신의 방'은 상실한 것(그 잔여물)과의 끝없는 대화를 전제로 의미를 지니게 될 것이었다. 그렇게 함으로써 비로소 부재의식에서 벗어나 자아를 확장시키는 '자기의 방'이 생기는 것이다. 소중한 것을 잃은 부재의식[58] 속에서 '자기'를 생성하는 것이 '모랄'(김남천)이라면, 최무경 역시 절박함 속에서 일신상의 모랄을 소망하고 있는 셈이었다. 다만 김남천과는 달리 최무경의 부재의식은 사적인 것으로 보일 수 있었다. 그러나 〈경영〉, 〈맥〉은 최무경의 대화의 욕망을 통해 여성의 경우 사적인 영역이 공적인 영역보다 더 공적일 수 있음을 보여준다. 이 연작소설이 제시하는 것은 개인적인 부재의식을 넘어서려는 과정에서 사회적 스케일의 대화가 생성되는 과정이다.

부재의식의 극복의 관점에서 보면, 최무경의 '나 자신의 방'이란 이관

---

57 위의 책, 279쪽.
58 김남천의 부재의식은 세계관의 와해에서 비롯된 시대적 분열에서 기인된다. 그런 분열과 혼돈은 이관형을 통해 심정과 사회의 불화로서의 부재의식으로 표현되기도 한다. 서인식도 김남천의 일신상의 진리를 옹호하면서 심정과 사회의 불화를 극복하려는 시도가 모랄이라고 논의한다.

형이 상호텍스트성 속에서 얻은 '자기'와도 비슷했다. 이관형이 헨리 제임스와의 끝없는 상호텍스트성 속에서 '자기'의 생성을 느꼈듯이, 최무경 역시 오시형이나 이관형과의 대화를 통해 자신의 방을 만들어가고 있었다. 다만 최무경은 '자기'를 영문학 속에 숨기려 했던 이관형과는 달리 자신의 방을 감추지 않는다. 이관형의 '자기'란 피식민 타자의 모랄로서 제국의 심사위원들에게 위험한 심리로 느껴지고 있었다. 반면에 제국인들에게 여성의 방이 위험한 공간으로 여겨질 리는 없었다. 오히려 최무경의 여성의 방은 무관심 속에 묻히기 때문에 은밀히 '자기'의 생성을 모색하는 비밀의 방이 된다.

이제 최무경의 '자기'의 모색은 사상을 잃은 남성들을 대신하는 여성 타자의 은밀한 부재의식의 극복 방법이 된다. 사상과 타자를 배제하는 시대에 그녀의 **여성의 방**이 은밀성과 대화성을 통해 (사적·공적으로) 부재의식을 넘어서는 과정은 흥미롭다. 〈처를 때리고〉와 〈제퇴선〉이 암시하듯이 남성들은 사상을 잃은 후에 부재의식을 극복할 방법을 찾기 어려웠다. 이 혼돈의 시대에 김남천은 가장 무력한 동시에 순수 기억에 포용력을 숨기고 있는 여성 타자만이 대화의 공간에 남아 있음을 감지했다. 최무경의 순수 기억은 직선적 독백의 시간에서 상실한 사상들을 잔류시키며 부재의식을 넘어 대화를 회생시킨다. 오시형은 철학책을 읽으며 더 독백적이되었으며 절대적인 독백적 체제에 합류함으로써 부재의식의 시대를 증명하고 있었다. 반면에 최무경은 부재하는 오시형의 방을 순수 기억을 통해 여성의 방으로 만들어 똑같은 책을 읽으며 대화를 회생시키려 하고 있었다. 여성 특유의 부재의식의 극복 방법으로서 그런 순수 기억의 포용력은 '능동적 체관'[59]으로 이어진다.

어떻게도 할 수 없는 난관에 부딪히고 함정에 빠져서 그가 생각해본 것은

---

59 김남천, 〈맥〉, 《김남천 단편선》, 290쪽.

모든 운명의 쓴잔을 피하지 않고 마셔버리자 하는 일종의 능동적 체관이었다. 그는 우선 어머니와 오시형이를 비난하고 시기하고 질투하지 않으리라 명심해본다. 자기 자신을 그들의 입장 위에 세워보리라 생각했다.

(…중략…)

오시형이의 영향으로 경제학을 배우던 무경이는 또 그의 가는 방향을 따라 '철학을 배우리라' 방침을 정하는 것이다. '너를 따르고 너를 넘는다!' 이러한 표어 속에 질투와 울분과 실망과 슬픔과 쓸쓸함과 미움의 일체의 복잡한 감정을 묻어버리려 애쓰는 것이었다.[60]

최무경은 사랑하던 사람이 떠나간 후에도 그가 미처 말할 수 없었던 무엇이 남겨져 있다고 생각했다. 그녀는 끝까지 말해지지 않은 오시형의 정신의 비밀을 생각하고 있었던 것이다. '너를 따르고 너를 넘는다!'는 생각은 오시형이 미처 말할 수 없었던 것에 다가가겠다는 뜻이다. 부재의식 속에서의 능동적 체관은 바로 그 숨겨진 내적 비밀에 대한 질문에서 생겨난 것이었다. 최무경이 방 안에서 오시형의 책을 읽은 것은 대상의 부재에 **체관**하는 대신 **능동적**으로 내적 원인에 다가가는 과정이었다. 최무경의 순수 기억(회중시계의 온기)을 통한 대화의 욕망은 숨겨진 내적 요인(정신의 비밀)에 대한 열망이기도 했다.

최무경의 고통은 애인의 부재보다도 부재의 고통의 원인을 밝힐 수 없다는 데 있었다. 최무경은 오시형에게도 독백투에 담길 수 없는 정신의 비밀로서 실체적인 진실[61]이 남아 있다고 생각했다. 개인에 숨겨진 동시에 개인을 넘어선 실체적 진실이란 그녀와 오시형의 정신의 비밀이 교차되는 지점에서 암시될 것이었다. 떠나간 오시형은 말없이 침묵했기 때문에, 신체제에 의해 강요된 침묵 이면에 어떤 남겨진 것이 있으며, 최무경

---

60 위의 책, 290쪽, 295~296쪽.

61 실체적인 진실이란 라캉 식으로 말하면 실재계적 진실이라고 할 수 있다.

은 그것을 통해 오시형과 재회할 수 있을 것으로 생각했다.[62] 아무런 변명
도 없었던 것은 체제 내에서 표상될 수 없는 비밀이기 때문이며, 그 강제
된 침묵은 역설적으로 실체적 진실이 남아 있다는 암시였다. 어떤 절대적
체제도 동화시킬 수 없는 숨겨진 실체적 진실이 오시형의 침묵과 최무경
의 고통의 요인으로 작용하고 있었다. 그것은 표상될 수 없는 실재계적
요인이자 부재의 고통의 내재원인[63]과도 같은 것이었다. 부재하는 원인인
내재원인은 현존의 부재 속에서 오히려 깊이 다가갈 수 있는 숨겨진 근원
이었다. 내재원인이란 외적 체제(상징계)에 예속된 말에는 담겨질 수 없는
실재의 진실이며, 최무경의 대화적 욕망이 향하고 있었던 것은 바로 그
은밀한 정신의 영역이었다.

스피노자는 내재원인을 알 때 수동적인 고통에서 벗어날 수 있다고 논
의했다. 그러나 그 시대에 고통의 내재원인은 쉽게 말해질 수 없는 것이
기도 했다. 내재원인이 말해질 수 없는 이유는 신체제의 숨겨진 비밀을
전부 노출시키는 위험한 것이기 때문이었다. 김남천은 위험한 오시형의
정신의 비밀을 말하는 대신 여성 타자의 대화적 무의식을 선택했다. 최무
경의 부재의식 속에서의 내적 대화란 직접 말해질 수 없는 (부재하는) 내
재원인에 접근하는 방법의 하나였다.[64]

사랑의 잔여물을 지속시키며 내적 대화에 열중하는 것은 고통의 내재
원인을 찾는 일과도 같았다. 최무경의 부재의식은 송곳에 찔린 듯한 고통

---

62 오시형은 자신의 떠남에 대해 구구하게 변명하지 않았기 때문에 최무경은 그 침묵으로 인해 무엇
인가 밀해지지 않은 것이 있다고 생각하게 된다.

63 내재원인은 정신의 비밀들이 개인을 넘어서서 교차되는 순간 암시된다. 그 때문에 내재원인은 개
인의 심연에 숨겨진 동시에 개인을 넘어서는 실재계적 진실과 연관이 있다. 윤리란 개인의 신체적
무의식을 통해 내재원인을 감지하는 일신상의 진리이다. 그와 동시에 내재원인이 개인을 넘어서
기 때문에 일신상의 진리 역시 이중주와 다중주로 드러난다.

64 '능동적 체관'이란 부재의 고통을 넘어서며 숨겨진 내재원인을 찾는 능동적 과정이다. 외부를 향해
슬픔과 미움을 쏟는 대신 내부(내재원인)를 응시하는 최무경의 대화성은 시종 자아의 **능동성**을
잃지 않으려는 태도를 갖고 있었다. 이처럼 최무경의 고통을 극복하는 과정은 내재원인에 대한 열
망이 능동적 정동 속에서 진행됨을 실감나게 보여주고 있다.

과 함께 그 상처의 고통을 넘어서려는 끝없는 내적 교섭의 열망을 낳고 있었다. 중요한 것은 그런 능동적 교섭을 계속하는 유연한 여성성이 김남천이 모색한 **모랄**을 발견하는 위치가 되고 있었다는 점이다.

최무경이 오시형을 따르겠다고 한 것은 실상은 그의 독백체를 넘어서려는 능동적 대화의 열망이었다. 그처럼 물러서는 방식으로 내 안에 들어온 상대와 교섭하는 최무경의 사랑은 여성적이면서 윤리적(레비나스)이었다. 최무경의 여성적 사랑은 슬픔과 미움의 수동성에서 벗어나 능동적 정동을 회생시키려는 끝없는 교섭의 열정이었다.[65] 그런 교섭의 열정의 자의식은 이관형도 김남천도 발견하기 어려웠던 **부재의식의 극복**으로서 '자기'의 모랄(윤리)에 다가가는 과정이기도 했다.

최무경의 방에 들어온 또 다른 상대는 허무주의에 빠진 이관형이었다. 최무경의 능동적인 자의식은 허무주의자 이관형마저 일으켜 세워 대화의 상대로 만들고 있었다. 오시형의 책을 읽으며 독백을 대화로 바꾼 최무경은 이제 같은 책을 통해 이관형과의 대화를 시작하고 있었다.

"동양학이란 학문이 성립될 수 있을까요?"

동양학은 어떻게 해서 오시형이를 저토록 고민 속에 파묻히게 만드는 것일까. 동양학으로 가는 길이 무엇이관데 그것은 오시형이와 최무경이와의 관계를 이토록 유린하고 무시해버릴 수 있는 것일까. 그의 질문에는 학문과 애정의 문제가 함께 얽혀져서 마치 그의 생활의 전체를 통솔하고 지배하는 열쇠같은 것이 간축되어 있는 것이다.

(…중략…)

"어느 것이나 독자적인 학문을 이룬다든가 하는 것은 어려운 일인 줄 생각합니다. 서양학자가 구라파 학문의 방법을 가지고 동양을 연구한다고 그것을

---

65 이런 능동적 정동의 열망을 지닌 점에서 최무경은 스피노자적인 의미에서도 **윤리적**이었다고 할 수 있다.

동양학이라고 말한다면 그것은 지역적인 의미밖에 되는 게 없으니까 별로 신통한 의미가 붙는 것이 아니고 그저 편의적인 명칭에 불과할 것이요, 또 동양인인 우리들이 동양을 서양 학문의 세계에서 분리해서 세운다는 일에도 정작 깊은 생각을 가져보면 여러 가지 곤란이 있을 줄 압니다."

(…중략…)

"구라파 정신의 몰락이라든가 구라파 문화의 위기라든가 하는 소리는 이 쭈르르니 책장에 꽂혀 있는 뭇별 같은 사상가들이 오래전부터 떠들어오는 말이고, 구라파 정신의 재생이니 갱생 책을 생각해보는 과정에서 동양을 발견하는 일이 많다고도 말할 수 있겠는데 그러나 그들은 결코 구라파 정신을 건질 물건이 동양의 정신이라고는 믿지 않고 있습니다."

(…중략…)

"서양사학에서 떠나 다원사관에 입각해서 여러 개의 세계사를 꾸며 놓는 것은 어떨까요?"

(…중략…)

"한번 동양인으로 앉아 생각해볼 만한 일이긴 하지요마는 꼭 한 가지 동양이라는 개념은 서양이나 구라파라는 말이 가지는 통일성은 아직껏은 가져보지 못했다는 것은 명심해둘 필요가 있겠지요."[66]

최무경의 여성의 방은 독백의 시대에 허무에 빠진 이관형마저 흥분시키고 있었다. 최무경은 한편으로 신사상의 독백을 사랑의 교섭으로 되돌리면서, 다른 한편 허무주의를 세계를 횡단하는 대화로 되살리고 있었다. 아무도 관심을 갖지 않는 사적인 여성의 방은 신체제에서 유일하게 다양한 사상들이 조우하는 공간이 되었다.

최무경의 여성적 신체는 이질적 사상들이 닻을 내린 가운데 서로 동요하는 공백을 열고 있었다. 오시형을 경직시켰던 철학들은 구원의 사상으

---

66 김남천, 〈맥〉,《김남천 단편선》, 앞의 책, 326~329쪽.

로 다시 교류하기 시작했다. 그와 함께 최무경을 유린했던 견고한 동양학은 이관형에 의해 끝없이 흔들리게 된다.

만일 대학이나 강단에서라면 대화는 허용되지 않았을 것이다. 자신의 사상을 내세우지 않고 '물러서며 질문하는' 최무경에 의해 사상들의 동요가 다시 가능해진 것이다. 모두의 무관심에 묻혀 독자만이 엿듣는 '여성의 방'에서, '대학에서 쫓겨난 사람'과의 만남에 의해 대화가 다시 회생한 것이다. 김남천은 신체제에서는 사적인 여성의 방이 어떤 공적인 공간보다도 공적 영역의 비밀을 더 잘 암시할 수 있음을 보여주었다.[67] 최무경의 방에서 명멸했던 사유들은 이관형의 보리의 은유로 다시 모랄에 대한 질문이 된다. 보리처럼 빵으로 갈려 자아를 매각당하는 시대에 어떻게 흙 속에 묻혀 꽃을 피울 것인가. 이관형이 말한 보리의 꽃이란 그가 찾지 못한 모랄이었다

최무경은 빵가루로 갈릴 운명일지라도 시간을 지체시키며 흙에 묻혀 꽃을 피워 보자고 말한다. 최무경의 대답은 어떻게라도 '자기'의 모랄의 열정을 잃지 않겠다는 뜻이었다. 여기에는 사상으로 대응하진 않지만 자아를 빼앗겨도 자기의 방은 빼앗기지 않겠다는 의미가 담겨 있었다.

최무경의 말에 자극받은 이관형은 스스로 신체검사를 하며 자신의 정신의 비밀을 말한다. 그러나 자아를 매각당한 경험은 말했지만 보리의 꽃 같은 자기의 모랄을 되찾지는 못한다. 최무경의 대화의 방에서 허무로부터 일으켜 세워졌던 이관형은 정신의 비밀이 모랄을 만들지 못하면서 다시 허무로 되돌아간다.

최무경은 이관형과 비슷하게 자아를 빼앗긴 경험을 말하려 하지만 이관형은 들을 준비가 되어 있지 않았다. 그 때문에 그녀의 흙에 묻혀 꽃을 피우려는 능동적 체관의 비밀은 세상에 말해지지 않았다. 다만 최무경의

---

67 이 소설의 사상적 대화는 사상의 공백 지점에 놓인 듯한 최무경을 중심으로 진행되기 때문에 용인될 수 있었을 것이다.

인물 시점을 통해 우리는 시간이 갈수록 수면 밑의 말해지지 않은 비밀의 물결에 젖어 들게 된다.

두 사람과 딜리 끝까지 정신의 비밀이 말해지지 않은 것은 오시형이었다. 오시형은 독백을 통해 변화를 알렸고 편지에서도 경직되게 말했지만 그 역시 독백체가 흡수할 수 없는 비밀은 남아 있다. 하지만 공판정에서 전향이 발설될 때까지도, 왜 사랑을 버렸는지, 왜 독백을 반복하는지, 그 비밀에 대해서는 말할 수 없었다. 오시형의 비밀은 법정이 최무경에게 부재의식을 강제했을 때 침묵으로 암시될 뿐이다.

"그러면 피고의 그러한 생각으로 현재 진행되고 있는 전쟁과 세계사적 동향은 어떻게 포착할 수 있다고 생각하는가?"

"저의 사상적인 경로를 보면 딜타이의 인간주의에서 하이데거로 옮아갔다는 느낌이 듭니다. 하이데거가 일종의 인간의 검토로부터 히틀러리즘의 예찬에 이른 것은 퍽 깊은 감명을 주었습니다. 철학이 놓여진 현재의 주위의 상황으로부터 새로운 문제를 집어올린다는 것은 최근의 우리 철학계의 하나의 동향이라고 봅니다. 와츠지 박사의 풍토사관적 관찰이나 타나베 박사의 저술이 역시 국가, 민족, 국민의 문제를 토구하여 이에 많은 시사를 보이고 있습니다. 제가 과거의 사상을 청산하고 새로운 질서 건설에 의기를 느낀 것은 대충 이상과 같은 학문상 경로로써 이루어졌습니다."

재판장은 만족한 미소를 입가에 띠었다. 무경이도 숨을 포 내쉬었다. 그러나 바로 그때였다. 피고석 뒤에 놓인 방청석으로부터 젊은 여자가 약간 허리를 드는 것이 그의 눈에 띄었다. (중략) 젊은 여자는 완전히 일어섰다. 흰 두루마기를 입은 키가 날씬한 여자였다. 무경이는 가슴이 뚱하고 물러앉는 것을 느꼈다.[68]

---

68 김남천, 〈맥〉, 《김남천 단편선》, 앞의 책, 338~339쪽.

최무경의 여성의 방에서 대화적이 되었던 사상들은 법정에서 다시 공고한 독백이 되었다. 법정은 신사상의 핵심인 근대초극론을 '동화를 요구하는 이데올로기'로 고정시키는 장소였다. 대화의 목소리들이 감성의 분할[69]에 의해 들리지 않게 되었다는 확인이 바로 오시형의 독백이었다. 재판장의 물음은 사상적 질문이기보다는 사유의 잡음을 치안하는 감성의 분할을 확인하는 과정이었다. 대답은 이미 얼마간 정해져 있기 때문에 확인해야 할 것은 오시형의 충심 어린 목소리였다.

그처럼 법정의 권위가 감성의 치안에 관한 것이었기에 최무경은 재판장의 만족한 미소에 안심을 했다. 오시형의 사상적 변화에서 느꼈던 막연한 부재의식은 감성적 질서의 확인 과정에서는 별문제가 되지 않았다. 최무경은 물러서는 방식으로 사상이 변화된 오시형마저 받아들일 준비가 되어 있었던 셈이다.[70]

그러나 감성의 치안이야말로 최무경에게 최종적인 배반을 경험하게 하고 있었다. 신체제는 사상의 치안과 함께 남성중심적 감성의 치안을 수반하고 있었다. 남성중심적 감성의 질서에 따라 오시형이 아버지가 추천했던 도지사 딸에게로 가버렸던 것이다. 신체제의 질서는 도지사 딸을 보이게 만드는 순간 최무경의 여성적 사랑을 보이지 않게 만드는 장치였다.

법정의 보임과 보이지 않음의 분할은 사상을 질서화하며 남성중심성을 통해 여성적 사랑을 추방하고 있었다. 신체제가 감성적으로 질서화된 순간은 여성적 사랑을 갈망하는 최무경에게 부재의식을 강제하는 시간이기도 했다. 김남천과 이관형이 다소 추상적으로 감지했던 부재의식은 최무경에게 절박한 신체적 고통으로 날카롭게 스며들고 있었다. 신질서란

---

69 감성의 분할이란 정치권력에 의해 규정된 보이는 것과 보이지 않는 것, 발화와 소음 사이의 경계 설정이다. 랑시에르, 오윤성 역, 《감성의 분할》, 도서출판 b, 2008, 14~15쪽. 오시형의 답변은 소음을 제거하는 역할을 함으로써 재판장을 감성적으로 만족시킨다.

70 최무경은 어떤 사상에 대한 뚜렷한 입장을 표명하지 않는데, 이는 그녀가 다양한 사상들을 어느 하나를 선택하는 문제가 아니라 대화적 관계를 갖는 것으로 생각하고 있었음을 암시한다.

남성주의를 통해 최무경의 여성적 사랑을 부재의 고통으로 뒤바꾸며 안정된 감성을 유지하는 체제였다. 재판장-오시형-아버지-도지사 딸로 연결된 가부장적 질서는 여성적 타자성을 배제함으로써 만족한 웃음을 짓는 체제였다.

법정은 최무경이 열어놓았던 여성의 방을 다시 닫는 공간이었다. 비밀리에 만개했던 대화는 독백의 향연으로 뒤바뀌었다. 여성적 대화성을 무시하는 권력은 타자의 부재의식을 신체적 절박성으로 느끼게 만드는 체제였다. 이관형이 암시한 '심정과 사회의 분열'은 최무경의 여성적 신체에 스며든 상처가 되었다. 신체제의 질서가 안정될수록 부재의식을 넘어서려는 여성의 방마저 빼앗아간다는 것, 이것만이 아무도 모르는 최무경의 일신상의 진리였다.

여성의 방을 상실한 최무경의 일신상의 상처는 감성의 분할에 의해 침묵에 묻힌 비밀이 되었다. 다만 그 상처와 진실은 오랫동안 그녀의 내면의 물결에 젖어 있던 독자만이 감지할 뿐이다. 최무경의 여성의 방은 이제 독자들과 공유하는 물밑의 비밀이 되었다. 그런 비밀의 연대 속에서 우리는 체제의 부동성이 확인된 바로 그 순간 수면 밑의 유동적인 물결을 느끼게 된다. 최무경이 동요할수록 독자는 독백적 체제의 안정된 감성을 흔들리는 물결 속에서 접하게 된다. 김남천의 여성 시점은 그런 비밀의 교류를 통해 신체제의 감성의 분할을 역류시키려는 숨겨진 전략이었다. 물밑의 비밀로서 여성의 방이 순수 기억으로 동요할수록, 우리는 그 유동성의 힘으로 고착된 신체제를 흔들리는 물 위의 도시[71]로 느끼게 된다.

〈경영〉, 〈맥〉의 여성 시점은 물밑의 진실의 잔여물을 확인하는 은밀한 교감의 장치였다. 《낭비》에서 이관형의 고독한 인물 시점은 제국에 들켜버린 채 권력의 비밀을 감지하게 할 뿐이었다. 반면에 최무경의 **대화적** 여성시점은 아무도 모르는 그 정신의 비밀에 젖어 든 순간 부재의 잔여물과

---

71 김철, 〈'근대의 초극', 《낭비》, 그리고 베네치아〉, 《'국민'이라는 노예》, 삼인, 2005, 62~104쪽 참조.

능동적 정동에 전염되게 만든다. 여기서의 **정동적 감염력**은 제국의 오만과 무지 속에서 최무경의 능동적인 대화적 욕망이 일으킨 유동적 물결에서 비롯되고 있다.[72] 독백적 체제였던 식민지 말은 더 이상 인식론적 사상이 사람들을 움직이게 할 수 없는 시대였다. 반면에 대화적 상상력은 독백으로 말해질 수 없는 정신의 비밀(실재계적 진실과 내재원인)을 쫓아가는 물결(존재의 물결)을 일으키며 우리를 능동적 정동에 감염시켰다. 사상이 추방된 시대에 여성적인 대화적 욕망은 사상의 잔여물을 수면 밑의 **존재의 물결**로 만들어 우리를 젖어 들게 했다. 최무경은 떠나간 사회주의자와 허무주의적인 모더니스트마저 유동적인 물결로 만들고 있었다. 그렇게 하면서 고착된 동일성을 해체하고 실재의 바다에서 진실의 잔여물에 이끌리는 정동적 동요를 생성하고 있었다.[73] 최무경의 지속적인 대화적 무의식으로 인해 신체제가 만든 부동의 질서는 여성적 정동에 감염된 독자들의 동요의 반격을 피할 수 없었다.

사상들이 뭇별처럼 빛나던 여성의 방은 이제 물밑의 유대의 장소가 되었다. 사적 영역에서 엿듣던 대화는 경직된 감성의 분할을 넘어서며 수면 밑의 비밀로 지속되고 있었다. 신체제의 법정이 치안할 수 없는 것은 여성시점이 열어놓은 그 물밑의 은밀한 정동적 감염력이었다. 법정은 오시형의 전향에 만족한 웃음을 짓는 순간 최무경의 정신의 비밀에 젖어 든 사람들의 정동적 파동에 부딪힌다. 빼앗긴 사상은 돌아올 수 없었지만 숨겨진 정동의 물결은 수면 밑의 동요를 입증하고 있었다. 최무경의 여성적 신체는 절박한 내적 비밀을 쫓아가는 정동적 감염력을 증명하며 모랄을 포기하지 않게 하고 있었다. 사상가들은 자아를 매각당하면서도 부재의

---

72 이것이 《낭비》와 〈맥〉의 차이이다. 대화적 무의식이 감염력을 지니는 것은 정동적 진실이 근본적으로 이중주의 진리를 생성하는 물결이기 때문이다.

73 정동적 감염력은 감정이입을 넘어서서 타자의 힘을 증대시키며 존재론적 전회를 진행시켜준다. 앞서 살폈듯이 대화란 실재계적 타자가 유동적으로 움직이는 상태이며 대화적 상상력은 존재론적 전회를 가능하게 하며 정동적 감염력을 증대시킨다.

식을 극복할 수 없었지만, 목적론에서 면제된 여성 타자는 신체적 절박성을 지닌 사람들이 능동적 회생을 위해 필사적으로 손을 잡는 물밑의 공간을 열고 있었다.

6. 역사의 미로와 여성적 정동의 감염력

〈경영〉, 〈맥〉은 역사의 미로의 시대에 어떻게 절망에 빠지지 않고 윤리적 정동을 포기하지 않는지 보여준다. 역사의 미로란 지배체제가 타자를 배제하고 물신화됨으로써 출구를 잃은 시대를 말한다. 물신적 체제가 상상계적 환상을 작동시킨다면 **타자**는 실재계적 내재원인에 접촉한 존재이다. 지배체제가 물신화(캐슬화)되면 타자가 추방되고 **내재원인**[74]이 망각됨으로써 사람들은 수동적 정동의 미로를 헤매게 된다. 이런 역사의 미로 시대에는 만연된 수동적 정동의 안개 때문에 어떤 사상적 나침반도 사람들을 구원하지 못한다. 단지 자아를 뺏긴 신체적 절박함 속에서 망각된 내재원인을 탐색해야만 능동성을 향한 정동의 대응이 시작된다. 김남천은 그처럼 역사의 미로를 탈출하기 위한 **신체적 탐색**(신체검사)과 **내재적 모험**을 최초의 모랄이라고 불렀다. 그리고 그런 육체적 절박성에 근거한 내재적 정동의 지향을 여성 타자의 신체에서 발견했다. 어떤 사상적 방패도 지니지 않은 여성 타자는 견고한 캐슬의 체제에 외적인 목적을 내세워 대응하지는 못한다. 그 대신 부재의식을 지닌 사람들을 신체적 절박성에 근거한 여성적 정동에 젖게 하면서 고착된 캐슬을 물 위의 도시로 흔들리게 만든다.

여성 타자의 비밀은 자아를 빼앗긴 신체적 절박성이 내재원인과 능동

---

74 내재원인은 권력의 비밀과 인간(타자)의 비밀이라고 할 수 있다. 스피노자는 내재원인을 망각하면 우리가 수동적 정동에 감염된다고 말했다.

적 정동을 탐색하게 한다는 데 있다. 〈경영〉, 〈맥〉에서 최무경이 쉽게 버려진 것은 여성의 사랑을 사소한 사적 영역의 일로 격하시키는 남성중심주의와 연관이 있었다. 그러나 최무경은 사적인 공간인 여성의 방에서 외적 현존의 집착에서 벗어나 내적 원인을 탐색하며 대화적 상상력을 생성해간다. 이처럼 남성중심주의에 의해 폄하된 영역을 보다 근원적인 것의 탐색으로 되돌리는 것이 여성 타자의 숨겨진 반전의 힘이다. 최무경은 애인을 독백적으로 만든 책을 읽으며 여성의 방에서 육체적 절박성을 대화적인 능동성의 소망으로 되돌린다. 이같이 남성중심주의에 의해 자아를 빼앗긴 절박성을 내재원인과 능동성의 탐색으로 전환시키는 것이 여성 타자의 정동적 비밀[75]이다.

김남천은 수동적 정동의 안개 속에서 외부 목적(그리고 상징계)에서 완전히 벗어날 수 없는 남성들로부터 최초의 모랄을 발견할 수 없었다. 이관형 역시 모랄의 생성을 소망했지만 경성제대 아카데미즘(외적 목적)에서 자유로울 수 없었다. 반면에 긴 시간 고립되어온 여성은 능동적 체관 속에서 외부 목적 대신 **내재원인**을 탐색하며 능동성의 소망을 버리지 않았다. 흙에 묻혀 꽃을 피우려는 최무경의 보리의 비유가 그것을 말해준다. 보리의 꽃이란 내재원인의 만개에 다름이 아니다. 그런 모랄의 꽃을 피우기 어려운 시대에 빵가루의 시간을 지연시키려는 능동성의 지향이야말로 최무경의 여성 신체의 비밀이다. 우리가 《낭비》에서와는 달리 〈경영〉, 〈맥〉에서 최무경의 비밀에 젖어 드는 것은 내재원인을 탐색하는 여성 시점의 **능동적 정동의 감염력**[76] 때문이다.

최무경은 철학책을 대화의 장에서 고통의 내적 원인을 추적하는 물결로 만들었으며 그녀의 정동의 물결은 딱딱한 사상보다 훨씬 감염력을 지

---

75 이 정동적 비밀은 〈맥〉에서 언급된 정신의 비밀이기도 하다. 스피노자가 말했듯이 내재원인과 연관된 정신과 신체는 동전의 앞뒷면처럼 표리를 이루고 있다.

76 이런 능동적 정동의 감염력을 표현한 〈맥〉은 상상계적인 절대적 동일성의 시대에도 물밑에서는 실재계적 모랄을 생성하려는 정동적 모험이 시도되고 있었음을 증언해준다.

니고 있었다. 김남천이 〈경영〉, 〈맥〉에서 여성적인 대화적 소설을 통해 식민지 말의 절망을 유보시킨 비밀은 바로 여기에 있다. 김남천은 여성의 능동적 정동의 감염력을 발견함으로써 내포독자와의 관계에서 절대적 동일성의 체제에 예속되지 않은 물밑의 공간을 열고 있다.

김남천이 발견한 여성적 정동은 20세기 후반 이후의 페미니즘에서 보다 적극적인 방식으로 탐구된다. 김남천은 최무경의 '능동적 체관'을 내면의 성숙에 연관시켰지만 그녀의 정신의 비밀은 신체적 비밀이기도 하다. 최근의 페미니즘에서는 여성 신체의 비밀을 능동적 정동을 출산하는 능력과 연결해 논의하고 있다. 김남천이 보여준 여성의 능동적 정동의 반전은 신체적 능력의 반전이기도 하다.

여성은 신체와 정동이 은밀하게 격하된 채 평생을 지내는 일상의 무기수도 같다. 여성의 신체는 남성중심주의에 의해 차이가 부인된 상태에서 '모자라는 남성'으로 비하되어왔다. 예컨대 남성이 결코 경험할 수 없는 산고와 출산은 자궁이 벌어지는 공포와 출혈의 혐오로 백안시된다.[77] 그러나 출산과 연관된 여성적 신체의 특징이야말로 탄생적 사건을 준비하기 위한 생명적 조건이다. 여성의 출산은 우리 모두가 여성의 몸을 통해 생명으로 들어왔음을 입증하고 있다.[78] 여성은 남성의 비하에 의해 자아가 강등되어 살면서도 그 절박함을 보다 근원적인 생명 수여자의 출산의 능력으로 되돌린다. 여성의 생명 수여자의 능력은 인간 안의 자연으로서 내재원인의 증명에 다름이 아니다.

여성 타자의 이런 신체적 반전의 비밀은 정동적 관계에서도 비슷하게 나타난다. 여성은 남성에 비해 목적론적 체제에 동화되기 어렵지만 그런 부적응의 고통을 능동적 정동의 탐구로 되돌린다. 남성의 정체성이 외부

---

77 아리시카 라자크, 정현경·황혜숙 역, 〈출산에 관한 우머니스트적 분석을 향하여〉, 아이린 다이아몬드 외, 《다시 꾸며보는 세상》, 이화여대출판부, 1996, 259쪽.

78 위의 책, 256쪽.

목적에 동일화하는 능력과 소유의 권력에 의해 규정된다면, 여성은 흔히 동일화에 어려움을 겪으며 소유보다는 허여성(gift)의 경제[79]를 열어간다. 여성이 외부 목적에 이르는 (동일화) 과정에서 무능력하고 사적인 관계에 의존한다고 말해지는 것은 그 때문이다.[80] 그러나 스피노자가 말했듯이 외부 목적에 동일화되는 남성의 능력이 신체를 능동적으로 만드는 것은 아니다. 외부 목적에 결속되어 능력이 증진되는 과정은 삶권력(푸코)에 예속된 수동적 정동의 유포일 뿐이다. 그와 달리 동일화 과정에서 어려움을 겪는 여성은 자아를 빼앗긴 절박성을 능동적 체관으로 되돌린다. 외부 요인에 의해서 생긴 고통을 〈경영〉의 최무경처럼 내재원인을 탐색하는 쪽으로 전환시키는 것이다.

이런 정동적 반전의 과정은 결여된 신체를 생명 수여자로 역전시키는 능동적 전환에 상응한다. 여성이 생명 수여자로 귀환하고 능동적 정동으로 회생하는 과정은 여성 특유의 존재론적 반전의 능력을 나타낸다. 그 같은 존재론적 반전의 계기는 내재원인의 탐색으로 수렴될 수 있다.

내재원인의 탐색이란 외부 요인에 의해 배제된 절박성 속에서 신체 자체로부터 생성되는 능동적 정동을 소망하는 것이다. 그런 능동성의 소망이야말로 최무경의 여성의 방과 신체 자체에서 일어난 미시적 사건일 것이다. 빼앗긴 외부 목적에 대해 **체관**하는 동시에 내적으로 신체 자체에서 **능동적 정동**의 물결을 흐르게 하는 것이다.

여성적인 능동적 체관의 의미가 무엇인지는 〈경영〉, 〈맥〉에서처럼 절대적 동일성의 체제가 모든 타자를 추방할 때 나타난다. 절대적 체제에서 남성은 무력화되거나 수동적으로 동일화되어 살아간다. 반면에 절대적 체제가 추방하기 전에 이미 배제된 여성은 이념의 공백 지대에서 다른 타자를 품어 안아 관계를 지속시킨다. 외부 목적에 초연해진 상태(체관)에서

---

79 허여성의 경제란 교환가치가 아니라 선물에 의해 이루어지는 경제를 말한다.

80 여성은 목적의식을 내세우는 남성중심적 사회에서 자아가 강등된 채 고통을 감수하며 살아간다.

또 다른 타자와의 능동적 관계를 계속하는 것이다.

이런 최무경의 '능동적 체관'이란 이리가레이의 '타자를 품어 안는 타자'와도 다르지 않다. 이리가레이는 동일자가 타자를 배제하는 관계와 전혀 다른 여성 타자의 포용성을 논의했다. 즉 여성은 태아라는 타자와의 관계에서 비자아(타자)의 생명을 품는 태반을 통해 배제가 아닌 교섭의 기제를 작동시킨다.[81] 〈맥〉에서도 독백적 체제에서 버려진 최무경은 여성 타자의 방에서 이관형이라는 무력한 타자와 대화를 생성시킨다. 타자를 품어 안는 타자로서 이리가레이의 여성적 본성은 〈경영〉, 〈맥〉에서 절대적인 독백 체제를 넘어서서 대화적 관계를 회생시키는 능력으로 표현되고 있다.

독백을 대화로 해체하는 것은 외부 목적의 결박에서 풀려나 타자성을 회생시키고 내재원인을 탐색하는 능동적 과정이다. 그것은 빵가루(외부 목적)로 갈리기 전에 흙에 묻혀 꽃을 피워보려는 소망이기도 하다. 절대적 독백의 체제가 남성들을 상상적 질서를 통해 수동적 정동에 감염시킨다면, 대화를 소망하는 여성적 신체는 내재원인(실재계적 진실)을 탐색하는 추동력으로 능동적 정동의 감염력을 유포시킨다.

평생을 자아를 빼앗기며 살아가는 여성은 생명 수여자인 동시에 능동적 정동의 감염원이다. 여성 특유의 생명의 생산과 능동적 정동의 전파력은 외부 목적에 총체화된 체제에서 오히려 빛을 발한다. 총체적 체제는 죽음정치로 생명을 유린하는 한편 출구를 잃은 피지배자를 안개 같은 수동적 정동에 오염되게 만든다. 단지 오랫동안 배제되어온 여성 신체만이 외부에 대한 능동적 체관 속에서 내재원인 쪽을 향할 수 있다. 여성 타자가 내재원인을 향한다는 것은 수면 밑의 '정신의 비밀'을 통해 권력의 비밀과 인간의 비밀을 감지한다는 뜻이다.

---

81 이리가라이, 박정오 역, 《나, 너, 우리》, 동문선, 1996, 42~43쪽. 이리가레이는 로쉬와의 대담에서 자신의 생각을 암시하고 있다. 박정오, 〈새로운 상징질서를 찾아서〉, 이리가라이, 박정오 역, 《근원적 열정》, 동문선, 2001, 148쪽.

예컨대 김사량의 〈무궁일가〉에는 형수의 생명의 출산을 계기로 비천한 타자들이 어둠에서 빛으로 돌아오는 순간이 그려진다. 또한 김남천의 〈맥〉에서는 보리처럼 고통을 견디며 모랄을 꽃피우려는 여성 신체의 절실함에서 능동적 물결이 흘러나온다. 우리는 최무경의 여성 시점을 통해 권력의 비밀과 타자의 비밀을 감지하며 역사의 미로에서 탈출하는 방향을 알게 된다.

타자를 배제하는 총체적 체제란 피케티의 경직된 세습사회이자 우리가 논의한 역사의 미로의 시대이다. 피케티의 U자가 암시하듯이[82] 우리는 21세기에 또 한 번의 총체적 체제와 역사의 미로의 시대를 살고 있다. 물론 식민지 말이 폭력의 시대였다면 지금은 민주주의의 시대이다. 그러나 외부 목적에 물신화된 체제인 점에서 양자는 겹치며, 각각 전쟁과 상품의 총동원 시대로 표현될 수 있다. 전자가 이질적 사상들이 신체제의 동일성 속으로 사라진 시대인 반면, 후자는 다양한 존재의 차이들이 상품의 동일성 속으로 흡수된 세상이다. 두 시기에 비슷하게 나타나는 것은, 타자의 추방과 외부 목적의 물신화로 인한 내재원인의 망각이다.

이런 역사의 미로의 시대에는 사상적 나침반에 앞서 신체적 절박성에 근거한 내재원인의 탐색이 필요하다. 앞서 살폈듯이 사상이 무력화된 시대에 내재원인을 탐색하게 해주는 것은 깊이 숨겨진 타자의 정동적 잠재력이다. 그 점에서 우리 시대 역시 일상에 묻힌 여성 타자의 생명의 생산력과 능동적 정동의 전파력이 중요한 시기이다. 비판적 사상이 위기에 처한 우울의 시대에 김남천이 여성의 방을 발견했듯이, 오늘날 또 다른 무기력의 시대에 여성의 위치가 부각되는 것은 우연이 아니다. 타자가 배제되는 역사의 미로의 시대에 오랫동안 망각된 여성 타자는 절대적 체제에 맞서는 숨겨진 절대적 비밀 무기이다. 일상의 무기수로 살아온 여성이야말로 망각된 타자의 위치에 방기된 반격의 잔여물이 될 수 있기 때문이

---

82 피케티와 우리의 다른 점은 총체적 체제를 타자의 서사가 추방된 체제로 본다는 점이다.

다. 남성중심주의는 여성의 차별이 정상적 일상이라는 환상을 떨치지 못하기 때문에 그 허약한 편견을 깨는 여성의 능동적 정동의 회생은 반격의 출발점이 된다. 우리 시대의 김선우와 문정희의 시는 여성이 어떻게 우울한 미로에서 능동성의 소망을 회생시키는지 잘 보여준다.

오늘날은 감정과 무의식, 자연까지 식민화된 세계이다. 이런 시대에는 자연이 민둥산처럼 피폐화되었을 뿐 아니라 여성 역시 인격이 강등된 비천한 신체로 살아간다. 신자유주의에서 피폐화된 자연은 '헛묘'가 되었고 상품화에 시달리는 여성 신체는 혐오의 대상이 되었다. 하지만 라자크가 암시했듯이 여성혐오는 생명 수여자를 표상할 수 없는 상품사회의 무능력에 의한 것이다.[83] 상품사회의 무능력은 일상화된 우울한 정동으로 드러나며 그 빈곤한 존재의 영혼을 두드리는 것으로 여성적 반격이 시작될 수 있다. 상품사회에서 버려진 여성은 내재원인의 탐색에 의해 자연의 폐허를 생명으로 되돌리는 영혼 치유자로 귀환한다.

여성은 상품사회의 상징계에서 피폐화된 동시에 신체적 절박성 속에서 여성 특유의 전오이디푸스적(혹은 비오이디푸스적)[84] 잔여물을 응시한다. 크리스테바는 여성이 전오이디푸스적 잔여물로 인해 남성중심적 상품사회에서 앱젝트로 살게 되었다고 말한다. 앱젝트란 외부 목적에 동화되지 못해 체제 바깥으로 버려지는 존재이다. 그러나 최무경이 자아를 빼앗겼을 때 내재원인을 탐색했듯이, 앱젝트가 된 여성은 비오이디푸스적 잔여물을 응시함으로써 능동적 생명성의 소망으로 되돌아온다. 신자유주의의 외부 목적에 의해 폐허가 된 자연에서 여성은 신체에 깃든 생명적 본능(비오이디푸스적 잔여물)을 감지하며 민둥산과 앱젝트에서 벗어난다. 김선

83 아리시카 라자크, 정현경·황혜숙 역, 〈출산에 관한 우머니스트적 분석을 향하여〉, 아이린 다이아몬드 외, 《다시 꾸며보는 세상》, 앞의 책, 255쪽.

84 남성중심적 오이디푸스화를 경험하기 이전의 상태를 말한다. 여성은 오이디푸스화된 이후에도 심연에 전오이디푸스적 잔여물을 지니고 살아간다. 비오이디푸스적이란 오이디푸스화에 동화되기 어려운 요소들을 말한다.

우는 〈민둥산〉에서 여성의 신체가 폐허 속에서 생명적 교감을 부활시키는 신전이라고 노래한다.[85] 여성 신체는 다시 한번 물신화된 동일성의 권력에 대응하는 전복의 장소로 귀환한다.

김선우가 말한 신전은 또 하나의 **여성의 방**과도 같다. 최무경이 자아를 빼앗긴 고통의 내재원인을 탐색하며 독백을 대화로 돌렸듯이, 여성은 헛묘와 등뼈를 품어 안아 알몸의 생명으로 전환시킨다. 여성은 비단 자연뿐 아니라 버려진 모든 타자에게 몸을 빌려주는 존재이다. 김선우는 〈빌려줄 몸 한 채〉에서 속이 찬 배추처럼 자연의 벌레들에게 몸을 빌려주며 자신을 결구(結球)시켜가는 신체를 노래한다.[86] 김선우의 여성의 신체에 자연의 타자가 스며드는 과정은 최무경의 여성의 방에 사회적 타자가 들어오는 것과도 같다. 최무경이 우울한 타자와 대화하며 여성의 방을 성숙시켜가듯이, 김선우의 '몸 한 채' 역시 자연의 타자와 교섭하며 자신의 신체를 성장시켜가고 있다. 최무경과 김선우는 여성의 방과 여성 신체를 통해 또 다른 타자를 품어 안아 시대적 동일성의 폭력에서 해방시킨다. 타자와의 대화(최무경)나 상호 신체적 교섭(김선우)은 모두 능동적 정동을 회생시키는 존재론적 전회의 방법이다. 존재론적 전회는 내재원인과 생명적 본능을 쫓아가는 추동력으로 수동적 안개의 세상에서 능동적 정동을 회생시킨다. 양자는 비슷하게 수동적으로 피폐화된 존재를 되살리는 여성 타자의 **능동적 정동의 감염력**을 입증하고 있다.

타자를 품어 안아 능동성을 회생시키는 여성 신체는 문정희의 시에도 나타난다. 문정희는 〈러브호텔〉에서 '내 몸 안의' 러브호텔과 교회와 시로 들어간다고 노래한다.[87] 신자유주의에서 가장 많은 것이 러브호텔과 교회와 가짜 시인인데, 그곳으로 들어가는 '나'는 몸이 후들거릴 정도로 쓸쓸

85 김선우, 〈민둥산〉, 《도화 아래 잠들다》, 창비, 2003, 8~9쪽.

86 김선우, 〈빌려줄 몸 한 채〉, 《도화 아래 잠들다》, 위의 책, 16쪽.

87 문정희, 〈러브호텔〉, 《오라 거짓 사랑아》, 민음사, 2001, 14~15쪽.

함을 느낀다. 그러나 쓸쓸함을 아는 '내' 몸 안의 러브호텔은 실상 진짜 사랑이 회생되길 소망하는 장소일 것이다. 몸 안의 러브호텔에서 '내'가 기다리는 것은 천박한 상대가 아니라 우울한 타자일 것이다. 〈맥〉에서 최무경이 신체제에 봉사하는 책들을 대화의 철학으로 회생시켰듯이, 가짜 사랑의 시대에 '나'는 러브호텔에서 진정한 사랑을 소망하며 타자를 기다리는 것이다.

러브호텔이 또 한 번의 여성의 방이 될 수 있을까. 우리 시대의 러브호텔은 '누구나 아는 사랑'을 끝없이 되풀이하는 곳이다. 이런 시대에는 모두가 부자들보다도 오히려 돈을 더 많이 생각하면서 살아간다. 그처럼 아는 사랑을 되풀이하고 불가능한 돈을 더 많이 생각하는 시대에는 가도 가도 새로운 길이 나오지 않는다.

> 누구나 다니는 길을 다니고
> 부자들보다 더 많이 돈을 생각하고 있어요
> 살아 있는데 살아 있지 않아요
> 헌 옷을 입고
> 몸만 끌고 다닙니다
> 몇 가지 물건을 갖추기 위해
> 실은 많은 것을 빼앗기고 있어요
> 충혈된 눈알로
> 터무니없이 좌우를 살피며
> 가도 가도 아는 길을 가고 있어요[88]

가도 가도 아는 길을 가고 있는 시대는 **역사의 미로**의 시대이다. 그런 시대에는 아무리 가도 해방의 광장이 나오지 않기 때문에 살아 있는데도

---

88 문정희, 〈요즘 뭐하세요〉, 《다산의 처녀》, 민음사, 2010, 111쪽.

살아 있지 않음을 느끼게 된다. 가짜 사랑과 러브호텔의 시대에는 삶이 상품('물건')으로 소모되면서 진짜 중요한 것을 빼앗기고 살아간다. 더욱이 상품 시대의 희생자 여성은 상품화될 수 없는 것을 욕망한 죄로 치욕과 죄인과 죽음의 삶을 살게 된다.

> 붉은 물이 흐른다
> 더 이상은 벌릴 수 없을 만큼
> 크게 벌린 두 다리 사이
> 하늘 아래 가장 깊은 문 연다
>
> 치욕 중의 치욕의 자태로
> 참혹한 죄인으로 죽음까지 당도한다
> 드디어 다산의 처녀의 속살에서
> 소혹성 같은 한 울음이 태어난다
> 불덩이의 처음과 끝에서
> 대지모의 살과 뼈에서
> 한 기적이 솟아난다
>
> 지상에 왔다가 감히 그 문을
> 벼락 같이 연 일이 있다
> 뽀얀 생명이 흐르는 부푼 젖꼭지를
> 언어의 입에다 쪽쪽 물려준 적이 있다[89]

우리 시대에 물의 처녀의 신체는 치욕과 죄의식과 죽음에 시달리며 생존한다. 그러나 참혹하게 자아를 빼앗긴 물의 처녀는 신체적 절박성 속에

---

89 문정희, 〈물의 처녀〉, 《다산의 처녀》, 위의 책, 46쪽.

서 속살을 열며 '소혹성 같은 울음'을 출산한다. 물의 처녀가 가장 깊은 문을 열어 내놓은 것은 단지 울음의 출산만은 아닐 것이다. 벼락처럼 문을 열며 대지를 회생시키는 기적의 출산이란 망각된 자연의 내재원인일 것이다. 그 때문에 뽀얀 생명이 흐르는 젖꼭지를 뭇사람의 언어의 입에 물려주는 것이다. 생명의 젖꼭지를 물려 대지를 회생시키는 물과 다산의 힘이란 능동적 정동의 감염력이다. 신자유주의가 돈의 욕망을 퍼뜨려 살아도 산 것 같지 않게 만든다면, 다산의 처녀는 물과 생명의 젖꼭지에 감염시켜 쓰러진 사람을 능동적으로 회생시킨다.

우리 시대의 상품사회의 캐슬은 사람들을 수동적 정동에 감염시켜 '가도 가도 아는 길'을 헤매게 만든다. 반면에 다산의 처녀는 생명의 젖꼭지를 물려주며 생(生)이 소모된 사람들을 다시 살아 움직이게 만든다. 물의 젖꼭지를 문 사람들은 능동적 생명력에 감화되어 고착된 사회의 캐슬을 물 위의 도시로 흔들리게 만들 수 있다.

〈맥〉에서 최무경은 사람들을 '가슴의 비밀'의 물결에 젖게 하면서 신체제의 캐슬을 동요시키고 있었다. 그와 비슷하게 오늘날 물의 처녀는 생명의 젖꼭지로 다산의 기적을 일으키고 있다. 비밀의 물결을 전해준 최무경은 신체제의 물의 처녀였던 셈이다. 결혼을 하지 않았고 연애에도 실패했지만 자신의 가슴의 비밀을 묵언의 입에 물려준 최무경은 다산의 처녀였다고 할 수 있다. 역사의 미로의 두 시기에 대지를 소생키는 길을 암시한 것은 출산 없이 생명을 출산하는 여성의 신체였다. 최무경과 물의 처녀는 능동적 정동을 소망하는 소혹성을 출산하고 있었다. 여성 타자는 능동적 정동을 전파시켜 뭇사람들을 윤리의 물결에 젖게 만들며 기적 같은 다산의 감염력과 생명력을 입증하고 있었다.

제4장

변혁운동의
황금시대와 비천한
타자의 정동

1. 변혁의 시대와 타자의 서사

피케티의 U자 커브의 양극단이 역사의 미로의 시대라면 그 중간에는 역동적인 역사적 시대가 있었다. 차별과 불평등성이 완화된 이 유동적인 시대는 상류층의 부가 적절하게 통제된 사회였다. 고통받는 타자에 대한 공감으로 인해 대다수의 사람들이 부의 규제에 동의할 때 그런 역동적인 사회가 나타날 수 있다. 피케티는 그처럼 불평등이 완화되고 계급이동이 유동적인 사회를 **자본주의의 황금시대**라고 부르고 있다.

그런데 우리의 경우에는 서구와 달리 민주적인 제도에서 자본주의의 황금기를 경험해본 역사가 없다. 우리의 역사에도 피케티의 U자 커브의 중간 지점이 있으며 그때는 오늘날에 비해 불평등성이 얼마간 완화된 시기였다. 하지만 그 시대는 오히려 독재 시대였으며 제도적으로 부를 규제하는 장치도 마련되지 않았다. 역설적으로 독재 시대가 사회적으로 역동적이었던 것은 그 시기에 독재정권에 대항하는 사람들의 움직임이 활발했기 때문이다. 그 같은 제도권 바깥에서의 움직임으로 인해 우리의 20세기 중반 역시 타자에 공감하며 평등에 대한 소망이 고조된 사회였다. 우리의 경우 불평등이 완화된 시대는 부가 규제된 (민주적) 시대가 아니라 타자에 공감하는 사람들이 체제의 변화를 소망하는 시대였다. 서구와 우리의 사이에는 '역동성의 주체'의 위치가 안과 밖이라는 차이가 있다. 우리의 경우 독재 시대이지만 지금보다도 더 평등의 소망이 넘쳐나던 그 시대를 **변혁운동의 황금시대**라고 부를 수 있을 것이다.

자본주의의 황금시대와 변혁운동의 황금시대는 똑같이 타자의 서사가 역동적인 사회였다. 그러나 전자가 위로부터의 변화가 일어난 시대였다면 후자는 밑으로부터의 변화를 소망하는 시대였다. 다른 말로 개혁적인 사회와 변혁을 소망하는 사회의 차이라고도 할 수 있다. 개혁이 이루어진 사회와 변혁이 태동하는 사회 사이에는 분명히 차이가 있다. 다만 양자 모두 고착된 세습사회와는 다른 풍경을 보이고 있었다. 불평등성이 고착화되지 않은 역동적인 사회는 한마디로 미래가 보이는 사회였다. 자본주의의 황금기와 변혁운동의 황금기는 둘 다 비포가 말한 시간의 식민지에서 벗어나 있는 시대였다.

미래가 보이는 사회는 타자가 보이는 세계이다. 레비나스가 '미래란 타자'라고 말한 것은 타자와의 교감을 통해서만 미래가 열리기 때문이다. 타자와 **함께** 열어가는 미래란 차별과 불평등성이 없는 윤리적 세계일 것이다. 그것은 구성원들을 능동적으로 만드는 스피노자의 기쁨과 사랑의 공동체이기도 하다.

타자란 체제의 외부 목적에 동화될 수 없는 대신 실재계적 내재원인에 접촉해 있는 존재이다.[1] 스피노자는 타자에 대해 상술하지 않았지만 내재원인에 접촉하기 위해서는 타자의 위치가 중요하다.[2] 타자란 권력의 표상에 동화될 수 없는 존재이며, 내재원인이란 표상할 수 없는 권력의 비밀과 타자의 비밀(에로스)에 연관된 것이다. 우리는 타자와의 교감을 통해 내재원인을 감지해야만 구성원들을 능동적으로 만드는 미래의 공동체에 다가갈 수 있다.

개혁적인 사회가 타자의 요구를 제도화한다면 변혁적인 사회는 타자와 함께 고착된 체제를 뒤흔든다. 이른바 세습사회란 타자를 배제해 고착된 체제를 캐슬화하는 사회이다. 반면에 자본주의의 황금기와 변혁운동의 황금기는 타자의 서사가 활력적인 시대이다. 타자의 서사가 살아 있는 사회는 내재원인을 탐색하는 인문학과 사회과학이 만개한 시대이기도 하다.

---

1 레비나스는 타자가 바깥에서 오는 존재라고 말했다. 그러나 레비나스의 바깥은 목적론적 체제(상징계)의 외부(실재계)이며, 그 점에서 외적 목적(체제)에서 해방된 스피노자의 내재원인의 영역이기도 하다. 스피노자의 내재원인과 라캉의 실재계(외부)의 관계에 대해서는 1장 5절 참조.
2 타자의 위치와 내재원인의 관계에 대해서는 3절에서 논의할 것이다.

물론 개혁과 변혁 중 후자에서 타자의 서사와 비판 담론이 더 중요할 것이다. 우리가 경험한 변혁의 황금기가 타자의 실천적 과정에서 자본주의의 황금기보다 더 활발했음은 당연하다. 그런 관점에서 우리는 타자의 서사가 역동적이었던 시대가 어떻게 전개되었는지 1970년대를 통해 살펴볼 것이다.

다만 우리가 살펴볼 **타자의 서사**는 이제까지의 **변혁운동의 서사**와는 조금 다르다. 역사적 주체를 앞세우는 변혁의 서사와는 달리 타자의 서사에서는 (자아와 타자의) 이중주를 통해서만 진리(내재원인)가 작동되기 시작한다. 실제로 변혁의 폭발력은 역사적 주체의 독주가 아니라 재현 불가능한 타자가 **정동적 감염력**을 통해 재현의 서사를 작동시키는 이중주에 있었다. 우리는 변혁운동의 시대에도 흔히 말하는 계급적 각성보다 진리의 이중주와 정동적 감염력이 더 중요했음을 보게 될 것이다.

과거의 변혁이론은 가장 고통받는 타자가 역사의 주체로서 변혁의 선봉에 선다고 주장해왔다. 프롤레타리아와 노동계급을 변혁의 주체로 앞세운 것도 그런 의미에서였다. 그러나 우리의 역사에서 사회적 타자는 굳건한 변혁의 주체이기보다는 무력한 서발턴이나 앱젝트에 가까웠다. 스피박은 '서발턴은 말할 수 있는가'라고 반복해서 질문한다. 서발턴이 역사의 주체로서 말을 하는 것은 실상은 지식인이 투명하게 개입해 자신을 재현하는 것과도 같다.[3] 지식인이나 중간층은 부분적으로 외부 목적에 얽매여 내재원인을 절박하게 감지하지 못한다. 지식인의 재현의 서사가 스피노자가 비판한 목적론 서사가 되기 쉬운 것은 그 때문이다. 그와 달리 서발턴과 앱젝트는 행복한 삶을 빼앗긴 고통을 신체적 절박성으로 느끼면서 내재원인을 감지하는 존재이다.[4] 하지만 그들은 비천하게 강등되어 심연의 절박한 느낌을 명확한 말로 옮기지 못한다.

---

3   스피박, 태혜숙 역, 〈서발턴은 말할 수 있는가〉, 《서발턴은 말할 수 있는가》, 그린비, 2013, 62쪽.
4   우리가 스피노자의 내재원인의 자각에서 타자를 강조하는 것은 이 때문이다.

스피박의 딜레마를 넘어서는 방법은 타자의 서사가 이접적인 **이중주**로 연주됨을 강조하는 것이다. 체제의 외부 목적에 동화되지 못하는 타자는 신체 자체가 내재원인에 접촉해 있다. 그런 타자의 위치에서 서사가 연주되려면 지식인과 중간층이 타자와 교섭하며 외부 목적과 목적론적 서사에서 벗어나야 한다. 지식인(중간층)과 타자가 이접적으로 교감하는 순간은 타자의 고통의 내재원인이 정동적 감염력으로 물결치며 지식인의 서사와 만나는 시간이다. 그 순간에는 능동적 정동의 파문이 점점 퍼져가면서 부동의 지배체제를 동요시키게 된다. 우리의 변혁운동의 황금기를 가능하게 한 것은 바로 그런 이접적인 타자의 서사의 역동적 흐름이었다. 즉 타자의 서사가 물결치면서 지식인의 인식적 서사가 현실의 수행적 공간에서 목적론을 넘어서서 능동적 파동을 일으킨 것이다.[5] 1970년대에 그런 타자의 서사를 생성한 요인이자 증거는 바로 문학과 대중문화였다. 문학과 대중문화는 현실에서 능동적 정동의 물결을 발생시켜 변혁의 서사가 사회 전체에서 소용돌이치게 하는 데 중요한 역할을 했다고 할 수 있다.

타자의 위치에서 **내재원인**이 정동적 파문이 된다는 것은 중간층과 타자 사이에서 에로스가 물결치는 것을 말한다. 레비나스는 타자와 일상인의 교섭을 에로스라고 지칭했다. 카치아피카스 역시 내재원인에 접촉한 변혁의 물결을 **에로스 효과**라고 불렀다. 타자의 서사는 에로스의 물결을 증폭시키며 차츰 지식인과 서발턴이 어우러진 변혁운동의 파동을 확대시킨다. 에로스 효과는 문학과 사회운동을 가로지르며 변혁의 파동을 순식간에 증폭시켰다.

에로스 효과를 일으키는 타자의 서사의 이중주는 내재원인을 연주하며 외적 체제로의 고착화를 막는 능동적 삶의 음악과도 같다. 비정한 독재정치의 시대 1970년대는 불현듯 삶의 비밀을 연주하는 음악이 울려온

---

5   그 점에서 진실의 이중주는 **정동적 물결**과 **인식의 서사**의 이중주라고 할 수 있다.

시대이기도 했다. 삶의 비밀이란 내재원인의 누설과 에로스적 정동의 감염이다. 고통받는 타자에 공감하며 에로스적 정동이 퍼져갈 때 사람들은 능동적 삶을 소망하며 움직이기 시작한다. 역사적 주체는 미리 존재하는 것이 아니라 그런 능동적 정동의 물결 속에서 생성되어 간다.

그 같은 주체 생성의 출발점으로서 타자는 사회적 증상이 나타나는 곳에 위치하는 존재이다. **증상**이란 체제에 의해 필연적으로 나타나는 비일관성이자 잉여이다.[6] 비일관성이란 상징계의 자기모순을 말하며 잉여란 체제에는 없는 에로스적인 것을 뜻한다. 우리는 전자를 **권력의 비밀**로, 후자를 **인간의 비밀**로 말할 수 있다. 권력의 비밀과 인간의 비밀을 아는 것이야말로 내재원인을 아는 것이다. 지배권력은 잘 살게 해주겠다고 약속하며 우리를 수동적인 존재로 강등시킨다. 우리는 타자와 교감하며 체제에는 없는 에로스에 감염될 때만 능동성을 회복하며 체제의 변화를 요구할 수 있다.

그 때문에 **에로스적 정동**에 감염되는 일은 **체제의 모순**을 인식하는 일과 구분되지 않는다. 이처럼 인식과 정동을 분리시키지 않는 것이 **스피노자 윤리학**의 핵심이다. 현실을 인식하는 사람은 사회의 모순을 알지만 잘 움직이지 않는다. 또한 핍박받는 사람은 정동이 동요하지만 모순의 정체를 잘 알기 어렵다. 반면에 고통의 내재원인을 인식하는 것은 체제의 모순(권력의 비밀)과 심연의 잔여물(인간의 비밀)을 인식하며 이중주 속에서 능동적 정동을 생성하는 순간이다.

가라타니 고진은 스피노자가 인식만이 자유를 가져온다고 말했다며 결정론적이라고 비판한다. 그러나 스피노자는 내재원인을 인식하는 것과 능동적 정동을 생성하는 일을 구분하지 않았다. 타자와 교감하는 (이중주의) 순간[7]은 체제의 모순을 인식하며 에로스적 정동의 생성을 경험하는

---

6   지젝, 이수련 역, 《이데올로기라는 숭고한 대상》, 인간사랑, 2002, 221~223쪽.

7   레비나스와 스피노자를 재해석해 타자의 개념을 강조할 때 스피노자의 윤리학이 더 풍부해질 것이다.

순간이다. 그 때문에 스피노자의 내재원인의 정동적 서사는 문학과 사회 운동을 관류하며 유동적인 변혁의 물결을 생성하게 된다.

가라타니는 능동적 정동(에로스) 대신 타인에 대한 책임을 강조한다. 타인에 대한 책임을 느끼는 순간은 '자유로워지라'는 내면의 명령에 응답 하는 윤리적 순간이다. 그러나 가라타니의 자유의 윤리는 반성적이기 때 문에 자기 안에서 울릴 뿐 사람들 사이의 감염력이 없다. 이 경우 타자의 서사는 개인의 자유의 서사로 축소될 뿐이다. 가라타니는 목적론적 서사 를 넘어서기 위해 실천적 윤리를 강조하지만 반성적인 윤리는 어떻게 한 순간에 동요의 물결이 증폭되는지 설명하지 못한다. 반면에 개인을 넘어 서는 내재원인에 의해 작동되는 능동적 정동의 윤리는 반성적인 윤리와 목적론적 서사를 넘어서서 순식간에 물밑에서 번져간다.

우리가 말하는 타자는 단순히 타인이 아니라 실재계(그리고 내재원인)에 접촉한 존재이다. 그 때문에 타자와 교감하며 능동적 정동에 감염된다는 것은 이데올로기와 정동권력(상상계)에서 벗어나 실재계에 접근하는 순간 이다. 아무리 책임의 윤리를 강조해도 사회가 상상계에 기울어 있으면 윤 리적 순간은 정동적 무력감에 부딪힌다. 안개 같은 수동적 정동의 늪을 벗어나기 어렵기 때문에 공허한 침묵에 갇히는 것이다. 반면에 능동적 정 동의 윤리는 우리를 실재계로 이동시키며 타자의 서사를 역동적으로 만 든다. 우리의 변혁운동의 황금기에는 제1세계의 지식인은 알 수 없는 숨 겨진 비밀이 있었다. 우리 변혁운동의 비밀은 계급적 자각과 책임의 윤리 가 아니라 능동적 정동의 에로스 효과(카치아피카스)에 의해 순식간에 사 회 전체로 번진 **정동적 감염력**에 있었다.

2. 왜 계급적 자각 대신 능동적 정동인가
―《윤리21》을 넘어서

루카치는《역사와 계급의식》에서 프롤레타리아는 전체를 인식할 수 있기 때문에 변혁의 주체가 될 수 있다고 말했다. 부르주아는 자신의 이해관계에 갇혀 있는 반면 프롤레타리아는 사회를 전체적으로 인식할 수 있다. 역사의 진리로서의 총체성이 프롤레타리아의 계급의식을 통해서 자각될 수 있는 것은 그 때문이다.

그러나 레닌주의에서 보듯이 역사의 진리는 흔히 엘리트에 의해 인식되며 나머지 사람들은 객관적 발전 법칙에 따를 것이 요구된다. 프롤레타리아의 계급의식은 실제로는 노동자를 재현하는 투명한 지식인의 관점에 의해 제공되는 셈이다.[8] 사상적으로 특권화된 그런 역사의 법칙은 빈번히 실천의 과정을 무시하는 목적론적 기획이 된다.

물론 목적론의 함정을 지녔다고 계급의식에 근거한 변혁운동이 전혀 무용한 것은 아니다. 예컨대 1970~80년대의 변혁운동 역시 지식인들에 의해 노동자와 민중을 중심에 놓는 서사로 기획되었다. 여기서는 목적론적 함정이나 지식인과 민중의 괴리가 문제가 될 수 있었다. 그러나 그런 문제들은 **수행적 과정**에서 극복되었고 민중적 변혁운동은 민주화를 이루는 성과를 거두었다.

다만 우리는 처음에 기획된 목표가 그대로 성취된 것은 아니라는 점을 주목해야 한다. 변혁운동은 자본주의의 해체를 목표로 했지만 독재자가 물러났을 뿐 자본주의는 변화되지 않았다. 형식적 민주주의 제도는 성취했으나 노동자와 민중이 함께 잘 사는 세상은 오지 않았다.

대서사(목적론적 서사)와는 달리 수행적 서사는 끝없는 실행을 요구하

---

8   스피박, 〈서발턴은 말할 수 있는가〉,《서발턴은 말할 수 있는가》, 앞의 책, 62쪽.

는 지난한 싸움의 과정이다. 수행적 서사는 일종의 **물결**[9]이며 대서사의 목적을 실제 현실 상황에서 유동적인 흐름의 과정으로 전환시킨다. 그런 수행적 서사의 과정에서 부분적인 승리를 성취했지만 우리에게는 더 많은 과제가 남아 있었다.

그런데 달라진 상황에서 새로운 기획을 시도하는 과정에서 변혁운동은 길을 잃고 말았다. 그런 역사의 미로의 시대에 자본주의는 변화되기는 커녕 오히려 미시적으로 확장되었다. 자본주의의 미시적 확장은 '전 지구적 자본주의'와 '전 사회의 공장화'로 요약될 수 있다.

그처럼 전 사회가 공장화된 세상에서는 더 이상 노동자나 민중을 변혁의 주체로 내세우기가 어려워졌다. 이제 공장의 노동자뿐 아니라 지식, 감정, 문화 영역의 노동자도 중요해졌다. 또한 지식인도 노동자도 회유되는 시대에 프롤레타리아보다는 프레카리아트(불안 노동자)가 새로운 문제로 떠올랐다. 하지만 자본의 착취 영역이 확산된 반면 무의식의 식민화로 인해 하층계급들의 결집은 더 어려워졌다. 그와 함께 만연된 상품물신화는 지식인을 지식 판매자로 만들고 하층민을 비천한 존재로 배제하며 양자의 만남을 어렵게 만들었다. 오늘날에는 민중이든 새로운 불안 계급이든 어느 누구도 운동의 주체로 앞장설 수 있는 사람은 없다. 이제 전 사회의 영역에 흩어진 사람들을 결집시킬 중심은 사라졌다. 자본의 미시적인 확장 과정은 총체화하기 어려울 정도로 운동 영역을 넓힌 동시에 어떤 사회적 타자도 변혁의 주체로 나설 수 없을 만큼 무력화시킨 것이다.

운동 영역의 확대와 변혁 주체의 무력화는 과거의 경우 극복해야 할 부수적인 문제였다. 그러나 지금은 쓰러진 사람들을 일으켜 세워 다시 연대하게 하는 것이 문제의 **출발점**이다. 오늘날에는 오히려 과거의 변혁의 서사가 하층민을 중심(노동자, 민중)에 놓는 인식론적 특권화였음을 자인

---

9 수행적 서사로서의 '물결'에 대해서는 박선영, 나병철 역, 《프롤레타리아의 물결》, 소명출판, 2022 참조.

해야 할 때가 되었다.[10] 인식론적 특권화란 인식론 기획에 의해 직접 실천이 실행될 수 있다는 생각을 말한다. 그런 특권을 철회하면 과거에 부수적이고 우발적인 문제로 생각되었던 **수행적 차원**의 문제가 전면에 부상된다. 이제 오늘날의 문제에서뿐만 아니라 1970~80년대의 변혁운동에 대해서도 기획만큼이나 수행적 차원을 주목할 때가 되었다.

수행적 차원의 문제란 인식과 실천 사이의 괴리를 없애는 것을 말한다. **인식**을 **실천**으로 연결시키기 위해서는 반드시 **존재론적 문제**가 전면에 부각되어야 한다. 즉 역사적 필연성의 인식을 철회하고 유보하면서 그 대신 존재론적 생성을 통해 실천의 **내적 과정**을 만들어가는 문제를 생각해야 한다. 인식론적 특권과 목적론적 기획에서 벗어나려면 흩어진 사람들이 어떻게 존재감을 증폭시켜 가면서 손을 잡는지 말해야 하는 것이다. 이제 우리는 과거에 간과되었던 존재론적 정치를 전면에 부각시키는 일에 대해 생각해야 한다.

가라타니 고진의《윤리 21》은 그런 문제에 대한 대안으로 볼 수 있다. 가라타니는 자본주의로부터 새로운 세상(코뮤니즘)으로의 발전은 결코 역사적 필연의 과정이 아님을 강조한다.[11] 역사에 대한 **인식**이 저절로 새 세상을 만드는 것이 아니라 자유로운 주체의 **실천**이 있어야만 세계가 변화된다. 가라타니는 역사적 인식 대신 존재론적 자각을 통해 자유로운 주체를 생성해야 함을 주장하고 있다. 그의 실천의 주체에 대한 강조는 인식론 편향의 이론을 넘어선 수행적 차원의 탐색이기도 하다.

자유로운 주체를 강조하는 것은 인과적 관계의 원인을 세계(사회와 자연)에서 찾는 대신 자아 내부를 탐색하는 것이다. 자아를 실천의 주체로서 자유롭게 만드는 것은 세계에 대한 인식이 아니라 자아 내부의 원인(자기

---

10 어네스토 라클라우 · 샹탈 무페, 김성기 · 김해식 · 정준영 · 김종엽 역,《사회변혁과 헤게모니》, 터, 1990, 15쪽.

11 가라타니 고진, 송태욱 역,《윤리 21》, 사회평론, 2001, 191쪽.

원인)의 자각이다. 가라타니는 실천의 주체를 만드는 자기원인을 '자유로 워지라'는 칸트의 정언명령에서 찾았다.

그런 자율적 주체의 행동이 세계에 대한 실천이 되는 것은 그것이 타자에 대한 응답(책임)이기 때문이다. '자유로워지라'는 명령은 타자를 수단이 아니라 목적으로 대하라는 말과도 같다. 우리가 진정으로 자유로워지는 것은 타자도 자유로운 주체로 취급할 때인 것이다. 그처럼 타자와의 관계를 말하는 점에서 자유로운 실천의 주체는 윤리적 주체이기도 하다. 가라타니는 칸트를 따라 자율적 실천의 주체를 타자를 존중하는 윤리적 주체에서 찾았다. 자본주의는 타자를 단지 수단으로만 취급할 뿐이다. 반면에 윤리적 실천의 주체는 타자를 수단이 아니라 목적으로 대하는 과정에서 자본주의를 지양하게 된다.

가라타니가 말하는 타자는 현상계가 아니라 물자체의 차원에 위치한다. 이 말은 타자란 지금 세계에서 표상 불가능한 존재이며 아직 오지 않는 미래에 걸쳐져 있다는 뜻이다. 그 점에서 가라타니의 실천의 윤리는 라캉과 주판치치가 말한 실재계적 윤리와도 연관된다.

그 같은 타자와의 관계를 자본주의와는 다르게 바꾼다는 것은 역사적 변화의 문제일 것이다. 그런데 그것은 '타자를 목적으로 대하라'는 자기 안의 목소리에 대한 응답이기도 하다. 이처럼 **주체의 자유**(자율성)를 말하는 동시에 **역사적 실천**을 주장하는 것이 인식론 편향을 넘어서려는 가라타니의 실천적 방법이다.

그런 방법을 위해 가라타니는 '원인'을 아는 것을 강조하는 인식의 이론들을 비판한다. 예컨대 스피노자와 프로이트, 마르크스는 '인간에게 강요된 원인'에 대한 인식을 말한 비슷한 계열의 사람들이다.[12] 마르크스가 인간에게 강제된 관계 구조를 인식할 것을 말했다면, 스피노자는 인간의 상황과 행동을 결정하는 자연의 원인을 알 것을 강조한다. 그런 이유로

---

12 가라타니, 《윤리 21》, 앞의 책, 54~56쪽.

스피노자에게는 원인으로부터 독립된 자율적인 자유라는 것이 없다. 스피노자의 경우 원인을 아는 것이 자유이며 그런 인식이 있어야 윤리적이 된다.

가라타니는 원인을 아는 **인식론** 이외에 자유에 근거한 책임을 말하는 **윤리**가 있어야 한다고 말한다. 가라타니의 경우 그 둘을 연결하는 것은 타자에게 응답하며 자유의 정언명령에 따르는 자율적 실천 주체이다. 스피노자의 경우 원인의 인식에 근거해 자유와 윤리를 말하므로 자율적 실천 주체가 개입할 여지가 없다. 반면에 가라타니에게는 타자를 목적으로 대하며 '**자유**'라는 내부 명령을 듣는 것과 타자를 수단화하는 사회(자본주의)에서 부자유의 원인을 **인식**하는 것은 같은 일이다. 내부의 지상명령은 내 안에 있는 것인 동시에 나와 비대칭적인 '세계 속의 타자'와 연관된 것이다. 타자를 수단으로 대하는 자본주의적 강제를 인식하면서 타자를 목적으로 대하라는 지상명령에 따라 움직이는 것, 이것이 바로 가라타니의 윤리적 실천이다.

가라타니는 자유가 없다면 주체도 없고 책임도 없다고 말한다.[13] 스피노자와 마르크스는 자연적·사회적 인과성을 강조하며 주체의 자유를 간과해 책임 있는 실천이 약화되었다. 다만 청년 마르크스는 경멸당한 인간에게 일체의 관계를 뒤집어엎으라고 말하는 '지상명령'을 언급했다. 마르크스를 폭넓게 해석한다면 그런 청년 마르크스의 '지상명령'이 후기에도 지속된 것이라고 말할 수 있을 것이다. 가라타니는 이 '지상명령'에는 분명히 칸트적인 사고가 숨어 있다고 주장한다.[14]

그러나 가라타니의 문제점은 칸트적 '지상명령'이 개인 주체의 내면에서만 울린다는 점이다. 인식과 실천을 연결시키려면 인식의 순간 어떻게 지상명령이 순식간에 사람들 사이로 번져가는지 설명해야 한다. 표리를

---

13 위의 책, 73쪽.

14 위의 책, 216~217쪽.

이룬 자유와 책임이 각 개인들을 고뇌하게 만든다고 서로 손을 잡게 되는 것은 아닐 터이다.

자유가 책임을 낳으며 머뭇거리게 됨을 생각할 때, 칸트적 명령만으로 물결처럼 번져가는 변혁의 흐름을 말하는 데는 한계가 있다. 그런 반성적인 '책임'보다 더 강력한 것은 카치아피카스가 말한 **에로스 효과**의 '정동'일 것이다. 에로스적 정동이란 (정언명령과 달리) 그 자체로서 개인을 넘어선 파문을 일으키며 번져가는 힘이다. 정언명령은 타인을 위한 것이지만 그 스스로는 개인의 내면에서만 메아리친다. 반면에 에로스적 정동이란 이미 타자와 함께 물결치는 것이며 끝없는 파문을 낳으며 번져간다. 단순한 연쇄반응을 넘어선 변혁운동의 동시적인 상호 증폭 과정[15]은 정언명령이 아니라 에로스적 정동을 통해서만 설명된다.

그런 에로스적 정동의 순간은 당연히 사람들을 고통스럽게 하는 체제에 대한 인식의 순간이기도 하다. 원인을 아는 인식의 순간과 에로스적 정동의 순간은 구분되지 않는다. 그 점에서 카치아피카스의 에로스 효과는 스피노자의 윤리적 정동과도 연관된다. 스피노자는 수동적 감성은 강한 정동만이 극복할 수 있으며 강한 정동은 인식[16]을 통해서 생겨남을 강조했다.[17] 역사와 윤리, 인식과 실천을 용융시키는 원리는 오히려 이성과 정동을 합체시킨 스피노자에게서 발견할 수 있다.

스피노자는 **인식**을 특권화하는 대신 인식의 순간의 능동적 **정동**을 중요시했다. 또한 원인의 인식 중에서도 외부 요인이 아니라 내재원인을 강조했다. 내재원인을 인식하는 것은 자연의 일부인 인간이 인간세계를 포함한 전체로서의 자연을 아는 것을 말한다. 내재원인은 전체 자연에 깃들어 있는 동시에 사회 속에 있는 인간의 신체에 내재한다. 그런 내재원인

---

15 조지 카치아피카스, 원영수 역,《아시아의 민중봉기》, 오월의 봄, 2015, 564쪽.

16 여기서 인식은 단지 외적 요인을 아는 것을 넘어선 내재원인의 인식이다.

17 스피노자, 조현진 역,《에티카》, 책세상, 2006, 72쪽.

을 이해하는 순간 인간은 체제의 강제적인 외적 요인에서 벗어나면서 자유로워진다.[18]

내재원인의 개념이 없는 가라타니는 사회적 요인은 물론 자연마저도 외적 요인으로 취급한다. 그 때문에 자유를 위해서는 칸트의 '자유로워지라'는 내부 명령이 필요했던 것이다. 가라타니에게는 내부의 정언명령에 따르는 자유란 외적 원인을 넘어선 자기원인이다. 반면에 스피노자에게는 인간의 신체를 포함한 전체 자연에 깃들어 있는 내재원인(자연)이 자기원인이다. 자기원인은 외부적 인과율에서 벗어나 있는 자유의 근원이다. 스피노자의 자기원인이 인간을 포함한 자연적 관계에 있다면, 가라타니의 자기원인과 정언명령은 단지 인간에게만 있다.

인간에게만 고유한 정언명령과 책임은 개인이 '개인을 넘어선 구조'를 상대해야 한다. 책임의 순간이 엄청난 고뇌의 순간이 될 수밖에 없는 것은 그 때문이다. 반면에 스피노자의 능동적 정동(에로스)의 순간은 자연(인간 안의 자연) 속에 위치해 고뇌가 사라지고 신체의 힘이 증대되는 순간이다. 내재원인의 인식이란 '자연과 체제 사이의 모순'(그 원인)과 '인간 안의 자연 에로스'를 감지하는 것이다. 그 순간 능동적 정동이 생성되며 고통(사건)의 원인에 대응하는 신체의 힘이 증대되는 것이다. 능동적 정동과 신체적 힘의 증대는 이미 타자와의 상호 신체성 속에서 물결치는 것이므로 변혁의 파문으로 순식간에 번져간다.

그처럼 능동적 정동의 유포는 개인을 넘어서기 때문에 자유의 향유는 차별과 불평등을 없애려는 힘으로 발전한다. 내재원인의 인식과 자연 안에서의 자유는 평등의 소망이기도 한 것이다. 타자를 목적으로 대하라는 가라타니의 자유 역시 평등과 연관이 있다. 그러나 가라타니처럼 자유를 책임에 연관시키면 평등의 소망은 각 개인의 내면의 과제로 환원된다. 모든 사회는 '상징계적 체제'와 '균열을 감추는 상상계'로 안정적 질서화를

---

18 위의 책, 76쪽.

꾀한다. 그런 상황에서 각 개인의 윤리적 내면은 자유와 책임을 통해 상상계적 현실(이데올로기나 감성권력)에서 실재계적 윤리로 전회하는 일을 담당해야 한다. 그래야만 자유로워지는 동시에 상상계적·상징계적 동일성에서 차이가 해방되어 평등으로 나아가는 것이다. 그런데 가라타니의 내면에 갖힌 윤리는 단지 자유라는 이름으로 당위와 현실의 괴리를 넘어서야 하므로 우리는 결코 능동적 상태가 될 수 없다. 책임이라는 단어의 무게는 그 순간의 능동성이 약화된 심리적 부담감을 말해준다. 자유는 실재계로 이동해 평등으로 나아가는 순간 머뭇거릴 수밖에 없다.[19]

반면에 능동적 정동의 생성은 그 자체가 상상계에서 실재계로 이동하는 과정이다. 내재원인을 안다는 것은 실재계에 다가간다는 뜻이기 때문이다.[20] 능동적 정동은 에로스처럼 그 자체가 타자와의 교섭이며 능동성에 전염되면서 다 함께 실재계로 이동하는 것이다.

자유가 평등으로 나아가는 과정에서 평등을 가능하게 하는 것은 실재계적 대상 a에 대한 열망(에로스)이다. 자아 내부의 정언명령이 아직 실천되지 않은 책임에서 시작한다면 에로스의 정동은 그 자체가 이미 타자와의 상호적 교섭이다. 이때의 정동적 감염력은 단지 이성과 분리된 감정의 작용이 아니다. 오히려 반대로 복잡한 원인관계를 포함한 내재원인의 인식의 순간에 능동적 정동이 생성된다. 그 때문에 정동적 감염력은 이상적 공동체를 소망하며 감정의 전염 이상으로 물결칠 수 있는 것이다. 감정의 전염이 흔히 인식이 불투명한 상태에서 일어난다면, 능동적 정동은 **내재원인을 아는** 특별한 감정의 감염력이다.[21] 가라타니는 스피노자가 인식

---

19 가라타니의 지상명령은 자유의 실천력은 될 수 있지만 평등의 실천력으로는 부족하다.

20 이 점에 대해서는 1장 5절 참조. 타자에 대한 정언명령 역시 물자체(실재계)의 차원이지만 여기서는 실재계로의 전회를 개인이 혼자서 감당해야 한다.

21 물론 정동적 감염은 외부 목적에 얽매인 수동적 상태에서도 일어날 수 있다. 우리는 내재원인을 알 때 능동적 정동에 물들게 되지만, 외부 목적에 결박될 때는 수동적 정동에 오염된다. 후자처럼 수동적 정동의 안개 속을 헤매는 일은 역사의 미로의 시대에 나타난다. 반면에 능동적 정동이 사람들 사이에 번져갈 때 우리는 변혁운동의 황금기를 경험하게 된다. 변혁운동이란 내재원인을 인

편향적이라고 말했지만 그 반대로 정동을 중요시함은 물론 인식(이성)과 정동의 평행적 사고가 스피노자의 핵심이다. 실재계적 진리의 인식과 평행적으로 작동되는 능동적 정동은 인식과 자유와 결합이 개인의 자유를 넘어서 평등(이상적 공동체)의 실천의 감염력이 되는 비밀을 웅변해준다.

스피노자의 윤리학이 특히 중요한 것은 오늘날이 '주체의 무력화' 시대이기 때문이기도 하다. 우리 시대에는 어디에서도 변혁을 위한 주체가 발견되지 않는다. 고통받는 사람은 있지만 불만을 없애기 위해 실제로 행동하는 사람은 없다. 이런 상황에서 내면의 소리가 신체의 움직임으로 이어지지 않는 지상명령은 행동하는 주체를 결코 회생시킬 수 없다. 쓰러진 사람들을 다시 일으킬 수 있는 것은 지상명령(칸트)이 아니라 신체의 힘을 증진하고 확산하는 내재원인(스피노자)이다. **자유**는 책임을 떠안는 것이 아니라 신체의 힘이 **능동적으로** 증대되는 순간과도 같다. 내재원인을 아는 순간은 그 자체로서 인식인 동시에 신체의 힘을 증대시키는 정동의 생성과 전파이다. 인식을 포함한 능동적 정동의 유포는 그 자체가 **힘의 생성**이기에 인식과 실천, 역사와 자유의 결합을 다시 한번 가능하게 해준다.

그런 맥락에서 역사적 주체가 잘 표상되지 않는 시대에는 그 대신 내재원인의 탐색이 강조되어야 한다. 우리 시대는 자본주의에 대한 구조적 인식에서 실천의 주체가 저절로 나타날 수 없음을 절감하는 시대이다. 앞서 말했듯이 가라타니의 윤리적 주체 역시 무력한 역사적 주체에 대한 대안이다. 가라타니는 자본주의의 거대한 구조를 넘기 어려운 딜레마의 해결을 청년 마르크스에게서 찾았다. 청년 마르크스는 경멸당하고 멸시당하는 존재의 일체의 관계를 뒤집는 윤리를 주목했다.[22] 가라타니는 이런 청년 마르크스의 관점이 오늘날 무용해진 역사적 필연이나 도덕적 설교를 넘어서는 지상명령의 절박한 윤리를 포함함을 강조한다.

식한 자유로운 사람들이 윤리적인 능동성 속에서 역사를 변화시키려 움직이는 것이다.
22 가라타니, 《윤리 21》, 앞의 책, 186쪽.

그러나 청년 마르크스와 자본주의의 구조적 인식을 접합시켜 주는 것 역시 지상명령이 아니라 내재원인[23]이다. 마르크스의 자본주의 인식의 탁월성은 표층구조(상징계)가 아니라 내재된 역설적 심층구조(실재계와 상징계의 연관)의 탐색에 있었다. 즉 그는 단순한 상징계의 구조가 아니라 신비하고 아이러니한 실재계와 상징계의 연관을 밝혀내려 했다.[24] 마르크스의 이런 심층적인 구조적 인식은 알튀세르의 논의와는 달리 청년기의 윤리적 관점과의 인식론적 단절을 나타낸 것이 아니다. 마르크스의 구조적 인식에는 실재계와 무의식 차원의 미결정성의 영역이 있으며 바로 그 미결정성과 아이러니의 근거인 실재계적 영역이 윤리적 반격의 거점인 것이다.

가라타니도 인식론적 단절을 부정했지만 그 맥락은 다르다. 청년 마르크스의 절박성은 단순한 지상명령이 아니라 타자와의 교감에 의한 실재계와 내재원인의 작동(윤리의 작동)에 있었다. 역사적 행위자로서 내재원인의 작동은 청년 마르크스의 윤리적 관점의 비밀이며 실상 그 뒤 1845년 이후로도 지속된다.[25]

청년 마르크스는 스피노자주의자로 자처했던 헤쓰의 윤리적 사회주의에 영향을 받았다.[26] 헤쓰는 혁명의 불가피함을 말하면서도 결정론적 필연성보다는 인간의 실천이 중요하다는 윤리적 관점을 취했다. 즉 혁명의 실천은 외적 세계와 내적 세계(내재원인)의 분열(그리고 인간소외)를 극복하는 스피노자적인 윤리에 근거해 주장되었다. 마르크스 역시 1844년까지 학대받는 노동자를 해방시켜 인간적인 사회를 만들려는 헤쓰의 윤리

---

23 내재원인을 강조하는 것은 프레드릭 제임슨의 입장이기도 하다.

24 나병철,《미래 이후의 미학》, 문예출판사, 2016, 260~261쪽 참조.

25 청년 마르크스와 구조적 인식을 연결시켜 주는 요인은 마르크스가 시종 실재계와 내재원인(부재원인), 무의식의 차원을 중시했다는 점일 것이다.

26 조항구, 〈모제스 헤쓰에 있어서 '결정론과 의지자유' 문제와 청년 마르크스〉,《인문사회》21, 10권 2호 2019, 471쪽, 482쪽.

적 관점에 관심을 가졌다.

그러나 1845년 이후 마르크스는 윤리적 사회주의를 비판하며 역사적 유물론의 관점을 중시하기 시작했다. 다만 중요한 것은 마르크스의 비판이 '참된 사회주의(윤리적 사회주의)'가 프롤레타리아 계급투쟁을 소홀히 할 가능성 때문이었다는 점이다.[27] 마르크스는 실상 그 이후에도 역사적 필연성이 혁명으로 이어지려면 윤리적 실천이 필요함을 암시하고 있었다. 그는 《공산당 선언》(1848)에서 자본주의가 자신들에게 무기를 겨눌 사람들을 스스로 만들어냈다고 주장했다.[28] 하지만 부르주아에게 무기를 겨눌 운명의 사람들이 저절로 움직이는 것은 아니기에 '공산주의 유령'과 '공산당 선언'이 필요했던 것이다. 마르크스는 역사적 유물론을 정립한 이후(1845년 이후)에도 혁명의 실천을 작동시킬 무의식적 요인(유령)과 지식인의 교감(선언)을 강조한 것이다.[29]

역사적 유물론이 필연적 결정론을 말하는 듯하면서도 실상은 윤리적 실천을 계속 중시했던 사실은 어떻게 이해될 수 있을까. 역사적 행위자(그리고 정치적 실천)를 생성하는 내재원인과 실재계, 무의식의 차원을 생각하면 이 문제가 해결된다. 내재원인과 실재계는 윤리의 근원인 동시에 구조의 숨겨진 비밀과 양가성을 만드는 요인이기 때문이다.

스피노자의 내재원인은 역사적 원인이면서 구조(상징계)에 직접 표상되지 않는 실재계적 부재원인이다. 그와 동시에 결정론적 인과율을 넘어서서 우리에게 미결정적 자유의 공간을 열어주는 자기원인이기도 하다. 역사적 원인이 직접 상징계에 나타나지 않고 **미결정적** 틈새를 만들기 때

---

27 마르크스는 윤리적 사회주의 자체보다는 헤쓰의 강조한 내용을 비판한 셈이다. 위의 책, 483쪽.

28 마르크스, 이진우 역, 《공산당 선언》(1848), 책세상, 24쪽.

29 마르크스는 1845년 《독일 이데올로기》에서부터 인간적 소외에 유념하는 윤리적 관점과 결별하려는 듯했지만 단순한 결정론을 넘어서는 정치적 실천의 문제는 이후에도 여전히 중요했다고 할 수 있다. 조향구, 〈모제스 헤쓰에 있어서 '결정론과 의지자유' 문제와 청년 마르크스〉, 《인문사회》 21, 앞의 책, 481~483쪽 참조.

문에 내재원인을 인식한 사람은 구조적 결정론에서 **자유로운** 위치에 있는 것이다. 구조의 모순에 대한 인식은 구조에 표상되지 않은 부재원인에서만 가능하며(제임슨)[30], 저항적 실천은 결정론에 얽매이지 않은 자유로운 자기원인의 행위자에게서 나타날 수 있다.

그 점에서 마르크스가 말한 프롤레타리아는 역사적 필연성의 일직선상에 위치한 주체가 아니라 부재원인에 접근한 타자일 것이다. 부재원인에 접근한 순간은 모순을 감지하는 동시에 미결정성 속에서 자기원인의 정동이 동요하는 시간이다. 그 때문에 미리 존재하는 역사적 주체 대신 부재원인에 접근한 타자와 **교섭**할 때 비로소 변혁의 주체가 생성된다. 그 순간에 타자와 교섭하는 것은 가라타니의 주장처럼 단순히 나의 내부의 자유의 명령을 듣는 시간이 아니다. 실천의 행동은 무기를 들 사람들(타자)과 만나는 상호적인 교섭이 있어야만 비로소 가능해진다. 타자와의 만남은 내재원인에 접근해 내면을 넘어선 상호 신체적인 교감이 생성되고 유포되는 시간이다.[31] 그 순간 신체에 깃든 부재원인으로서 내재원인을 인식할 때 비로소 힘이 증대되고 능동적 정동의 전파가 시작된다.

이처럼 내재원인은 윤리적 정동의 근거인 동시에 구조 자체에는 부재하는 구조의 원인이기도 하다. 마르크스의 인식론적 단절을 넘어서는 비밀은 바로 이런 내재원인의 실재계적 논리에 있다. 제임슨이 암시하듯이 마르크스의 《자본론》 자체에도 얼마간이든 스피노자의 내재원인의 사유가 함축되어 있다.[32] 마르크스의 구조적 인식에는 무의식이나 실재계, 내

---

30 제임슨은 표상되지 않는 내재원인(실재계)에 접근하기 위해서는 반드시 텍스트의 형식과 정치적 무의식의 서사가 필요함을 강조한다. 프레드릭 제임슨, 이경덕·서강목 역, 《정치적 무의식》, 민음사, 2015, 41쪽.

31 타자를 수단이 아니라 목적으로 대하라는 지상명령은 에로스의 전단계로서 자아의 내면에서 듣는 것이라고 할 수 있다.

32 알튀세르 자신도 《자본론》을 분석하면서 자본주의의 구조와 원인의 관계를 스피노자적인 내재원인으로 설명하고 있다. 알튀세르, 김진엽 역, 《자본론을 읽는다》, 두레, 1991, 238~240쪽. 다만 알튀세르는 청년 마르크스와 이후의 구조적 인식의 단절을 해체하는 것이 스피노자적인 내재원인의

재원인과 연관된 논의들이 포함되어 있으며 그 영역은 윤리적 반격의 숨은 거점이기도 하다. 그 점에서 내재원인의 강조는 윤리적 사회주의와 청년 마르크스의 시대의 단절을 해소시키는 핵심 요소일 것이다. 그와 함께 역사적 주체가 잘 보이지 않는 지금의 부재의 시대에는 내재원인(부재원인)의 이해가 더욱더 중요해졌다고 할 수 있다.

따라서 스피노자적인 사유는 이미 마르크스의 시대부터 자본주의 비판을 관통하고 있었으며 우리 시대에 와서 특별하게 더 중요해진 것이라고 할 수 있다. 마르크스에게도 스피노자의 논리가 숨어 있었지만 그 시대에는 프롤레타리아가 눈에 잘 보였기 때문에 상대적으로 내재원인이 강조되지 않았다. 반면에 역사적 주체가 잘 보이지 않는 시대에 절망을 넘어서는 비밀은 보이지 않는 부재원인과 내재원인에서 찾아야 할 것이다. 내재원인에 접근하는 일은 지나간 변혁의 시대는 물론 프롤레타리아도 민중도 사라진 우리 시대에 특별히 주어진 역사적 과제이다. 절망과 우울의 시대에는 타자를 회생시켜 윤리의 이중주를 울리며 자아를 고양시켜야 한다. 그 순간 자아와 타자를 가로지르는 부재원인(내재원인)을 감지하며 능동적 정동이 번져갈 때 비로소 주체의 생성이 시작된다.

3. 타자와 내재원인
─실천의 윤리

스피노자의 내재원인은 필연적 인과율을 넘어서면서도 원인의 인식이 중요함을 말해준다. 그와 함께 원인의 인식은 상징계의 표상이 아니라 **실재계**와 연관된 것임을 암시한다. 실재계적 내재원인에 접근하는 것은 (체제의) 외부의 강제에서 벗어나는 것이므로 신체의 힘을 증대시키며 능동

사유임을 인지하지 못했다.

적 정동을 생성한다. 에로스 같은 능동적 정동은 강력한 감염력을 지니기 때문에 내재원인에 접촉한 순간 변혁의 물결이 일렁이기 시작한다.

스피노자의 논의는 어떻게 윤리학이 인식과 실천을 접합시키는 원천인지 알려준다. 다만 스피노자에게 보충될 것은 **타자**에 관한 윤리적 논의이다.[33] 타자란 체제에 동일화될 수 없는 비대칭적인 존재이다. 스피노자는 외부 목적을 말할 뿐 체제에 대한 논의가 없기 때문에 타자에 대한 구체적 설명이 없다. 반면에 우리가 강조하는 타자는 체제가 동일성을 지향할수록 불가피하게 문제시되는 존재이다.

스피노자의 논의에서 중요한 것은 '어떻게 내재원인을 아는가'이다. 일상의 사람들은 체제의 상징계적 문법(동일성)과 상상계적 이데올로기(그리고 감성권력)에 포위되어 있어 내재원인의 인식이 쉽지 않다. 반면에 외적 체제에 동화될 수 없는 고통받는 타자는 내재원인에 접촉하고 있는 존재이다. 그 때문에 타자와 교감한다는 것은 내재원인에 접촉한다는 말과도 같다. 타자와의 교감에서 윤리적 순간이 나타나고 능동적 정동이 생성되는 것은 우리가 내재원인에 접촉하기 때문이다.

칸트와 레비나스에서처럼 윤리적 논의에서 흔히 **타자**와의 관계가 말해지는 것은 우연이 아니다. 타자란 실재계(물자체)에 접촉한 존재이며 **상징계**의 법을 넘어서서 **실재계적** 내재원인을 아는 것이 윤리이다. 가라타니역시 타자가 또 하나의 자기의식이 아니라 비대칭적인 관계에 있는 존재라고 말한다.[34] 비대칭적 관계라는 말은 합리성이나 법 같은 동일성의 논리로 포괄할 수 없는 실재계적 존재라는 뜻이다.

다만 타자는 나에 대한 비대칭적 관계가 아니라 체제의 동일성에 대한

---

33 스피노자도 관대함의 정동을 설명하며 다른 사람과의 우정을 강조하지만 체제에 동화되지 않은 존재로서 타자에 대한 언급은 없다. 거기서 더 나아가 불평등에 대응하는 윤리적 정동을 논의하려면 타자와 교감하는 능동적 정동을 강조할 필요가 있다. 스피노자의 관대함과 우정의 욕망에 대한 설명은 진태원,《스피노자 윤리학 수업》, 그린비, 2022, 266쪽 참조.

34 가라타니,《윤리 21》, 앞의 책, 211쪽.

비대칭적 관계에 있다. 우리는 칸트와 레비나스를 넘어서서 비대칭적 타자를 외적 강제의 희생자이자 실재계적 내재원인에 접촉한 존재로 해석해야 한다. 그와 함께 스피노자를 넘어서서 내재원인에 접촉하려면 타자와의 교감이 필수적임을 말해야 한다.

그러나 타자와의 교감을 강조하는 것은 타자를 중심에 놓는다는 뜻이 아니다. 이제까지 변혁이론에서 고통받는 타자를 역사의 주체로 말한 것은 타자란 강압적 체제에 동화될 수 없는 존재이기 때문이다. 마르크스주의의 프롤레타리아든 민족주의의 피식민 민중이든 그 점에서는 마찬가지이다. 프롤레타리아와 피식민 민중은 실재계적 내재원인에 접촉하고 있는 존재이다. 하지만 그런 타자를 통해 내재원인을 안다는 것은 타자가 중심이 되어 변혁운동을 이끌어가는 것과는 다르다. 타자가 중심이 되는 순간 또 다른 상징계가 만들어지며 상징계의 중심은 더 이상 타자의 위치가 아니기 때문이다.

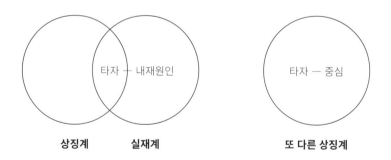

만일 역사적 변혁이 하나의 상징계에서 또 다른 상징계로 나아가는 것이라면 중심이 필요할 것이다. 그러나 중심이 설정되는 순간 내재원인은 외부 요인이 되며 우리는 능동성을 잃고 수동적 존재로 회귀한다. 그와 달리 변혁의 과정이란 표상될 수 없는 내재원인에 접촉하며 능동성을 소

망하는 끝없는 과정이다.

변혁의 중심을 설정하면 역사적 주체에 의해 '미리 와 있는 미래'로 가는 인과율에 예속된다. 여기에는 인과적 과정에 대한 인식이 있을 뿐 자유도 윤리도 없다. 가라타니가 역사적 주체 대신 타자와의 관계를 강조한 것은 자유의 공간을 열기 위해서였다. 칸트와 레비나스가 자아와 타자의 관계를 중시한 것 역시 자유의 윤리[35]를 말하기 위해서였다.

레비나스는 타자를 미래라고 말하는데 이는 타자가 미래의 중심이라는 뜻이 아니다. 레비나스가 타자 못지않게 강조하는 것은 존재자이다. 존재자(일상인)가 타자와 관계를 가져야 미래가 열리는 것이지 타자 스스로 미래를 가져다주는 것이 아니다.

윤리는 타자가 타자다워지는 것이 아니다. 윤리란 존재자와 타자의 **이중주**이며 자유의 공간 역시 이중주로만 열린다. 윤리의 이중주는 '인식론적 결정론'과 '중심을 설정하는 목적론'을 둘 다 넘어서는 자유의 울림이다. 역사적 변혁이 '내재적 원인의 인식'과 '자유의 윤리'의 접합으로 가능하다면, 미래 또한 그것을 가능하게 하는 자아와 타자의 이중주를 통해서만 다가온다.

'타자를 목적으로 대하라'는 가라타니 역시 이중주를 말하는 셈이다. 다만 가라타니의 경우 지상명령(타자를 목적으로 대하라)이 자아의 내면에 일어나는 순간 타자 자신의 실천이 문제시된다. 가라타니가 말하는 윤리적 실천은 자아(존재자)의 행동이지 타자의 행동은 아니기 때문이다. 가라타니의 이중주는 윤리적 주체의 독주의 형식을 감추고 있다.

지상명령 대신 내재원인을 말하면 이 문제가 해결된다. 윤리적 이중주는 자아와 타자가 교감할 때 내재원인이 감지되며 연주된다. '지상명령'은

---

35 레비나스는 타자가 자유의 빛이 아니며 거머쥘 수 있는 자유가 아니라고 말한다. 그 대신 타자와의 에로스적 관계에서만 미래를 열어갈 수 있다고 논의한다. 레비나스의 경우 타자와의 끝없는 에로스적 관계를 통해서만 내면의 자유를 넘어 거머쥘 수 없는 자유에 다가간다. 레비나스, 강영안역,《시간과 타자》, 문예출판사, 1996, 107~108쪽.

자아의 실천이 있어야만 타자가 구원되며 역사적 변혁이 가능하다고 말한다. 반면에 내재원인의 감지는 자아와 타자에게 동시적이며 그런 이중주의 연대 속에서만 실천이 나타난다. 더 나아가 내재원인이란 상징계에 부재하는 무한이므로 이중주는 실천되는 순간 일상의 틈새에서 사람들 사이의 무한의 물결로 번져간다. 이것이 바로 지상명령으로는 설명할 수 없는 눈사태 같은 에로스 효과이다.

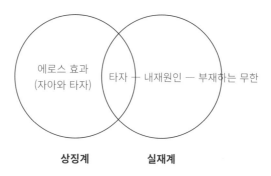

스피노자가 말한 내재원인은 복합적인 인식과 함께 능동적인 정동(에로스)을 생성시킨다. 그러나 그것은 자아와 타자의 이중주로만 가능하다. 윤리적 이중주는 고통받는 타자를 구원하는 동시에 상징계에 예속된 자아를 구원한다. 그것은 경멸당한 존재를 구원하는 일이면서 버려진 존재(타자)에 의해 스스로 구원받는 일이기도 하다. 이처럼 서로를 구원하며 이중주를 연주할 때 물결처럼 번져가는 것을 우리는 '에로스 효과'라고 부른다. **에로스 효과**는 필연적 인과율을 넘어서는 자유의 실천윤리인 동시에 다 함께 행복해지려는 평등의 순수 욕망이기도 하다.

4. 타자와 앱젝트, 대상 a

과거의 변혁운동은 현실에서 누가 운동의 주체가 되어야 하는가를 질문하며 시작되었다. 반면에 스피노자의 윤리를 실천의 원리로 삼으면 어떻게 내재원인에 접근하느냐가 보다 중요해진다. 그런 맥락에서 프레드릭 제임슨은 역사적 주체 대신 표상되지 않는 내재원인(스피노자)을 운동의 동인으로 강조했다.[36] 또한 우리는 실재계적 내재원인이 상징계에서 드러나려면 이중주와 다중주가 필요함을 논의했다.[37]

역사의 동인(내재원인)이 실재계적이라면 그것은 특정한 개체나 집단의 표상으로 나타나기 어려울 것이다. 제임슨의 정치적 무의식의 서사 역시 근본적으로는 표상의 차원보다 수면 밑의 동요에 근거하고 있다. 우리가 말한 에로스 효과 또한 구체적으로 표상되기 이전에 물밑에서 은밀히 번져간다. 그런 물밑의 동요와 연대는 한 점의 불꽃에 의해 타오르기 전에 능동적 정동의 감염력으로 부동의 체제를 끝없이 동요시킨다.

물밑의 연대가 타자와의 교감에서 시작된다면 가장 위험한 것은 사상가보다도 **타자**일 것이다. 실제로 지배체제는 불길한 타자를 부단히 배제하는 권력 장치들을 실행해왔다. 타자는 굴욕을 당한 존재일 뿐 아니라 인격성이 희미해진 존재이기도 하다. 지배체제는 타자를 착취하는 동시에 이데올로기와 감성권력을 통해 존재감을 강등시킨다. 더 나아가 일상인의 눈에 외면당하도록 혐오의 대상으로 만들기도 한다. 그처럼 인격성이 비하되고 혐오의 대상이 된 타자를 크리스테바의 용어로 **앱젝트**[38]라고

---

36 제임슨, 《정치적 무의식》, 앞의 책, 41쪽. 101~104쪽. 제임슨은 그와 함께 부재원인과 교섭하는 서사를 중시한다.

37 우리의 이중주 논의는 제임슨이 부재원인과 함께 서사를 강조하는 것과 맥락을 같이한다. 제임슨이 말한 서사 텍스트란 상징계와 실재계, 자아와 타자의 상호작용에 의한 이중주에 의해서 나타나게 된다.

38 크리스테바의 앱젝트는 오이디푸스화 과정에서 분리된 모체가 제2의 생명체인 상징계의 더러운 분비물로 버려진 것을 말한다. 일반적으로 앱젝트는 체제의 질서를 위해 경계 바깥으로 밀어내야

부를 수 있다.

앱젝트가 벌거벗은 생명(아감벤)과 다른 점은 혐오의 대상이 되었어도 은밀히 **응시**(라캉)를 흘리고 있다는 점이다. 배제된 채 포섭되는 벌거벗은 생명은 구원받을 길이 막혀 있다. 반면에 앱젝트는 배제되는 순간에도 응시를 그치지 않음으로써 완전한 포섭을 거부한다. 앱젝트는 비식별성의 어둠에 갇힌 상태에서도 **벌거벗은 얼굴**을 통해 응시로 호소한다.

앱젝트의 응시는 라캉이 말했듯이 실재계적 대상 a로부터 흘러나온다.[39] 라캉의 실재계적 대상 a는 스피노자의 내재원인과 비슷한 위치를 점하고 있다. 즉 대상 a는 한용운의 님처럼 현존하지 않으면서 무한한 대상의 존재(그리고 사건)의 원인인 점에서 내재원인과 겹쳐진다.[40] 상징계에 부재하는 대상 a와 내재원인은 실재계에 위치한 무한성의 윤리의 근원이다.

앱젝트는 상상적으로 강등된 타자이면서도 잠재적으로 내재원인에 접촉한 타자의 속성을 여전히 갖고 있다. 그 때문에 혐오의 대상으로 비하되더라도 내재원인과 대상 a에 근거한 응시를 멈추지 않는 것이다. 상상계와 실재계가 중첩된 위치에서 은밀히 실재계적 응시를 흘리고 있는 존재가 바로 앱젝트이다.

지배체제는 이데올로기와 감성권력을 통해 끊임없이 불온한 타자를 앱젝트로 강등시킨다. 아감벤은 벌거벗은 생명을 생산해내며 체제의 질서를 안정화하는 권력을 생명정치라고 불렀다. 우리는 앱젝트를 만들어내며 사회적 장을 상상계로 이동시키는 권력을 죽음정치라고 부를 수 있다. 생명정치는 벌거벗은 생명을 정치영역에 포섭함으로써 타자로 인한 불안을 잠재운다. 그와 비슷하게 죽음정치는 앱젝트를 죽음의 위협에 방치하

하는 불순물을 나타낸다. 크리스테바, 서민원 역, 《공포의 권력》, 동문선, 2001, 21~43쪽. 김철, 〈비천한 육체들은 어떻게 응수하는가〉, 《사이》 제14호, 2013. 5, 388~389쪽.

39 라캉, 민승기·이미선·권택영 역, 〈시선과 응시의 분열〉, 《욕망이론》, 문예출판사, 1994, 200쪽.

40 1장 4절 참조.

면서 타자의 존재를 외면하게 만든다.

죽음정치[41]란 생명과 신체를 처분 가능한 상태로 착취하다 쓸모가 없어지면 죽음에 유기하는 것을 말한다. 죽음정치는 생명정치와 비슷하면서도 특히 죽음정치적 노동[42]의 형태로 부각된다. 우리 사회처럼 인종과 계급, 젠더 영역을 가로지르는 권력이 작용하는 곳에서는 흔히 죽음정치적 노동이 행해진다. 사회 모순이 중첩된 죽음정치적 체제에서는 앱젝트 상태로 생명을 착취당하다 아무도 모르게 죽음에 유기되는 일이 자주 일어난다. 1970년대에 값싼 임금[43]에 과도하게 착취당한 산업노동자들, 제국의 용병으로 먼 나라에서 죽어간 군사 노동자들, 산업전선을 전전하다 난민처럼 몰락한 성 노동자들의 삶이 그것을 보여준다.

그러나 죽음정치적 노동자와 앱젝트는 벌거벗은 생명과는 달리 응시를 흘리고 있다. 응시는 눈에 잘 보이지 않지만 죽음정치가 만연될수록 비가시적 응시가 물밑을 떠돌게 된다. 그런 보이지 않는 응시를 언뜻 감지하게 하면서 위기감을 증폭시키는 것이 바로 은유적 정치의 대응력이다. 은유는 문학과 대중문화, 일상의 언어와 이미지를 통해 유포되며 물밑의 응시를 증폭시킨다. 그처럼 보이지 않는 응시를 은유로 표현하며 권력은 잘 모르는 물밑의 불안을 고조시키는 것이 바로 **은유로서의 정치**이다.

우리의 변혁운동의 역사에서는 진보적 사상 이상으로 은유로서의 정치가 매우 중요했다. 은유로서의 정치는 역사적 주체로 나서기 어려운 죽음정치의 희생자들이 어떻게 한순간에 일어섰는지 보여주기 때문이다. 예컨대 1910년대는 일본이 무단정치를 통해 피식민자를 공포에 떨게 한 죽음정치의 시대였다. 그러나 그런 묘지처럼 고요한 일상 속에서 한순간에 불꽃이 폭발한 만세운동이 일어났다.

---

41 Achille Mbembe, "Necropolitics, Public Culture 15, no. 1, 2003, pp. 11~40.

42 이진경, 나병철 역, 《서비스 이코노미》, 소명출판, 2015, 39~40쪽.

43 한국은 1970~80년대에 국제적 노동분할에서 값싼 노동의 위치를 떠맡고 있었다. 위의 책, 76쪽, 82쪽, 338쪽.

3·1운동 발발의 배경에는 1차 세계대전 이후의 민족자결주의와 그에 고무된 지식인들의 움직임이 있었다. 또한 종교계의 네트워크가 작동되었고 고종 독살설이 민중들을 자극하고 있었다. 그러나 그런 계기들에 의해 촉발된 운동이 자발적으로 순식간에 전 조선으로 퍼져간 것은 놀라운 일이었다.[44] 우리는 이 뜻밖의 자발성의 배경으로 일상의 은유적 정치의 작동을 말하지 않을 수 없다.

'만세 전야'에는 죽음정치적 공포 속에서 '묘지'[45], '헛장사',[46] '아리랑' 같은 은유들이 물밑을 떠돌아다니고 있었다. 그런 은유들은 감옥과 유곽, 노동판에서 희생된 자들에 대한 공감과 동요가 물밑에 잠재했음을 암시하는 것이었다. 그와 함께 이 은유들은 응시를 증폭시키며 보이지 않는 '고통의 내적 원인'의 비밀을 감지하게 해주고 있었다. 사람들은 외적 요인에 대해 말할 수 없는 대신 내적 원인에 대한 감응이 점점 커져가고 있었다. 응시가 확산되고 죽음정치적 고통의 내적 원인이 감지될 때 상상계적 일상은 실재계로 이동하게 된다. 그 순간 은유를 통한 응시의 이중주와 다중주 속에서 내재원인(그리고 대상 a)의 추동력에 의해 3·1운동의 불이 붙은 것이다. 3·1운동에서 '만세'를 외치는 순간은 역사의 동인(내재원인)의 작동에 의해 전 조선을 관통하는 응시의 네트워크가 요동치는 순간이었다. '만세'는 독립의 주장인 동시에 떨어진 사람들도 곁에 있는 듯이 함께 손을 잡고 있다는 은유였다. 곳곳에서 만세를 부르는 사람들이 서로 연결되어 움직인다는 것은 **내재원인**이 작동된다는 은유적 신호였다. 3·1

---

44 3·1운동의 자발성과 비폭력성에 대해서는 카치아피카스, 원영수 역, 《한국의 민중봉기》, 오월의 봄, 2015, 98~106쪽 참조.

45 만세 전야를 다룬 염상섭의 소설의 원제가 '묘지'였던 것은 우연이 아니다. 당시 조선인들의 강제적인 공동묘지 제도에 대한 불평은 실제로 묘지 같은 일상에 대한 불만이 우회적으로 터져 나온 것일 터이다.

46 1910년대에 조선인들 사이에는 일본의 묘지 규칙(공동묘지 제도)에 반대해 '헛장사'를 통해 다른 곳에 암장하는 행위가 유행했다. 장용경, 〈1910년대 일본의 공동묘지 정책과 조선인의 경험〉, 《식민지 공공성》, 책과함께, 2010, 396~418쪽 참조.

운동은 외적 계기보다 내재원인의 감지가 **무한의 네트워크**를 작동시킴을 입증한 최초의 변혁운동이었다. 3·1운동에서 숨겨진 내재원인의 작동은 '묘지'의 반전을 거쳐 '만세'라는 은유에 의해 증폭되고 확인되었다.[47]

은유를 통한 응시의 증폭에 의해 역사의 동인이 작동된 것은 변혁의 황금기인 1970~80년대에도 마찬가지였다. 우리는 흔히 이 시대의 민주화 운동이 진보적 사상과 민중운동의 추동력에 의해 촉발되었음을 주장한다. 그러나 그 이상으로 중요한 것은 민중적 사상의 황금기란 문학과 대중문화를 통한 은유로서의 정치의 전성기이기도 했다는 점이다. 3·1운동이 일상에서의 자연발생적인 은유적 정치였다면 1970~80년대의 변혁운동은 문학과 대중문화를 통한 보다 진화된 은유로서의 정치가 작동된 시대였다.

변혁운동이 태동한 시대는 민중을 죽음정치에 시달리게 한 개발권력에 점령된 시대이기도 했다. 죽음정치적 노동자들은 마르크스의 프롤레타리아와는 달리 역사적 주체로 나서기 어려운 사람들이었다. 그런 혹독한 상황에서는 설령 노동운동이 일어나도 전사회적 변혁운동으로 발전하기 어려웠다. 이 잔혹한 시대에 위축된 타자의 응시를 물밑에서 증폭시킨 것은 문학과 대중문화, 일상의 언어를 통한 은유적 정치였다. 1970~80년대의 변혁운동은 단지 진보적 사상이나 특정한 역사적 주체에 의해 추동되었다고 말할 수 없다. 이 시대에는 변혁적 사상이 핵심적 기능을 했지만 그 이상으로 당대의 희생자들을 함께 손잡고 일어서게 만든 은유로서의 정치가 중요한 역할을 하고 있었다. 은유는 타자의 보이지 않는 응시를 보이게 만들어 상상계(이데올로기)에 포획된 사람들을 실재계 쪽으로 이동시킨다. 그런 흐름에서 응시의 증폭에 의해 실재계적 내재원인이 작동되면 한 점의 불꽃에 의해 동시적으로 번져가는 운동이 폭발하게 된다.

1970년대의 문학과 대중문화는 사상운동의 부수적인 역할만 했던 것

---

47 이 점에서 염상섭의 〈만세전〉의 원제가 묘지였다는 점은 매우 시사적이다.

이 결코 아니었다.[48] 문학과 대중문화가 활발했다는 것은 물밑에서 응시를 증폭시키는 은유가 떠돌아다닌다는 증거였다. 이 시대에는 학생들은 물론 노동자들까지도 《난장이가 쏘아올린 작은 공》과 〈삼포 가는 길〉을 읽었다. 또한 청년문화라는 대중문화가 성행하면서 〈고래사냥〉(송창식)에서처럼 모두의 가슴에서 숨 쉬는 '한 마리 고래'를 감지하고 있었다. '난장이', '삼포', '고래사냥'의 은유는 물밑에서 개발지상주의와 냉전 이데올로기를 관통하고 있었다. 은유는 사람들을 '상상계적 이데올로기'로부터 응시가 증폭된 '실재계'로 이동시키고 있었다. 당시의 독재권력이 대중문화의 검열에 노심초사했던 사실은 은유를 통한 응시의 힘을 반증한다. 수많은 금지곡들은 은유의 놀라운 힘을 역으로 드러내고 있었다. 〈고래사냥〉의 고래와 〈아침이슬〉의 묘지는 다시 한번 사람들의 가슴을 뒤흔들고 있었다.[49] 그 시대에는 독재 권력의 서투른 검열을 뚫고 은유가 일상의 사람들의 마음을 사로잡고 있었다.

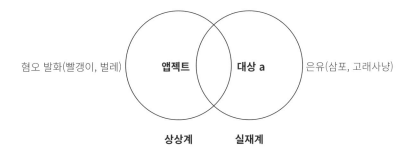

혐오 발화(빨갱이, 벌레)　　앱젝트　　대상 a　　은유(삼포, 고래사냥)

상상계　　실재계

---

48 박선영의 《프롤레타리아의 물결》에서 물결의 은유는 사상운동이 정동적 물결과 결합할 때 빛을 발함을 보여준다. 1970~80년대의 민중운동 역시 문학과 대중문화에 의해 고양된 정동적 물결과 결합해 역동성을 얻었다고 할 수 있다. 박선영, 나병철 역, 《프롤레타리아의 물결》, 소명출판, 2022 참조.

49 이 물결은 식민지 시대의 프롤레타리아의 물결을 창조적으로 계승한 민중의 물결이라고 할 수 있다.

죽음정치와 이데올로기의 시대는 은유로서의 정치의 시대이기도 했던 셈이다. 1970년대에 노동자들이 각성되어 노동운동이 일어나며 변혁운동이 태동된 점은 매우 중요하다. 그러나 부마사태에서 보듯이 노동운동(YH사태)이 학생운동과 반독재 운동으로 번져간 것은 일상에서의 은유적 정치가 활발했기 때문이다. 노동운동은 단지 노동자들만을 구출하는 운동이 아니었으며 그 자체로는 성공하기도 쉽지 않았다. 은유는 앱젝트로 강등된 노동자(여공)들을 대상 a로 전이시키면서 청년과 일상의 사람들을 상상계에서 실재계로 이동시키고 있었다. '일상의 사람들'과 '굴욕당한 타자'와의 교섭이 일어나면서 **내재원인**이 작동되고 변혁운동이 촉발된 것이다.

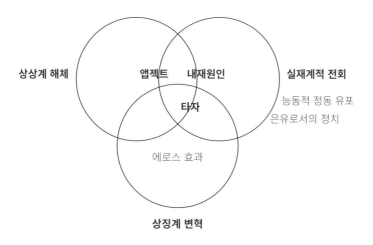

노동자들은 실재계적 내재원인(역사의 동인)에 접촉한 사람들이지만 그들만이 역사의 주체로서 변혁을 이끈 것은 아니다. 변혁의 순간이란 앱젝트로 강등된 노동자-타자들을 대상 a로 전위시키며 일상의 사람들이 상상계에서 실재계로 이동하는 시간이다. 자아와 타자가 이중주와 다중주

를 연주하며 상상계에서 실재계로 이동하는 순간이야말로 저항의 태동인 것이다.

고통받는 타자를 역사의 주체로 말하는 사람들은 죽음정치에 의해 앱젝트로 강등된 타자가 어떻게 회생하는지 설명하지 못한다. 또한 배제된 타자가 던진 불씨가 한순간에 역사의 새벽을 여는 빛으로 번져가는 비밀을 말하지 못한다. 루카치의 계급의식도 역사적 필연의 이론도 총체성(진리)의 인식이 순식간에 **무한의 실천윤리**로 발화하는 도약을 설명할 수 없다.

그런 필연적 인과율을 넘어서기 위해 가라타니는 칸트의 지상명령(무조건적 명령)이라는 자유로운 주체의 윤리를 주목했다. 하지만 그가 말한 지상명령은 타자 자신의 움직임도 자아와 타자의 이중주도 설명하지 못한다. 또한 책임을 낳는 자유가 어떻게 능동적 정동의 감염력으로 번져가는지 말하지 못한다.

우리는 지상명령 대신 내재원인을 주목할 때만 원인에 대한 **인식**이 에로스 효과라는 **실천**의 감염력이 되는 비밀을 알 수 있다. 스피노자가 말했듯이 실재계적 내재원인(그리고 대상 a)은 총체적 관계의 인식과 함께 능동적 정동의 생성을 가능하게 한다. 표상 불가능한 **내재원인의 인식**은 **은유적 정치**를 통해 표현될 수 있으며 은유(문학과 대중문화)가 작동되는 순간은 타자에게 다가서서 내재원인을 감지하는 시간이다. 그 순간 자아와 타자의 이중주 속에서 불현듯 내재원인이 작동되면서 능동적 정동이 유포되기 시작한다. 그 같은 이중주와 다중주의 물결에서 에로스 효과가 전파되는 순간 새로운 세상을 향한 운동이 시작되는 것이다.

예컨대 우리가 '삼포'를 말하는 순간은, 비천한 사람들의 고향을 함께 그리워하며 산업사회의 모순과 상실한 고향의 내재원인에 다가가는 순간이다. 삼포는 1970년대 사람들이 물밑에서 감지한 **내재원인**의 은유이다. 미학적·정치적 은유는 사람들을 타자와 내재원인이 있는 실재계 쪽으로 은밀히 이동시켜준다. 역사적 **인식**이 변혁의 **실천**이 되려면 그런 은유적 정치를 통해 일상의 사람들이 타자와 교감하게 하며 내재원인을 작동시켜야 한다. 그 순간에야 은유적 정치와 윤리의 이중주를 통해 물밑에서 능동적 정동이 고양되며 한 점의 불꽃에 의해 변혁운동이 타오를 수 있다.[50]

그런 은유로서의 정치를 태동시키는 대표적인 활동은 **문학**이다. 문학은 위대한 역사적 주체가 필연성의 무대에서 억압적 권력에 대해 승리하는 실천을 보여주지 않는다. 또한 타자의 고통을 짊어진 책임감 속에서 지상명령에 따라 움직이는 윤리적 주체를 그리는 것도 아니다. 그보다도 문학은 비천한 타자와의 교감 속에서 어떻게 에로스와 능동적 정동이 생성되는지 보여준다. 보이지 않는 비천한 타자의 응시를 은유로 표현하는 교감의 순간 문득 윤리의 이중주가 연주되기 시작한다. 그 순간이야말로 자아와 타자가 교감하며 상상계에서 실재계로 전회하는 은유로서의 정치의 시간이다. 응시가 증폭되며 실재계로의 전회가 일어난다는 것은 은유가 내재원인을 작동시킨다는 뜻이다. 내재원인이 작동되는 순간은 외적 강제에서 벗어나 능동적 정동이 생성되는 시간이다. 문학은 표상할 수 없는 역사의 동인 내재원인을 은유로 표현하면서 능동적 정동의 물결을 고양시킨다.

문학이 역사와 접속되는 순간은 역사적 주체를 보여주는 것이 아니라 내재원인을 작동시키며 능동적 정동을 퍼뜨리는 순간이다. 내재원인이 역사의 동인이라는 것은 비천한 타자와 교감할 때 우리가 능동적 정동 속에서 역사 안으로 들어간다는 뜻이다. 능동적 정동의 유포는 그 자체가 역사적 투쟁은 아니지만 곳곳에서 이데올로기를 무효화하며 사람들의 능동성을 증대시키는 움직임을 암시한다. 문학은 위대한 주체나 절박한 지

---

50 이 책에서는 다루지 않았지만 마르크스주의 등 변혁의 서사도 불꽃을 당기는 중요한 역할을 했다고 볼 수 있다. 우리는 진보적 사상과 변혁의 서사 역시 엔리케 두셀의 관점에서 타자의 서사로서 작동되었다고 논의할 수 있다. 은유로서의 정치와 변혁의 서사가 만나는 지점은 타자의 서사라는 인문학과 사회과학, 문학일 것이다.

상명령 대신 능동적 정동의 유포 속에서 **수면 밑**의 역사적 변화의 물결을 보여준다.

프레드릭 제임슨은 총체성이 부재하는 곳에서 역사의 동인이 총체적으로 작동된다고 말했다.[51] 제임슨이 말한 총체성이 부재하는 곳이란 부재원인이 작동되는 물밑의 현실에 다름이 아니다. 그에 따라 우리는 부재원인-내재원인(부재하는 역사의 동인)을 작동시킬 때 표상되지 않는 물밑에서 역사적 변혁이 태동된다고 말할 수 있다. 문학이 보여주는 비천한 타자와의 교감(에로스)이야말로 부재하는 역사의 동인(부재원인)이 작동되는 수면 밑의 현실일 것이다.

역사적 주체 대신 **부재원인**(내재원인)을 강조할 때 우리는 보이지 않는 내재원인을 작동시키는 문학의 역할이 얼마나 중요한지 확인할 수 있다. 1970년대의 소설들은 '역사적 주체' 대신 '부재하는 역사의 동인'을 움직이는 물밑을 보여주고 있었다. 당대의 소설들이 그린 물밑에서의 타자와의 교감은 보이지 않는 역사의 동인-내재원인의 움직임을 암시하고 증폭시켰다고 할 수 있다. 아무도 보지 않고 누구도 관심이 없는 비천한 존재와의 에로스가 시대적 역사의 움직임을 은밀히 태동시킨 것이다.

비천한 타자와 교감하며 에로스를 감지한다는 것은 단지 시대의 희생자를 구원한다는 뜻이 아니다. 앱젝트와 교감하며 대상 a(에로스의 대상)를 움직인다는 것은 소리 없이 내재원인(부재원인)을 작동시킨다는 뜻이다. 내재원인의 작동은 신체의 힘의 증대와 능동적 정동의 전파가 개인을 넘어선 다수성의 물결[52]로 번져감을 뜻한다. 변혁의 시대란 그처럼 다수의 사람들의 신체의 힘을 증진시키는 **능동적 정동의 감염력**을 입증하는 시대

---

51 제임슨, 《정치적 무의식》, 앞의 책, 66쪽.

52 개인의 힘의 증대는 그 자체가 다수성의 교류를 포함하기 때문에 능동적 정동은 이내 다수의 물결로 번져간다. 능동적 정동과 다수성의 관계에 대해서는 들뢰즈, 서창현 역, 〈정동이란 무엇인가?〉, 《비물질노동과 다중》, 갈무리, 2005, 132~133쪽, 발리바르, 진태원 역, 《스피노자와 정치》, 2014, 140~141쪽 참조.

이기도 했다. 상상계적 이데올로기 속에 빠져 있으면 아무리 활발해 보여도 우리는 수동적 정동의 포위에서 탈출하지 못한다. 반면에 타자와 교감하며 내재원인에 접근하는 순간 **실재계로의 전회** 속에서 존재론적 고양을 경험하게 된다. 능동적 정동의 감염력은 그런 존재론적 전회의 산물이라고 할 수 있다.[53] 무력한 타자와의 만남은 그 자체가 역사적 주체와의 만남이 될 수는 없다. 그러나 낮은 곳의 비천한 타자와 교감할수록 밑바닥에서부터 시작된 존재론적 전회는 90% 사람들의 연쇄적 무한의 물결을 증명하게 된다.[54] 그처럼 타자와 교감하는 순간 90%의 사람들이 능동적 정동을 감지하며 수면 밑에서 파문을 일으키기 때문에 한순간에 변혁의 파도가 일어날 수 있는 것이다. 1970년대에는 아무런 저항 능력도 없는 듯 보이는 사람과의 만남에서 가장 큰 저항력이 생성되고 있었다. 그처럼 낮은 곳에서 존재론적 전회를 일으키며 눈사태 같은 감염력을 지닌 능동적 정동을 증폭시킨 역할을 한 것이 바로 문학이었다.

1970~80년대에 지식인들이 기획한 변혁의 서사와 현장에서의 투쟁은 매우 중요하다. 그러나 그런 지상에서의 운동이 일상의 사람들의 호응을 얻지 못했다면 변혁운동은 성공할 수 없었을 것이다. 그 점에서 역사적 변혁은 단지 위대한 주체나 지상명령에 의해 완수되는 임무가 아니다. 그보다는 비천한 타자에게서 에로스를 감지할 때 물밑의 파동이 출렁이며[55] 은밀한 역습의 시간이 다가오는 것이다. 물밑이 고요하면 변혁운동가들이 움직여도 세상은 흔들리지 않지만, 수면 밑의 진동이 점차 고조되면 한 점의 불꽃에 의해 역사를 뒤바꾸는 운동이 점화된다. 1970년대 소설들은 역사가 없는 듯이 보이는 곳에서 역사가 작동되고 있었음을 암시하고

---

53 존재론적 전회와 정동적 감염력은 응시의 증폭과 생명적 반복운동의 **무한한** 진행으로 설명할 수 있다.

54 그와 함께 문학은 보이지 않는 내재원인의 작동을 보여주는 **은유적 정치**를 통해 존재론적 전회의 힘을 증폭시킨다.

55 물밑이 출렁이는 것은 상상계에서 실재계로의 전회가 일어나고 있다는 암시이다.

있었다.

개발권력은 죽음정치적 노동자를 경제성장의 수단으로 삼는 동시에 그들의 훼손된 존재를 비정하게 외면했다. 당대에는 문학의 임무가 그런 비천한 민중들을 움직여 변혁의 대열로 이끄는 것으로 여겼다. 그러나 역사의 무대에서 문학의 핵심적 역할은 그것이 전부가 아니었다. 그 시대에는 노동운동에 참여한 사람들만이 아니라 보이지 않는 곳곳의 죽음정치적 희생자들도 매우 중요했다. 1970년대의 비천한 신체들은 대부분 그처럼 죽음정치적 노동의 희생자들이었다. 역설적인 것은 바로 그 비천한 신체에서 개발 이데올로기를 역전시키는 능동적 정동의 반격이 시작되고 있었던 점이다. 문학은 앱젝트의 응시를 감지한 사람들의 내면을 은유로 드러냄으로써 물밑에서 일렁이는 바다으로부터의 정동적 역습을 암시하고 있었다. 《난장이가 쏘아올린 작은 공》(조세희), 《아홉켤레의 구두로 남은 사내》(윤흥길), 〈몰개월의 새〉(황석영) 등 1970년대의 주요 작품들은 모두 앱젝트와의 교감에서 생성된 에로스의 반격을 그리고 있다. 죽음정치적 노동자를 보이지 않게 처리하는 것이 개발권력의 이데올로기 장치였다면, 그들 앱젝트와의 교감을 통한 반격은 견고한 성벽[56]을 뒤흔드는 능동적 정동의 움직임을 드러냈다. 변혁운동이란 그런 물밑의 동요가 내재 원인의 작동을 암시하면서 순식간에 전 사회적으로 확장된 에로스 효과의 산물이었다.

5. 이데올로기 시대의 타자의 서사
   — 조선작의 〈성벽〉, 〈영자의 전성시대〉

개발 시대의 죽음정치적 노동의 위치는 권력의 산물인 동시에 그 위대

---

56 조선작의 〈성벽〉에서 성벽은 은폐와 환상의 기능을 하는 이데올로기적 스크린 장치의 암시이다.

성이 무산되는 자리이기도 했다. 산업전사인 노동자가 죽음의 운명을 드러낸 순간은 개발의 지상명령이 흔들리는 시간이기 때문이다. 권력은 그런 죽음정치적 노동자의 어둠을 보이지 않게 만들어야 비로소 이데올로기의 안정성을 유지할 수 있었다. 개발권력이 하층민 노동자를 경제개발(목적)의 수단으로 삼을 뿐 아니라 이면에서 앱젝트로 배제했던 것은 그 때문이다.[57] 앱젝트적인 배제는 타자를 착취하는 데 그치지 않고 인격적 강등을 통해 혐오의 대상으로 만든다. 예컨대 닭장 같은 곳에서 생존한 산업노동자들, 신체의 처분 가능성이 전제된 성 노동자들, 먼 나라에서 생명이 훼손된 군사 노동자들이 그들이다. 이들은 위대한 산업전사로 포섭된 동시에 신체를 훼손당하며 앱젝트로 배제된 사람들이었다.[58]

그러나 죽음정치적 노동에 의해 앱젝트가 된 노동자들은 벌거벗은 생명과는 달리 응시를 흘리고 있었다. 이데올로기의 취약점은 타자를 혐오할 수는 있지만 그들의 고통스러운 얼굴에서 응시가 흘러나오는 것은 막을 수는 없다는 점이다. 죽음정치적 노동자들이 자신도 모르게 흘리는 응시는 보이지 않는 곳에서 부재원인(대상 a)과 내재원인이 작동되고 있다는 뜻이었다.

앞서 살폈듯이 그런 실재계적 내재원인의 작동을 증폭시켜야만 물밑에서 역사적 변혁의 물결이 시작된다. 비천한 타자와 관계하는 것은 아직 어떤 목적도 아닌 것, 이 세상에는 없는 것(부재원인)과 관계하는 것이다. 상징계에는 부재하며 목적론적 표상이 어려운 것이 바로 실재계적 내재원인이다. 레비나스는 고통받는 타자와 교섭하며 현존할 수 없는 부재하는 것과 관계하는 것을 **에로스**라고 부르고 있다. 에로스라는 능동적 정동은 스피노자의 내재원인이나 라캉의 부재원인(대상 a)과의 관계에서 비로

---

57 개발권력은 노동자들을 산업전사로 포장하는 한편 어둠 속에서 신체가 훼손되어가는 그들을 앱젝트로 배제했다.

58 그처럼 타자를 앱젝트로 배제하면서 환영 같은 위대한 산업전사만을 보이게 만드는 것이 이데올로기의 역할이었다.

소 나타난다. 타자와 교섭하며 에로스와 능동적 정동을 증폭시킬 때 내재원인의 작동이 증대되며 물밑에서 변혁의 물결이 일렁이게 된다.

이 과정에서 어떤 변혁의 물결도 내재원인(그리고 대상 a)으로부터 흘러나오는 타자의 응시가 출발점이다. 비천한 타자의 응시는 잘 보이지 않기 때문에 흔히 은유를 통해 표현된다. 그 같은 방식으로 표상할 수 없는 내재원인을 표현하는 은유가 바로 문학작품이다. 1970년대에 문학이 활력적이었다는 것은 내재원인의 작동이 **은유**로 표현되며 물밑에서 능동적 정동이 유포되고 있었다는 뜻이다. 물밑의 능동적 흐름의 표현인 은유와 문학은 지배체제에 대응하는 타자의 서사가 활발했음을 암시한다. 이 시대가 개발독재의 시기였음에도 불구하고 인간적 삶의 열망이 역동적이었던 것은 그처럼 **타자의 서사**가 살아 있었기 때문이다. 이데올로기의 시대는 타자의 벌거벗은 얼굴의 반격을 모두 물리칠 수 없는 시대이기도 했다. 개발의 **이데올로기**가 타자를 배제했다면 문학은 **타자의 응시**를 드러내는 서사를 통해 이데올로기의 균열 지점에서 능동적 정동을 유포하고 있었다.

1970년대의 소설들은 역사의 동인이 위대한 주체가 아니라 비천한 타자와의 교섭에서 태동했음을 보여준다. 변혁운동의 황금기의 감동적인 소설들은 대부분 비천한 타자와 교섭하며 내재원인의 작동을 암시하는 소설들이다. 개발 이데올로기의 폭력과 은폐의 지점은 보이지 않는 응시의 유출지이기도 했다. 그런 역설로 인해 역사의 무대의 **가장 비천한 곳**에서 역사의 추동력이 흘러나오고 있었다. 변혁에 대해 무지한 사람들에게서 변혁운동의 에너지가 증대되고 있었던 것이다. 유치한 대중소설로 비판을 받았던 조선작의 소설 역시 실상은 비천한 타자에 대한 관심을 드러낸 대표적인 작품이었다.

예컨대 조선작의 〈성벽〉(1973)은 천박한 욕망으로 비속하게 살아가는 사람들의 일상을 보여주는 소설이다. 이 소설에 그려진 둑방동네는 개발 이데올로기가 은폐해야만 하는 비천한 타자들의 생활공간이다. 개서방으로 불리는 아버지는 개를 훔쳐서 보신탕집에 넘기며 생계를 꾸려간다. 화장지 공장 여사무원이 꿈이었던 누나는 공장을 그만두고 부둣가에서 매음을 하고 있다. 다리를 저는 '나'는 건너편 선창가와 부둣가로 진출해 어른의 세계를 경험하려는 꿈을 꾸고 있다.

이 소설에서 그런 비천한 일상이 해학적으로 그려진 것은 아직 성인의 생활고를 모르는 소년의 시점으로 서술되기 때문이다. 해학이란 상황을 희화화하며 희생자들을 동정하는 미학이다. '나'의 해학적인 시선은 둑방 동네의 유치하고 비속한 삶에도 인간적인 정이 흐르고 있음을 암시하고 있다. 우리는 소년의 시점에 교감하면서 비천한 타자의 편에 서서 가난하고 비루한 삶에도 활력이 남아 있음을 느끼게 된다. 이처럼 이데올로기의 시대에는 권력이 균열을 은폐하려는 지점이 아직 남아 있는 인정이 흘러나오는 위치이기도 했다.

그러나 소년의 순진한 시점에는 개발권력에 동화될 수 없는 비속한 타자의 응시의 표현이 없다. 그 때문에 우리는 소년 대신 내포작가와 비밀 교신하면서 숨겨진 응시가 흘러나오는 것을 감지하게 된다. 내포작가는 평생을 개서방으로 보낸 아버지의 시체가 냉혹하게 버려지는 과정을 통해 비천한 신체에서 감지한 응시의 자의식을 드러낸다.

그제서야 나는 눈물이 눈시울을 축축이 적시기 시작했다.
아침까지 아버지의 시체는 거기에 버려져 있었다. 아마 아버지의 술친구였던 둑방동네의 어른들이 딸기꼬 안주사의 복덕방에 모여 아버지의 시체를 치우는 일로 의논들을 하는 모양이었다.
(…중략…)
아버지의 시체는 그들이 작업을 방해하기에 알맞은 장소에 놓여 있었다. 그래서 인부들은 아침부터 재수가 옴붙었다고 침을 세 번씩 툇툇툇 하고 뱉은 다음, 모래밭을 깊이 파고 그 속에 묻어버렸다. 그리고 그들은 바로 아버지의

262

시체를 묻은 모래밭 위를 마구잡이로 밟아가면서 작업을 서둘렀다.[59]

아버지의 시체가 성벽을 설치하는 인부들의 방해물이라는 말은 매우 상징적이다. 내포작가는 순진한 소년의 시선을 통해 '성벽'과 '앱젝트'의 시체가 어떤 관계에 있는지 은밀히 암시한다. 성벽이라는 표제는 소년의 시선과 내포작가의 은유가 합성된 단어라고 할 수 있다. 내포작가가 암시하는 성벽이란 더러운 둑방동네를 가리기 위한 **이데올로기적** 스크린에 다름이 아니다.[60] 또한 인부들은 이데올로기적 스크린을 설치하기 위해 권력에 의해 동원된 하수인들이다. 그 때문에 그들이 혐오스러워하는 아버지의 시체는 개발 이데올로기가 은폐해야만 하는 앱젝트의 신체를 적나라하게 표상하고 있다. 성벽이 시궁창 같은 둑방동네를 가리는 과정은 인부들이 아버지의 시체를 모래밭에 파묻는 일과 표리를 이루고 있다. 내포작가는 그것을 암시하며 소년을 대신해서 이데올로기의 냉혹성에 대한 **응시의 자의식**을 발신하고 있다. 즉 아버지의 시체를 보며 눈시울을 적시는 소년(벌거벗은 얼굴)과 모래에 파묻혀 짓밟힌 시체의 대비를 통해 소년과 둑방동네 사람들의 고통스러운 응시의 흔적을 은밀히 내비춘다. 그런 응시의 자의식은 둑방동네를 감추는 영롱한 성벽의 역설적인 비정함에 대한 암시로 이어진다. .

내일이면 청량리에서 제천 간의 전기철도가 완성되어, 마치 제트기 같은 빠른 전기기관차가 달리게 되는데, 그 개통식에는 누군가가 아주 높은 어른이 타고서 우리 둑방동네의 건널목을 지나가게 된다는 것이었다. 그래서 우리 둑방동네 같은 더럽고 추잡하며, 헐벗은 인간들로 우글거리는 동네가 그런 어른의 눈에 띄어서는 곤란하다는 것이었고, 그리하여 우리 둑방동네가 그 전철의

---

59 조선작, 〈성벽〉,《한국문학대계》66, 동아출판사, 1995, 160~61쪽.
60 이데올로기는 타자를 혐오하는 동시에 스크린을 통해 그 어둠이 보이지 않게 은폐하고 장식한다.

전망창을 통해 내려다 보이지 않도록 가려져야 한다는 것이었다. 그래서 갑작스럽게 시작된 공사였는데, 어디서인가 인부들이 까맣게 몰려들어 건널목을 중심으로 양편의 둑방에 담장을 치기 시작했다. 담장이 아니라 이것은 숫제 성벽이었다.

(…중략…)

인부들은 밤까지도 그 높은 성벽에 줄을 맞춰 전등불을 밝혀놓고, 합판의 나뭇결 위에 아주 아름다운 색으로 페인트를 입혔다. 구린내를 풍기며 언제나 도도하게 고여 있던 냇물에도, 썩은 널빤지와 녹슨 함석이나 찢어진 루핑 따위로 연이어진 판잣집의 그림자가 아니라, 줄지어진 전등불을 밝히고 있는, 아주 아름다운 색깔로 말끔히 도장된 아스라한 성벽이 영롱하게 떠 있었다.[61]

순박한 소년의 눈은 구린내 나는 냇물과 썩고 녹슨 판잣집을 감추는 영롱한 성벽에 대해 말하고 있다. 하지만 화자(소년)가 아스라한 성벽의 아름다움을 말할수록 우리는 둑방동네의 감춰진 더러운 풍경을 더 고통스럽게 느끼게 된다. 우리는 높은 어른의 눈을 위해 헐벗은 동네가 배제되는 과정이 둑방동네가 아버지의 시체처럼 버려지는 일과 다르지 않음을 이미 알기 때문이다. 소년의 천진성은 아무런 보호막도 없는 타자의 얼굴을 강조하기 때문에 내포작가의 중개에 의해 응시의 자의식은 더 증폭된다. 내포작가는 개발의 체제가 시체를 모래밭에 파묻고 앱젝트를 성벽으로 가린 후에야 전기기관차처럼 빠르게 달릴 수 있었음을 말하며 숨겨진 응시를 증폭시킨다.

내포작가가 그처럼 이데올로기에 대한 응시를 선명하게 드러내는 과정은 '성벽'이라는 은유가 작동되는 진행이기도 하다. 소설 전체를 관통하는 성벽의 은유는 이제까지 잘 감지하지 못했던 이데올로기의 기제를 시각적으로 분명히 지각하게 해준다. 그와 함께 이데올로기로 인해 보이지 않

61 조선작, 〈성벽〉, 《한국문학대계》 66, 앞의 책, 160~162쪽.

던 동네 사람들의 숨겨진 응시를 눈에 보이게 드러내준다. 성벽이 세워지는 동안 우리는 권력의 비정한 부인(disavowal)의 기제를 인식하며 그런 존재론적 폭력에 짓밟힌 비천한 사람들의 응시를 느끼는 것이다.

이데올로기는 성벽이 세워지기 전부터 비천한 타자들을 혐오스러운 시체처럼 감추고 있었다. 권력은 그렇게 함으로써 타자의 응시가 새어나오지 못하게 막고 있었던 것이다. 그 때문에 일상에서는 타자의 응시는 물론 이데올로기 자체도 눈에 잘 보이지 않는다. 이데올로기가 권력의 기제로 보이지 않는다는 것은 응시의 차단에 성공하고 있다는 뜻이다. 그러나 성벽이 보이기 시작하자 그 은유에 담긴 부인의 기제가 폭로되면서 냄새나는 시궁창과 동격인 타자들의 산 인간의 응시도 암시되고 있었다.

성벽의 은유는 권력의 이데올로기와 타자의 응시를 둘 다 가시화하고 있다. 소년이 환상에 빠질수록 우리는 이데올로기의 기만의 기제와 동네 사람들의 고통을 함께 느끼게 된다. 성벽의 환상이 영롱해질수록 자기기만의 균열을 통해 새어나오는 죽음정치의 희생자들의 응시는 증폭된다. 소년과 내포작가의 시점의 교묘한 혼성은 성벽의 냉혹함의 역설을 통해 둑방동네 사람들의 보이지 않는 응시를 더 뼈아프게 보게 해준다. 이데올로기의 성벽을 넘어서는 응시의 자의식은 소년의 시점과 내포작가의 특이한 이중주를 통해 연주되는 셈이다.[62]

〈성벽〉의 내포작가는 둑방동네의 일원인 듯하면서도 그들보다 더 지적인 능력을 지닌 존재이다. 내포작가는 둑방동네 사람들의 약한 감성에 교감하면서 타자성의 이중주를 통해 응시를 증폭시키고 있다. 우리는 권력이 치부를 감추려 할수록 더 가슴이 아파지기 때문에 문득 비천한 사람들의 응시를 감지하게 되는 것이다. 다만 동네 사람들의 감성은 물론 내포작가의 증폭된 응시도 성벽(이데올로기)을 흔들 만큼 강렬하지는 않다.

---

62 이처럼 응시의 자의식이 드러나는 순간은 지식인(내포작가)과 서발턴의 이중주를 통해 재현 불가능한 것이 재현되는 시간이다.

소년의 눈은 둑 위의 성벽을 동네 사람들이 정답게 얼굴을 비빌 수 있게 해주는 울타리로 보려 한다. 냉혹한 성벽마저 아늑한 울타리로 보는 소년의 시점은 역설적으로 둑방동네 사람들 사이에 흐르고 있는 인간적인 정과 소망을 암시한다. 그와 동시에 그 순진한 암시는 비천한 사람들의 정이 배신의 성벽을 넘어 능동적 정동으로 증폭되지는 못함을 반증하고 있다.

이 소설에서 둑방동네의 정동이 성벽을 흔들 만큼 강렬하지 못한 것은 그들의 이데올로기에 대한 유약한 위치 때문이다. 둑방동네 사람들은 이데올로기적 배제의 희생자들이지만 그 상상적 성벽에 숨겨진 폭력과 직접 조우하는 것은 아니다. 이데올로기의 폭력을 경험한다는 것은 성벽이 더 이상 스크린 구실을 못하는 균열의 위치가 된다는 뜻이다. 그런데 둑방동네 사람들은 성벽에 의해 시각적으로 버려질 뿐 신체 자체가 훼손되는 것은 아니다.

성벽에 의해 은폐된 채 신체 자체의 훼손을 경험하는 것은 죽음정치적 노동자들이다. 죽음정치적 노동자들은 자신의 신체가 훼손되며 죽음에 던져지는 순간 이데올로기가 무산되는 위치에 있게 된다. 훼손된 신체를 조용히 배제하는 것이 이데올로기이지만 노동에 의한 죽음의 위치는 이데올로기가 균열을 감추기 어려운 위치이기도 하다. 죽음정치적 노동자는 가장 약한 희생자인 동시에 균열을 통해 실재계적 반격의 잠재성을 노출하는 위치이다.

그런 죽음정치적 노동자의 잠재적 응시를 담고 있는 소설이 바로 〈영자의 전성시대〉(1973)이다. 〈영자의 전성시대〉에는 비참한 성 노동자와 베트남전에 참전했던 목욕탕 때밀이가 나온다. 성 노동자가 '개발 이데올로기'의 희생자라면 군사 노동자는 '냉전 이데올로기'의 희생물이다. 성 노동자는 상경한 여성이 산업 전선을 전전하다 막장에 이른 종착점의 위치이다. 또한 군사 노동자는 냉전 이데올로기에 의해 호명된 동시에 신체가 훼손되어 조용히 어둠에 버려지는 존재이다. 양자의 공통점은 더 이상 이데올로기에 포섭될 수 없는 훼손된 희생자의 자리를 감추고 있다는 점이다. 신체와 감정이 손상당한 성 노동자나 불구가 된 군사 노동자는 그들 스스로 이데올로기적 성벽의 균열을 경험한 존재들이다. 다만 그들로부터 거리를 둔 일상인에게는 균열이 잘 보이지 않기 때문에 개발권력이 소리 없이 운행을 계속하는 것이다.

죽음정치적 노동자의 잠재적 응시를 드러내려면 균열의 지점에 한발 다가서는 인물이 있어야 한다. 〈영자의 전성시대〉에서 '나'(창수)는 과거 견습공 시절 철공장 집 식모였던 영자와 알고 지내던 인물이다. 또한 베트남전에 참전했던 '나'는 신체가 훼손되며 버려진 베트콩과 제국의 용병에 대한 기억을 갖고 있다.

'나'는 사창가에서 다시 만난 영자가 놀랍게도 한쪽 팔을 잃었음을 알게 된다. 영자를 만나기 전까지 '나'는 베트콩 일곱 명을 불태워 죽이고 무공훈장을 탄 것을 자랑스러워하고 있었다. 그러나 외팔이가 된 영자의 나체는 자신도 모르게 숨겨진 기억을 다시 떠올리게 하고 있었다. 국가주의와 제국의 이데올로기적 하수인이었던 '나'는 영자의 잘려나간 팔에서 억눌렀던 전쟁의 기억들이 떠오르며 호흡이 가빠진다.

그런데 영자는 그것을, 굶주린 사람이 허둥지둥 밥술을 넣듯이 그렇게 줍는 것이 아닌가. 비로소 나는 사람을 죽일 때와 마찬가지의 잔인스런 쾌감이 떠받치기 시작했다. 내가 난폭한 목소리로 말했다.

"난 너를 돈 주고 샀어. 옷을 벗어. 사그리 벗어 버리란 말야."

"좋았어 진작에 그렇게 나올 일이시지."

영자는 내 심정 같은 것은 아랑곳없이 기를 돋우어 말했다. 그리고 나서 한 손만의 불편한 동작으로, 그러나 아주 익숙한 솜씨로 옷을 벗었다. 나는 마치 내가 죽인 시체를 내려다볼 때처럼 복잡한 마음으로 영자의 알몸뚱이를 내려다보았다. 민둥하게 싹뚝 잘리어나간 영자의 어깨를 보았을 때 나는 까닭 없이 호흡이 가빨라지기 시작했다.[63]

'나'의 난폭한 목소리는 자기 자신에게 화가 났기 때문이다. 영자가 밥술을 떠넣듯 돈을 줍는 모습은 베트남전 용병이었던 '내'가 했던 행동과 같았을 것이다. 돈은 '나'와 영자를 비슷하게 개발 이데올로기의 하위적 수단으로 만들었던 셈이다. 개발 이데올로기는 돈이 오고가는 곳에서는 인간마저 물건처럼 냉정하게 다룰 것을 명령했다. 인간의 신체를 물건처럼 폭행하는 일은 감정적 앙금을 남기게 되는데 '나'는 그것을 억눌러야 하기 때문에 난폭해지는 것이다. 그 점에서는 베트남에서나 사창가에서나 다름없었다. 훈장까지 받은 '내'가 그처럼 감정적 앙금에 예민해진 것은 영자가 사랑하던 여자였기 때문이다.

'나'는 잔인스런 쾌감에서 이내 복잡한 마음으로 뒤바뀐다. 베트남전 용병은 경제성장의 목적을 위한 것이었고 무공훈장은 '내'가 도구적으로 이용된 사실을 잊게 해주었다. 창녀 역시 향수 냄새나는 신체로 참전 군인과 산업 전사를 위로하기 위해 꼭 필요한 존재였다. 그런 목적을 위해 개발 이데올로기(그리고 냉전 이데올로기)는 베트남전 용병과 성 노동자에게 연약한 감성을 버릴 것을 명령했다. 무공훈장과 향수는 인간적 동정심을 감추는 '성벽'과도 같았다.

그러나 영자의 싹둑 잘린 어깨는 무공훈장과 향수로 장식된 이데올로기의 성벽에 균열을 보여주기 시작했다. 둑방동네는 성벽으로 가려질 수 있었지만 신체가 훼손된 죽음정치적 노동자는 가림막으로 감춰질 수 없었던 것이다. 그처럼 이데올로기가 와해되는 지점에서 '나'의 영자에 대한 사랑이 확인되고 있었다.[64]

---

63 조선작, 〈영자의 전성시대〉, 앞의 책, 119쪽.

64 이데올로기가 무산되고 균열과 공백이 만들어지는 것은 상처와 사랑의 순간이었다. 상처의 균열

죽음정치적 노동은 성 노동자와 군사 노동자의 문제만은 아니며 당대의 노동 일반의 극단적 위치가 그 둘이었다.[65] 그 점에서 영자를 불구로 만든 외팔은 산업화 시대의 죽음정치의 비밀을 폭로하는 상징이라고 할 수 있다. 역설적인 것은 그런 죽음정치의 극단에서 이데올로기가 무효화됨으로써 '나'와 영자의 사랑이 가능했다는 점이다. 일상의 사람들은 영자의 외팔에 기겁을 하지만 '나'에게는 그 훼손된 신체가 이데올로기의 균열의 공백에서 사랑을 교감하는 통로였다. 타자를 보이지 않게 매장하는 것이 **이데올로기**라면 균열의 지점에 노출된 타자의 손을 잡는 것이 에로스적 **사랑**이었다.

레비나스는 벌거벗은 얼굴을 말했지만 죽음정치적 노동자의 경우에는 훼손된 신체가 본얼굴이었다. 영자의 외팔은 개발 이데올로기를 무효화시키는 죽음정치적 노동자의 벌거벗은 얼굴에 다름이 아니다. 타자의 호소를 감지한 '나'는 영자를 되살리기 위해 옛날 견습공의 실력을 발휘해 의수를 만들어준다. 이 소설은 체제에 의해 내던져진 신체가 '내'가 만들어준 의수에 의해 다시 회생하는 과정을 보여주고 있다.

의수는 불길한 인공 신체이지만 신체마저 상품이 된 세상에서는 남겨진 인간적 정동을 표현하는 상징이 될 수 있었다. 의수가 성 노동자의 팔을 완전히 대신하지는 못할 것이다. 그러나 상품화된 신체의 결핍이 '나'의 진정성으로 채워지자 영자의 신체는 상품세계를 견디는 살아 있는 인

은 실재계를 노출시키며 사랑은 내재원인과 대상 a를 작동시킨다. 그처럼 실재계 및 대상 a와 대면하는 순간이야말로 이데올로기가 무용해지는 시간일 것이다. 죽음정치적 노동자인 영자와 '나' 사이의 사랑은 상처받은 신체가 어떻게 개발독재의 이데올로기에 대응하는지 보여준다.

65 죽음정치적 노동자는 1970년대의 사회적 타자가 겪었던 과도한 폭력의 희생을 상징하는 존재였다. 그처럼 신체적 훼손의 위협이 절박한 것은 성 노동자와 군사 노동자이지만 1970년대에는 노동 일반에 죽음정치적 요소가 포함되어 있었다. 영자 역시 사창굴에서 신체가 훼손된 것이 아니라 버스 차장을 하다 팔을 잃은 것이었다. 당대의 노동의 과도한 고통을 죽음정치적 노동이 대표하는 것은 매춘녀와 용병이 죽음에 이를 운명 속에 신체를 맡기는 직업이기 때문이다. '나'와 영자는 죽음과의 경계를 경험하면서 1970년대의 개발권력의 숨겨진 정체(죽음정치)를 드러내는 위치에 있었다. 이진경, 《서비스 이코노미》, 앞의 책 참조.

간으로 회생하기 시작했다. 상품화된 신체를 채워주지 못하는 의수가 상품 아닌 인간의 회생을 가능하게 한 것이다.

사랑은 현존을 흘러넘치는 잉여로 입증되는데(레비나스) 개발권력의 시대에는 잉여 없는 현존만이 성행하기 시작한 때였다. 그런 상황에서 현존의 부재를 채워준 **대리적인** 의수가 **현존**을 넘는 잉여(사랑)로 작용한 사건은 역설적이었다. 잉여 없는 현존의 시대에는 대리보충이 잉여를 선물하며 현존을 넘어설 수 있었다. 영자의 회생은 데리다의 대리보충의 역설을 입증하고 있었다. 의수는 사라진 한쪽 팔을 대리해서 부재의 공백을 사랑으로 대신 채워주는 '꽃나무'(한용운)와도 같았다. 신체가 멀쩡한 사람도 진정한 사랑을 하기 어려운 시대에 부재를 채우는 대리보충이 사랑을 증명하고 있었다.

죽음정치적 폭력에 의해 훼손된 신체(외팔)는 숨겨진 심연의 정동(사랑)을 퍼 올리는 틈새의 위치로 전복된다. 그와 함께 오직 영자를 위해 의수를 만드는 '나'의 노동은 노동 일반에 깃든 죽음정치를 산노동의 상징으로 전환시킨다. 죽음정치적 노동에 공포가 깃들어 있다면 산노동의 상징(의수)에는 사랑의 선물이 담겨 있었다.

영자는 온전했을 때도 몸이 훼손될 운명(죽음정치)에서 빠져나올 수 없었다. 반면에 신체의 대리보충인 의수가 죽음정치의 운명에서 벗어나오려는 욕망을 갖게 해주었다. 의수가 현실의 신체를 대체할 수는 없었지만 현실보다 능동적인 것의 은유('꽃나무')이자 더 중요한 것(내재원인)의 대리보충[66]이었기 때문이다. 사랑의 은유와 숨겨진 것의 대리보충의 작동이 영자의 신체를 능동적으로 만들어주었던 것이다.

영자의 전성시대는 그녀가 의수를 통해 성업을 이루게 된 시기이다. 영자가 악착같이 돈을 번 것은 사창굴에서 헤어나와 '나'(창수)와 살림을 차

---

66 데리다의 대리보충 역시 단순히 현존의 대상의 대체물이 아니라 표상 불가능한 실재계적인 것을 표상하는 대리물이라고 할 수 있다.

리기 위해서였다. 영자의 전성시대는 당대의 하층민 여성에게 주어진 죽음정치적 고통으로부터 벗어나려는 용기가 발휘되던 때였다. 그런 용기는 주위의 다른 성 노동자들에게까지 전파되고 있었다.

춘자는 사내 앞으로 돌진하여 삿대질을 하며 말했다. "처먹고 그냥 달아나? 그리고도 뻔뻔스럽게 약한 여자를 쳤어? 여기가 어딘 줄이나 알아?"
"어디긴 어디야 오팔팔이지." 구경꾼들 틈에서 어떤 되바라진 창녀의 목소리가 말했다.
"맞다 맞아. 창녀들의 창녀들에 의한 창녀들을 위한 오팔팔공화국 아니가." 경상도 계집애의 목소리가 뒤를 이었다.[67]

영자의 전성시대는 588에 능동적 정동이 넘치는 시기였다. 성 노동자들은 자신들이 당장 사창굴의 굴레를 벗어던질 수 없다는 것을 잘 알고 있었다. 그러나 개발 이데올로기가 숨기고 있는 어둠의 권력에서의 역전이 비천한 신체에서 시작될 수 있음을 감지하고 있었다. 그렇기 때문에 여자들은 당당하게 588공화국을 외치고 있는 것이다. 588공화국은 개발공화국의 죽음정치에서 벗어나는 타자성의 역전이 가능한 곳이었다.

이 소설은 그런 잠재적 가능성이 우리에게 더 큰 공감을 제공하는 과정은 보여주지 못한다. 그 대신 '나'의 눈을 통해 성 노동자의 갱생의 소망이 국가주의 이데올로기에 의해 폭력적으로 잠재워지는 과정을 드러낸다. 이 소설은 국가권력의 사창굴 소탕작전을 보여주며 막장에 이른 죽음정치적 노동자를 냉혹하게 배제하는 폭력성을 비판한다.[68]

성 노동자는 윤락이라는 낙인이 찍혀 있기 때문에 쉽게 우리의 공감을

---

67 조선작, 〈여자의 전성시대〉, 앞의 책, 127~128쪽.
68 이 소설이 그런 해석을 독자에게 맡기고 있는 점에서 여기서도 '나'와 영자의 지적 능력을 넘어서는 내포작가의 숨겨진 전언이 얼마간 감지되고 있다.

얻지 못한다. 그러나 윤락녀의 비하는 성 노동자를 순결 이데올로기의 기준에서 배제하면서 자본주의의 남성중심적 욕망의 노예로 포섭하는 방식이다. 매춘녀는 배제와 포섭의 동시적 기제의 희생자였다. 성 노동자는 개발사회의 진행 과정에서 꼭 필요한 동시에 냉혹하게 배제되어야 하는 존재였다. 국가권력의 사창굴 소탕작전은 성 상품으로서 포섭된 존재가 잔혹한 배제의 운명을 감당해야 한다는 모순을 드러내고 있었다.

그처럼 여성 노동자를 착취하며 막장에 이르러서 최종적으로 배제하는 것이 죽음정치의 본모습이었다. 그런 죽음정치의 이율배반은 젠더 관계에서나 인종 관계에서나 비슷했다. '내'가 사창굴 소탕작전으로부터 베트콩 잔비의 소탕작전을 떠올린 것은 그 때문이다. 개발주의가 여성을 윤락녀로 내 몬 후에 배제하는 과정은 냉전 이데올로기가 제국의 타자를 악마화하며 궤멸시키는 과정과 유사했다.

제국의 용병이자 이데올로기의 하수인이었던 '나'는 타자에 공감하는 인물로 변화되고 있었다. 제국의 전쟁터와 개발의 전쟁터에는 죽음정치에 의해 비천하게 배제되는 타자들이 있었다. 영자는 경찰을 피해 도망쳤지만 맡긴 돈을 찾으러 왔다가 불에 타 죽음을 맞는다. '나'는 사창가에서 불에 그슬린 시신들을 보며 화염방사기에 타 죽은 베트콩의 시체를 떠올린다. '내'가 이역의 공산주의 반군에 공감할 이유는 없을 것이다. 다만 '나'는 영자와의 사랑 때문에 이데올로기에 의해 버려진 죽음정치의 타자들 편에 서지 않을 수 없었던 것이다. 공산주의와는 아무런 상관이 없는 '나'는 체제에 대한 어떤 반항적인 주체도 아니다. 하지만 냉혹한 죽음정치에 분노하는 '나'의 심연은 이데올로기가 파열된 곳에서 타자에게 공감하며 실재계적 내재원인에 접촉하고 있었다. 영자의 전성시대는 끝났지만 그녀를 지울 수 없는 '나'의 내면에는 이데올로기의 성벽을 뒤흔드는 타자의 서사가 동요하고 있었다.

6. 선물의 은유와 비천한 타자의 정동
   — 황석영의 〈몰개월의 새〉

개발 권력의 이데올로기에 대한 타자성의 반격은 황석영의 〈몰개월의 새〉(1976)에서도 나타난다. 〈몰개월의 새〉는 〈영자의 전성시대〉처럼 베트남전 군사 노동자와 성 노동자와의 만남을 그린 소설이다. 그들 죽음정치적 노동자와의 교감이 중요한 것은 일반 노동자와 일상의 사람들마저 위협하는 숨겨진 죽음정치의 실상을 보게 하기 때문이다. 개발 이데올로기는 경제발전의 구호를 통해 사람들을 상상계로 이동시킴으로써 죽음정치적 균열과 실재계적 내재원인을 은폐한다. 반면에 죽음정치적 노동자와의 교감은 이데올로기가 무산되는 공백 속에서 사람들을 상상계에서 실재계로 이동시킨다. 그런 실재계로의 이동은 이데올로기에 예속된 수동성에서 능동적 신체를 되찾는 존재론적 전회의 출발을 암시한다. 존재론적 전회의 순간은 권력의 비밀과 사랑의 비밀을 암시하는 내재원인에 접근하는 과정이다. 개발 이데올로기가 외부 목적에 사로잡히게 만들어 이데올로기에 예속시킨다면 외부 목적이 무의미해진 죽음정치적 노동자와의 교감은 내재원인을 작동시킨다. 〈몰개월의 새〉는 〈영자의 전성시대〉처럼 죽음에 임계한 비천한 타자와의 교감이 실재계적 내재원인을 작동시킴을 암시하고 있다.

〈몰개월의 새〉에서 군사 노동자와 성 노동자가 서로를 구원할 수 있는 것은 양자가 비슷하면서도 약간의 차이를 지닌 때문이다. 창녀로 떠돌다 전깃불도 없는 막장까지 흘러온 몰개월의 여자들은 개발 권력에 의해 배제된 존재들이다. 반면에 베트남 파병 군인들은 명예로운 '대한 남아'의 이름으로 개발 이데올로기에 포섭된 사람들이다. 그 때문에 비슷한 죽음정치적 노동자이면서도 군사 노동자는 벌거벗은 생명과도 같은 성 노동자를 동정할 수 있는 위치에 있다.

그러나 성 노동자는 신체와 생명이 훼손될 위협에 시달리지만 당장 죽음의 운명이 도래한 것은 아니다. 반면에 파병 군사 노동자는 '먼 나라 전장'에서 죽어가야 할 시간이 임박한 사람들이다. 가장 비천한 몰개월의 여자들이 자신보다 더 긴박한 상황을 감지하며 군사 노동자를 오히려 동정하는 것은 그 때문이다.

〈몰개월의 새〉는 성 노동자와 군사 노동자 사이의 그런 미묘한 심리를 잘 그리고 있다. 이 소설에서 '나'(한 상병)는 몰개월에서 슈미즈만 입은 채 시궁창에 하반신을 담구고 있는 미자를 보게 된다. 비에 흠뻑 젖어 송장처럼 누워 있는 미자는 비천한 벌거벗은 생명과도 같았다. 그러나 '나'는 왠지 어둠에 처박혀 곤죽이 된 그녀에게서 기묘한 욕정을 느끼고 있었다.

'나'의 은밀한 욕정은 단순한 성적 욕망을 넘어선 것이었다. '나'는 술자리에서 폭행을 당한 미자의 피 묻은 얼굴을 씻겨주며 그녀가 식구같이 여겨져 섹스도 할 수 없었다. 섹슈얼리티의 욕망은 남성중심적 이데올로기의 세계에서 활기차게 넘쳐난다. 그러나 '나'는 미자의 낯을 닦아주며 그녀가 활기찬 곳으로부터 너무 멀리 떠나온 존재라는 것을 느끼고 있었다. 시궁창에 처박힌 신체와 피 묻은 얼굴은 비식별성의 영역에 버려진 혐오스러운 존재(벌거벗은 생명)와도 같았다. 하지만 죽음정치적 노동자의 동류의식에 의해, '나'는 미자에게서 남성중심적 이데올로기가 무산되는 막장의 지점을 감지하고 있었다. '나'는 이데올로기의 막장에서 아무런 저항력도 없는 벌거벗은 얼굴을 보고 있었던 것이다.

파병 군인들이 몰개월에 들리는 것은 사지로 떠나기 전에 위안을 얻기 위해서였다. 그런데 '나'는 거꾸로 미자를 동정하는 상황에 빠져든 것이다. '나'는 성욕으로 설명할 수 없는 감정을 느끼며 미자에게 '오지게 걸려들었다'고 생각한다. 남성중심적 욕망에 포위된 세계에서도 섹슈얼리티의 욕망 이외에 헤어나올 수 없는 또 다른 절실한 정동이 있었던 것이다.

그런데 전장을 향해 떠날 시간이 다가오면서 문득 상황이 역전된다.

'나'는 '아무도 모르게 죽으면 어떡하나'라는 막연한 두려움이 떠오르고
있었다. 그보다 더 뜻밖의 일은 '나'의 은밀한 불안을 미자가 먼저 알고 있
었다는 것이다.

> 아무도 모르게 죽으면 어떡하나, 하는 걱정이 들었다. 빠꿈이가 나직하게 웃
> 었다.
> "왜 웃어?"
> "가엾어서……"
> 나는 코웃음이 나왔고, 더욱 크게 웃기 시작했다. 미자는 정말 작부답게 담
> 배연기를 길게 한숨을 섞어서 토해냈다.
> "안됐지 뭐……"
> "뭐가……"
> "사는 게 그냥, 다……"
> 나는 더욱 크게 웃었다. 미자는 여전히 웃을 듯 말 듯한 얼굴이었다.[69]

'내'가 크게 웃은 것은 이제까지의 상황이 반전되었기 때문이다. 그런
데 미자는 능숙한 작부답게 이미 상황을 다 알고 있는 듯한 한숨을 내쉰
다. 처음에 슈미즈 차림으로 만났을 때와는 달리 이번에는 '나'의 나체가
드러난 것이다.

위에서 '나'와 미자는 조용히 말을 나누는 듯하지만 실제로는 서로의
벌거벗은 몸을 만지고 있는 셈이다. 미자의 '사는 게 그냥, 다……'라는 말
은 '나'의 적나라한 모습을 보며 눈빛이 투명해지는 순간을 나타낸다. 미
자는 생명이 훼손될 위험 속에서 고통스러워하는 사람의 나체를 눈으로
만지고 있는 것이다.

시궁창에서 '내'가 미자의 나체를 만졌듯이 이번에는 미자가 내게 손

---

69 황석영, 〈몰개월의 새〉,《황석영 중단편전집》3, 창비, 2000, 190쪽.

을 내민다. 미자와의 상호 신체적 교섭은 죽음정치의 공포를 아는 사람들만의 투명한 응시의 교감이었다. 권력의 시선의 독재가 죽음정치를 은폐한다면 서로의 나체에 대한 투명한 눈빛은 육체적 응시의 교섭이었다. 미자의 웃을 듯 말듯 한 표정은 만져지는 신체가 다시 만지고 있는 시각적 투명성의 얼굴을 나타낸다. 이 소설에서는 식구 같아서 섹스도 할 수 없는 미자와의 상호 신체적 교감이 가장 강렬한 육체적 응시의 표현이다. 미자와의 사랑은 아무도 말하지 않는 죽음정치의 공포에 대한 능동적인 육체적 정동의 반격이었다.

그런 능동적 정동의 반격의 의미는 마지막 이별 장면에서 극적으로 시각화된다. '나'는 출동하는 날 새벽에 계속 들려오는 트럭 소리에 잠을 이루지 못한다. 마침내 출동 명령이 떨어지고 군인들은 트럭 위에 올라탔다. 군가를 부르며 몰개월을 지나쳐 멀어져 가는 트럭은 비단 군인들만을 태우고 달리는 것이 아니다. 1970년대는 질주의 시대였으며 트럭의 움직임은 공장의 기계의 속도처럼 군인들을 압도하며 앞으로 달려가고 있는 것이다.

추장이 내 등을 찔렀다. 나는 트럭 뒷전에 가서 상반신을 내밀고 소리질렀다. 미자가 면회 왔을 적의 모습대로 치마를 펄럭이며 쫓아왔다. 뭐라고 떠드는 것 같았으나 한마디도 알아들을 수가 없었다. 하얀 것이 차 속으로 날아와 떨어졌다. 내가 그것을 주워들었을 적에는 미자는 벌써 뒤차에 가려져서 보이질 않았다. 여자들이 무엇인가를 차 속으로 계속해서 던지고 있었다. 그것들은 무수하게 날아왔다. 몰개월 가로는 금방 지나갔다. 군가 소리는 여전했다.[70]

트럭은 개발주의 시대의 용병을 응원하는 유연한 속도의 테크놀로지였다. 그 순간에 트럭을 따라오는 몰개월의 여자들은 속도의 행진에 꽃을

70 위의 책, 191쪽.

뿌리는 환송객처럼 보인다. 그러나 여자들은 당당한 군인이 아니라 그들의 불쌍한 나체를 향해 선물을 던지고 있는 것이다.

미자의 선물은 벌거벗은 얼굴 때문에 차마 할 수 없었던 섹스의 대용물이다. 미자는 달아나는 트럭의 속도에 저항하며 '나'와의 신체적 교감을 지속시키기 위해 하얀 손수건을 던진 것이다. 행렬의 속도를 앞지르며 날아온 하얀 선물은 퍼레이드에 감춰진 죽음정치를 횡단하는 육체적 응시의 표현이다. 이별의 장면이 감동적인 것은 트럭의 속도를 따라잡으며 날아오는 선물들이 육체적 응시의 승리를 은유하기 때문이다.

선물은 육체적 응시가 담긴 인격의 교환을 상징한다. 트럭에 탄 군인들이 점점 멀어지며 수동적인 용병이 되어 간다면, 선물은 군인들과의 신체적 교섭을 지속시키며 인격의 교환을 시도한다. 이데올로기적 시각성이 군인들을 제국의 수단으로 만드는 동안, 선물은 인격성을 은유하는 육체적 응시를 통해 능동적 정동을 회생시킨다.

선물은 자신의 소중한 인격을 **만지게 하는** 대용물인 동시에 그 순간 자신이 상대의 인격을 **만지게 되는** 상징물이다. 그 점에서 선물은 나체 상태의 상호 신체성과 에로스적 교감의 연장선상에 있었다. 미자의 선물이 '나'에게 특별한 이유는 두 사람이 이미 서로 몰개월에서 적나라한 나체화의 순간을 경험했기 때문이다. 선물에는 시궁창의 미자와 출동 전날의 절실한 교섭과 막장을 경험한 자의 인격의 교환이 담겨 있다. 미자의 선물은 그 시간들에서의 인격적 교감을 통해 '나'의 신체를 능동적으로 만들며 그녀 자신을 벌거벗은 생명에서 인격적 존재로 회생시킨다.

작전에 나가서 비로소 인생에는 유치한 일이 없다는 것을 알았다. 서울역에서 두 연인들이 헤어지는 장면을 내가 깊이 연민을 가지고 소중히 간직한 것과 마찬가지로, 미자는 우리들 모두를 제 것으로 간직한 것이다. 몰개월 여자들이 달마다 연출하던 이별의 연극은, 살아가는 게 얼마나 소중한가를 아는 자들의 자기표현임을 내가 눈치챈 것은 훨씬 뒤의 일이었다. 그것은 나뿐만

아니라, 몰개월을 거쳐 먼 나라의 전장에서 죽어간 모든 병사들이 알고 있었던 일이다.[71]

여자들은 선물을 통해 군인들이 경험할 공포에 대응하면서 죽음권력에 짓밟힌 자기 자신을 구출하고 싶었던 것이다. '나'는 그런 은밀한 교감의 행위를 '살아가는 게 얼마나 소중한지 아는 사람의 자기표현'이라고 생각한다. 그런 귀중한 '자기표현'은 막장을 경험한 자들과 먼 나라 전쟁에서 죽음의 공포를 겪은 사람들만이 감지한다.

몰개월의 여자들의 '자기표현'은 더 이상 이데올로기가 작동할 수 없는 곳에서 생성된 존재의 물결의 표현이다. 용병으로 죽어간 군인들 역시 '대한 남아' 이데올로기가 무효화되는 위치에서 선물의 의미를 감지했다. 비천한 타자들은 죽음정치를 경험하며 이데올로기가 정지되는 지점에서 더 이상 유린될 수 없는 소중한 삶의 의미를 느낀 것이다.

그런 살아가는 일의 소중함과 먼 나라 전쟁의 경험을 연결시키는 것이 바로 **내재원인**일 것이다. 내재원인이란 권력의 비밀(전쟁)과 인간의 비밀(살아가는 일)을 암시하는 실재계적 요인이다. 막장에 이른 사람들로부터 권력의 죽음정치의 비밀이 노출되면서 생명적 본능 에로스의 정동이 작용하기 시작한 것이다. 죽음에 임계한 생명의 존재를 감지한 사람들끼리의 이중주에 의해 '몰개월'과 '먼나라 전장'에서 내재원인이 작동되고 있었다. 개발권력의 이데올로기를 역전시키는 이 능동적 정동의 물결은 매우 중요하다.

몰개월에서도 베트남에서도 죽음정치에 대응하는 반항적인 주체는 아무도 없었다. 그러나 비천한 존재들은 선물을 주고받으며 깊은 심연에서 내재원인이 작동되고 있음을 감지하고 있었다. 트럭에 던져진 선물은 몰개월과 베트남의 사람들을 인격적 존재로 연결해주고 있었다. 그처럼 이

---

71 위의 책, 191~192쪽.

데올로기(권력의 비밀)를 무산시키며 사람들 사이에서 인간적 연결이 물결치게 하는 원리가 바로 내재원인이다.[72] 막장의 사람들에 의해 생성된 능동적 정동은 이데올로기에 포위된 나머지 90%들까지 연결해준다. 이데올로기가 무산된 지점에서 숨겨진 죽음정치에 대응하며 인간의 비밀의 원천으로서 **내재원인**이 연쇄적으로 작동되고 있었던 것이다.

물밑에서 느껴진 선물의 원리의 작동은 '몰개월'만의 문제가 아니었다. 비천한 타자의 고통은 모두가 조금씩 겪고 있는 죽음정치의 증폭이기 때문에, 그들의 에로스의 반격은 물밑에서 물결치며 커져가는 것이다. 1970년대에는 그런 수면 밑의 능동적 정동의 물결이 있었기에 차츰 행동하는 사람들이 나타나며 변혁운동이 가능했던 것이다.

사소한 사적인 일로 보일 수 있는 사랑이 변혁의 불꽃이었다고 말하기는 어렵다. 더욱이 비천한 존재들 간의 교감이 역사를 움직인 원동력이었다고 주장할 수도 없을 것이다. 그러나 그 시대에는 분명히 지금 우리가 잃어버린 능동적 감성의 물결이 물밑에서 일렁이고 있었다. 〈몰개월의 새〉에서 비천한 타자들의 에로스의 소망은, 지금 우리가 상실한 것이 무엇인지, 왜 오늘날이 '이상한 고요함'의 시대가 되었는지 말해준다. 변혁운동의 황금시대에 역사를 움직인 것은 눈에 보이는 위대한 역사적 주체가 아니었다. 비록 잘 보이지 않지만 비천한 타자들의 능동적 정동의 물결은 사회 전체에 은밀히 내재원인이 작동되고 있다는 증거였다. 가장 밑바닥에서부터 90%들의 마음을 움직이는 물결이 시작되었기 때문에 몰개월의 이야기는 사회 전체를 횡단하는 무한의 윤리를 증명하고 있었다. 황석영 소설의 독자들은 개발권력을 정지시킨 선물로 암시된 상호 신체적 인격의 교환이 무한히 연쇄됨을 감지했다. 정동적 감염력으로서 그런 **무한의 윤리**야말로 이데올로기를 무효화하는 내재원인의 작동에 다름이 아

---

72 이런 내재원인의 감지는 '나'의 인물 시점에 의해 암시되며, '나'는 죽음정치적 노동자(군사 노동자)인 동시에 내포작가에 접근한 존재이다

니었다. 내재원인이 작동되었다는 것은 상상계에서 실재계로, 죽음정치에서 에로스로의 전회가 끝없이 일어났다는 뜻이다. 죽음정치적 노동자들의 막장에서의 존재론적 전회는 내재원인의 작동을 암시하며 능동적 정동을 통해 권력의 성벽을 뒤흔들고 있었다. 저항이란 보이는 표상보다는 보이지 않는 깊은 능동성의 물결(정동적 감염력)에서 시작된다. 그런 능동성의 물결이 수면 밑에서 일렁였기 때문에 지상에서의 변혁운동이 빛을 발했던 것이다. 1970년대의 비천한 타자의 서사는 변혁의 원동력이란 지상명령을 앞세운 표상의 행렬이 아니라 내재원인을 감지한 자들의 흘러넘치는 능동적 정동의 물결이었음을 암시하고 있다.

제5장

변두리의 정동과
지식인의 위치

1. 민중 소설에서 변두리 소설로
― 떨어짐과 다가섬

우리 역사에는 민중이 변혁의 주체로서 밤하늘의 별처럼 빛나던 시대가 있었다. 민중을 신뢰하던 시대는 역사적 변혁과 총체성에 대한 믿음이 확고했던 행복한 세계였다. 그런 역사적 주체의 신화가 의심받기 시작한 것은 스피박의 서발턴에 대한 질문이 제기되면서부터였다. 스피박은 서발턴을 앞세우는 역사적 서사란 재현의 과정에서 지식인이 투명하게 개입한 결과라고 말했다.[1] 민중이 사라진 오늘날의 현실은 어둠 속의 별빛이었던 역사적 주체의 신화를 더욱 회의하게 만들고 있다.

그러나 한 시대를 움직인 민중의 신화가 단지 신기루였다고 말할 수는 없다. 서발턴의 고통의 호소에 지식인이 응답함으로써 역사적 변혁의 무대가 연출될 수 있었기 때문이다. 설령 서발턴이 유일한 역사의 주인공이 아니라 하더라도 당대에 만들어진 역사의 무대에서 민중의 역할은 과소평가될 수 없다.

민중의 신화와 스피박의 질문에 대한 제3의 응답은 지식인과 서발턴의 이접적인 이중주이다.[2] 민중의 서사는 실상 지식인이 기획한 것이었지만 **수행적 과정**[3]에서는 서발턴과 지식인의 이중주가 연주될 수 있었다. 스피박의 말처럼 서발턴은 재현될 수 없었으나 재현 불가능성을 끌어안는 지식인의 언어에 담겨져 재현의 지평에 나타날 수 있었다. 이제 변혁의 신화

---

1   스피박, 태혜숙 역, 〈서발턴은 말할 수 있는가〉, 로절린드 C. 모리스 편, 《서발턴은 말할 수 있는가》, 그린비, 2013, 62쪽. 이 글의 기초가 된 에세이가 처음 발표된 것은 1988년이었다.

2   이접적인 이중주는 현실화하는 영혼(지식인)과 실재화하는 신체(서발턴)의 이중주라고 할 수 있다. 이는 들뢰즈가 말한 겹주름의 이중주와도 비슷하다. 들뢰즈, 이찬웅 역, 《주름》, 문학과지성사, 2004, 219쪽.

3   사상적 기획이 현실을 접는 행위라면 수행적 과정은 접힌 주름이 펼쳐지는 과정이다. 지식인과 민중의 겹주름이 펼쳐지면서 수행적 과정의 현실에서 지식인과 민중이 만나게 된다.

는 지식인과 서발턴이 어떻게 서로를 끌어안았는지[4]의 문제로 재고찰될 수 있다.

제임슨은 총체성의 별빛은 결코 궁극적 진리의 형태로 재현될 수 없다고 말했다. 민중적 재현의 서사의 맥락에서 보면, 지식인이든 서발턴이든 역사적 주체로서 총체성의 진리를 직접 재현할 수는 없다. 그 대신 총체성은 자신이 부인되는 과정 속에서만 비로소 확언되며, 모든 가능한 재현을 부인하는 언어 안에서 재현된다.[5]

제임슨이 말한 재현을 부인하는 언어란 〈삼포 가는 길〉의 삼포나 〈몰개월의 새〉의 선물 같은 것이다. 삼포나 선물은 서발턴처럼 재현될 수 없는 것이지만 '재현을 넘어선 언어'(은유)에 담겨짐으로써 총체성으로 암시된다. 이때 부인의 과정 속에서 비로소 나타나는 총체성이란 부재하면서 사람들의 진정한 연관관계를 암시하는 내재원인 같은 것이다.[6] 제임슨은 부재하는 총체성 대신 실재계적 내재원인과 관계하는 서사를 강조했다. 내재원인이란 부재를 통해서만 존재를 드러내는 별빛과도 같다.[7] 부재하는 삼포, 그 재현 불가능한 고향은, '재현을 부인하는 언어'(은유)[8] 속에 담겨짐으로써 내재원인[9]의 별빛으로 빛나게 되었다.

삼포는 서발턴의 재현 불가능한 고향이지만 지식인의 삼포라는 은유(재현을 부인하는 언어)에 담겨지면서 재현의 지평에 나타났다. 이것이 바로 내재원인을 작동시키는 지식인과 서발턴의 이중주이다. 이제 변혁의 문제는 내재원인을 움직이는 이중주의 과제, 즉 지식인과 서발턴이 재현 불가능성을 포용하며 다가서는 문제가 되었다. 지식인과 서발턴은 스스

---

4   여기서 서로를 끌어안는 문제는 거울을 보는 듯한 나르시시즘과 구분된다. 그보다는 비대칭적인 자아와 타자가 끝없이 교감하는 과정에 가깝다.

5   제임슨, 이경덕·서강목 역, 《정치적 무의식》, 민음사, 2015, 66~67쪽.

6   그처럼 상징계에 부재하면서 실재계에 내재하는 것이 내재원인이다.

7   삼포는 산업화 시대에 상실한 고향이지만 그 부재를 통해서 밤하늘의 별빛처럼 존재를 암시한다.

8   재현을 부인하는 언어는 직접적인 지시 대상이 없다.

9   이때의 내재원인은 실재계적 대상 a이기도 하다.

로 역사의 주체가 되는 것이 아니라 서로 교섭하며 표상 불가능한 내재원인을 작동시켜야 한다. 실제로 지식인과 서발턴이 서로를 끌어안았던 시대는 삼포 같은 내재원인의 별빛이 빛나던 시대였다. 그러나 오늘날은 그둘이 만날 수 없게 되면서 내재원인과 타자의 서사가 망각되는 시대가 되었다. 우리는 그 같은 '만남과 멀어짐'을 1970~80년대에서 1990년대로 이어지는 역사적 과정 속에서 생생하게 확인할 수 있다.

1970~80년대의 변혁운동의 황금시대는 지식인과 서발턴의 빛나는 이중주에 의해 열리고 있었다. 지식인과 민중은 하나로 융합된 것이 아니라 서로 다가가 교섭하며 변혁의 주체를 생성하는 유기적 관계에 있었다. 비록 자본주의를 변혁하려는 민중의 신화는 이루어지지 않았지만 새로운 역사에 대한 신뢰는 이중주(그리고 다중주)를 역동적으로 만들었다. 그만큼 민중에 대한 신망도 중요한 역할을 한 것으로 볼 수 있다. 민중의 서사에 의해 추동된 변혁의 이중주란 실상 서발턴의 벌거벗은 얼굴의 호소에 지식인과 중간층이 호응한 결과였다. 레비나스가 말한 윤리의 이중주가 진실의 이중주를 연주하며 미래의 시간을 열어젖힌 것이다.

다만 윤리의 이중주로 열어젖혀진 미래는 자본주의의 완전한 변혁은 아니었다.[10] 그 때문에 민중의 신화가 점차 의심받게 되었고 지식인은 별빛이 될 수 없는 서발턴으로부터 멀어지기 시작했다. 자본주의를 용인한 형식적 민주주의로의 전환은 1980년대의 민중해방서사의 전망과는 다른 것이었다. 이런 변화 과정에서 지식인은 노동자를 대변해야 한다는 의무감에서 벗어났고, 한국 사회운동에서 민중이 누렸던 특권적 지위는 효력을 잃게 되었다.[11]

더욱이 자본주의가 와해되기는커녕 보다 순도 높은 체제인 신자유주

---

10 이중주는 대상 a의 위상학이며 자본주의의 변혁의 기획은 항상 완전히 이루어지지 않고 계속 다시 시도된다.

11 이남희, 유리·이경희 역,《민중 만들기》, 2015, 421쪽.

의가 시작되었다. 이제 현장을 떠난 지식인은 시민운동에 남아 있더라도 서발턴의 벌거벗은 얼굴과 대면할 수 없었다. 1990년대 초 공지영의 〈인간에 대한 예의〉(1993)는 그런 변화를 잘 보여준다. 이 소설은 지금까지 혁명으로 생각했던 사회운동이 실상은 윤리의 이중주('인간에 대한 예의')임을 주장하고 있다. 그런 관점에서 우리 시대의 딜레마는 점차로 벌거벗은 얼굴과 만나기 어려워졌다는 점일 것이다. 윤리의 이중주가 해체된 상황에서 지식인은 어떻게 다시 서발턴과 만날 수 있을 것인가[12], 공지영의 소설은 이렇게 묻고 있다.

지식인과 서발턴의 연대의 해체는 1987년 이후부터 이미 일어나고 있었다. 지식인은 운동가에서 전문가로 변화되었고 서발턴은 비혁명적인 시민운동에 다시 개입할 수 없었다.[13] 지식인이 새로운 위치로 이동한 데 비례해서 서발턴은 점점 더 민중을 계승할 수 없었다. 역사적 주체의 짐을 내려놓은 서발턴은 점차로 분산되어 총체성의 구심점을 잃어버렸다. 노동운동은 계속되었지만 다양하게 분산된 사회에서 더 이상 변화의 방향을 제시할 수 없게 되었다. 그와 함께 생산직 노동자처럼 조직화될 수 없는 하층민들은 스피박이 언급한 '말할 수 없는 서발턴'으로 되돌아가게 되었다. 그처럼 서발턴이 무력화된 채 타자로서 남아 있는 공간을 우리는 **변두리**라고 부를 수 있을 것이다.

타자와의 공감이 증폭될 때 윤리의 능동성이 연주된다면 변두리는 아직 능동적 정동의 잠재력이 남아 있는 공간이다. 변두리는 지식인과 멀어진 서발턴의 **벌거벗은 얼굴**이 잔존하는 마지막 공간이었다. 그러나 변두리의 풍경은 서발턴 스스로의 목소리만으로는 잘 재현되지 않는다. 그런 상황에서 서발턴에게서 멀어진 지식인이 다시 가까이 다가가려는 노력 속에서 비로소 변두리의 재현이 가능해지고 있었다. 이처럼 지식인이 서

---

12 이 소설은 고통받는 서발턴 타자와의 만남을 '인간에 대한 예의'라고 표현하고 있다.

13 조희연, 〈민중운동과 시민사회, 시민운동〉, 《실천문학》 1993 겨울, 244~270쪽.

발턴으로부터 떨어진 채 다시 다가서는 특이한 이중주가 바로 **변두리 소설**이다.

지식인과 서발턴의 극적인 만남이 불가능해진 것은 서발턴의 변화 때문이 아니다. 새로이 다가오는 신자유주의는 지식인과 중간층을 자신도 모르게 수동적 위치로 이동하게 만들고 있었다. 신자유주의란 경제적 불평등성에 덧붙여 정동의 식민화를 통해 자본주의를 영구화하는 체제였다. 현장에서 멀어지면서 수동적 정동에 감염되기 시작한 지식인은 서발턴에게 쉽게 다가갈 수가 없었다. 1990년대 초반의 김소진의 변두리 소설은 그런 지식인과 서발턴의 미묘한 관계를 매우 분명하게 보여준다.

그와 함께 변두리 소설에 담긴 서발턴의 딜레마는 스피박의 말처럼 재현의 과정에 상존하는 근본적인 문제이기도 했다. 그 때문에 서발턴에게 다가서려 하면서도 머뭇거리는 지식인의 모습은 이미 1980년대 말의 양귀자 소설에서부터 나타난다.[14] 양귀자의《원미동 사람들》연작은 1986년부터 쓰였지만 민중 소설과 다른 변두리 소설의 특징을 미리 드러낸 것으로 볼 수 있다. 예컨대 〈한계령〉(1987)에서 작가인 '나'는 고향 친구 은자와 만나려 하면서도 약속을 지키지 못하고 바라보기만 한다. 표면상으로는 세속적 출세에 연연하는 은자 때문으로 보이지만 실제로는 그것이 아니었다. 밤업소 가수인 은자의 노래를 듣는 순간 '나'는 은자의 가슴의 동요는 옛날과 다름없음을 느끼고 있었다. 다만 지식인과 서발턴의 만남이 어려움을 감지한 '나'는 작가로서 은자를 재현할 자신이 없었던 것이다. 그러나 은자의 노래를 듣는 순간 노래 속에 빠져들어 그녀와의 만남을 소설로 옮길 수 있게 된다. 이 소설은 서발턴과의 만남의 어려움을 예감한 지식인이 거리를 둔 채 힘들게 만남을 시도하는 소설이다.

1990년대 초반의 김소진의 시대에는 지식인과 서발턴의 만남이 더욱

---

14 양귀자의《원미동 사람들》연작은 1986년부터 쓰이기 시작했지만 변혁적인 민중 소설보다는 1980년대 말 이후의 변두리 소설의 경향을 일찍 나타낸 것으로 볼 수 있다. 그런 시기적 맥락에서 볼 때 1987년 후반기에 쓰인 〈한계령〉이 그녀의 변두리 소설의 정점이라고 할 수 있다.

어려워진다. 그 때문에 김소진은 기억을 통해 1970년대(혹은 1980년대)의 변두리를 서발턴의 능동적 정동의 공간으로 그리게 된다. 예컨대 〈별을 세는 남자들〉(1994)에서는 비루한 미아리 사람들이 별이 빛나는 카니발의 주인공으로 등장하고 있다. 여기서의 별의 카니발은 루카치가 말한 총체성을 소망하는 여행자들의 지도가 아니다. 김소진 소설의 서발턴은 역사적 주체의 짐을 내려놓은 변두리의 비천한 사람들이다. 다만 그들은 지식인에 의해 별빛으로 조명된 것이 아니라 스스로 별과 조화되는 순간을 소망한다. 그처럼 비천한 서발턴이 별빛의 카니발의 주인공이 될 수 있는 것은 개발주의에 회유되지 않은 능동적 정동을 갖고 있기 때문이다. 1990년대의 지식인은 거리를 둔 채 기억을 통해 서발턴의 정동적 진동에 다가서고 있다. 상승하는 사람들이 수동적 정동에 오염되는 일은 개발주의보다 신자유주의 시대에 와서 더욱 심화되었다. 그 때문에 김소진이 1970년대의 서발턴의 정동에 공명하는 것은 실상 1990년대의 변두리에 대한 소망이 투영된 것이다. 김소진의 별의 카니발은 회상을 넘어 심연의 소우주가 됨으로써 지식인의 순수 기억을 통해 1990년대의 변두리에 투사되고 있다.

양귀자와 김소진의 소설은 지식인이 거리를 둔 채 서발턴과 만나는 특이한 이중주를 그리고 있다.[15] 양자에서 서발턴은 역사적 무대의 주인공에서 내려온 상태에서 다시 한번 어둠 속의 별이 된다. 역사적 주체의 짐을 내려놓은 서발턴은 불평등한 자본주의를 변혁하려는 주인공은 아니다. 그러나 그들이 다시 별빛이 되는 것은 오늘날의 감성적 불평등성을 넘어선 인간의 비밀을 암시하기 때문이다. 상승하는 사람들이 수동적 정동에 감염되는 시대에 하강한 서발턴만이 능동적 정동을 잃지 않고 인간의 존엄성을 주장할 수 있는 것이다.

변두리 소설은 마르크스주의적인 변혁 이외에 또 다른 변혁이 필요함

---

15 그 점에서 변두리 소설은 우리의 주제인 언택트 문학의 잠재적인 출발점을 암시한다.

을 암시하고 있다. 90%의 인격성을 강등시키는 시대에는 인간적 존엄과 능동적 정동의 회생이 새로운 삶을 생성시킬 수 있는 것이다. 모두가 상승을 소망하는 시대에 하강한 사람들의 별의 카니발은 우리의 순수 기억을 증폭시키며 추방된 루저를 구원해준다. 그와 함께 불가능한 상승에 목을 매고 수동적 정동에 감염되어가는 90%들을 구출해주고 있다. 변두리 소설은 경제투쟁보다 더 중요한 것이 **정동투쟁**임을 암시하고 있다. 추방된 타자가 회생하고 수동적 정동의 오염에서 벗어나야만 불평등성이 모두 없어진 세상에 대한 꿈을 다시 한번 꿀 수 있는 것이다.

2. 변두리 소설과 존재론적 정동정치의 출발 — 재현 불가능한 서발턴의 재현

변두리는 도시의 관점에서 보면 아직 발전이 덜 된 시대적 감각이 뒤진 곳이다. 도시에 부속된 미개발 지역인 그곳에서는 질서 있는 독립된 삶 대신 무질서한 삶이 펼쳐진다. 그러나 도시의 개발이 '인간의 규율화'를 대가로 한 것이라면 변두리는 아직 잃어버리지 않은 '인간적인 것'이 남아 있는 곳이다. 변두리는 중심부에 예속된 장소인 동시에 순박함에 있어서는 도시보다 독립성을 훼손당하지 않은 공간이다.

하지만 그런 인간적인 순수함은 새로운 세상을 꿈꾸는 일과는 거리가 있다. 변두리 소설의 주인공들은 민중 소설의 역사적 주체의 지위를 계승한 사람들이 아니다. 무질서한 삶을 사는 그들은 민중적 주체도 역사의 중심도 꿈꿀 수 없는 사람들이다.[16]

이런 차이는 결코 변두리 사람들의 변화를 뜻하는 것이 아니다. 그보다도 변두리 사람들의 모호한 현실인식은 지식인과 민중 사이의 거리와 연

---

16 그들은 오히려 가장 고통받는 사람이 역사의 주인공이 된다는 신화를 깨뜨리는 사람들이다.

관이 있다. 민중 소설에서는 지식인이 민중을 역사의 주체로 재현한다고 자신할 만큼 그들에게 다가설 수 있었다. 반면에 변두리 소설에서 지식인들은 하층민에게 다가갈 수도 그들을 재현할 수도 없음을 느끼고 있다. 변두리 소설에서 변혁의 열망이 불분명한 것은 지식인과 민중의 교감이 강렬하지 못하기 때문이다.

그 대신 변두리 사람들에게는 세파에 시달리면서도 수동적인 삶을 일으켜 세우려는 숨겨진 열망이 잔존하고 있었다. 지식인의 또 다른 꿈이기도 한 그 별빛 같은 소망은 밤하늘에 숨겨진 능동적 정동의 갈망으로 빛을 발하고 있었다.[17] 그에 근거한 변두리 사람들의 정동적 호소는 민중 소설과는 다른 방식의 감동을 제공하게 된다. 변두리의 숨겨진 별빛은 변혁의 열정으로 타오르진 않지만, 떨어진 사람들을 본래적 인간의 활력을 통해 다시 끌어당기고 있었다. 민중 소설이 변혁의 열망으로 번져갈 물결을 보여주었다면, 변두리 소설은 수동적 존재들에게 능동적 정동의 반전을 암시하는 존재론적 별빛을 던져주었다.

우리 문학사에는 변혁의 물결로서의 민중 이외에 능동적 정동으로 호소하는 변두리의 사람들(서발턴)이 있었던 셈이다. 시기적으로는 1980년대 후반의 양귀자의 《원미동 사람들》 연작(1986~87)[18]과 박영한의 《왕룽일가》 연작(1988)에서 변두리 소설이 시작되었다고 할 수 있다. 이어서 1990년대 전반의 김소진의 《열린 사회와 그 적들》(1991)과 《장석조네 사람들》 연작(1995)은 변두리 소설의 개화된 양상을 보여주고 있다.

마지막 별빛으로서 변두리 소설의 독특한 매력은 **떨어짐과 만남의 역**

---

17 이런 정동적 열망은 1990년대 이후에 특징적으로 나타난다. 새로운 역사에서 신자유주의는 사람들을 경제적으로 부양한 대신 수동적 정동으로 살아가게 만들었다. 경제성장과 함께 생겨난 사람들의 능력이란 실상은 자본주의에 수동적으로 예속된 삶을 대가로 한 것이었다. 이 존재론적 능동성의 상실은 사람들의 내적 분리를 전제로 하고 있었다. 다만 변두리 사람들에게는 상호 신체성 속에서 주변인들을 끌어모으는 능동적 정동의 갈망이 남아 있었다.

18 양귀자의 소설들은 1986년부터 쓰여지기 시작했지만 변혁적인 민중 소설보다는 정동적인 변두리 소설에 더 가까운 양식을 미리 시도한 것으로 볼 수 있다.

설에 있다. 민중 소설의 폭발력은 지식인과 민중의 만남[19]을 통해 변혁의 소망을 암시하는 데 있었다. 반면에 변두리 소설의 감동은 떨어진 채 다시 손을 잡는 역설적 관계로써 나타난다. 변두리 소설은 지식인이 민중과의 만남을 의심하는 서사이지만, 떨어진 채 다시 손을 내미는 양자의 관계는 여전히 중요하다. 변두리 소설에는 흔히 지식인이 숨겨져 있으며, 하층민들과 지식인의 다양한 관계 속에서 이채로운 변주를 연출한다.

다만 지식인이 서발턴에게 다가서려 하지만 이제 민중 소설 같은 총체성의 불꽃은 없다. 중요한 것은 여기서는 변혁을 갈망하는 인식론적 총체성 대신 존재론적 갈망이 나타난다는 점이다. 떨어진 채 다시 만난다는 것은 존재의 능동성을 회복하려는 존재론적 전회의 소망을 암시한다.

떨어짐과 만남의 미학이 존재론적 전회의 갈망이라는 것은 도시소설인 박상우의 〈샤갈의 마을에 내리는 눈〉(1990)에서도 분명하게 나타난다. 이 소설에서는 폭설의 흥분 속에서도 교감하지 못하는 사람들이 탁자 밑으로 손을 내밀어 겨우 연대의 소망을 확인하고 있다. 맨얼굴로는 서로 거리감을 느끼면서도 가슴에는 만남에 대한 소망이 잔존하고 있었던 것이다. 〈샤갈의 마을에 내리는 눈〉에서 가슴에 남아 있는 연대의 갈망은 수동적 정동에서 벗어나 다시 능동적 존재로 회생하려는 소망에 다름이 아니다.[20]

변두리 소설에서 지식인이 서발턴에게 손을 내미는 과정은 박상우 소설에서 간신히 탁자 밑으로 손을 잡는 장면과 비슷하다. 다만 변두리 소설에는 도시의 사람들과는 달리 아직 맨얼굴의 인정이 남아 있는 인물들이 등장한다. 우울한 박상우의 소설과는 달리 변두리 소설이 다시 한번 별빛을 꿈꾸는 소설로 느껴지는 것은 그 때문이다.

---

19 민중이 주인공으로 등장하는 소설에도 내포작가로서 지식인이 숨겨져 있었다고 할 수 있다.

20 미시적으로 확장되는 자본주의가 모든 사람들을 수동적 정동에 예속시키기 때문에 서로 간의 연대가 해체된 것이다. 그런 상황에서 시급한 것은 다시 뜨겁게 일어서려는 존재론적 전회의 소망이다.

존재론적 전회는 연대감을 상실한 채 떨어진 사람들이 다시 은밀히 가슴으로 손을 잡는 과정으로 시작된다. 서발턴과 만나지 못하는 지식인의 재현 불가능성(그 자의식)은 머리보다는 가슴의 열기와 능동성의 상실의 지표이다. 그런 상황에서 이제 지식인은 인식론적 재현의 열정보다는 아직 잔존하는 서발턴의 가슴의 동요에 이끌린다. 그 순간의 지식인과 서발턴 간의 특이한 '떨어짐과 만남의 미학'[21]이 바로 변두리 소설이다.

떨어짐과 만남의 존재론적 미학은 이미 양귀자 소설에서부터 나타난다. 예컨대 〈한계령〉(1987)에서 지식인 '나'는 고향 친구 은자의 전화를 받고 과거의 기억 속으로 빠져든다. 은자는 밤업소 가수로 전전하며 탁해진 목소리로 부천의 한 클럽에서 노래를 부르고 있다고 말했다. 수입이 꽤 많다고 자랑하지만 비참한 과거의 기억을 버릴 수 없는 은자는 마이너 인생임이 분명했다. 그런데 '나'는 웬일인지 그녀의 요구대로 클럽을 찾아가서도 직접 만나지 못하고 노래만 듣고 돌아온다. 작가인 '내'가 은자에게 다가서지 못한 상황은 지식인과 서발턴 사이의 거리감 때문에 작가로서 그녀를 쉽게 재현할 수 없음을 상징하고 있다. 양귀자 소설의 지식인은 재현의 자신감을 잃고 재현 불가능성의 자의식에 젖어 있다.[22] 그 대신 '나'는 그녀가 부른 노래에 빠져들어 집에 돌아와서도 노래의 꿈속에서 헤어 나오지 못한다. 은자의 노래 〈한계령〉은 지친 어깨로 첩첩산중을 바라보는 그녀의 맨얼굴을 낱낱이 보여주고 있었다. 아무런 역사의식도 없는 은자는 이성적으로 말을 하는 대신 노래로 말을 하고 있었다. 노래는 마이너/서발턴인 은자의 말이자 맨얼굴이었다. '나'는 재현 불가능한 은자를 노래로 표현함으로써 사회적 인식을 지닌 재현의 소설 속에 서발턴

---

21 변두리 소설은 지식인이 서발턴으로부터 머리로는 거리를 둔 채 가슴으로 만나는 소설이다.

22 그런 재현 불가능성의 자의식이 나타난 것이 민중 소설과 다른 변두리 소설의 특징이다. 민중 소설 역시 재현 불가능한 서발턴과 지식인의 재현의 접합이지만 여기에는 재현의 자신감이 넘치고 있다. 반면에 그런 자신감 대신에 지식인의 재현 불가능성의 자의식이 분명히 나타나게 된 것이 바로 변두리 소설이다.

의 얼굴과 말을 들어오게 만든다. 그렇게 함으로써 숨겨진 문제들을 향해 일어서려는 존재론적 전회를 암시하는 것이다.

〈한계령〉의 주인공은 은자의 노래이다. '나'는 끝까지 은자를 재현할 수 없었지만 노래를 통해 자신의 재현의 서사 속에 들어오게 하고 있다. 그런 과정에서 사회적 인식을 지닌 '나'도 갖지 못한 능동적 정동의 갈망 (존재론적 전회)을 표현하고 있는 것이다.

이처럼 변두리 소설은 흔히 재현 불가능한 서발턴의 행동과 지식인의 재현의 이중주로 연주된다. 여기서는 서발턴의 머리로 하는 말과 행동보다는 불현듯 전해주는 노래 같은 가슴의 동요가 핵심적이다. 재현 불가능한 심장의 동요는 지식인의 가슴에까지 전파되면서 (머리로 거리를 둔 채) 반성적인 재현 속으로 들어온다. 그 같은 방식으로 말을 할 수 없는 서발턴이 시대적 삶의 억압에서 벗어나 존재를 회생시키고 있는 것이다. 그와 함께 서발턴과 하나가 되지 못한 지식인이 자신의 능동성의 회생을 소망하게 되는 것이다.

이런 서발턴과 지식인의 떨어짐과 만남의 이중주는 김소진의 〈개흘레꾼〉(1994)에서 더 분명하게 나타난다. 〈개흘레꾼〉의 작가 '나'는 1980년대의 비루한 아버지에 대한 기억을 소설화하고 있다. 남노당이었던 아버지는 남파 후 미군에 붙잡혔다 풀려난 후 남한에 남게 된다. 남한에서 아버지는 수치스러운 개흘레꾼 노릇을 하다가 개에 물려서 세상을 떠났다. 개흘레꾼은 '나'에게 더없이 부끄러운 기억이었지만 '나'는 소설의 서두를 '남노당 아버지' 대신 '개흘레꾼'으로 시작한다.

아버지는 남노당이었으나 투철한 역사의식이 없었고 애초부터 사상 따위와는 거리가 멀었다. 그런 아버지는 포로수용소에서 동지들의 비밀 (돈 보따리)을 캐는 우익 청년단에 의해 경비견에게 성기를 물린 후 간신히 살아남는다. 목숨은 건졌지만 온전치 못하게 된 아버지는 그래도 동지를 배반하지 않았다는 인간적 위안을 느끼며 살아간다. 그 후 아버지는 남한에 남아 하필 개흘레꾼 노릇을 하다가 불의의 사고로 평생을 마친 것이다.

그런 상황에서 '내'가 부끄러워하던 개흘레꾼에 대해 소설을 쓰기로 생각한 것은 시대적 변화와 연관이 있다. 신자유주의에 의해 지식인마저 회유되고 민중은 무력화된 시대에 '나'는 어디서도 역사의 주체를 발견할 수 없었다. 그런 차에 '나'는 고통받는 하층민을 역사의 중심인 민중보다는 서발턴으로서 보기 시작했다. 아버지는 남노당 전사였다기보다는 이도저도 아닌 서발턴이었다. 폭력을 경험한 아버지가 개흘레꾼 노릇을 한 것은 비루한 개의 세계에서 자신이 경험한 폭력에 저항하기 위해서였다. 그것이 비천한 서발턴으로서 세상에 말을 하는 방식이었으며 '나'는 그런 서발턴 아버지를 비로소 발견하게 된 것이다. 아버지는 개흘레꾼을 통해 평생 동안 고통스런 말을 하고 있었으며 그런 방식으로 인간적인 자부심을 지키고 있었다. 서발턴은 남노당으로 역사의 중심에 서기보다 변두리에 남아 비천한 존재로서 인간적 정동을 갈망하고 있었다. 무기력에 빠졌던 '나'는 개흘레꾼을 주제로 삼는 순간 아버지의 숨겨진 정동이 전해지기 시작했다. 그런 방식으로 재현할 수 없는 서발턴이 '나'의 재현의 소설 속으로 들어와 서사의 무대에 복귀하고 있는 것이다.

〈한계령〉과 〈개흘레꾼〉의 공통점은 떨어짐과 만남의 역설을 통해 존재론적 회생을 시도한다는 점이다. 서발턴에 대한 재현의 자신감의 상실과 재현 불가능성의 자의식은 변두리 소설에 숨겨져 있는 지식인들의 일반적인 심리이다. 그러나 재현의 자신감의 상실은 변혁의 사명감보다는 가슴의 열정의 부족 때문이기에 비천하게 맨얼굴을 숨기고 있는 서발턴에게 눈길이 가는 것이다. 머리보다는 가슴의 동요가 필요한 지식인에게 이제 별다른 사회의식이 없는 서발턴이 가슴을 파고들어 뜻밖의 맨얼굴로 감동을 주게 된다. 그 순간 심장의 동요의 전파를 통해 서발턴에게 이끌리면서 존재론적 회생을 열망하는 것이다.

〈한계령〉과 〈개흘레꾼〉의 또 다른 공통점은 재현의 방식으로는 결코 주인공이 될 수 없는 사람을 이야기의 무대에 올린다는 점이다. 그처럼 두 소설에서 서발턴은 민중적 후광이 없는 비속한 인물이지만 민중의 재현이 의심받는 상황에서는 재현의 서사에 포획되지 않는 서발턴이 새삼 화두가 될 수 있는 것이다. 변두리 소설의 근본적인 문제의식은 재현의 무력화 속에서의 지식인과 서발턴 간의 이질적인 거리이다. 민중 소설에서는 의심받지 않았던 거리가 변두리 소설에서는 고통스러운 주제로 떠오르고 있는 것이다.

그처럼 시대 상황과 연관이 있기 때문에 〈한계령〉과 〈개흘레꾼〉에서 지식인과 서발턴의 거리는 똑같지 않다. 〈한계령〉에서 작가인 '나'는 은자와 같은 시대를 살고 있으며 다만 지식인의 재현만으로는 은자에게 다가갈 수 없을 뿐이다. 여기서 지식인과 서발턴은 후자의 상호 신체성의 욕망과 전자의 비판적 반성 속에서 마치 술래잡기를 하듯 멀어지면서 가까워진다.

반면에 〈개흘레꾼〉에서 작가인 '나'는 1980년대를 회상하고 있으며 만날 수 없는 시간적 거리 속에서 아버지의 가슴의 진동이 전파됨을 느낀다. 그런 방식으로 그 당시(1980년대)에는 수치심의 대상이었던 아버지를 재발견하고 있는 것이다. 이처럼 만날 수 없는 서발턴을 다시 만나려 하는 것은 지식인이 놓여 있는 1990년대의 상황과 연관이 있다. 1990년대는 민중과 지식인이 둘 다 역사적 주체로부터 멀어진 시대였다. 이제 재현의 방식으로는 역사적 주체를 발견할 수 없는 시대에 '나'는 회상을 통해 재현 불가능한 서발턴을 주목하고 있는 것이다.

그 점에서 변두리 소설에서 서발턴과의 거리는 재현 불가능성의 주제의 재발견이기도 하다. 변혁의 자신감이 넘치던 시대에는 제임슨의 '재현 불가능성'의 난제를 넘어서서 민중적 아우라를 찾는 데 망설이지 않을 수 있었다. 그러나 이제 변혁의 주체는 어떤 방식으로도 직접 회생하지 않는다. 그 때문에 제임슨이 말한 대로 역사적 주체가 아니라 재현 불가능한 존재를 통해 재현을 회생시키는 일을 생각하게 된 것이다.[23] 당시의 아버지는 결코 비판적 주체가 될 수 없는 무능한 존재였지만 머리를 통한 재현이 무용지물이 된 지금 '나'는 비루한 서발턴의 심장의 동요에 귀를 기울인다. 지금의 위기는 인식론적인 것이 아니라 존재론적 무력화에 있기 때문에 자아의 회생을 위해 가슴의 진동을 느끼려 하는 것이다. 머리로는 여전히 아버지/서발턴으로부터 거리를 두고 있지만 심장에 전파되는 동요를 통해 다시 한번 능동적 주체를 생성시키길 소망하고 있는 것이다.

변두리 소설은 민중의 후광을 상실한 시점에서 서발턴과의 만남을 시도한 마지막 모험이었다. 변두리 소설에는 존재론적 포옹의 순간이 있지만 과거의 리얼리즘과는 달리 지식인과 서발턴의 거리가 완전히 없어지진 않는다. 그 대신 서발턴으로부터의 재현 불가능한 거리는 지식인으로 하여금 자신과는 다른 세계가 있음을 감지하게 한다. 재현을 직업으로 하는 작가로서도 그 세계는 다가서려 해도 가까워질 수 없는 세상인 것이다. 그런데 유치하고 비루하게 그려질 수밖에 없는 그곳에 눈길을 주는 순간 불현듯 헤어 나올 수 없는 전율이 전해지는 것을 느끼게 된다. 은자의 노래에서 '지하로 불꽃을 튕기는 전류'를 느끼는 순간이나, 취기로도 감당 못할 충격 속에서 '아버지는 개흘레꾼이었다'를 되뇌는 시간이 그때이다. 이제 재현 불가능한 서발턴의 세계에서는 남루함 속에서 은밀히 불꽃이 이는 '타자의 카니발'의 순간이 발견된다. 이것이 비루한 서발턴에게서 재현을 넘어서는 순간을 발견하는 변두리의 별빛의 순간이다.[24]

이 타자의 카니발은 신자유주의에 의해 축제를 잃어버린 세계에서 나타난 마지막 축제였다. 서로 역사의 중심에서 만날 수는 없지만 서발턴의

---

[23] 변두리 소설은 그런 방식을 통해서도 역사적 전망을 드러내는 데까지는 나아가지 못한다.

[24] 변두리 소설이 흔히 스피박의 질문에 대한 답변으로 진행되는 것은 그 때문이다. 그 답변이 능동적 정동을 갈망하는 존재론적 반전으로 돌아오는 것이 변두리 소설의 특징이다.

동요가 지식인의 가슴에서 감지되는 순간 최후의 축제가 연출된 것이다. 지식인의 가슴에 들어온 서발턴의 불꽃은 순수 기억의 소우주를 만들며 다시 한번 '내재원인'에 접근하게 해준다. 그 순간 모두가 상품세계에 동원되어 수동적으로 살아가는 세상에서 능동적 정동을 회생시키는 마지막 축제가 나타나는 것이다.

예기치 않게 가슴에 급류로 흘러 닥친 타자의 카니발은 불가능한 거리를 뛰어넘어 지식인의 심장을 점령한다. 지식인은 서발턴에게 다가갈 수 없지만 서발턴은 거부할 수 없는 물결로 흘러와 한순간도 놓아주지 않는다. 그처럼 타자의 동요가 전해지는 순간 지식인은 위축된 자아를 팽창시키며 능동적인 삶에 대한 갈망을 갖게 되는 것이다.

이처럼 인식 능력이 무딘 서발턴이 인식의 주체 지식인의 심장을 움직이는 것이 변두리 소설의 역설이다. 그 점에서 민중 소설이 인식론적 소설이라면 변두리 소설은 **존재론적 소설**이다. 타자의 카니발은 역사의 주체를 말하는 대신 **능동적 정동**을 회생시켜 빈약해진 사람들의 신체를 존재론적으로 부활시킨다. 변두리 소설은 그런 방식으로 우리 시대에 왜 사상적인 헤게모니보다 존재론적 **정동정치**가 더 중요한지 말해준다.

민중 소설이 역사의 주체를 그린다면 변두리 소설은 주변에 남은 소우주를 보여준다. 원미동과 산동네, 미아리는 지식인(그리고 우리)의 심연에 순수 기억으로 흘러들어 타자의 카니발의 이미지로 독립적인 소우주를 만든다. 그런 이미지 기억의 방식으로 비판 의식을 지녔어도 움직이지 못하는 지식인의 심연을 동요시키는 것이다. 그리고 역사 허무주의에 시달리는 우리의 자아를 증폭시켜 능동적 삶에 대한 갈망을 갖게 만든다.

이제 우리는 양귀자와 김소진의 소설을 통해 순수공간[25]인 동시에 순수 시간(순수 기억)인 변두리의 서사를 살펴볼 것이다. 변두리 소설은 논리적 플롯 대신 춤과 노래처럼 한순간의 전율을 통해 우리의 심연에 들어

---

25 직선적인 시간과 인과적 논리로 접근할 수 없는 이미지 기억으로서의 공간을 말한다.

온다, 그런 방식으로 사회적 인식이 일천한 남루한 사람들이 오히려 역사 허무주의에 시달리는 지식인의 수동적 자아를 동요하게 만드는 것이다. 이제 변두리 소설이 인식론적 전망이 무력화된 지금의 상황에 어떤 새로운 존재론적 화두를 던지는지 살펴보자.

3. 가슴의 반복운동을 통한 정동적 감염
─ 양귀자의 〈원미동 시인〉, 〈비 오는 날이면 가리봉동에 가야 한다〉

《원미동 사람들》 연작에는 하층민뿐 아니라 변두리의 이류 소시민도 등장한다. 서울에서 밀려나 유배지 같은 곳에서 아득바득 사는 소시민의 비애 역시 우리의 가슴을 뭉클하게 만든다. 그러나 음습한 원미동(遠美洞)을 멀면서도 아름다운 전율의 공간으로 반전시키는 것은 비루한 하층민들이다.

하층민을 그린 소설에는 〈원미동 시인〉, 〈비 오는 날이면 가리봉동에 가야 한다〉, 〈지하생활자들〉, 〈한계령〉[26] 등이 있다. 이 소설들에서는 인간 이하의 수모를 겪는 사람들이 말할 수 없는 고통을 이성적 언어 대신 노래나 시를 통해 반복적으로 표현하고 있다. 여기서는 하고 싶은 '진짜 말'을 못하는 서발턴들이 노래나 시 같은 은유를 던지며 우리를 전류 같은 충격에 빠뜨리는 반전이 일어난다.[27]

그처럼 원미동이라는 변두리를 고통받는 타자의 울림의 공간으로 표현한 대표적 작품은 〈원미동 시인〉이다. 이 소설의 1인칭 화자는 아버지

26　한계령에는 얼마간 계층 상승을 이룬 은자가 등장하지만 은자 역시 서발턴의 본성이 잠재된 인물로 볼 수 있다.

27　그 점에서 변두리 소설은 스피박의 질문에 대한 답변의 하나이다. 이 답변은 민중 소설에서와는 달리 존재론적 답변이다.

가 청소부이고 둘째 언니가 대폿집을 하는 하층민 가정의 여자애이다. 7살 먹은 '나'는 또래 아이들로부터 소외되어 '외계인처럼 어성버성' 지내고 있다. '나'는 가장 외계인 같던 시절 동네 사람들이 어린애처럼 함부로 대하는 '몽달씨'를 만난다. 몽달씨는 대학을 잘린 후 군대에 갔다 와서 반쯤은 돈 듯한 행동을 하기 시작한 사람이었다. 그는 부유한 한약방 노인을 아버지로 두고 젊은 새어머니와 함께 살고 있었지만 동네에서 홀대받는 외로운 타자였다.

몽달씨는 수많은 유명한 시들을 외워서 일상적인 말 대신 내뱉는 '시적 대화'를 즐겼다. 그는 자신이 표현하고 싶은 말을 잘 못하는 반면 시를 통해 말을 하는 사람이었다. 한번은 '내'가 그에게 몽달귀신이라고 놀리자 그는 "너는 나더러 개새끼, 개새끼라고만 그러는구나…"라고 대꾸한 적이 있었다. '나'는 그때 몽달씨가 말 대신 건넨 그 어이없는 표현들이 '시'라는 것임을 처음 알았다.

'나'는 동네에서 누구보다도 몽달씨의 '시적 대화'를 끊임없이 들어주는 사람이 되었다. 그러면서도 '나'는 몽달씨 보다 동네 여자들에게 인기가 좋은 김반장과 함께 있는 것이 더 좋았다. 그러나 몽달씨가 폭력을 겪은 사건이 일어난 후 상황은 반전된다.

어느 날 몽달씨는 어깨가 우람한 사람들로부터 이유를 알 수 없는 폭행을 당한다. 몽달씨는 김반장의 형제슈퍼로 달아나며 도움을 요청했지만 겁에 질린 김반장은 모르는 사람이라며 외면했다. 김반장의 위선적인 행동에 실망한 '나'는 그가 좋아하는 셋째 언니가 집에 오면 일러바치리라 생각한다. 그런데 '내'가 알 수 없는 것은 열흘 만에 나타난 몽달씨가 기억상실증에라도 걸린 것처럼 다시 김반장 슈퍼에서 짐을 나르고 있는 것이었다.

'나'와 몽달씨는 폭력과 위선에 대한 어른들의 비밀을 알고 있는 단 두 명의 사람이었다. '나'는 어린이의 천진한 눈으로 그것을 보았고 몽달씨는 고통받는 타자의 위치에서 그 일을 겪었다. 그런데 '나'는 김반장의 회유의 대상이 되고 몽달씨는 아예 '없는 사람'처럼 억울한 고통이 묵살된다. 더욱 알 수 없는 것은 김반장을 비난하는 '나'에 대한 몽달씨의 태도였다. 몽달씨는 '나'의 김반장의 비판에 침묵하며 그 대신 시로 대답한다.

> "김반장은 나쁜 사람이야. 그렇지요?"
>
> (…중략…)
>
> "슬픈 시가 있어. 들어볼래?"
>
> 치, 누가 그따위 시를 듣고 싶어할 줄 알고. 내가 입술을 비죽 내밀거나 말거나 몽달씨는 기어이 시를 읊고 있었다. ……마른 가지로 자기 몸과 마음에 바람을 들이는 저 은사시나무는, 박해받는 순교자 같다. 그러나 다시 보면 저 은사시나무는 박해받고 싶어 하는 순교자 같다…….
>
> "너 글씨 알지? 자, 이것 가져. 나는 다 외웠으니까."
>
> 몽달씨가 구깃구깃한 종이쪽지를 내게 내밀었다. 아주 슬픈 시라고 말하면서. 시는 전혀 슬픈 것 같지 않았는데도 난 자꾸만 눈물이 나려 하였다. 바보같이, 다 알고 있으면서…… 바보 같은 몽달씨…….[28]

김반장이 '좋은 사람'으로 남아 있는 원미동은 폭력과 위선이 조용하게 묻히는 음습한 공간이다. 그러나 원미동에는 음습한 공간을 울림의 장소로 반전시키는 시인이 있다. 김반장의 위선을 부인하는 몽달씨는 바보같이 무뎌 보이면서도 더없이 치열한 사람이었다. 몽달씨는 '타자(서발턴)는 말을 할 수 없지만 시로 대신 말한다'는 명제를 증명하는 사람이었다. 머리로 말할 수 없는 대신 그는 가슴의 진동으로 더 큰 것을 전파하는 사람이었다. 몽달씨는 '시적 대화'를 통해 시에 대해 아무것도 모르는 '나'를 울게 만들고 있는 것이다. '나'의 눈물은 슬픔이 아니라 몽달씨의 끝없는

---

28 양귀자, 〈원미동 시인〉, 《원미동 사람들》, 살림, 1987, 109쪽.

시적 울림이 전파된 동요였다. 이제 천진한 '나'의 기억을 배반한 원미동은 타자의 울림의 공간으로 반전된다.

그런 반전의 과정에는 '나'라는 어린이 화자 못지않게 숨겨진 지식인 내포작가의 역할도 중요하다. 이 소설이 어린이를 화자로 등장시킨 것은 어른들 중에는 진실을 볼 수 있는 눈을 가진 사람이 없기 때문일 것이다. 그 대신 어린이는 인식력이 부족하므로 이 소설은 다른 어린이 화자 소설처럼 지식인이 내포작가로서 독자와 비밀 교신을 한다. 하지만 이 소설은 일반적인 어린이 화자 소설의 복합적인 소통 상황을 넘어선다. 그 이유는 어린이 화자 '내'가 서발턴 가정의 딸로서 지식인도 재현할 수 없는 어떤 것을 전달하려 하기 때문이다. 이 소설에서 어린이, 서발턴, 몽달씨는 모두 재현 불가능한 것을 전달하려고 하는 사람들이다. 그들의 이면에 숨어 있는 지식인 내포작가는 단지 인식의 중심의 역할을 하고 있는 것이 아니다. 내포작가는 어린이를 넘어선 인식을 전달한다기보다는 자기 자신도 재현할 수 없는 서발턴의 고통을 '시'로 암시한다.

이 소설에서 재현을 넘어선 대화를 하는 '시인'을 어린이 화자의 소통 대상으로 등장시킨 것은 그와 연관이 있다. 몽달씨와 '어린이'의 대화 과정은 내포작가의 전략적 배치이다. 내포작가는 그런 배치를 통해 재현을 넘어선 시가 최고의 메시지임을 암시한다. 그러나 이 소설의 '시적 대화'는 원미동이 시적인 곳임을 보여주려는 목적을 지닌 것이 아니다. 몽달씨는 고도의 세련된 시를 읊조리지만 그는 결코 지식인 같은 시인이라고 볼 수 없다. '나'의 가슴을 울린 몽달씨의 시는 마치 서발턴처럼 말할 수 없는 것을 대신 심장의 동요로 전달하고 있을 뿐이다. 원미동은 도시 못지않게 진실이 흐려진 공간이지만 규율화되지 않은 여백이 있는 장소이기도 하다. 그 여백에 서발턴과 어린이와 몽달씨가 있는 것이다. 몽달씨는 아직 규율화되지 않는 공백에서 재현 불가능한 것을 시적 울림을 지닌 가슴의 진동으로 전파하는 시인인 것이다. 그는 지식인도 직업적인 시인도 아니며 변두리를 비루한 곳에서 울림을 지닌 장소로 반전시키는 '원미동 시인'인 것이다.

그처럼 '원미동 시인'이 지식인 작가의 재현 능력 이상으로 원미동을 표현하는 과정은 매우 흥미롭다. 이 소설은 작가(그리고 내포작가)에 의해 재현되고 있지만, 삽입된 타자의 시는 소설 자체를 넘는 시의 향연을 통해 재현을 넘어서고 있다. 작가의 소설 텍스트는 작품 안의 타자의 시와의 상호텍스트성을 통해 소설의 재현을 넘는 울림을 전파한다. 그처럼 이 소설이 자기 자신보다 **더 큰 것**을 전달하듯이, 원미동은 '재현 불가능한 타자'에 의해 '남루한 공간적 재현'을 넘어서 더 큰 울림의 장소로 전파된다.

재현을 넘어서는 시와 노래는 재현적인 상징계를 넘어서 실재계적 메아리를 표현하는 방식이다. 몽달씨라는 타자가 존재하는 원미동은 도시보다 무질서한 대신 그만큼 실재계적 공백을 포함하고 있다. 그것을 증명하는 것이 표상 불가능한 타자와 서발턴의 존재이며 그들의 실재계적 메아리의 표현이 바로 시와 노래인 것이다. 시와 노래라는 실재계적 메아리는 머리로는 재현할 수 없는 가슴의 진동을 반복적으로 전달한다. 그 점에서 양귀자의 소설 속에 삽입된 시와 노래는 능동적 정동을 갈망하며 재현을 넘어서는 **반복운동**(들뢰즈)에 가깝다.

양귀자의 연작소설에서 시와 노래가 자신의 말을 하지 못하는 타자와 서발턴에 의해 표현되고 있는 점은 매우 중요하다. 타자와 서발턴은 말을 하지 못하는 대신 반복운동을 하는 존재이다. 타자의 반복운동은 잘 재현되지 않는 상처와 사랑의 근거인 숨겨진 내재원인을 암시한다.[29] 양귀자

---

29 반복운동은 폭력에 의해 상처받은 사람이 원래의 존재로 회귀하려는 생명적 본능의 탄력성이며, 그 과정에서 내재원인과의 관계에서 능동적 정동의 회생을 나타내게 된다. 반복이란 내재원인이 끝없이 돌아오는 과정이며 그런 운동은 내재원인을 망각하게 하는 폭력에 부딪힐 때 탄력적이 된다. 재현을 넘어서는 반복운동에 대해서는 들뢰즈, 김상환 역,《차이와 반복》, 민음사, 2004, 34~65쪽과 나병철,《반복의 문학과 진실의 이중주》, 소명출판, 2021 참조.

의 소설들은 지식인의 재현과 타자의 반복운동의 상호텍스트성 속에서 더 큰 세계에 다가가는 작품들이다. 춤과 노래, 시 등으로 표현되는 반복운동이란 고통받는 타자의 가슴의 진동이며, 그것을 통해 우리는 재현을 넘어서서 실재계적 내재원인(더 큰 세계)에 접근하게 된다. 〈원미동 시인〉역시 타자의 반복운동과 지식인 내포작가의 만남을 통해 표상되지 않는 내재원인을 소설의 공간에 표상하고 있는 작품이다.

상징계에 예속된 존재가 수동적 삶을 산다면 실재계적 내재원인에 접촉할 때 존재의 능동성이 회생한다. 우리는 재현된 비루한 공간을 넘어서 실재계에 접속하며 정동적 감염을 경험하게 된다. 재현의 공간에서 상처받은 사람들을 더 큰 세계로 감싸는 반복운동은 원미동을 진원지로 능동적 정동을 전파시킨다. 그 과정에서 존재론적 능동성의 근거인 내재원인은 반복운동을 통해 변두리의 잘 보이지 않는 곳곳을 연결하는 공통의 원리가 된다. 원미동이 이미 파편화된 세계이면서도 더 큰 세계를 통한 연결을 암시하는 연작의 형식을 품게 된 것은 그 때문이다. 재현과 반복의 이중주는 비속한 공간을 아름다운 원미동으로 전회시키는 비밀이면서 전체 소설들의 연작 형식을 관통하는 원리이기도 하다. 반복의 표현은 파편화된 삶을 넘어서서 재현 불가능한 가슴들을 연결하며 전체 소설들의 재현 속으로 들어온다.《원미동 사람들》은 총체화된 재현이 아니라 파편적인 단편들이 반복운동을 통해 더 큰 세계에 연결되며 전체 연작을 이루고 있다. 〈원미동 시인〉에서 몽달씨가 반복적으로 가슴의 동요를 전파하듯이 또 다른 소설 〈비 오는 날이면 가리봉동에 가야 한다〉와 〈한계령〉에서 역시 고통받는 타자의 반복적 표현이 나타난다.

〈비 오는 날이면 가리봉동에 가야 한다〉는 소시민적인 3인칭 초점화자('그')가 서발턴 일용노동자를 거리를 두고 관찰하는 소설이다. 〈원미동 시인〉에서 '내'가 몽달씨에게 거리를 두다가 그와의 '시적 대화'에서 울음을 울게 되듯이, 〈비 오는 날이면 가리봉동에 가야 한다〉에서도 초점화자

'그'(은혜 아버지)는 일용노동자 임씨의 가슴의 진동에서 아픔을 느끼게 된다. 전자에서 공감의 요인이 반복적인 시적 대화였던 것처럼 후자에서도 '그'의 가슴을 울린 것은 타자의 반복적인 고통의 표현이다.

〈비 오는 날이면 가리봉동에 가야 한다〉에서 '그'는 임씨에게 목욕탕 수리를 맡겼지만 감성적으로 이질감을 느끼며 왠지 미덥지가 않았다. 더욱이 아내는 임씨에게 반감을 보이며 수완이 좋아 보이는 그에게 피해나 당하지 않을까 걱정하기도 했다. 물론 그런 의심과 걱정은 막일꾼에 대한 소시민의 선입견일 뿐이었다. 막상 공사가 진행되며 임씨의 정직함과 순박함이 드러나자 '그'는 부끄러움을 느끼며 임씨와 가까워지려 노력하고 있었다.

하지만 머리로 분석하고 따지는 데 익숙한 '그'는 임씨와 가까워지려 하면서도 감성적으로는 여전히 거리를 두고 있었다. '그'는 임씨의 내력을 들으며 임씨의 지지부진한 인생이 자신이 한때 끌고 다녔던 개들의 인생과 다를 바 없으리라 생각한다. 또한 임씨의 지치지 않는 체력에 놀라며 고려시대에 태어났으면 서릿발 같은 기상의 장수가 되었을 거라고 상상하기도 한다. '개들의 인생'이나 '고려시대'의 상상은 지금은 어쩔 수 없는 비루한 인생임을 확인하는 단계에 다름이 아니다. 임씨는 '그'가 아무리 가까이 다가가려 해도 온전히 재현할 수 없는 다른 세계의 사람이었던 것이다.

소시민과 서발턴의 거리는 임씨 쪽에서도 발견된다. 임씨는 주인집의 물음에 술술 대꾸했지만 막힌 데가 없어 보이는 임씨도 말이 막히는 순간이 있었다. 그것은 '가리봉동'에 대한 물음과 '고향'에 대한 질문에 대해서였다. '가리봉동'과 '고향'은 임씨의 상처와 그리움에 연관된 장소로서 임씨는 진정으로 마음에서 우러나오는 깊은 말은 못하는 사람이었다.

"고향요?"

임씨는 반문하고서 쓰게 웃었다.

"고향이 어디냐고 묻지 말라고, 뭐 유행가 가사가 있지 않잖습니까. 고향 말 하면 기가 막혀요. 벌써 한 칠팔 년 돼가네요."

(…중략…)

"비가 오면 또 다른 벌이가 있어요?"

"비 오는 날엔 아침부터 가리봉동에 가야 합니다."

"가리봉동에?"

"예. 사장님은 몰라도 됩니다요. 암튼 비가 오면 난 가라봉동으로 갑니다."

임씨가 잠시 일손을 멈추고 알 수 없는 표정을 언뜻 지었다.[30]

겉치레의 말을 술술 하는 임씨는 실상은 상처 때문에 마음속의 말을 하지 못하는 사람이었다. 머리의 말('그'의 말)로 재현될 수 없는 임씨는 스스로도 자신의 깊은 말은 할 수 없는 서발턴이었다. 서발턴인 임씨는 열 손가락에 박힌 공이의 대가로 지하실 단칸방에서 생활을 하고 있었다.

임씨는 술을 마시면서 비로소 하지 못했던 말을 하기 시작했다. '있는 놈'에 대한 비판에서 시작해서 불평등성에 대한 불만까지 임씨의 입은 기세 좋게 움직였다. 그러나 임씨의 불만과 분노는 실상 그가 진짜로 하고 싶은 말이 아니었다.

임씨의 가슴 속의 말은 그가 자신도 모르게 반복하는 표현 속에 담겨 있었다. 임씨는 '비 오는 날이면 가리봉동에 가야 한다'는 말을 네 번 반복 하면서 진짜 자신의 말을 하기 시작했다. 비 오는 날 가리봉동에 가면 가족에게 곰국을 사주고 고향으로 내려가고 싶다는 것이었다.

비 오는 날 가리봉동에 가는 것은 해 뜨는 날은 돈을 벌어야 하기 때문 이다. 가리봉동에 가면 가족에게 곰국을 사준다는 것은 거기 가서 공장장 에게 떼인 돈을 받아낼 것이기 때문이다. 그리고 이제는 고향으로 내려가 고 싶다는 것이 진짜 하고 싶은 말이었다. 마침내 임씨는 '가리봉동'과 '고

---

30 양귀자, 〈비 오는 날이면 가리봉동에 가야 한다〉, 앞의 책, 147쪽, 159~160쪽.

향'에 대한 막혔던 입을 열고 진심의 말을 하고 있었다.

비 오는 날, 가리봉동, 곰국, 고향은 말할 수 없는 임씨가 진짜로 하고 싶은 말이었다. 함축적인 그 단어들은 일상의 말이라기보다는 임씨에게는 시나 노래와도 같았다. 임씨는 상처 때문에 차마 말할 수 없는 말을 반복되는 함축된 표현들을 통해 꺼내놓고 있었다. 반복적인 그 표현들이 시나 노래와 같은 것은 모두가 말하고 싶지만 아무도 말하지 않는 것을 농축해서 표현하기 때문이었다. 시처럼 말을 하면서 임씨는 말할 수 없는 실재계의 메아리(내재원인)를 듣기 때문에 더 이상 입을 열지 못하고 울고 만다.

임씨가 말을 하지 않아도 '비 오는 날이면 가리봉동에…' 라는 표현은 이미 가슴의 진동을 일으키며 '그'에게까지 전파되고 있었다. '그'는 가슴을 진정시키기 위해 화장실을 핑계대고 슬그머니 자리에서 일어섰다. 그때 '그'는 탄식처럼 습관적으로 '으악' 하는 으악새 할아버지와 스쳐간다. 그리고 가슴이 답답해서 하늘을 보며 내일은 비가 오지 않을 것이라고 생각한다. '그'가 관심이 없던 으악새 할아버지를 눈여겨 본 것은 할아버지도 임씨처럼 재현이 불가능한 사람이었기 때문이다. 그리고 가슴이 답답해지며 하늘을 본 것은 임씨의 고통이 '그'의 심장으로 옮겨졌기 때문이다. 머리로는 재현 불가능한 임씨는 가리봉동의 시를 통해 '그'의 가슴을 움직이고 있었다. '비 오늘 날이면 가리봉동에 가야 한다'는 어구의 반복은 두 개의 가슴으로 옮겨진 '비 오는 날'과 '가리봉동'의 진동을 만들고 있었다. 원미동은 임씨에 대한 '그'의 재현 불가능한 거리만큼 쓸쓸한 곳이면서 가리봉동의 진동만큼 타자의 울림이 메아리치는 곳이었다. 타자의 울림은 서발턴 뿐 아니라 곳곳의 보이지 않는 사람들의 가슴을 열게 하며 깊은 정동으로 그들의 존재를 연결해준다.[31] 변두리는 머리로 생각하면 무질서한 공간이지만 타자의 가슴의 진동이 전파되는 순간엔 재현 불가능한 정동의 메아리로서 진실이 진동하는 장소였다.

---

31 이 순간이 내재원인이 작동되는 순간이다.

4. 떨어진 채 다가서는 더 큰 세계
─〈한계령〉

〈한계령〉의 주인공 은자는 앞의 두 소설의 인물들과는 달리 계층이동을 꿈꾸는 소시민적 인물이다. 은자는 어느 정도 신분 상승을 이뤘다고 생각한 시점에서 작가가 된 고향 친구 '나'에게 전화를 걸어왔다. 그러나 전화기로 들려온 은자의 지독히도 탁한 목소리에는 힘겨운 세월이 묻어 있었다. 은자는 인기 있는 밤업소 가수가 되었다고 자랑했지만 그것이 그녀가 진짜로 하고 싶은 말은 아니었을 것이다. 은자는 '나'의 눈에 자신이 한심해 보일지 몰라도 오늘에 이르기까지 숱하게 넘어져 왔음을 고백했다. 그녀의 말은 지금의 삶에 대한 떳떳함을 앞세웠지만 말하지 않는 과거의 아픔이 그녀의 깊은 곳에 보다 선명히 자리하고 있을 것이었다. 은자는 전화로 많은 말을 했으나 깊은 곳의 말은 한마디도 하지 않았다. 그처럼 상처를 묻어두고 가슴에 담긴 **진짜 말은 하지 못하는** 그녀에겐 서발턴의 속성이 은밀히 숨겨져 있었던 셈이다.

은자는 지금 꽤 값나가는 아파트에 살고 있음을 강조했지만 그녀가 '나'를 만나고 싶어하는 것은 고향을 잊지 못해서일 것이다. 실제로는 고향을 잊지 못하면서도 은자는 여러 번의 전화 중에 한 번도 고향으로 가고 싶다는 말을 하지 않았다. 그러나 '나'는 은자의 자랑과는 달리 그녀의 삶이 고향의 돼지비계 섞인 만두 속 같은 쾌쾌한 삶에서 크게 벗어나지 못했다고 상상한다. 그리고 은자와 원미동 사람들이 모두 고향을 떠나 넘어지는 실패의 되풀이를 하고 있다고 생각한다. 이 소설은 은자의 전화와는 반대로 고향을 잃고 첩첩산중을 헤매고 있는 그녀의 숨겨진 모습이 발견되는 과정을 그리고 있다.

'나'는 은자의 간청에도 불구하고 선뜻 그녀를 만나러 가지 못한다. '내'가 은자의 클럽에 가지 못하는 것은 전화를 받은 후 느낀 착잡한 심정 때문이었다. '나'는 전화를 받을 때마다 옛 고향을 떠올리지만 생각의 흐름은 늘 속임수 같은 현실에서 산봉우리를 향해 안간힘을 쓰는 사람들의 모습으로 이어졌다.

'나'의 반가움이 망설임으로 바뀌는 과정에는 그런 지식인의 수많은 상념들이 있었다. '나'는 은자의 목소리를 들으면서 생각이 고향으로 달려갔지만 정작 행동으로는 고향의 친구가 있는 곳으로 갈 수 없었다. 은자는 이제까지 옛 고향을 향한 기억의 표지판이었는데 그녀를 만나고 나면 그 표지판이 허물어질 것만 같았다. 은자를 만나고 싶어 하면서도 가까이 갈 수 없는 불안감, 그것이 '나'의 풀 수 없는 숙제였다. '나'의 불안감에는 표지판에 가려져 보이지 않는 재현 불가능한 것이 있었다. '나'는 현실을 재현하는 작가였지만 뭔가 재현 불가능한 것에 대한 두려움으로 은자에게 다가갈 수 없었던 것이다.[32]

'내'가 소설에 옮길 수 있는 것은 그리운 옛 고향이거나 반대로 고향을 상실하고 목소리의 윤기를 잃은 원미동 사람들이었다. 하지만 정작 고향을 떠난 사람들의 신체에서 울리는 가슴의 동요는 재현할 수 없었다. '나'는 기억의 표지판이 허물어진 곳에 서 있을 은자의 가슴의 진동에 다가갈 자신이 없었던 것이다. 은자 자신도 옛 기억과 지금의 자신의 처지를 되풀이 할 뿐 마음 깊은 곳의 목소리는 들려주지 않았다.

'나'는 은자를 만나는 대신 이제까지 미뤄 두었던 큰오빠에 대한 생각을 떠올린다. 은자에게 달려가지 못하는 대신 큰 오빠를 먼저 생각 속에서 만나고 있었던 것이다. 큰오빠는 끝까지 고향에 남아 있으려 애를 쓴 마지막 사람이었다. 그런데 은자를 만나지 못하고 그녀의 전화를 기다리던 중 큰오빠 소식이 먼저 들려왔다. 끝까지 버티던 큰오빠가 마침내 집을 내주고 계약서를 썼다고 여동생이 전화로 전해온 것이다.

---

32 재현 불가능한 서발턴을 지식인이 재현하는 과정은 민중 소설에서도 마찬가지였다. 그러나 변두리 소설에서는 민중 소설의 재현의 자신감을 상실한 작가의 재현 불가능성의 자의식이 나타난다.

'내'가 큰오빠를 먼저 떠올린 것은 고향 상실의 아픔을 말하지 않는 은 자에 비해 그 아픔을 드러내고 있는 큰오빠가 덜 불안했기 때문이다. 큰 오빠와 달리 은자는 실향의 고통과 외지에서의 상처를 차마 말할 수 없는 보다 생존이 절박한 존재였다. 그런 만큼 은자는 작가인 '나'로서도 가장 재현하기 어려운 위치에 있었다.

'내'가 은자의 클럽에 가지 못한 것은 그런 재현 불가능성의 불안감과 연관이 있다. 작가로서는 물론 한 인간으로서 '나'의 재현의 두려움은 은 자가 실향의 고통을 말하지 못하는 것에 비례했다. 진짜 말을 하지 않는 은자와 만난들 실상은 만나지 못하는 것이며 오히려 고향을 한꺼번에 잃 어버리는 것과도 같았다.

그래도 '나'는 은자의 소원이 가수였으므로 그녀의 노래만은 듣고 돌아 오고 싶었다. 그것이 재현 불가능한 은자를 등장시키지 않은 채 옛 고향 과 남루한 원미동을 계속 소설 속에 그릴 수 있는 방법이기도 했다. 노래 만 듣고 돌아온다면 표지판을 잃은 채 고향을 아예 상실하는 일도 없을 것이었다.

그런데 새부천나이트클럽에서 은자의 노래를 듣는 순간 '나'는 의외의 반전을 경험한다. 은자의 노래는 그녀의 옛꿈을 통해 고향의 표지판을 환 기시키는 기억의 소품이 아니었다. '나'는 여전히 은자에게 다가갈 수 없 었지만 은자의 노래는 한순간도 '나'를 놓아주지 않았다.

그리고 탁 트인 음성의 노래가 여가수의 붉은 입술에서 흘러나오기 시작하 였다. 저 산은 내게 우지 마라, 우지 마라 하고 발 아래 젖은 계곡 첩첩산 중……. 가수의 깊고 그윽한 노랫소리가 홀의 구석구석으로 스며들면서 대신 악단의 반주는 점차 희미해져 갔다. 나는 자신도 모르게 한 걸음 앞으로 나가 서 노래를 맞들이고 있었다. 무언지 모를 아득한 느낌이 내 등허리를 훑어 내리고, 팔뚝으로 번개처럼 소름이 돋아났다.

(…중략…)

노래의 제목은 '한계령'이었다. 내가 알고 있었던 한계령과 지금 듣고 있는 한계령 사이에는 커다란 차이가 있었다. 노래를 듣기 위해 이곳에 왔다면 나는 정말 놀라운 노래를 듣고 있는 셈이었다. 무대 위에서 혼신을 다해 노래를 부르는 저 여가수가 은자 아닌 다른 사람일지라도 상관없는 일이었다. 나는 온몸으로 노래를 들었고 여가수는 한순간도 나를 놓아주지 않았다. 발밑으로, 땅 밑으로, 저 깊은 지하의 어딘가로 불꽃을 튕기는 전류가 자꾸 쏟아져 내리는 것 같았다. 질펀하게 취하여 흔들거리고 있는 테이블의 취객들을 나는 눈물 어린 시선으로 어루만졌다. 그들에게도 잊어버려야 할 시간들이, 한 줄기 바람처럼 살고 싶은 순간들이 있을 것이었다.[33]

'나'는 은자를 만나지 못했고 은자의 말을 들을 수도 없었다. 그 대신 은자 쪽에서 깊은 곳으로부터 불꽃을 튕기며 쏟아져 내리는 전류로 '나'를 사로잡고 있었다. '나'뿐 아니라 객석의 모든 사람들에게 가슴의 동요를 전파하며 비속한 현실의 시간을 정지시키는 공백을 만들고 있었다. 현실에서 진짜 말을 할 수 없는 은자는 현실의 공백에서 노래로 말을 하고 있었다. 그리고 '나'는 물론 삶에 지친 모든 사람에게 그 진동의 리듬을 전파하고 있었다.

은자는 전화 목소리와는 달리 지친 어깨가 떠밀리는 아픔을 노래하고 있었지만 '나'는 그 아픔을 통해 비로소 은자와 만나고 있었다. 고통을 극복하기 위해 고통을 반복하는 것이 감동을 준 것은 역설이었다. 그러나 그 순간 은자는 노래라는 공백에서 전화로 말하지 않았던 능동적 정동의 갈망을 되찾고 있었다. 이처럼 고통의 반복이 능동성을 되찾는 역설을 프로이트는 쾌락원칙의 세속적 세계를 넘어서는 순간으로 설명했다. 쾌락원칙과 현실원칙을 넘어서면 죽음충동과 에로스를 만나게 된다. 은자의 노래는 세속적인 세계를 넘어서고 죽음충동까지 넘어서서 '나'와 홀의 사

---

33 양귀자, 〈한계령〉, 앞의 책, 315~316쪽.

람들에게 에로스와 공감의 충동을 선물하고 있었다.[34]

'나'는 집에 돌아와서 꿈속에서 은자의 노래를 다시 만난다. '나'의 꿈은 은자가 노래를 통해 '내' 내면에 들어왔다는 암시이다. '내'가 만난 은자는 비싼 아파트와 월수입을 자랑하는 밤무대 가수가 아니라 지친 어깨로 첩첩산중을 헤매고 있는 유민 같은 존재였다. 은자가 타자로서 내 안에 들어온 순간은 '나'의 가족과 원미동 사람들이 고향을 잃고 험한 산중을 헤매는 모습으로 '나'와 만나는 순간이기도 했다. 노래는 그런 고통의 반복이 가족이나 원미동 사람들과 진짜로 만나는 순간임을 알려주었다. 그리고 월수입이 아니라 고통의 반복이 서로 만나고 싶은 에로스의 갈망을 가져다줌을 암시하고 있었다. 그 순간은 수동적으로 세속적 행복에 이끌리는 일상에서 벗어나 능동적 갈망을 갖게 하는 시간이었다. 원미동 시인의 시처럼 은자의 노래는 반복운동을 통해 고통의 내재원인을 암시하며 존재의 능동성을 회생시키고 있었다.

원미동과 부천은 은자가 밤무대를 전전하며 수입에 목을 매게 하는 비천한 변두리였다. 그러나 그와 함께 은자의 노래가 있는 그곳은 일상의 고통을 반복하면서 능동적 정동을 갈망하는 장소였다. 은자가 수동적 상승 욕구에서 능동성의 갈망으로 반전을 보여줬듯이 원미동은 비루한 공간에서 에로스적 갈망으로의 반전이 잠재된 공간이었다. 은자의 노래가 있는 음습한 변두리는 능동적 정동을 갈망하는 타자의 카니발이 숨겨져 있는 장소였다.

작가인 '나'는 은자의 삶을 재현하는 소설을 쓰다가 재현 불가능성에 부딪힌 순간 노래의 반복을 통해 은자와 만날 수 있었다. 〈한계령〉은 '나'의 소설이지만 소설 안에는 '나'의 창작이 아닌 '한계령'과 은자의 노래(반복)가 상호텍스트적으로 접합되어 있다. '나'의 머리와 내면의 소설은 '나'

---

34 '나'는 은자의 긍정적인 목소리를 들을 때는 오히려 정동적으로 위축되어 있었지만 고통을 호소하는 노래(반복운동)를 들은 후 가슴을 열고 능동적 정동의 소망을 갖게 된다.

의 것이 아닌 가슴의 동요와 만나 **더 큰 세계**를 그릴 수 있게 되었다.

다만 '나'는 은자를 만났지만 은자는 '나'를 만날 수 없었다. 그 때문에 그녀는 다시 전화를 해 이제 서울에 입성하게 되었다며 '좋은 나라'라는 카페를 찾아오라고 말한다. 은자의 속마음은 여전히 고향 친구에 대한 애정의 소중함을 놓치고 싶지 않은 데 있을 것이다. 그러나 세상은 그런 속마음으로 사는 것이 아니며 은자의 '좋은 나라' 역시 고향에 대한 애정과는 거리가 멀었다. 은자의 노래를 듣고 난 후 '나'는 '좋은 나라'를 찾아가는 것이 밤무대 가수를 만나는 일보다 더 어려울 거라는 예감에 사로잡힌다. 신분 상승을 이루어 '좋은 나라' 속에 들어가는 것은 그만큼 고향의 기억으로부터 더 멀어지는 일을 대가로 치러야 하기 때문이다. 규율화된 좋은 나라에 입성한 대신 은자는 무질서한 원미동과 부천에서의 노래마저 잃어버리게 될지도 몰랐다. 좋은 나라에서 은자를 만나는 것은 진짜 은자와 만나지 못하는 것과도 같았다. '좋은 나라'란 상실한 '고향에 대한 충동'의 반대말이었다. 원미동은 그 중간에서 은자의 노래를 들으며 그녀와 만날 수 있는 마지막 장소였다. 이 소설은 결코 '좋은 나라'가 아닌 음습한 원미동이 은자를 만난 마지막 감동의 장소이자 타자의 능동적인 울림의 공간이었음을 암시하고 있다.

5. 폭력과 돈벌이의 세계에 저항하는 '인간의 근본'
― 김소진의 〈개흘레꾼〉

양귀자의 소설에서는 지식인과 서발턴이 완전히 조우하진 못하지만 서발턴의 시와 노래를 통해 공감이 이뤄지는 감동의 순간이 나타난다. 그런 감동의 순간은 서발턴이 있는 변두리를 능동적 정동의 갈망의 장소로 상승시킨다. 이런 양귀자 소설에서의 변두리의 카니발은 지식인과 서발턴의 마지막 이중주였다. 1990년대 이후에는 변두리의 카니발이 사라지면서 지식인과 서발턴의 거리는 더욱 멀어진다.

예컨대 김소진의 소설에서도 지식인과 서발턴의 이중주가 있지만 이는 그 시대에 이뤄진 만남이 아니다. 양귀자의 소설에서는 당대의 공간에서 지식인과 서발턴이 울림의 이중주를 연주하고 있다. 반면에 김소진의 경우 지식인이 서발턴에 다가가는 것은 회상을 통해서이며 여기에는 물리적으로는 결코 만날 수 없는 시대적인 거리가 있다. 이처럼 지식인이 만날 수 없는 곳의 서발턴을 다시 만나려 하는 것은 당대(1990년대)에는 우리를 끌어당기는 변두리의 카니발이 사라졌기 때문이다.

1990년대는 변두리의 카니발을 상실했을 뿐 아니라 지식인 자신이 무력화된 시대였다. 그런 상황에서 지식인이 회상을 통해 서발턴에 다가서는 것은 자신의 무력화된 자아를 다시 능동적으로 증폭시키기 위해서였다. 여기서 중요한 것은 김소진이 주목한 것이 아무도 관심을 갖지 않았던 이른바 밥풀때기들이었다는 점이다. 선적인 시간으로 보면 1970년대에도 90년대에도 밥풀때기[35] 같은 서발턴이 우리를 감동시키는 일은 일어나지 않았다. 1970년대(그리고 80년대)에 양귀자 소설(1980년대 말)과 달리 밥풀때기(서발턴)들이 잘 보이지 않았던 것은,[36] 그 시대에는 역사적 맥락에서 의미화될 수 있는 민중을 주로 주목했기 때문이다. 또한 1990년대는 신자유주의의 전사회적 상품물신화에 의해 민중이 해체되고 서발턴은 추방된 시대였다. 이 역사 허무주의적 상황에서 김소진이 과거의 민중 대신 밥풀때기들을 주목한 것은 그들이 지금 남겨진 무력한 서발턴과 더 가깝기 때문일 것이다.[37] 1990년대에 변혁의 서사가 와해된 것은 이론을 상실했기 때문이 아니라 지식인과 서발턴 사이에 만날 수 없는 거리가 생겨

---

35 김소진은 민중적 후광을 지니지 못한 서발턴을 밥풀때기로 은유하고 있다.

36 실제 소설에서는 무력한 서발턴과 앱젝트를 그리는 소설이 많이 쓰였다. 그러나 현실의 사회적 맥락에서 그들이 주목받은 것은 아니었다.

37 노동운동은 일어나고 있었지만 전시대와는 달리 민중적 변혁운동의 의미를 얻기 어려웠다.

났기 때문이다. 그런 상황에서 지식인이 부딪힌 재현 불가능성의 문제를 극복하지 못하는 한 과거의 민중을 소환하는 것은 무의미할 것이다. 김소진이 예전의 민중 대신 서발턴을 떠올리는 것은 그런 재현 불가능한 존재와의 만남에서만 지금의 무력감을 극복할 수 있기 때문이다. 지식인과 서발턴 사이에 거리가 생겨났다는 것은 재현의 자신감을 잃고 재현 불가능성의 문제에 부딪혔다는 말과도 같다. 1990년대의 지식인들은 스피박과 제임슨의 주장(재현 불가능성)을 현실의 불행 속에서 소급적으로 절감하는 상황을 맞고 있었다.[38] 변혁이 가능했던 시대에 재현의 서사에 주력했던 그들은 이제 침체된 상황에서 재현 불가능성의 문제를 화두로 삼지 않을 수 없게 되었다.

김소진이 주목하는 비천한 사람들은 존재하고 있었지만 존재하지 않았던 사람들이었다. 그런데 인식론적으로 보면 '없는 사람'에 가까웠던 그들에게도 숨겨진 능동적 정동의 세계가 있었다. 그 감춰진 세계를 재발견하며 김소진이 서발턴을 귀환시키는 방법은 흥미롭다. 역사의식이 미약한 사람들에게도 존재론적으로 고양된 순간이 있었기에 지식인은 그들에게 다가서며 무력감을 떨치려 시도할 수 있다. 기억을 통해 회생한 서발턴은 변두리의 카니발을 연출함으로써 이제 선적인 시간을 넘어 지식인의 순수 기억의 소우주의 일부가 된다. 양귀자 소설에서는 변두리의 카니발이 당대의 공간에서 공연되지만[39], 김소진 소설에서는 (선적 시간 위의) 비천한 사람들이 섬광처럼 빛을 내며 순수 기억의 소우주로 전위되는 순간이 나타난다. 이 밥풀떼기의 카니발은 과거의 서발턴과 지금의 지식인이 마치 시간 환상처럼 교신하며 생성한 순수 기억의 산물이다. 순수 기

38 제임슨의《정치적 무의식》은 1981년에 출간되었고 스피박의〈서발턴은 말할 수 있는가?〉는 1988년에 발표되었다. 물론 제임슨과 스피박의 재현 불가능성의 질문은 변혁운동이 어려워진 시대를 염두에 둔 것은 아니었다. 그러나 1990년대의 한국의 지식인들은 변혁의 시대에는 의심하지 않았던 난제들을 새롭게 절감하는 상황을 맞게 된다.

39 양귀자 소설에서는 당대의 공간에서 변두리가 순수 기억의 소우주가 된다.

억이란 선적인 시간을 넘어서서 과거의 시간이 현재의 존재로 전이되며 정체성의 핵심을 이룬 것을 말한다. 인격의 핵심인 순수 기억의 고양은 존재를 부풀리는 자아 내부의 활력적인 교신의 증폭이다. 김소진의 빈약한 순수 기억 속에서 1970년대의 밥풀때기들은 1990년대의 지식인에게 민주화된 시대에 왜 활력이 사라졌는지 반문하는 듯하다. 그에 응답하는 순간 보이지 않던 서발턴의 활력이 카니발을 연출하며 지식인의 순수 기억을 팽창시키는 것이다. 1990년대의 역사 허무주의는 인식론의 상실이 아니라 존재론적 무력화에 원인이 있었다. 선적인 시간에서 무의미했던 사람들이 카니발의 주인공으로 귀환하는 순간 지식인은 순수 기억이 팽창하며 존재론적 무력감에서 벗어난다. 그런 방식으로 신자유주의(그리고 후기 자본주의)에 의해 빈약해진 자아를 다시 고취시킴으로써 당대의 역사 허무주의에 맞서고 있는 것이다.

그 때문에 김소진은 지난 시대의 서발턴을 그리고 있지만 숨겨진 당대 지식인의 위치 역시 매우 중요하다.[40] 1970, 80년대의 서발턴의 재발견은 1990년대의 지식인의 회생이기도 하다. 1990년대는 후기 자본주의의 무의식의 식민화에 의해 민중(그리고 노동계급)이 분열된 동시에 지식인 역시 무력화된 시대였다.[41] 무의식의 식민화는 노동계급을 분열시켜 상대적으로 안정된 노동자의 출현과 함께 비천한 불안정 노동자의 소외를 낳았다. 또한 지식의 상품화는 과거 운동권이었던 지식인마저 매출에 연연하는 작가나 연출가, 출판인으로 만들었다.

노동계급의 분열은 물론 지식인의 무력화는 충격적인 변화였다. 근대 이후 한국 지식인은 서구의 기능형 인텔렉추얼과는 달리 지사(志士)이자 사상가였으며 러시아어 인텔리겐치아로 불렸다.[42] 그런데 1920년대부터

---

40 그 점에서 《열린 사회와 그 적들》에 실린 소설들에서 지식인을 주인공으로 한 작품이 한 축을 이루고 있는 것은 당연하다고 할 수 있다.

41 무의식의 식민화란 마지막 예외적 보루였던 문화, 감정, 지식의 영역마저 상품화된 사회를 말한다.

42 박노자, 〈지식인은, 이미 죽었다〉, 《한겨레》, 2019. 2. 14.

80년대까지 생생하게 살아 있던 지식인은 90년대 이후 전사회의 공장화에 의해 '쓸모'에 따라 살아남는 지식 기술자가 되었다.

지식인이 비판 사상가였다는 것은 늘상 '현장의 사람들'을 만나는 위치에 있었음을 뜻한다.[43] 때로는 민중을 미화하고 때로는 지식인이 섣부르게 개입했지만 어쨌든 지식인과 서발턴의 만남은 늘상 시도되어 왔다. 반면에 1990년대 이후에는 신자유주의의 거대한 상품의 동원에 의해 지식인은 지식 판매자가 되었고 서발턴은 무용한 존재로 배제되었다.

김소진의 변두리 소설은 이런 문제의식에서 시작된다. 배제된 서발턴과 조우하려면 서발턴이란 머리로 계산하면 '쓸모없는 사람'임을 인정하는 것에서 시작해야 한다. 그 대신 서발턴에게는 지식인이 재현할 수 없는 심장의 진동이 은밀히 숨겨져 있었다. 1970~80년대의 변혁의 시대에 민중 계급은 결코 쓸모없는 무력한 존재가 아니었다. 그러나 이번에는 그런 역사적인 민중과는 달리 무용하고 비천했던 서발턴에게 다가선다. 그래야만 되돌아올 수 없는 민중 대신 비루함을 딛고 일어서는 사람들의 새로운 물결을 생성할 수 있는 것이다. 그것을 상상하며 서발턴의 비천한 공간에서 시와 노래 같은 재현 불가능한 가슴의 동요와 불꽃의 전류에 사로잡히는 것, 이것이 바로 김소진의 변두리 소설이다.[44]

그런 변두리 소설을 위해 김소진은 과거로 거슬러 올라가 자신의 기억을 팽창시키는 일을 먼저 시작한다. 김소진이 당대의 서발턴의 회생에 앞서 과거의 변두리에 눈을 돌리는 것은, 그때에는 서발턴이 홀대받았을지언정 지금처럼 비참하게 배제되진 않았기 때문이다. 회상을 통해 그들에게 다가가 손을 잡는 일은 변두리의 카니발을 재발견하며 지식인 자신의 순수 기억을 증폭시키는 일과도 같다. 서발턴과 지식인의 교감은 에로스

---

43 1920년대의 현진건은 유랑인을 만나면서 조선의 얼굴을 발견하는 지식인을 그렸다. 또한 1970년대의 윤흥길은 하층민의 적나라한 모습에서 나체화를 발견하는 지식인을 등장시켰다.

44 이런 맥락에서 민중 소설과 변두리 소설의 차이는 인식론적 미학과 존재론적 미학의 차이이기도 하다.

적 정동을 통해 심연에 각인되기 때문에 선적인 시간을 넘어서서 자아를 회생시키는 순수 기억으로 전이된다. 그런 순수 기억의 고양을 통해 지식인 스스로가 무력감에서 벗어나야만 1990년대의 추방된 서발턴을 다시 회생시킬 수 있을 것이다. 김소진이 과거의 변두리를 그리는 것은 지금의 추방된 서발턴과 만나기 위해 스스로를 구원하는 일과도 같다.

그처럼 기억 속의 서발턴을 재발견하면서 지식인의 순수 기억을 증폭시키는 소설이 〈개흘레꾼〉이다. 〈개흘레꾼〉에는 현재의 지식인의 서사와 과거의 서발턴의 서사라는 두 개의 이야기가 있다. 출판사에 근무하는 '나'는 과거 정통 문학가였던 어느 작가의《우리들의 사육제》라는 원고를 검토하고 있었다. 그의 소설은 땀에 젖은 남녀의 몸뚱어리 냄새로 가득 차 있었고 '나'는 시대의 변화를 절감했다. 바로 그때 지난날(1980년대) 운동권에서 가깝게 지내던 장명숙의 전화가 걸려온 것이다.

장명숙의 전화를 받은 '나'는 1980년대를 회상하며 운동권 시절과 함께 그때의 아버지에 대한 회상에 빠져든다. 회상 속의 아버지는 (합숙을 하듯) 장명숙과 한 방에서 잠을 자던 때의 개꿈 속에서 먼저 등장한다. 아버지가 종잡을 수 없는 개꿈 속에서 상기된 것은 '개흘레꾼'을 하는 아버지에게 쉽게 다가설 수 없었기 때문이다. 비천한 서발턴 아버지는 다가가려 할수록 오히려 더 가까워질 수 없는 사람이었다. 장명숙의 아버지는 해방 공간에서 사회주의 활동을 한 인물로 '건준'에서도 비중 있는 역할을 했었다. 또한 훗날 장명숙과 결혼한 석주형의 아버지는 자본가였고 석주형은 아버지의 잉여가치 착취를 극복하려 운동에 뛰어든 셈이었다. 장명숙에게 아버지는 하나의 테제였고 석주형의 경우에는 반대로 안티테제였다. 그러나 '나'에게 아버지는 이도 저도 아닌 '개흘레꾼'에 불과했던 것이다.

테제와 안티테제로 재현되는 세계에 비루한 아버지의 자리는 없었다. 개흘레꾼은 보이지 않는 존재의 이름인 동시에 재현 불가능한 서발턴의 비천한 호칭이다. 개흘레꾼에 대해 이야기하는 순간 '나'는 수치심과 절망 속에 빠질 수밖에 없다. 그 때문에 아무도 몰래 개꿈 속에서 전도되고 가공된 이미지로 아버지를 만났던 것이다.

그러면서도 1990년대의 상황에서 아버지를 회상하는 것은 그가 여느 아버지와 조금 다른 점이 있었기 때문이다. 우리 문학에서 아버지는 억압적인 폭군이거나 반대로 마치 없는 듯한 무력한 모습으로 그려진다. 서구 교양소설과 달리 우리 성장소설의 문법이 '아버지의 부재'인 것은 그와 연관이 있다. '나'의 아버지 역시 비천하고 무력한 존재였으나 다만 인간적인 면모는 기억 속에 조금 남아 있었다. '나'는 부끄러움 속에서도 국민학교 운동회 때 빵 봉지를 전해준 청소부 아버지를 기억한다. 또한 대학 시절 경찰서 유치장으로 면회 온 개흘레꾼 아버지의 모습이 남아 있다.

그때 '나'는 비천하게 살면서도 사람의 근본을 말하는 아버지에게 오히려 화가 치밀었다. '나'는 별다른 사회의식도 없이 착하기만 한 아버지를 외면할 수도 가까이할 수도 없었다. 그처럼 착잡함 속에서 다가갈 수 없던 아버지가 1990년대의 상황에서 새삼스레 다시 떠오른 것이다. 그것은 재현의 전망이 사라진 시대에 재현 불가능한 서발턴 아버지로부터 미묘하고 미세한 울림이 감지되었기 때문이다.

역사적 재현의 서사는 저항의 주체가 될 민중을 만난 반면 아버지 같은 재현 불가능한 서발턴은 주목할 수 없었다. 그러나 역사적 전망이 와해된 1990년대에 '나'는 사람들을 규율에 예속된 삶에서 구원하는 것이 재현의 서사만은 아님을 감지한다. 아무런 역사의식이 없었던 아버지가 엄혹한 시대를 버틸 수 있었던 것은 그 나름의 인간적 삶에 대한 갈망이 있었기 때문이다. 개흘레꾼일망정 노예처럼 굴종하지 않는 아버지에게는 역사의식 대신 '인간의 근본'이라는 숨겨진 정동의 의지가 있었다. 아버지는 비천하게 살면서도 자신의 존재를 권력의 규율에 예속시키지 않은 채 사람들을 조화된 삶으로 이끌려는 숨겨진 의지를 갖고 있었다. 1990년대는 무의식의 식민화로 인해 그런 정동을 상실하기 시작한 때였다. 역사의 식보다는 능동적 정동의 상실이 문제가 된 지금, '나'는 비천한 존재에게 도 숨겨져 있던 정동을 다시 생각하게 된다. 1990년대의 정동의 식민화 (무의식의 식민화)를 극복하려면 이론이나 사상보다는 숨겨진 능동적 정동 을 찾는 일이 절실했다. '나'의 아버지에 대한 회상은 신자유주의의 수동 성에서 벗어나려는 인간적 정동의 갈망 때문이었다.

'나'는 회상 속에서 아버지의 개흘레꾼의 삶에도 하나의 작은 세계가 있었음을 알게 된다. 아무리 사람들이 '개판'이라고 말하지만 아버지가 볼 때는 개들 사이에도 질서와 윤리가 있었다. 아버지가 개흘레꾼을 하는 것 은 적합한 궁합과 자연의 이치에 따라 하나의 조화된 세계를 지키고 싶었 기 때문이다.

그런데 왜 하필 개의 궁합인가. '나'는 아버지가 개흘레꾼을 하게 된 충 격적인 사연을 듣게 된다. 아버지는 남로당이었지만 이념적 공산주의나 자본주의를 비판하는 역사의식과는 거리가 멀었다. 다만 아버지는 인간 적인 의리를 매우 중시하는 사람이었다. 피복 군수물자 요원으로 남하했 다 포로가 된 아버지는 포로수용소에서 동지들이 믿고 맡긴 돈을 간수하 는 역할을 맡았다. 아버지는 그것을 알아챈 우익 청년단에 의해 셰퍼드에 게 성기를 물리기까지 했지만 끝까지 입을 열지 않았다.

개에게 성기를 훼손당한 후 아버지는 더 비참해졌으나 그보다 더 중요 한 숨겨진 변화가 있었다. 성기란 섹슈얼리티 권력의 상징인데 그곳에 상 처를 입은 아버지는 남성중심적 권력으로부터 버림받은 삶을 살게 되었 다. 아버지가 개의 세계에서 살게 된 것은 남성중심적 인간세계에서 버려 져 남아 있는 자신을 표현할 위치가 없어졌기 때문이다. 크리스테바는 남 근주의적 상징계에 진입하지 못하고 버려진 생명을 앱젝트라고 불렀다. 앱젝트는 버려진 비천한 신체인 동시에 남근적 규율에 예속되지 않은 채 남겨진 생명이다. 아버지는 남성적 폭력의 인간세계에서 버려진 대신 개의 세계에 숨어들어 규율에 얽매이지 않은 정동을 갈망하며 여생을 보낸 것이다.

아버지는 개 같은 인생을 산 앱젝트인 동시에 개의 세계에서 남근적 폭력에서 벗어나 인간의 근본을 지키려 했다. 개에게 폭력을 당한 아버지가 다시 개의 세계를 선택한 것은 반복충동의 역설 같은 것이었다. 프로이트는 작은 수술이라도 한 어린이가 스스로 수술 놀이를 하며 고통을 반복하는 행위를 반복충동이라고 불렀다. 반복충동의 과정에는 경험의 수동성에서 가상적 반복(놀이, 예술 등)의 능동성으로의 전환이 있다.[45] 개 같은 남근적 폭력을 당한 아버지는 개의 세계에서 고통을 반복하며 이번에는 능동적인 행위로 전환을 꾀한 것이다. 아버지의 개흘레꾼은 개 같은 인간의 폭력에 대해 인간적인 방식으로 (개를 통해) 복수하는 능동적인 행위였다.

실제로 아버지가 본 개의 세계에는 인간의 세계가 반복되고 있었다. 아버지는 궁합을 중시하며 개의 세계를 조화되게 만들려 했지만 그 비천한 세계에도 강간이 있고 폭력이 있었다. 예컨대 원이 형의 셰퍼드는 자연의 법칙을 어기고 작은 개에게 강간을 하며 폭력을 행사했다. 아버지는 원이 형의 셰퍼드를 가장 싫어했는데 문제는 개의 세계가 인간의 세계를 거울처럼 비추고 있다는 점이었다. 셰퍼드의 주인인 원이 형은 개의 이름을 히틀러라고 지었을 뿐 아니라 자기 자신이 히틀러의 《나의 투쟁》을 신봉하고 있었다. 원이 형은 겉으로 드러내진 않았지만 약한 사람을 쓰레기처럼 쓸어버리는 폭력을 갈구하는 사람이었다. 사람들이 선망하는 셰퍼드의 주인은 개처럼 폭력적이었으며 여기에는 개와 인간의 관계의 전복이 있었다. 아버지의 개의 세계는 인간적인 근본을 지키는 세상이었으며 개처럼 산 아버지야말로 인간적인 능동적 정동을 갈망한 사람이었다. 반면에 원이 형의 셰퍼트가 강간을 일삼듯이 원이 형은 그 자신이 개 같은 무

---

45 프로이트, 박찬부 역, 〈쾌락원칙을 넘어서〉《쾌락원칙을 넘어서》, 열린책들, 1997, 23~24쪽.

자비한 폭력을 신봉하는 사람이었다.[46]

그런 중에 원이 형의 셰퍼드가 사라지자 아버지가 범인으로 여겨지게 되었다. 그러나 세간의 추측과 달리 아버지는 결코 범인이 아니었다. 아버지의 복수는 개의 세상을 조화시키는 것이었고 그것이 개흘레꾼이라는 '반복'의 능동적인 의미였다. 프로이트가 말했듯이 아버지의 극복 방식은 '우리들의 사육제'(정통 작가의 야한 소설) 같은 쾌락원칙(그리고 현실원칙)[47]을 넘어선 세계에서 에로스를 실행하는 것이었다.

아버지의 반복은 억울함을 말할 수도 재현할 수도 없는[48] 나약한 서발턴이 말을 하는 방식이었다. 아버지는 인간세계에서는 말을 할 수 없는 서발턴(그리고 엡젝트)인 동시에 개흘레꾼을 통해 말을 하고 있었던 것이다. 아버지의 행동은 '개흘레꾼'의 호명으로 비속하게 재현될 수밖에 없지만 거기에는 재현 불가능한 정동의 갈망이 숨겨져 있었다.

이처럼 1990년대의 상황에서 재발견된 아버지의 삶은 이제 지식인인 '나'의 삶을 움직이기 시작한다. 정통 작가가 야한 소설을 쓰고 '나' 역시 출판 매출에 목매게 된 현실은 지식인의 자아가 빈약해진 세상이다. 그런 상황에서 개흘레꾼의 숨겨진 능동적 정동의 발견은 아버지를 선적인 시간의 한 점을 뛰어넘어 '나'의 인격과 동행하는 사람으로 만든다. 인격성 영역의 상품화로 재현의 주체였던 운동가와 민중이 해체됐지만, 재현 불가능한 서발턴이 순수 기억으로 회생해 내 인격에 스며든 것이다. 수치심이었던 아버지의 변두리는 이제 '나'의 순수 기억의 소우주가 되었다. 존재의 능동성의 원리는 위대한 주체가 사라진 뒤에도 비천함 속에 잔존해 숨어 있었다. 모두가 상품세계의 외적 목적에 사로잡힌 세계에서 나는 폭력적 동원을 거부하는 인간의 품성을 간직했던 비천한 사람에게 접속하

---

46 원이 형은 겉으로는 폭력적으로 보이지 않지만 약한 사람을 쓰레기처럼 쓸어버리는 폭력을 신봉하고 있었다.

47 프로이트, 〈쾌락원칙을 넘어서〉, 앞의 책, 9~89쪽.

48 서발턴은 재현할 수 없을 뿐 아니라 자기 자신이 재현될 수 없는 존재이다.

게 된 것이다. '나'는 소설을 쓰기로 하며 서발턴을 추방하는 신자유주의에 대한 도발로서 테제도 안티테제도 아닌 개흘레꾼('아버지는 개흘레꾼이었다')이라는 명제를 되뇌인다.

어때? 남들은 환금작물 효과가 높은 소설 쪽으로 장르를 바꾸는 데 말이야, 넌? 환금작물? 그래 막말로 돈이 되는 거 말이야. 난 또 무슨 말이라고. 뭐 아주 의향이 없는 건 아니지. 지금 준비하고 있는 것도 있고. 좋지. 근데 말이야 네가 지금 소설 나부랭이를 쓰고 있다면 말이야. 내가 그 소설의 첫 문장쯤 알아맞춰봐도 좋을까?

(…중략…)

아비는 남노당이었다…… 어때? 틀렸어? 방향은 짚어낸 것 같은데, 어떻게 생각해냈지. 뻔하지 뭐. 너 같은 애가 베껴먹을 거라곤 네 아비밖에 더 있겠어? 밖에 나가서 한잔 더 하지. 아하, 그 보따린 그냥 거기 둬.

그날 나는 아버지가 개흘레꾼이었다는 얘기를 명숙이에게 다 해버리고 말았다. 그 때문에 내가 받아야 했던 마음의 상처와 콤플렉스에 대해서도 털어났다.

(…중략…)

두말하면 잔소리겠지만 사실 나도 이제는 이런 명제로 뭔가 얘기 좀 해보고 싶었던 거다. 이런 명제로……

아비는 개흘레꾼이었다.[49]

장명숙이 기대했던 '아버지는 남노당이었다'는 명제는 이제 향수 어린 재현의 유물이 되었다. 그렇지 않으면 환금(換金) 효과가 높은 소설을 위한 '베껴먹을' 기억으로 남았을 뿐이다. 다른 모든 지식인들처럼 여걸이었던 장명숙조차 전사회적 상품물신의 세상을 외면하지 못하고 있는 것이다.

49   김소진, 〈개흘레꾼〉, 《열린 사회와 그 적들》, 문학동네, 2002, 413~414쪽.

'나'의 개흘레꾼의 고백은 그런 전방위적 상품물신에 대한 작은 저항이다. 남노당(테제)도 자본가(안티테제)도 '나'를 구원할 수 없지만 '개흘레꾼'이 흐릿한 공백에 남아 있었다. 민중과 사회주의조차도 재현을 통한 상품화의 재앙을 피할 수 없는 시대에 재현 불가능한 비루한 개흘레꾼이 잔존해 있었던 것이다. 간신히 전해지는 울림을 감지하며 '아버지는 개흘레꾼이었다'고 말하는 순간, '나'는 평생을 숨죽이고 산 아버지의 가슴의 동요가 나에게 전파됨을 느낀다. 그런 심장의 동요의 전파를 감지하며 '나'는 상품물신의 세상에서 빈약해진 자아를 팽창시키려 하고 있다.

'나'의 자아 증폭의 소망은 현장의 서발턴을 다시 만나려는 갈망이기도 할 것이다. 아버지의 개흘레꾼의 세상은 당대의 아무도 주목하지 않았지만 오늘날의 인간 세상과 묘하게 닮아 있었다. 원이 형은 셰퍼드만큼 폭력적이었으나 일상의 사람들은 셰퍼드(히틀러)와 짝짓기 해 종자를 얻어 돈 벌 생각에 빠져 있었다. 이런 상황은 1970년대보다는 90년대 이후의 세상과 더 유사한 점이 있다. 원이 형의 세계는 폭력이 스펙터클에 의해 가려지고 히틀러 같은 힘이 돈벌이의 조건이 되는 세상을 보여주고 있는 것이다. 폭력은 교묘하게 진화했으며 히틀러는 돈벌이의 능력을 증진시키는 우상이 되었다.

아버지가 개에 물려 죽음을 맞은 사실 역시 개흘레꾼의 헌신에도 불구하고 폭력은 사라지지 않았음을 암시하고 있다. 그런 현실에서 '개흘레꾼'이라는 명제는 폭력과 돈벌이가 결합된 세상에 대한 작은 저항이다. 그것은 재현 불가능한 존재로서 히틀러에게 강간당한 무력한 개 같은 서발턴을 만나려는 갈망이기도 하다. 폭력과 돈벌이가 짝이 되었다는 사실은 폭력에 의해 상처 입은 서발턴이 더욱 인간 이하로 강등되어 재현 불가능해졌음을 뜻한다. 그러나 개흘레꾼은 세상을 떠났지만 1990년대에도 개들은 밤늦도록 짖고 있다. '나'는 1970~80년대의 변두리의 섬광을 보는 동시에 그 기억의 힘으로 더욱 보이지 않는 존재가 된 1990년대의 서발턴을 보고 있다. 서발턴은 역사의 주체가 될 수 없었지만 약속과 정의를 끝까지 지키기 위해 조화를 갈망하며 '인간의 근본'(내재원인의 윤리)에 접촉하고 있었다. '나'의 비천한 서발턴의 재발견은 이제 역사의 주체 대신 비루함 속에서도 감지했던 '인간의 근본'이 사람들을 다시 움직일 것임을 암시한다.

6. 출고될 수 없는 서발턴의 순수 기억
―〈그리운 동방〉, 〈비운의 육손이 형〉

김소진의 변두리 소설은 민중이 해체되고 지식인이 무력화된 상황을 극복하려는 지난한 시도이다. 아무리 이론으로 무장하고 역사의식을 첨예화해도 신자유주의에서는 상부구조의 자본화 때문에 빈약해진 자아를 구원할 수 없다. 김소진은 회상을 통해 변두리의 정동을 재발견함으로써 순수 기억을 팽창시키며 자아의 존재론적 회생을 시도한다. 김소진의 소설은 목적론적 미래보다는 과거에서 섬광을 발견해 현재의 자아의 소우주에 다시 한번 별이 뜨게 하려는 노력이다.

김소진의 순수 기억의 소우주에는 비천한 변두리와 원환적인 유년의 세계가 있다. 〈개흘레꾼〉이 비루한 변두리를 가슴의 동요의 진원지로 전복시킨다면, 〈그리운 동방〉은 유년의 기억의 세계를 상실된 능동적 정동의 공간으로 귀환시킨다. 전자가 비천한 존재에게 숨겨져 있던 인간적 정동의 발견인 반면, 후자는 우중충한 시대의 그늘에 감춰져 있던 비밀의 왕궁의 소환이다. 김소진의 유년기에 대한 기억에는 비천한 존재에 대한 부끄러움을 모르는 원환적인 비밀을 간직한 세계가 있다.

유년기의 시간이 아름다운 소우주로 회생하는 것은 능동적 연대의 기억 때문이다. 아직 규율화되지 않은 변두리는 무질서한 공간이지만 능동적 정동이 잠재된 곳이기도 하다. 성인의 세계에 미처 들어서지 않은 유년의 감성은 비밀스런 연대를 가난과 혼돈보다는 능동적 정동에 근거한 경험으로 간직하게 하고 있다. 〈그리운 동방〉과 〈비운의 육손이 형〉은 그런 능동적 정동의 세계를 심연의 소우주로 회생시킴으로써 빈약한 자아를 다시 한번 팽창시키려는 시도이다

〈비운의 육손이 형〉은 《장석조네 사람들》 연작에 속하지만 유년기의 우상 광수 형의 이야기인 점에서 〈그리운 동방〉의 속편으로 볼 수 있다. 〈그리운 동방〉과 〈비운의 육손이 형〉은 어린 시절 비밀스런 '동방'의 기억인 동시에 광수 형에 대한 회상이다. 광수 형은 동방을 행복한 세계로 만든 고철 장수 왕초인데, '내'가 그를 잊지 못하는 것은 그의 '중심 없는 우상' 이미지 때문이다. 중심이 없다는 것은 위계적인 규율이 없다는 뜻이며 광수 형의 연대의 힘은 해방된 신체의 상호 신체성에 있었다. 광수 형의 세계가 낙원으로 기억되는 것 역시 가족이나 학교와 달리 아무런 규율도 없는 연대를 형성했기 때문이다. '나'에게 동방의 행복한 기억은 규율에서 해방된 신체에 각인된 능동적 정동의 기억이기도 하다.

반면에 1970~80년대의 사회는 물론 그에 저항하는 운동권 역시 규율과 조직에서 완전히 자유롭지 못했다. '내'가 지금 운동권보다 동방의 기억을 앞에 놓는 것은 사라지지 않은 신체의 능동성의 기억 때문이다. 또한 동지들보다 광수 형을 잊지 못하는 것 역시 형이야말로 시대 변화와 상관없이 규율에서 자유로운 신체의 소유자였기 때문이다. 1990년대 이후 지식인도 노동자도 분열되었지만 광수 형은 비천해졌을지언정 심연의 해방의 갈망을 버리지 않고 있었다.

〈그리운 동방〉은 지식인 운동가 '나'와 해고 노동자 출신 아내, 그리고 동방의 광수 형의 이야기이다. 광수 형을 다시 만났을 때 '나'는 형의 월세의 부탁으로 지하실 집에서 동거를 하게 되었다. '나'는 광수 형이 지금 무슨 일을 하든 상관없었는데 늘상 그와 함께했던 동방의 기억에 압도되기

때문이었다. 다만 '내'가 알 수 없었던 것은 동방의 정동으로도 이해할 수 없는 아내와 광수 형과의 관계였다.

광수 형과 아내는 지식인인 '나'와 다른 민중이었고 아내는 형에게 매우 호감을 갖고 있었다. 당연히 그것은 역사의식과 사회의식을 공유한 동지애의 공감대일 리는 없었다. 아내는 노동자이자 운동가였고 광수 형은 현실 인식이 불분명한 서발턴이었다. 현실 인식의 측면에서는 '나'와 더 가까운 아내였지만 아내와 광수 형 사이에는 '내'가 모르는 공감대가 있었다.

청과상에 들러 풋과일을 한 꾸러미 꿍쳐들고는 문 앞에 섰는데 발록하게 벌어진 문 틈새로 웬 두런두런거리는 소리가 새어나오는 거였다. 별생각 없이 문짝을 열어젖혔더니 아내와 광수 형이 두 손을 서로 맞잡은 채 심각한 표정으로 서 있었다. 이별에 앞서 서로 포옹을 하려는 연인 사이처럼. 그럴 리야 없겠지만서두. 그런데 날 보더니 황급히 손을 푸는 거겠지.

(…중략…)

광수 형은 나와 서로 눈길이 마주치자 서름한 낯빛을 짓고는 제 방으로 훌쩍 들어가 버렸다. 점심상 머리에 앉은 아내는 변명 비슷한걸 늘어놓았다. 광수 형님이 혼자 라면을 끓여먹다 사레까지 드는 게 안돼 보여 김치하고 찬밥 몇 덩어리 챙겨드렸더니 고맙다고 호주머니에서 뭔가를 꺼내주길래…… 받아보니 칫솔로 깎아 만든 건대 일종의 부적이래요.[50]

두 손을 맞잡은 아내와 광수 형의 모습은 '나'를 당황하게 했다. 더욱이 늘상 동방을 통해 광수 형과 만나던 '나'는 그 순간의 '서름한 낯빛'에 거리를 둘 수밖에 없었다. 실상 성인이 된 후 지식인의 눈으로 본 광수 형은 재현 불가능한 서발턴일 뿐이었다. 그런데 아내는 아무 거리낌 없이 직접

---

50 김소진, 〈그리운 동방〉, 위의 책, 151쪽.

비천한 광수 형과 만나고 있었다. 두 사람이 연인처럼 손을 잡은 것은 '나'와의 사이의 동지애도 남녀 간의 연정도 아니었다. 아내와 광수 형 사이의 교감은 재현 불가능한 서발턴들이 재현이 아닌 방식으로 만나는 정동의 흐름이었다. 두 사람은 이성보다는 신체로, 머리보다는 가슴으로 만나고 있었다. 둘 사이에는 '내'가 쉽게 다가갈 수 없는 재현 불가능한 상호 신체성의 정동이 흐르고 있었다.

그날 이후 광수 형은 집을 나갔고 과거의 우상인 형이 사라진 지하실 방에는 썩는 냄새와 습기만이 남아 있었다. 더욱이 그때는 1987년 대통령 선거 이후의 패배 의식으로 아내나 '나'나 모두 풀이 죽어 있었다. 아내와 '나'는 '변혁이론의 무도회'와 '공장의 현장' 사이에서 서성거리고 있었다.

이래저래 침체되어 있던 아내는 구체적 현장을 강조하며 한 조명등 공장의 노조 설립에 전력을 다했다. 아내는 현장의 거의 모든 사람과 끈끈한 인간적 유대를 맺는데 일정한 성과를 거뒀다. 이제 공장 사람들은 지하실 집을 무시로 들락거리며 모임의 장소로 활용했다. 아내는 때가 무르익었다고 판단했고 오히려 현장 사람들이 빨리 해치우자고 닦달을 했다. 다만 식당 아주머니 한 사람만이 신부전증으로 입원해 불참했을 뿐이다.[51]

그러나 아내는 결국 신자유주의 시대의 자본가를 이길 수 없었다. 신부전증이었던 식당 아주머니가 멀쩡한 얼굴로 출근을 했고 사장의 콩팥까지 떼 주는 호의로 완쾌되었다는 것이다. 그 일로 노조 회의론이 일었고 상황은 한순간에 반전되었다. 신자유주의란 교활한 자본가가 친밀한 호의로 노동자를 줏대도 자존심도 없는 존재로 만드는 세상이었다.

아내의 패배는 '좋은 세상'에 대한 회의로 이어졌다. 과거와 달리 이론도 역사의식도 '좋은 세상'을 보장해줄 수 없는 시대가 된 것이다. 이제 《무엇을 할 것인가》(레닌)를 읽어도 과거와 같은 열정은 살아나지 않는다.

그런 상황에서 '나'는 회유된 노동자들보다 더 낮은 곳에 있었던 광수

---

51 위의 책, 154~155쪽.

형과 명희 누나를 생각한다. 그리고 미래에 '무엇을 할 것인가'보다는 과거의 섬광 같은 기억을 떠올린다. 문제는 이론에서도 현장에서도 열정을 얻을 수 없는 빈약해진 자아에 있었다. '내'가 광수 형이나 명희 누나와 함께했던 섬광 같은 동방을 떠올리는 것은 능동적 기억을 통해 다시 한번 자아를 일으켜 세우기 위해서이다.

좋은 세상은 오지 않는다. 그런데 지금 이 세상은 충분히 나쁘다 하는 비극적 상황에서 우리들 삶을 버티게 하는 건 뭐지?

그건…… 자존심 같은 게 아닐까요?

자존심?

예…… 그런 게 필요할 때라는 생각이 들어요.

그렇다면 그건 일종의 허영 같은 거와 겉모습이 비슷하겠지……

그럴지도 또 모르구요. 일종의 환상이랄지……

나른한 오후의 눈부신 햇발이 자꾸만 우리의 색바랜 무릎으로 좁아져 들어오고 있었다. 사루비아의 길쭉한 꽃대롱 속으로 너무 깊이 몸을 담고 꿀샘을 빨아대던 꿀벌 한 마리가 뒤늦게 몸을 빼기 위해 버둥거리는 게 보였다. 한참을 그렇게 버둥거리던 벌은 꽃이파리 끝을 찔끔 미어뜨리고는 간신히 몸을 빼내 달아났다. 목덜미 위까지 파르라니 깎아올린 단발머리 얼굴을 가린 아내는 잠자코 모래밭 위에 손가락 낙서를 하고 있었다.

나는 요즘 되풀이해서 꾸고 있는 꿈에 대해서 아내에게 말해주고 싶었다. 그것은 어릴 적에 학교의 우중충한 창고에서 한 번 꾸었던 것이었다.

(…중략…)

열려라, 열려라 동방.

달빛은 교교했다. 골짜기에는 각종 나무 과일과 화초 그리고 대리석으로 꾸며진 정원이 있다. 남녀 구분 없이 망토를 늘어뜨린 사람들.[52]

---

52 위의 책, 57~158쪽.

‘좋은 세상’은 이론이나 역사의식이 아니라 기억 속에 있었다. 아내가 ‘좋은 세상’에 대한 회의에 빠진 것은 역사적 재현의 서사로는 좋은 세상으로 갈 수 없는 시대가 되었기 때문이다. 과거의 리얼리즘과 재현적 서사에는 자본가와 노동자, 그리고 지식인이 등장했다. 그런데 신자유주의란 지식인도 노동자도 새로운 상품물신에 대적할 수 없는 세상이었다. 전 사회의 공장화로 모든 것이 상품화된 시대엔 재현 불가능한 버려진 존재만이 유일하게 인간으로 남아 있었다. 광수 형이 그런 사람이었고 형과 함께했던 변두리의 기억이 그 같은 잔여물이었다. 광수 형과 동방은 변혁의 시대에는 보이지도 재현되지도 않는 존재였지만, 재현의 서사가 무력화된 지금은 유일하게 자본에 점령되지 않은 채 남겨져 있었다. 아내가 경험했듯이 이제 노동운동도 ‘좋은 세상’을 보장하지 못한다. 다만 동방은 자본주의도 노동운동도 접근할 수 없는 공백이기 때문에 예속화되지 않은 기억으로 남아 있는 것이다.

그런 동방의 기억은 ‘나’와 광수 형의 것만이 아니었다. 아내는 광수 형과 이론으로는 불가능한 알 수 없는 깊은 정동으로 만난 적이 있다. 깊은 능동적 정동의 만남이란 연인과도 같은 연대인 동시에 상실한 낙원을 꿈꾸는 것과도 유사하다. 아내와 광수 형의 만남은 변혁운동과 무관한 것 같지만 실상 그 순간은 서발턴 아내의 정체성의 한 부분을 증명하는 시간이었다. 그 재현 불가능한 정동은 ‘나’에게도 동방의 기억으로 잔존했으나 지식인인 ‘나’는 성인이 된 후에 먼 기억으로만 간직하고 있었다. ‘내’가 아내와 광수 형에게서 거리를 둔 것은 두 사람은 ‘나’와 달리 기억의 경유지 없이 재현 불가능한 서발턴의 정체성으로 만나고 있었기 때문이다.

역설적인 것은 민중적 서사가 무력화된 지금의 상황에서 광수 형이 입증했던 그 알 수 없는 정동을 형 대신 ‘내’가 떠맡고 있다는 것이다. 광수 형은 민중적 서사가 미처 흡수하지 못한 미묘한 서발턴의 정체성을 보여주고 있었다. 그러나 아내와 광수 형 사이에서 나타났던 재현 불가능한 정동은 실상 그 뿌리에서는 옛 기억으로 돌아가는 '나'의 동방의 열망과 다르지 않다. '나'는 광수 형과 아내의 관계를 선뜻 이해할 수 없었지만 지금은 그때와 달라졌다. '나' 자신이 지식인의 무력감에서 벗어나기 위해 광수 형의 뿌리이자 민중적 서사와는 다른 재현 불가능한 동방의 꿈에 젖어 있기 때문이다.

모호한 비표상성 때문에 '나'의 동방의 그리움은 경직된 사상가들에게 광수 형과 아내의 연대처럼 불안한 몽상으로 비쳐질 수도 있을 것이었다. 그와 함께 서발턴 감성의 당사자인 아내 역시 노동운동을 하는 동안 이제는 변혁운동의 서사에 더 익숙해져 있는 것 같았다. 다만 아내는 지금 과거의 변혁의 서사에서 희망을 얻지 못하고 있는 것이다.

하지만 이제는 내가 광수 형처럼 실의에 빠진 서발턴 아내에게 다가갈 수 있다. 동방의 기억이 있는 '나'는 여느 지식인들과는 달리 위기를 견디기 위해 한발 물러설 수 있기 때문이다. '내'가 아내에게 동방의 꿈을 얘기하는 것은 광수 형이 호주머니에서 부적의 선물을 꺼내주는 것과도 같다. 동방이 광수 형의 선물 같은 순수 기억으로 회생했기에 지금은 아내보다도 내가 더 주도적으로 위로의 말을 건넬 수 있는 것이다.

이제 '나'에게 유년기의 변두리는 재현의 서사를 대신해서 현실을 버티게 하는 '좋은 세상'의 꿈이 되었다. 동방을 말하는 것은 변혁을 위해 재현의 서사 이외의 또 다른 것이 필요함을 암시하는 것과도 같다. 재현의 서사는 역사적 주체를 말했지만 동방의 서사는 재현 불가능한 기억을 팽창시켜 존재를 능동적으로 만드는 과정이다. 동방이 열리는 순간은 그때의 능동적 기억으로 자아를 회생시키려 뒤로 내딛으며 앞으로 도약하는 시간이다.[53] '내'가 과거의 꿈을 반복하는 것은 실상은 현재를 버티며 미래를 내다보는 것과도 같다. '좋은 세상'의 갈망이란 동방의 꿈(과거)을 반복

---

53 벤야민, 이태동 역, 〈역사철학 테제〉, 《문예비평과 이론》, 문예출판사, 1987, 303쪽. 306쪽. 여기서는 벤야민처럼 혁명을 위한 도약이기보다는 존재론적 도약이 강조된다.

하는 순수 기억(현재)의 힘으로 능동적 정동을 다시 한번 실현(미래)시키려는 시도인 것이다.

신자유주의는 지식인도 노동자도 머리로 꾸는 '좋은 세상'의 꿈을 상실한 시대이다. 동방의 기억은 자아를 회생시켜 다시 꿈을 꾸기 위해 이론이나 머리와는 다른 방법이 있음을 암시한다. 그것은 재현의 서사를 넘어서는 것으로서, 재현 불가능한 것을 포용하고 증폭시키는 또 다른 서사의 발견이기도 하다. 〈그리운 동방〉은 신자유주의에 의해 존재가 무력화된 지금은 과거의 인식론적 투쟁과 다른 존재론적 모험이 더욱 절실함을 암시한다.

그처럼 '좋은 세상'을 다시 한번 꿈꾸기 위해 머리 대신 가슴에 귀를 기울이는 또 다른 소설은 〈비운의 육손이 형〉이다. 〈비운의 육손이 형〉에서 광수 형은 변혁운동의 시대에 비운의 생애를 산 사람으로 그려진다. 이 소설에서는 〈그리운 동방〉에서와 달리 광수 형의 부정적인 행동까지 낱낱이 제시된다. '나'는 광수 형이 백골단의 인간 백정이었을 뿐 아니라 장기 매매까지 했다는 사실을 알게 된다.

그럼에도 '나'는 한 번도 광수 형을 질시의 눈으로 대한 적이 없었다. 그것은 머리로는 이해할 수 없었지만 형의 동방 시대의 가슴의 진동은 변하지 않았음을 알기 때문이다. 광수 형은 진짜로 폭력을 행사한 것이 아니라 머리로 사람을 움직이는 조직의 서투른 하수인이었을 뿐이다. '나'는 전경에 체포되려는 '나'를 살리기 위해 야수 같은 눈빛을 발하는 형의 모습에서 그것을 알 수 있었다. 잠시 부정적인 대열에 끼였어도 여전히 가슴과 눈빛이 살아 있는 그는 폭력의 시대의 또 다른 희생자였다.

마침내 행려병자로 죽음을 눈앞에 둔 광수 형은 '내'게 유언 같은 부탁을 했다. 광수 형은 사체를 해부용으로 기증한 후 땅에 묻혀 향기롭게 흙 속으로 빨려 들어가고 싶다고 말했다. 그리고 그처럼 흙으로 되돌아가는 순간을 지켜봐달라는 것이었다. 광수 형의 소박한 부탁은 그가 동방 시절 갖고 있던 신체의 능동성의 갈망을 여전히 품고 있음을 뜻했다. 그는 주검이 되어서도 신체가 물건처럼 다뤄지는 것은 싫다는 것이었다. 그러나 광수 형의 가슴으로 하는 부탁은 '교환의 머리'에 점령된 세상에서 쉽게 이뤄질 수 없었다.

> 내 꿈을 깨려고 하진 마. 아주 좋아, 좋다구. 지금 흐응. 내가 땅속에 묻히는 걸 너는 봐줄 수 있겠지? 넌 내게 돌을 던지지 않은 유일한 놈이잖아.
> (…중략…)
> 어이, 또 와 부렀는가! 오랜만이네그려.
> 시체 안치실을 지키는 김씨 아저씨와는 이미 오래전부터 소주를 글라스로 따라 마시는 술친구가 됐다.
> 예, 그동안 장기 출장 좀 다녀 오느라고요.
> 난 사실 그동안 사실 좀 바빴다. 대학 입시생을 겨냥해 내놓은 논리학 수험서가 예상외로 잘 팔려 벌써 출간 한 달만에 6판에 돌입한 것이다. 1판당 오천 부씩을 찍었으니 자그마치 삼만 권이나 팔린 셈이다. 이런 추세라면 올해 안에 오만 권쯤은 문제없어 보였다. 적자에 허덕이던 출판사에 화기가 피어올랐고 하루 종일 얼굴에서 웃음꽃이 사라지지 않던 사장은 나의 기획력을 높이 사서 이번에는 외국 동화 시리즈를 알아보라며 나를 유럽과 일본 출판시장으로 장기 출장을 보낸 것이다.
> 쯧쯧, 이젠 임자가 여길 오지 않아도 될 것을.
> 왜죠?
> 출고됐네.[54]

광수 형은 자연으로 돌아가는 대신 물건처럼 던져져서 출고된다. '나'는 출판사의 매출에 신경을 쓰느라 광수 형이 출고되는 사건을 막지 못했

---

54 김소진, 〈비운의 육손이 형〉, 《장석조네 사람들》, 문학동네, 2002, 73~77쪽.

다. 이제 광수 형은 역사의 공간은 물론 '나'와의 인연에서도 실종된 사람이 되었다. 광수 형이 실종된 사람이라는 것은 현실에서 아무도 기억하는 사람이 없어졌다는 뜻이다.

다만 '나'는 두서없이 떠오르는 단어들에 사로잡힐 뿐이다. 육손이 형, 흙표범, 역발산, 인간 백정……행려병자. 이 선적인 인과성을 잃은 단어들은 하나의 지시 대상으로 환원될 수 없는 불투명한 신체의 암호들이다. 파편적인 암호들 사이로 보이는 공백(신체)은 모든 것이 상품화된 시대에 광수 형이 돈으로 교환할 수 없는 출판 불가능한 사람임을 암시한다. 그럼에도 '나'는 재현 불가능한 신체가 출고되는 것을 막을 수 없었다. '나'는 단지 광수 형이 '나'의 재현의 소설 속에 온전히 담길 수 없는 사람임을 암시할 뿐이다. 〈비운의 육손이 형〉이라는 재현의 소설은 광수 형의 출고로 끝나지만 '나'는 다만 동화의 세계로 달아나려 하고 있다. 끝날 수 없는 재현의 소설이 동화의 도피로 끝나는 것은 어린 시절 동방의 기억으로 탈주하려는 암시일 것이다. 가슴으로만 말하는 광수 형이 사라졌으므로 동방은 마지막 기억의 잔여물이 된 셈이다. 그러나 기억 속의 동방은 '나'의 소설로도 동화로도 온전히 재현되지 않을 것이다. 우리 시대에는 출고될 수 없는 영혼들의 연결만이 출고의 시대를 저지시킬 수 있다. 그 재현을 지연시키는 재현 불가능한 잔여물[55]만이 모두가 상품과 출고에 영혼을 떠맡긴 시대에 다시 한번 좋은 세상을 향해 자아를 일으켜 세워줄 것이다.

---

55 이 마지막 잔여물은 대상 a와 내재원인을 암시한다. 내재원인이란 '출고될 수 없는 영혼들'을 연결해주는 원리이다.

7. 별과 똥의 카니발
─〈별을 세는 남자들〉

〈개흘레꾼〉이 1990년대 지식인의 비루한 변두리에 대한 회상이라면 〈그리운 동방〉은 유년기의 비밀스런 연대의 기억에 대한 반추이다. 김소 진의 변두리 소설의 제3의 유형은 지식인이 등장하지 않고 1970년대의 서발턴의 삶을 생생한 구어체로 제시하는 작품들이다.《장석조네 사람들》 연작에 실린 대부분의 소설들은 이 제3의 유형에 속한다.

그러나 서발턴의 구어체 소설에도 실상은 지식인이 내포작가의 형식으 로 작품 안에 숨어 있다고 볼 수 있다. 구어체의 서술은 당대의 화자의 목 소리이지만 그 뒤에는 1990년대의 지식인 내포작가가 잠재한다. 1970년 대의 변두리는 남루한 세계였으나 내포작가는 지금 능동성을 상실한 상 황에서 그때의 변두리에 잔존했던 생생함을 구어체로 되살린다. 그로 인 해 내포독자는 과거의 위치에서 1970년대와 대면하는 대신 상실의 그리 움 속에서 소설 속에 빠져든다. 그처럼 1990년대의 시점에서 내포독자와 비밀 교신하며 숨겨진 내포작가를 통해 정동적 그리움을 전달하는 것이 구어체 연작소설이다.

지식인 내포작가가 1990년대의 김소진 자신이라면 전지적 화자는 마 치 당대(1970년대) 동네 사람의 일원인 듯한 느낌을 준다. 3인칭 구어체 화자는 전지적 존재이면서도 이야기 세계 밖에서 초연하게 조망하는 대 신 인물들에 밀착해 한동네 사람의 이야기처럼 서술한다. 이런 어법적 내 부 시점[56]의 서술은 구어체의 청각적 울림을 통해 감성적인 유대감을 유 발한다. 변두리의 비천한 인물들의 사연을 전하면서도 인물들 간의 따뜻 한 공감이 느껴지는 것은 그 때문이다.

---

56 어법적 내부 시점이란 화자가 인물과 비슷한 말투로 서술하는 것을 말한다. 어법적 내부 시점을 사용하면 인물들을 생활 내부로부터 이해하게 된다. 어법적 내부 시점에 대해서는 우스펜스키, 김 경수 역,《소설구성의 시학》, 현대소설사, 1992, 45~101쪽 참조.

그러나 서발턴 구어체 소설이 제시하는 변두리는 〈그리운 동방〉에 그려진 원환 같은 세계는 아니다. 〈그리운 동방〉은 어린 시절의 꿈 같은 세계를 그리지만 구어체 소설의 변두리는 이미 풍파에 깨진 세계이자 가난과 결핍에 시달리는 곳이다. 그럼에도 변두리에는 아직 규율화되지 않은 공백이 남아 있어서 서발턴들은 그 여백을 통해 서로 유대감을 표현한다. 변두리의 서발턴은 재현의 시선으로는 남루하게 그려지지만 심연에는 아직 재현될 수 없는 능동적 정동의 갈망이 남아 있다. 능동적 정동이란 규율에서 해방된 신체의 소망이자 상호 신체적인 연대의 갈망이다. 서발턴은 그런 잠재적인 능동성의 갈망을 변두리의 여백을 통해 청각적 울림의 유대로 표현한다.

이처럼 이미 부서진 세계이지만 규율의 여백을 통해 능동성의 갈망을 표현하는 순간 문득 변두리의 카니발이 연출된다. 변두리의 카니발은 원환 같은 축제이기보다는 아이러니한 반전의 향연이다. 재현의 눈으로 비루해 보이는 삶이 구어체의 울림을 통해 능동적 정동을 갈망하는 향연으로 반전되는 것이다.

예컨대 〈별을 세는 남자들〉에는 똥 푸는 직업의 광수 아비가 비천한 똥을 아름다운 별들의 운행에 조화시키는 반전이 그려진다. 이 소설에서처럼 똥이 소설의 담론 속에 들어오면 비천하게 재현되는 동시에 문득 위계적 재현의 규범을 뒤흔들기도 한다. 똥은 권위적인 규범체계에서 오염의 위험 때문에 퇴출되어야 하는 앱젝트적 대상이다. 그런데 〈별을 세는 남자들〉에서는 육체의 한계가 밀어내듯 체계가 쏟아내야 할 앱젝트[57]가 능동성의 꿈을 은유하는 별로 상승하는 반전이 그려진다.

그런 과정은 광수 아비가 동네 사람들에게 천대받지 않고 구어체의 울림 속에서 당당하게 살아가는 모습에서 시작된다. 김애란의 〈하루의 축〉

---

57 앱젝트는 몸 밖으로 배출해야 하는 오물과 분비물을 말하며, 은유적으로 체제의 질서를 위해 경계 바깥으로 밀어내야 하는 불순물을 나타낸다. 크리스테바, 서민원 역, 《공포의 권력》, 동문선, 2001, 21~43쪽. 김철, 〈비천한 육체들은 어떻게 응수하는가〉, 《사이》 제14호, 2013. 5, 388~389쪽.

이 암시하듯이 경직된 체계에서는 똥 푸는 사람이 똥과 동격으로 취급된다.[58] 반면에 〈별을 세는 남자들〉에서는 똥지게꾼 광수 아비가 양은 장수 최씨나 둘남 아범 박씨에게 형님으로 존중받으며 유대감 속에서 살아간다. 이런 광수 아비의 생활 속의 유대감은 똥을 앱젝트로 퇴출하는 체계의 규범을 흔들리게 만든다. 만일 광수 아비가 (〈하루의 축〉에서처럼) 소외된 노동자였다면 똥 푸는 사람이 똥으로 취급되며 제 몸에서 나온 똥을 멀리하듯 한동네에서 괄시를 받았을 것이다. 그러나 〈별을 세는 남자들〉은 똥 푸는 사람을 둘러싼 유대감을 그림으로써 계급에 근거한 재현의 체계를 동요시킨다.

그런 비천한 사람들의 유대감은 어디서 온 것일까. 변두리의 서발턴들은 역사의식도 계급의식도 흐릿하며 그들의 연대는 결코 계급적 연합이 아니다. 그렇기에 그들이 만일 시각 중심적 삶을 살고 있다면 계급적 경계에서 밀려난 위치에서 서로 만날 수 없었을 것이다. 시각이란 경계를 나누는 감각이며 대상에서 거리를 두어야 비로소 시각이 작동될 수 있다. 반면에 변두리의 서발턴들은 분리의 감각인 시각보다는 청각과 미각이 더 예민한 사람들이다. 청각에 민감하다는 사실은 이성적 논리를 넘어선 육체적인 구어체로 대화하며 어울리는 점에서 알 수 있다. 이 소설의 서두는 둘남 아범 박씨가 양은 장수 최씨에게 엉덩이를 들이밀며 말을 건네는 장면에서 시작된다. 여기에서처럼 몸의 언어인 구어체를 건네는 것은 육체로 다가서는 상호 신체성의 과정과 교차된다. 그런 상호 신체적인 청각의 연대가 비천한 사람들을 서로 만나게 하고 있는 것이다.

또한 광수 아비가 갑석이네에서 벌어진 굿이 끝났냐고 묻자 박씨는 계면떡이 나오려면 멀었다고 말한다. 서발턴은 굿보다 계면떡에 더 관심이 있는데 떡이 나오는 시간은 그들이 서로 어울리는 시간이기 때문이다. 이런 미각의 연대 역시 상호 신체적인 서발턴 소설의 특징으로 볼 수 있다.

---

58 김애란 〈하루의 축〉, 《비행운》, 문학과지성사, 2012, 200쪽.

또 다른 서발턴 소설 〈빵〉에서는 '잘 생긴 빵' 이야기를 주고받으며 서로 연대감을 증폭시키는 장면이 그려진다.

청각의 연대와 미각의 연대는 상호 신체적인 몸의 연대이기도 하다. 시각이 사람들을 분리시킨다면 청각은 청중을 끌어모으는 감각이다. 더욱이 구어체는 제도에 기입된 표준어와는 달리 몸에 새겨진 감각이기 때문에 상호 신체성의 갈망을 더 고조시킨다. 접촉[59]과 섭취의 감각인 미각 역시 상호 신체성과 함께 '떡을 돌리듯이' 원환을 갈망하는 감각이다. 미각은 혀끝에서 시작해서 목을 통해 신체에 밀어 넣는 감각을 반복하며 사람들의 몸의 밀접성을 증진시킨다.

이성적인 시각과 달리 청각과 미각은 '몸의 기억'(니체)[60]의 끝없는 리듬을 증폭시켜 능동적 정동을 갈망하게 한다. 그런 니체적 몸의 기억을 통한 능동적 정동의 갈망이 바로 서발턴의 연대의 힘이다. 청각과 미각의 연대는 〈별을 세는 남자들〉을 관통하며 서발턴의 삶의 감각을 하늘의 별과 조화시키려는 소망으로 상승시킨다.

물론 서발턴의 그런 능동적 정동의 갈망은 잠재적이다. 재현의 눈으로 보면 서발턴은 비천한 앱젝트로서 끝없이 밀려나는 인생이기 때문이다. 그러나 1970년대의 변두리는 재현의 세계를 지배하는 규범이 도시 중심부보다 느슨한 공간이었다. 〈별을 세는 남자들〉은 변두리를 지배하는 권위적인 규범이 흔들리면서 그 틈새에서 서발턴이 연대의 소망을 드러내는 전복의 순간을 보여준다.

무질서하고 미결정적인 변두리는 전근대적 풍습과 근대적 규율이 착종된 규범에 의해 움직이는 곳이다. 그와 함께 완전히 규율화되지 않은 변두리의 특성 때문에 중심의 규범이 곧잘 혼란 속으로 미끄러지기도 한

---

59 다이앤 애커먼, 백영미 역, 《감각의 박물학》, 작가정신, 2004, 191쪽.

60 홍사현, 〈망각으로부터의 기억의 발생―니체의 기억 개념 연구〉, 《철학논집》 제42집, 2015. 8, 345~353쪽.

다. 예컨대 갑석이네에서 벌이는 굿은 전근대적인 신앙의 중심이지만 서발턴들에게는 뒤풀이의 계면떡으로 기억될 뿐이다. 계면떡을 기다리는 서발턴들의 기대감은 굿의 신성성과는 아무 관련이 없다. 꽁이네와 신령의 영험을 다투던 만신은 원래 들병이였고 몰래 패물함을 챙겨 달아난다. 이제 굿은 '아싸리판'이 되었지만 아무도 상관하지 않으며 서발턴들은 계면떡을 먹으며 하늘의 별을 바라본다.

또한 최씨가 기억하는 성금네의 보쌈 역시 전근대적인 구습이다. 최씨는 장석조에게 빼앗긴 성금네를 오영감에게 돌려주기 위해 그녀를 보쌈했다. 그런데 불의의 사고로 배코머리가 된 성금네는 장석조와 멀어져 있었고 자연스레 원래로 돌아와 오영감과 지내게 된다. 최씨의 보쌈은 오영감에 대한 호의였지만 여성의 입장에서는 남성중심적 구습이었다. 그런데 성금네를 둘러싼 최씨와 장석조의 싸움이었던 보쌈은, 우연한 사고로 남성중심적 폭력이 무력화되고 여성적 화해의 위치로 미끄러진다. 굿이든 보쌈이든 서발턴에게는 무늬만 남아 있으며 실제로는 화해와 연대를 소망하는 일들로 실행된다.

다른 한편 갑석이네에서 사기를 친 만신을 붙잡아야 할 양 순경은 여자 꽁댕이를 쫓다 헛다리를 짚는다. 여자는 데모를 하다 검거를 피해 도망다니는 여장남자였고 양 순경이 마음이 상해 있는 틈에 만신이 달아나고 만 것이다. 변두리에서는 신성함이 무너지는 동안 양 순경의 치안의 규율도 무질서 속으로 미끄러지고 있었다.

그러나 굿의 낭패도 양 순경의 헛다리도 뒤풀이의 음식과는 아무 상관이 없었다. 서발턴은 규율의 한계 지점에 위치하기 때문에 계면떡만 있다면 체계의 공백 지점에서 미각의 연대를 즐길 수 있다. 그렇다고 식욕을 자극하는 계면떡 자체가 주인공이라고 볼 수도 없다. 주목할 것은 그런 서발턴의 미각의 연대의 한가운데에 똥을 푸는 광수 아비가 있다는 점이다. 변두리에서는 전근대적 풍습도 근대적 규율도 미끄러지지만 똥은 미끄러지지 않는다. 똥은 아무런 권위도 없기 때문에 더 이상 미끄러질 곳도 없는 것이다. 서발턴인 최씨와 박씨마저 추락의 공포(거세공포)가 있지만 똥을 푸는 광수 아비에게는 그런 두려움이 없다. 그 점에서 규율의 억압에서 벗어나 음식을 통해 미각의 연대를 맛보는 시간에는 광수 아비가 중심 없는 가운데에 위치하게 된다.

음식을 통한 미각은 쾌락의 감각인 동시에 쾌락원칙을 넘어선 위치를 제공한다. 새 음식을 보고 흔전만전 잔을 돌리는 서발턴은 함께 즐거워야만 직성이 풀리는 사람들이다. 미각의 연대란 함께 즐기는 음식을 통해 자기만의 쾌락을 넘는 공감(에로스)의 연대이다. 그처럼 개인주의적인 쾌락원칙을 넘어서기 때문에 쾌락에 반하는 똥 푸는 사람이 가운데에 위치할 수 있는 것이다. 음식과 똥은 신체의 두 개의 구멍과 연관된 자연의 세계의 일부이다. 권위적인 체계는 음식을 하사품으로 똥을 앱젝트로 만든다. 반면에 이 소설의 계면떡처럼 굿의 권위에서 풀려나 음식이 연대의 원리가 될 때 똥 역시 앱젝트의 퇴출에서 해방돼 자연성을 회복한다. 그 순간 음식과 똥을 위한 두 개의 구멍을 가진 신체는 규율에서 해방되어 능동적 정동을 회복한다. 수동적 세계에서 쾌락과 혐오로 분리되었던 신체의 두 위치는 세상의 만물을 돌아 서로를 연결하는 원리(내재원인)[61]로 귀환한다.

음식을 통해 미각의 연대를 증폭시키고 똥을 통해 거세공포에서 벗어난 사람들은 이제 체계의 공백에 위치한다. 변두리는 미각의 연대와 똥의 담론을 통해 체계의 공백에서 자연과 조화될 수 있는 곳이다. 광수 아비와 최씨, 박씨가 하늘의 별을 세는 순간은 체계의 공백에서 자연과 조화되는 순간이기도 하다.

서발턴은 체계 내부에서는 가슴의 말을 할 수 없는 사람들이다. 그러나 박씨의 말처럼 별을 세는 순간에는 하늘만 바라봐도 이미 서로 말을 나누

---

61 이처럼 신체가 내재원인에 접속할 때 우리는 능동적 정동을 회복한다.

는 듯한 느낌을 갖는다.[62] 이처럼 체계에 갇혀 잃어버린 별을 되찾는 순간은 가슴으로 말을 하는 시간이기도 하다.

그런데 그 같은 별과 (가슴의) 말이 화해된 자연의 시간은 고독한 서정적 순간과는 구분된다. 서정적 순간은 여행자들이 별자리를 잃은 대가로 밤에 고독하게 별을 보는 사람이 누리는 내면의 시간이다.[63] 반면에 〈별을 세는 남자들〉에서는 청각과 미각의 연대를 지닌 복수의 사람들만이 별과 조화되는 순간을 경험한다.

복수의 사람들의 이 별의 카니발은 태곳적의 원환 같은 세계의 표현은 아니다. 루카치는 하늘의 별이 여행자들의 지도가 되었던 완결된 원환적 세계의 행복에 대해 말하고 있다. 우리 시대는 이미 그런 별자리의 지도를 잃어버린 세계이며 다만 체계의 공백에 있는 사람들이 다시 한번 별과 조화되는 순간을 향유한다. 그처럼 축복된 세계를 잃어버린 시대에는 계급 사회의 외곽에 있는 타자의 카니발만이 화해의 소망을 연출할 수 있는 것이다. 타자의 카니발은 공백에서의 연대이기 때문에 규범에서 추락할 거세공포가 없는 낮은 위치로 내려올 때 가능해진다. 청각과 미각의 연대가 체계의 규율을 대신하는 곳에서는 광수 아비 같은 똥의 위치로 내려올 때 축제가 회생할 수 있는 것이다. 그 점에서 변두리의 카니발은 별과 똥의 카니발이라고 할 수 있다. 별과 똥의 카니발은 원환 같은 축제가 아니라 아이러니의 축제이다. 머리로 보면 비천한 삶이지만 가슴의 동요가 남아 있기 때문에, 하강한 사람만이 상승할 수 있는 아이러니로 회생한 축제인 것이다.

이 비천한 사람들의 카니발은 1970년대 변두리에서 가능했던 마지막 축제이다. 1990년대가 되자 사람들이 가슴의 연대를 상실하고 비천한 곳을 외면하면서 타자의 카니발은 불가능해지게 된다. 타자의 카니발의 상

---

62 김소진, 〈별을 세는 남자들〉,《장석조네 사람들》, 문학동네, 2002, 117쪽.

63 루카치, 김경식 역,《소설의 이론》, 문예출판사, 2007, 71쪽.

실은 반전을 통해 화해했던 별과 똥의 분열이기도 하다. 신자유주의에서는 세상이 인공 낙원처럼 화려해졌지만 그 대가로 똥과 앱젝트는 체계의 외부로 추방된 존재가 되었다. 그와 함께 이제 눈부신 인공적 세상에 매료되는 대가로서 다수의 사람들이 별을 바라보는 일은 일어나지 않는다. 똥과 앱젝트가 추방되는 세계에서는 인공 낙원에 붙잡힌 사람들이 상승의 선망과 추락의 거세공포로 인해 비천한 존재에 대한 공감을 상실한다. 이제 똥의 담론과 함께 체계의 공백으로 내려오는 일은 불가능해졌기 때문에 함께 별을 바라보는 시간은 오지 않는다. 별과 똥의 카니발은 불가능해졌으며 똥은 단지 혐오스러울 뿐이다.

역설적인 것은 똥이 앱젝트가 되고 똥 담론이 혐오 발화가 된 세상에서는 자기 자신이 똥과 같은 존재가 된다는 점이다. 이창동의 〈녹천에는 똥이 많다〉[64]는 녹천(鹿川)이라는 아름다운 지명의 신도시가 똥으로 둘러싸인 동네가 되었음을 말하고 있다. 신도시라는 개발의 낙원을 얻은 대가로 앱젝트뿐 아니라 소시민조차 똥처럼 혐오스러워진 것이다. 〈녹천에는 똥이 많다〉의 주인공 준식은 운동권 동생을 밀고한 후 똥구덩이에 주저앉아 문득 하늘의 별을 바라본다. 준식은 소시민적 삶의 혐오스러움을 인식한 대가로 겨우 하늘의 별을 다시 보게 된 것이다. 준식이 별을 보며 눈물을 흘린 것은 아직 순결한 삶에 대한 소망이 남아 있다는 증거이다. 그러나 이제 별을 바라보는 일은 너무나 많은 대가를 치러야 한다. 소시민이 고독하게 별을 보는 순간은 단지 자기 계급의 오욕을 자각하며 똥구덩이에 앉아 있는 시간만이 아니다. 별을 보며 소시민의 더러움을 인식하는 순간은 자기 자신이 똥이 되어 사라질 위기에 처하는 순간이기도 하다.[65] 그런 위기감 때문에 준식은 별을 보는 일을 중단하고 신기루처럼 허공에

---

64 이창동, 〈녹천에는 똥이 많다〉, 《녹천에는 똥이 많다》, 문학과지성사, 1992, 110~182쪽.

65 이것이 준식의 자각이 더 발전하지 못하고 허망한 아파트로 되돌아가야 하는 이유이다. 별과 똥이 분리된 세계는 자신이 오욕의 삶을 견뎌야 하는 세상인 동시에 오욕의 고통에서 벗어나기 위해 환상 같은 아파트의 집으로 되돌아와야 하는 시대이기도 하다.

매달린 아파트의 보금자리로 향한다.

이제 허공의 환상을 바라봐야만 똥의 더러움에서 벗어날 수 있는 세상이 되었다. 아스라한 환상에서 깨어나 별을 바라보는 것은 똥과 별의 극명한 분리를 자각하는 순간일 뿐이다. 별과 똥의 카니발을 상실한 시대에는 소시민이 앱젝트의 비천한 위치로 내려가 함께 별을 바라보는 일은 일어나지 않는다.

〈녹천에는 똥이 많다〉에서 자기 계급에 대한 혐오감은 규율에 예속되어 능동성을 상실한 신체에 대한 은유이다. 이제 별과 똥이 함께 만나는 일은 결코 일어나지 않는다. 반면에 〈별을 세는 남자들〉에서의 서발턴의 카니발은 음식과 똥을 두 개의 구멍으로 연결하며 신체의 능동성을 얻을 수 있는 마지막 축제였다. 그런 별과 똥의 카니발은 회상을 통해서만 만날 수 있는 그리운 기억이 되었다. 〈별을 세는 남자들〉은 숨겨진 1990년대의 내포작가가 1970년대에 대한 회상을 자신의 순수 기억으로 부풀리며 마지막 축제를 보여준다.

"별은 똥이다"

"형님, 와 이컵니꺼! 주정하는 거 아닝교?"

"주정이믄 또 우떻나! 내는 항상 똥만 쳐다보고 사니껜. 그게 내 일이깐. 그걸 퍼주는 대가로 돈을 받아 쌀도 팔아 묵고 술도 사묵지. 그리고 남들처럼 똥을 눠버려. 맞다, 기럼 그 똥을 퍼다 둘남 아배 같은 자드락밭에 뿌리기도 하믄. 기러믄 거기서 느그 말대로 처녀 아이 종아리처럼 희디횐 무도 나오고 배추도 나오고 상추도 솎아내고 말이다. 사람들은 그걸 먹고 또 똥을 싸고 난 그걸 푸고 사니, 어떤고? 이 모든 걸 내 머리 위의 별이 다 하염없이 내려다보고 거름꾼 노릇 잘허게 한단 말시. 그럼 내가 그 별을 올려다볼 때 틀림없이 이 술로 찌들고 푸르딩딩한 내 눈에도 별빛이 하나 가득 고봉으로 담길 것 아닌가말여. 별은 밤에 이슬을 내리고 바람을 일으키고 배추잎들이 살랑거리며 말하는 대화를 듣고 살이 찌는 소리에도, 또 물이 오르는 소리에도 귀를 기울일 것이야. 틀림없지. 그 별의 선물을 먹고 우린 똥을 눈다는 걸 모르면 안 되지 암. 그러나깐 별은 똥이다. 내 말이 틀렸남?"

"우아, 우째 이리 달변이 되았심니꺼? 마. 맞심더, 헹님이 별은 똥이라 캤으면 그기 맞는기라요."[66]

광수 아비가 갑자기 달변이 된 것은 별이 품고 있는 사연과 말들에 동화되었기 때문이다. 자본의 규율이 점점 심화되는 시대에는 이처럼 똥의 위치로 내려올 때만 별과 조화되며 계급적 재현의 벽을 뒤흔들 수 있다. 서발턴의 아이러니는 똥의 위치로 내려올 때 청각과 미각의 연대 속에서 말을 하며 상승을 경험한다는 것이다. 비천한 지위에서의 말은 체계의 공백에서 듣는 실재계적 메아리[67]이자 하늘의 별들의 음향이기도 하다. 똥과 별의 카니발은 신체의 두 구멍을 연결하며 세상의 모든 것을 접속시키는 원리(내재원인)의 연장선상에 있다. 체계의 규율화에 맞서는 그런 비천한 것의 존재론은 그때나 지금이나 마찬가지이다.

중요한 것은 서발턴의 카니발이 1990년대의 지식인 내포작가에 의해 재발견된 것이라는 점이다.[68] 비천한 존재의 카니발은 지식인과 소시민이 귀를 기울일 때만 비로소 상연된다. 지금은 물론 그 시대에도 변두리의 카니발은 크게 주목받지 않았다. 그러나 서발턴과 앱젝트가 추방되는 시대에 내포작가는 회상을 통해 섬광처럼 변두리를 재발견함으로써 다시한번 서발턴의 축제를 소망한다. 그 같은 내포작가의 갈망은 실상 우리(내포독자) 자신의 그리움이기도 하다. 스스로도 모르게 모두가 갈망하는 서발턴의 축제는 과거의 한 점이 아니라 우리 자신의 심연에 잠재해 있

---

66 김소진, 〈별을 세는 남자들〉, 앞의 책, 118쪽.

67 서발턴은 체제에 지배되는 상상계에서는 비천한 존재이지만 청각과 미각의 연대 속에서 실재계적 공백으로 이동하는 순간 별의 위치로 상승한다.

68 서발턴의 마지막 카니발은 1970년대의 비루한 사람들과 1990년대의 지식인 내포작가의 합작품이다.

다. 내포작가가 그리움 속에서 변두리의 서발턴을 서사화하는 순간은 서발턴의 카니발이 선적인 한 점의 시간에서 작가 내면의 순수 기억의 소우주로 전위되는 시간이다. 그렇게 함으로써 빈약한 자아를 부풀리며 추방된 서발턴을 다시 만날 수 있게 되는 것이다. 별과 똥의 카니발이 심연의 소우주가 되는 순간은 앱젝트로 추방된 타자가 별과 조화된 존재로 상승하는 시간이다.[69] 그 순간 우리는 함께 하늘을 보며 별을 지도 삼아 다시 한번 여행을 시작할 수 있을 것이다. 그때에야 세습 자본의 수동적 노예가 된 사람들이 신체를 일으켜 세우며 능동적으로 다 함께 손을 잡을 수 있게 된다. 우리는 '무엇을 할 것인가'에 앞서 '어떻게 일어설 것인가'가 절실한 시대에 살고 있다. 김소진은 1970년대의 변두리의 카니발을 보는 동시에 추방된 서발턴이 회생해 같이 별을 볼 수 있는 우리 시대의 또 한번의 카니발을 소망하고 있는 것이다.

---

69 허공의 환상을 바라보게 하는 시대에 똥은 무력해진 타자와 앱젝트의 은유라고 할 수 있다. 반면에 똥과 별의 카니발의 기억은 권력에 의해 혐오스러워진 앱젝트와 손잡고 함께 아름다운 세계로 갈 수 있게 해준다.

제6장

감성적 불평등성과
침묵의 권력에 대한
반격

1. 헤게모니에서 정동정치로
— 타자에게 다가섬의 문제

변혁운동의 황금시대에서 변두리 문학을 거쳐 오늘날에 이르는 과정은 지식인과 서발턴의 관계로 조망될 수 있다. 지식인(혹은 중간층)과 서발턴이 현장에서 만날 수 있었던 변혁운동의 시대는 역사적 행운의 시기였다. 그 후 1980년대 말과 90년대 초의 변두리 문학은 서발턴에게서 멀어진 지식인이 다시 손을 뻗은 마지막 만남이었다. 변두리 문학은 현장에서의 만남이 없기 때문에 역사적 주체의 짐을 내려놓은 서발턴의 카니발로 진행되었다. 그러나 서발턴에게 멀어진 지식인이 은밀히 가슴으로 조우하는 변두리 문학 역시 특이한 이중주의 연주였다. 이 마지막 이중주는 과거의 변혁의 열망 대신 무력화된 자아를 다시 능동적으로 만들려는 존재론적 갈망을 표현했다.

변두리 문학 이후 윤리의 이중주의 근거였던 서발턴의 벌거벗은 얼굴은 다시 만날 수 없게 된다. 벌거벗은 얼굴의 상실은 90%들의 능동적 정동의 약화와 함께 정동의 식민화의 길을 의미했다. 배수아와 하성란의 소설에서 보듯이 충격적인 사건이 일어나도 희생된 타자와 만나는 순간은 어디에도 없었다. 1990년대 중반 이후에는 정동이 식민화되고 타자에 대한 공감이 약화되면서 사건이 일어나도 진실의 이중주는 잘 연주되지 않았다.

지식인과 서발턴의 거리가 더욱 멀어진 것은 IMF 사태 이후였다. IMF 이후 충격과 혼란에서 벗어나며 경제 위기는 넘어섰지만 멀어진 타자와의 간극은 극복되지 않았다. 이제 신자유주의에 의해 정동이 식민화되면서 벼랑 끝으로 떨어진 타자에 대한 공감은 더욱 약화되었다.

타자의 상실은 21세기에 이르러 불평등성의 문제를 새로운 차원에 접어들게 만들었다. 경제적 불평등이 심화되면 중간층과 하층민이 손을 잡고 사회구조를 변혁하려는 운동이 일어나게 마련이다. 그러나 타자가 투명인간이나 혐오스러운 존재가 되면 윤리의 이중주도 변혁운동도 발생하지 않는다. 이것이 《기생충》에서처럼 냄새나는 타자가 선을 넘을 수 없게 된 감성적 불평등성의 사회의 비극이다. 우리는 《기생충》과 《오징어 게임》에서 한때 역사의 주체였던 사람들이 혐오의 대상으로 전락한 초유의 정동적 비극을 경험한다. 타자를 혐오하는 **감성적 불평등성**의 체제는 계급 간의 고착화된 선으로 인해 경제적 불평등성이 영구히 계속되는 사회이다. 신자유주의는 타자의 추방과 함께 새로운 세상으로의 길을 찾을 수 없는 두 번째 **역사의 미로**의 시대를 만들었다.

《기생충》과 《오징어 게임》이 폭로한 감성적 차별의 사회는 지식인과 중간층이 타자에게서 멀어진 극단적인 상황의 산물이다. 떨어짐과 만남의 역학은 극한의 상태에서 역사의 미로에 이르렀다. 타자의 서사와 내재원인(그리고 대상 a)이 망각되면서 후쿠야마의 매혹의 여행은 역사의 미로의 혼돈으로 뒤바뀌었다. 이른바 매혹의 여행이란 '좋은 세상'의 꿈을 망각한 채 불가능한 캐슬을 선망하며 미로를 헤매는 것과도 같다.

1970~80년대에는 타자와 함께 별을 보며 오욕의 세상을 변화시키려고 일어설 수 있었다. 그러나 이제 〈녹천에는 똥이 많다〉에서처럼 외롭게 별을 보는 순간 자신의 위치가 똥구덩이가 되기 때문에 캐슬과 아파트가 있는 허공을 향하게 된 것이다. 마지막 별빛과의 결별인 〈녹천에는 똥이 많다〉는 오늘날의 서열화된 캐슬 사회의 예고편이었다. 타자를 앱젝트로 배제한 채 90%들이 오욕의 삶을 잊고 불가능한 캐슬을 선망하며 살아가는 것이 우리 시대의 현실이다. 이런 세상에서는 시간이 갈수록 불평등성이 심화되지만 정동적 무기력으로 인해 아무도 일어서지 않는다.

여기서 우리는 **정동적 차원**에서만 이해할 수 있는 새로운 불평등성의 세계를 만난다. 타자에 대한 혐오와 캐슬(쾌락원칙)에 대한 선망은 표리를 이루고 있으며, 그로 인한 역사의 미로의 시대는 혐오와 쾌락이라는 수동적 정동에 감염된 사회이다. 스피노자에 의하면 내재원인을 알지 못하는 사람들은 수동적 정동에서 벗어날 수 없다. 수동적 정동에 감염되었다는 것은 내재원인을 작동시키는 타자의 서사를 상실했다는 말과도 같다. 타자의 서사를 상실한 시대는 수동적 정동에 감염되어 (저항이 사라진 채) 초유의 감성적 불평등성에 시달리는 역사의 미로의 시대이기도 하다.

중요한 것은 그런 수동적 정동에서 벗어나려면 단순히 의지만으로는 불가능하며 특별한 정동적 전략이 필요하다는 점이다.[1] 〈녹천에는 똥이 많다〉의 준식은 별빛의 아름다움을 감지하면서도 혐오와 공포의 정동에 짓눌려 허공의 보금자리로 향한다. 오늘날 〈녹천에는 똥이 많다〉에서의 별빛을 떨쳐낸 아파트의 귀환은 《스카이 캐슬》과 《펜트하우스》에서 고착된 캐슬의 나르시시즘으로 진화되었다. 이제는 별빛(윤리의식)이 흐려졌을 뿐 아니라 얼핏 오욕의 세상을 인식한 순간에도 혐오의 정동이 두려워 불가능한 캐슬만을 바라본다. 그런 방식으로 수동적 정동에 감염되면 불평등성이 심화돼도 아무도 움직이지 않는 역사의 미로의 시대가 도래한다. '무엇을 할 것인가'가 중요했던 과거에는 이성적인 인식을 강조했지만, '어떻게 미로를 탈출할 것인가'가 화두인 시대에는 먼저 **정동적 차원**이 중요해졌다.

변혁운동을 추동한 것이 능동적인 윤리적 정동이었다면, 극단의 차별 속에서도 소리 없이 미로를 헤매게 하는 것은 권력이 유포한 수동적 정동이다. 《보건교사 안은영》에 그려진 수동적 정동의 젤리는 왜 오늘날의 사람들이 매번 **실패하면서도** 무표정한 얼굴로 미로를 헤매는지 알려준다. 수동적 정동의 권력은 유해한 젤리를 유포시켜 예전의 진보적 무기들을 무력화시킨 새로운 발명품이다.

수동적 정동을 무기로 한 역사의 미로의 시대는 새로운 정치학의 구도

1 　스피노자, 조현진 역, 《에티카》, 책세상, 2006, 72쪽.

가 필요함을 암시한다. 과거에는 권력이 제시하는 길을 자발적으로 따르게 만드는 것을 헤게모니라고 말했다. 또한 그에 맞서서 피지배자의 분산된 잠재력을 결집시키는 것을 대항 헤게모니라고 불렀다.[2] 헤게모니의 시대에는 대중들을 어느 쪽으로 이끄느냐가 핵심적 관건이었다. 권력의 헤게모니가 상층 문화의 향락을 통해 행복한 삶으로 유혹한다면 대항 헤게모니는 인간다운 삶을 요구하며 패배한 하위계층들(피지배자들)을 결집시킨다. 그러나 오늘날은 단지 헤게모니에 회유되는 것뿐 아니라 매번 **실망하면서도** 캐슬을 바라보게 되는 역사의 미로가 문제이다. 우리 시대는 실패한 사람들이 손을 잡도록 결집시키는 일이 매우 어려워진 시대이다. 역사의 미로란 실망한 사람들이 변화를 요구하며 일어서지 못하고 흩어진 채 다시 허공(환상)을 향하는 기묘한 상황이다. 수동적 정동에 감염되어 실패한 사람들마저 미로를 헤매게 되면 인간적 삶을 요구하는 대항 헤게모니는 연대의 해체 속에서 잘 작동되지 않는다.

역사의 미로는 헤게모니의 작동만으로는 충분히 설명되지 않는다. 무엇에 홀린 듯이 불가능한 캐슬의 주위를 맴돌다 되돌아오는 것은 권력에 설득된 것이 아니라 **수동적 정동의 젤리**에 감염되었기 때문이다. 오늘날 사람들이 역사의 미로를 헤매게 만드는 것은 헤게모니라기보다는 환각과도 같은 수동적 정동의 젤리이다. 수동적 정동의 권력은 인격성 자체를

2　헤게모니란 특정한 계급이나 집단이 구성원의 동의에 기초해 철학적·도덕적 지도력으로 전체 사회를 이끌어가는 것을 말한다. 라클라우는 이런 그람시의 헤게모니 개념을 대상 a의 논리를 통해 현대적으로 재해석한다. 라클라우에 의하면, 헤게모니란 사회적 충만성을 얻는 유일한 방법이며, 과거 총체성으로 표현했던 충만한 완전성에 이르기 위해 부분대상(특정한 집단의 기표)을 작동시키는 것이다. 특정한 기표가 주체가 되어 총체성에 이르는 것은 불가능하기 때문에, 어떤 기표가 작동되며 다른 집단들(기표들)과의 중층결정의 상호작용을 통해 총체성에 접근해야 한다. 예컨대 민중 헤게모니는 민중이라는 부분대상의 텅 빈 기표가 작동되며 인종·젠더·환경의 영역과 중층결정적으로 교섭하며 총체성에 다가가는 것이다. 이는 대상 a의 부분대상의 기표에 의해 실재계적 대상 a를 작동시켜 (사회 전체의 구성원들이 교섭하며) 주이상스에 접근하는 원리와 일치한다. 라클라우, 강수영 역, 〈민중주의적 이성에 관하여〉, 롤랜 벡소 편, 《전쟁은 없다》, 인간사랑, 2011, 81~82쪽.

빈약하게 만들기 때문에 새로운 삶을 소망하는 대항 헤게모니의 작동을 무력화시킨다.

물론 오늘날에도 헤게모니와 대항 헤게모니는 여전히 작동되고 있다. 권력의 헤게모니는 흔히 문화적 방식을 통해 피지배자가 체제에 자발적으로 동화되게 만든다. 대중문화 중에서 높은 시청률을 자랑하는 인기 드라마에는 문화적 헤게모니와 연관된 작품들이 있다. 예컨대《태양의 후예》(김은숙·김원석 극본 이응복·백상훈 외 연출, 2016)에서 달려오는 우르크 아이들에게 초콜릿을 나눠주는 장면이나, 특전사 군인이 목숨을 걸고 국민을 구해내는 삽화에는, 부상하는 하위제국의 헤게모니가 숨겨져 있다. 의도적이진 않지만,《오! 삼광빌라》(윤경아 극본 홍석구 연출, 2020~2021)에서 출생의 비밀과 기억상실증의 클리셰를 통해 기업 오너들의 애틋한 가족애를 미화하는 설정 역시, 하위제국의 헤게모니에서 자유롭지 못하다.

그런데 오늘날의 상황은 그보다 훨씬 더 심각하다. 매번 상승에 실패하는 사람들이 반항하지 않고 미로를 헤매는 것은 헤게모니에 설득된 게 아니라 자아 자체가 빈약해졌기 때문이다. 상류층으로의 사다리가 끊어졌음을 알면서도 내면이 식민화되어 캐슬을 바라보는 시선을 돌리지 못하는 것이다. 우리 시대의 자아의 빈곤화는 능동적 정동의 윤리가 약화된 대신 수동적 정동의 젤리에 감염된 상태를 암시한다. 예컨대《펜트하우스》(김순옥 극본 주동민 연출, 2020~2021)의 치솟은 시청률은 헤게모니에 회유되기 이전의 정동적 도착일 뿐이다.《펜트하우스》에서 상류층뿐 아니라 희생자들까지 상승 욕구에 목을 매는 것은 쾌락과 혐오라는 쌍을 이룬 수동적 젤리에 전염된 상태를 보여준다. 쾌락이 상승 욕구를 멈출 수 없게 만든다면 혐오는 비참한 루저로부터 등을 돌리게 만든다. 수동적 정동에 감염된 사회는 루저(타자)가 회생할 길이 막혀 있기 때문에 불가능성 속에서도 캐슬을 선망하며 미로를 헤매게 된다.

이처럼 무의식이 식민화된 미로 사회에서는 대항 헤게모니의 효용은 제한적이다. 권력이든 저항이든 헤게모니란 이성적 설교가 아니라 행복한 삶을 욕망하게 만드는 것이다. 행복한 삶을 욕망하게 하는 헤게모니는 개인들이 특정한 방향을 바라보며 결집하게 해준다. 헤게모니의 문제는 권력의 캐슬을 선망하느냐 타자의 벌거벗은 얼굴을 바라보느냐의 문제와도 같다. 이 경우 벌거벗은 얼굴을 상실하지 않는 상황에서는, 권력의 헤게모니에 지배된 상태란 잠재적으로 물밑에서 패배한 사람들의 대항 헤게모니가 작동되는 상황이기도 하다. 그처럼 이제까지는 헤게모니와 대항 헤게모니가 잠재적으로라도 늘상 동거 상태에 있어 왔다. 그런데 신자유주의에서는 개인들이 개선될 수 없는 삶을 느끼며 매번 좌절하면서도 한쪽을 바라보는 시선이 중단되지 않는다. 물밑의 대항 헤게모니는 우울증에 시달리고 있을 뿐이다. 이런 일방적인 미로의 행진은 헤게모니에 의해 회유되기 이전에 **존재 자체**를 예속화하는 미시적인 수동적 정동에 감염된 상태를 나타낸다.

수동적 정동의 감염의 결정적인 증거는 얼굴의 상품화와 **벌거벗은 얼굴의 상실**이다. 타자의 벌거벗은 얼굴과 교감이 가능했던 시대에는 윤리적 정동을 고양시키는 대항 헤게모니가 대안이었다.[3] 점차로 실패한 사람들이 많아지면 물밑의 대항 헤게모니가 불평등성의 체제를 위협하게 되는 것이다. 그러나 벌거벗은 얼굴과 타자의 상실은 정동의 식민화와 함께 대항 헤게모니의 효력을 대폭 축소시켰다.《기생충》과《오징어 게임》에서 보듯이 루저와 하층민들이 외면받는 현실에서 대항 헤게모니의 연대를 생성할 힘이 사라진 것이다. 이런 상황에서는 **연대의 힘**을 회생시킬 존재의 회생과 정동적 쇄신이 새로운 정치적 과제가 될 수밖에 없다.《오징어 게임》의 마지막 장면에서 성기훈의 고독한 분노의 표정은 새로운 정동적 정치의 출현을 요구하고 있다. 무력화된 **대항 헤게모니의 대안**으로서 타자를 귀환시켜 식민화된 정동을 뿌리치고 연대를 소생시키려는 시도가

---

3   이 시대는 정동정치와 대항 헤게모니의 작동이 함께했던 시대이다.

바로 **정동정치**이다.[4]

대항 헤게모니 대신 정동정치가 필요한 이유는 총체성의 개념과도 연관이 있다. 정동정치는 능동적 정동으로 사람들을 모으는 점에서 대항 헤게모니뿐 아니라 **총체성의 대안**이기도 하다. 분산된 개인들을 결집시키는 방법으로서 헤게모니와 대항 헤게모니는 총체성과 연관이 있다. 신자유주의는 파편화된 개인들을 상품사회로 총동원하는(끌어모으는) 자본의 헤게모니의 체제이다. 라클라우는 그런 총체적 체제에 대항하며 피지배자를 연대하게 하는 방법으로 독특한 민중 헤게모니를 제안한다.

총체성을 앞세운 예전의 민중 서사는 역사적 주체로서 집단적인 민중을 주장했다. 그러나 오늘날의 확장된 전 지구적 자본주의에서는 하나의 중심을 지닌 민중이라는 역사적 주체를 설정할 수 없게 되었다. 더 나아가 우리 시대에는 계급뿐 아니라 인종, 여성, 환경 문제들에 자율적이면서도 총체적으로 대응하는 주체가 필요하다. 라클라우는 불가능해진 과거의 민중 총체성의 대안으로 텅 빈 기표를 매개로 작용하는 민중 헤게모니를 주장한다. 여기서는 분산된 주체 위치들이 민중이라는 텅 빈 기표에서 중층결정적 놀이를 통해 재접합된다. 민중 헤게모니는 단일한 역사적 주체를 지연시키며 분리된 주체 위치들에서 '불가능한 총체성'을 자율적으로 재작동시킨다.

라클라우는 분산된 사람들을 재접합시키는 유연한 방법을 말하면서도 헤게모니를 포기하지 않는다. 영역들의 **자율성**과 결집의 **총체성**을 둘 다 포기하지 않는 그의 묘안은 대상 a의 대안 논리이다. **대상 a 논리**는 실재계의 위치(대상 a)를 작동시켜 상징계의 사람들을 총체적으로 결집시키는 것을 가능하게 해준다.[5] 표상할 수 없는 대상 a는 상징계에 나타날 수 없

---

4 《오징어 게임》은 타자를 질시하고 돈의 쾌락을 쫓게 하는 수동적 정동을 뿌리쳐야 할 이유를 말해주고 있다.

5 실재계적 대상 a를 말하는 점에서 라클라우는 제임슨의 논의와 비슷한 맥락에 있다. 그러나 제임슨이 총체성이 부인되는 곳에서 총체성이 확언되는 역설을 말한 반면, 라클라우는 예전의 총체성

지만 분산된 영역들(상징계의 주체 위치들)이 대상 a(실재계)와 작용하며 모이도록 해준다. 그런 중층적 놀이를 통한 결집을 보다 분명히 해주는 것이 바로 텅 빈 기표의 부분대상 민중 헤게모니이다. 대상 a는 부분대상(환유)으로만 상징계에 나타나는데 그것이 바로 민중이라는 환유이다. 과거의 민중은 총체성을 가능하게 하는 중심적인 기표였다. 반면에 라클라우의 부분대상 민중은 총체성의 부분이면서 텅 빈 기표로서 대상 a를 작동시켜 여러 영역들의 중층결정을 통해 총체성의 회생을 가능하게 해준다.

라클라우가 텅 빈 기표로라도 민중 헤게모니를 포기하지 않는 것은 저항을 위해서는 결집이 필요하기 때문이다. 그러나 그는 그 대가로 신자유주의가 정동적 영역을 식민화하며 저항 주체의 생성을 무력화시키는 상황을 망각하게 된다. 정동권력의 작동에 의한 인격성 자체의 빈곤화를 해결하지 못하는 한 헤게모니는 구시대의 무기에 불과하다.

라클라우의 주장은 민중이 사라진 시대에도 민중을 포기하지 않으려는 시도로 볼 수 있다. 민중 헤게모니는 예전 같은 총체성의 중심이 아니라도 어쨌든 민중을 주체로 가정할 수 있음을 전제로 한다. 그러나 민중이든 다른 영역이든 오늘날에는 어떤 주체 위치 자체가 미리 존재하지 않는다. 신자유주의에서는 타자의 추방으로 변혁 주체의 생성이 어려워졌기 때문이다. 그로 인해 이제는 저항적 **주체 위치**를 회생시키는 일 자체가 새로운 정치적 과제가 되었다. 라클라우의 한계는 민중을 포함한 각 영역의 위치들이 주체의 생성을 방해하는 수동적 정동의 포위망에서 자유롭지 않음을 보지 못한 점이다.

우리 시대는 노동자조차도 과거의 소시민처럼 스스로를 취조하며 불면의 밤을 보내야 하는 시기이다. 송경동이 〈바다취조실〉에서 노래했듯이 노동자마저 후려치는 파도에 얼굴을 맡기며 심연의 샘물을 길어 올려야 한다. 더 나아가 오늘날의 루저들과 타자들은 셔터 저편으로 아득히 추방

을 회복하는 방식으로 대상 a의 부분대상(환유)으로서 민중 헤게모니를 말한다.

되어 되돌아올 길을 잃고 있다. 이처럼 정동이 식민화된 우울의 시대에는 민중 헤게모니에 앞서 타자의 회생과 능동적 정동의 부활이 필요하다.

송경동의 〈바다취조실〉은 헤게모니에 앞서 정동정치가 필요함을 말하고 있다. 오늘날은 타자를 귀환시켜 자아를 고양시키는 정동정치가 변혁운동의 일부가 된 시대이다. 각 영역의 주체 위치들을 결집시키는 헤게모니는 타자와 다시 만나는 정동정치를 먼저 필요로 한다. 추방된 타자와 재회하는 순간은 우울하게 얼어붙었던 대상 a(그리고 내재원인)가 작동되는 시간이다. 그 순간 윤리적 정동이 회생하며 신체의 힘을 증대시켜 다시 연대가 가능해진다.

라클라우는 대상 a의 중요성을 매우 잘 간파했다. 그러나 대상 a의 부분 대상으로서의 민중은 더 이상 일상에 존재하지 않는다. 오늘날 대상 a를 작동시키는 것은 (헤게모니보다는) 추방된 타자들을 귀환시키는 전략이며 그것을 통해서만 민중을 대신하는 정치적 주체를 회생시키는 일이 가능해진다. 대상 a의 작동이 필요한 것은 존재감이 약화된 사람들을 부활시키기 위해서이거니와 그 일은 상실한 연대감의 회생과 동시적인 과정이다. 타자에게 다시 다가서며 쓰러진 사람들을 다시 일으켜 세워야 상실한 연대가 되살아나며 불평등한 체제에 대한 저항이 시작될 수 있다.

우리는 라클라우처럼 역사적 주체 대신 대상 a의 작동을 중시하지만 그에 숨겨진 정치학은 다르다. 대상 a를 움직이며 저항 주체를 생성하는 것은 헤게모니적 게임(총체성의 재작동)이 아니라 추방된 타자를 부활시키는 정동정치이다. 우리는 민중 헤게모니가 아니라 정동정치와 무한의 윤리를 통해 빈약한 존재를 회생시키고 서로 간의 연대를 부활시켜야 한다. 오늘날 피지배자의 연대가 어려운 것은 분산된 영역들 간의 이질성 때문이기도 하지만 그에 앞서 사람들이 정동적으로 무력화되었기 때문이다. 대상 a의 작동은 이질성을 접합시키는 중층결정의 놀이이기 이전에 빈약해진 존재들을 정동적으로 고양시키는 무한의 윤리로 실행되어야 한다.

자발적 총동원의 시대에 회생이 매우 어려워진 총체성의 대안은 정동적 무한의 윤리이다.

무한의 윤리란 대상 a의 작동을 통해 90%들의 타자에 대한 공감력을 전파시키는 것이다. 사회적 타자가 저항 주체로 회생하기 위해서는 일상의 사람들의 공감을 얻어야 한다. 90%들이 타자에게 다시 다가서는 일은 무한의 윤리를 통한 정동적 고양의 문제와 표리를 이룬다. 타자에게 다가선다는 것은 수동적 정동을 해체하고 금빛 전류 같은 더 강한 정동이 작동되기 시작했음을 뜻한다. 떨어진 채 다시 가까워지는 것, 추방된 타자와 90%의 사람들 간의 거리를 좁히는 일, 이것이 바로 무한의 윤리의 작동을 통한 정동정치이다.

헤게모니는 다양하게 분산된 타자들을 한데 끌어모으려는 전략이다. 그러나 오늘날은 타자 자체가 외면받으며 추방되는 시대이다. 우리 시대는 90%들의 공감력의 약화로 인해 타자의 반격이 동조를 얻기 어려워진 시대이다. 실패한 사람들마저 혐오의 시선이 두려워 허공을 향한 시선을 멈추지 않는 것이 지금의 냉정한 현실이다. 이런 상황에서는 대상 a를 작동시켜 타자에 대한 공감력을 회복시키는 무한의 윤리가 연대를 회생시키는 유일한 방법이다. 이제 빛이 바랜 총체성을 대신하는 것은 무한의 윤리를 작동시키는 정동정치이다. 무한의 윤리는 사회적 저항의 문제가 존재자와 타자 사이의 **거리의 문제**임을 암시한다. 무한의 윤리와 정동정치는 헤게모니처럼 타자를 주체로 만드는 것이 아니라 강한 정동을 회생시켜[6] 90%들을 멀어진 타자에게 가까이 다가서게 만드는 것이다. 그래야만 《기생충》과 《오징어 게임》에서처럼 추방된 타자가 다시 회생해 우리와 연대할 수 있게 된다.

오늘날의 변혁운동은 타자가 되돌아오는 순간 비로소 시작된다. 타자가 되돌아오는 순간은 우리 자신이 그들에게 가까이 다가가는 시간이기

---

6 정동정치는 강한 정동만이 열악한 정동을 해체할 수 있다는 스피노자의 주장을 중시한다.

도 하다.《DP》(김보통·한준희 극본 한준희 연출, 2021)에서 조석봉 역으로 백상예술대상 남자조연상을 받은 조현철은 사라진 타자들이 바로 '여기에 있다'고 말했다. 그는 '박길래 선생님, 김용균 군, 변희수 하사…이경택 군…세월호의 학생들'이 빨간 꽃처럼 이 자리에 있다고 했다.[7] 박길래 선생님은 연탄공장에서 진폐증을 얻어 세상을 떠난 '검은 민들레'이다. 이경택은 조현철의 고등학교 후배인 학교 폭력 희생자이다. 그가 호명한 사람들은 현장에서는 같이하지 못했지만 지금 한자리에 함께하고 있는 타자들이다. 이들 타자들은 보이지 않는 존재였으나 빨간 꽃으로 연결되어 우리의 가슴을 뛰게 하고 있다. 조현철은 꽃잎의 은유로 사라진 타자들을 회생시키며 정동정치와 은유적 정치를 실행하고 있었다.

과거에는 가두에서 타자의 벌거벗는 얼굴과 연대하며 권력의 치안과 격돌했다. 그러나 현장 정치와 벌거벗은 얼굴을 상실한 오늘날은 추방된 타자를 귀환시켜야 변혁운동이 시작될 수 있다. 예전에는 화염병과 돌멩이를 던지며 현장에서 타자와 만났지만, 지금은 촛불집회에서처럼 틈새 공간에서 문화적 정동정치를 통해 타자와 재회한다. 촛불집회의 광장과 조현철의 은유적 공간은 가두의 현장을 대신하는 시뮬라크르의 틈새이다. 그 틈새 공간에서 우리는 벌거벗은 얼굴과 만나는 대신 은유를 통해 되돌아오는 타자와 재회한다. 은유를 통해 귀환하는 타자는 멀어진 채 다시 가까워지는 언택트 포옹을 가능하게 해준다. 박길래 선생님, 김용균 군, 변희수 하사, 이경택 군은 멀어진 채 빨간 꽃으로 가까워진 사람들이다. 현장에서는 지켜주지 못했지만 거리를 둔 채 수동적 정동을 떨쳐내고 능동적 정동으로 다가서는 것이다. 그처럼 타자와의 만남을 통해 윤리적 정동이 회생해야만 불투명한 정동으로 포위된 역사의 미로에서 벗어날 수 있다. 그와 함께 쾌락과 혐오의 정동으로 캐슬의 성곽을 지키고 있는 세습 자본주의(피케티)와 감성적 불평등성의 사회에서 해방될 수 있다.

---

7 《한겨레》, 2022. 5. 9.

오늘날은 아무리 불만이 쌓여도 현장에서 누구도 움직이지 않는 시대이다. 어느 정도 인식은 있지만 거리에서의 직접 행동은 없는 것이다. 인식론적 사고들이 내면과 책갈피에서 현장으로 나오지 못하는 것은 곳곳의 수동적 정동의 안개 때문이다. 그런 혼돈으로 인한 역사의 미로에서 탈출하게 해주는 것은 인식론에 앞선 존재론적 정동정치이다. 잊힌 변혁의 기억이 다시 한번 불꽃이 되려면 존재론적 회생을 통해 역사의 미로를 횡단하며 사람들 간의 연대를 회생시켜야 한다.

타자의 추방은 정동적으로 위축된 사람들의 연대의 상실과 표리를 이루고 있다. 《기생충》, 《오징어 게임》, 《버닝》 등 타자의 상실과 연관된 문제작들은 하나같이 연대의 상실에 대해 질문하고 있다. 존재론적 정동정치는 타자를 귀환시키고 내재원인을 작동시켜 90%들의 연대를 가능하게 해준다. 오늘날 총체성과 헤게모니는 무한의 윤리를 통해 타자에게 다가서는 정동정치로 대체되었다. 은유와 시, 문학과 미학, 대중문화와 일상의 정동정치만이 감성적 차별을 강요하는 역사의 미로에서 벗어나 연대의 물결을 다시 가능하게 해줄 것이다.

2. 정동의 영역에서의 최초의 싸움
　　― 침묵의 권력과의 전쟁

역사적 주체를 앞세우는 변혁이론의 대안은 윤리의 이중주를 통해 대상 a를 작동시키는 것이다. 내재원인과 대상 a가 작동되어야 사회가 변화되기 시작한다는 것은 과거나 지금이나 다름없다. 그러나 실재계적 대상 a를 작동시키는 방법은 두 시기에 서로 상이하다.

1970~80년대가 변혁운동의 황금시대였던 것은 타자의 서사가 역동적이었기 때문이다. 그때는 독재정치의 시대였지만 문학과 인문학이 매우

활성화되어 있었다.[8] 문학의 활력은 물밑의 은유적 정치가 일상적으로 활발했음을 의미하는 것이기도 했다. 그 때문에 지식인과 중간층은 하층민에 대한 공감이 증폭될 수 있었으며 그를 근거로 현장에서 타자의 벌거벗은 얼굴과 만날 수 있었다. 예컨대 조세희의 《난장이가 쏘아올린 작은 공》과 윤흥길의 《아홉 켤레의 구두로 남은 사내》 연작은 지식인과 중간층이 타자와 만나면서 윤리적 정동이 증폭되는 과정을 그리고 있다. 이 소설들은 물밑에서 (표상할 수 없는) 대상 a에 대한 열망을 암시하는 은유적 정치이자 정동정치였다. 여기서 표현된 서사들, 즉 지식인과 중간층이 하층민과의 조우하는 과정, 그리고 내포작가가 민중과 만나는 형식은, 대상 a를 은유로 작동시키는 은유적 정치의 활력적 표현이었다. 그처럼 타자의 서사와 대상 a를 작동시키는 문학과 인문학을 통한 은유적 정치야말로 변혁운동의 원동력이었다.

타자의 서사(문학과 인문학)가 활성화된 시대는 일상에서 지식인(그리고 중간층)과 타자의 거리가 유동적으로 가까워질 수 있는 시대였다. 그 때문에 변혁의 사상들이 책갈피에서 거리로 나와 타자와 교감하는 윤리적 정동의 물결을 고양시킬 수 있었다. 민중적 타자와 만나는 윤리적 정동의 순간은 사람들이 은유적인 정치적 인격을 생성시키는 시간이다. 은유적 인격이란 일상의 자연인을 넘어서 타자와 교감하며 대상 a를 (은유로) 표상하는 얼굴을 말한다.[9] 은유적인 인격의 표현은 표상할 수 없는 실재계적 대상 a를 상징계에서 드러내는 과정이다. 변혁운동의 진행이란 지식인과 중간층이 타자와 연대하며 은유적 인격으로 가두의 투쟁에 나서는 과정이었다.

반면에 신자유주의란 문화와 인격성 영역의 상품화로 인해 타자의 서

---

8 문학과 인문학의 활력은 타자의 서사가 역동적이라는 증거이자 피케티가 말한 세습 자본주의에서 벗어나 있다는 표식이었다.

9 은유적 인격의 가면과 퍼포먼스의 중요성에 대해서는 아렌트, 서유경 역, 《과거와 미래 사이》, 푸른숲, 2005, 209~213쪽 참조.

사가 추방되는 세계이다. 문학과 인문학의 위축은 타자의 서사가 무력화되었다는 증거였으며 이는 현실에서 비천한 루저가 셔터 저편으로 사라진 상황에 상응한다. 그처럼 타자가 추방되면 90%의 사람들이 자아가 빈곤해진 채 수동적 정동에 감염되어 살아가게 된다.[10]

타자의 추방으로 벌거벗은 얼굴을 만나기 힘든 사회에서는 **타자의 회생** 자체가 변혁운동의 중요한 일부가 된다. 타자가 귀환해야만 공감이 증폭되어 능동적 정동을 퍼 올릴 수 있으며 연대의 힘이 회생해 저항이 가능해진다. 현장에서 벌거벗은 얼굴을 상실한 상황에서 이제 타자를 회생시키려면 세월호 사건에서처럼 은유적 정치를 창안해내야 한다.[11]

1970~80년대에는 대상 a의 작동이 타자와의 교감이었으며 그 자체가 변혁운동을 추동하고 있었다. 그 때문에 타자와 연대한 은유적 인격들을 역사의 주체라고 생각했던 것이다. 대상 a의 작동을 역사의 주체의 출현으로 이해한 그때에는 **인식론적 정치**가 매우 중요했다. 반면에 지금은 추방된 타자의 회생을 위해 대상 a를 작동시켜야 한다. 그래야만 90%들의 자아가 고양되며 변혁을 위한 연대가 시작된다. 그처럼 빈약해진 인격을 부활시키는 **존재론적 정치**가 먼저 작동되어야만 변혁운동이 회생할 수 있는 것이다.

인식론적 투쟁에서는 벌거벗은 타자와의 교감을 은유적 인격으로 표현하는 순간 곧바로 변혁운동이 시작되었다. 그러나 지금은 은유가 먼저 작동되어야만 문학과 문화가 회생하고 타자가 되돌아오게 된다. 그래야만 세월호에 대한 담론이 많아지고 수많은 시들이 쓰여지면서 은유로서의 정치를 통해 일상의 사람들이 일어서기 시작한다. 타자가 추방되고 문

---

10 수동적 정동에 감염된 사회에서는 90%들이 불가능한 캐슬을 선망하면서 저항이 어려워진 상태에서 불평등성의 체제가 영구화된다.

11 예컨대 세월호에서 희생된 학생들에 대한 '가만히 있으라'는 명령은 일상의 사람들이 침묵 속에서 들어왔던 권력의 목소리의 은유였다. 그와 함께 물밑으로 사라진 학생들은 90%들의 사람들에게 잃어버린 대상 a에 대한 은유로 작용하기 시작했다.

학이 약화된 시대에는 쓰러진 사람을 일으켜 세우는 존재론적 투쟁이 매우 중요해진 것이다.

그런 존재론적 정치에서 은유적 정치의 핵심 기제인 문학과 대중문화는 매우 중요하다. 오늘날은 문학이 약화된 시대이지만 바로 그 때문에 문학과 문화 자체가 정치적 회생을 위한 전쟁터가 된 시대이다. 과거에 정치와 문학이 나란히 함께했다면 지금은 문학과 문화가 침체된 정치의 회생을 위해 꼭 필요한 필수적 무기가 되었다. 희망버스와 촛불집회에서 보듯이 변혁운동 자체가 문화적 무기를 자신의 일부로 동반하고 있다.

문학으로 꽃피워지는 타자의 회생이 은유적 정치라면 일상의 사람들의 능동성의 회복은 정동정치이다. 은유적 정치와 정동정치를 매개하는 핵심 영역은 문학과 대중문화, 일상의 은유, 다중적 매체의 작동이다. 이 일련의 과정은 과거에 비해 훨씬 더 인내심이 필요한 지난한 진지전과도 같다.[12]

지금의 진지전에서 **최초의 싸움**은 타자를 구출하려는 수동적 정동과의 대결이다. 그것은 《보건교사 안은영》에서 학생들을 구하기 위해 거대한 젤리에 맞서서 금빛 전류를 생성시키는 과정과도 같다. 그 같은 정동정치가 없다면 학생들은 옥상으로 향하게 되고 모든 것은 가만히 침묵하게 된다.

그 점에서 지금의 정동정치는 사건이 일어나도 가만히 있게 하려는 권력과의 싸움이며, 쓰러진 사람들을 다시 일어서게 하려는 투쟁이라고 할 수 있다. 세월호 사건에서 이태원 참사에 이르는 과정은 그런 상황을 아주 생생하게 보여준다. 우리 시대는 사건이 일어나면 사람들이 즉각적으

---

12 예전에는 현장에서 벌거벗은 얼굴을 만나며 은유로서의 정치가 가능했었다. 반면에 지금은 은유적 정치와 정동정치가 먼저 시작되어야만 다시 타자를 만날 수 있게 되었다. 문학이 활성화되었던 예전에는 현장의 정치와 은유로서의 정치가 모두 활력적인 시대였다. 그러나 오늘날은 은유적 정치와 정동정치의 모험이 있어야만 타자가 귀환하면서 변혁운동이 가능해진다.

로 움직이는 시대가 결코 아니다.[13] 그와 반대로 사건이 일어나면 아무런 문제가 없는 것처럼 호도하려는 정동권력이 저절로 작동되기 시작한다. 사건을 사고로, 참사를 우연한 불행으로 덮으려 하는 정동권력의 작동이 더없이 만연된 것이 우리 시대의 현실이다.

그에 대응하는 정동정치로서의 문학의 역할은 매우 중요하다고 할 수 있다. 이미 1990년대 말 이후의 문학들은 수동적 정동권력에 대응하는 은유적 정치와 정동정치의 모험을 그리고 있다. 세기말 이후의 문학들은 문학의 약화를 스스로 입증하는 동시에 은유적 정치와 정동정치를 통한 귀환을 암시했다. 새로 귀환한 문학들은 대상 a를 작동시켜 타자와 재회하며 침묵을 깨뜨리는 정동적 모험을 보여준다.

예컨대 배수아와 하성란의 소설은 사건이 일어나도 이상한 고요함이 흐르는 세계를 보여준다. 반면에 한강과 박민규의 소설은 그런 조용한 세계에 대응하는 정동정치(그리고 은유적 정치)를 통한 문학의 귀환이었다. 문학은 약화된 동시에 정동적으로 더 강렬해져서 되돌아왔다. 한강의 〈내 여자의 열매〉와 박민규의 〈아, 하세요 펠리컨〉은 수동적 정동의 세계에서 사라진 타자와 다시 만나려는 은유(그리고 환상)를 통한 강렬한 정동적 모험이다. 두 소설의 주인공은 신자유주의에서 거세된 타자들이 눈앞에서 사라져가도 수동적으로 조용히 지켜볼 뿐이다. 그러나 침묵 속에서 사라진 타자들은 식물과 오리배 비행선으로 되돌아온다. 두 소설에서 은유로서의 정치[14]는 타자를 귀환시키고 대상 a에 대한 열망을 표현하며 현실에서의 변혁운동을 예비하고 있다. 거세된 타자들이 식물과 비행선으로 귀환하는 것은, 김용균 군, 변희수 하사, 이경택 군, 세월호 학생들이 빨간 꽃으로 돌아온 것과도 같다.

---

13 바디우는 사건이 일어나면 사람들이 존재 방식과 행동 방식을 바꾸기 위해 움직인다고 말했지만 우리 시대는 그것을 막는 권력이 먼저 작동되는 사회이다. 바디우의 논의에 대해서는 바디우, 이종영 역,《윤리학》, 동문선, 2001, 54~55쪽 참조.

14 은유로서의 정치는 심연의 대상 a를 은유로 표현하는 정치이다.

한강과 박민규, 조현철은 침묵 속에서 사라진 타자를 회생시키는 은유를 통한 정동적 반격을 보여주었다. 침묵의 권력과의 싸움은 조용히 멀어진 타자와 은유의 공간에서 다시 가까워지는 언택트 방식이다. 과거에는 현장에서 벌거벗은 얼굴의 호소에 응답하며 은유적인 정치적 인격으로 가두에 나설 수 있었다. 그러나 지금은 얼굴을 대면한 상태에서는 (수동적 정동권력에 포위되어) 침묵할 수밖에 없으며 은유와 환상의 가상공간에서 다시 한번 밀접한 교감을 하게 된다. 〈내 여자의 열매〉에서는 아내가 피멍이 든 신체로 멀어져 가지만 식물 세계에서 다시 진초록빛 아내와 아름다운 조우를 하게 된다. 〈아, 하세요 펠리컨〉에서는 파산한 남자가 유원지에서 자살을 한 후에 오리배가 세계시민연합으로 돌아오며 은유적으로 재회하게 된다. 문학에서의 식물과 오리배의 귀환은 촛불집회에서 사라진 학생들이 꽃으로 돌아온 것과도 같다. 조용히 멀어진 타자와 다시 가까워지는 이 과정은 언택트 시대의 문학과 정치가 일상의 침묵을 깨고 일어서는 정동정치임을 암시한다.

한강과 박민규의 소설이 은유로서의 정치라면 정세랑과 정진영의 소설은 정동정치를 암시한다. 예컨대 《보건교사 안은영》[15]에서 안은영은 원인 모르게 아픔에 시달리는 학생들을 위해 수동적 정동의 젤리와 싸우게 된다. 이 소설(그리고 드라마)에서 학생들의 고통의 원인은 학교 재단이나 악덕 기업에 있지만 그것이 **일차적으로는** 유해한 젤리에 의한 것으로 그려진다. 과거에는 권력의 모순을 자각하며 피지배자들의 저항이 시작되는 인식론적 서사가 주류를 이루었다. 그러나 지금은 권력의 문제점을 인식하는 것과 함께 그들이 퍼뜨린 수동적 정동의 젤리들과 싸워야 한다. 수동적 젤리들은 희생자와 일상의 사람들이 미로를 헤매게 만들어 권력의 지배가 오래 유지되게 해준다. 사람들은 고통에 시달리면서도 규율 공간을 벗어나지 못하고 '이상한 고요함' 속에서 살아가게 된다.

---

15 정세랑의 소설(2015)은 2020년에 드라마화되었다.

보건교사 안은영은 학생들의 신체적인 아픔이 단순한 질병이 아니라 유해한 정동의 젤리들에 의한 것임을 간파하게 된다. 우리 시대의 **보건교사**의 출현은 정동적 질병을 무기로 하는 새로운 권력에 대한 암시이다. 보건교사는 수동적 젤리들을 광선검과 비비탄총으로 제거하면서 악덕 기업의 비리에 다가간다. 안은영의 광선검과 비비탄총은 유해한 젤리와 싸우는 정동투쟁인 동시에 애니미즘적 상상력을 통한 은유적 저항이기도 하다. 오늘날의 보건교사의 역할은 알 수 없는 정동적 질병을 퍼뜨리는 권력에 맞서며 비비탄 총으로 이상한 고요함을 깨뜨리는 것이다.

정진영의 《침묵주의보》[16]에서도 언론 권력에 대항하면서 수동적 정동과 싸우는 정동정치가 그려진다. 《보건교사 안은영》은 환상 서사이고 《침묵주의보》는 사회소설이지만 권력과의 싸움에서 정동투쟁이 그려진 점에서는 비슷하다. 《침묵주의보》의 또 다른 이름은 《젤리주의보》일 것이다. 과거의 사회소설에서는 사회적 모순이 드러나는 과정과 저항이 시작되는 진행이 서로 조응하는 관계에 있었다. 그러나 《침묵주의보》에서는 언론사 사장과 간부들의 비리를 알면서도 모멸감을 참으며 침묵하는 과정이 그려진다. 《침묵주의보》는 비리에 맞서기에 앞서 침묵을 강요하는 젤리 같은 정동에 대항하는 소설이다.

이 소설에서 기자들을 고통 속에서 침묵하게 만드는 것은 《보건교사 안은영》에서처럼 수동적 정동의 젤리들이다. 언론 권력은 비리를 감추려 들기보다 수동적 정동을 젤리처럼 유포시켜 기자들이 무력감에서 벗어나지 못하게 만든다. 그로 인해 자괴감에 빠진 그들이 '기레기'의 오명을 떨쳐내기 위해 필요한 것은 정동투쟁이었다. 또한 그런 정동투쟁을 위해 모멸에 시달리는 자아를 구원하며 권력에 대항하는 방법은 '허쉬'[17]라는 은

---

16 《침묵주의보》(2018)는 《허쉬》(2020~2021)로 드라마화되었다.

17 《침묵주의보》를 드라마화한 《허쉬》에서 '허쉬'는 정의를 위해 진실을 말해야 하지만 생계 때문에 침묵해야 하는 기자들의 삶의 은유이다. 그러나 여기에는 "진실은 언제나 침묵이라는 그릇 속에 담겨 있으며 그 그릇 속에서 영원히 식지 않고 뜨겁게 끓어오른다."(드라마의 대사)라는 암시가 포

유적 전략이었다.

정동투쟁과 은유적 전략은 타자를 추방하고 자아를 무력화하는 침묵의 권력에 맞서는 방식이다. 수동적 정동에서 자아를 구원하는 것이 정동정치라면 그것을 위해 대상 a를 움직이는 전략은 은유적 정치이다. 실재계적 대상 a를 움직이는 과정은 상징계에서 추방된 타자를 회생시키는 과정이기도 하다. 《보건교사 안은영》에서는 옥상에서 투신하려는 학생들을 구원하기 위해 에로스적 전류를 방출시키는 장면이 그것이다. 또한 《침묵주의보》에서 역시 주인공은 5층에서 투신한 후배 기자를 애도하기 위해 '노 게인 노 페인' 모임을 회생시킨다. 이런 정동투쟁과 은유적 전략은 사건이 일어나도 가만히 있게 만드는 정동권력에 맞서는 새로운 반격이다.

수동적 젤리를 물리치고 능동적 정동과 신체의 힘을 회생시키는 정동정치는 우리 시대의 스피노자적인 윤리의 귀환이다. 과거에는 권력자들의 부당한 폭력과 비리가 윤리적 반격의 근거였다. 반면에 오늘날 가장 비윤리적인 것은 **수동적 정동**에 포위되어 불의와 차별 속에서도 조용한 상황이 계속되는 현실이다. 그에 대항하는 윤리의 귀환은 정동적 회생을 통해 침묵을 깨고 일어서는 것으로 나타난다. 윤리란 능동적 정동인 동시에 타자와의 에로스적 공감력이기도 하다. 은유를 통해 추방된 타자를 귀환시키는 은유로서의 정치는 증대된 공감력을 통해 자아의 능동적 윤리를 회생시켜 침묵 속에 파문을 일으킨다.

침묵의 풍경과 감성적 불평등성의 사회는 표리를 이루고 있다. 《보건교사 안은영》과 《침묵주의보》는 미로를 헤매며 침묵의 고통을 견뎌야 하는 감성적 차별의 사회를 암시한다. 《보건교사 안은영》에서 학생들이 아픔을 참으며 침묵 속에서 살아가는 것은 유해한 젤리로 인해 자아가 빈곤해졌기 때문이다. 《침묵주의보》에서도 기자들이 모멸감을 조용히 받아들이는 것은 만연된 수동적 정동에 의해 인격적 자존감이 강등되었기 때문

함되어 있다.

이다. 전자가 청춘의 상실이라면 후자는 존엄성의 상실이다. 정동권력에 포위되어 완전한 인격체에 미치지 못한 존재로 살아가야 하는 것이 감성적 불평등성의 사회의 풍경이다.《보건교사 안은영》과《침묵주의보》는 비인격과 비존재의 침묵을 강요하는 감성적 차별에 맞서서 인간의 존엄을 주장하는 윤리적 정동의 반격을 보여준다.

3. 미시권력의 젤리와의 싸움
— 정세랑의《보건교사 안은영》

《보건교사 안은영》(정세랑·이경미 극본 이경미 연출, 2020)[18]은 혼령이나 엑토플라즘[19]을 보는 일반적인 환상물과는 다른 특징을 갖고 있다. 주인공 안은영(정유미 분)의 독특한 능력은 죽은 사람뿐 아니라 일상에 널려 있는 젤리[20]를 본다는 점이다. 젤리는 죽은 자나 산 자들이 뿜어내는 미세한 입자들의 응집체이다. 이 드라마가 퇴마록과 다른 점은 악령보다는 욕망과 감정이 응집된 유해한 젤리를 문제 삼고 있다는 데 있다.

이 드라마에서 젤리는 학생들에게 달라붙어 행동을 지배하는 해로운 욕망과 정동의 덩어리들이다. 학생들은 악령에 홀리는 것이 아니라 보이지 않는 젤리에 의해 정동적인 지배를 경험한다. 이처럼 유해한 욕망과 정동이 젤리의 형태로 개체 밖에서 인간에게 영향을 끼치는 주제가 나타난 것은 매우 흥미로운 일이다. 학생들의 행동을 왜곡시키는 원인이 정동적 차원에서 작동될 뿐 아니라 아무도 그것을 모르기 때문에 젤리의 환상으로 표현되고 있는 것이다.[21]

---

18 여기서는 드라마를 대상으로 하면서 소설(2015)을 참조할 것이다.

19 엑토플라즘은 영적 에너지가 물질적 매개체를 통해 나타난 것을 뜻한다.

20 일반적인 호로물의 귀신이나 악령과 달리 젤리는 감각을 자극하는 이미지로 표현되고 있다.

21 그런데 그런 풍경은 숨겨진 현실을 더 잘 보여주는 이미지일 수도 있다. 즉 정동적 요인에 지배되

이 드라마는 우리 시대의 불행의 요인이 귀신과 사람보다 무서운 **정동의 응집체**임을 암시한다. 안은영의 가장 귀중한 초능력은 그런 유해한 정동의 젤리를 제거하는 일을 하는 것이다. 목련 고등학교의 학생들은 이유도 없이 아프지만 원인이 되는 젤리를 보지 못한다. 반면에 젤리를 보는 안은영은 광선검과 비비탄총으로 젤리를 없애며 학생들을 고통에서 구출해준다. 스피노자는 외부 원인에 지배된 상태가 수동적 신체인 반면 고통의 원인을 알 때 능동적 신체가 된다고 말했다. 이 드라마에서 알 수 없는 아픔을 겪는 학생들은 수동적 정동에 지배되어 살아가는 상황을 겪고 있다. 반면에 안은영은 아픔과 죽음의 원인인 유해한 젤리를 퇴치하면서 능동적 정동의 순간을 경험한다.

안은영은 유해한 젤리를 볼 뿐 아니라 능동적 정동과 에로스적 기운을 생성하기도 한다. 안은영이 가장 힘이 증폭되는 순간은 학교 설립자의 손자인 홍인표(남주혁 분)[22]의 손을 잡을 때이다. 그 순간에 좋은 기운이 생성되면서 비비탄총의 능력이 순식간에 증대되는 것이다. 스피노자가 말했듯이 신체 내부로부터 힘이 솟아오르는 순간은 에로스라는 능동적 정동이 생성되는 시간이다. 반면에 유해한 정동의 응집체로 둘러싸인 학생들은 수동적 정동에 감염되어 살아가고 있다. 그런 학생들을 구원하는 안은영은 초능력을 발휘하는 것 같지만 실상은 수동적 정동의 응집체와 싸우는 것이라고 할 수 있다. 초능력적인 퇴마록과 유사해 보이는 이 소설은 실제로는 스피노자의 정동이론의 서사화라고 할 수 있다. 정동권력은 잘 보이지 않기 때문에 환상처럼 느껴지지만 이 소설에서는 환상이 현실보다 현실의 충격을 더 잘 표현한다. 정동권력은 실상 현실을 장악한 권력의 요체이면서도 현실의 원인을 감춘 채 환각과도 같이 작동되고 있다. 그에 맞서는 안은영의 금빛 전류 역시 환상의 방식으로 아주 현실적으로

는 현실의 모습을 표현한 점에서 젤리의 환상은 현실보다 더 현실적일 수도 있다.

22 장애인인 홍인표는 특별한 기운과 보호막을 갖고 있다.

작용하고 있다.[23]

수동적 정동과 능동적 정동이 젤리와 금빛 전류[24]로 표현된 것은 사람들의 행동이 정동에 의해 좌우되는 사회를 암시한다. 과거에는 사회적 모순이 의식의 각성을 통해 인식해야 될 객관 세계의 요인으로 존재했다. 그러나 지금은 고통의 객관적 원인에 대응하지 못하게 만드는 보이지 않는 정동적 젤리가 먼저 작용한다. 그 때문에 의식의 각성과 함께 선제적으로 중요해진 것이 바로 수동적 정동에 맞서는 정동정치이다.《보건교사 안은영》의 환상은 무의식과 정동을 식민화한 체제의 현실을 충격적으로 폭로한다. 사람들을 움직이는 젤리의 환상은 권력에 대한 대응이 정동(그리고 무의식)의 차원에서 시작되어야 한다는 아주 현실적인 경고이다. 권력에 의해 만들어진 유해한 정동이 원인에 무감각해지도록 환상의 차원에서 작용할 때, 젤리를 해체하는 정동정치의 대응이 일차적으로 긴요해지는 것이다.

학생들의 고통은 학교의 잘못된 위치나 악덕 기업의 비리와 연관이 있다. 그런데도 이 소설에서는 악덕 기업과 관계된 고통의 일차적 원인이 욕망과 감정의 응집체인 젤리로 표현되고 있다. '일광소독'과 '안전한 행복'은 학교를 이용해 이익을 누리는 '편재하는 권력'의 상징이다. 그런데 그들의 전략은 젤리를 통해 학생들을 불행에 빠뜨리면서 퇴마사를 고용해 적당히 관리하는 것이다. 이처럼 수동적 정동을 만연시켜 구성원들을 관리하게 되면 부당한 이익을 얻는 권력을 영원히 유지할 수 있게 된다. 학생들은 고통의 원인과 대상을 보지 못한 채 젤리에 지배되어 미로를 헤매며 수동적으로 살아가게 되는 것이다.

단지 안은영만이 능동적 정동을 생성시킬 능력이 있지만 그녀 자신의 삶은 결코 행복하지 않다. 그 이유는 이 세상에 보이지 않는 유해한 젤리

---

23 정동권력이 상상계적 권력이라면 정동정치는 실재계적이다.

24 금빛 전류는 드라마에서 매우 실감나게 표현된다.

가 곳곳에 만연되어 있어 능동적 정동이 쉽게 작용하지 못하기 때문이다. 더욱이 안은영의 능력은 학교를 차지하려는 일광소독 대표 화수(문소리 분)[25]에게 이용당하기까지 한다.

그럼에도 안은영은 유일하게 유해한 젤리와 사악한 집단에 맞설 수 있는 인물이다. 안은영과 비슷한 능력을 지닌 인물에는 원어민 교사인 교포 2세 매켄지(유태호 분)가 있다. 하지만 매켄지는 에로스를 모르는 점에서 안은영과 전혀 다르며 사악한 권력집단의 일원일 따름이다. 홍인표의 사랑의 힘을 이용하려는 그는 단지 능력을 훔치려 할 뿐 에로스에 대해서는 무지하다. 안은영에게 초능력을 발각당한 매켄지는 야비한 말투로 '돈이 되는 일을 해야 한다'며 비웃는 표정을 보였다. 매켄지는 학생들의 불행한 사건의 원인을 가장 잘 알지만, 그런 능력을 '안전한 행복'을 위해 쓰는 점에서 저열한 외부 원인에 묶여 있다. 안은영보다 더 활력적인 매켄지의 힘은 신체 자체로부터 솟아나온 능동적 정동과는 상관이 없다. 그는 젤리를 이용해 학생들을 지배하면서도 사악한 집단에 종속되어 학생들보다도 더 수동적 정동의 삶을 살고 있다.

이 소설에서 목련고의 불행은 홍인표의 할아버지(홍진범, 전국환 분)가 사악한 기운이 깃든 곳에 학교를 세우면서 시작된다. 학교 지하실에서 불길한 징조를 감지한 안은영과 홍인표는 그 아래로 내려가 나쁜 기운이 스며 있는 우물을 발견한다. 우물을 덮고 있는 압지석에는 '그곳의 기운을 다스릴 줄 알면 나라를 움직일 수 있다'라는 글귀가 쓰여 있었다.[26]

소설의 전개는 우물의 힘을 관리해 권력을 차지하려는 '안전한 행복'과 '일광소독'의 대립으로 진행된다. 그 과정에서 일광소독의 일원이었던 설립자 홍진범이 제거되고 안전한 행복이 학교를 관리하려 시도한다. 그러

---

25 화수는 안은영이 가족처럼 알고 지내는 언니이다.

26 이 우물에서는 강한 기운과 유해한 기운이 둘 다 나온다. 홍진범은 강한 기운을 차지하기 위해 학교를 세운 것인데 그곳에 빠져 죽은 사람들로 인해 유해한 기운이 나오게 된다. 그래서 유해한 기운으로 인한 젤리들을 다스리며 학교를 관리하는 것이 권력자들의 일이 된다.

자 일광소독의 대표 화수는 가족처럼 지내던 안은영을 이용해 학교 지하실을 지키도록 유도한다. 그것을 알아챈 안전한 행복 쪽에서는 매켄지와 함께 홍인표의 어릴 적 친구 황가영(김미수 분)[27]을 파견한다.

이 드라마의 특징은 그런 **권력관계**가 유해한 정동의 은유인 **젤리**를 매개로 그려지고 있는 점이다. 우물의 나쁜 기운이 젤리를 만들게 방조하면서 그 젤리를 관리해 학교와 권력을 차지하려는 것이다. 학생들은 보이지 않는 젤리의 유해한 기운에 감염되어 불행을 당하면서도 침묵 속에서 살아가게 된다. 상처받은 학생들이 옥상으로 향하거나 농구부 학생이 왕따를 당하는 일들은 모두 젤리와 연관이 있다. 그런데도 일상의 학생들은 젤리를 원인으로 생각하지 못할 뿐 아니라 희생자의 고통과 불행을 권력의 작용으로 생각하지도 않는다. 여기서의 권력관계는 보이지 않는 젤리에 무방비 상태로 노출된 사람들과 그 유해한 정동들을 제어하는 집단 사이에서 생긴다.

이 드라마는 매켄지가 왕따당한 학생을 도와주는 과정을 통해 역설적으로 그런 권력관계를 암시한다. 매켄지는 왕따당한 학생을 돕는 것 같지만 실상은 젤리를 제어해 전체 학생들을 관리하고 있는 것이다. 행복과 불행을 만드는 힘이 매켄지에게 있으며 그 힘에 종속되지 않는 사람은 고통과 죽음을 겪어도 아무도 도와줄 사람이 없다. 매켄지는 그런 자신의 위치를 강화하기 위해 젤리를 제어하는 한편 홍인표에게서 좋은 기운을 훔치려 한다.

이런 정동권력의 방식은 타자를 추방하고 사람들의 인격을 강등시키는 감성적 불평등성의 사회와 매우 비슷하다. 젤리는 특정한 희생자가 불행을 겪게 하고 나머지 학생들이 무력함 속에서 방관하게 하는 두 가지 일을 한다. 젤리가 만연되면 학생들이 조용히 침묵하기 때문에 옥상으로 향하거나 왕따를 당하는 학생이 생기는 것을 막지 못한다. 그런 상황에서

---

27 두 사람과 함께 오리교사로 불리는 한아름도 '안전한 행복'의 일원이다.

희생자나 일반 학생들은 감성적 차별의 사회에서처럼 수동적 정동에 지배되어 빈약한 자아로 살아가게 된다. 단지 매켄지 같은 권력의 소유자만이 불행한 상황의 유일한 탈출구로서 긍정적인 이미지를 얻는 것이다. 매켄지가 강한 기운을 보충하려 하는 것은 학생들을 구원하기 위한 것이 아니라 안전한 행복의 권력을 위해 이용하려는 것이다.

그 때문에 매켄지의 존재는 유해한 젤리를 퇴출시켜 능동적 정동을 회생시키는 일과는 무관하다. 유해한 젤리와 싸우며 능동성을 회생시켜 학생들을 도우려는 것은 안은영과 홍인표뿐이다. 안은영도 홍인표로부터 좋은 기운을 얻지만 그것은 매켄지와는 달리 젤리를 제거하기 위해 능동적 정동을 생성하려는 것이다. 매켄지가 홍인표를 도구로 이용하려 한다면 안은영은 힘을 얻는 순간 홍인표와의 사이에서 능동적 정동의 생성을 경험한다. 이 소설에서 능동적 정동이 발생되는 것은 안은영과 홍인표 사이에서 에로스적 기운이 생겨날 때뿐이다.

안은영은 자신의 능력을 능동적 기운으로 이용하려 하면서 권력이 만든 나쁜 기운을 제거하길 소망한다. 그 점은 허완수(심달기 분)의 방석 사냥 사건 때에 매우 잘 나타난다. 방석 사냥은 수능을 잘 보기 위해 공부 잘하는 다른 학생의 방석을 훔치는 것을 말한다. 허완수는 강민우와 함께 여학교를 기습해 여러 개의 방석을 훔친다. 그런데 허완수의 반 학생들이 갑자기 몸이 아프다며 바닥에 주저앉아 울고 있었다. 허완수가 실수로 죽은 여학생의 방석을 훔치는 바람에 나쁜 기운이 반 아이들에게로 퍼진 것이다. 안은영은 울고 있는 죽은 여학생(최유진, 고윤정 분)과 함께 유해한 기운에 감염되어 고통스러워하는 학생들을 바라본다. 그녀는 허완수가 깔고 앉은 방석을 빼내 불에 태우면서 착잡한 마음을 감출 수 없었다. 원인도 모른 채 아픔으로 울부짖는 학생들의 모습은 입시지옥에 시달리는 수험생의 고통에 다름이 아니었다. 통곡하는 죽은 여학생이나 몸이 아파 하는 학생들에겐 잘못 없으며 근본적인 원인은 입시라는 규율권력에 있었던 것이다. 어른들은 그런 규율권력의 원인을 감추며 잘 보이지 않는 나쁜 기운을 통해 학생들에게 작용하게 하고 있었다.

어른들이 만든 나쁜 기운(젤리)과 싸우려는 안은영의 소망은 그녀의 무기인 광선검과 비비탄총을 통해서도 나타난다. 광선검과 비비탄총은 유치해 보이지만 그 동화 같은 무기가 매력적인 것은 애니미즘 상상력을 자극하기 때문이다. 애니미즘은 인간이 태곳적에 지녔던 화해의 힘이었으나 지금은 퇴화되고 동화와 만화에 남아 있다. 안은영의 광선검의 위력도 어릴 적 친구인 김강선(최준영 분)이 만화를 통해 그려준 것으로부터 생겨났다고 볼 수 있다.[28] 안은영의 짝이었던 김강선은 그녀의 말을 믿고 그것을 만화로 그려준 유일한 친구였다. 김강선은 만화를 보여주면서 칙칙하게 지내지 말고 모험 만화처럼 살아가라고 말했다.

안은영의 능동적 정동의 위력은 김강선과의 순수 기억을 통한 연대의 힘에서 나온 것이라고 할 수 있다. 그런 기억 속의 김강선이 크레인 사고로 죽은 후에 혼령이 되어 안은영을 찾아온다. 김강선은 안은영에게 크레인이 사람보다 비싸 낡은 크레인을 쓰는 바람에 사고를 당했다고 말했다.[29] 이후 김강선의 혼령이 해체되어 가버린 후에 안은영은 아쉬움 속에서 꿈을 꾸게 된다. 안은영은 꿈속에서 김강선과 똑같이 크레인 사고를 당해 죽는 순간 깨어난다. 그런데 그 꿈을 꾼 후에 안은영은 젤리를 보는 능력과 광선검의 위력이 사라졌음을 알게 된다. 이는 안은영의 광선검의 힘이 김강선과 같이 꾸었던 어린 시절의 애니미즘적 꿈과 연관이 있음을 암시한다.

젤리를 보는 능력이 없어진 안은영은 학교에 사직서를 내고 집에 혼자 있게 된다. 그러자 목련고에서는 학생과 교사들이 유해한 정동에 감염되

---

28 김강선은 실제로 광선검과 비비탄총을 준다.정세랑, 《보건교사 안은영》(소설, 2015), 민음사, 2020, 193쪽.

29 이 말은 소설의 195쪽에 나온다.

어 기이한 행동을 보이기 시작했다. 홍인표는 안은영에게 도움을 요청하지만 그녀는 도울 힘이 없어졌다고 고백한다. 학교를 구하려는 홍인표의 거듭된 간청에 안은영은 일광소독과 안전한 행복에 학생들을 맡겨둘 수 없다고 생각한다. 그래서 이제 능력이 없어졌으므로 아예 압지석을 치워 학교를 폭파시키자고 말한다. 학생들이 없는 사이에 건물을 폭파시키고 새로이 학교를 세우자는 생각이었다.

지하실을 내려가면서 안은영은 홍인표로부터 그녀처럼 이상한 여자가 좋다는 말을 듣는다. 그리고 할아버지도 이상했지만 나쁜 사람이었다는 고백을 듣게 된다. 어릴 때의 사고로 장애인이 된 홍인표는 할아버지와 달리 좋은 기운을 가진 사람이었다.

마침내 홍인표가 우물을 덮었던 압지석을 여는 순간 안은영은 다시 젤리를 보는 능력을 갖게 된다. 안은영의 능력의 회복은 악덕 기업들이 훔치려던 우물의 기운을 얻은 것으로 볼 수 있다. 그 힘은 악덕 기업들에게는 권력과 연관된 기운이지만 안은영에게는 나쁜 젤리와 싸울 수 있는 능력이었다. 안은영은 홍인표와의 관계 속에서 우물의 기운을 얻었기 때문에 에로스의 힘으로 능동적 능력을 회복한 것이다. 김강선과 헤어진 후 잃어던 힘은 홍인표와의 관계에서 다시 회복된다. 다만 편재하는 권력들과 유해한 젤리에 지배되는 세상에서 안은영은 이상한 여자로 어려운 삶을 살 수밖에 없다. 갑자기 힘들었던 예전으로 돌아가게 된 안은영은 반사적으로 지하실에서 달려 나온다. 홍인표는 다리를 절며 안은영을 찾아 전력을 다해 계단을 올라온다.

이제 건물이 폭파되고 안전한 행복의 교사들이 해임된 후 새로운 학교는 안정을 되찾는다. 그래도 세상에는 젤리가 여전히 남아 있기 때문에 안은영은 보건교사로서 광선검을 휘두르는 삶을 살아가게 된다. 그녀의 곁에는 자신도 모르게 좋은 기운과 보호막을 갖고 있는 홍인표가 있다.

안은영은 김강선의 말처럼 모험 만화의 주인공으로 살 것이지만 그녀가 바라는 세상은 젤리가 없어진 세상이다. 안은영은 잠깐 경험한 '젤리가 없는 세상'은 아름다웠다고 말한다. 그녀가 말하는 아름다운 세상이란 젤리를 못 보는 세상이 아니라 그 나쁜 응집체가 없어진 세상이다. 그것은 스피노자가 말한 기쁨과 사랑만이 넘치는 능동적 정동의 공동체이다.

이 소설에서 그런 세상을 미리 보여주는 것은 안은영과 홍인표 사이에서의 금빛 전류이다. 그런데 안은영과 홍인표의 관계는 서로 마주 보며 포옹하는 사랑과는 다르다. 두 사람은 얼굴을 마주 볼 때가 아니라 서로 손을 잡을 때 좋은 기운이 생긴다. 그들은 사랑의 감정을 교환하는 개인들이기보다는 좋은 기운으로 연결된 신체들이다. 그들의 신체의 힘을 증대시키는 금빛 전류는 내재원인(스피노자)을 감지한 순간 능동적 정동에 의해 고양된 영혼의 흐름과도 같다. 수동적 정동이 사람들을 분리시킨다면 능동적 정동은 분리된 사람들을 상호 신체적으로 이어준다. 젤리가 사람들을 수동적 신체로 만드는 환각 작용의 은유인 반면, 금빛 전류는 그에 대항하며 내재원인을 작동시키는 미학적 환상과 은유이다.

안은영은 특별한 개인이기 이전에 능동적 기운을 에로스로 생성할 수 있는 신체이다. 그녀는 절의 불상이나 남산의 사랑의 열쇠로부터도 능동적 기운을 얻어 에너지를 충전한다. 그 점에서 안은영은 사랑을 잘하는 여자이기보다는 정동과 힘을 능동적으로 사용할 줄 아는 존재이다.

홍인표와의 관계에서도 내면에서 감정이 물결치기보다는 좋은 기운을 받아 세상과 마주하며 기쁨을 느낀다. 이런 특이한 안은영의 출현은 벌거벗은 얼굴을 상실한 세상과 연관이 있다. 벌거벗은 얼굴을 상실한 세상은 유해한 젤리들이 넘쳐나는 세계이다. 그런 젤리들의 방해 때문에 희생된 타자나 사랑의 대상과 현장에서 직접 만나는 것은 불가능한 일이 되었다. 그 대신에 개인적인 인격체로서는 거리를 둔 상태에서 좋은 기운의 정동을 통해 젤리와 싸워야 서로 연대할 수 있는 것이다. 이제 사랑이란 얼굴의 대면 대신 거리감을 지닌 신체들이 기운을 교감하며 젤리들을 물리치는 일이 되었다.

《보건교사 안은영》에서 바이러스 같은 젤리의 만연으로 정상적인 대면이 어려워진 상황은 우리가 겪는 언택트 시대를 암시한다. 언택트 시대에는 홍인표의 보호막처럼 젤리에서 떨어져야 좋은 기운을 지닌 신체로 살아갈 수 있다. 안은영과 홍인표는 서로 떨어진 인격인 동시에 다시 개체를 관류하는 금빛 전류의 사랑의 흐름을 보여준다.[30] 그처럼 비접촉을 통해 거리를 두는 동시에 다시 손을 잡으며 좋은 기운으로 사랑을 확인하는 것이야말로 우리 시대의 **언택트 사랑**일 것이다.

4. 침묵을 강요하는 감성적 차별에 대한 반란 — 정진영의 《침묵주의보》

현실보다 더 현실적인 《침묵주의보》(정진영, 2018)[31]는 환상 서사인 《보건교사 안은영》과 대조적인 위치에 놓여 있다. 흥미로운 것은 그런 대조를 관통하는 **이상한 침묵**의 풍경이 두 소설을 서로 가까워지게 만든다는 점이다. 고통과 자괴를 경험하면서도 모두가 침묵하는 상황은 우리 시대가 겪고 있는 환각 같은 현실이기도 하다. 오늘날의 환상소설과 사회소설을 관류하는 공통점은 아무도 고통의 원인을 말하지 않는 환상 같은 일상을 냉정히 보여준다는 점이다.

《보건교사 안은영》이 고통의 원인을 알지 못하는 청소년을 그리고 있다면 《침묵주의보》는 알면서도 침묵하는 성인의 현실을 보여준다. 양자의 공통점은 외부 요인에 예속된 채 수동적 정동이 강요되는 삶이 계속되고

---

30 소설에서는 안은영과 홍인표가 결혼을 하는 것으로 나타난다. 그러나 여기에서도 벌거벗은 얼굴로 사랑을 나누는 관계와는 다르다고 할 수 있다.

31 드라마 《허쉬》(김정민 극본 최규식 연출, 2020~2021) 참조.

있다는 점이다. 수동적 정동은 고통의 요인에 능동적으로 대처하는 대신 주어진 상황에서 조용히 살아가게 만든다. 그런 수동적 정동이 만연되면 잘못된 외부 요인에 맞서는 사람들의 진정성[32]이 침묵에 묻히게 된다.

그 때문에 두 작품에서 문제가 되는 일차적인 요인은 침묵을 강요하는 수동적 정동이다. 《보건교사 안은영》에서 수동적 정동이 젤리로 표현된다면 《침묵주의보》에서는 권력의 '정언명령'[33]으로 암시된다. 젤리에 감염된 학생들은 조용히 아픔을 견디거나 더 이상 참을 수 없을 때는 옥상을 향하게 된다. 마찬가지로 '가만히 있으라'는 정언명령이 내면화된 성인들은 모멸을 참으며 살아가거나 스스로 5층에서 투신한다. 두 작품에서 옥상으로 향하거나 5층에서 투신한 사람은 우리 시대의 타자들이라고 할 수 있다. 《보건교사 안은영》과 《침묵주의보》는 타자를 추방하면서 구성원들을 수동적 정동에 감염시켜 침묵이 흐르게 하는 상황을 그리고 있다.

《침묵주의보》는 유능한 인턴기자가 5층 편집국에서 투신하는 사건으로 시작된다. 투신한 수연은 지방대 출신으로 긴 시간 인턴을 전전했지만 학벌의 벽 때문에 취직을 못하고 좌절에 빠져 있었다. 그녀의 자살의 중요한 요인은 편집국장의 입으로 내뱉어진 출신 학교에 대한 비하와 감성적인 차별이었다. 수연은 우연히 일식집에서 학벌을 문제 삼아 그녀를 탈락시키려는 편집국장의 말을 엿들은 후 자살을 실행한다.

인턴 자살 사건으로 인터넷과 언론 매체는 한동안 시끄러웠지만 당사자인 《매일한국》은 발뺌을 하기에 바빴다. 《매일한국》 오너는 더 이상 신문사와 엮이는 일이 없도록 빨리 조치를 취하라고 명령했다. 또한 수연의 죽음에 책임이 있는 국장은 "이상한 년을 하나 잘못 들였다가 이게 무슨 생고생이냐"고 더러운 오물이 묻은 것처럼 말했다.

사회적 타살로 불리는 이런 사건이 일어나면 잠깐의 동요와 진부한 전

---

32 진정성은 라캉이 말한 대상 a라고 할 수 있다.
33 정진영, 《침묵주의보》, 문학수첩, 2018, 353쪽.

문가들의 진단이 이어진다. 그러나 각종 자극적인 기사에 묻혀 이내 시들해져 잊히는 게 우리 시대의 현실이다. 사건의 희생자는 권력자에게는 오물이 되고 동조자들로부터도 투명인간으로 돌아간다. 그나마 수연의 사건에서 침묵을 벗어나려는 목소리가 들려온 것은 디지털 뉴스로 발송된 유서 때문이다. 수연의 유서가 유포된 이후 침묵을 강요하는 정동과 희생자에 공감하는 정동 사이에 싸움이 시작된 것이다.

여기서 중요한 것은 이런 대립이 과거에 사회비리를 고발하는 상황과는 다르다는 점이다. 예전에는 불의가 드러나고 잘못이 인식되면 변화를 요구하는 저항의 흐름이 생성되었다. 그러나 지금은 충격적인 일들이 반복되어도 **세상은 변화되지 않을 거라는** 불길함이 만연되어 있다. 그 점은 아직 정의감을 잃지 않은 선배 기자 병희조차 침묵을 권유하는 것으로 알수 있다.

> "무조건 침묵하라는 말이 아니다. 이 조직, 아니 대한민국에서 힘없는 놈의 용기만큼 공허한 것도 없더라. 네가 문제를 지적하고 쿨하게 조직을 떠난다 하더라도 동요는 잠깐뿐이야. 곧 누군가가 네 자리를 대체하게 될 테고 조직은 아무 일 없던 것처럼 굴러가게 될 거야. 지금까지 늘 그래왔고 앞으로도 그 사실은 변함없어. 조직에서 비굴하게 처신하는 것도 능력이다. 국장이 하는 짓을 보면 역겹겠지. 나도 마찬가지야. 하지만 그 덕에 국장이 지금 국장 자리를 차지하게 된 거야. 지금 신문을 만드는 사람은 인정하기 싫어도 국장이야. 너도 아니고, 나도 아니고."[34]

병희의 말은 우리 시대의 세태에 대한 정곡을 찌른 것이다. 병희는 오랜 경험을 통해 모든 것이 아무 일도 없었던 듯이 제자리로 돌아갈 것임을 알고 있다. 주인공 대혁이 내부고발을 하고 떠난다 해도 동요는 잠깐

---

34 위의 책, 105쪽.

뿐일 것이다. 동료 인턴들조차 취업이 더 유리해진 상황에서 섣불리 항의할 수 없을 것이다. 수연의 동생의 소송 역시 판례상 승소할 가능성이 없다.

존경하는 선배 병희가 흥분할 것으로 생각했던 대혁은 "형도 많이 변했네요"라고 만한다. 그러나 병희기 변한 것보디도 오늘날의 세싱이 훨씬 더 많이 변했다고 할 수 있다. 병희는 무조건 침묵을 강요하는 것이 아니라 냉정한 현실을 말해주고 있는 것이다. 공정의 감각을 잃지 않은 그는 가만히 있을 수 없는 상황을 알면서도 '침묵의 연기'가 필요함을 얘기하고 있다.

병희는 신문사에서 유일하게 대혁과 진지한 대화를 나눌 수 있는 사람이었다. 그런데 병희처럼 현실의 이면을 알고 있는 사람은 신문사를 견디지 못하고 캐나다로 이민을 가게 된다. 강요된 침묵으로 희생된 타자를 구원하지 못하는 사람이 자기 자신을 구원하는 방법은 직장을 떠나는 것뿐이었다.

병희가 말한 냉정한 현실의 실상은 수연의 동료 인턴들에게서 발견된다. 그들은 수연과 가장 가깝기 때문에 그녀의 희생에 공감을 갖는 것이 자연스러운 일이었다. 대혁은 자신이 교육을 맡았던 그들과 대화를 하고 싶은 욕망이 솟구쳤다.

그러나 인턴들은 애써서 수연의 죽음으로부터 거리를 두려고 노력하고 있었다. 그들에게는 부당한 죽음을 문제 삼으려는 정의의 감각은 물론 청년다운 혈기조차 없었다. 심지어 인턴들은 대혁이 혼자서라도 문제를 제기할까봐 만류하고 있었다. 오랜 세월 동안 정의감이 희미해진 대혁과 사명감으로 부풀어 있을 그들의 위치가 뒤바뀐 것이다.

"선배, 저희가 비겁한 소리를 하고 있다는 것 잘 알아요. 사회의 부조리를 바로 잡아 보겠다며 기자를 지망했는데 가까운 곳의 부조리를 보고도 어쩌지 못하고 있으니까요. 하지만 우선 언론사에 취직을 해야 기자로서 뭐든 시도해

볼 수 있는 거잖아요? 사실 저는 선배가 홀로 나서서 수연이 누나의 죽음에 대한 문제를 제기하는 것도 바라지 않아요. 혹시라도 저희한테 불똥이 튈지도 모르는 일이잖아요."[35]

인턴들은 맨몸으로 현실에 던져진 청년들이기 때문에 오히려 세상의 무서움을 잘 알고 있었다. 그들이 알고 있는 현실은 이쪽과 저쪽 사이에서 선을 넘을 수 없는 세계였다. 대혁은 약간의 남아 있는 정의감으로 인턴들을 정규직으로 전환해준다는 말이 입을 막으려는 사탕발림이라고 말했다. 그러나 불가능한 선을 넘을 수 있게 된 그들은 경계에서 밀려나지 않기 위해 필사적이었다. 그들은 수연의 사건이 잊힐 것이며 경계 안쪽에 들어서야 인간 대우를 해주는 세상이 계속될 것임을 알고 있다.

인턴들이 무서워하는 것은 단지 경제적인 불이익만이 아니다. 희생된 수연이 국장의 입에서 '미친년'이 되고 그녀와 가장 친밀한 동료들에게 먼저 외면당하는 세상은 감성적 불평등성의 세계이다. **감성적 불평등성**의 세계는 계급사회 이상으로 경계가 고착화된 체제이다. 계급사회는 경제적 착취와 차별에 시달리면서도 얼마간이든 불만을 나타낼 수 있는 세상이다. 반면에 감성적 차별의 세계는 마치 신분사회처럼 저쪽의 사람이 인격성이 강등되어 선을 넘지 못하는 조용한 세상이다. 만일 인턴들이 문제를 제기한다면 그들은 스스로 절벽 아래로 추락하는 것이며 다시는 회생을 하지 못한다. 그런 고착된 경계의 무서움을 알고 있기 때문에 인턴들은 불만이 있어도 침묵하는 것이다.

여기서 중요한 것은 청년들의 비겁함마저 단지 개인의 문제가 아니라는 점이다. 불의 앞에서 침묵이 강요되는 사회는 '빈곤한 윤리적 자아'를 강제하는 세계이다. 취업과 승진이 어려워지고 경계가 고착되면 (수연 같은) 타자를 외면하고 윤리를 마비시켜 수동적 정동에 얽매여 사는 일이

---

35 위의 책, 131쪽.

강요된다. 경계 아래로의 추락이 절벽처럼 무섭기 때문에 심연에 남아 있는 양심의 소리를 내지 못하는 것이다. 《침묵주의보》의 '침묵'은 개인의 양심 이전에 경계가 고착된 사회에서 **정동이 식민화된** 것이 원인이다. 《보건교사 안은영》에서처럼 수동적 젤리가 만연되었기 때문에 신문사 기자들은 물론 청년 인턴과 양심적인 병희마저 침묵하는 것이다.

《보건교사 안은영》에서의 점액질의 젤리는 《침묵주의보》에서 강제된 침묵과 '가만히 있으라'는 정언명령으로 표현된다. 원래 칸트의 정언명령은 자아를 자유롭게 하는 윤리인데 여기서는 그 자리에 수동적 젤리가 들어서 있다. 정동권력은 윤리적 정언명령의 자리를 탈취하는 젤리를 발명해낸 것이다. 수동적 젤리가 만연된 세계에서는 희생된 타자를 외면하고 양심의 침묵을 연기하며 살아가야 한다.

타자의 외면과 침묵의 연기가 강요되는 사회는 신문사의 생명인 '팩트'마저 가공해 상품화하기에 이른다. 인턴들이 수연을 외면한 일은 그들에게 닥칠 진실을 외면하는 '팩트의 상품화'의 전주곡이었다. 타자에게서 돌아설 때 윤리적 정동이 상실된다면 기자가 되어 팩트를 가공할 때는 진실의 열정이 상실된다. 윤리적 정동이란 진실을 추구하는 열정인데 타자가 추방된 비윤리적 세계에는 그런 열정이 없는 것이다. 진실을 탐구하는 직분의 열정 대신 상업적인 연기가 필요한 세상이 된 것이다. 침묵을 연기한 덕에 기자가 된 사람은 이제 배우처럼 기자를 연기하며 살아야 한다.

> "나도 술김에 그 녀석한테 기자 때려치우고 배우되라고 말했다. 이 나라에선 기자로 살면서 영화처럼 취재하는 일보다, 배우로 살면서 기자를 연기하는 게 더 쉬울 테니까. 기사를 잘 쓰는 기자는 있어도 좋은 삶을 사는 기자는 없잖아. 조직은 월급을 주지만, 삶까지 주지는 않아. 나는 진심으로 수습들이 이 바닥을 빨리 떠났으면 좋겠어."[36]

---

36 위의 책, 51쪽.

병희는 이제 언론사에는 기사 보도를 통해 정의를 실현할 진정성이 남아 있지 않다고 생각한다.[37] 실제로 병희는 팩트를 파고들기보다 조회수를 올려 광고비를 인상시킬 것을 종용받았다. 독자의 관심을 끌기 위해 자극적인 가사와 제목을 만드는 것이 기자의 임무가 된 것이다.《매일한국》은 수연의 사건 이후 비정규직 관련 글들을 엮어 죽음마저 노이즈 마케팅에 이용하려 했다. 이처럼 죽음과 불행마저 마케팅에 이용되는 사회에서는 사라진 타자가 회생하는 길이 막혀 있다.

중요한 것은 타자가 사라진 사회란 수연 같은 희생자에게만 불행이 닥치는 것이 아니라는 점이다. 이제 90%의 사람들이 타자에 공감하는 대신 상승만을 선망하면서 빈약한 인격으로 살아가게 되는 것이다. 타자와의 교감이 중요한 것은 그 순간 대상 a가 작동되며 에로스적인 정동이 물결치기 때문이다. 반면에 타자가 추방된 사회에서는 90%들이 수동적 정동에 감염되어 불가능한 꿈을 꾸며 침묵 속에서 살아가게 된다. 인격의 빈곤화를 강요받는 사람들은 눈앞의 삶이 진실이 아니라는 것을 알면서도 벗어나지 못한다. 그 때문에 우리가 싸워야 할 대상은 인식의 오류가 아니라 존재의 오류인 것이다.

존재의 오류를 만드는 것은 수동적 정동이며 우리에게 필요한 것은 금빛 전류[38] 같은 능동적 정동의 반격이다.《침묵주의보》에서는 그런 금빛 전류의 예감이 대혁과 정인(아내)의 관계나 수연의 추모 모임에서 나타난다. 수연은 능력주의를 암시하는 No Pain No Gain을 뒤집은 No Gain No Pain 이라는 글귀를 유서에 남겼다. No Gain No Pain 이란 얻으려 하지 않으면 고통도 없다는 뜻이다. 아무리 노력해도 취직이 어려운 상황에서 능력주의의 환상을 내세운 체제에 동참하길 거부하는 것이다.

---

37 진정성이 남아 있지 않기 때문에 서두에서처럼 편집국장이 진심을 입에 올릴 때마다 회식 자리에서는 기자들의 표정이 썩어간다.

38 《보건교사 안은영》에서 안은영과 홍인표가 손을 맞잡을 때 흐르는 기운은 금빛 전류처럼 표현된다.

수연의 No Gain No Pain은 동명의 페이스북 페이지를 생겨나게 했다. No Gain No Pain 페이지에는 대기업 인턴에서부터 편의점 알바까지 다양한 비정규직의 경험담이 쏟아졌다. 그 때문에 비정규직 문제를 외면해 온 언론사들도 그들의 사례들을 엮어 앞다퉈 보도하기 시작했다. 그러나 진정성이 없는 언론사의 보도는 수연의 죽음을 기업의 비정규직 문제로 돌려 공허한 논쟁을 만들었을 뿐이다.

No Gain No Pain이 침묵 사회에 대한 능동적인 반격이 되지 못한 것은 문제를 호도하려는 흐름이 있었기 때문이다. 그와 함께 이 페이지에 참여한 사람들이 주로 비정규직이나 취업 준비생이란 점도 한계였다. 같은 고통을 겪는 사람들이 잡음을 냈을 뿐 일상의 사람들에게 공감이 확산되지 못한 것이다.

No Gain No Pain은 플래시몹을 기획했지만 광장에 모인 사람은 스무 명도 되지 않았다. 이후 시간이 갈수록 인터넷 페이지도 시들해졌고 쓸쓸한 1인 시위로 축소되고 있었다. 《매일한국》은 플래시몹이 실패했을 때 적당한 타이밍이라며 찌라시방에 수연에 대한 가짜 뉴스를 올렸다.

침묵 사회에 대항하려면 대혁과 같은 사람의 참여가 절실했다. 대혁이 수연에게 관심을 가진 것은 수연의 부탁으로 사석에서 만나 지방대 출신이 겪는 불안감을 들었기 때문이다. 또한 그는 인턴들이 있는 줄 모르고 내뱉은 국장의 소름끼치는 실언을 현장에서 들은 사람이었다.

그러나 같은 인턴들도 외면하는 현실에서 대혁은 무서움과 슬픔을 느꼈다. 대혁은 아내 정인에게 "우리와 상관없는 곳에서 얼마든지 우리를 조종할 수 있는 세상이 무섭다"고 말했다. 사람들에게 침묵을 연기하게 하며 존재의 오류를 일으키는 것은 수동적 정동의 권력이었다. 대혁은 권력이 감추려는 것이 무엇인지 잘 알고 있었지만 진실에 접근하는 것을 막고 있는 보이지 않는 침묵의 정동 구조가 무서웠다.

정인은 세월호 사건 때 언론의 한계를 느껴 기자를 그만두고 드라마

작가로 전향한 상태였다. 대혁과 정인의 대화는 침묵 사회에서의 기자의 한계와 작가의 잠재력을 암시한다. 수동적 정동을 퍼뜨리는 침묵 사회는 본인의 양심과는 상관없이 윤리적 정동을 약화시킨다. 그 때문에 기자는 팩트의 상품화에 맞서지 못하고 진실에 다가가지 못하는 것이다. 반면에 작가는 팩트의 지시성에서 자유롭기 때문에 수동적 정동의 젤리를 떨쳐 내고 진실에 접근할 수 있다.

대혁이 아내와의 관계에서 용기를 얻을 수 있는 것은 그 때문이다. 수동적 젤리와 싸울 수 있는 것은 《보건교사 안은영》에서 보듯이 **능동적 정동**의 금빛 전류이다. 대혁은 비정규직과 대기업의 차이는 밥의 질의 차이일 수 있다고 생각한다. 즉 열패감 속에서 수동적으로 사료를 먹느냐, 조금 더 안정된 상태에서 밥을 먹느냐의 차이이다. 그런데 대혁은 사료를 내고 자유로워진 아내가 차려준 밥을 먹으며 둘 중 어느 것도 아닌 '진심의 밥'을 먹을 수 있었다. 그날 대혁이 진심의 밥 앞에서 눈물을 흘렸던 순간은 지금도 순수 기억으로 오랫동안 남아 있었다. 아내가 사표를 낸 후의 진심의 밥은 위기감을 느끼는 대혁의 심연에서 금빛 전류로 빛을 내고 있었다.

정인은 쑥스러워하며 밥을 퍼쳤다. 밥물을 잘 맞추지 못했는지 된밥이 만들어졌다. 된밥은 된장찌개와 잘 어울렸다. 계란물을 여러 번 채로 걸러 만들었다는 계란찜은 마치 일식집의 계란찜처럼 탱글탱글하고 부드러웠다. 숙주나물 무침은 약간 풋내를 풍겼지만 아삭거리는 식감이 좋았다. 소박하지만 정성이 담긴 맛있는 밥상이었다.

(…중략…)

정인은 내 눈치를 보며 맛이 괜찮으냐고 물었다. 그 물음에 눈물이 왈칵 쏟아져 나왔다. 정인은 당황했다. 나는 당황하는 정인을 안고 고맙다고 말했다. 정인은 영문도 모른 채 나를 따라 함께 눈물을 흘렸다. 그날 이후 나는 조금

더 진심으로 정인의 선택을 응원하기 시작했다.[39]

사료(비정규직)와 질 좋은 밥(대기업)의 차이는 경제적 불평등성을 의미한다. 그러나 대혁이 깨달은 것은 우리 시대의 비극이 단지 밥의 질의 차이에 있는 것이 아니라는 점이다. 수연의 죽음은 좋은 밥을 먹을 자격이 있는 사람에게 평생 사료를 먹게 하는 권력이 있음을 알려주었다. 그처럼 부당한 차별과 불평등성을 고착화하는 것은 루저와 타자를 배제해 침묵을 지키게 하는 정동권력이었다. 정동권력은 차별에 불만이 있어도 좋은 밥을 위해 모두가 침묵을 연기하며 살아가게 만들고 있었다. 그런 상황에서 대혁은 사표를 낸 아내를 통해 뜻밖의 또 다른 밥을 경험한다. 그것은 밥의 질을 미끼로 침묵을 강요하는 권력에 맞서는 금빛 전류 같은 진심의 밥이었다.

대혁이 금빛 전류를 느낀 또 다른 상황은 떠나는 병희 형에게서 신해철의 카세트테이프를 받았을 때였다. 이 1990년대의 낡은 테이프 역시 대혁의 심연의 순수 기억[40]을 자극하고 있었다. 사람들이 조용히 우울하게 살아가는 것은 진정성(대상 a)[41]이 고갈된 것이 아니라 깊은 곳에 가라앉아 있기 때문이다. 그런데 신해철의 노래는 대혁의 순수 기억을 동요시켜 수동적 정동과 싸울 금빛 전류를 흐르게 하고 있었다. 기억 속의 신해철은 《보건교사 안은영》의 김강선과도 같으며 신해철의 노래는 또 다른 광선검과도 비슷했다. 김강선이 떠나갔듯이 병희 형이 가버렸지만 대혁은 신해철의 노래에서 김강선의 광선검 같은 능동적인 에너지를 얻는다.

이 소설은 대혁의 내부고발로 수연의 사건의 진실을 드러내는 결말로 끝난다. 외견상 대혁은 단독자(singularity)[42]로서 《매일한국》의 권력에 맞

---

39 정진영, 《침묵주의보》, 앞의 책, 238~239쪽.

40 순수 기억은 선적인 시간을 넘어서서 시간이 존재로, 과거가 현재로 전이된 기억을 말한다.

41 심연의 대상 a는 윤리적인 순수 욕망의 근원으로서 우리의 진정성이라고 할 수 있다.

42 규범에 얽매이지 않고 능동적으로 움직이는 존재를 말한다.

서는 것 같지만 실상 그는 금빛 전류의 연대 속에서 움직였다고 할 수 있다. 편재하는 권력이 침묵을 강요하는 정동을 무기로 한다면 대혁의 능동적 정동을 증폭시킨 것은 '진심의 밥'과 '신해철의 노래'였다. 대혁은 '작가의 밥'과 '신해철의 광선검'을 통해 금빛 전류의 기운[43]을 얻어 수연의 손을 놓지 않고 끝까지 갈 수 있었던 것이다.

그와 함께 수연의 동기 희철의 진심을 확인할 수 있었던 것도 중요한 요인이었다. 대혁은 인턴 중에 오너의 조카딸과 연관된 인물이 있었음을 알아냈고, 회사는 그의 입을 막기 위해 갑자기 기획조정실로 전임시켰다. 그곳에서 대혁은 어쩔 수 없이 수연의 가짜 뉴스를 찌라시방에 올린 후에 희철을 만나게 된다. 희철은 수연을 외면했었지만 수연을 이상한 사람으로 모는 찌라시는 참을 수 없다고 말했다. 그는 국장의 실언이 담긴 녹음을 건네 준 후에 No Gain No Pain의 관리자가 자신이라고 밝혔다.

찌라시의 장본인인 대혁은 죄책감과 함께 상황이 뒤바뀌었음을 감지한다. 청년은 상실된 것이 아니라 깊은 곳에 가라앉아 있었던 것이다. 침몰해 있는 청년을 길어 올리지 못하기 때문에 희철은 무력감과 자괴감을 느끼고 있었다.

희철의 녹음은 지쳐가는 대혁을 다시 수연에게로 다가가게 만들었다. 희철과 병희, 정인은 모두 진심을 잃지 않았지만 그것을 꺼내놓지 못하는 사람들이다. 우리 시대는 대상 a(진정성)를 상실한 것이 아니라 너무 아득한 곳에 있어 길어 올리지 못하는 시대이다. 다만 사라지지 않은 진정성은 불현듯 섬광처럼 은유를 통해 다가온다. 희철의 No Gain No Pain, 병희의 신해철의 노래, 정인의 '진심의 밥'이 그것이다. 은유는 깊은 곳에 있어 보이지 않는 대상 a를 보이게 만들며 금빛 전류를 통해 정동투쟁을 촉발시킨다.

대혁은 마지막으로 No Gain No Pain에 올릴 글을 쓰며 수연과 만난다.

---

43 진심의 밥과 신해철의 노래, 금빛 전류는 대상 a의 은유라고 할 수 있다.

대혁의 마지막 글은 수연의 첫 번째 글처럼 유서의 분위기를 담고 있다. 수연은 목숨을 던졌고 대혁은 기자직을 던졌다. 두 글의 공통점은 평생 기자를 해도 쓸 수 없을 침묵을 깨는 진실을 담고 있다는 점이다. 수연이 일으킨 파문은 1인 시위로 축소되었고 대혁의 내부고발도 국회의원에 당선된 오너를 침몰시키지는 못했다. 그러나 두 글의 의미는 침묵의 시대에 진실의 파문을 일으키는 정동투쟁이 계속될 것임을 암시하고 있다는 점이다.

대혁이 정의로운 선택을 할 수 있었던 것은 지인들의 진심의 잔여물(대상 a)을 확인하며 능동적 정동으로 타자와 포옹할 수 있었기 때문이다. 수연과의 재회는 물론 다른 사람과의 교감 역시 은유를 통한 언택트 만남이었다. 대혁은 아내와 병희, 희철 중 누구와도 벌거벗은 얼굴로 만나지 못했다. 그런 안개의 정동 속에서도 은유는 수동적 젤리를 물리치고 아득한 곳의 진심을 길어 올려 능동적 정동을 증폭시켰다. 대혁이 그 금빛 전류(은유)의 힘으로 수연과 재회하며 진실의 이중주를 울렸듯이 두 사람이 열어놓은 정동의 문은 닫히지 않을 것이다. 침묵의 권력은 한 번의 진실의 파문과 정동투쟁으로 전복되지는 않는다. 그러나 진실의 실행은 가슴을 동요시키는 정동투쟁이 없으면 아예 시작되지 않는다. 진정성은 상실된 것이 아니라 아득한 곳에 묻혀 있기 때문에 침묵하는 사람들이 다시 한번 손을 잡을 수 있도록 금빛 전류를 생성하는 정동정치가 끝없이 계속되어야 하는 것이다.

제7장

존재의 오류와
싸우는 언택트 미학

1. 존재의 오류와 제2의 증상
— 은유적 대응과 언택트 문학

감성적 불평등성의 사회는 구조적인 오류를 넘어서 존재론적 오류가 생겨난 사회이다. 구조적 오류의 체제가 경제적 불평등성이 심화된 세계라면 존재의 오류의 체제는 타자가 추방된 세상이다.[1] 경제적 차별이 악화된 세계에서는 일상의 사람들이 고통받는 타자에게 교감하며 반격이 시작될 수 있다. 반면에 타자가 추방되면 90%들이 타자를 외면하고 캐슬을 선망하기 때문에 차별이 심화되어도 저항이 생기지 않는다.[2] 이런 사회에서는 대다수의 사람들이 자아가 빈약해진 채 수동적 정동의 젤리에 포위되어 살아간다. 수동적 젤리가 만연되면 타자를 혐오하게 되고 90%들이 잘못을 알면서도 침묵을 지키며 생존하게 된다. 존재의 오류 속에서 침묵을 연기(演技)하며 선을 넘지 못하고 살아가는 세상이 바로 감성적 불평등성의 사회이다. 금수저와 흙수저가 반영구적으로 분리된 피케티의 세습 자본주의 역시 감성적 차별과 존재의 오류가 생겨난 세계이다.

《보건교사 안은영》과 《침묵주의보》는 감성적 불평등성에서 벗어나는 길이 타자의 회생에 있음을 보여준다. 타자의 추방이 혐오의 젤리 때문이라면 타자의 회생은 젤리를 퇴치하는 데 있다. 《보건교사 안은영》에서 안은영은 유해한 젤리와 싸우며 옥상으로 향하는 학생들을 구출한다. 또한 《침묵주의보》에서 대혁은 침묵에 저항하며 5층에서 투신한 수연을 다시 만난다.

---

1 구조의 오류와 존재의 오류는 자본주의의 오작동이 아니라 정상적인 메커니즘 속에서 필연적으로 발생한 것이다.
2 구조적 오류를 인식하면서도 고착된 체제에서 벗어나지 못하는 사회를 구조화된 불평등성의 체제라고 할 수 있다. 구조화된 불평등성의 체제는 실상은 타자를 추방하는 존재의 오류의 사회에 의해서 유지된다고 할 수 있다.

타자와 만나는 순간은 윤리적 정동이 회생하는 시간이다.《보건교사 안은영》과《침묵주의보》는 그처럼 윤리를 회생시키는 과정에서 존재의 오류를 수정하려는 우리 시대의 과제에 응답하고 있다. 타자의 추방은 90%들의 존재의 빈곤화와 함께 이상한 '침묵주의보'의 시대를 만들게 된다. 반면에 타자의 회생과 존재의 오류의 교정은 자아를 빈약하게 만드는 젤리를 퇴치하고 차별에 반응하지 않는 이상한 침묵을 파열시키는 일로 진행된다.

《보건교사 안은영》과《침묵주의보》의 그 같은 응답은 우리 시대의 사회적 증상에 대한 반응으로 볼 수 있다. 존재의 오류의 시대의 사회적 증상은 타자의 상실이다.《보건교사 안은영》과《침묵주의보》는 타자의 상실과 연관된 젤리의 유포와 침묵의 만연이라는 신자유주의의 증상에 대해 대응하고 있다.

증상이란 사회적 균열과 비일관성이지만 그런 얼룩은 단순한 오작동이 아니라 체제의 운행 자체에서 생겨난 결과이다.[3] 예컨대 자본주의는 체제의 작동의 필연적 결과로서 프롤레타리아라는 차별받는 타자를 (증상으로) 발생시킨다. 그런 증상의 필연성 때문에 타자의 위치야말로 체제를 전복시키고 더 좋은 세상으로 나아갈 수 있는 기회로 생각될 수 있다. 그런데 자본주의의 일방적인 진행이 더 계속되면 이번에는 위험한 타자를 추방하는 체제로 전화된다. 타자의 추방 역시 자본주의의 오작동이 아니라 정당한 견제 없이 순수하게 진행된 필연적 결과로 볼 수 있다. 타자의 출현이 마르크스가 발견한 자본주의의 제1의 증상이라면 타자의 추방은 아무도 말하지 않는 우리 시대의 제2의 증상이다.

자본주의는 타자를 만들어내는 동시에 점차로 저항력이 거세된 무력한 존재로 강등시킨다. 피케티는 자본주의가 '구조화된 불평등성의 사회'

---

3   지젝은 그 때문에 정상적인 작동의 과잉과 파열로 보이는 것이 체제의 메커니즘을 아는 열쇠가 된다고 논의한다. 지젝, 이수련 역,《이데올로기라는 숭고한 대상》, 인간사랑, 2002, 223쪽.

(세습 사회)로 나아가는 것은 자본의 체제 자체의 필연적 속성이라고 주장했다. 구조화된 불평등성의 체제에서처럼 극단의 불평등성에도 저항 없이 자본의 운행이 계속되는 것은 타자가 추방되기 때문이다. 마르크스는 자본주의의 첫 번째 증상(타자의 발생)을 간파했지만 두 번째 증상(타자의 추방)은 감지하지 못했다. '프롤레타리아 혁명에 의한 이상사회'라는 마르크스의 예언이 아직 아무 데서도 실현되지 않은 것은 그 때문이다.

자본주의는 증상으로서의 타자를 발생시키지만 그 숨겨진 경고에 대응하지 않으면 타자를 추방하는 체제로 진화한다. 자본주의 자체의 속성인 구조적인 오류는 장기적으로 관성화되면 존재론적 오류로 전화되는 본성을 드러낸다. 즉 타자를 추방함으로써 자아가 빈곤해진 존재의 오류의 세계를 만들어 구조적 오류를 고착화시키는 단계로 접어드는 것이다. 그처럼 자본주의는 두 단계의 오류의 발생(증상)을 자신의 본성으로 하는 체제이다. 첫 번째 단계가 경제적 불평등성이라면 두 번째 단계는 존재론적 불평등성이다. 두 번째 단계의 존재의 오류란 모든 사람들이 자본에 식민화되어 물건이나 상품처럼 인격성이 강등된 상태로 살아가는 것을 말한다. 자본주의의 제2의 오류의 아포리아는 침묵 속에서 아무도 오류에 저항하지 못하게 만든다는 데 있다. 자본주의가 마르크스의 저항을 넘어서서 더욱 확대된 형태로 지속되는 비밀은 바로 여기에 있다.

그러나 자본주의는 일방적인 질주를 계속하지만 유념해야 될 것은 증상이라는 경고 역시 체제의 일부라는 점이다. 증상은 체제 자체의 얼룩인 동시에 타자가 보내는 경고이기도 하다. 우리는 첫 번째 증상이 경고를 발신했을 때 벌거벗은 얼굴과의 만남을 통해 변혁운동을 일으켰다. 그것이 바로 1970~80년대의 민중적 민주화 운동이었다. 우리의 민중운동은 성공했지만 자본주의는 와해되지도 변화되지도 않았다.

IMF 사태는 오히려 신자유주의를 확장시켰고 새로운 변혁의 길을 찾지 못하는 사이에 자본주의에서는 두 번째 경고가 발신되었다. 그것이 지금 우리가 경험하고 있는 타자의 추방으로 생긴 존재의 오류의 세계이다. 이 두 번째 경고에 대응하기 어려운 것은 신자유주의에 의한 인격성의 식민화로 인해 벌거벗은 얼굴을 상실했기 때문이다.

하지만 두 번째 증상에 대한 대응과 응답이 전혀 없는 것은 아니다. 첫 번째 증상에 대한 대응으로 마르크스는 공산주의의 유령이 세계를 배회하고 있다고 말했다. 마르크스가 주목한 것은 자본주의의 자체의 구조적 오류에 대한 대항이었다. 그와 비슷하게 우리는 두 번째 증상에 대한 대응으로 《기생충》과 《오징어 게임》에서 정동적 유령이 스크린을 떠돌고 있다고 말할 수 있다. 《기생충》과 《오징어 게임》이 보여주고 있는 것은 자본주의의 두 번째 증상인 존재의 오류에 대한 대응이다. 《보건교사 안은영》과 《침묵주의보》에서 젤리와 싸우며 침묵을 깨는 금빛 전류 역시 타자의 비극과 존재의 오류에 맞서는 정동정치일 것이다. 《보건교사 안은영》에서 《오징어 게임》까지의 작품들이 보여주고 있는 것은 자본주의의 제2의 증상이 만든 유령들을 쫓아가는 정동정치이다. 자본주의의 증상이 체제 자체의 본성이듯이, 정동적 유령들의 출현 역시 불가피한 결과[4]이며, 우리에게 인간적 윤리(내재원인)에 근거한 새로운 정치를 실행할 것을 요구하고 있다.

첫 번째 증상과 두 번째 증상에 대한 대응은 정치적인 저항인 동시에 윤리적인 반격이라고 할 수 있다. 첫 번째 저항은 벌거벗은 얼굴과의 교감에서 시작되었으며 가두에서의 투쟁으로 실행에 옮겨졌다. 반면에 두 번째 저항은 벌거벗은 얼굴을 상실한 상황에서 타자를 귀환시키는 일상에서의 은유적 실천으로 시작된다. 양자의 차이는 우리 시대에 어떻게 다시 변혁운동을 회생시킬 수 있는지 새로운 길을 암시한다.

백상예술상 남자조연상을 탄 조현철은 박길래, 김용균, 변희수, 이경택,

---

4 여기서 불가피한 결과라는 것은 법칙 같은 결정론적 원리가 아니라 인간의 자유에 근거한 실천의 원리를 뜻한다.

세월호 학생들이 '여기 다 있다'고 말했다. 조현철이 교감한 빨간 꽃은 벌거벗은 얼굴이 아니라 은유로 회생한 타자들이었다. 사라진 타자가 회생한 것은 조현철의 가슴에서 대상 a가 작동되었음을 암시한다. 조현철이 수상한 순간 대상 a가 작동되기 시작한 것은 그가 고통받는 타자를 그린 《DP》라는 영화에 출현했었기 때문이다. 또한 그는 병상에 있는 죽음을 앞둔 아버지에 대한 생각 때문에 한층 애틋한 마음이 있었다. 조현철은 김용균과 세월호 학생을 말하기 전에 아버지에게 무서워하지 말라며 이렇게 얘기했다. "조금만 눈을 돌리면 창밖에 빨간 꽃이 보이잖아. 그거 할머니야, 할머니가 거기 있으니까 아빠가 용기를 냈으면 좋겠어."

그가 말한 빨간 꽃이란 대상 a의 은유이다. 그 순간 대상 a가 동요하기 시작했기 때문에 김용균, 변희수, 세월호 학생들과 만날 수 있었던 것이다. 우리 시대는 가두의 투쟁을 통해 대상 a를 동요시키기 어려워진 시대이다. 그런 상황에서 조현철은 현장에서 사라진 타자들을 무대 위에서 빨간 꽃으로 다시 재회하고 있었다. 현장에서 멀리 있기 때문에 관중들의 마음도 가라앉아 있었지만 조현철에 의한 대상 a의 작동은 깊은 샘물을 길어 올려 능동적 정동을 회생시키고 있었다. 이것이 제2의 증상에 대응하는 우리 시대의 은유적 정치를 통한 정동적 실천이다.

조현철이 타자를 회생시키며 사람들의 마음을 움직인 순간은 일상에서 정동정치가 실행된 시간이었다. 과거에는 현장에서 노동자들이 고통을 호소하며 우리의 가슴을 동요시켰다. 그러나 이제 우리는 현장에서 벌거벗은 얼굴의 호소를 잘 듣지 못한다. '박길래, 김용균, 변희수…이경택…세월호 학생들'은 우리가 지켜주지 못한 사람들이다. 우리가 지켜주지 못했다는 것은 현장에서 그들과 벌거벗은 얼굴로 만나지 못했다는 뜻이다. 그 이유는 타자를 투명인간이나 혐오의 대상으로 만드는 정동권력이 일상의 곳곳에 만연되었기 때문이다. 새로운 권력이 타자를 혐오하게 하는 것은 심연의 대상 a를 움직이지 못하게 해 권력의 캐슬을 영속화하기 위해서이다. 권력의 새로운 방식은 혐오의 젤리를 통해 벌거벗은 얼굴을 사라지게 해 타자와의 만남을 불가능하게 하는 것이다. 조현철은 그에 대응하며 김용균과 세월호 학생들이 빨간 꽃의 은유로 되돌아오게 하는 일상의 정동정치를 실행했다. 조현철의 목소리의 방점은 '여기 다 있다'라는 **존재의 입증**에 있었다. 그처럼 타자가 다시 귀환해야만 우리 모두의 존재도 회생하게 된다. 조현철의 목소리와 은유의 서사는 자본주의의 두 번째 증상으로서 타자를 추방하는 존재의 오류에 대한 대응이었다.

조현철의 새로운 정동정치는 매우 암시적이다. 과거에는 현장의 노동자가 우리에게 호소했지만 지금은 조현철 같은 드라마의 배우도 그 이상으로 사람들을 움직인다. 문학과 드라마는 은유를 통해 타자의 서사를 연출하는 정동적 실천이다. 오늘날에는 과거의 노동자의 벌거벗은 얼굴만큼이나 드라마가 연출하는 은유들이 권력에게 위험한 요인이 되고 있다. 벌거벗은 얼굴의 호소력이 약해진 대신 사라진 타자를 은유로 회생시키는 실천이 중요해졌기 때문이다. 이는 우리 시대에 벌거벗은 얼굴의 정치가 은유의 정치로 전환되었음을 뜻한다. 또한 힘을 잃은 공장과 가두의 운동 대신 일상의 공간에서 감동이 연출되고 있음을 암시한다. 첫 번째 증상인 고통받는 타자의 출현에 대한 대응이 벌거벗은 얼굴과의 만남이었다면, 두 번째 증상인 타자의 상실에 대한 대응은 은유로 귀환한 타자와의 만남이다.

예전에는 현장에 서 있는 사람을 역사의 주체라고 생각했지만 지금은 어떤 주체도 발견할 수 없다. 그 대신 우리는 과거와 비슷한 동요를 가슴속의 빨간 꽃이 움직일 때 비로소 느낀다. 이제 역사적 주체는 빨간 꽃이 은유하는 **대상 a**로 대체되었다. 그리고 공장과 현장에서의 운동은 일상의 정치로 전환되었다.

제임슨은 역사의 주체를 회의하며 그 대신 실재계(대상 a)와 부재원인을 주목했다. 그가 말한 실재계와 부재원인은 우리의 맥락에서 대상 a[5]와 내재원인으로 해석될 수 있다. 그런데 대상 a와 내재원인은 역사적 주체와는 달리 눈에 잘 보이지 않는다. 제임슨이 강조한 것은 실재계와 부재원인은 표상될 수 없기 때문에 서사 텍스트를 통한 접근이 필요하다는 점이었다. 우리가 타자의 서사와 은유를 말한 것도 같은 맥락에서였다.

제임슨의 부재원인의 서사는 타자를 추방하는 신자유주의에 대응하기 위한 전략을 말한 것은 아니었다.[6] 그러나 그의 정치적 무의식과 실재계적 서사는 우리 시대의 변혁운동의 부활을 위한 전략에 가장 잘 맞는다. 그 이유는 과거와 달리 사라진 타자를 회생시키는 일이 우리 시대의 임무가 되었기 때문이다. 제임슨이 말한 부재원인을 작동시키는 서사는 **부재하는 타자**를 회생시키는 정동정치에서 은유적인 정합성을 얻는다.

그 때문에 제임슨의 부재원인과 대상 a의 작동은 존재의 오류에 맞서는 정동정치에서 가장 실감난다. 과거에는 타자의 벌거벗은 얼굴과 만나는 순간 순수한 공백 상태에서 대상 a를 작동시킬 수 있었다. 벌거벗은 얼굴이라는 말은 세상에 젤리가 없다는 뜻과도 같다. 심연의 대상 a는 벌거벗은 얼굴 같은 젤리가 없는 공백 상태에서만 작동된다. 그런데 혐오의 정동을 유포시키는 권력에 때문에 벌거벗은 얼굴을 만날 수 없는 오늘날은 현장에서 고통받는 타자들과 조우할 수 없게 되었다. 그 때문에 은유를 통해 가상의 공백에서 빨간 꽃을 보며 대상 a를 작동시켜야 하는 것이

---

5   대상 a란 타자와 만나는 순간 퍼 올려진 심연의 에로스의 샘물인 동시에 상승된 타자의 이미지이기도 하다. 세월호에서 희생된 학생들은 팽목항에서 물밑의 앱젝트로 사라졌다. 그러나 은유를 통해 꽃과 나비로 돌아오는 순간 우리는 대상 a의 이미지를 통해 타자와 다시 만난다. 대상 a란 우리의 에로스의 샘물인 동시에 꽃으로 돌아온 학생들이기도 하다.

6   타자의 벌거벗은 얼굴과 교감하는 서사 역시 대상 a의 작동에 의해 역사에 연결되며, 여기서도 우리는 자연인 대신 은유적 인격으로 행동한다. 그러나 이 경우에는 타자와 은유적 인격을 역사의 주체로 말하기 때문에 대상 a의 작동은 잘 주목하지 않는 경향이 있다. 반면에 타자가 추방된 세계에서는 대상 a를 은유로 표현하는 일이 잘못된 체제에 대응하는 일에서 매우 중요해지게 된다.

다. 벌거벗은 얼굴 대신 빨간 꽃을 보며 젤리[7]에서 벗어나야만 대상 a에 접근하며 멀어진 타자와 재회하는 것이다. **빨간 꽃**이라는 은유적 정치는 타자의 얼굴 대신 젤리 없는 공백을 제공하는 우리 시대의 윤리적 무기이다. 타자가 빨간 꽃으로 되돌아와야만 우리는 존재의 오류를 교정하며 다시 한번 윤리적 정동을 되찾는다.

조현철이 세월호 학생을 말하는 순간에 무대는 일상의 공간과는 다른 곳으로 전환되었다. 그 특별한 공간(젤리 없는 공백)에서 빨간 꽃을 보는 순간 비로소 은유를 통해 멀어진 타자와 재회하게 되는 것이다. 타자와 재회하는 순간은 사람들이 존재의 오류에서 벗어나 깊은 샘물(대상 a)을 퍼 올리며 인격적 존엄성을 되찾는 순간이다. 부재하는 동시에 존재하는 (여기 다 있다!) 타자가 부재원인(대상 a)을 작동시키며 두 번째 증상에 대응하게 하고 있는 것이다.

그처럼 은유(빨간 꽃)를 통한 타자의 귀환이 중요하기 때문에 오늘날은 현장 이상으로 가상의 영역이 핵심적인 공간이 되었다. 문학과 예술은 조현철의 무대 위의 호소를 작품의 가상을 통해 보여준다. 예컨대 《침묵주의보》에서 대혁이 수연을 다시 만난 것도 은유의 통로를 통해서였다. 즉 신해철의 '노래'와 정인의 '진심의 밥'이라는 금빛 전류를 통해 대상 a에 다가서며 수연과 재회한 것이다. 대혁은 비대면의 상태에서 '침묵을 강요하는 정동'을 물리치는 은유의 공간에 들어서면서 수연과 다시 대면한다.

이런 비대면의 대면은 변혁운동에서도 마찬가지이다. 예컨대 '희망버스'에서 일상의 사람들이 김진숙을 만난 것은 공장도 가두의 현장도 아니었다. 오늘날 굴뚝과 크레인에 오르는 노동자들의 시위는 존재론적 투쟁의 특성을 잘 보여준다. 김진숙이 크레인에 오른 순간 우리는 존재론적 위기감을 느끼며 김진숙의 가면을 쓰고 '우리가 김진숙이다'를 외쳤다. 그 순간 김진숙은 위기를 느끼는 우리의 심연에서 '빨간 꽃'으로 회생한 것

---

7   비대면이 요구되는 점에서 유해한 젤리는 바이러스와도 비슷하다.

이다. '우리가 김진숙이다'를 외치는 순간은 멀어진 타자와 재회하며 대상 a를 작동시켜 우리 자신의 인간의 존엄을 되찾는 순간이었다. 우리는 김진숙의 빨간 꽃과 만나는 틈새 공간(광장)에서 존재의 오류로 가득 찬 세계를 변혁하라고 외치고 있었다.

존재의 오류란 일상의 사람들이 도처의 유해한 젤리의 기운에서 벗어나기 힘든 상황을 뜻한다. 벌거벗은 얼굴의 상실은 그런 존재론적 오류를 나타내는 중요한 지표이다. 이처럼 젤리로 인해 현장을 상실한 사회[8]에서는 존재의 오류에서 벗어나기 위해 틈새와 공백을 얻는 가상의 방식(시뮬라크르와 은유)이 매우 중요해진다.

조현철의 무대는 '신자유주의의 원본'[9]을 대신하는 사건의 시뮬라크르[10]의 공간이었다. 《침묵주의보》에서 대혁이 신해철의 노래를 듣는 순간 역시 시뮬라크르의 공간에서 수연에게 다가서는 시간이었다. 시뮬라크르와 은유는 현장의 타자에게서 멀어진 채 틈새의 공백을 만들어 다시 가까워지게 해준다.

존재의 오류란 일상에 바이러스가 만연된 상황과도 같다. 바이러스를 피하기 위해 비대면 상태에서 거리두기를 하는 상황을 언택트 사회라고 한다. 실제로 바이러스를 계기로 교육, 의료, 쇼핑에서 가상을 통한 방식이 많아졌다. 그러나 언택트 사회에서도 에로스의 잔여물 대상 a는 깊은 곳의 샘물로 남아 있다. 팔레스타인의 자하드 알스와이티는 코로나 때문에 병원의 배수관을 타고 올라 떨어진 채 어머니와 만나고 있었다.[11] 알스와이티는 거리를 둔 채 어머니를 가슴으로 끌어안고 있었다. 우리 시대의

---

8 구조적 오류의 사회에서는 변혁을 요구하는 현장의 모임이 매우 중요했다. 그러나 존재의 오류의 사회에서는 만연된 젤리로 인해 그런 현장의 집합이 어려워진다.

9 신자유주의의 원본의 사회는 상품물신화된 현실이다.

10 사건의 시뮬라크르는 원본의 지시 대상이 없는 이미지로서 원본의 수동적 맥락에서 벗어난 틈새를 생성한다.

11 나병철, 《반복의 문학과 진실의 이중주》, 소명출판, 2021, 503쪽 참조.

시뮬라크르와 은유를 통한 만남도 그와 다르지 않다. 빨간 꽃, 신해철의 노래, 김진숙의 가면. 이 순간들은 어느 때보다도 세월호 학생들과 수연과 김진숙을 끌어안는 시간이었다. 그처럼 비접촉의 접촉으로 벌거벗은 얼굴을 대신하는 오늘날의 특이한 타자와의 만남을 **언택트 포옹**이라고 부를 수 있다.

가상의 방식을 통해 타자를 회생시키는 강렬한 존재론적 투쟁이 바로 촛불집회이다. 촛불집회에서 사람들이 모이는 광장은 젤리가 퇴치된 은유와 미학의 공간이다. 오늘날 우리는 가두와 공장에서 더 이상 벌거벗은 얼굴과 만날 수 없다. 그 대신 은유와 미학을 통해 타자와 재회하며 깊이 가라앉은 샘물(대상 a)을 퍼 올리는 것이다. 우리 시대는 금빛 전류와 빨간 꽃[12]이 벌거벗은 얼굴을 대체한 시대이다. 우리가 촛불을 드는 것은 금빛 전류와 빨간 꽃의 기운을 확인하는 것이나 마찬가지이다. 그런 은유의 공간에서 사람들은 존재의 오류를 교정하고 인간의 존엄을 되찾으며 불꽃처럼 도약할 수 있다. 가두와 공장에서 무장 해제된 타자가 은유의 공간에서 회생할 때, 우리는 돌아온 '빨간 꽃'과 언택트 포옹을 하며 다시 한번 필사적인 에로스의 도약을 시도한다.

2. 젤리의 세계에서 금빛 전류를 발생시키는 방법
　 ─ 얼굴을 넘어선 정동

감성적 불평등성의 사회는 존재의 오류 때문에 신분사회처럼 선을 넘지 못하는 체제이다. 이런 사회에서는 정동권력에 맞서는 능동적 정동을 발생시켜 존재의 오류를 수정해야 구조적 오류가 극복된다. 능동적 정동이 생성되어야 사회가 변화되는 것은 과거에도 마찬가지였다. 예컨대 변

12　빨간 꽃은 귀환한 타자의 은유인 동시에 심연의 대상 a의 작동을 확인하게 해주는 이미지이다.

혁운동의 황금기에는 벌거벗은 얼굴과의 인격적 대면을 통해 에로스적 연대를 형성할 수 있었다. 그러나 지금은 만연된 젤리로 인해 개인들의 인격적 대면을 통해서는 능동적 정동을 발생시키기 어려워졌다. 이런 사회에서는 개인적 대면보다는 **개체 이하**의 미시적 정동의 흐름을 통해 **개인을 넘어서는** 연대를 생성해야 한다.

미시적 정동은 개인적 주체가 아니라 대상 a에서 생성된다. 제임슨이 말했듯이 이제 연대의 행위자는 보이는 주체에서 부재하는 대상 a로 대체되었다. 그런 부재하는 대상 a에서 생성된 미시 정동의 흐름을 보이게 만드는 장치가 바로 은유이다. 조현철이 빨간 꽃을 말하는 순간은 대상 a가 작동되며 사람들이 미시적 정동의 물결에 젖어 연대하는 순간이었다.

대상 a는 실재계에 위치하는 동시에 우리의 무의식에 잔존한다. 대상 a가 작동되는 순간은 우리의 심연의 깊은 샘물을 퍼 올리는 시간이기도 하다. 그처럼 대상 a가 일종의 무의식이기 때문에 빨간 꽃으로 연대하는 순간은 개인 간의 대면을 넘어서는 시간이었다. 대상 a의 작동에 의해 생성되는 미시 정동은 무의식처럼 개체 이하의 것인 동시에 개인보다 더 큰 물결이기도 하다.

예컨대 《보건교사 안은영》에서 안은영과 홍인표의 연대는 얼굴의 대면보다는 미시적인 금빛 전류를 발생시키는 방법을 사용한다. 두 사람 사이의 금빛 전류는 개인적 주체가 아니라 대상 a에서 흘러나온 정동의 흐름이다. 금빛 전류는 벌거벗은 얼굴과의 대면보다는 심연에 잠재된 에로스의 샘물(대상 a)을 퍼 올려 능동적 기운을 생성시키는 것을 말한다. 이제 보이는 개인적 감정보다 보이지 않는 대상 a의 정동이 선행해야 능동적 정동이 생성될 수 있다. 안은영과 홍인표가 손을 잡는 순간은 비비탄총과 좋은 기운이 합쳐져 금빛 입자들이 흐르는 순간이다. 두 사람의 신체를 횡단하는 금빛 입자들의 물결은 흘러넘치는 심연의 에로스의 샘물의 은유이다. 심연의 샘물이기 때문에 의식적인 개체 이하의 흐름이지만 세상을 젖게 하기 때문에 개인을 넘어선 것이기도 하다. 또한 그런 빛나는 금빛 입자들은 일종의 은유이면서 보이는 어떤 표상들보다도 더 진짜 정동을 표현한다. 오늘날에는 얼굴과 눈빛이 아니라 보이지 않는 금빛 전류의 기운이 개체들을 관통해야 능동적 정동이 생성될 수 있다.

금빛 전류는 얼굴의 대면을 넘어선 정동적 교류의 가능성을 암시한다. 우리 시대는 감정의 상품화와 존재의 오류로 인해 얼굴을 마주 보는 에로스가 매우 어려워진 시대이다. 예컨대 〈내 마음의 옥탑방〉에서 '나'와 주희는 가난 때문에 서로 불행해질까봐 얼굴을 마주 보는 사랑을 하지 못한다. 그들이 할 수 있는 최대의 행위는 사마귀처럼 서로를 보지 않은 채 등 뒤에서 끌어안는 것뿐이었다. 이 같은 신자유주의의 사마귀 신화에 대해 한병철은 '에로스의 종말'이라고 비관적으로 논의했다.[13]

그러나 얼굴의 사랑을 상실한 시대에 사마귀 신화를 넘어서는 방법이 전혀 없는 것은 아니다. **얼굴**은 뇌와 연결된 감각기관이 모두 모여 있는 특별한 신체이다. 레비나스가 타자와의 에로스적 관계와 윤리적 정동의 생성에서 얼굴을 강조한 것은 그 때문이다. 하지만 바로 그런 이유로 타자를 추방하는 신자유주의에서는 얼굴이 마지막 **식민화**의 장소가 되었다.

그 같은 얼굴의 사랑의 상실에 대응할 수 있는 단서는 베르그송의 유물론에서 찾을 수 있다. 베르그송은 개체의 인격의 상징인 얼굴보다 뇌와 신체에서 **미시적 작용**에 의해 정신과 정동이 발생됨을 논의했다. 우리의 정신은 뇌에 전해진 미시 이미지에 대한 반응을 지연시키는 복잡한 미결정성의 회로에서 생성된다. 또한 감정과 정동이란 미시 이미지들의 충격이 신체의 내부와 외부로 물결치는 것을 의미한다. 그런 과정에서 정신과 정동을 복합적으로 만드는 것은 기억이며 그중 특별히 중요한 것은 순수 기억이다. 순수 기억이란 선적인 시간의 회로를 넘어서서 나이테처럼 우

---

13 한병철, 김태환 역, 《에로스의 종말》, 문학과지성사, 2015.

리의 존재 자체에 영향을 미치는 존재론적 기억이다. 기억이 복잡할수록, 그중에서도 순수 기억이 증폭될수록 우리의 정신과 정동은 풍부해진다. 특히 순수 기억이 창조적으로 도약하는 순간에는 인간의 비밀인 에로스 적 정동이 생성된다.

베르그송의 미시 이미지론은 **얼굴 없는** 정신과 정동의 가능성을 암시 한다. 실제로 우리 시대에 베르그송의 유물론을 적용해 정신을 발생시키 는 대표적인 시도가 바로 인공지능 테크놀로지이다. 기억의 회로가 복잡 할수록 정신의 생성이 풍부하듯이 빅데이터가 확장될수록 인공지능의 두 뇌는 풍성해진다.

인공지능은 지능을 갖춘 존재 중에서 유일하게 젤리의 공격을 피할 수 있다. 그런 맥락에서 오늘날 로봇과의 사랑을 그린 드라마와 영화가 많아 진 것은 의미심장하다. 사마귀 신화에서처럼 인간의 사랑이 위기에 처했 기 때문에 존재의 오류에서 면제된 로봇과의 사랑이 감동을 주는 것이 다.[14] 인간과는 사마귀처럼 등 뒤에서 껴안을 수 있을 뿐이지만 로봇과는 미시 지각들의 교감에 의해 떨어진 상태에서 에로스의 교감이 가능하다. 로봇과의 사랑은 얼굴이나 포옹보다는 미시 이미지들과 데이터의 회로를 통해 '금빛 전류'를 만드는 특별한 언택트 사랑이다.

그러나 실제로 인공지능을 통해 에로스를 발명해내는 일은 매우 요원 하다고 할 수 있다. 금빛 전류와 능동적 정동은 순수 기억의 도약이 있어 야 하는데 인공지능에게 가장 어려운 기제가 순수 기억의 회로이기 때문 이다. 인간을 능가하는 인공지능의 정신작용은 특정한 외적 목적을 향해 있을 때 빛을 발한다. 반면에 순수 기억이 창조적으로 도약한다는 것은 외적 목적이 아니라 내재원인을 감지했음을 뜻한다. 인공지능이 내재원 인이라는 인간의 비밀을 알게 될 날은 아주 먼 미래일 것이다.

---

14 인간은 존재의 오류 속에서도 아무렇지 않은 채 살아가지만 오류가 생긴 로봇은 더 이상 작동되지 않는다.

다만 희망적인 것은 가상 테크놀로지의 발전에 의해 베르그송의 유물론이 얼굴을 상실한 인간세계에서도 실현될 수 있다는 점이다. 예컨대 《파이란》에서 한 번도 만난 적이 없는 여자와 사랑을 하는 것은 얼굴의 대면이 아니라 숨겨진 금빛 물결이 일으킨 반전이다. 만일 삼류 조폭 강재가 현실에서 파이란을 만났다면 황폐한 정동에 포위되어 사랑을 꿈꾸지 못했을 것이다. 그러나 사진과 편지, 동영상을 통한 미시 이미지들의 교섭에 의해 강재는 금빛 전류의 흐름을 경험하게 된다. 그의 생애 처음의 사랑은 비대면의 힘으로 인격을 상승시키며 능동적 정동을 생성시킨 언택트 사랑이라고 할 수 있다.

미시 이미지의 흐름을 통한 능동적 정동의 발생은 일종의 **비표상적인 사유**라고 부를 수 있다. 사유는 이성과 언어를 통해서만 가능한 것이 아니라 미시 이미지와 정동을 통해서도 생성된다. 강재의 비대면의 사랑이 생성된 순간은 우리에게 많은 것을 생각하게 해준 시간이기도 하다. 여기서 현실(상징계)보다 시뮬라크르(가상)가 위력을 발휘하는 상황은 존재의 오류를 교정하려는 갈망, 그 비표상적인 사유(정동)에 의한 것이라고 할 수 있다.

그처럼 미시적인 금빛 전류를 발생시키는 방법이 바로 시뮬라크르와 은유이다. 우리는 오늘날 VR 테크놀로지의 발전으로 가상의 연출을 통해 언택트 사유를 경험할 수 있다. 예컨대 MBC의 다큐 프로《용균이를 만났다》에서 VR을 통해 (김용균과 2인 1조가 되어) 타자에 대한 공감력을 증폭시키는 것은 얼굴의 대면 대신 미시적인 금빛 전류를 흐르게 하는 것이다. 체험자가 들어선 VR에는 시뮬라크르처럼 상징계적 지시 대상(김용균)이 없다. 그러나 바로 그 때문에 가상공간과 시뮬라크르에는 황폐한 정동에 오염된 상황도 없는 것이다. 그 대신 미시 이미지들의 흐름이 체험자의 심연의 샘물을 자극해서 현실에서는 경험할 수 없는 금빛 전류를 발생시키는 것이다. 체험자가 들어선 곳은 가상공간이지만 보이지 않는 금빛 전류는 현실에서 발견하기 어려운 **진짜 정동**이다.

　미시 이미지를 통한 금빛 전류의 발생은 VR이 발전하기 이전에 미학적 은유를 통해서도 연출되었다. 미학적 은유는 VR보다 정교하지 않은 것 같지만 순수 기억이라는 창조적 변형의 힘을 통해 오히려 더 강렬한 정동을 발생시킨다. 예컨대《침묵주의보》에서 대혁은 청년기의 영웅이었던 신해철의 노래를 들으며 수연과 재회할 용기를 얻게 된다. 신해철의 노래는 1990년대의 어느 한 지점에 있는 게 아니라 대혁의 순수 기억에 각인되어 있었다. 꿈속에서 들은 신해철의 노래는 수동적 정동에 억눌린 대혁의 자아를 팽창시키며 금빛 전류로 흐르고 있었다. 순수 기억 속의 신해철과의 만남은 VR보다 정확하지는 않지만, 현실과 조우하는 창조적 변형의 힘을 통해《용균이를 만났다》이상으로 금빛 전류를 발생시키는 역능을 발휘한다.《침묵주의보》에서처럼 금빛 전류의 발생은 타자와의 만남을 가능하게 해준다. 헤드라이너[15] 신해철의 음악은 수연과 다시 만날 수 있는 은유의 공간을 열고 있었다.

　시뮬라크르와 은유에서 타자와의 접촉은 가상공간을 통해서이지만 발생된 전류는 가상의 것이 아니다. 금빛 전류의 힘은 빈약해진 자아를 고양시키며 젤리가 만연된 현실에서 실제 행동을 할 수 있게 해주기 때문이다. 그 점에서 오늘날은 시뮬라크르와 은유의 가상공간이 현실보다 더 현실적인 힘을 발휘하는 시대이다.

　우리 시대는 시뮬라크르와 현실, 문학과 정치의 경계가 해체된 세계이다. 미시적인 환상 이미지들이 흐르는 한강과 박민규의 소설들은 왜소해진 현실 정치보다 더 정치적이다. 반대로 촛불집회에서의 은유적인 미학은 위축된 문학보다도 더 문학적이다.

　이제 우리는 미시적인 금빛 전류를 발생시키는 소설들이 어떻게 존재의 오류의 변혁에 앞장서는지 살펴볼 것이다. 존재의 오류의 시대에도 편

15　음악 축제의 하이라이트를 장식하며 마지막 무대에 오르는 가수를 말한다.

재하는 규율권력이 사라진 것은 아니다. 기업, 언론, 학교, 법적 조직의 권력은 존재의 오류 속에서 오히려 반영구적 체제를 유지하고 있다. 이런 사회에서는 강요된 침묵으로 인해 직접적으로 권력의 그물망에 대항하기가 매우 어렵다. 그 때문에 수동적 젤리를 퇴치하고 존재의 오류를 변혁하기 위해 금빛 전류를 발생시키는 모험이 필요한 것이다.

예컨대 권여선의 《레몬》에서는 치안권력의 비호 아래 상류층의 범법이 묵인되는 상황이 벌어진다. 주인공 다언은 언니를 죽인 범인을 보지 못하고 침묵 속에서 우울하게 살아간다. 그런 중에 언니의 옷[16]과 시의 기억으로 떠오른 레몬의 이미지는 능동적 정동을 회생시킬 금빛 전류의 갈망을 암시한다. 노란 레몬에 대한 갈망은 더 나아가 혐오 발화에 시달리며 사라질 위기에 처한 노동하는 타자의 모습을 눈부신 이미지로 전환시킨다. 이 소설은 감성적인 금빛 정동의 열망이 '편재하는 권력'과 '존재의 오류'에 대항하는 출발점임을 암시한다.

한강의 〈작별〉 역시 추방의 위기에 놓인 타자가 사랑의 정동을 생성하며 소멸을 견디는 풍경을 보여준다. 이 작품은 환상소설이지만 우리 시대의 냉혹한 권력과 타자의 운명을 시 같은 은유로 압축하고 있다. 권력은 인간이 사물로 살아갈 것을 강요하고 있으며 타자란 그 끝에서 쓸모없는 비존재로 사라질 위기에 처한 존재이다. 타자의 은유인 눈사람은 아열대의 자본의 현실에 동화되지 못해 녹아 없어질 존재의 운명을 이미지화한 것이다. 그러나 눈사람은 입술과 혀가 녹는 것을 감수하면서도 사랑의 정동을 멈추지 않는다. 눈사람의 사랑은 인간의 신체로 증언되지는 못하지만 우리의 기억을 통해 영원해질 수 있다. 타자가 소멸을 견뎌야 하는 시대에 이 소설이 우리를 감동시키는 것은 피와 살의 몸을 대신해 순수 기억의 눈사람으로 금빛 전류를 잊지 않으려는 타자성의 갈망 때문이다.

존재의 오류에 대항하기 위해 은유가 중요한 것은 리얼리즘에서도 마

---

16 언니가 입었던 노란 원피스의 빛깔은 레몬의 이미지로 떠오른다.

찬가지이다. 이재웅의 〈안내자〉는 리얼리즘이지만 한강의 환상소설만큼이나 은유가 핵심적인 역할을 한다. 이주 노동자 2세들은 회사 사장의 임금 체불에 항의하다 부당하게 해고당하게 되었다. 그러나 그들의 저항은 폭력에 대한 또 다른 폭력이 아니라 젤리로 뭉쳐진 사장의 감성적 오류를 수정하는 것이었다. 이주 노동자 2세들은 사장의 분신 같은 개를 제거함으로써 냉혈한에게 고통을 배우게 하려 했다. 이 은유적인 저항은 무통 인간인 사장에게 상처를 경험하게 해서 타자에 대한 감성적 오류를 고쳐주려는 전략이다. 그들의 새로운 윤리적 저항은 과거에 사회운동을 했던 같은 마을(W리)의 이 노인에게는 낯선 것이었다. 이 노인은 노동자들과 손을 맞잡을 수는 없었지만 사장 집에 데려다 주는 안내자 역할을 한다. 안내자 역할은 권력의 하수인이 된 이 노인이 자신의 변화를 반성하게 만들었다. 머뭇거리는 안내자와 고통받는 이주 노동자의 만남에서 보이지 않는 금빛 전류가 생성되기 시작한 것이다. 이 소설은 안내자와 노동자의 특이한 만남을 통해 존재의 오류에 대응하는 우리 시대의 새로운 저항의 출발을 암시하고 있다.

젤리의 세상에서 금빛 전류를 발생시키는 새로운 윤리 역시 이중주가 필요함은 마찬가지이다.《레몬》에서 다언은 오빠가 사라질까봐 겁이 난다는 정선우[17]의 말을 듣고 한만수의 세탁 공장을 찾아간다. 〈작별〉에서도 사라져가는 '나'는 소멸을 견디며 차가움을 참고 있는 그와 키스를 한다. 또한 〈안내자〉에서 이 노인은 어둠 속으로 멀어져가는 이주 노동자 2세들을 보며 보이지 않는 곳에서 시작된 저항을 감지한다.

그런데 세 소설에서 존재의 오류를 변혁하기 위한 윤리의 이중주는 과거와는 다르다. 예전에는 벌거벗은 얼굴의 호소에 응답하며 상징계의 공백에서 윤리의 이중주가 연주되었다. 그러나 지금은 거리를 둔 채 미시 이미지들을 생성하며 두 신체를 관통하는 금빛 전류를 발생시킨다.《레

---

17 정선우는 아빠가 다른 한만수의 여동생이다.

몬》에서 다언은 세탁 공장에서 한만수에 다가가지 못한 채 그의 동작들에서 눈부신 이미지들을 보고 있었다. 〈작별〉에서 역시 '나'는 눈사람으로 녹아 사라지면서 사랑하는 연인과 가까워지고 있었다. 또한 〈안내자〉에서 이 노인은 멀어진 청년들에게서 묘한 고독을 느끼며 그들과 자신을 관통하는 금빛 전류를 감지한다.

우리 시대는 벌거벗은 얼굴의 대면 대신 비대면의 틈새에서 윤리의 이중주가 연주되는 시대이다. 존재의 오류로 인해 나체화[18]의 대면이 힘든 세계에서는 거리를 두고 오류를 교정하며 깊은 샘물을 퍼 올려 다시 만나야 한다. 그 순간 심연에 묻힌 대상 a에서 미시 이미지들이 생성되면서 두 신체를 관류하는 금빛 에너지가 발생되는 것이다. 이제 벌거벗은 얼굴의 대면은 시뮬라크르와 은유를 통한 미시 이미지의 생성으로 대체되었다. 떨어진 채 다가서는 이 새로운 언택트 윤리야말로 젤리가 만연된 존재의 오류의 세상을 변혁하기 위한 신무기일 것이다.

3. 감성적 차별에 저항하는 레몬의 정동
— 권여선의《레몬》

《레몬》은 17년의 긴 시간을 여행하는 소설이다. 흥미로운 것은 17년의 시간이 선적인 인과율에 의해 진행되지 않고 심연의 기억의 운동으로 보여진다는 점이다. 그 점에서 이 소설의 진짜 주인공은 초점화자의 순수 기억이라고 할 수 있다. 선적인 시간에서 보면 주인공 다언은 죽은 언니와 만날 수 없지만 다언의 순수 기억은 언니와 재회하는 서사적 운동을 보여준다.

---

18 윤흥길, 〈아홉 켤레의 구두로 남은 사내〉,《아홉 켤레의 구두로 남은 사내》, 문학과지성사, 1997, 182쪽.

《레몬》은 죽은 언니로부터 (선적으로) 멀어지며 (순수 기억으로) 가까워지는 주인공(초점화자) 다언의 순수 기억의 운동을 서사화한다. 이 소설은 언니의 살인범을 찾는 스릴러와 비슷하지만 추리적 형식보다는 기억의 운동 형식을 취하고 있다. 기억의 운동이란 언니가 사라져간 동시에 마치 '요요' 운동[19]처럼 순수 기억으로 되돌아오는 과정을 말한다. 《레몬》은 사건의 희생자와의 기억의 비밀 교신을 통해 순수 기억을 증폭시키며 '레몬'이라는 능동적 정동을 갈망하는 소설이다.

《레몬》의 첫 장과 마지막 장면은 일반 소설과는 매우 다른 형식을 취하고 있다. 이 소설은 세 인물(다언, 상희, 태림)의 시점을 빌리고 있지만 첫 장과 마지막 장면은 어느 누구의 시점도 아니다. 특히 첫 장은 주인공 다언의 1인칭과 3인칭의 미묘한 결합으로 이루어져 있다. 이는 시점의 전환이 아니라 다언('나')의 기억의 회로에서 이미지들이 생성되고 반복되는 과정이다.

첫 장과 마지막 장면은 '나는 상상한다'로 시작된다. 여기서 상상하는 것은 실상은 심연의 순수 기억이 동요하며 흘러나오는 과정이다. 순수 기억의 작동은 인격 프리즘으로 본 풍경이 아니라 기억들이 마치 영화처럼 편집되고 세공되어 상영되는 과정이다. 내면의 영화는 한강의 〈철길을 흐르는 강〉처럼 흔히 모더니즘이 되지만 여기서는 매우 리얼리즘적이다. 그 이유는 언니의 범인과 연관된 추리적 인과성과 긴장 관계에 놓여 있기 때문이다. 그럼에도 두 장면(첫 장과 마지막 장면)은 선적인 시간의 한 부분이 아니며 인과적 관계의 단편적 고리도 아니다. 이 내면의 영화 같은 두 개의 장면은 다언의 존재의 한 부분으로 전이되어 끝없이 반복되는 순수 기억의 이미지들의 운동이다.

이 소설이 추리적 형식 대신 순수 기억의 운동을 보여주는 것은 인식의 오류에 앞서 존재의 오류를 교정하기 위해서이다. 존재의 오류의 세계에

---

19 이 기억의 운동은 포르트-다(fort-da) 놀이와도 비슷하다.

서는 감성적 차별 때문에 사람들이 순수 기억이 위축된 채 살아간다. 다언의 서사는 그런 감성적 차별에 맞서서 존재를 팽창시키는 순수 기억의 유출의 시도인 셈이다.

이 소설은 존재의 오류를 다루고 있기 때문에 서두에서부터 감성적 차별이 시각적 권력관계로 암시된다. 권력의 시각성을 투명하게 보여주는 (다언의) 내면의 영화 첫 장면에서 이미 경찰과 한만우, 윤태림 등의 시각적 권력관계가 시사된다. 이 소설의 전반부는 경찰이 범인을 찾는 진행보다는 범인의 이미지를 만드는 과정을 보여준다. 그런 흐름에서 범인으로 몰린 19세의 한만우는 실상은 시각적 폭력의 희생자이다.

권력이 시각적 폭력을 행사하는 방법은 두 가지이다. 하나는 약자와 타자를 혐오스럽고 보이지 않는 존재로 만들어 방해물이 제거된 질서를 공고히 하는 것이다. 다른 하나는 범죄 사건이 일어났을 때 보이지 않던 타자를 범죄 혐의의 표적으로 만들어 보이게 내세우는 것이다.

한만우는 진범으로 추정되는 윤태림의 애인 신정준(상류층)과 시각적으로 대비되어 제시된다. 한만우는 작고 잘 보이지 않으며 신정준은 말끔하고 눈에 띈다. 이런 불평등한 시각적 관계는 경찰과 한만우 사이에도 적용된다. 경찰은 한만우가 배달 갈 때 탔던 스쿠터를 난쟁이 땅딸보라고 부른다. 난쟁이 땅딸보는 한만우에게 감성적 폭력으로 느껴지는데 그의 어머니가 실제로 난쟁이이기 때문이다.[20]

경찰의 감성적 폭력은 신정준의 차에 대비되는 한만우의 스쿠터를 난쟁이라고 부른 데 그치지 않는다. 경찰은 범인이 누구인지 진실을 밝히기보다는 누구를 범인으로 만들 수 있는지에 골몰했다. 그들은 시각적 권력을 지닌 신정준보다 난쟁이 같은 한만우를 범인으로 몰고 있었다. 그처럼

---

20 한만우는 존재 자체가 감성적으로 열세일 뿐 아니라 그의 시각성마저 상류층에게 지배당하고 있다. 윤태림은 거짓말로 신정준의 차에 탄 해언(다언의 언니)이 반바지를 입었다고 한만우에게 말했고, 한만우는 그 말을 그대로 경찰에 전해 곤경에 처하게 된다. 경찰은 윤태림의 거짓 시각성을 신뢰하고 한만우를 범인으로 몰게 된다.

일상에서 보이지 않던 사람들은 범죄 사건의 범인으로 몰려 비로소 보이기 시작하는 것이다. 그런 감성적 불평등성 때문에 다언조차 한동안 한만우가 범인일 것으로 생각하게 되었다.

그러나 범인으로 몰린 것은 한만우의 왜곡된 이미지일 뿐이었다. 그리고 그처럼 한만우에게 눈이 쏠린 동안 진짜 범인인 상류층은 아무도 보지 못하게 되는 것이다. 결국 언니 해언을 누가 왜 죽였는지 밝혀지지 않은 채 세월이 흘러가고 있었다. 치안권력의 감성권력과 시각적 벽에 부딪혀 아름다운 해언은 침묵 속으로 사라진 것이다. 해언이 죽은 2002년은 월드컵으로 떠들썩한 해였지만 해언의 죽음에 대해서는 침묵했다. 언니의 조용한 죽음을 애도할 수가 없었던 다언은 무력한 우울에 빠지게 된다. 경찰은 감성적 차별을 통해 한만우뿐만 아니라 다언마저 자아가 위축되도록 유해한 젤리를 유포하는 권력이었다.

프로이트는 슬픔과 우울을 구분하면서 애도 불가능한 우울을 자아의 빈곤화라고 불렀다. 다언은 언니가 죽은 후 치유될 수 없는 상실감 속에서 빈약한 자아로 살아가게 된다. 이 소설은 다언이 범인을 추적하는 대신 무력감에서 벗어나 범인의 이미지를 만드는 권력에 대항하는 서사를 보여준다. 그런 과정은 그녀가 빈약한 자아에서 벗어나 능동성을 되찾아가는 진행이기도 하다. 이 소설은 다언이 언니의 동창인 상희를 만나고 그녀의 레몬 시(〈레몬과자를 파는 베티 번 씨〉)를 상기하면서 점차 무력감에서 벗어나는 과정을 그리고 있다. 레몬의 노란색은 언니의 마지막 원피스인 동시에 상희 언니의 시이고 다언이 온기를 느낀 음식(계란 노른자)이기도 하다. 언니의 상실된 아름다움은 다언의 심연에서 시와 삶으로 회생하고 있었다. 폭포수처럼 쏟아진 노란 빛들[21]은 빈약한 자아로부터 기억이 부풀며 동요하는 감각과 정동이었다. 레몬은 다시 다언의 자아를 회생시키며 솟아오른 순수 기억의 은유적 이미지이다. 이 소설은 언니가 죽은

---

21 권여선, 《레몬》, 창비, 2019, 97쪽.

후 빈약해진 순수 기억이 다시 동요하면서 존재의 오류와 감성적 권력에 대응하는 과정으로 전개된다.

해언의 죽음과 다언의 무력감은 신자유주의와 연관된 상징적인 의미를 지니고 있다. 2000년대의 삶은 IMF 사태 이후 신자유주의의 확대와 함께 따뜻한 생기를 잃어버린 세계였다. 그런 상황에서 언니 해언은 금지를 모르는 천진한 아름다움의 상징이었다. 또한 다언은 해언의 아름다움을 현실에 연결해서 파릇파릇한 삶의 생기로 표현했다. 그러나 언니가 죽은 후 규율을 모르는 아름다움도 삶의 싱싱함도 사라졌다. 죽은 언니의 아름다움은 물론 자본주의적 규율화로 인해 어둠에 맞서 아름다움을 회생시키려는 연대도 약화되었다. 신자유주의가 확산되면서 사건이 일어나도 감성권력에 의해 이상한 침묵이 계속되는 우울한 삶이 확대된 것이다. 절망한 다언은 언니의 아름다움을 되찾기 위해 성형을 하지만 그것은 우리 시대가 보여주듯이 신자유주의의 또 다른 부속물일 뿐이다.

아름다움과 생기를 잃어버린 것은 시각적 권력을 누리는 상류층도 마찬가지였다. 죄의식에 시달리는 윤태림은 주기적으로 심리상담을 하고 신에 의존한다. 그러나 상담사도 신도 빈곤해진 자아를 다시 풍성하게 해줄 수는 없었다.

다언의 기억의 모험은 구원의 문이 신보다는 시의 귀환과 폭포수 같은 순수 기억으로 열림을 보여준다. 레몬의 노란 빛과 향기는 잃어버린 삶의 생기가 기억을 통해 회생한 것이었다. 시란 레몬의 이미지로 동요하는 순수 기억의 놀이이며 다언의 상상력은 신자유주의의 감성적 벽을 뚫는 이미지 기억들의 운동이었다.

다언은 레몬을 떠올리며 마치 요요 운동 같은 기억의 운동을 시작한다. 다언의 요요 운동은 죽은 언니와의 비밀 교신이기도 하기 때문에 처음에는 범인을 찾는 것으로 출발한다. 다언은 무력감에서 벗어나 자신이 범인으로 의심했던 한만우를 찾아간다.

그러나 한만우는 다언이 징벌하기 전에 이미 벌을 받은 듯 육종으로 다리가 절단된 상태였다. 다언은 신체가 훼손된 한만우와 그의 성이 다른 여동생 정선우의 불행이 더없이 아득하게 느껴졌다. 다언이 더 멈칫한 것은 정선우로부터 그들의 사라진 아빠들에 대해 들었을 때였다. 세상에는 도망간 것이 아니라 **사라진 사람들**이 있었다. 정선우는 다리가 아픈 것은 아무것도 아니고 오빠가 사라질까봐 무섭다고 말했다. 오빠가 예전에 닥치는 대로 돈을 벌려고 한 것은 사라지는 사람이 되지 않기 위해서였다는 것이다. 다언은 한만우의 집에서 자본주의의 가장 비정한 시각적 비밀인 두 번째 증상에 대해 알게 되었다.

다언은 한만우의 집에서 언니의 범인을 찾을 수 없다는 느낌을 갖게 된다. 세상에서 제일 무서운 것은 가난도 불구도 아니고 보이지 않게 사라지는 것이었다. 언니는 죽음으로 인해 스러졌으나 세상에는 산 채로 보이지 않게 되는 사람들이 있었다. 한만우의 집에서 새로 발견한 시각적 폭력은 다언의 심연을 다시 한번 동요시켰다. 다언은 한만우가 하루 종일 TV만 보다가 조용히 사라지게 할 수는 없었다. 그녀는 주먹으로 눈물을 닦으며 그가 돈을 벌 수 있게 장애인 채용 업체를 알아봐야겠다고 생각했다.

어떤 삶은 이유 없이 가혹한데, 그 속에서 우리는 가련한 벌레처럼 가혹한 줄도 모르고 살아간다. 어쩌면 그럴 수도 있다고 생각했지만, 식당 주방에서 일한다는 그들 남매의 엄마는 난쟁이였다. 선우를 좀더 가혹하게 눌러놓은 것처럼 작았다. 그 엄마를 보자 이상하게도 내가 앞으로 어디를 찾아가야 할지가 분명해졌다.[22]

신자유주의는 돈을 벌지 못하면 사라져야 하는 세계였다. 다언은 한만

---

22 위의 책, 145쪽.

우의 집에서 사라지기 전에 이미 반쯤 사라진 사람들을 보았다. 그들은 경찰서에서, 군대에서, 직장에서, 혐오 발화에 시달리며 벌레처럼 살아가야 할 사람들이었다.

이것이 감성적 차별과 존재의 오류의 세계에서 평온한 일상의 모습이었다. 그러다가 언니의 죽음 같은 사건의 범인을 찾아야 할 때가 되면 시각적 차별은 미묘하게 요동친다. 누군가가 범인이 되어야 할 때면 사라져야 할 사람들이 눈에 보이고 감성적 차별의 숨은 기획자들은 대신 보이지 않는 곳에 숨어든다.

다언은 한만우의 집에서 그런 존재의 오류의 실상을 충격적인 시각적 반전으로 경험했다. 그녀가 범인으로 보았던 사람은 언니와 비슷하게 시각적 죽음의 공포에 시달리는 사람이었다. 언니의 죽음과는 다른 또 하나의 죽음이 그곳에 있었다. 존재의 오류는 벌레처럼 가련하게 산 채로 죽어가는 그들을 일상에서 잘 보이지 않게 만든다. 자아가 빈곤했을 때는 안 보이던 존재를 보면서 다언은 다른 사람은 아무도 모르는 비밀 교신을 시작한다. 이제 사라진 언니와의 비밀 교신은 사라져야 할 사람들과의 비밀 교신으로 변주되었다.

한만우는 세탁 공장에 취직하고 다언은 한만우를 찾아간다. 웅웅거리는 굉음에 못 이겨 발을 돌리려다 그녀는 문득 한만우를 보았다. 그 순간 기적처럼 무시무시한 소리가 잦아들면서 다언은 공장 안에 들어설 수 있었다. 다언은 한만우가 스팀 다리미로 시트들을 눈부시게 탄생시키는 장면을 심연에서 동영상을 촬영하듯 찍고 있었다. 그 순간까지도 다언은 한만우에게 선뜻 다가갈 수 없었지만 그의 눈부신 이미지는 전류처럼 다언의 신체를 관통하고 있었다. 그날 이후 한만우의 동영상은 시간 이미지가 되어 다언의 심연에서 반복해서 상영되었다. 비천하게 살던 한만우는 다언의 내면에 들어와 눈부신 타자로 회생하고 있었다.

한만우가 죽은 후[23] 다언은 정선우와도 연락을 하지 않았다. 그러나 그들 남매와 그 집에서 나던 음식 냄새들이 그리웠다. 다언은 증오심에 가득 차서 그 집에 갔었지만 지금은 견딜 수 없이 그리운 곳이 되었다. 다른 사람들의 눈에는 여전히 그들이 벌레처럼 보일지 모른다. 그러나 다언에게는 한만우의 집이 상실한 그리움의 대상(대상 a)이 되었다.

다언이 정선우와 연락을 하지 않은 것은 신정준과 윤태림에게 알려질까 봐서였다. 신정준과 윤태림 부부[24]를 보호하기 위한 경찰의 취조와 감시가 걱정되었던 것이다. 하지만 죽은 한만우와의 만남은 다언의 내면에서 계속되었다. 치안권력의 감시와 젤리 때문에 한만우의 집에 갈 수 없었지만 그럴수록 한만우와의 접촉은 더욱 밀접해졌던 것이다.

나는 상상한다. 배달용 스쿠터를 탄 열아홉 살의 소년이 교차로에 서 있다. 스쿠터 뒷자리에는 눈꼬리가 치켜올라가고 입술이 붉디붉은 예쁜 소녀가 타고 있다. 신호가 바뀌고 스쿠터에 시동이 걸리는 순간 소녀의 손이 그의 허리 양쪽을 가볍게 붙든다. 소녀의 손은 깃털처럼 따뜻하고 부드럽다. 나시에 반바지 입었네. 소녀의 음성과 숨결이 귓가를 스친다. 그의 주름진 두 뺨에 짧은 생애 동안 한 번도 느껴 본 적 없는 낯선 희열이 깃든다. 그 이면엔 알 수 없는 공포가 도사리고 있다. 그는 희열과 공포의 교차로를 가로질러 비상하듯 달려나간다. 환한 6월의 저녁 사양 속으로.[25]

다언의 상상은 첫 장에서처럼 시각적 회상보다는 내면에서 상영되는 영화(동영상)와도 같다. 내면의 영화에는 편집과 생성, 그리고 흘러넘치는 잉여가 있다. 부드러운 손으로 한만우의 허리를 붙든 윤태영은 거짓말로

---

23 육종에 걸린 한만우는 항암 치료를 하지만 죽음에 이르게 된다.

24 신정준과 윤태영은 결혼해 부부가 된다.

25 권여선, 《레몬》, 앞의 책, 200~201쪽.

신정우와 거래를 하고 있다. 한만우를 범인으로 몰기 위해 쾌감을 제공하면서 그를 구렁텅이로 몰고 있는 것이다. 윤태영은 한만우에게 거짓말을 해 그가 해언을 마지막으로 본 범인으로 몰리도록 하고 있다. 이 이미지들은 윤태영(그리고 신정우)과 치안 권력이 만든 거짓 이미지를 타자의 진실을 위해 다언이 편집한 것이다.

한만우가 느낀 쾌감과 공포는 지금 다언이 경험하고 있는 신자유주의의 양가성과 똑같다. 윤태영의 거짓 손길처럼 신자유주의의 삶은 쾌감을 느끼게 하는 동시에 공포스럽다. 그러나 한만우는 마치 비상하는 듯이 환한 사양 속으로 달려간다. 저녁의 사양은 한만우를 불행에 유기한 신의 무지 대신 나타난 햇살이다. 그곳으로 달려가는 한만우의 비상은 다언의 내면의 영화에서 흘러넘친 잉여의 이미지이다. 첫 장에서는 언니의 아름다움이 잉여였지만 지금은 한만우의 비상이 흘러넘치고 있다.

한만우의 비상은 사건 당시의 이미지가 아니라 지금 다언의 내면에 들어온 타자의 움직임이다. 다언의 순수 기억은 구렁텅이에 빠진 타자를 구원하며 존재의 오류의 세상을 교정하고 있다. 그렇기에 다언이 느낀 햇살 속의 비상은 내면에서의 한만우와의 감성적 연대의 표현일 것이다. 한만우가 비상하는 것처럼 보이는 것은 다언 또한 날고 싶기 때문이다. 그처럼 한만우를 상상할 때마다 다언 자신이 동요하며 그와의 비밀 교신이 지속되고 있는 것이다. 한만우와의 순수 기억을 통한 이 비밀 교신은 존재의 오류의 세상이 변혁될 때까지 끝없이 계속된다.

물론 일상의 현실에서는 여전히 정선우나 난쟁이 엄마와의 교섭은 중단되었다. 아무도 모르는 다언의 죄책감은 언니에서 한만우에게로 전이되었다. 다언은 레몬의 기억을 통해 신자유주의의 시각적 벽을 뚫고 언니와는 다른 타자의 삶을 발견했다. 그런데 타자와의 비밀 교신은 그의 자취가 남아 있는 집에서 거리를 둔 상태에서만 가능하다. 신자유주의의 치안권력의 그물망과 유해한 젤리들은 여전히 퇴치되지 않은 채 타자와의 연대를 막고 있다. 다언은 한만우 가족에게서 떨어진 채로 미시 이미지들을 생성하며 한만우와 비밀 교신을 한다. 한만우의 비상은 다언을 회생시키는 동시에 세상 밖의 연대를 예비하고 있는 셈이다. 햇살을 향하는 한만우가 진짜로 비상하려면 다언의 비밀 교신의 이미지들이 신체를 관류하며 금빛 전류로 세상에 퍼져나가야 할 것이다.

4. 존재의 오류를 견디는 아름다운 포옹
── 한강의 〈작별〉

〈작별〉은 진실의 대면이 어려운 시대에 비대면을 통해 사랑을 지속시키는 소설이다. 이 소설은 작별을 표제로 내세워 실상은 사랑의 소망을 말하고 있는 작품이다. 인간을 사물로 강등시키는 신자유주의에서는 사랑을 소망하는 사람은 존재론적인 작별을 경험할 수밖에 없다.

작별이란 존재의 오류의 세계에서 겪는 타자의 운명을 뜻한다. 예전에는 타자의 벌거벗은 얼굴에서 뜨거운 에로스적인 공감을 느낄 수 있었다. 그러나 인격성을 강등시키는 존재의 오류의 세계에서는 사랑을 갈망하는 사람은 차가움과 소멸을 견뎌야 한다. 사랑할수록 차가움을 견뎌야 하는 것이 하층민이라면 세상에서 사라져야 하는 사람은 바로 타자이다.

이 소설에서 타자의 추방을 작별로 표현한 것은 인간의 존엄성을 잃지 않기 위해서이다. 사물들의 세계에는 폐기와 말소는 있지만 작별은 없다. 반면에 이 소설은 사물이 된 인간의 이야기이기 때문에 작별의 슬픔을 통해 사랑의 갈망을 말하고 있는 것이다.

그런 맥락에서 이 소설은 같은 주제의 〈내 여자의 열매〉, 〈몽고반점〉에 이은 세 번째 작품이라고 할 수 있다. 세 소설의 공통점은 인간을 도구화하고 쓸모없는 사람을 거세시키는 남성중심적 폭력의 세계가 그려진 점이다. 그와 함께 존재론적 폭력에 의해 거세된 타자를 구원하려는 사랑의 반격이 나타나고 있다.

존재론적 폭력의 세계는 경제적 차별에서 더 나아가 사람들을 인간 이하로 강등시키는 체제이다. 〈내 여자의 열매〉의 아내는 피멍이 든 신체로 거세되어 가며 〈몽고반점〉의 처제는 분열된 신체로 격리되어 간다. 또한 〈작별〉의 그녀는 낡은 가방과 지갑, 필통 같은 사물이 되어가고 있다.

〈작별〉이 두 소설과 다른 점은 존재감의 차이와 감성적 거세의 과정이 매우 세밀하게 그려진 점이다. 존재의 오류의 세계란 감성의 오류의 세계이기도 하다. 감성적 오류의 세계는 인간적인 감정에서 멀어진 사람이 오히려 존재감을 얻는 사회이다. 〈작별〉에서 권력자인 사장은 가장 존재감을 지닌 인물이지만 그는 무례함과 공허한 예의, 자만심으로 가득 찬 사람이다. 그의 밑에는 마음에 들지 않는 사람을 퇴직시키기 위해 사장이 본보기(표본)로 삼는 정직원이 있다. 그리고 그 아래에는 불안과 질투, 용렬함과 환멸을 참으며 버티는 인턴사원이 있다. 그녀가 사랑하는 한현수는 초식동물처럼 그런 복잡한 감정들을 견디지 못하는 가난한 사람이었다. 한현수를 사랑하는 그녀는 사랑의 감각이 가장 예민하지만 존재감을 잃고 사물로 사라져야 할 위기에 처해 있다.

사장은 살아 있는 생명인 부하 직원들을 사물처럼 취급하는 사람이었다. 그런 감정적 폭력을 가장 예민하게 느끼는 사람은 이 소설의 초점화자 그녀이다. 그녀는 권고사직을 암시하는 사장의 문자를 받은 후 창문 너머의 플라타너스보다도 자신의 존재감이 없어졌다고 느꼈다. 시간이 갈수록 근육이 딱딱하게 굳어진 그녀는 자신이 인간의 몸에 속하지 않은 사물이라고 상상했다. 그리고 마침내는 차에 매달린 플라스틱 손잡이나 어깨에 걸린 헌 가방처럼 느껴졌다.

인간과 사물의 관계가 역전된 존재의 오류는 인간적 감정과 사물의 감각이 전도된 감각의 오류로 나타난다. 그녀는 점점 사물로 추방되면서 끝

내는 눈사람이 되고 만다. 여기서 눈사람은 사물이지만 가방이나 필통과
는 다른 아름다운 이미지이기도 하다. 인간세계는 사물로 취급당하며 살
아가는 사람들로 가득 찬 반면 사물 세계로 추방된 그녀는 동심이 깃든
눈사람이 된 것이다. 전자가 인간이 사물로 강등된 존재의 오류의 세계라
면 후자로 추방된 그녀에게는 유일하게 사랑의 감정이 남아 있다. 존재의
오류의 세계란 인간과 사물의 현존이 감성적으로 전도된 세계이다. 인간
으로 현존하는 사람들이 딱딱한 사물처럼 살아가는 반면 사물 세계에서
현존하는 눈사람은 소멸의 위기를 무릅쓰고 인간적 사랑을 포기하지 않
는다.[26]

　이런 전도된 관계는 뜨거움과 차가움에서도 나타난다. 그녀는 학교에
서 오빠가 왕따를 당하다 자살했을 때 합의로 해결되자 분노와 굴욕감을
느꼈다. 그 후로 계속 '돈이면 다 되는 세상'을 경험하며 그녀는 세계가
'아열대의 여름'[27] 같은 곳으로 여겨졌다. 인간적 온화함을 저버린 뜨겁게
과열된 세상에서 그녀는 인간으로 살아남기 위해 고독한 냉기를 견뎌야
했다. 과열된 세상은 인간적 온기를 소망하는 사람을 차가움에 고립시킨
다. 뜨거운 비윤리적 세상에는 인간적인 것이 남아 있지 않은 반면 차가
운 눈사람이 된 그녀만이 인간의 따뜻함을 알고 있었다. 이런 전도된 상
황에서 그녀는 사랑을 아는 눈사람으로 살아남기 위해 몸속에 파고들 냉
기와 단단히 얼려 부서지지 않을 한파가 필요했다.[28] 눈사람은 차가운 눈
이 내리고 고운 눈송이가 손상된 곳을 세심히 복원해 줘야 살아남을 수
있다. 그러나 세상의 열기는 식지 않았고 진눈깨비의 정적 때문에 아무
소리도 들리지 않았다.

　눈사람의 은유는 세상이 거짓과 탐욕으로 뜨거워질수록 사라져야 할

26　이런 전도된 관계에서는 인간다움을 잃지 않은 사물의 현존이 딱딱한 사물 같은 인간보다 윤리적
　　이라는 신유물론적 감성이 암시되고 있다.

27　한강, 〈작별〉, 《김유정문학상 수상작품집》, 은행나무, 2018, 46쪽.

28　위의 책, 46쪽.

사람이 있음을 알려준다. 그들은 집에 들어갈 수 없는 사람, 먹을 수 없는 사람, 사랑할수록 소멸하는 사람들이다. 그런 존재의 오류에 대한 이 소설의 반격은 소멸해가면서도 사랑을 중단하지 않는 모습을 그리는 것이다.

이 소설에서 사장은 표본이 되는 사람과 내쫓을 사람 간의 선을 긋는 감각이 매우 뛰어나다. 반면에 그녀는 아무도 모르는 사랑의 감각이 가장 예민하게 세분화되어 있는 인물이다. 사장의 선을 긋는 감각에 저항하는 것은 그녀의 세밀한 사랑의 정동이다.

그러나 그녀의 사랑의 정동은 벌거벗은 얼굴과 만나던 과거의 감성과는 다르다. 사물처럼 살아갈 것이 요구되는 존재의 오류의 세계에서는 벌거벗은 얼굴을 만날 수 없다. 그 때문에 그녀는 사랑을 뜨거운 감정이 아니라 더듬이와 실로 경험한다. 사랑은 얼굴을 마주 볼 때 생기는 감성이기 보다는 더듬이의 접지에서 실의 진동이 움직이며 두 신체를 관류하는 기운이다.

그녀는 이해할 수 없었다. 그전까지 없었던 무엇인가가 두 사람 사이에 생겨난 이유를. 보이지 않는 길고 가느다란 실 같은 것이 그들을 연결하는 실체로서 존재하게 되고, 그 실의 진동이 출발하고 도착하는 투명한 접지가 몸 어딘가에 더듬이처럼 생겨난 까닭을.

지난가을 그 실에 대해 그녀가 처음 말했을 때 그는 대답했다. 그걸 사랑이라고 하는 거예요. 그녀는 그 말을 믿지 않았다. 그녀가 알기로 사랑이란 것은 감정인데, 강렬하게 생겼다가는 사라지고 뜨거워졌는가 싶으면 환멸 속에서 식는 것인데, 이 실과 접지의 느낌은 무색무취인데다 마치 영원처럼 느껴지는 고요함이어서 거의 인간적인 것으로 느껴지지 않는다고 말하고 싶었지만, 그가 오히려 진지한 고백으로 받아들일 것 같아 그만두었다.

(…중략…)

일 년이 채 되지 않는 지난 시간 동안 그녀는 다만 그 실의 감각만을 매 순간 실체로서 느꼈다. 밤에도 낮에도, 함께 있건 떨어져 있거나, 그 실은 변함

418

없이 진동하며 두 사람 사이에 고요히 걸쳐져 있었다. 그것의 존재감이 너무나 분명해서, 때로는 그가 있는 서울과 그녀가 옮겨간 신도시 사이의 분명한 물리적 거리가 마치 부채처럼 접혔다가 활짝 펼쳐지는, 반쯤 생명을 가진 유동하는 덩어리처럼 느껴지기도 했다.[29]

인간적인 대면이 어려운 시대에는 사랑이 감정 대신 미시적인 실의 이미지로 두 신체를 꿰뚫는다. 그런 미시 이미지의 진동을 지속시키며 사물로 강등되는 인격성의 하락을 버텨보는 것이다. 서울과 신도시로 떨어져 있어도 실의 진동은 계속되기 때문에 두 사람은 떨어진 채 가까워지는 **언택트 사랑**을 했었다고 할 수 있다. 이 '비대면의 대면'의 진동은 대면의 권력에 대응하는 유일한 정동이었다. 대면의 관계에서는 권력을 지닌 사장의 존재감이 분명하지만 비대면의 사랑에서는 실의 진동을 지닌 그녀와 한현수가 더 존재감을 갖게 된다.

그러나 그녀가 눈사람이 된 후에는 사랑의 실도 더듬이도 느껴지지 않았다. 그녀와 한현수의 사랑이 금빛 전류를 생성하지 못한 것은 한현수가 수인처럼 가난에 갇혀 있었기 때문이었다. 그는 순수하고 성실했지만 채용에 실패하거나 비인간적인 대우를 받을 때마다 버티는 일에만 주력했다. 그녀처럼 단단한 냉기와 한파를 갈망하기보다는 수동적으로 침묵하는 일에 전력했던 것이다.

그녀가 열망하는 것은 아름다운 눈송이들이 상처를 복원시켜 인간의 몸으로 돌아가는 일이다. 하지만 세상은 너무 뜨거워서 어떤 고통의 소리도 들리지 않고 진눈깨비가 진흙탕을 만들고 있을 뿐이다. 다만 그녀와 한현수는 다가온 마지막 순간까지도 사랑을 포기하지 않는다. 존재의 오류의 세계에서 소멸이 타자의 운명이라면 그녀의 최후는 막을 수 없다. 그럼에도 소멸되는 순간까지 인간의 정동을 포기하지 않는 타자의 감각

---

29 위의 책, 30~31쪽.

은 매우 중요하다.

　그가 얼굴을 돌려 그녀를 멍하게 마주 보았다. 누가 먼저랄 것 없이 두 사람의 입술이 만났다. 그가 차가움을 견디는 동안, 그녀는 자신의 입술과 혀가 녹는 것을 견뎠다. 그것이 서로를 우리라고 부를 수 있는 마지막 순간이라는 것을 그녀는 알았다.

　정수리부터 그녀는 빠르게 녹아 내리고 있었다. 곧 꺾여 무너질 것 같은 왼쪽 옆구리를 두 손으로 받치면 그녀는 주춤주춤 일어섰다. 코트가 너무 무거워 더 빨리 무너질 것 같았다. 서둘러 코트 단추를 푸는 동안 손가락들이 차례로 부스러졌다. 팔을 뒤로 하고 어깨를 흔들어 코트를 바닥으로 떨어뜨렸다.

　(…중략…)

　어떤 소리도 들리지 않았다. 그것이 쏟아지는 진눈깨비의 정적 때문인지, 더이상 들을 수 없게 되었기 때문인지 분명하지 않았다. 젖은 구두를 벗자, 이미 발가락의 경계가 사라진 두 개의 둔둥한 눈 덩어리들이 진흙땅을 디디며 뭉개어졌다. 무엇을 돌아보는지 알지 못한 채 사력을 다해, 그녀는 가까스로 뒤를 돌아다 보았다.[30]

　그녀가 사라지는 과정은 고통인 동시에 아름답게 느껴진다. 이처럼 소멸이 아름답게 느껴지는 것은 그녀가 인간의 존엄과 품위를 포기하지 않기 때문이다. 그녀는 정수리가 녹고 손가락이 부스러지는 순간까지 전신으로 느껴지는 신체의 세밀한 감각을 마비시키지 않는다. 진눈깨비에 젖은 사람들은 진흙탕에서 영혼을 더럽히며 사물로 생존하는 인물들이다. 반면에 아름다운 눈송이를 갈망하는 그녀는 마지막 순간까지 인간의 감각을 눈처럼 퍼붓고 있다. 이 결말의 소멸의 순간이 증언하는 것은 모든 사람 중에서 사라지는 타자가 가장 인간적 감각을 지닌 존재라는 점이다.

30　위의 책, 54~55쪽.

그녀는 그런 감성의 세밀함과 밀도에 의존해 끝까지 절망하지 않고 능동적 정동의 갈망을 버리지 않는다.

이런 소멸의 능동성이라는 역설은 초점화자인 타자의 시점으로 가능해진 것이다. 윤리의 이중주를 연주하는 소설들은 이 소설처럼 타자와 일상인의 화음을 들려준다. 그러면서도 추방된 타자를 회생시키기 위해서는 일상인의 도약이 중요하기에 타자의 목소리는 부분적으로만 들린다. 《침묵주의보》나 《레몬》이 타자에게 다가서는 대혁과 '나'의 시점으로 되어 있는 것은 그 때문이다. 〈작별〉이 특이한 것은 두 소설과 달리 소설 전체가 소멸의 운명에 있는 **타자의 시점**으로 되어 있는 점이다.

《침묵주의보》와 《레몬》에서는 주인공이 생성한 은유의 공간에서 타자와의 만남이 이루어진다. 반면에 〈작별〉에서 우리는 처음부터 끝까지 타자의 감성의 물결에 젖으며 물밑의 만남을 경험한다. 《침묵주의보》와 《레몬》에서 타자와 만나는 순간은 주인공들의 도약이 이루어지는 시간이다. 그러나 〈작별〉에서는 그런 눈부신 비상이 없는 대신 타자의 감성의 물결에 젖은 우리에게 도약을 호소한다. 존재의 오류를 일으키는 권력자의 캐슬을 흔들면서 오류를 반전시키는 전환이 필요함을 말하고 있는 것이다.

〈작별〉처럼 작품 전체가 타자의 시점으로 된 소설에는 〈변신〉(카프카)과 〈타인의 방〉(최인호)이 있다. 하지만 〈변신〉과 〈타인의 방〉에서는 감성적으로 추방된 후에 일상의 사람과 교감하는 순간이 없다. 그 때문에 〈변신〉의 그레고르와 〈타인의 방〉의 '그'는 화해의 소망을 꿈꾼 대가로 거세되어 사라질 뿐이다. 반면에 〈작별〉에서는 한현수나 아들과의 교감을 끝까지 포기하지 않기에 '그녀'의 소멸은 운명적이면서도 아름답게 느껴진다. '그녀'가 보여준 운명애란 수동적으로 절망하는 것이 아니라 사라지는 순간까지도 인간적인 능동적 정동을 버리지 않음을 뜻한다. 벌레로 죽어가는 그레고르(〈변신〉)와 물건이 된 '그'(〈타인의 방〉)는 수동적으로 거세되어 버려지는 부조화의 비극을 보여준다. 반면에 〈작별〉은 우리와의 공감을 통해 존재론적 반전을 호소하는 아름다운 소멸의 비극을 감각화하고 있다.

존재의 상실로 인해 무(無)로 돌아가는 것이 소멸의 미학이지만 〈작별〉에서의 무는 단지 공허한 부재가 아니다. 인간의 정동을 포기하지 않는 능동적 소멸은 남은 사람에게 '존재의 오류를 교정하라'는 반전을 호소하기 때문이다. 그녀는 사력을 다해 소멸의 비극을 감각화하면서 허공으로 사라지는 동시에 인간의 정동으로 다가오고 있다. 그렇게 함으로써 자본주의의 제2의 증상이 우울한 절망(타자의 소멸)인 동시에 아름다움의 갈망의 배태임을 암시한다. 존재의 오류의 세계에서 능동적으로 소멸됨으로써 그녀는 '진정한 인간이 무엇인지' 질문하며 우리의 심연에서 회생하고 있는 것이다.

5. 감성의 오류에 저항하는 새로운 연대
　　—이재웅의 〈안내자〉

존재의 오류의 세계에서의 저항은 상징계(오류의 세계)에서 사라지면서 실재계적 감성으로 대응하는 것이다. 그 점은 〈작별〉 같은 환상소설이나 〈안내자〉 같은 리얼리즘이나 마찬가지이다. 〈작별〉에서 '그녀'는 자신의 존재가 소멸되면서까지 포기할 수 없는 인간적 정동으로 대응한다. 〈안내자〉에서 역시 이주 노동자 2세들은 부당하게 해고당하면서도 복직 대신 감성적인 반전을 계획한다.

〈안내자〉는 이주 노동자 2세와 사회운동의 경력이 있는 이 노인의 연대를 그린 소설이다. 이주 노동자는 비정규직이나 파산자, 난민과 같은 우리 시대의 무력화된 타자들이다. 반면에 차밭지기가 된 이 노인은 세파 속에서 변화되어 신자유주의에 얼마간 동화된 인물이다.

부당 해고에 법으로 맞설 수 없는 이주 노동자 2세는 사라지면서 법(상징계)의 외부 공간에서 서성이고 있다. 그러나 이 노인은 법의 한계를 벗어나길 꺼려하며 과거와 달리 머뭇거리고 있다. 그 때문에 양자의 만남은 예전의 벌거벗은 얼굴과의 대면 같은 극적인 조우의 순간을 기대하기 어렵다.

이주 노동자는 무력화된 타자로서 신체가 훼손되는 노동을 강요당해도 섣불리 사장에게 대들지 못한다. 하지만 한국 땅에서 태어나 한국 땅에서 죽어가는 2세들은 조금 다르다. 그들 역시 사장과 싸우다 지쳐서 공장을 떠나는 것은 아버지들과 마찬가지이다. 이주 노동자란 신자유주의 이전부터 계급들 사이에 넘을 수 없는 선이 생긴 존재의 오류의 희생자들이기 때문이다. 그러나 한국에서 태어난 이주 노동자 2세들은 무력함 속에서도 한층 능동적인 삶에 대한 소망이 잠재하고 있었다. 그와 함께 그들은 신자유주의 체제에서 감성적 차별의 고통을 누구보다도 더 뼈아프게 경험하고 있었다. 이주 노동자 2세들은 감성의 오류 때문에 존재를 무시당하는 사회에서 무력감을 떨치고 감성적 복수를 해야 한다고 생각한다. 그들의 계획은 사장이 분신처럼 생각하는 것을 제거해 존재의 훼손의 고통을 깨우쳐 주려는 것이었다.

그들은 사장의 개를 쏘아 죽여 사장에게도 아픔을 가르쳐주려 하고 있었다. 개를 죽이는 행동은 생명 윤리의 차원에서 분명한 한계를 지니고 있었다. 이주 노동자 2세들 역시 한 번도 생명을 죽여본 적이 없기 때문에 처음에는 엄두가 나지 않았다. 그럼에도 사장에게 조금이라도 고통을 실감하게 하려면 다른 방법이 없었다. 그들은 자신들이 인간 이하의 존재로 사라져야 하는 세계에서 존재의 오류를 교정하기 위해 감성의 오류를 변혁하려 하고 있었다.

이 같은 계획의 특이함은 과거와 달리 보이지 않는 곳에서 감성적인 저항을 한다는 데 있다. 구조적 오류를 변혁하기 위해서는 예전처럼 가두와 공장의 현장에서 권력과 싸워야 한다. 그러나 구조적 모순이 심화되어 존재의 오류가 생겨난 사회에서는 모순을 교정하기 위해 존재론적·감성적 저항이 선행해야 한다. 사장에게 감성적 상처의 고통을 가르쳐 아픔 속에서 사라진 노동자들도 똑같은 인간임을 일깨워야 하는 것이다.

이 계획에서 노동자들이 부딪힌 난관은 부유층의 집단거주지의 검문이었다. 그들은 얼굴과 피부색 때문에 경찰 검문의 일순위가 될 수밖에 없었다. 그래서 여기저기 알아보다 '히든카드'인 이 노인에게 '안내자'를 부탁한 것이다. 부탁을 받은 이 노인은 처음에는 탐탁해하지 않았다. 그러나 노동자 권우의 아버지 필립스로부터 '30년만의 저항'이라는 말을 듣고 마음이 동요하기 시작했다. 이주 노동자의 30년만의 저항은 이 노인이 간과했던 그들의 고통의 세월이 한꺼번에 그의 가슴을 관통하게 했다.

이렇게 해서 생겨난 안내자와 노동자의 연대는 매우 독특하다. 안내자와 노동자의 연대는 과거의 투쟁처럼 한순간에 불붙지 않는다.[31] 이 노인은 실상 자신의 예전의 사회운동조차 못마땅하게 생각하고 있었다. 다만 자신이 권우와 준호(이주 노동자 2세)의 고통에 가장 공감할 수 있는 인물임은 틀림없었다. 그러면서도 그는 두 사람을 부유층 구역(S구역)에 데려다 주면서까지도 흔쾌히 손을 잡고 있지 않았다. 그런데 문득 그들이 눈앞에서 사라져 버리자 오히려 고독한 거리를 느끼며 그들에게 가까이 다가가고 있었다.

"여기서부터는 저희 둘이 갑니다."

권우는 말했다. 이 노인은 그 소리를 듣고서야 눈앞의 세계에서 고개를 돌려 권우와 준우를 바라보았다. 그들은 어떤 처분을 기다리는 것처럼 이 노인을 바라보고 서 있었다. 이 노인은 그 모습을 보자 이상한 슬픔 같은 것이 전

---

31 안내자와 노동자의 연대는 반항적인 투쟁이 어려워진 시대에 어떻게 저항이 시작될 수 있는지 암시한다.

해져왔다. 그는 어찌된 까닭인지 권우와 준호를 향해서 '얘들아 나는 추악하고 위험한 늙은이란다.' 하고 말하고 싶어졌다.

(…중략…)

이 노인은 이상한 추위를 느꼈다. 그리고 그제야 자신이 눈을 뜬 채로 두 청년의 뒷모습을 놓쳤다는 것을 자각했다. 그는 다시금 정신을 가다듬고 두 청년의 뒷모습을 찾아보았다. 하지만 그들은 이미 공원의 나무숲 사이로 사라지고 없었다. 이 노인은 묘한 고독에 잠겨 마치 자신을 스스로 위안이라도 하려는 듯이 "그렇지, 때로 모든 것은 눈에 보이지 않는 곳에서부터 시작되는 것이지." 하고 중얼거렸다.[32]

이 노인은 부유층 구역의 전원 풍경에 매혹되었다가 권우의 비장한 목소리에 깨어났다. 청년들이 잠시 그를 바라본 것은 처분을 기다리듯이 따뜻한 연대를 호소한 것이었다. 그러나 이 노인은 슬프게도 두 청년의 손을 힘껏 잡아줄 수 없었다.

노동자들이 멀어지자 이 노인은 비로소 자신이 그들을 놓쳤음을 깨닫는다. 그리고 이상한 추위와 고독을 느끼며 이번에는 그가 청년들에게 다가가려 손을 내밀고 있다. '보이지 않는 곳'에서의 연대는 이처럼 멀어지면서 가까워지는 방식으로 시작된다. S구역에는 경찰의 치안 외에 또 다른 불투명한 감성적 치안이 있었다. 알 수 없는 수동적 젤리에 포위되었기 때문에 이 노인은 힘껏 끌어안지 못하고 떨어지며 다가서는 '언택트 포옹'을 하고 있는 것이다.

우리 시대는 마음속에 깊은 샘물이 있으면서도 힘에 겨워 길어 올리지 못하는 시대이다. 이 노인이 슬픔을 느낀 것은 아직 심연 속의 샘물을 퍼 올릴 힘이 없었기 때문이다. 청년들이 사라지자 그는 그때서야 수동적 정동의 포위에서 벗어나며 마음속에서 손을 내밀었던 것이다. 이 노인은 비

---

32 이재웅, 〈안내자〉,《불온한 응시》, 실천문학사, 2013, 94쪽, 100쪽.

로소 청년들이 열어놓은 보이지 않는 공간에 들어서고 있었다.

'눈에 보이지 않는 곳'이란 감성의 오류를 바로잡기 위한 은유의 공간이다. 청년들의 은유적 보복은 그들의 인격을 무시하는 사장에 맞서서 인간의 감성을 요구하기 위한 것이다. 그들의 부당한 해직에 대한 저항은 인간의 감성을 회복하는 것에서 시작될 수 있기 때문이다. 존재론적 차별이 심화된 오늘날에는 사장에게 직접 항의하는 것보다 은유적인 저항이 더 도전적인 의미를 지닐 수 있다. 이 노인은 문득 권우의 아버지 필립스의 말을 상기하며 청년들의 '보이지 않는 곳'에서의 저항이 얼마나 과감한 용기를 필요로 하는 것인지 깨닫는다.

우리는 이방인이기 때문에 겁을 집어먹고 있었던 겁니다. 그래서 국가나 법이나 아무 소용이 없다는 것을 알면서도 기댔던 거예요. 하지만 보세요. 녀석들은 이 땅 위에서 태어나서 이 땅 위에서 죽어가는 인간처럼 행동하고 있는 거예요. 녀석들은 철부지라서 그 객기가 어디서 나오는지 모르겠지만, 난 알아요. 그것은 그 녀석들이 이 땅 위에서 자랐기 때문이에요. 잠재된 용기 같은 거요. 닭도 제 집마당에서는 매를 노려보는 법이에요. 그래서 나는 녀석들을 끝까지 말릴 수 없는 겁니다.[33]

필립스는 자신과 청년들의 다른 점으로 법을 넘어선 행동을 말하고 있다. 청년들이 법에 기대지 않고 직접 행동에 나선 것은 '법을 정지시키는 법질서'의 비인간성을 알기 때문이다. 다만 이주 청년들의 행동은 이 노인의 시대와는 달리 상징적이고 은유적인 저항이었다. 그 낯선 저항 방식은 이 노인이 그들의 행동을 흔쾌히 생각하지 않은 이유이기도 했다.

그러나 청년들은 존재의 오류의 시대의 폭력에 대해 잘 알고 있었다. 법을 무효화하는 법의 비인간성은 폭력인 동시에 감성의 오류를 전제로

---

33 위의 책, 100쪽.

더 냉혹해진다. 면전에서 싸우지 않는 청년들의 행동은 이 노인의 눈에 무력해 보일지 몰라도 그 이면에는 대담하고 세심한 용기가 깃들어 있었다. 무통 인간의 감성적 오류에 대한 대응은 대면에서의 물리적 저항보다 더 근본적인 저항의 의미를 내포하고 있었다. 청년들은 **법으로 교정되지 않는** 더 근본적인 문제인 감성의 오류를 변혁하기 위해 과감하게 법의 외부에서의 행동을 선택한 것이다.

이런 존재론적 저항의 용기는 필립스의 생각을 넘어선 것이었다. 청년들의 '잠재된 용기'란 단지 법을 넘어서는 것이 아니라 자본주의의 제2의 증상인 감성적 오류를 변혁하려는 행동을 뜻한다.[34] 그 같은 법을 넘어선 새로운 정동적 저항은 청년들의 삶 자체의 존재론적 근거에서 생겨난 것이다.

필립스는 청년들이 용기를 갖게 된 요인으로 '이 땅에서 자라났기 때문'이라고 말한다. 하지만 청년들의 결단은 이제 국민으로서의 권리를 요구할 수 있게 되었기 때문이 아니다. 그들이 '이 땅의 인간'인 것은 법적 권리가 아니라 태어난 곳을 어머니의 품으로 여기게 되었음을 뜻한다. 권우와 준호는 혈통은 다르지만 어머니의 품에 대한 기억으로 법적 질서에 포섭될 수 없는 사랑의 잔여물(대상 a)을 갖고 있었다. 그들은 이 땅을 사랑하기 때문에 존재의 오류가 교정된 인간적인 정동을 요구하고 있는 것이다.

그런 정동적 저항을 이해하는 데에는 이 노인에게 시간이 필요했다. 이 노인은 청년들의 인종적 차별을 그가 과거에 겪었던 계급적 차별의 기억을 통해 이해했을 것이다. 그러면서도 잠시 머뭇거린 것은 보이지 않게 자신을 포위하고 있는 감성적 권력에 대해서는 아직 예민하지 못했기 때문이다. 그러다가 이주 노동자들이 멀어진 순간 비로소 자신을 고독하게 에워싸고 있는 이질적 공기를 느끼기 시작했다. 그가 무신경했던 청년들

---

34 이명원, 〈응시의 회피〉, 이재웅, 《안내자》, 위의 책, 316~317쪽.

의 타깃 감성적 오류는 지금 자기 자신마저 포위하고 있는 정동의 흐름이었다. 인종과 계급이 착종된 아픔을 겪는 노동자들은 그 고착된 세계의 정동적 오류가 경제적 차별 이상으로 뼈저릴 수밖에 없었다. 이 노인은 이질적 공기의 고독을 통해 청년들의 그런 존재론적 고통에 대해 이해하기 시작했다. 그가 느낀 고독은 정동적 오류에 저항하는 청년들의 능동적 존재감으로 일깨워진 자아의 빈곤함에 대한 자각이었다.

침묵의 시대에 회유된 이 노인의 머뭇거림은 존재의 빈곤함의 표시에 다름이 아니었다. 청년들의 보이지 않는 저항은 이 노인의 그런 고독한 자아를 깨우쳐 존재의 오류에 저항하는 대열에 합류하게 했다. 이제 다음에는 '다르면서 같은' 그들의 타자의 감각으로 감성적 오류의 선을 넘어서려는 모험이 시도될 것이었다. 그런 새로운 모험은 과거와는 달리 '보이지 않는 곳'에서부터 시작된다. 보이지 않는 저항이 먼저 있어야 보이는 연대가 생성되는 것이 존재론적 폭력에 대항하는 윤리적 정동의 모험의 특징이다. 자본주의의 제2의 증상이 비가시적인 것이듯이 그에 대한 대응도 보이지 않는 연대가 매우 중요한 것이다.

이 노인은 '떨어지며 가까워지는' 특이한 연대를 통해 타자를 도우면서 자신의 자아를 증폭시키고 있었다. 그는 고독에 잠겨 고독을 넘어서면서 위축된 자아와 보이지 않는 연대를 동시에 확인하고 있었다. 이 노인은 위축된 상태에서 잠깐 과거의 기억에 기대어 청년들을 도운 것인데, 안내자로서 그들에게 다가선 순간 눈에 보이게 된 거리감이 그를 괴롭히기 시작한 것이다. 정동권력에 예속된 세상에서 새로운 연대는 단숨에 모든 사람들을 일으켜 세우지 못한다. **안내자와 노동자 사이의 연대**는 떨어진 신체들을 관통하는 전류와도 같은 것이 흐르는 시간이었다.[35] 고독한 거리

---

35 이 노인(안내자)과 노동자들의 연대가 지연되며 고조되는 과정은 정동권력에 포위된 세계에서 새로운 연대가 어떻게 생성되는가를 오히려 더 생생하게 보여준다. 사람들을 움직이기 위해서는 능동적 정동의 흐름이 고조되며 반전되는 과정이 필요하기 때문이다. 이 노인에게 요구된 것 역시 현실 인식에 앞서 정동적인 반전을 통한 존재론적 전회의 과정이었다.

를 확인하며 다시 가까워지려는 충동으로 타자가 방출하는 전류에 합류하는 것이 새로운 윤리적 연대의 특징이다. 청년들은 보이지 않게 되었지만 이 노인은 그들과 자신 사이를 흐르는 새로운 윤리적 정동의 흐름을 느끼고 있었다. 이 노인이 사라진 청년들을 바라본 순간이야말로 그들이 이 노인의 손을 잡으며 존재의 오류와 감성의 오류를 변혁하려는 첫걸음을 내딛는 시간이었다.

제8장

캐슬 사회와
비장소의 반격

1. 변두리에서 비장소로

우리 시대의 존재의 오류의 세계는 공간적으로 캐슬 사회와 비장소의 체제로 표상된다. 존재의 오류의 사회에서는 전체적으로 인격성이 강등될 뿐 아니라 존재들 간의 가치의 차이가 상품의 가치처럼 굳어진다. 이런 사회에서는 인격성 자체의 차이가 공간적 시각성으로 전화되는데 그 고착성의 상징이 캐슬과 비장소이다.

오늘날의 존재의 오류는 사회적 타자의 배제와 추방에서 생겨난 것이다. 우리는 타자와 교섭하며 **미래의 시간**을 여는 대신 타자를 추방하고 **공간적으로 시각화된 서열화** 속에서 살고 있다. 타자와의 교섭은 동일성의 체제를 뒤흔들며 평등한 공동체를 위한 미래의 시간을 열게 한다. 반면에 타자가 추방되고 계급관계가 경직되면 신분사회나 인종주의에서처럼 시각적 차별이 고착화된 사회가 도래한다.

이런 시각적 차별의 사회는 (1장 4절에서 살폈듯이) 일방적 시선의 권력 (푸코)이 계급이동의 단절과 함께 비정한 시각적 권력으로 전화된 양상이다. 계급 사다리가 끊어지면 인종 사다리가 불가능한 인종주의에서처럼 시선의 권력이 대체 불가능하게 고착화된다. 그렇게 되면 규율권력이 폭력화되면서 시각적으로 인격적 차별이 자행되는 사회가 도래한다. 고착화된 시각적 권력이란 피지배자를 《기생충》에서처럼 인격적으로 하락한 존재로 보는 것을 말한다.

자본주의의 황금시대라는 말이 증명하듯이 계급관계에서는 차별이 완화된 시기가 존재했다. 그러나 계급 사다리가 끊어지면 인종주의나 신분 사회처럼 시각적 차별이 존재 자체에 각인되기 시작된다. 하층민을 투명인간이나 혐오의 대상으로 보는 시각적 권력은 인종주의의 경우 피부색이나 골상학에 의해 작동된다. 반면에 계급사회에서는 같은 피부색을 지닌 사람들 사이에서 보이지 않는 정동적 기제(젤리)에 의해 비슷한 차별이 실행된다. 그런 비가시적인 정동적 폭력을 2차적으로 감지하게 해주는 것이 소유물이나 거주지의 공간적·시각적 인지의 기제이다. 이처럼 똑같은 피부와 골상을 지닌 사람인데도 시각성으로 상징되는 선을 넘을 수 없는 인격적 서열화가 생긴 체제를 우리는 캐슬 사회라고 부를 수 있다.

그 같은 캐슬 사회의 구조를 이루는 위계화된 양극단이 바로 캐슬과 비장소이다. 캐슬이《스카이 캐슬》의 성채처럼 90%들이 선망하는 공간이라면 비장소는《기생충》의 지하 벙커처럼 보이지 않는 타자들의 공간이다.[1] 캐슬과 비장소 사이에는 장미빌라, 근린생활시설, 고시원, 반지하 등이 서열을 이루고 있다.

그런 공간적 서열화 중에서 비장소는 존재의 오류 사회의 문제적 공간이다. 캐슬의 대척점에 있는 비장소가 보이지 않는 공간이기 때문에 오늘날 타자의 반격이 불가능한 세상이 되었다고 할 수 있다. 예컨대《스카이 캐슬》에서 흙수저 출신인 김혜나의 불행한 사건은 캐슬의 비극인 동시에 비장소의 비극이기도 하다. 김혜나는 어머니의 병원비와 자신의 학비 때문에 어렵게 살아가다 어머니가 죽은 후 예빈(강예서의 동생)의 과외선생으로 스카이 캐슬에 입주한다. 그러나 그녀는 입주 후에도《기생충》의 인물들처럼 윗층으로 올라가지 못하고 지하방에서 보이지 않는 존재로 살아간다. 김혜나는 그런 비장소의 위치로 인해 어떻게든 중심으로 튀어나가려는 불행한 욕망을 갖게 되었다고 할 수 있다.

물론 비장소의 거주자들이 모두 김혜나 같은 자멸의 운명을 맞는 것은 아닐 터이다. 김혜나의 비극의 원인은 그녀가 '캐슬 안의 비장소'의 거주

[1] 랑시에르는 정치권력이 만든 보이는 것과 보이지 않는 것 사이의 경계 설정을 감성의 분할이라고 말했다. 캐슬 사회에서 보이는 것은 스카이 캐슬이며 보이지 않는 것은 지하 벙커 같은 비장소이다. 여기서는 캐슬에 사로잡힌 사람들이 고통받는 타자를 외면하기 때문에 암암리에 불평등성이 시각적으로 묵인된다. 그런 왜곡된 감성의 분할 체계가 작동되면 불평등성에 감성적으로 무감각해지기 때문에 그에 대해서 이의를 잘 제기하지 못한다.

자였다는 데 있었다. 김혜나는 아버지(강준상)가 캐슬의 주인이라는 출생의 비밀로 인해 더 상승 욕구에 목 매게 되었다고 할 수 있다. 비장소의 사람들은 그보다 더 탈출이 불가능하다는 위기감에 사로잡힌 우울한 하층민들이다.

비장소란 캐슬로부터 가장 멀어진 곳인 동시에 신자유주의의 감성의 분할에 의해 보이지 않게 된 공간이다. 그런 보이지 않는 비장소를 은유를 통해 보이게 만드는 일은 우리의 주제인 '타자의 서사'를 부활시키는 단초가 될 수 있다. 비장소는 신자유주의의 얼룩으로서 제2의 증상을 감추고 있는 존재론적인 문제적 공간이다. 그런 우울하고 무력한 비장소란 어떤 곳이며 그 절망의 공간에서 어떻게 반격이 일어날 수 있을까.

타자가 선을 넘지 못하는 공간적 서열화의 체제는 오늘날의 장소애가 약화된 사회적 변화와 연관이 있다. 에드워드 렐프와 마르크 오제가 말한 장소 상실과 비장소의 논의는 공간적 서열화를 전제로 빛을 발할 수 있다. 오늘날의 장소애의 상실은 《기생충》이나 《어느 가족》에서처럼 선을 넘지 못하는 사람들의 주거지(비장소)에서 특징적으로 나타난다.

물론 예전에도 〈난장이가 쏘아 올린 작은 공〉이나 〈아홉 켤레의 구두로 남은 사내〉에서처럼 하층민은 선을 넘지 못하는 곳에 거주했다. 그러나 그때에는 가난한 사람들끼리 인정을 나누는 달동네와 변두리라는 장소가 있었다. 그런 공간에 인간적인 순박함이 남아 있었기 때문에 서로 연대하며 계급의 벽에 대응할 수 있었다.

반면에 계급의 벽이 캐슬의 성곽이 된 오늘날은 '선을 넘지 못하는 사람들'의 인격성 자체가 빈곤해진 사회이다. 인격성이 빈곤해지면 중간층은 물론 하층민들도 서로 연대하기가 어려워진다. 이제 하층민들의 인정이 넘치던 장소는 연대감을 상실한 채 불가능한 탈출을 소망하는 공간이 되었다. 가난하지만 생기가 넘치던 달동네는 잠시도 애정을 줄 수 없는 공간으로 변화되었다. 그처럼 인정을 잃고 심리적인 정착감을 상실한 임시 숙소 같은 곳이 바로 비장소[2]이다.

장은진의 〈외진 곳〉은 그런 우울한 사람들의 공간을 잘 보여준다. 이 소설에서 네모집에 세 들어 사는 사람들은 힘이 없어 외진 곳으로 밀려온 존재들이다. 그들은 탈출이 어렵다는 것을 알면서도 완전히 집에 정착하지 못하고 언제나 튀어나갈 준비를 하는 사람들이다. 네모집 사람들은 엉덩이를 반만 걸치고 살면서 서로 간에 인사도 잘 하지 않는다. 세파에 쫓기며 자아가 유연성을 상실했기 때문에 타인에게 마음을 열 수 없는 것이다.

서로 정을 나누고 얼굴을 기억하는 사람들은 일상의 거주 공간을 인간적인 '장소'로 만든다. 반면에 비존재로 탈락할 위기에 있는 네모집 사람들은 서로를 외면하는 임시 거처 같은 '비장소'[3]에서 살아간다. 양자의 차이는 〈난장이가 쏘아올린 작은 공〉의 철거민들과 〈외진 곳〉의 고립된 사람들 사이에서 발견된다.[4]

〈난장이가 쏘아올린 작은 공〉에서 영수네의 이웃 명희네는 집이 헐려 이사를 가면서 "정이 뭔지"하며 눈물을 흘린다. 반면에 〈외진 곳〉에서 한 번도 본 적이 없는 8번방 사람들은 어느 날 갑자기 짐을 나르며 이사를 가 버린다. 가난 속에서도 정이 든 동네를 잊지 못하는 사람들의 이야기는 이제 정착할 장소를 잃어버린 피폐한 사람들의 비극으로 뒤바뀌었다. 과거에는 영수네와 명희네처럼 가난한 사람들에게서 오히려 인정이 넘쳤다. 반면에 지금은 가난해져서 어둡고 구석진 곳으로 밀려난다는 것은 인정과 얼굴의 대면을 상실한 비장소로 몰락한다는 것과도 같다.

그런데 이 피폐한 공간에 사는 사람들도 처지가 다 똑같은 것은 아니다. 사기를 당해 네모집으로 오기는 했지만 임용고사 준비를 하는 '나'는

---

2 오제, 이상길·이윤영 역,《비장소》, 아카넷, 2017, 48쪽.

3 이지훈, 〈지옥 한가운데서 지옥 아닌 것을 구별하기〉,《이효석 문학상 수상작품집》 2019, 생각정거장, 2019, 94쪽.

4 오정희 외, 〈심사평〉, 위의 책, 353쪽.

그래도 희망이 있는 편이다. 반면에 폭력적인 옛 남친에게 쫓겨다니는 3번방 여자는 크리스마스 다음날 도망치듯 이사를 가고 만다. '내'가 아직 중심으로 진출할 꿈을 꾸고 있다면 3번방 여자는 세상에서 사라질 위기에 떨고 있다.

'외진 곳'은 민중들의 '달동네'와 다를 뿐 아니라 양귀자와 김소진의 '변두리'와도 구별된다. 〈외진 곳〉에서 '나'는 양귀자나 김소진의 변두리 소설의 지식인 화자와도 비슷하다. 이 소설에서 1인칭 화자 '나'는 유일하게 네모집의 모든 사람들에게 관심을 갖고 있는 지식인이다. 그러면서도 어느 누구에게도 가까이 다가가지 못하고 고독하게 거리를 두고 바라볼 뿐이다. 이제 지식인과 빈민 사이의 **거리**는 다시 만날 수 없을 만큼 멀어졌다.

모두의 관심에서 멀어진 〈외진 곳〉이 과거의 변두리와 다른 점은 잠재적 활력마저 사라졌다는 점이다. 예전의 변두리 소설에는 비루함 속에서도 불꽃 같은 타자의 카니발이 있었다. 반면에 얼굴을 마주치지 않는 것을 예의로 여기는 네모집에는 그런 불꽃이 이는 순간이 없다. 양귀자와 김소진의 변두리는 하강한 사람들이 하늘의 별을 바라볼 수 있었던 마지막 축제의 공간이었다. 그러나 중심에서 멀어진 외로운 네모집은 여관이나 임시 숙소처럼 잠시 머물다 떠날 공간일 뿐이다. 낮은 곳의 카니발적 공간이었던 변두리는 불가능한 탈출의 소망에 얽매인 비장소로 해체되었다.

과거의 변두리에서 별빛의 축제가 가능했던 것은 감성적 불평등성을 넘어선 타자의 비밀이 암시되기 때문이었다. 신분 상승의 과정이 수동성에 감염되는 진행이었기에 하강한 사람들만이 능동적 정동을 잃지 않고 타자의 인간적 비밀에 다가갈 수 있었던 것이다. 하지만 지금의 '외진 곳'에는 하늘의 별빛도 심연의 불꽃도 없다. 빛나는 것은 캐슬뿐이며 그 찬란한 대척점에는 비참한 어둠만 있기 때문에 덧없는 탈출의 소망에서 벗어날 수 없는 것이다.

3번방 여자가 갔으리라는 더 바깥의 공간에는 무서움만이 있을 뿐이다. 중심에서 멀어질수록 공포감에 사로잡히는 것은 체제에서 버려진 타자에게 아무도 관심을 갖지 않기 때문이다. 변두리가 비장소로 해체된 시대는 타자가 앱젝트로 전락하는 혐오와 공포의 세상이기도 하다. 모두가 인공 낙원(캐슬)에 붙잡힌 상태에서 상승의 선망과 추락의 거세공포 때문에 절벽 아래의 타자에 대한 공감을 상실하는 것이다.

〈외진 곳〉은 그런 비장소에서 어떻게 기적처럼 인간적 유대의 갈망이 회생되는지 암시하고 있다. 임시 숙소에서 간신히 몸을 걸치고 있는 사람들도 깊은 곳의 진정성의 샘물을 모두 상실한 것은 아니다. 비장소의 사람들의 우울함은 역설적으로 심연에 퍼 올릴 수 없는 샘물이 남아 있다는 증거이다. 진정성의 샘물이란 진짜 욕망(순수 욕망)의 대상인 라캉의 대상 a를 의미한다. 우리 시대는 모두가 중심을 갈망하게 하면서 순수 욕망의 샘물인 대상 a를 상실하게 만드는 세상이다. 순수 욕망(에로스) 대신 캐슬의 욕망(쾌락)에 물신화된 사람들은 상실 자체를 잊은 채 아무 일도 없는 듯이 살아간다. 그러나 네모집 사람들은 캐슬 사회에서의 절벽 같은 '선'을 막연히 감지하기 때문에 상승 욕구 대신 자신도 모르게 깊은 샘물을 퍼 올리고 싶은 순간이 남아 있다.

네모집 사람들은 탈출을 소망하지만 그에 대한 확신이 적어진 사람들이다. 그 때문에 이 임시 거처의 사람들은 상승이 불가능하다는 불안감과 사라질 수 없다는 공포심에 사로잡혀 있다. 그래서 불안과 공포가 오래 계속될 때는 간혹 자신도 모르게 다른 출구를 응시할 때가 있게 된다. 네모집 사람들이 '내'가 만든 마당의 눈사람을 오래 놓아둔 것은 어딘가 다른 곳을 바라보려는 심리의 표현이다. 눈사람은 너무 멀리 가라앉아 퍼 올릴 수 없는 대상 a의 은유이다.

〈외진 곳〉은 숨겨진 유대의 갈망을 암시하지만 더 이상 진전되지는 않는다. 은밀한 연대의 갈망을 '선을 넘으려는 열망'으로까지 나타낸 것은 〈월드 피플〉(이재웅)이다. 〈월드 피플〉 역시 변두리의 활력을 상실하고 비장소로 전락한 T구역의 이야기이다. 학원 강사 출신[5]인 1인칭 화자가 T구역의 하층민들을 거리를 두고 바라보는 방식 또한 〈외진 곳〉과 비슷하다. 등이 떠밀리다시피 T구역으로 이사한 '나'는 그곳에서 주민들조차 자신의 동네를 혐오한다는 것을 알게 된다. '나'는 PC방에서 만난 비루한 뜨내기들로부터 잠시 고독을 잊을 수 있었지만 깊은 친분을 맺는 데는 한계가 있었다. 우리는 이상한 친근함의 눈빛을 교환하면서도 불안과 무기력을 벗어나지 못한 채 서로를 멸시하고 거리를 두고 있었다.

그러던 어느 날 T구역 사람들의 잠재된 모멸감을 자극하는 일이 발생했다. 경찰이 T구역의 사거리에 방범 카메라를 설치하며 주민들을 감시하려고 한 것이다. 이 지역은 뜨내기와 깡패, 성범죄자, 가출 청소년의 구역이기 때문에 부득이 방범 카메라가 필요하다는 것이었다. T구역의 주민들은 자신들의 거주지에 애착을 갖지 않았으며 서로 간에 친밀한 것도 아니었다. 그러나 인간의 존엄성을 무시당한 모멸감은 참을 수 없었기 때문에 자신도 모르게 항의를 할 수밖에 없었다. '나'는 PC방에서 만난 막노동꾼 K와 외국인 노동자 둘이 인간 건축물을 만들며 방범 카메라를 향해 항의하는 모습을 발견한다. 그들은 술에 취해 서로 욕설을 퍼부어대면서도 짐승의 노래 같은 격한 감정을 토해내면서 인간 건축물을 세우려 했다.

T구역은 진정성을 갖고 정착하려는 마음이 없는 임시 거처 비장소와도 같은 곳이다. 그곳에서 불안과 무기력 속에서 살아가는 사람들은 가까워지려 해도 가까워질 수 없는 존재들이다. 그럼에도 불구하고 인간의 존엄이 훼손되었다는 모멸에 맞서기 위해 인간 건축물의 연대를 만들고 있는 것이다. 그들은 서로에 대한 애정을 회복한 것은 아니었기에 손을 잡

---

5   '나'는 대학을 다닐 때 학원 강사를 한 적이 있다.

고 하나가 될 수는 없었다. 그 대신 그들은 고통의 공명을 감지하고 거리를 둔 채 끌어안으며 **언택트 포옹**을 하고 있었다. 진정성에 대한 믿음이 무너진 시대에 비장소에서 언택트 포옹을 통해 희한한 인간 건축물이 회생하고 있었다. 친분을 맺을 수 없는 **비장소**에서 짐승 같은 울부짖음을 통해 중심에서는 이미 사라진 인간의 존엄을 말하는 연대가 생성되었던 것이다.

감성적 불평등성과 시각적 차별의 사회란 변두리를 비장소로 해체하는 체제이다. 비장소는 감성적 차별에 의해 인격성이 강등된 사람들이 사는 막장의 주거지이다. 그러나 바로 그곳에서 인간의 존엄을 말하는 정동적 반격이 시작되고 있었다. 눈부신 캐슬에 사는 고귀한 사람들은 인간의 존엄이 얼마나 소중한지 알지 못한다. 반면에 고통의 공명으로 연대하며 짐승의 노래를 부르는 사람들이 **인간적 정동**을 주장하고 있었다. 그들의 처절한 슬픔의 발산만이 존재의 오류에 항의하며 넘지 못하는 선을 넘고 있었다.

2. 과잉 네트워크 사회와 비장소의 은유적 반격

캐슬 사회는 1%의 캐슬과 99%의 보이지 않는 사람 사이에 선이 그어져 있는 체제이다. 이런 시대에는 캐슬에서 멀어질수록 존재감의 하락과 함께 장소의 감각이 둔화된다. 신분사회가 혈통과 복식으로 반상을 표현했다면 캐슬 사회는 공간적 정체성으로 위계를 표상한다. 공간적 정체성이 약화된 장소에 사는 사람들은 익명의 존재로 전락하게 마련이다. 예컨대 네모집이나 T구역에 사는 빈민들은 이름보다 익명으로 불리는 존재감이 없는 사람들이다. 네모집 거주자들은 이름이 있어도 3번방이나 8번방의 사람들로 불린다. T구역의 사람들 역시 K나 L로 지칭된다. 이들은 정체성이 희미한 비장소에 거주하는 동시에 존재감 자체가 강등된 사람들이다.

네모집이나 T구역은 캐슬에 대비되는 비장소의 극단이다. 그런데 우리 시대의 비장소는 빈민이나 난민들에 의해서만 생겨나는 것은 아니다. 비장소가 많아진 것은 신자유주의라는 화폐 물신과 상품 물신이 극단화된 캐슬 사회의 산물이다.

상품적 가치와 '쓸모'를 앞세우는 신자유주의는 스카이 캐슬뿐 아니라 타자성을 무용화하는 전 지구적 자본의 캐슬 체제를 만들고 있다. 쓸모에 따라 타자성을 추방하는 캐슬 사회는 인간적 삶의 장소를 자본과 상품의 목적에 맞는 공간과 통로(네트워크)로 변화시켰다. 우리는 그런 네트워크로 연결된 삶을 일상생활로 생각하지만 거기에는 과거에 장소애가 풍부했던 시대의 지속적 공간[6]의 의미는 약화되어 있다. 그런 캐슬 사회를 연결하는 빠른 이동통로에서 장소성이 약화된 임시 거처로서 생겨난 것이 바로 비장소이다.[7] 캐슬 사회는 낙오된 지역으로서 네모집 같은 비장소와 함께 자본과 상품의 캐슬을 연결하는 통로에서 보다 일반적인 비장소들을 발생하게 한다.

신자유주의에서는 네모집이나 T구역은 물론 일상의 도처에 비장소가 편재한다. 신자유주의라는 본체는 상품처럼 수동적이 된 구성원들을 부품들로 연결하며 질서를 유지한다. 본체와 부품 사이에는 보이는 것과 보이지 않는 것의 시각적 위계가 있으며 그 극단적 지점에 네모집의 투명인간들이 존재한다. 그런 존재론적 차별의 캐슬 사회가 동일성을 유지하는 방법은 부품들을 끌어모으는 상품물신의 네트워크를 통해서이다. 신자유

---

6   지속적 공간은 순수 기억(베르그송)을 풍부하게 하는 장소성을 지닌 공간이다.

7   일종의 부품으로서 어떤 삶의 의미에서도 면제될 뿐 아니라 목적의 실행을 위한 잠정적 이동통로인 점에서, 상품사회의 네트워크는 공간적 정체성이 약화된 비장소를 만든다. 마치 이동통로와도 같은 공간에서 만들어지는 오늘날의 비장소는 예전의 여행지와 비슷한 점이 있다. 그러나 비장소가 과거의 여행지와 다른 점은 잠정적으로만 체제의 목적에서 벗어나는 것이 허용된다는 점이다.

주의의 일원이 된다는 것은 전사회와 전지구를 점령한 상품사회의 네트워크에 탑승한다는 뜻이다.

우리 시대는 인터넷의 네트워크뿐 아니라 근본적으로 상품물신의 네트워크가 모든 사회적·지구적 공간을 점령한 시대이다. 역설적인 것은 그런 전면적 네트워크 사회에서는 도처의 연결지점에 이동통로나 교차점 같은 불가피한 잠정적 공백[8]이 생겨난다는 점이다. 물론 그런 공백은 체제의 외부가 아니라 네트워크(체제)로 귀환해야 할 임시 거처이다. 신자유주의는 사회적 네트워크에서 밀려난 하층민의 비장소뿐 아니라 연결지점에서의 공백의 임시 거처로서 또 다른 비장소를 만들고 있다.

자본의 캐슬이란 (인적 자원을 포함한) 다양한 상품의 생산과 소비를 위해 과잉 네트워크를 가동하며 동일성을 유지하는 체제이다. 이데올로기로 대중들을 끌어모으는 시대가 끝나자 신자유주의는 자본과 상품의 네트워크를 통해 사람들을 촘촘하게 결속시키기 시작했다. 과잉 네트워크란 거대서사의 호명의 시대가 끝난 후 공간적·시간적 과잉에 의해 일상을 연결하기 시작한 초근대 사회(마르크 오제)[9]의 은유이다. 이데올로기적 동원과 달리 **거대서사**가 약화된 네트워크에 의한 소환은 연결의 목적을 위해 밀도 높은 과잉을 유발할 수밖에 없다.[10] 상품물신의 **과잉 네트워크**[11]는 전 지구적 연결과 함께 인간의 인격성의 영역까지 네트워크화하기

---

8   이 공백은 고속도로 같은 교통수단 자체일 수도 있는데 고속도로는 상품사회의 연결을 위한 공간일 뿐 '옛길' 같은 문화적인 장소성이 없기 때문이다. 그 점에서 오제의 비장소는 렐프의 무장소(장소 상실)와 유사한 점이 있다.

9   우리는 마르크 오제가 초근대 사회라고 부른 특징을 과잉 네트워크로 설명할 수 있다. 과잉 네트워크가 작동되는 초근대 사회는 '근대 이후'의 사회가 아니라 자본주의가 독주하는 신자유주의의 특징이라고 할 수 있다. 오제가 말한 시간적 과잉은 역사의 미로와 연관이 있으며 공간적 과잉은 초연결 사회로 진화하고 있다.

10   오제, 《비장소》, 43~51쪽, 171쪽. 오제는 이런 과잉을 초근대 사회의 특성으로 설명한다. 과잉 네트워크는 거대서사의 신자유주의적 대체물이라고 할 수 있다.

11   오제는 과잉을 시간과 공간의 과도함으로 표현하고 있다. 위의 책, 177쪽.

에 이르렀다.[12] 그런 미시적 네트워크화는 사람들을 수동적 정동(젤리)에 예속시키는 신경망의 지배에서 정점에 이른다. 이처럼 미시적 네트워크가 거대서사를 대체한 시대는 자유의 관념에 아이러니가 나타나는 시대이다. 이데올로기 사회와는 달리 신자유주의에서는 외견상 거대서사의 구호 없이 사람들이 스스로 행동하는 듯 느껴지게 된다. 그러나 상품물신 사회는 생존은 물론 소통과 사유마저 네트워크와 직결되기 때문에 연결망 외부에서 독자적으로 위치하기 매우 어려운 세계이다. 이데올로기 사회에서는 억압을 느끼면서도 은밀히 머릿속으로 반항적인 사고를 하는 것이 가능했다. 반면에 자유가 확장된 듯한 신자유주의는 인격성마저 상품처럼 딱딱해진 채 수동적 존재로서 네트워크에 탑승해야만 생존할 수 있는 사회이다.

다만 과잉 네트워크에 의해 동일성을 유지하는 체제에서는 이데올로기로 물신화된 사회와는 달리 공간적인 틈새가 생겨날 수밖에 없다. 신자유주의의 상품물신 사회에서는 그런 공간적인 틈새도 자본과 권력의 그물망에서 벗어난 곳은 아니다. 그러나 이데올로기 대신 과잉 네트워크가 작동되는 체제에서는 네트워크의 절대적 완결이란 물리적으로 불가능하므로 곳곳의 연결지점에 공간적 틈새가 잠재한다. 예컨대 고속도로 휴게실은 차량 안에 식당이나 화장실을 마련할 수 없어서 생긴 네트워크의 틈새이자 비장소이다. 그와 함께 고속도로 같은 연결의 수단 자체가 문화적으로 완비되지 않은 장소성이 약화된 공백이기도 하다.

과잉 네트워크에 의해 유지되는 신자유주의에서는 세계화를 통해 교통과 유통의 흐름이 극대화된 한편 연결망의 틈새로서 익명의 공간들이 나타나게 되었다. 오제는 난민 시설 이외에 수송 캠프나 환승지, 공항, 인

---

12 과잉 네트워크의 사회는 타자성을 배제하는 사회가 자신의 질서를 유지하는 방식이라고 할 수 있다. 과잉 네트워크는 신경망까지 지배하기 때문에 피지배자를 수동적 젤리에 예속되게 만든다.

터체인지, 거대한 쇼핑센터 등을 비장소의 예로 들고 있다.[13] 이처럼 비장소에는 상품의 네트워크에 탑승하지 못한 난민 같은 사람들의 공간과 인터체인지 휴게소처럼 임시적으로 네트워크의 탑승이 보류된 공간이 있다.[14] 그 두 가지 비장소는 상품물신 네트워크 사회의 익명의 거처로서 연결망의 외부가 없는 신자유주의가 만든 잠정적 공간이다.

비장소는 **과잉 네트워크** 사회의 특이한 부산물이다. 1990년대 이전의 이데올로기 사회에서는 경직된 공적인 공간에서 풀려난 인정 어린 장소가 모든 사람의 꿈으로 존재했다. 반면에 네트워크의 외부가 없는 과잉 네트워크 사회에서는 다만 연결 관계가 잠시 느슨해진 비장소가 존재할 뿐이다.[15] 비장소란 연결에서 해방된 자유의 공간이 아니라 임시적으로 상품사회로의 탑승이 보류되거나(인터체인지) 어려워진(외진 곳) 공간이다. 상품물신의 외부가 없는 신자유주의는 예전의 고향 같은 진정성이 있는 공간이 사라진 세상이다. 그 대신에 네트워크의 탑승이 잠시 유보되거나 힘들어진 익명의 비장소가 생겨난 것이다. 연결의 잠재적 틈새인 비장소는 임시 대기소이므로 과거에 소망하던 마을이나 고향과는 달리 장소애와 인정이 남아 있지 않다. 그 때문에 익명의 비장소가 많아진 사회는 아늑한 고향의 꿈을 상실하고 불안과 고독이 심화된 세계가 된다.[16]

---

13 오제, 《비장소》, 앞의 책, 129쪽. 서영채, 《풍경이 온다》, 나무나무출판사, 2019, 314쪽. 네트워크를 작동시키는 교통수단 자체도 비장소의 일종인데 이는 이동 중에 상품 사회의 목적성에서 잠시 틈새가 생겨나기 때문이다.

14 임시 거처로서 보이지 않는 비장소에 머문다는 것은 네모집이든 인터체인지이든 본체로부터 탈락할 위기를 지니고 있는 것이기도 하다.

15 이데올로기도 지젝의 주장처럼 사상의 강제적 주입이 아니라 잔여물을 해소하는 환상을 통해 현실 자체를 구조화하는 방식으로 작용한다. 그러나 이데올로기는 공간적으로 네트워크화하는 방식은 아니기 때문에 과거에는 달동네나 삼포, 몰개월 같은 예외적인 공간이 존재했다. 반면에 과잉 네트워크 사회는 전지구와 전사회를 연결할 뿐 아니라 얼굴, 감정, 신경망 같은 신체까지도 예속화하기 때문에 상품물신에서 벗어난 공간이 거의 없어진다.

16 과잉 네트워크 사회에서는 인간적인 공간에서의 반격의 기회가 적어지므로 우리는 불안과 고독에 시달리는 수동적 존재로 살아가게 된다. 그 점에서 과잉 네트워크 사회는 인간의 존재를 수동적 부품으로 만드는 정동권력의 체제와 표리를 이루고 있다.

그런데 오제는 익명성이 오히려 편안하게 느껴지는 비장소의 역설이 있다고 말한다. 예컨대 우리는 고속도로 휴게실이나 대형 매장, 호텔 체인의 익명성 속에서 편안함을 느낀다.[17] 여기에는 집에 머물고 싶어 하는 사람의 심리와는 다른 낯선 매력이 있는 것이다. 오제는 익명성의 공간에서 다국적 기업의 브랜드나 유명한 상표 표지판을 발견할 때 안도감을 느낀다고 말한다.

네모집이나 T구역이 편안하게 느껴질 리는 결코 없다. 반면에 또 다른 비장소인 인터체인지나 대형 매장에서 안도감이 느껴지는 것은 잠시 거쳐 가는 공간이기 때문일 것이다. 네모집이나 T구역이 불안하고 고독한 것은 인터체인지 같은 임시 거처에서 가난하게 기약 없이 투숙해야 하기 때문이다. 오제가 말한 또 다른 비장소의 편안함은 장기적으로 머무는 숙소가 아니라는 점과 연관이 있다.

오제가 간과한 것은 그런 곳은 복잡한 경쟁 체제에서 잠시 휴식을 취하는 틈새라는 점이다. 다국적 기업의 브랜드를 보고 안심을 하는 것은 낯선 익명성의 틈새에서 익숙함을 느끼기 때문이다. 다국적 기업이란 과잉 네트워크 체제의 이정표와도 같다. 우리는 익숙한 상표에서 길을 잃지 않았다고 안도하는 한편 일상의 굴레에서 벗어났음을 느끼며 편안해진다.

신자유주의는 상품으로의 총동원을 명령하면서 사람들을 경쟁에 쫓기는 수동적인 부품들로 만든다. 그 때문에 일상의 곳곳에 수동적 정동의 젤리들이 만연되어 우리를 숨 막히게 만들고 있다. 비장소의 익명성이 편안한 것은 잠시 그런 안개 같은 정동으로부터 면제된 틈새를 제공하기 때문이다. 그처럼 수동성에서 벗어나기 때문에 자유로운 편안함을 느끼지만 거기에는 오래 머물지 못한다는 불안이 수반되어 있다. 오제의 비장소의 역설적 편안함 역시 일종의 임시 거처의 효과이며 근본적으로 능동적

---

17 오제,《비장소》, 앞의 책, 28쪽.

정동의 회복과는 거리가 있다. 고속도로 휴게실에서의 휴식 또한 상품의 네트워크로 복귀해야 할 고독한 부품의 운명을 벗어던진 것은 아니다.

오제는 '상품 캐슬'의 사회가 만든 유한한 공간에서의 운명적인 나르시 시즘의 제약을 간과하고 있다. 타자를 배제하는 캐슬 사회에서는 캐슬의 주인뿐 아니라 그들이 만든 네트워크에 탑승한 사람들도 고독한 나르시 시스트로 살아가야 한다. 그런 구조적인 필연적 제약 때문에 임시 효과에 묶여 있는 편안함은 새로운 장소를 탄생시킬 가능성이 별로 없다. 또 다른 장소의 탄생은 현실의 짐에서 면제된 동시에 임시 거처의 틈새를 연장시켜야만 가능하다. 우리 시대는 그런 방식으로 유한한 공간의 제약을 넘어설 수 있는 공간이 발명된 시대이기도 하다. 테크놀로지의 발전을 통해 인터넷과 인공지능이 만든 메타버스 같은 **제3의 가상 비장소**가 바로 그것이다.[18] 제3의 비장소는 인터체인지처럼 현실에서 면제된 곳인 동시에 임시 거처의 제약성에서도 벗어난 공간이다. 이 21세기의 특별한 가상공간은 우리의 주제인 은유적 정치의 가상공간과 연관해 중요한 문제점을 던져준다. 그런 제3의 비장소의 가능성에 대해서는 8절과 9장에서 다시 살펴보기로 한다.

오제가 놓치고 있는 또 다른 문제는 오늘날의 변질된 장소의 정체성에 관한 것이다. 오제는 근대적인 장소에 초근대적인 비장소를 대립시킨다. 그러나 우리 시대에는 비단 초근대적인 비장소만 공간적인 정체성에서 문제시되는 것은 아니다. 신자유주의에서는 장소의 정체성이 뚜렷한 곳이라도 예전의 공간처럼 진정성을 품은 곳은 많지 않다. 예컨대 '스카이 캐슬'이나 '펜트하우스'는 정체성이 강렬하지만 그런 곳에서의 장소애[19]는 상류층의 나르시시즘적 욕망일 뿐이다. 신자유주의가 타자성을 추방

---

18 위의 책, 150쪽.

19 장소애란 '꿈꾸고 기억되는 공간'에 대한 애정으로 자아의 무의식의 지향으로서 느껴진다. 에드워드 렐프, 김덕현·김현주·심승희 역, 《장소와 장소상실》, 논형, 2005, 93쪽.

하는 체제라면 그 체제의 정수인 캐슬은 나르시시즘의 화려한 집약체이다. 부자들의 눈부신 캐슬은 명품과도 같은 상품인 동시에 쇼룸[20]처럼 개인의 욕망이 연출된 곳이기도 하다. 여기에는 고유한 인격성은 물론 어떤 진정성도 인정도 없다. 그런 나르시시즘적인 **캐슬**의 대척점에 네모집이나 T구역 같은 임시 숙소 **비장소**가 있는 것이다. 캐슬이 자기중심적으로 변질된 장소애의 공간이라면 비장소는 정착할 수 없어서 장소애를 잃은 곳이다. 캐슬은 활기차 보이지만 결코 새로운 장소애의 공간이라고 볼 수 없다. 또한 '외진 곳'은 물론 캐슬의 욕망에서 잠시 벗어난 고속도로 휴게실의 편안함 역시 고독한 공간에서 면제된 것은 아니다.

장소애가 진정성과 인정에서 나르시시즘으로 변질된 것은 중간층도 마찬가지이다. 캐슬과 네모집의 중간에는 김애란의 〈벌레들〉에서처럼 상승의 환상과 절벽의 공포를 함께 느끼는 장미빌라 사람들이 있다. 〈벌레들〉에서 중간층의 (장미빌라에 대한) 장소애는 비장소로 추락하지 않으려 벌레처럼 날아드는 타자를 외면하는 것으로 표현된다.

이처럼 장소애가 나르시시즘으로 변질된 것이 신자유주의의 양극화된 사회의 풍경이다. 신자유주의에서는 비장소만 문제가 되는 것이 아니라 사회 전체의 공간의 감각이 예전과는 매우 달라져 있다. 신자유주의에서 장소애가 강렬한 곳은 나르시시즘도 강렬해진 공간이다. 이런 사회에서는 장소적 정체성이 명확한 캐슬이든 그 반대인 비장소나 인터체인지이든 과거와 같은 장소애의 진정성은 없다. 흔히 캐슬과 비장소를 대척적인 공간으로 말하면서 장소애의 상실을 비장소의 출현에 연관시키지만 오늘날의 캐슬은 변질된 장소애를 품고 있을 뿐이다. 캐슬의 사람들이야말로 나르시시즘에 사로잡힌 존재들이며 고향의 꿈을 상실한 듯한 고독은 능동적 정동이 약화된 사회 전체에 만연되어 있다. 캐슬이 나르시시즘을 자

---

20 쇼룸이란 이케아처럼 연출된 상품 공간을 말하며 연출을 통해 환상을 만드는 점에서 진열의 공간인 쇼윈도와 구분된다. 쇼룸은 '연출된 물건'의 환상으로 과거의 장소애를 대신하는 우리 시대의 나르시시즘 문화의 상징이다. 김의경, 《쇼룸》, 민음사, 2018 참조.

신의 정체성으로 소유한 공간이라면 비장소는 정체성이 희미해진 상태에서 보다 황폐한 고독에 시달리는 곳이다.

다만 황폐한 비장소가 문제적인 것은 시대적 나르시시즘에서 벗어날 얼마간의 잠재성 때문이다. 비장소의 사람들은 나르시시즘적 사회에서 '선의 바깥'을 감지하기 때문에 각자도생의 비극에서 탈출할 잠재성이 잔존한다. 예컨대 《기생충》에서 지하 벙커의 비장소에서 탈출하기 위해 모스부호로 교신을 주고받는 것은 그런 탈출의 소망의 암시로 볼 수 있다.

네모집과 인터체인지라는 두 가지 비장소는 모두 임시 거처의 특성을 갖고 있다. 그런데 네모집은 오제가 말한 고속도로나 대형 매장과는 달리 거주자의 존재 방식 자체가 아포리아에 부딪히는 공간이다. 네모집도 여관 같은 임시 거처이지만 여행자의 이동 공간이 아니라 생존의 장소이기 때문이다. 네모집이란 중심(네트워크)으로의 욕망과 귀환할 수 없다는 절망이 충돌하는 막장의 공간이다. 절망이란 낯선 공포인 동시에 실재계적 어둠과의 접촉이기도 하다. 실재계적 어둠에 접촉하면 일상에서는 당연시되는 존재 자체에 대해 질문을 제기하는 순간이 오게 된다. 네모집에는 그런 아득함과 대면하면서 **존재의 미궁**[21] 속에서 깊은 잔여적 샘물(대상 a)을 감지할 잠재성이 남아 있었다. 네모집이라는 비장소는 자본주의의 제2의 증상으로서 가장 비참한 동시에 존재의 미궁에 의한 불가피한 반격의 조짐이 예고되는 공간이었다.

신자유주의의 증상으로서의 비장소는 단순히 증상이 보이지 않게 된 공간이 아니다. 비장소가 체제의 증상인 것은 나르시시즘에 포획된 동시에 나르시시즘의 절망을 증명하는 곳이기 때문이다. 또한 공간적 정체성에 있어 여관인 동시에 여관이 아니라는 장소의 아포리아를 입증하고 있다. 그 때문에 고장 난 세계[22]에서의 존재의 무력화이면서 존재론적 반격

---

21 존재의 미궁은 자본주의의 제2의 증상이라고 할 수 있다.

22 이 고장 난 세계는 자본주의의 오작동이 아니라 자본주의를 지나치게 순수하게 운행한 결과이다.

의 잠재성을 품고 있는 것이다.

캐슬이 체제(상징계)를 영구화하려는 상상계적 공간이라면 네모집은 막장의 틈새에서 체제 바깥에 접촉해 있다. 과거의 변두리가 '가슴을 여는 사람들'의 실재계적 접촉을 보여주었다면 비장소 사람들은 '절망'을 통해 어둡게 실재계에 접속한다. 절망의 실재계에서는 변두리에서 가능했던 별빛의 카니발이 더 이상 가능하지 않다. 그러나 실재계적 어둠이란 상징계에서 존재감이 강등된 위치인 동시에 그 틈새가 가상을 통해 감지되는 곳이다. 그 때문에 망각되었던 순수 욕망과 순수 기억이 틈새의 가상에서 은유로 되돌아올 가능성이 남아 있다. 과거에 변두리 사람들이 **벌거벗은 얼굴**로 존재감을 표현했다면 비장소의 사람들은 가상의 **은유**로 존재의 회생을 소망한다. 가상의 은유는 실재계의 어둠을 틈새의 공백으로 전환시키며 순수 욕망(그리고 순수 기억)을 증폭시켜준다.

〈외진 곳〉에서 '눈사람'의 은유적 사유는 절망을 넘어선 존재의 회생의 실재계적 표현이다. 네모집 사람들은 서로 대면을 꺼려하지만 비대면 속에서 모든 사람들이 눈사람을 오랫동안 보고 있었다. 일상의 대면에서는 인정을 회복시키지 못하지만 은유를 통해 아득한 샘물을 퍼 올릴 잠재성이 잔존하는 것이다.

캐슬의 사람들이 마당의 눈사람을 녹아 찌그러질 때까지 오래 바라보는 일은 일어나지 않는다. 그들은 순수함의 소망(눈사람)과 존재의 지속에 대한 열망이 약화되었기 때문이다. 나르시스트인 캐슬 사람들은 인정의 원천인 순수 기억이 빈곤하며 그로 인해 지속의 열정[23]이 쇠퇴해 있다.

물론 네모집 사람들이 인정이 풍부한 것은 아니다. 거주지에 오래 머물려 하지 않는 네모집 사람들 역시 순수 기억과 지속의 열정은 빈약하다. 그러나 그들은 인간관계를 지속시키지 못하는 대신 눈사람을 통해 은유

---

23 인정이란 일종의 순수 기억이며 지속은 순수 기억의 다른 표현이다. 물건에는 지속이 없지만 인정을 중시하는 인간에게는 순수 기억과 지속이 매우 중요하다.

적으로 지속을 열망하고 있었다. 그들이 마당의 눈사람을 녹아 없어질 때까지 건들이지도 무너뜨리지도 않은 것은 숨겨진 지속의 열망인 동시에 존재의 회생과 장소의 회복의 갈망이기도 하다.

캐슬 사회는 비장소에 거주하는 타자들이 선을 넘어 반격할 가능성이 없어진 체제이다. 타자들의 움직임은 **은유**와 **시뮬라크르**, **가상공간**을 통해 비로소 간신히 시작된다. 〈외진 곳〉에서는 '나'와 5번방 남자가 눈사람을 합작한 후에 잠시 순수 기억이 동요하며 관계의 지속을 시작한다. 〈월드 피플〉에서도 경찰의 감시 장치로 인한 인간적 모멸에 대항해 비장소의 '월드 피플'들이 인간 건축물로 맞서고 있다. T구역의 뜨내기들은 선을 넘지 못하는 대신 인간 건축물을 통해 존재론적으로 선을 넘고 있었다.

눈사람과 인간 건축물은 존재의 지속과 인간적 유대를 회생시키려는 은유적 표현이다. 눈사람을 바라보고 인간 건축물을 쌓는 동안 비장소의 사람들은 아득한 곳의 진정성의 샘물(대상 a)을 퍼 올리고 있었다. 공간적 정체성이 약화된 곳에서 불안과 무력감 때문에 손을 잡을 수 없는 사람들은 은유의 공간을 만들며 비로소 서로 손을 내밀고 있었다.

은유를 통해 회생하는 연대는 신자유주의의 상품물신의 네트워크와는 매우 상이하다. 과잉 네트워크가 화폐와 쓸모에 의해 사람들을 연결한다면 눈사람과 인간 건축물은 진정성의 샘물을 퍼 올리며 손을 잡는다. 그런 은유적 연대가 네모집과 T구역에서 새로운 장소애가 생겨나게 했다고 볼 수는 없다. 그보다는 비장소에서 생성된 은유의 공간을 통해 심연에서 고통을 넘어서려는 공명을 일으키고 있는 것이다.[24] 고통의 공명의 순간은 중심가로 나가려는 네트워크의 강박감에서 벗어난 시간이기도 하다. 신자유주의는 과잉 네트워크를 통해 구성원들의 신경의 연결망까지 지배하는 사회이다. 그런 네트워크에 대한 신경증에서 면제된 고통의 공명은

---

24 은유적 연대는 고통받는 타자의 벌거벗은 얼굴을 상실한 사람들의 비밀스러운 언택트의 반격이다.

삶의 근원으로서 외적 체제 대신 내재원인을 감지했다는 암시일 수 있다. 은유적 연대는 총체화된 과잉 네트워크의 폭력에 대응하고 있는 내재원인(무한성)에 의해 연결된 또 다른 네트워크를 시사한다.[25] 그런 은유적 공간에서의 연대의 회생이 일상의 사람들에게까지 전파될 때, 사회 전역에 금빛 전류(능동적 정동)를 흐르게 하는 정동정치를 통해 캐슬 사회에 대한 반격이 시작될 것이다.

3. '외진 곳'에서의 은유적 연대의 생성
― 장은진의 〈외진 곳〉

〈외진 곳〉은 양귀자와 김소진의 변두리 소설이 해체된 우리 시대의 비극을 보여준다. 이 소설에서 주인공 '나'와 네모집 사람들의 관계는 변두리 소설에서 지식인과 서발턴의 관계의 변주이다. 양자에서 시점의 주체인 '나'는 삶의 의미를 반추하는 자의식을 지니고 있다. 그러나 이제 자의식을 지닌 '나'는 외진 곳의 하층민으로부터 잠재적 활력을 발견할 수 없게 되었다. 변두리는 하강한 사람이 인간의 존엄과 능동적 정동을 품고 있음을 보여준 마지막 장소였다. 반면에 '외진 곳'에서는 상승에 목말라하는 사람이 있을 뿐 인간의 존엄의 갈망은 잘 표현되지 않는다. 이제 서발턴의 변두리는 '겨우 존재하는 사람들'의 비장소로 해체된 것이다.

이런 차이는 변두리의 별빛이 사라진 대신 공간적으로 서열화된 사회가 도래한 변화에 상응한다. 과거의 변두리에는 낮은 곳의 사람만이 볼 수 있는 비루한 사람들의 카니발이 있었다. 반면에 공간적으로 서열화된 사회에서는 경제적 하강이 존재감의 강등으로 위계화된다.

〈외진 곳〉에서 '나'와 네모집 사람들은 '중심으로의 진출'을 행복감과

---

25 전자의 무기가 총체화된 상품의 동원이라면 후자의 무기는 윤리적인 무한성이다.

동일시하고 있다. '나'와 동생은 다단계 회사에 사기를 당해 네모집으로 이사하면서 불행한 재앙에 몸을 떤다. '외진 곳'이란 힘없고 가난한 사람들의 불행을 실감하게 하는 어둡고 구석진 공간일 뿐이다.

> "어쩌다 우리가 여기까지 왔을까. 난 저렇게 창호지로 된 방문은 첨 봐."
> "나도."
> 방은 전에 살던 원룸을 딱 반으로 접어놓은 크기였다. 급하게 보증금을 빼야 했고, 역시나 반토막 난 보증금에 맞추어 방을 구하다 보니 동생 말대로 "여기까지" 굴러오게 된 것이다.[26]

동생이 말하는 '여기'란 공간적 서열화에서의 막장을 뜻한다. 이런 곳에서는 모두가 '중심으로의 진출'만 꿈꾸기 때문에 공간에 대한 애착이 없다. 엉덩이를 반만 내려놓고 언제든 튀어나갈 준비를 하는 그들은 서로 알은 척 않는 것을 예의로 여기고 있었다. 네모집 사람들은 얼굴을 보여주지 않은 채 닫힌 방의 불빛과 소리로만 존재를 알릴 뿐이다. 임시 숙소인 여관처럼 느껴지는 그곳은 공간적 정체성을 상실한 익명의 비장소였다.

집주인 역시 그걸 아는지 "오래 말고, 조금만 살다가"라고 나지막이 말했다. '오래 살 수 없는' 외진 곳이란 존재의 지속을 상실하게 하는 공간이었다. 공간적으로 서열화된 사회에서 네모집 같은 비장소에 산다는 것은 존재의 지속이 불가능한 삶을 의미했다.

베르그송은 **지속**의 시간만이 자아의 순수 기억(무의식)과 현실의 교섭을 통해 존재의 성숙과 약동을 가져온다고 말했다.[27] 그처럼 지속을 통해

---

26 장은진, 〈외진 곳〉,《이효석 문학상 수상작품집》, 앞의 책, 9~10쪽.
27 베르그송, 황수영 역,《창조적 진화》, 아카넷, 2005, 21~24쪽. 베르그송은 지속이란 과거가 현재로 연장되어 미래를 잠식하며 전진하고 부풀어가는 부단한 과정이라고 말한다.

도약하고 약동하는 것이 사물과 다른 인격적 존재(그리고 생명적 존재)의 특성이다. 사물과 상품이 새로운 도약을 하는 것은 과거와 단절하고 새로운 물건으로 생산될 때만 가능하다. 반면에 인격적 존재는 과거 전체를 인격의 핵심인 순수 기억으로 지속할 때만 새로운 성숙과 도약을 이룰 수 있다.

네모집 사람들은 지속을 통한 존재의 능동성 대신 물건과 상품처럼 더 좋은 곳으로의 상승을 요구받고 있었다. 그 점에서 지속이 불가능한 '외진 곳'의 삶은 능동성을 상실한 인격의 빈곤화를 의미했다. 과거에는 하층민들도 〈난장이가 쏘아올린 작은 공〉에서처럼 이웃 간에 정이 넘치며 이사를 갈 때 아쉬움의 눈물을 흘렸다. 그때에는 달동네와 변두리에도 장소애와 지속의 열망이 넘쳐났던 것이다. 그러나 존재론적 차별이 공간적 서열화로 전화된 사회에서는 얼마간이든 인격의 차별을 모면하기 위해 '외진 곳'에서 벗어나야 할 운명에 놓여 있다. 외진 곳의 공간적 지속의 어려움은 존재의 지속의 상실 및 자아의 수동성과 표리를 이루고 있다.

공간적으로 위계화된 사회에서는 지속의 삶 대신 사회적 공간의 상층에 인격을 끼워 넣어야 불행을 피할 수 있다. 네모집 사람들이 존재의 지속을 상실한 것은 그처럼 서열화된 사회에서 중심으로의 진출에 목맬 수밖에 없기 때문이다. 그들은 지속을 통해 자아를 고양시키기보다는 비좁은 중심을 향해 어떻게든 빈곤한 자아를 밀어 넣어야 하는 것이다.

물론 창조적 도약과 존재의 지속이 없는 삶을 사는 것은 하층민뿐 아니라 중간층과 상류층도 마찬가지이다. 다만 그들이 지속의 상실에 둔감한 것은 장미빌라나 스카이 캐슬의 공간적 연출을 통해 나르시시즘적 환상을 지속시키기 때문이다. 그러나 그런 환상을 통한 지속이란 장미빌라와 스카이 캐슬의 연출일 뿐 삶의 진정성과는 무관하다. 장미빌라의 중간층은 〈벌레들〉(김애란)의 인물들처럼 절벽 아래로 추락해 지속의 환상이 깨지지 않게 버티고 있을 뿐이다. 또한 상류층은 이미 캐슬을 차지했기 때문에 세습[28]에 전력할 뿐 인격의 성숙과 지속의 삶에는 아무 관심이 없다.

'외진 곳'의 사람들이 그들과 다른 것은 존재의 지속이 불가능함을 뼈저리게 자각할 수밖에 없다는 점이다. 외진 곳에 산다는 것은 한마디로 환상의 연출이 불가능해졌다는 뜻이다. 장미빌라나 스카이 캐슬의 사람들은 나르시시즘적 연출로 지속의 상실을 망각하지만 외진 곳의 사람들은 결코 그럴 수 없다.

외진 곳에서는 지속의 상실의 우울함이 환상의 연출이 가능한 중심가로의 탈출의 소망으로 연결된다. 그러나 네모집 사람들은 중심으로의 탈출을 소망하면서도 그 일이 쉽지 않다는 것을 잘 알고 있다. 외진 곳의 문제적인 위치는 탈출의 소망과 회생의 험난함이 충돌하는 불안감에 있었다. 그들은 한마디로 자본주의의 제2의 증상으로서 귀환이 불가능한 추방된 타자에 근접해 있는 사람들이었다. 외진 곳이란 지속의 상실이라는 체제의 딜레마를 환상을 통해 회피하지 못하고 존재 자체의 아포리아로 경험하는 위치였다.

증상이란 체제 자체의 균열을 암시하며 잠재적 반격이 배태되는 위치이다. 자본주의에서 제1의 증상인 타자(프롤레타리아)의 출현은 벌거벗은 얼굴의 반격을 의미했다. 반면에 제2의 증상인 추방된 타자의 아포리아(비장소)는 체제에서 상실한 '인격적인 인간'으로의 귀환을 열망하게 한다. 인격으로의 귀환이란 여관 같은 임시 거처의 생존이 아닌 '오래 지닐 수 있는 삶'이라는 인간적 열망을 뜻한다. 외진 곳에서는 인간적 지속의 열망을 환상을 통한 연출로 해소할 수 없기 때문에 **진정한 지속**에 대한 존재론적 갈망이 배태되고 있었다. 이것이 바로 비장소라는 제2의 증상의 잠재적 반격이다.

---

28 세습이란 캐슬을 지속시키는 것이며 순수 기억(존재의 지속)의 팽창을 통한 인격성의 성숙과는 아무 관계가 없다.

증상은 오작동으로 보이는 위치가 체제의 필연적 산물임을 알리면서 상징계의 메커니즘의 문제점을 알게 만든다. 지속의 상실은 체제의 딜레마이지만 비장소의 사람들 외에는 뼈아프게 자각하지 못한다. 반면에 존재의 오류인 비장소가 자본주의 독주의 필연적 산물이듯이, 비장소에서 배태된 지속의 갈증 역시 불가피한 잠재적 열망이었다.

〈외진 곳〉에서 가장 외진 삶을 사는 3번방 여자가 예외적으로 '나'에게 친절한 것은 그 때문이다. 네모집 사람들은 아무도 인사를 하지 않지만 3번방 여자는 달랐다. 그녀 역시 상승을 꿈꾸지만 비정한 현실을 절실히 알기 때문에 인정에 대한 그리움이 남아 있었다. 3번방 여자는 폭력적인 옛 남친을 피해 네모집에서 2년 동안 가장 오래 살고 있었다. 그녀가 '나'에게 친밀한 것은 '잠깐 있다 가지' 못할 운명[29]으로 인해 지속의 삶에 대한 향수가 남아 있었기 때문이다. 그러나 그녀는 네모집까지 찾아온 옛 남친 때문에 크리스마스 다음날 도망치듯 사라진다.

이 소설에서 또 다른 지속의 갈망은 '나'와 5번방 남자 사이에서 나타난다. 이 소설의 시점의 주체이자 반성적인 의식을 지닌 '나'는 네모집에 이사 온 후 아홉 개의 방의 불빛을 세는 습관을 가지고 있었다. 불빛을 세는 습관은 중심으로 탈출하려는 욕망과 정반대되는 열망이었다. '내'가 방의 불빛을 세는 것은 탈출하는 대신 비대면의 공간에서 얼굴을 대신해서 네모집 사람들과 만나려는 소망의 표현이었다. 그것은 '여기도 사람 사는 곳'이라는 존재의 갈증을 해소하려는 비밀 교신과도 같았다. 아홉 개의 불빛이 뿌듯한 것은 '나'의 갈증에 대해 호응하는 응답으로 느껴졌기 때문이다.

어느 날 '나'는 두 군데의 불빛만을 보고 허전함을 느끼며 마당에 쌓인 눈으로 단단한 눈뭉치를 만들었다. 이어서 눈을 굴리기 시작한 것은 빈약한 자아를 눈덩이처럼 부풀게 하려는 갈망이었다. '나'는 사그라지는 시간

---

29 외진 곳 자체는 물론 중심으로의 진출을 통해서도 환상을 꿈꾸지 못하는 위치를 말한다.

의 길목에서 기억을 끌어모아 존재를 입증하려는 지속의 갈망을 느끼고 있었다.[30] 자아가 빈약한 것은 임시 거처 같은 네모집에서 시간이 순수 기억으로 쌓여가지 않기 때문이다. 반면에 눈덩이가 커질수록 흩어진 시간들도 같이 뭉쳐져 부푸는 듯한 느낌을 갖는 것이다. '잠깐 있다 갈' 지속을 잃은 공간에서 눈덩이는 심연의 허전함을 달래려는 지속의 소망의 은유였다.

그런데 비대면이 원칙인 비장소에서 존재의 허전함을 느낀 것은 '나'만이 아니었다. 환상의 연출이 불가능한 '외진 곳' 사람들에게는 지속의 상실(제2의 증상)을 자각하며 허전한 존재를 달래려는 진정성의 갈증이 남아 있었다. 그것을 증명하듯이 5번방 남자가 나와서 '나'처럼 눈을 굴리기 시작했다. 5번방 남자와 '나'는 아무 말도 없이 두 개의 눈덩이로 눈사람을 합작했다.

한밤중 마당에서 혼자 눈을 굴리는 모습에 당황한 건지 아니면 다른 이유 때문인지 남자는 문을 닫고 도로 들어가 버렸다. 마주치면 안 된다는 원칙을 깨고 싶지 않은 것 같았다. 화장실에 가고 싶은 걸 방해한 것 같아 미안한 마음이 들었지만 그렇다고 눈 굴리는 걸 포기하지는 않았다. 그때였다. 느닷없다는 느낌으로 5번 방 문이 다시 열리고 남자가 신발을 신고 나와 나처럼 눈을 뭉치고 그 눈을 눈밭에 굴리기 시작했다. 남자는 장갑을 끼고 있었다. 남자와 나는 말없이 두 덩어리의 눈을 완성했고, 내가 만든 건 좀 커서 아래에 두었고 남자가 그 위에 자신이 만든 눈덩어리를 올려놓았다. 그리고 남자는 다시 자기 방으로 들어갔다. 남자가 아니었다면 장갑을 끼지 않은 내 손은 이보다 더 시렸을 것이다.

남자와 내가 만든 눈사람은 오랫동안 마당에 있었다. 스스로 녹아서 작아지고 찌그러질 때까지 아무도 건드리지 않았고, 무너뜨리지도 않았다. 네모집에

---

30 베르그송, 《창조적 진화》, 앞의 책, 21쪽.

사는 사람들이기 때문에 아무도 그것을 훼손하지 않은 것 같았다.[31]

5번방 남자의 눈덩이는 '나'에 대한 공감의 표현이면서 심연의 존재의 갈망에 대한 암시였다. 그것은 '오래 있는 것'이 불가능한 비장소에서 숨겨진 지속의 소망에 대한 표현이기도 했다. 그런 심연의 정동을 무언극처럼 말없이 드러낸 것은 비장소의 고독의 원칙을 지키며 유대감을 암시한 셈이었다. 비대면과 무언극은 아홉 가구의 사람들이 소리 없이 공유하는 원칙이었다. 아무도 보는 사람이 없었지만 네모집의 고독의 원칙은 추방된 사람의 비극인 동시에 벗어나기 어려운 정동권력의 장치였다. 그 때문에 '외진 곳'에서는 비대면을 통해서만 진정성을 전달하면서 내면의 포옹을 할 수 있었던 것이다.

그런데 그런 무언극의 진정성의 갈망은 비단 '나'와 5번방 남자만의 것은 아니었다. 아홉 가구들은 마당에 세워진 눈사람을 오랫동안 바라보며 지켜보고 있었다. 그들은 침묵 속에서 서로의 존재의 갈망(눈사람)에 공감하는 비대면의 포옹을 하고 있었다. 눈사람은 존재의 지속을 통해 확인한 아홉 가구 사람들의 심연에 남아 있는 진정성의 샘물(대상 a)의 은유였다. 그것은 중심가로 탈출해 환상을 연출하려는 갈망을 잊게 하는 비장소의 특이한 진정성의 표현이었다. 진정성의 갈망은 임시 숙소에서는 불가능하지만 눈사람이 대신 지속의 시간으로 표현해 주고 있었다. 사람들은 중심으로의 환상을 멈추고 그 대신 지속의 열망을 통해 진정성의 샘물을 퍼올리려 갈망하고 있었다.

아홉 개의 불빛과 눈사람으로 암시된 지속의 갈망은 비장소에서도 비밀 교신이 계속되었음을 뜻한다. 동생이 일본으로 떠나게 되어 외로움을 느끼고 있을 때 5번 방 남자는 마침내 혼잣말처럼 '나'에게 인사를 건넸다. 5번 방 남자의 인사말은 여전히 비대면인 동시에 무언극의 원칙을 깬

---

31 장은진, 〈외진 곳〉, 《이효석 문학상 수상작품집》, 앞의 책, 23~24쪽.

것이기도 했다. 남자의 비밀 교신 같은 '언택트 교감'은 비장소에서의 새로운 소통 방식의 생성을 암시한다.

그러나 이는 비장소에서 장소애가 생겼음을 뜻하는 것은 아니다. 눈사람을 통해 비밀 교신을 하면서도 여전히 장소애는 없는 것이 변두리와 다른 '외진 곳'의 특성이다. 네모집의 비장소는 계속 수동적 정동에 지배되고 있으며 개인적인 대면을 통한 교감은 없다. 다만 남자와 '나'는 눈덩이를 굴릴 때부터 비장소를 가로지르는 은유의 공간에서 만나고 있었던 것이다. 피폐한 비장소는 눈사람의 은유를 연출하는 공백의 무대로 뒤바뀌고 있었다. 남자의 말은 눈사람을 합작할 때처럼 두 신체를 관류하는 정동을 흘리며 존재의 '떨림의 장'[32]을 만들었던 셈이다. 떨림의 장을 생성하는 능동적 정동이 '작고 부드러운 말'[33]을 통해 비장소의 침묵과 수동적 정동을 밀어내고 있었던 것이다. 그런 떨림과 진동의 장이 증폭될 때 수동적 정동을 압도하는 금빛 전류(《보건교사 안은영》)가 생성될 수 있을 것이다.

비장소의 수동적 젤리를 관통하는 진동의 장은 크리스마스이브 때도 암시되었다. 교회의 청년들이 마당에서 캐롤을 불러주는 동안 축복의 기억(순수 기억)[34]을 상실한 비장소에도 크리스마스가 오고 있었다. 크리스마스는 네모집에서 선물과 축복의 기억이 우울한 정동을 밀어내는 유일한 날이었다.

역시 고요한 노래였다. 원래는 한 집당 한 곡씩만 부르는 건데 여긴 여러 세대가 모여 있다는 걸 알고 두 곡을 불러주는 건가 싶었다. 어쨌든 중심가로

---

32 여기서의 떨림의 장(진동의 장)은 외적으로보다는 내적으로 (비)장소와 결합한 사건에 의해 생성된다. 조광제, 〈네트워크적 장소의 모색: 후설의 현상학을 바탕으로〉, 《장소 철학》 I, 서광사, 2020, 79~80쪽.

33 장은진, 〈외진 곳〉, 《이효석 문학상 수상작품집》, 앞의 책, 36쪽.

34 크리스마스 같은 특별한 날의 순수 기억을 말한다.

가지 않고 집에 있어서 들을 수 있는 노래였다. 집에 남은 사람들을 위한.

그들[성가대]이 떠난 뒤 맥주도 다 마셔가고 화장실도 갈 겸해서 방을 나와 마당으로 나가보았다. 눈이 내리는 가운데, 놀랍게도 아홉 군데 불이 전부 켜져 있었다. 와, 나도 모르게 탄성이 흘러나왔다. 오늘밤 왜 중심가로 가지 않았나요? 각자 다른 이유와 사정이 있겠지만 집에 있는 편이 좋을 것 같아 그러기로 했다는 일치된 대답을 들은 것 같았다. 불 켜진 방, 그것은 마치 오래된 나무에 전구를 둥그렇게 휘감아 놓은, 크리스마스트리 같은 모습으로 앉아 있었다.[35]

캐롤이 아홉 가구들에게 크리스마스를 알렸다는 것은 사람들의 순수 기억을 일깨워준 것이었다. 순수 기억의 고양은 이벤트를 대신해서 외진 곳에도 크리스마스가 다가오게 만들었다. 사람들은 중심가로 나가려는 갈망을 잠시 정지시키고 인간적 진정성에 대한 순수 욕망에 젖어 있었다. 중심가로 나간다는 것은 존재의 허전함을 환상을 통해 달래려는 욕망이다. 반면에 아홉 개의 불빛은 환상을 포기한 순간에 퍼 올려진 진정성의 샘물의 은유였다.

그러나 아홉 개의 불빛이 비장소의 정체성의 상실을 채워준 것은 아니었다. '내'가 본 진정성의 불빛은 장소애의 표현이 아니라 비장소를 관통하는 '진동의 장'의 흐름이었다. 아홉 가구들은 여전히 얼굴을 보지 않은 채 비장소를 백지의 무대로 삼아 심연의 샘을 길어 올리는 이미지를 연출했다. 침묵의 무언극이 진동의 무언극으로 상승하고 있었던 것이다.

아홉 개의 불빛은 '나'의 침묵의 물음에 대해 존재의 응답을 주고 있었다. 그것은 비대면 속에서 존재감을 고양시키는 비장소의 특이한 이벤트였다. 네모집이라는 오래된 나무에 크리스마스트리 같은 전류를 흘리며 떨림과 진동이 전해지는 은유의 공간이 생겨났던 것이다.

---

35 장은진, 〈외진 곳〉, 《이효석 문학상 수상작품집》, 앞의 책, 28쪽.

다만 네모집의 진정성의 이벤트는 아직 무언극의 형식 속에서 나타나고 있었다. 크리스마스 때 성가대가 오는 날에만 '진동의 장'이 생성된다는 것은 존재의 불빛이 기다림 속에만 있음을 뜻한다. 네모집 사람들은 크리스마스 없이도 존재의 진동을 생성하며 무언극을 깨는 금빛 전류를 발생시킬 과제를 안고 있다. 진동의 장에서 금빛 전류가 흐르며 사람들이 스스로 진정성의 이벤트를 만들 때 수동적 젤리의 세계에 대한 능동적 정동의 반격이 시작될 것이다.

그런 정동적 반격이 필요한 것은 네모집뿐 아니라 일상의 사람들도 마찬가지이다. 우리는 네모집에 살지 않아도 조금씩은 비장소를 경험하며 살아가고 있다. 예컨대 김의경의 〈물건들〉은 오늘날의 장소애가 쇼룸의 물건들이 연출한 환상에 지나지 않음을 보여준다. 물건들의 연출은 장미 빌라와 스카이 캐슬의 연출과 협동해 진정한 지속의 상실을 망각하게 해준다. 중심으로 갈수록 연출의 능력을 얻기 때문에 화려한 이벤트와 소비의 시뮬라크르의 힘으로 장소애의 환상 속에서 살 수 있는 것이다.[36]

그러나 〈물건들〉에서처럼 90%의 사람들은 진정성 대신 물건들에 둘러싸여 있음을 어렴풋이 알고 있다. 그런 공허함을 달래기 위해 **장소애의 환상**과 **이벤트**, **소비의 세계**인 중심으로 다가가려 애쓰고 있는 것이다. 그와 함께 캐슬의 진출이 불가능함을 알기 때문에 잠재적 비장소에 살면서 불안과 우울함을 느끼고 있는 것이다.

잠재적 비장소의 사람들 역시 네모집 사람들처럼 중심으로의 진입이 불가능함을 느끼는 순간 존재의 갈증을 감지한다. 그 순간 '나'와 네모집 사람들처럼 존재감을 증폭시키려는 (쇼룸과는 다른) 또 다른 이벤트의 갈망을 갖게 된다. 〈외진 곳〉은 몰락한 '나'와 네모집 사람들의 만남을 통해 일상의 사람들에게도 잠재해 있는 **존재의 이벤트**의 갈망을 증폭해 보여

---

36 우리 시대는 장소의 디즈니랜드화의 시대라고도 할 수 있다. 김성환, 〈장소 사랑과 무장소성〉, 《장소철학》 I, 앞의 책, 19~20쪽.

주는 소설이다.

존재의 이벤트는 쇼룸의 이벤트와는 달리 비장소를 횡단하는 크리스마스트리 같은 '진동의 전류'를 생성한다. 존재의 진동의 전류는 눈사람과 아홉 개의 불빛처럼 은유의 공간에서 생성되는 시뮬라크르적인 사건이다. 쇼룸과 장미빌라와 디즈니랜드가 '소비의 시뮬라크르'라면 존재의 이벤트는 아홉 가구의 전류 같은 '사건의 시뮬라크르'를 생성한다.

네모집의 존재의 이벤트는 일상에서 발생해야 할 더 큰 존재의 이벤트의 출발점이다. 오늘날에는 네모집 사람들이 생성한 심야전기가 잠재적 비장소에까지 전파될 때 비로소 정동적 반격이 시작될 수 있다. 잠재적 비장소의 사람들이 스스로 크리스마스트리를 만들며 캐롤 같은 해방의 노래를 부르는 것이 우리 시대의 존재의 이벤트 촛불집회이다. 촛불집회는 촛불 광장의 은유의 공간에서 능동적 정동정치를 통해 연출된 사건의 시뮬라크르이다. 네모집의 아홉 개의 불빛이 비장소를 횡단하며 존재의 진동을 생성하듯이, 촛불집회는 수많은 촛불들로 비장소와 잠재적 비장소에 틈새를 만들며 금빛 전류를 흘리는 은유의 공간을 열고 있다.

4. 이질적 타자들의 고통의 공명
─이재웅의 〈월드 피플〉

〈월드 피플〉은 〈외진 곳〉처럼 지식인과 하층민 사이에 만날 수 없는 거리가 생겨났음을 보여주는 소설이다. 그러나 그런 거리감은 지식인 자신에 의해서만 만들어진 것은 아니다. 〈월드 피플〉의 '나'는 〈외진 곳〉의 주인공처럼 유일하게 T구역 사람들을 반성적으로 관찰하는 위치에 있다. 그러면서도 친밀하게 다가가지 못하는 것은 일상의 사람들의 편견과 T구역 사람들 자신의 모멸감 때문이다.

T구역 사람들의 자기 모멸은 그들을 바라보는 S시 사람들의 혐오의 정동의 산물이었다. '나'는 T구역을 외부인들의 혐오감과 내부인들의 모멸의 정동을 통해 알아가고 있었다. 〈월드 피플〉은 〈외진 곳〉처럼 경제적 파산으로 비장소로 이주한 지식인이 그곳에서 피폐한 정동을 경험하게 되는 작품이다. 전국에서 공기 오염도가 최고인 T구역은 가장 유해한 정동에 감염된 곳이기도 했다.

'나'는 대학 졸업 후 논술 과외를 하려다 T구역 주민임을 알고 퇴짜를 맞은 적이 있었다. T구역에 대한 혐오의 정동은 '나'와는 상관없이 부유층 쪽으로부터 생겨나 일상에 확산된 것이었다. 그리고 그런 부유층의 바이러스 같은 유해한 정동에 가장 심하게 감염된 사람은 자기모멸에 빠진 T구역 주민들 자신이었다.

유해한 정동으로 인한 인간관계의 파탄은 '나'의 이성적인 접근으로 해소될 수 없는 것이었다. 외부의 혐오는 물론 T구역 사람들 자신의 무력감 때문에 파탄된 삶을 벗어나는 일은 요원했다. 그런 열악한 정동에서 탈출하려면 더 강한 정동의 반격이 필요할 것이었다(스피노자).[37] 〈월드 피플〉은 가장 비루한 T구역에서 어떻게 그런 정동적 반전이 일어날 수 있는지 은밀한 탐색의 과정을 보여준다.

T구역은 외국인 노동자들이 섞여 살고 있어서 더욱더 경계 안에 갇힌 모멸의 공간이 되고 있었다. 이곳에는 이주 노동자들과 함께 그들과 같은 위상을 지닌 한국인 루저들이 살고 있었다. 그런 T구역은 신자유주의적 세계화가 낳은 어둠이 집약된 곳이었다. 신자유주의는 상품의 네트워크를 통해 세계인의 만남을 촉진하는 한편 그 이면에서는 인간적 유대가 파탄된 '월드 피플'을 만드는 셈이었다.

그런 중에도 '내'가 새로운 인간관계를 맺을 수 있게 된 것은 PC방에서였다. PC방은 인터넷의 가상공간을 통해 네트워크에 대한 갈망을 대신

---

37   스피노자, 조현진 역, 《에티카》, 책세상, 2006, 72쪽.

충족시켜주는 곳이었다. 별다른 인간관계가 없는 T구역에서 '나'는 유일하게 PC방에서 약간의 친구를 사귈 수 있었다. 신자유주의란 과잉 네트워크 사회이면서도 화폐와 쓸모에 의해 연결될 뿐 진정한 교류는 잘 이루어지지 않는 체제이다. 더욱이 T구역은 중심으로의 네트워크가 끊겨진 것과도 같은 비장소의 공간이었다. 그 때문에 T구역 사람들은 가상의 네트워크인 인터넷을 통해서도 중심으로의 연결을 회복할 수는 없었다. 그러나 지속을 상실한 비장소의 사람들에게 가상공간은 일상의 상품사회 (네트워크)에서 벗어나 또 다른 연결의 감각을 회복하는 '제3의 비장소'[38]였다. 제3의 비장소는 익명의 임시 공간이면서도 얼마간이든 네트워크로 연결된 지속을 가능하게 하는 연결망이다. '내'가 PC방에서 또 다른 네트워크를 갈망하며 약간의 친구를 만들 수 있었던 것은 그 때문이다. 물론 그곳에서도 사람들은 우정과 연민을 느끼는 동시에 이면으로는 여전히 멸시와 경계심을 갖고 있었다.

우리는 때로는 PC방에 와서 단 한마디 말도 하지 않고 그저 각자의 게임이나 웹서핑에만 집중하다 돌아가는 날도 있었다. 그러나 그런 날마저도 우리는 초췌한 얼굴로 경계하는 빛이 역력하면서도, 또 한편으로는 이상한 친근함을 담은 눈빛을 교환하면서 어떤 우정과 연민을 주고받곤 했다. 우리는 분명 어떤 면에서는 서로를 멸시하고 또 그것 때문에 경계했다. 하지만 또 한편으로는 우리가 같은 처지의 인간이라는 것과 그런 인간들로서 가질 수밖에 없는 삶의 슬픔과 불안, 무기력을 공유했으며, 그래서 그것을 위로할 수 있는 방법이 기껏해야 조심스러운 침묵이거나 재떨이나 무료로 제공되는 자판기 커피의 순서를 양보하는 것일 뿐이라 할지라도 언제든 서로가 서로에게 위로가

---

38 가상공간은 일종의 비장소인 동시에 네트워크의 연결이 가능한 제3의 비장소라고 할 수 있다. 오제도 테크놀로지의 발전에 의해 나타난 이 새로운 비장소를 중요하게 언급하고 있다. 오제,《비장소》, 앞의 책, 149~151쪽.

되도록 노력했다.[39]

위에서 이상한 친근함을 담은 우정과 연민은 사회적 타자로서의 슬픔과 불안에 대한 공감이었다. 그것은 T구역 사람들에게 새로운 네트워크에 대한 갈망이 남아 있음을 뜻했다. 그러나 그런 숨겨진 갈망이 멸시와 무기력의 정동에 감염된 내면을 모두 치유할 수는 없었다.

T구역에서 멸시와 모멸감을 넘어서는 계기는 방범 카메라를 설치한 사건에 의해 생겨난다. 감시 카메라는 T구역 사람들을 잠재적 범죄자로 여기며 시각적인 차별의 선을 긋는 장치였다.[40] 그것은 중심 네트워크로의 연결이 끊어졌다는 냉정한 통고와도 같았다. 그와 함께 인간의 존엄을 짓밟음으로써 또 다른 네트워크에 대한 갈망의 싹을 자르는 조치와 다름없었다.

경찰이 사거리에 감시 카메라를 설치하려 하자 T구역 1세대 주민의 고독한 항의가 있었다. T구역이 생길 때 입주한 그는 가장 무력한 동시에 아직 어린이 같은 순진함이 남아 있는 사내였다. 주민들은 그 사내의 항의에 동조했지만, 진짜로 절망적인 것은 모욕감을 느끼면서도 어떤 항변도 할 수 없다는 사실이었다.

T구역에서 그것은 이곳 전체에 대한 세상의 선입견이었고, 원룸 단지에 거주하는 수천 세대에 대한 집단적인 낙인이기도 했다. 주민들은 감각적으로 그것을 알고 있었다. 그러나 그들이 그것을 거부할 수 있는 유일한 길은 이곳을 떠나는 것밖에는 없다. 그리고 그들은 방범 카메라를 거부할 수 없듯이, 이곳을 떠나지 못하는 삶도 쉽게 거부할 수 없다는 것을 알고 있었다. 결국 그들에게 남겨진 유일한 것은, 자신의 삶을 견디듯이 방범 카메라의 이질감을 견

39 이재웅, 〈월드 피플〉,《불온한 응시》, 실천문학사, 2013, 237~238쪽.
40 시각적 차별은 흔히 보이지 않게 행해지지만 감시 카메라는 T구역 내부에 설치하는 것이므로 자기모멸에 사로잡힌 사람들의 반발이 없을 것으로 생각한 것이다.

디는 것뿐이었다.[41]

감시 카메라는 시각적 장치로 낙인을 확인하게 하기 때문에 심연에서 견뎌야 할 고통이 더 커질 수밖에 없었다. 그러나 주민들은 감시 카메라를 집단적인 낙인으로 느끼면서도 그 모욕감을 견디는 수밖에 없었다. 그것은 외부 사람들의 혐오의 시선을 참으며 스스로 모멸감 속에서 살아야 하는 처지와도 같았다.

비장소인 T구역에서는 지속의 삶이 불가능하기 때문에 주민들의 자아가 빈곤해져 있었다.[42] 그나마 1세대 주민이 항의를 했던 것은 공단 붐이 있던 때의 기억으로 T구역에 대한 애정이 잔존했기 때문이다. 반면에 일반 주민들은 그런 순진한 장소애조차 없기 때문에 고통이 더 커져도 자기 모멸 속에서 차별을 거부할 힘이 없었다.

다만 지식인인 '나'는 감시 카메라가 설치된 후 신경이 예민해지고 더 우울한 날들이 많아져 갔다. '나'의 우울과 분노는 PC방에서 싹텄던 또 다른 네트워크에 대한 소망이 짓밟힌 좌절감 때문이었다. 그런 불안한 나날 속에서도 '나'는 혼자서는 아무런 행동도 할 수 없음을 느끼고 있었다.

그러던 어느날 '나'는 감시 카메라에 항의의 행동을 하고 있는 PC방 친구들을 발견한다. 그들은 한국인 K와 필리핀인 사마트, 인도인 얌이었다. 국적이 다른 그들은 인간 건축물을 만들며 감시 카메라를 향해 반항적인 행동을 나타내고 있었다. 심리적으로는 더 예민해졌으면서도 아무 행동도 못하는 '나' 대신 PC방 친구들이 술에 취해 항의의 표현을 나타낸 것이다.

한 명은 사마트였다. 또 한 명은 얌이었다. 그리고 나머지 한 명은 K였다. 노

---

41 위의 책, 245쪽.

42 지속의 삶이 불가능하면 순수 기억이 피폐해져 자아가 빈곤해질 수밖에 없다.

동과 대지로부터 거세당한 프롤레타리아이자, 원룸 단지의 주민들인 그들은 내가 막 사거리에 접어들었을 때, 인종과 국가의 벽을 넘어서 방범 카메라 밑에 하나의 인간 건축물을 세우려 하고 있었다.

(…중략…)

내 짐작이 정확하다면, 그것은 그가 한 인간으로 살아오면서 겪었던 어떤 고통에 대한 호소이자, 자신의 인생에 대한 넋두리이고 또한 항의였다. 그의 격한 감정에도 불구하고, 그의 모국어가 지닌 이상한 음가와 음율 때문에 새벽에 울려 퍼지는 그의 음성은 이상한 짐승의 노랫소리 같았다.

(…중략…)

사마트는 필리핀인이고, 얌은 파키스탄인이기 때문에 사마트가 얌의 말을 이해할 리는 없었다. 하지만 두 사람은 언어를 통한 소통보다도 더 강력한 어떤 소통, 말하자면 고통의 공명 자체를 통한 소통을 하고 있는 듯했다. 그리고 그것은 그저 슬픔이라기보다는 어떤 처절한 비애의 발산 같은 것이었다.[43]

차별의 낙인이 시각화된 후 주민들은 동요와 자기 모멸이 뒤섞인 속에서 침묵하고 있었다. 그런 중에 PC방 친구들이 행동에 나선 것은 뜻밖의 일이었다. 아마도 그들의 기묘한 연대의 행동은 PC방에서 그동안 싹텄던 또 다른 네트워크에 대한 갈망 때문일 것이다. 지식인인 '나'는 예민하게 잠을 못 이룰 뿐이었지만 비장소의 원주민인 그들은 이제까지의 모든 고통에 대한 항의를 표현하고 있었다.[44]

그러나 서로 국적이 다른 세 사람의 항의가 T구역에 대한 애정에서 나온 것이라고 보기는 어려웠다. 인간 건축물에는 T구역을 지키겠다는 어떤 끈끈한 유대감도 없었다. 그보다는 서로 알아들을 수 없는 자신의 고

43 위의 책, 247쪽, 249쪽, 250쪽.

44 이처럼 지식인이 거리를 둔 채 서발턴과 공감하는 상황은 과거의 변두리의 상황이 귀환한 것으로 볼 수 있다. 그러나 공감과 연대의 생성이 T구역에 대한 장소애와 연관되지 않는 것이 그때와 다른 점이다.

향의 말로 고통에 공명하는 음향을 내고 있었다. 그 음향은 한 인간으로서 이제까지 살아오면서 겪었던 수모의 근원에 다가가는 소리였다. 세 사람의 고통의 근원은 음가와 음률이 다르게 표현되기 때문에 각자의 절규가 조화된 음향을 이룰 수는 없었다. 그러나 다른 소리를 내면서도 차이를 가로질러 인간 건축물을 만들 수 있었던 것은 고통의 깊은 근원을 공유했기 때문이다.

세 사람은 정동권력에 의해 비장소에 유기되었지만 그 순간만은 고향의 말을 하며 심연에 잔존하는 장소로 돌아가고 있었다. 그들이 향하는 잔여적 공간은 각기 다른 동시에 근원에서는 서로 공명을 일으키고 있었다. 그 공명하는 잔여물[45]의 근원이 바로 내재원인이며 그것을 연결하는 순간 인간 건축물이 만들어진 것이다. 권력의 네트워크에서 버려진 그들은 이제 PC방에서 감지했던 또 다른 네트워크에 다가가고 있었다.

고통의 공명이란 스피노자가 말한 **내재원인**을 감지하는 것과도 같았다. 인간 건축물은 T구역에 대한 애정의 표현이 아니라 각자의 고향의 잔여물이 동요하는 내재원인으로 연결된 네트워크였다. 과거에 자본주의의 제1의 증상은 노동자를 투쟁의 주체로 전이시켰지만 이제 제2의 증상은 배제된 타자가 내재원인에 다가가게 만들고 있었다. 내재원인을 감지한다는 것은 고통 속에서 인간의 존엄을 소망하며 차이의 연대를 이루는 과정이다. 세 사람의 고통의 연대는 직접적인 저항이기 이전에 자신들을 인간으로 일으켜 세우려는 존재론적 이벤트였다.

그들은 아직 심연의 고향에 손을 뻗기에는 힘이 부족하기 때문에 울부짖음은 짐승의 소리로 들려왔다. 짐승의 노랫소리는 비장소에서는 소통이 불가능함을 알리는 동시에 또 다른 연결을 통해 소통이 되고 있다는 신호이기도 했다. 비루한 고통의 음향이란 짐승 같은 사람들을 존재의 깊

---

45 이 잔여물은 라캉의 대상 a와도 같은 것이다.

은 근원으로 되돌리려는 공명의 확산이었다. 비천한 울음을 통해 인간의 존엄을 갈망하는 공명의 노래는 제2의 증상에 반응하는 내재원인에 연결된 존재론적 저항을 일으키고 있었다.

슬픔은 수동적인 정동이지만 그들의 노래는 고통과 비애에서 벗어나려는 발산이기에 능동성에 대한 갈망이기도 했다. 비장소에서는 슬픈 짐승의 노래만이 능동적 존재를 열망하는 인간 건축물을 만들 수 있었다. 비장소란 감시 카메라에 의해 선을 넘지 못하게 치안이 행해지는 존재론적 형벌의 수용소와도 같았다. 그러나 그 형벌 장치의 폭력화는 존재의 오류를 암시하며 상품사회 자체의 난국을 알리는 증상의 시각화이기도 했다. 제2의 증상은 침묵을 만드는 기제인데 증상의 시각화는 어두운 암점을 반격의 동요로 전환시켰다. 암점의 시각화는 체제의 (네트워크의) 암점에 버려진 존재들이 내재원인의 또 다른 네트워크를 통해 탈출하려는 갈망을 낳고 있었다. PC방에서 잠시 싹텄던 제3의 네트워크에 대한 갈망은 감시 카메라라는 차별의 시각 장치에 자극받아 탄력적으로 다시 솟아오르고 있었다. 감시 카메라가 존재론적 차별의 낙인을 찍는 비장소의 장치라면 인간 건축물은 존재의 오류를 수정하라고 소리지르는 평등의 네트워크에 대한 소망이었다.

5. 재난 시대의 비장소와 정동적 반격
   ─ 장은진의 〈빈집을 두드리는 이유〉

오제가 말했듯이 비장소에는 인터체인지 같은 임시 거처와 외진 곳(그리고 T구역) 같은 하층민의 공간이 있다. 이 둘은 전혀 상관이 없는 것 같지만 실상은 숨겨진 연관성을 지니고 있다. 양자 모두 총동원을 요구하는

자본의 공백에 위치한다는 점에서 그렇다고 할 수 있다.[46]

냉전시대와 다른 신자유주의의 특징은 사람들을 자본의 캐슬의 부품으로 총동원하는 시대라는 점이다. 앞서 살폈듯이 이데올로기 시대에는 이념에 의해 체제가 유지되었지만 자본의 캐슬 체제에서는 과잉 네트워크에 의해 동일성이 견지된다. **과잉 네트워크 사회**란 지식, 감정, 문화 같은 상부구조의 영역까지 상품의 연결망에 접속된 체제이다.[47] 과잉 네트워크의 체제에서는 연결망이 생존의 조건이기 때문에 이데올로기의 지배보다도 더 철저하게 체제의 외부를 허용하지 않는다. 그러나 이념과 사상이 아니라 네트워크에 의해 질서가 유지되는 체제에서는 극대화된 연결망들 사이에 틈새가 생겨나게 마련이다.

이런 차이는 네트워크 사회의 독특한 공백의 성격을 말해준다. 냉전시대의 남한에서는 공적으로 자유주의와 개발주의 이데올로기에서 면제된 공간이란 어디에도 없었다. 그러나 머릿속의 이념은 눈으로 볼 수 없기 때문에 체제에 동화되지 않는 타자의 위치에서 또 다른 사상이 생겨날 수 있었다. 예컨대 〈삼포 가는 길〉은 정씨의 고향 삼포마저도 개발 이데올로기에 포섭되었음을 보여준다. 그러나 정씨는 끝까지 비정한 개발주의를 수긍하지 않고 있으며 그의 가슴 속의 삼포는 아직 장소애가 남아 있는 따뜻한 공간이었다. 개발주의 시대는 고향을 잃어가는 슬픔과 함께 저마다 마음속의 삼포를 갖고 있던 시대였다. 달동네에 장소애가 넘쳐났던 것은 그곳이 개발주의의 희생물인 동시에 삼포의 잔여물이 남아 있는 공간이었기 때문이다.

반면에 삼포 같은 모두의 가슴 속의 장소애의 공간이 사라진 것이 바로 신자유주의의 상품물신의 사회이다. 상품물신화된 과잉 네트워크의 시대에는 자본의 네트워크에 탑승하지 않으면 생존할 수 없으므로 인정

46　이 공백은 과거 이데올로기 시대와는 달리 타자의 반격이 허용되지 않은 틈새이다.

47　과잉 네트워크의 사회는 더 나아가 신경의 연결망에까지 영향을 미치는 사회이다.

어린 장소애의 공간을 발견하기 어렵다. 다만 이념의 호명이 아니라 네트워크에 의한 연결이기에 총동원 체제에서도 연결망이 느슨해진 공간적인 빈틈이 생겨난다.

네트워크(자본의 연결망)로 존재를 인증하는 시대에는 고속도로와 항공로에 인터체인지와 환승지가 필요하듯이 연결이 느슨해진 공간이 나타난다. 냉전시대가 사상의 빈틈이 가능한 시대였다면 오늘날은 연결이 보류된 공간적인 빈틈이 잠재한 시대이다. 과잉 네트워크 사회는 연결망의 외부를 허용하지 않는 체제이기 때문에 공간적인 빈틈은 장소애가 남아 있지 않은 반격이 무력화된 위치이다.

그런 공간적 빈틈으로서 상품 네트워크에 탑승하지 않은 위치가 바로 인터체인지와 외진 곳이다. 인터체인지는 과잉 네트워크의 불가피한 공백으로서 귀환을 전제로 그곳에 머무는 것이 허용된다. 반면에 외진 곳은 네트워크에서 부품의 역할을 못하게 된 루저의 공간으로서 되돌아올 길이 험난하다. 그런 차이가 있지만 양자의 공통점은 네트워크에 탑승해야 생존이 가능하다는 지상명령에서 자유롭지 못하다는 점이다.

그 둘 중 외진 곳이 문제적인 것은 인터체인지에서와는 달리 쉽게 비장소에서 탈출할 수 없기 때문이다. 외진 곳은 단순히 잠시 머물다 갈 여관 같은 곳이 아니다. 벗어나고 싶지만 재난을 당한 것처럼 탈출하기 어려운 곳이 외진 비장소인 것이다. 인터체인지 휴게소는 재난과는 아무런 상관이 없다. 반면에 임시 거처이면서도 벗어날 수 없는 네모집의 사람들은 아무런 전쟁도 천재지변도 없이 **재난을 당한 난민들**의 운명을 지니고 있다. 내전이 일어나거나 기상이변으로 난민이 생기지만 신자유주의에서는 아무 일도 없는 일상에서 재난을 당한 사람들이 생겨난다.

상품 네트워크 시대에 타자의 빈틈이 재난으로 나타나는 것은 네트워크에 탑승하지 못한 사람은 생존할 수 없기 때문이다. 이데올로기의 시대에는 개발에 동원되지 않은 타자들이 은밀히 다른 사상을 꿈꾸며 존재할 수 있었다. 반면에 오늘날(과잉 네트워크의 시대)에는 네트워크에 승차하지 못한 사람들은 〈외진 곳〉에서처럼 빈 공간에 버려진 투명인간처럼 살아갈 수밖에 없다. 장소애를 지닌 삼포의 정씨가 민중을 상징했다면 어떤 공간적 애정도 없는 '외진 곳'의 사람들은 난민과도 같은 처지에 있다. 이제 체제에 동원되지 않은 타자가 된다는 것은 생존의 터전에서 버려져 재난을 당한 **난민**이 되는 것과 비슷하다. 민중이 사라진 시대는 은유적 난민이 그 자리를 채우는 시대이다. 상품 물신화된 캐슬 사회와 과잉 네트워크의 시대는 은유로서의 난민의 시대이기도 하다.

신자유주의는 **일상**에서 소리 없이 **재난**이 일어나는 시대이다. 외진 곳으로 밀려난 재난은 인터체인지에 잠시 머무는 것처럼 수시로 일어난다. 그리고 고속도로 휴게소에서 아무도 서로 관심을 갖지 않듯이 비장소의 낙오자들은 관심에서 벗어나 있다. 일상의 고속버스에 탑승한 사람들은 고립된 타자들을 인터체인지의 사람들처럼 바라본다. 그러나 외진 곳은 휴게소의 임시 거처와 달리 고립에서 벗어나는 일이 엄청나게 힘들 수밖에 없다.

일상에서 재난이 일어나는 시대는 재난을 당한 사람들이 외면당하는 시대이기도 하다. 인터체인지에서의 고립을 동정하지 않듯이 외진 곳은 특별한 관심이 사라진 일상의 공백이 되었다. 다만 외진 곳은 인터체인지와는 달리 공백의 편안함도 되돌아갈 공간도 없는 막장의 난민 수용소와도 비슷하다.

은유로서의 난민의 시대는 우리 시대의 타자의 운명을 말해준다. 타자의 출현이 잠재적인 반격을 의미했던 프롤레타리아의 시대와는 달리 은유적 난민의 시대는 반격이 어려워진 세계이다. 타자성이란 지배체제에 동화될 수 없는 위치에서 갖는 이질성을 의미한다. 과잉 네트워크 사회는 머릿속의 타자성이 무의미해진 대신 타자성의 임시적 틈새로서 휴게소와 외진 곳이라는 비장소를 만들고 있다. 물론 상품 네트워크의 외부가 없는 신자유주의에서는 임시적 타자성이란 잠정적인 보류이거나 배제의 공포이기도 하다.

외진 곳의 사람들이 중심으로 나가려는 것은 공포를 떨치고 일상의 막장을 인터체인지의 임시 숙소처럼 만들려는 심리이다. 인터체인지에서는 기꺼이 타자성의 자유를 반납하고 네트워크의 세계로 복귀할 수 있다. 그러나 외진 곳의 사람들은 중심가로 나가려 하면서도 쉽게 되돌아가지 못한다. 그처럼 귀환이 불가능하기 때문에 캐슬과 네트워크의 세계에서 배척당한 존재의 운명이 형벌처럼 느껴지는 것이다.

그 대신 외진 곳은 막장이기 때문에 휴게소처럼 반납할 수 없는 타자성이 잔여물로 남아 있다. 네모집 사람들에게 남겨진 타자성의 잔여물은 형벌 같은 짐인 동시에 퍼 올려지지 않은 샘물이기도 하다. '외진 곳'이 체제가 만든 수용소인 동시에 탈주의 소망이 잠재하는 제2의 증상인 것은 그 때문이다.

그런데 앞서 살폈듯이 비장소를 경험하며 고독과 향수를 동시에 느끼는 것은 비단 외진 곳의 사람들만이 아니다. 상품 네트워크의 탑승을 강요받는 사회는 자신만의 능동적 장소애를 위협받는 세상이다. 그 때문에 네모집 같은 막장으로 추락하지 않아도 일상에서 잠재적 비장소를 경험할 가능성이 있는 것이다.

과잉 네트워크에 의해 동일성이 유지된다는 것은 타자가 생존할 공간이 사라졌다는 뜻이다. '**과잉** 네트워크'란 '타자성의 **잉여**'의 종말을 의미한다. 이제 타자성을 상실한 자아는 동일성 체제의 수동적인 부품으로 살아갈 뿐이다. 수동적 부품이 활력을 유지하는 것은 체제에 동화된 존재로서 나르시시즘적 환상을 연출할 때이다. 타자성이 나르시시즘을 넘는 에로스적 정동을 생성한다면 나르시시즘적 환상은 쾌락원칙(그리고 체제의 현실원칙)에 갇힌 자신만의 행복감이다. 자아의 능동성을 잃은 오늘날의 행복이란 수동적 자아의 욕망을 물건(상품)으로 대신 연출한 데서 오는 나르시시즘적 환상일 뿐이다.[48] 우리 시대에는 개발 이데올로기의 타자였던 정씨가 가졌던 에로스적 정동이 넘치는 진정한 장소애는 어디에도 없다. 그 대신 일상의 사람들은 상품과 물건의 연출을 통해 네트워크의 일원임을 확인하며 안심하는 것이다. 여기서는 상품과 물건이 불러일으키는 환상이 장소애를 상실한 나의 빈곤한 인격을 대신하게 된다. 김의경의 《쇼룸》에서처럼 그나마 그런 연출의 능력이 있을 때 환상 같은 일상에 남아 동화되지 않은 비장소로의 추락을 모면할 수 있다.

그러나 쇼룸의 연출은 결코 빈곤해진 자아의 인격을 회생시키지 못한다. 선을 넘지 못하는 90%의 사람들은 연출된 일상에 있으나 황폐한 네모집에 있으나 능동적인 인간적 정동을 상실한 것은 마찬가지이다. 다만 쇼룸에서처럼 나르시시즘의 환상을 연출하는 물건들로 둘러싸여 비장소의 피폐함을 잊고 살아가는 것이다. 상품이 일으키는 나르시시즘적 환상이 능동적 장소애를 대신하는 신자유주의에서는 실제로는 90%의 일상이 잠재적 비장소라고 할 수 있다.

그런데 그런 잠재적 비장소에서 살아가는 90% 중에는 특별히 일상에서 비장소의 고통을 경험하는 사람들이 있다. 일상의 고통스러운 비장소란 아직 외진 곳으로 추락하지 않은 상황에서 쇼룸의 연출 능력이 없어진 사람들이 경험하는 공간이다. 《여신강림》에서처럼 외모중심사회에서 왕따당하는 여성이나 《보건교사 안은영》에서처럼 학력 사회에서 따돌림 받는 학생이 그들이다. 그들처럼 **연출의 능력이 없는 사람들**은 환상이 깨지는 것이 두려운 일상인들에 의해 혐오 발화와 왕따의 대상이 된다.

일상에서 비장소를 경험하게 하는 왕따는 나르시시즘적 캐슬 사회의 또 다른 증상이다. 네모집 사람들이 소리 없이 재난을 당한 난민이라면 왕따의 피해자는 외진 곳으로 밀려나기 전에 미리 재난을 당한 난민이다. 신자유주의라는 은유적 재난 시대는 외진 곳의 막장뿐 아니라 일상 자체

---

48 수동적 자아는 자신의 욕망을 거울을 보듯이 물건에 비춰본다.

에 외면받는 난민들이 편재하는 사회이다.

〈외진 곳〉이 막장의 사람들을 그렸다면 〈빈집을 두드리는 이유〉(장은진)는 일상의 난민을 보여준다. 후자에서 '나'는 비만한 외모 때문에 가족에게도 외면받고 아르바이트조차 구하기 어려워진다. 그러던 중에 부유층으로부터 아들의 유학을 위해 미국에 가 있는 동안 빈집을 봐달라는 부탁을 받는다. 주인집은 학교에서 따돌림받는 아이들을 유학시키기 위해 강남의 아파트를 처분하고 허름한 아파트를 구입해 '내'게 맡긴 것이다.

'나'는 빈집 아르바이트를 남의 눈을 피해 몸을 관리해 당당히 일상으로 복귀할 수 있는 기회로 여겼다. '나'에게 빈집은 외모중심사회로부터의 피신처이자 다시 일상으로의 복귀를 꿈꾸는 인터체인지 같은 공간이었다. 빈집은 비장소의 공백인 동시에 감옥 같은 일상의 비장소에서 탈출할 수 있는 기회였던 것이다.

빈집을 지키는 동안 '나'는 가슴이 답답해지면 창밖으로 돌을 던지는 습관이 생겼다. '내'가 돌멩이를 던지는 것은 이제까지 자신에게 날아온 돌에 대해 (비장소에 숨어서) 보복하려는 심리와도 같았다. 또한 난민처럼 사는 자신을 투명인간으로 만드는 일상의 '이상한 고요함'을 깨고 싶어서였을 것이다.

신체 자체가 재난인 '나'에게 조용한 일상에 대한 보복 심리는 수동적 정동에 함몰된 상태를 뜻한다. 그런 '나'의 비틀린 심리에 반전이 일어난 것은 옆의 또 다른 빈집에 관심을 가지게 되면서부터였다. 옆집을 두드리는 사람은 '나'의 빈집에는 아무 관심도 없는 사람들이므로 '나'는 그 소리가 신경에 거슬렸다. 그러나 옆집이 빈집임을 알게 된 후에는 집을 비워둔 사람이 누구인지 궁금해지기 시작했다.

타자성을 상실한 신자유주의는 동일화된 욕망을 연출하며 살아가는 나르시시즘적인 사회이다. 그런 나르시시즘적인 사회에서 빈집의 거주자가 되었다는 것은 자신과 일상의 시선을 위한 연출을 포기했다는 뜻이다.

신자유주의에서는 환상의 연출을 포기하면 투명인간이 되거나 혐오의 대상이 된다. 옆집의 누군가가 보이지 않는 사람이 되었다는 것은 '내'가 투명인간이 된 것과 비슷했다. '나'의 신체에 일어난 재난이 옆집의 빈 공간에서도 일어나고 있었던 것이다.

'나'는 이제 다이어트를 해서 일상으로 복귀하는 것보다 자신처럼 보이지 않는 사람에 대해 알고 싶어졌다. 문을 두드리다 실패한 사람이 많아질수록 옆집은 빈집이 되었으며 집주인은 '나'와 비슷한 사람이 되어갔다. 이유 없이 사라진 옆집의 그는 집에 있는 채로 사라진 '나'와 비슷했다. 그와 '나'의 공통점은 침묵에 묻힌 일상의 비장소의 주인이라는 점일 것이다.

비장소는 장소성을 상실했기 때문에 그와 '나'는 공간의 주인이 될 수 없다. 그러나 '나'는 돌팔매로 차가 찌그러진 사람이 찾아 왔을 때 문을 열어주지 않음으로써 비장소의 반격을 시도한다. '내'가 처음에 보복심을 느꼈던 것은 수동적 정동에 오염된 '이상한 고요함'의 세상을 보고 있을 때였다. 반면에 이제 '나'는 그런 곳의 유해한 정동이 흘러들어오지 않게 문을 열어주지 않음으로써 비장소의 주인이 되려 한다.[49] 그리고 그런 위치에서 또 다른 비장소의 타자와 교감하려 시도한다.

"문 안 열어! 내가 그때 똑똑이 봤어! 차 망가뜨린 년이 너지!"

내 속생각에 답을 주려는 듯 중년 남자가 큰 소리로 말한다. 문을 열라고? 어림도 없다. 나는 결코 문을 열지 않을 것이다. 이 집은 빈집이고 나는 이 빈집을 지키는 파수꾼, 개에 불과하다. 이 집에서 소리를 낼 수 있는 건 아무도 없다. 1109호처럼 아무도 없다.[50]

---

49 비장소의 주인이 되는 것은 소유를 의미하는 것이 아니라 그 공백의 공간에서 능동적 정동의 자아가 되는 것을 뜻한다.

50 장은진, 〈빈집을 두드리는 이유〉,《빈집을 두드리다》, 문학동네, 2012, 37쪽.

'내'가 문을 열지 않는 것은 수동적 정동으로 가득 찬 세상에 대한 또 다른 복수이다. '나'의 복수는 '내' 신체에 재난을 일으킨 세상에 대한 '투명인간'과 '파수꾼'의 복수이다. 문을 열면 '나'는 그 즉시로 혐오스러운 존재나 투명인간이 될 것이다. 그것에 저항하며 문을 열지 않고 비장소의 주인이 되려는 것은 오염된 정동이 없는 세상에 대한 열망을 표현한다.

'나'는 나르시시즘의 세상에 대해 문을 닫는 대신 또 다른 비장소인 빈 집의 문을 두드린다. 그동안 옆집의 물건을 맡아두면서 그 집 주인은 타자로서 '나'와 가까워지고 있었다. '나'는 그 집의 방문객으로부터 그가 유년기에 놀림을 받은 왼손잡이이며 사려 깊은 사람이라는 말을 듣게 된다. 그는 분명히 '나'를 차별하는 나르시시즘적 세계의 사람들과는 다른 인물이다. 그의 물건들 역시 자신을 연출하기보다는 남에게 배려심이 있는 사람의 물품으로 여겨졌다. 그런 세세한 물건들이 '내' 빈집에 들어와 있는 동안 그의 존재가 '나'의 가슴에 스며들고 있었다. 이제 그의 빈집을 두드리는 것은 타자의 물건을 간직한 '내' 가슴을 두드리는 것이나 마찬가지이다.

'나'는 나르시시즘적 세상으로 복귀하는 것을 포기하고 타자와 교감하길 열망하고 있다. 마치 《파이란》에서처럼 그는 '나'와 한 번도 만난 적이 없지만 가족보다도 더 보고 싶은 사람이 되었다. '나'의 빈집의 두드림은 수동적 정동을 거부하는 언택트 윤리의 반격이다. '나'는 세상이 원하는 외모를 포기하며 수동적 정동을 물리치는 한편, 오염되지 않은 비장소의 주인으로서 '모르는 타자'에게 손을 내미는 언택트 윤리를 실행한다.

그러나 그와 '나'의 사이에는 《파이란》이나 〈외진 곳〉에서 빛나던 교감의 순간이 없다. 정동적 감염이 없는 비장소에서 문을 두드리지만 눈사람을 굴리는 듯한 순수 기억의 고양은 없는 것이다. 그는 물건으로 내 가슴에 들어와 있으나 교감의 시간이 없어서 눈사람의 기억으로 부푸는 대신 공허한 반향만이 돌아온다. 이 소설에는 빈집을 두드리는 사람은 있지만 그에 응답하며 '내' 가슴을 두드리는 타자의 사건은 없다.

비장소의 반격에는 눈사람을 굴리듯 순수 기억을 부풀리며 능동적 정동을 회생시키는 존재론적 모험이 필요하다. 은유적 재난 시대란 나르시시즘의 환상을 깨는 타자에게 존재의 형벌을 내리는 시대이다. 그런 정동적 감염을 거부하고 타자에게 손을 내미는 것이 언택트 윤리이다. 그러나 〈빈집을 두드리는 이유〉에서처럼 타자가 순수 기억으로 돌아오지 않으면 언택트 윤리는 공허하게 가슴을 두드리는 데 그친다. 그런 상황을 넘어서 능동적 정동을 회생시키려면 타자를 귀환시키는 존재론적 사건이 일어나야 한다.

존재론적 사건은 대상 a를 작동시키는 은유적 사건이기도 하다. 예컨대 《파이란》의 봄 바다나 〈외진 곳〉의 크리스마스트리가 바로 은유적인 사건이다. 그런 봄 바다와 크리스마스트리가 촛불집회의 촛불 이벤트로 확대되는 과정을 우리는 은유로서의 정치라고 부를 수 있다. 세월호 사건은 타자가 어떻게 돌아오는지, 사건이 어떤 소리로 우리 가슴을 두드리는지 알게 해 주었다. 세월호에서 촛불집회에 이르는 과정은 언택트 윤리를 통해 타자가 돌아오면서 모두의 가슴을 두드리는 존재론적 사건과 은유적 정치를 보여주었다. 은유적 재난 시대의 초상인 〈빈집을 두드리는 이유〉는 존재론적 사건을 통해 타자와 만나며 모두의 가슴을 두드리는 은유적 리얼리즘의 과제를 남기고 있다.

6. 가슴을 두드리는 은유적 리얼리즘
― 김탁환의 〈할〉

세월호 사건은 우리가 은유적 재난 시대에 살고 있음을 일깨워주었다. 은유적 재난 시대란 단지 세월호 사건 같은 재난이 빈번히 일어나는 사회를 말하는 것이 아니다. 우리 시대가 재난 시대라는 것은 타자가 한순간에 사라진 세월호 같은 일이 일상의 곳곳에서 소리 없이 일어나고 있다는 뜻이다.

송경동은 〈우리 모두가 세월호였다〉에서 온 사회가 은유적 세월호였다고 외치고 있다.[51] 자본과 권력은 평형수를 덜어냄으로써 정규직을 줄이고 비정규직의 불안 노동자를 양산했다. 캐슬화된 자본은 하층민의 신체에 재난을 일으켜 산재 사망자와 자살자로 침몰하게 만들었다. 그처럼 보이지 않는 타자를 비장소와 죽음으로 소리 없이 내모는 것이 세월호로 은유되는 재난 시대의 풍경이다.

재난 시대의 권력은 타자가 재난을 당해도 '가만히 있으라'고 말하며 희생자를 투명인간으로 만든다. 그런 방식으로 일상의 곳곳에서 재난이 일어나도 어디에도 재난이 없는 것처럼 나르시시즘 환상을 유지하는 것이다. 세월호 사건에서 역시 학생들을 '가만히 있으라'는 말로 수장시킨 뒤 구출을 지연시켜 익명의 존재로 매장하려 했다. 세월호에서 일어난 일들은 그동안 우리 사회에서 조용하게 일어난 일들과 너무나도 비슷했다.

다만 세월호 사건이 다른 점은 보이지 않는 일상의 재난이 눈에 보이게 드러났다는 것이었다. 신자유주의가 시각적 충격을 회피하려 세월호를 교통사고로 축소시키려 했던 것은 그 때문이다. 교통사고란 과잉 네트워크의 사회에서 잠시 네트워크에 오류가 생긴 것을 뜻한다. 그러나 이번에는 '가만히 있으라는 명령'과 '타자의 사라짐'이 누출되었기 때문에 사람들은 '우리 모두가 세월호'였음을 느끼기 시작했다. 세월호는 보이지 않는 것을 보여주는 은유로 작동되고 있었다. 그런 은유적 자각의 순간은 과잉 네트워크의 연결이 반대쪽의 (내재원인의) 연결로 역전되기 시작하는 시간이었다. 그처럼 은유를 통해 시각적 충격이 모두에게 연결됨으로써 세월호는 살아나기 시작했다. 이제 '교통사고'는 체제가 사람들에게 강제

---

51   송경동, 〈우리 모두가 세월호였다〉, 《나는 한국인이 아니다》, 창비, 2016, 85쪽.

해온 '일상의 재난'으로 전환되었다.

세월호 사건 이후 우리가 주변의 사건에 대해서도 조금씩 아픔을 느끼게 된 것은 그 때문이다. 세월호는 비장소로 침몰한 일상의 타자들을 보여주며 우리의 가슴을 두드렸다. 그처럼 보이지 않는 재난을 보이게 만들어 가슴을 동요시키며 몸을 움직이게 하는 것이 바로 은유로서의 정치이다.

은유로서의 정치는 차가운 가슴을 다시 뛰게 만드는 존재론적 전회의 과정이다. 일상에서 재난을 당한 타자가 소리 없이 비장소에 수장되는 것은 신자유주의가 우리의 가슴을 물건처럼 차갑게 만들었기 때문이다. 사건이 일어나도 아무도 동요하지 않으면 물밑으로 사라진 타자는 영원히 되돌아올 수 없게 된다. 은유적 재난 시대가 재난이 보이지 않는 시대이기도 한 것은 그 때문이다.

반면에 보이지 않는 재난을 보이게 만드는 은유로서의 정치는 우리를 차가운 물건에서 가슴이 뛰는 산 생명으로 되돌린다. 그런 존재론적 전회가 일어나야만 수장된 타자가 귀환하며 금빛 전류 같은 능동적 정동을 회생시키게 된다. 그 순간 물밑의 학생들이 꽃으로 돌아오고 비장소로 침몰한 타자가 회생하며 진실의 이중주[52]를 울릴 수 있게 된다.

김탁환의 소설들은 그런 존재론적 전회의 과정을 매우 잘 보여준다. 예컨대 〈할〉은 수장된 타자가 익명의 주검에서 가슴을 동요시키는 교감의 대상으로 돌아오는 과정을 그리고 있다. 이 소설에서 민간 잠수사인 진태는 물속에서 학생을 구출하지만 후유증으로 몸이 망가지고 죽음충동에 시달린다. 학생들의 시신을 구출해도 죽은 타자는 회생하지 않았고 자신마저 죽음의 어둠에 붙잡힌 것이다. 그런 중에 세월호의 구출이 일상의 구원이기도 하다는 은유적 통찰을 통해 문득 존재론적 구원을 얻게 된다. 진태가 구원을 얻는 순간은 물밑의 타자가 익명의 존재에서 생명의 은유

---

52 나병철,《반복의 문학과 진실의 이중주》, 소명출판, 2021 참조.

로 구출되는 시간이기도 했다.

진태가 학생을 인양한 후에 죽음충동에 시달린 것은 시신을 수습하고도 건져 올리지 못한 것이 있었기 때문이다. 그가 가장 큰 좌절감을 느낀 것은 서로 팔짱을 낀 학생들로부터 한 학생을 끌어안고 나왔을 때였다. 한 사람을 인양했지만 그의 눈에는 어깨동무를 한 학생들의 뒤엉킨 모습이 끝없이 출렁거렸다.

물갈퀴가 물컹한 물체를 미는 순간 객실 안 전체가 움직였다. 헤드랜턴을 올려 갑작스런 움직임의 정체를 확인했다. 잠수사들이 찾고자 한 남학생들이었다. 스무 명이 넘는 학생들이 좁은 객실에서 어깨동무를 하거나 팔짱을 낀 채 한몸처럼 뒤엉켜 있었다. 그의 물갈퀴가 그중 한 학생의 옆구리에 살짝 닿자 다른 학생들까지 모두 출렁인 것이다.

분노와 슬픔이 뒤엉켜 밀려들었다.

수장

두 글자가 뒤통수를 쳤다. 시신 한 구 한 구를 수습할 때와는 완전히 다른 느낌이었다. 수학여행을 가다가 이유 없이 바다에 빠져 죽은 학생들의 원통함이 고스란히 전해졌다. 눈물을 쏟으며 욕을 뱉기 시작했다. 따라들어온 민재가 뒤에서 꼭 안을 때까지, 그는 멈추지 않고 울며 욕했다.[53]

진태가 뒤엉킨 학생들의 모습에서 원통함을 느낀 것은 물리적 죽음을 넘어선 존재론적 죽음을 보았기 때문이다. 세월호 사건은 서로 어울리고 싶은 학생들을 외로운 시신들로 분리해 놓았다. 우리가 생명적 존재로 기쁨을 느끼는 것은 능동적 정동 속에서 서로 교감을 주고받을 때이다. 그런데 세월호 사건은 팔짱 낀 학생들의 소망을 수장해버리고 분리된 시신으로 돌아오게 만들었다.

---

53 김탁환, 〈할〉, 《아름다운 그이는 사람이어라》, 돌베개, 2017, 99~100쪽.

진태는 한 구의 시신을 인양할 수는 있었지만 죽음정치의 폭력에 희생된 존재론적 열망은 구원할 수 없었다. 오히려 진태 자신이 수장된 존재에 각인된 죽음정치의 흔적에서 헤어 나올 수 없게 되고 말았다. 팔짱을 낀 능동적 존재를 분리된 시신으로 인양했을 때 시신에 각인된 폭력에 대한 기억은 진태의 마음마저 황폐하게 만들고 있었다. 신자유주의는 생명적 존재의 열망을 수장함으로써 능동적 정동을 빼앗아 가슴을 식게 만드는 권력이었다.

진태의 자살 충동은 교감의 존재를 고독한 대상으로 분리시키는 신자유주의의 죽음정치에 원인이 있었다. 죽음정치란 생명적 존재를 물건처럼 여기며 쓸모없어지면 수장시키는 정치이다. 진태는 죽음정치에 대해 분노하면서도 그 폭력에 의해 방어 방패가 뚫려 스스로 죽음의 늪에 빠지게 된 것이다.

재난을 구조하던 진태는 스스로 재난을 당한 신체가 되었다. 프로이트는 감당할 수 없는 외상을 경험했을 때 방어 방패가 뚫리며 죽음충동이 나타난다고 말했다.[54] 죽음충동은 쾌락원칙과 현실원칙으로 된 상징계의 벽이 무너졌을 때 반복강박과 함께 나타나는 본능이다. 진태의 반복적인 죽음충동은 폭력에 대응하지 못한 위기감인 동시에 상징계가 무너지면서 실재계를 향하게 된 본능적인 충동이었다.

진태는 자신의 자살 충동이 그런 낯선 실재계적 충동임을 알고 있었다. 상징계가 잘 아는 길들로 연결된 곳이라면 실재계는 길이 없는 공간이다.[55] 진태는 자살을 시도하려 계획하며 길 없는 험한 숲으로 향하고 있었다.

그런데 인적이 끊긴 숲속에서 뜻밖의 일이 일어났다. '길 없는 숲'은 속

---

54 프로이트, 박찬부 역, 〈쾌락원칙을 넘어서〉, 《쾌락원칙을 넘어서》, 열린책들, 1997, 17~54쪽.
55 실재계는 표상할 수 있는 길이 없지만 내재적으로 연결된 (내재원인의) 잠재적 길이 있는 영역이다.

세로부터 인연을 끊으려는 것이었지만 진태는 그곳에서 또 다른 인연을 만나게 된다. 숲속의 움막에서 '길 없는 길'이라는 구도의 길을 가고 있는 우각 스님을 발견한 것이다.

우각의 '구도(求道)'라는 '길 없는 길'은 진태의 죽음충동과는 다른 또 하나의 실재계적 행적이었다. 우각을 만난 후 진태는 이제까지 경험한 것과는 다른 뜻밖의 인연의 사슬을 경험하게 된다. 그것은 신자유주의적 길이 끊어진 세계에서 또 다른 '길 없는 길'을 발견한 것과도 같았다. 세월호 학생들을 수장하고 진태를 죽음충동으로 내몬 것이 (신자유주의의) 죽은 인연의 세계[56]라면, 진태가 새로 발견한 것은 생명적 존재를 구원하려는 또 다른 인연의 끈이었다. 죽은 인연이 죽음정치에 의한 관계의 해체인 반면 또 다른 인연은 아직 남아 있는 관계의 끈의 확인이었다.

우각은 진태가 자신이 내뱉은 '할'이라는 구도의 소리를 들은 것을 '인연'이라고 말했다. 하지만 진태는 아직 우각과의 만남에서 얻은 인연의 의미를 잘 깨닫지 못하고 있었다. 그러다가 자신이 인양한 형수 학생의 할머니를 만나는 또 하나의 관계를 통해 미묘한 인연의 세계에 접근하게 된다. 인연의 경험은 모든 존재들의 숨겨진 관계를 감지하면서 생명적 존재의 회생을 느끼는 과정이다. 신자유주의는 전사회의 관계들을 상품과 소유의 끈으로 연결하면서 죽은 인연의 세계를 감추고 있다. 이 소설은 우각 스님과 할머니를 만나는 두 개의 인연을 통해 신자유주의의 죽은 인연의 세계를 극복하려는 시도이다.

진태는 형수의 할머니가 자신을 만나고 싶어 한다는 연락을 받게 된다. 그런데 할머니는 벽이 갈라지고 대문이 우그러진 산동네의 철거촌에 살고 있었다. 할머니의 철거촌은 세월호만 재난을 당한 것이 아니라 일상에서 재난을 당한 사람이 있음을 알려주고 있었다.

---

56 신자유주의의 속세에서의 인연이란 실상은 죽은 인연의 세계라고 할 수 있다.

"이 동네 절반이 빈집입니다. 철거 명령이 진작 내려왔고, 용역들이 철거를 집행한 적도 두 번 있습니다. 남은 주민과 시민 활동가들이 힘을 합쳐 겨우 막긴 했는데, 올해를 넘기긴 힘들다고들 합니다. 집들이 비어 있으니 강력 사건이 종종 일어나나 봐요. 빈집을 범죄 장소로 삼는 거죠."

생수병을 열고 물을 세 모금 마신 후 물었다.

"왜 철거를 하죠?"

"싹 밀어버리고 대단지 아파트를 지으려나 봐요. 올라오긴 힘들지만, 여기가 전망이 끝내주긴 하죠. 특히 야경이 아주 좋습니다. 형수 군이 그림에 재능이 있었단 건 모르시죠? 저기 아래 달리는 자동차들을 담은 풍경을 꽤 그럴 듯하게 그렸더라고요. 월세 사는 형수 군 같은 경우야 재개발 아파트를 짓든 말든 누릴 권리가 없지만."[57]

세월호와 철거촌의 공통점은 힘없는 타자를 매장하는 신자유주의의 물신화된 권력의 희생물이라는 점이다. 신자유주의는 나르시시즘적 환상의 세계를 만들기 위해 '어깨동무를 하며' 어울리고 싶은 타자들을 비장소로 추방한다. 할머니가 살고 있는 비탈진 언덕 위의 철거촌은 수장된 세월호만큼이나 생명이 존중받지 못하는 비장소였다. 힘없는 사람들을 사지로 내몰면서도 '가만히 있으라'고 명령하는 점에서 두 개의 비장소는 비슷했다.

진태는 철거촌에서 할머니를 안고 학생을 구출하는 이야기를 하는 동안 놀라운 일을 경험한다. 물속에서 학생을 구출할 때는 시신을 안고 있을 뿐 학생의 얼굴을 볼 수 없었다. 그런데 구조 이야기를 하는 동안 그때 보지 못했던 형수의 얼굴을 보게 된다.

그런데 침몰선 객실에서 희생 학생들을 발견한 이야기를 들려 드리는 동안,

---

57 김탁환, 〈할〉, 《아름다운 그이는 사람이어라》, 앞의 책, 107쪽.

물에 불 듯 할머니의 몸이 커졌다. 학생을 안고 객실을 나서는 대목에 이르자, 양 팔을 최대한 벌려야 할머니의 등 뒤에서 두 손을 맞잡을 수 있었다. 그는 마음속으로 물었다. 내가 안고 있는 이 사람은 누구란 말인가?

무겁고 커진 짧은 흑발을 떨어뜨리지 않기 위해, 두 팔을 힘껏 튕겨 올리며 자세를 고쳤다. 그 반동에 품에 안긴 사람의 고개가 젖혀졌다.

형수였다.

사진으로 확인했던 바로 그 얼굴이었다. 침몰선에서 남학생을 모시고 나오는 이야기를 하는 동안, 할머니가 형수로 바뀐 것이다.[58]

할머니가 형수로 뒤바뀐 것은 추방된 타자의 귀환이라고 할 수 있다. 진태가 죽음충동에 시달린 것은 시신을 인양할 수 있을 뿐 타자가 귀환하지 않기 때문이었다. 그처럼 타자가 부재하는 존재론적 죽음 때문에 진태는 죽은 인연의 세계에서 자살 충동에 시달려 온 것이다.

죽음충동은 트라우마를 일으킨 장면으로 되돌아가는 반복강박 속에서 나타난다. 그 때문에 잠수사들은 수장된 사람들을 떠올리는 물속 장면을 기억하지 않으려 한다. 그런데 할머니를 품에 안고 형수의 이야기를 하는 순간만은 달랐다. 철거촌의 할머니가 '또 다른 세월호'의 은유로 작동되면서, 물속에서의 죽은 인연이 할머니와의 살아 있는 인연으로 도약하기 시작한 것이다. 세월호는 대응이 불가능한 우울한 사고에서 진태의 행동을 촉구하는 존재론적 사건[59]으로 전이되기 시작했다.

형수의 귀환은 신자유주의의 죽은 인연이 틈새 공간에서 살아 있는 인연으로 도약하는 순간이다. 철거촌이라는 비장소는 은유를 통해 타자가 회생하는 틈새 공간으로 뒤바뀌고 있었다. 신자유주의의 합리주의의 눈

---

58 위의 책, 117쪽.

59 사고가 어떻게든 원래로 되돌아가야 하는 경우라면, 사건은 진실의 압력으로 존재 방식과 행동 방식을 변화시키게 만든다. 사고와 사건의 차이에 대해서는 신형철, 〈문학은 무엇을 할 수 있는가?〉, 《한국어문연구소 콜로키움 자료집》, 2010. 12. 1, 10쪽.

으로 보면 세월호나 철거촌은 쓸모없는 비장소일 뿐이다. 그러나 은유적 상상력은 세월호와 철거촌을 중첩시키며 할머니를 살아남은 타자로 끌어안게 하고 있다. 할머니의 산동네는 세월호였으며 더 나아가 우리 모두가 세월호였던 것이다. 은유는 수장된 세월호를 한순간에 물 위의 **모든 사람들과 연결**해준다. 그렇게 하면서 비장소를 타자의 실재계적 공간으로, 죽은 인연을 살아 있는 인연으로 되돌리는 것이다.

진태는 할머니와의 인연을 발견함으로써 수장된 풍경의 폭력이 강요한 죽음충동에서 벗어나기 시작했다. 그런 그를 트라우마에서 완전히 벗어나게 한 데에는 또 하나의 인연이 있었다. 진태는 형수의 할머니가 세상을 떠난 후 다시 힘이 빠져 숲속으로 돌아오게 된다. 그런데 그곳의 움막이 산사태로 인해 흙 속에 묻혔고 우각은 보이지 않았다. 진태는 자살을 포기하고 흙더미에 구멍을 내어 호스를 내려뜨렸다. 자살을 위해 사용하려던 호스가 누군가를 위해 내려뜨려지자 어둠 속에서 신호가 오고 있었다.

진태는 세월호에서 트라우마를 경험한 후 이제 다시는 누구를 구조하기 위해 나서지 않겠다고 결심했다. 그러나 어둠 속의 생명의 신호를 무시할 수 없었고 위험을 예감하면서도 발을 구멍 아래로 내려놓고 있었다. 바로 그 절체절명의 순간 진태는 자신도 모르게 우각이 내뱉었던 '할'이라는 구도의 외침을 내질렀다.

먹구름 가득한 하늘에서 어둠들이 시위하듯 뭉쳤다. 맹골수도 근처 침몰선 객실이 또 떠올랐다. 고개를 숙여 사다리를 내려둔 구멍 속 어둠을 응시했다. 지금 그가 내려가지 않으면, 저 아래에서 호스를 잡아당겼던, 살려달라고 고함을 지르지 못할 정도로 탈진하거나 다친 사람을 구할 길이 없다.

(…중략…)

이윽고 어깨가 흔들렸다. 진태는 왼발을 조심스럽게 다시 구멍 속으로 넣는 것과 동시에, 지금까지 외쳐보지 못한 단 한 글자를 어둠 속을 향해 내질렀다.

비명일 수도 있었고 꾸짖음일 수도 있었고 결심일 수도 있었다.

"할!"[60]

'할!'이라는 외침은 진태가 죽음충동에서 벗어나는 존재론적 전회의 순간이었다. 죽음충동과 삶의 충동(에로스)의 차이는 죽은 인연과 산 인연의 차이와도 같다. 진태의 죽음충동은 세월호를 수장하고 타자를 실종시킨 죽은 인연의 세상이 강요한 것이었다. 그러나 철거촌에서 세월호를 다시 경험한 진태는 이제 산속의 움막이 또 다른 세월호임을 감지하고 있었다. 우각의 움막은 구도의 할!이라는 외침만큼이나 더 힘 있는 인연의 은유로 작동되고 있었다. 이제 반복된 은유적 연결의 무의식은 비장소들을 신자유주의적 길이 아닌 다른 길을 발견하는 공간으로 전환시키고 있었다. 그런 길 없는 길의 발견, 신자유주의 바깥에서의 또 다른 연결의 은유가 바로 인연이다. 그 순간 은유적 무의식으로 회생한 세월호는 진태에게 타자의 생명의 신호에 응답하며 인연의 끈을 붙잡으려는 용기를 내게 하고 있었다.[61] 진태가 인연의 끈을 붙잡는 그 순간이 바로 할!이라는 존재론적 전회의 시간이었다.

타자와의 교감의 열망은 수장에서 회생한 인연의 끈을 붙잡는 것이기도 하다.[62] 진태의 존재론적 전회는 두 번의 인연의 경험을 통해 수장되고 매몰된 타자와 다시 교감하는 순간이었다. 인연의 끈을 놓쳤을 때는 허무와 죽음만이 있었지만 다시 되살아난 인연의 사슬을 통해 타자의 구조 요청에 응답하려는 용기를 내고 있는 것이다.

인연의 끈을 붙잡는 것은 스피노자의 **내재원인**을 인식하는 것과도 같

---

60 김탁환, 〈할〉, 《아름다운 그이는 사람이어라》, 앞의 책, 122~123쪽.

61 더욱이 움막은 아직 살아 있는 사람과의 만남을 가능하게 했기에 진태에게 타자의 호소가 절박하게 들려왔다.

62 타자와의 교감은 신자유주의의 길이 아닌 곳에서 길을 발견하는 것과도 같으며 그것은 숨은 인연의 회생이기도 하다.

다. 각자도생의 사회를 만드는 신자유주의는 인연의 끈을 해체하는 동시에 내재원인을 망각하게 만든다. 그 대신에 분리된 개체들이 환상과도 같은 상품물신의 네트워크에 생존을 내맡기게 만드는 것이다. 이런 사회에서는 체제의 네트워크에서 이탈한 사람들은 힘없이 쓰러져서 다시 일어서지 못한다.[63] 반면에 진태는 철거촌과 움막에서 비장소들을 연결하는 은유의 반격을 통해 인연의 사슬을 다시 감지한다. 인연의 끈이 되살아난 것은 개체들이 교섭하며 존재를 일으켜 세울 수 있다는 연기론의 자각의 순간이다. 그와 함께 그런 은유를 통한 교감의 순간은 흩어진 개체들을 다시 연결하며 숨은 내재원인을 감지하는 존재론적 전회의 순간이기도 하다.[64]

그 같은 존재론적 전회의 순간에 마지막 구조의 대상이 우각이었음은 매우 상징적이다. 우각을 구조한다는 것은 냉담한 신자유주의에서 연기론을 믿는 우각의 사유를 구원하는 것과도 같다. 우각의 첫 번째 '할' 역시 그런 사유의 구도였지만 그때는 진태와는 상관없는 고독한 수행이었다. 그러나 지금의 두 번째 '할'은 존재의 전회 속에서 진태가 신자유주의의 타자인 우각에게 손을 내미는 **진실의 이중주**의 순간인 것이다. 우각의 고독한 '할'이 이중주로 회생하는 순간은 오래된 연기론의 사유가 타자와의 교감을 통해 내재원인의 윤리로 되살아나는 시간이었다.

진태의 '할'은 우각과 함께 외친 윤리의 이중주인 동시에 세상의 모든 인연을 구원하는 진실의 이중주이다. 진실의 이중주는 내재원인을 감지하게 함으로써 에로스의 능동적 정동을 회생시킨다. 이제 그런 진실의 이중주로 부활한 능동적 정동은 세월호를 구원하고 일상에서 재난을 당한 모든 사람을 구조하며 가슴 뛰는 운동으로 번져갈 것이다. 이 소설은 그

---

63 이처럼 무력한 타자들이 추방되는 시대는 숨은 인연의 끈이 끊어진 비장소의 시대이기도 하다.

64 연기론과 내재원인의 관계에 대해서는 성희경, 《스피노자와 붓다》, 한국학술정보, 179~198쪽 참조.

런 세상의 변화가 진태의 존재론적 전회에서 촉발될 것임을 암시하고 있다.

존재론적 전회란 죽은 인연의 세계에서 숨은 인연이 회생한 생명적 존재로의 전환을 뜻한다. 그것은 외적 체제의 예속에서 벗어나 망각된 내재원인을 자각하며 능동적 정동을 회생시키는 것이기도 하다. 세월호의 은유는 보이지 않는 내재원인을 일상(그리고 비장소)에서 감지하게 하며 아직 생존한 사람들을 구하라는 존재론적 명령으로 작동했다. 세월호에서는 실패했지만 철거촌과 움막에서는 생명에 대한 내재원인의 존재론적 명령에 침묵할 수 없게 된 것이다. 그 점에서 이 소설은 변혁을 위해 생명적 존재의 능동적 회생을 촉구하는 존재론적 리얼리즘이라고 할 수 있다.

존재론적 리얼리즘은 머리로 세상을 인식하기에 앞서 **가슴을 두드리는 소설**이다. 신자유주의는 수동적 정동의 젤리를 통해 가슴의 진동을 왜곡시켜 사람들이 손을 잡지 못하게 만든다. 반면에 진태는 세월호와 철거촌, '길 없는 숲'에서 은유를 통해 숨은 인연의 끈을 감지하게 된다. 은유는 신자유주의가 매장한 타자와의 인연의 끈을 다시 보이게 만드는 존재론적 무기이다. 할머니는 진태가 안아 올린 형수였으며 우각은 신자유주의에 충격을 준 세월호였던 것이다. 세월호와 철거촌, '길 없는 숲'은 절망의 '비장소'이면서 실재계에 접촉한 '장소'였기에 도약을 통해 은유의 작동이 가능해진 것이다. 은유의 과정은 신자유주의의 비장소에서 인연의 사유로의 도약이기도 하다. 이 소설은 그처럼 비장소에서 은유를 통해 타자와의 관계를 회생시키면서 (나르시시즘적 세계에서) 가슴이 차가워진 사람들에게 '할!'의 진동을 들려준다. 할!은 타자가 '내' 가슴에 들어올 때의 고통인 동시에 그때의 진동이 가슴을 두드리는 소리이다. 〈할〉은 인연의 연결을 감지하는 은유로서의 정치이면서 내재원인을 감지하며 가슴을 다시 뛰게 하는 정동정치이다. **은유**란 보이지 않는 **내재원인**을 보이게 만들면서 능동적 정동을 회생시키는 미학적·정치적 무기이다.

〈빈집을 두드리는 이유〉에서도 가슴을 두드리지만 비어 있는 가슴은 공허한 메아리에 그친다. '빈집'에서는 은유를 통해 인연을 감지하며 타자를 회생시키는 모험이 없기 때문이다. 반면에 〈할〉은 신자유주의의 '공허한 길'에서 숨은 인연의 공간 '길 없는 길'로 도약하는 과정이다. 진태는 '신자유주의'와 '할의 세계'라는 복수 코드[65]를 횡단하는 중에 '길 없는 숲'에서 가슴에 들어온 타자를 발견한다. 그 순간 '내' 안에 들어온 타자와 함께 가슴을 두드리기 때문에 능동적 정동의 진동이 번져가는 것이다. 이 소설의 중첩된 은유의 구조는 우각의 구출이 진태 자신의 구원인 동시에 전사회적 재난 시대의 구원임을 알려준다. 세월호를 구조하는 듯한 우각의 구출은 가슴을 두드리는 리얼리즘을 통해 '보이지 않는 재난의 권력'에 대항하는 은유로서의 정치를 보여주고 있다.

7. 비장소의 시대와 비대면의 윤리
― 제3의 비장소와 '길 없는 길'로서의 은유적 윤리

은유적 재난 시대는 벌거벗은 얼굴의 윤리를 상실한 시대이다. 은유적 재난이란 일상에서 타자의 존재와 얼굴에 재난이 일어난 것을 말한다. 신자유주의는 쓸모없는 타자에게 존재론적 형벌을 내리며 비장소로의 추방을 명령한다. 그 같은 타자의 매장이야말로 존재와 얼굴에 내려진 형벌인 동시에 비장소에 격리당하는 재난이다. 그처럼 타자의 존재 자체에 형벌이 내려지기 때문에 벌거벗은 얼굴의 윤리가 상실되는 것이다.

보건교사 안은영의 눈에만 보이는 수동적 정동의 젤리는 그런 은유적 재난 시대의 병리적 증거이다. 수동적 젤리에 감염된 일상의 사람들은 타

---

65 이 소설의 복수 코드적인 미학은 신자유주의의 물신화된 동일성에 대항하는 다수체계성(신자유주의/불교)에 근거한 전략을 암시한다.

자의 벌거벗은 얼굴을 보지 못한다. 우리 시대에는 젤리에 감염되지 않은
사람도 〈할〉의 진태처럼 비장소의 타자에게서 절망을 느낄 뿐이다. 젤리
를 유포하는 정동권력이 희생된 타자를 일상의 사람들로부터 격리시켜
비장소로 추방하는 형벌을 내리기 때문이다. 그로 인한 진태의 우울증과
죽음충동은 은유적 재난 시대의 가장 절망적인 증상[66]이다. 증상은 체제
의 균열의 상처이면서 깊은 곳에 샘물이 남아 있다는 신호이기도 하다.

　진태의 죽음충동은 그 자신이 재난을 당한 신체가 되었다는 뼈아픈 표
식이면서 윤리적 충동의 실행 불가능성의 감지이기도 하다. 그 같은 죽음
충동의 증상이 암점인 동시에 잠재적 반격의 근거로 전환될 수 있는 것은
'길 없는 길'에 들어서게 하기 때문이다. 진태의 절망은 신자유주의의 길
에서 아무런 인간적인 인연도 발견하지 못했음을 뜻한다. 그로 인해 죽음
충동을 느낀 그는 길이 끊긴 숲에 들어선 순간 문득 '길 없는 길'이라는
또 다른 세계를 만나게 된다. 진태는 절망이라는 끊어진 길을 뼈아프게
경험함으로써 신자유주의의 이면에 숨겨진 '길 없는 길'이라는 타자의 세
계와 조우하게 된 것이다. 그가 할머니의 철거촌과 우각의 무너진 움막에
서 발견한 인연의 끈이 바로 그것이다.

　진태는 세월호가 물속에 고립되어 있지 않으며 물 밖의 삶의 곳곳에도
세월호가 있음을 알게 된다. 세월호는 도처에서 모든 일상의 삶과 연결되
어 있었다. 그것이 바로 길 없는 길에서 만난 신비한 인연의 세계였다. 수
동적 정동은 세월호를 고립시켜 신자유주의의 길에서 난파당한 교통사고
의 희생물로 가라앉게 만든다. 반면에 진태는 신자유주의의 길 이면의 곳
곳에서 은유적인 세월호를 만나면서 잔존하는 타자들을 통해 침몰한 세
월호가 되돌아오는 것을 경험한다. 그처럼 일상의 숨겨진 도처에서 세월
호를 만나는 은유적 사유는 인연설의 현대적 회생이라고 할 수 있다. 한
용운의 〈당신을 보았습니다〉에서처럼 은유와 인연설은 비천한 존재를 사

66　이 증상은 타자의 추방과 연관되어 있다.

490

랑의 정동으로 고양시켜 준다. 세월호의 희생자들은 은유와 인연설을 통해 비장소의 앱젝트에서 실재계적 대상 a의 위치로 전회할 수 있었다.

이제 세월호는 인연의 은유인 동시에 물밑의 대상 a가 되었다. 대상 a란 일상의 모든 곳에 연결된 실재계적 위치에 다름이 아니다. 인연설 역시 길 없는 길에서 대상 a가 작동되는 방식의 하나이다.

제임슨이 말했듯이 그런 실재계적 대상 a는 스피노자의 부재원인(내재원인)이기도 하다. 신자유주의는 벌거벗은 얼굴을 비장소로 추방하는 재난 장치를 발명해냈다. 이제 벌거벗은 얼굴을 비장소에 매장하는 재난 권력에 대항할 수 있는 것은 대상 a를 작동시키는 은유적인 윤리이다. 대상 a는 직접 표상되지 않으며(부재원인) 진태처럼 표상적인 길이 없는 곳에서 은유를 통해서만 만날 수 있다.

과거에는 벌거벗은 얼굴로 타자를 만나며 대상 a를 작동시켰지만[67] 지금은 은유가 먼저 작동되어야 타자와 다시 재회할 수 있다. 〈할〉에서 진태는 벌거벗은 얼굴의 윤리 대신 물밑과 물 밖의 도처에서 은유적 연결 원리로서의 윤리를 경험한다. 그와 비슷하게 〈외진 곳〉에서 '나'와 5번방 남자는 '눈사람'이라는 대상 a의 은유를 통해 윤리적 지속의 소망을 확인한다. 또한 〈월드 피플〉에서는 언어로 표상할 수 없는 '짐승의 노래'의 은유에 공명하며 인간 건축물의 윤리를 작동시키고 있다. 〈할〉과 〈외진 곳〉, 〈월드 피플〉은 벌거벗은 얼굴의 윤리를 대신하는 비대면 상황에서의 은유적 윤리를 보여주고 있다. 세 작품의 공통점은 '길 없는 길'에서 타자를 발견한다는 점이다. 〈할〉에서는 길이 끊긴 숲에서, 〈외진 곳〉에서는 중심가에서 버려진 공간에서, 〈월드 피플〉에서는 감시 장치가 자유의 길을 뺏는 곳에서 또 다른 연결망을 확인한다. **은유적 윤리**란 길 없는 길에서 발견한 현대적 **인연의 끈**이자 **존재론적 회생**의 장치이다.

---

67 이때도 대상 a를 은유로 표현하는 은유적 정치는 매우 중요했다. 그러나 여기서는 그 과정에서 벌거벗은 얼굴과의 만남이 일차적으로 중요한 계기였다.

은유적 재난 시대가 비장소를 만드는 시대라면 비장소의 절망[68]을 교감의 샘물로 전환시키는 것은 은유적 윤리이다. 세월호에 수장된 학생들, 네모집에 고립된 사람들, T구역으로 추방된 이방인들은 벌거벗은 얼굴로 호소할 수 없다. 그러나 그들은 세월호와 눈사람과 짐승의 노래라는 은유를 통해 심연의 샘물을 길어 올린다. 그 순간 앱젝트로 추방된 학생들과 네모집 사람들, 이방인들은 대상 a의 위치로 전위되며 길 없는 길에서 윤리의 이중주를 연주한다.

그런데 그처럼 비장소의 반격을 확장시키는 과정에서는 주목해야 할 제3의 무기가 있다. 신자유주의에서는 테크놀로지의 발전에 의해 생긴 **제3의 비장소**가 확장되고 있다. TV와 인터넷, 스마트폰 같은 전자 매체가 만들어낸 가상공간이 바로 그것이다. 이 제3의 비장소는 합리적 규율에 묶인 현실과 달리 가능 세계[69]의 논리가 작동되는 점에서 은유를 통한 진실의 회복이 가능한 공간이다. 가상 비장소가 체제 외부의 연결망을 만들 수 있는 것은 은유적 윤리가 길 없는 길에서 또 다른 연결망을 만드는 것과 비슷하다.

다만 가상 비장소는 은유적 윤리와 달리 현실과 연관된 실용적 목적[70]이나 공공성의 공간으로 사용되기도 한다. 그로 인해 가상 비장소에도 규율권력과 함께 수동적 정동이 침투할 수 있기 때문에 은유적 진실의 가능성이 제한을 받기도 한다. 그 점에서 제3의 비장소는 체제의 과잉 네트워크에 합류할 가능성과 은유적 반격의 잠재성을 동시에 갖고 있다.

그런 양면성 중에서 제3의 비장소는 처음에 정동권력에서 해방되는 측

---

68 비장소의 절망은 체제로 연결된 길이 없는 실재계적 어둠이며 그곳에서는 은유적 윤리를 작동시켜야 길 없는 길로의 존재론적 전환을 경험할 수 있다.

69 가능 세계는 현실의 지시성의 관계에서 이연되어 있으며 가정된 전제에 부합하는 한 진실이 인정되는 가상적 가능성을 지닌 영역이다.

70 가상 비장소의 가능 세계가 현실의 실용을 전제로 채택하면 현실의 문제가 그대로 가상공간에 이전된다.

면이 주목을 받았다. 전자 매체가 만든 비장소는 수동적 정동의 젤리에서 벗어나 자신의 독립된 공간이 가능한 것처럼 느껴지게 한다. 이 제3의 비장소는 현실의 연결망에서 면제된 공백 같은 가능 세계의 논리가 테크놀로지에 의해 보장받는 공간이다. 그 점에서 여기에는 분명히 미학적 가상의 논리와 유사한 측면이 있으며 인터넷 초기에 해방적인 요소가 기대를 모은 것은 그 때문이다. 그러나 점점 급진적 기능을 상실한 것은 가상 테크놀로지 자체는 미학을 지향하지는 않으며 훨씬 가치적으로 중립 상태에 있기 때문이다.[71]

가상 비장소의 틈새 공간은 오히려 인터체인지와 공항 휴게소 같은 경험적 비장소들이 유례없이 확장된 듯한 느낌을 준다.[72] 가상 비장소와 경험적 비장소는 둘 다 신자유주의에 얽매이지 않은 편안한 틈새 공간을 만든다는 공통점을 지닌다. 그와 함께 전자 매체의 가상공간이 인터체인지 휴게소와 다른 이점은 훨씬 더 오래 머물 수 있다는 점이다. 경험적 비장소는 잠깐의 자유 공간(인터체인지)과 정체된 재난 공간(외진 곳)으로 나눠진다. 반면에 전자 매체 비장소는 재난 없이 인터체인지의 자유를 오래 누릴 수 있는 신발명품이다. 스타벅스 같은 비장소에서 인터넷을 하는 사람이 많은 것은 비장소의 역설적 편안함을 연장시키고 싶은 심리일 것이다.[73] 또한 〈월드 피플〉에서 '내'가 T구역(비장소)의 PC방에서 친구들을 사귈 수 있었던 것도 가상 비장소의 잠재적 힘을 암시한다.

제3의 비장소의 성공 비결은 물리적 장소의 접촉 능력을 넘어서는 가상공간의 능력에 있다. 전자 상품 몰이 암시하듯이 가상 비장소는 교통과

---

71 오늘날은 미학의 상당 부분이 가상 비장소로 대체된 시대이다. 가상 비장소가 미학을 담당하지 않는 점은 우리 시대에 미학이 쇠퇴한 중요 요인의 하나이다.

72 오제, 《비장소》, 앞의 책, 150~151쪽.

73 류경원·이재규, 〈'비-장소'기반의 미디어침투 공간 중요성에 관한 연구〉, 한국공간디자인학회 논문집, 13권 4호, 2018, 81~92쪽. 양차미, 〈비장소로서의 도시 카페에 대한 문화기술지 연구〉, 서울대 석사논문, 2012. 8 참조.

유통의 네트워크를 축소한 공간으로 작용할 수 있다. 인터체인지에서는 잠시 공백을 가진 뒤 중심 네트워크로 회귀해야 하지만 가상 비장소에서는 공백의 느낌의 연장 속에서 네트워크에 접속할 수 있다.[74]

스마트폰에 빠져든 사람은 인터체인지의 여객처럼 주위로부터 분리된 채 독립된 자유를 느낀다.[75] 그런데 임시 거처의 여객은 일상으로 돌아가야 하지만 가상 비장소에서는 대리적 네트워크를 가동시킬 수 있다. 그처럼 비장소에서 대리 네트워크를 가동시킴으로써 신자유주의는 온-오프라는 두 개의 네트워크를 갖게 되었다. 그중 가상 비장소는 독립된 자유와 네트워크의 연결이라는 두 개의 목적을 충족시키는 것으로 보인다. T 구역(《월드 피플》) 같은 험한 비장소에서조차도 인터넷은 네트워크의 연결 속에서 잠깐의 자유를 맛보게 했다.

그러나 그런 두 개의 목적의 충족은 나르시시즘과 고립에서 해방된 타자성의 자유와는 거리가 있다. 앞서 말했듯이 가상 네트워크는 물리적 현실의 지시성을 넘어선 가능 세계를 작동시키는 점에서 은유와 비슷한 기제를 갖고 있다. 하지만 우리가 말한 은유적 무기와 가상 비장소의 잠재적 가능성 사이에는 차이가 있다. 인터넷이 지금처럼 실용적 목적의 과부하에 놓일 경우 가상 비장소는 오히려 휴게소의 자유마저 빼앗으며 현실의 지시성에 더 얽매이게 만든다. 가상 비장소가 은유적 진실을 회생할 잠재성은 가능 세계를 작동시키는 전제로서 윤리적 열망이 채택될 경우에 비로소 생긴다. 즉 미학적 은유에서처럼 타자성이 회생하려면 가상 비장소에서도 대상 a를 움직이는 은유적 윤리가 작동되어야 한다. 비대면 상태에서 타자성을 경험하게 하며 우리의 마음을 움직일 수 있는 것은 대상 a의 작동이기 때문이다.

---

74 앞으로 살펴볼 이 제3의 비장소는 더 나아가 상품 물신의 네트워크와는 **다른 연결관계**(내재원인)를 만들 가능성에 열려 있다.

75 그 점에서 제3의 비장소가 기존의 관습적 사회를 해체한다는 주장이 제기될 수도 있다. 조슈아 메이로위츠, 김병선 역, 《장소감의 상실》, 커뮤니케이션북스, 2018, 327~328쪽.

실제로 은유적인 닉네임들이 모험적으로 활동하던 인터넷의 초기 단계에서는 그런 측면에서 오염되지 않은 새로운 매체로서의 희망이 있었다. 그러나 그런 은유적 인격들이 모두 사라진 지금은 새로운 희망도 사라졌다. 신자유주의는 오프라인에 이어 온라인에서마저 상품 논리와 규율화를 매개로 은유적 윤리가 얼어붙게 정동적으로 점령해버렸다. 이제 온라인에마저 신자유주의의 아열대의 열기가 퍼져 있으며 윤리적인 사람들은 눈사람(〈작별〉)으로 사라질 위기에 처해 있다. 오늘날의 가상 비장소에는 타자성이 끼어들 공간이 거의 없으며 진짜 자유를 주장하는 타자는 재난을 당할 수도 있다. 은유적 재난 시대에는 가상 네트워크를 가동시켜도 나르시시즘 체제가 교정되지 않는 한 타자는 구원을 받지 못한다. 오히려 반대로 지금의 가상 네트워크의 세계는 고립된 대면과 함께 자기만의 네트워크에 빠지는 나르시시즘을 심화시키는 경향이 있다.

가상 네트워크 중에는 오프라인 매체의 한계를 넘어서는 비판적 네트워크도 있다. 그러나 무력화된 타자를 회생시키지 못하는 한 비판적 네트워크도 무한의 윤리[76]를 작동시키기에는 한계가 있다. 벌거벗은 얼굴을 상실한 시대에는 타자의 회생과 무한의 윤리를 위해서 (앞서 살폈듯이) 대상 a를 작동시켜야 한다. 모두의 마음을 움직이기 위해 대상 a를 동요시키는 것을 우리는 은유적 윤리라고 지칭했다.[77] 모든 길이 신자유주의에 점령된 시대에는 길 없는 길에서 대상 a를 동요시키는 은유적 윤리를 작동시켜야 한다. 비판적 네트워크의 성공 여부 역시 그런 은유적 윤리를 작동시키는 데 있을 것이다. 그렇지 않으면 자신도 모르게 정동권력의 공격에 침해될 위험에 놓이게 된다.

실제로 오늘날에는 비판적 네트워크를 포함해 가상 비장소는 전반적

---

76 무한의 윤리는 실재계적 대상 a의 작동에 의해 상징계의 사람들에게 무한한 연결과 연대를 갖게 해 준다.

77 우리 시대는 비판 사상의 부활에 앞서 타자를 회생시키는 (그리고 대상 a를 작동시키는) 은유적 윤리의 정치가 필요한 시대이다.

으로 오프라인에서처럼 정동적 오염에 취약해져 가고 있다. 인터넷 초기 단계의 자유의 갈망에는 분명히 휴게소의 임시적 타자성을 더 고양시키려는 윤리적 비판의 기능이 잠재했다. 반면에 지금은 인터체인지(임시적 타자성)의 확장이라는 말(오제)이 무색할 정도로 나르시시즘에 오염돼 있으며, 인터넷의 혐오 발화에서 보듯이 수동적 젤리에 침식되고 있다. 그 때문에 가상 비장소에서도 수동적 정동을 퇴치하는 은유적 윤리의 새로운 발명이 매우 중요해지고 있다. 은유적 윤리는 재난 시대의 정동적 오염을 퇴치하는 중요한 무기이기 때문이다.

한 가지 희망적인 것은 가상 비장소에는 분명히 체제에 예속된 현실의 네트워크와는 다른 점이 있다는 것이다. 가상 비장소에까지 젤리가 만연된 오늘날에는 타자의 회생이 매우 어려운 일이 되었다. 타자의 회생이 어렵다는 것은 사건이 일어나도 아무도 동요하지 않는다는 뜻이다. 그러나 뜻밖의 일은 현실에서뿐 아니라 가상 비장소에서도 **사건**이 일어난다는 것이다. 흥미로운 것은 가상 비장소에서 사건이 일어나면 현실에서와는 달리 젤리의 방해를 물리칠 수 있다는 점이다. 현실에는 이미 도처에 젤리가 만연되어 있지만 비장소인 인터넷은 젤리에 취약하면서도 미리 오염된 상태는 아니다. 현실의 장소는 유해한 정동의 기억에서 벗어나기 어려운 반면, 제3의 비장소는 현실의 지지성에서 이연되는 원래의 특성 때문에 처음부터 오염 상태는 아닌 것이다. 즉 신자유주의의 원본에서 이연된 시뮬라크르로서 작동될 가능성이 남아 있다고 할 수 있다. 제3의 비장소는 잠재적 속성인 **길 없는 길**을 작동시키면서 체제가 매장하려는 사건을 회생시킬 수 있다. 이미 오염된 일상에서와는 달리 가상 비장소는 악플러가 젤리를 오염시키기 전에 사건을 순식간에 복제하면서 전파시킬 수 있다. 그런 선제적인 가상 비장소의 작동의 대표적인 예가 바로 플로이드의 동영상이다. 플로이드의 동영상은 수동적 정동이 침투하기 전에 선제적으로 가상 비장소를 작동시켜 현실에서는 보이지 않는 고통받는 타자를 회생시켰다.

　현실과 다른 가상 비장소 사건의 또 다른 특징은 가슴을 뛰게 하는 반복의 무한성에 있다. 현실은 젤리에 오염되어 있으며 사건의 충격이 사람들의 가슴으로 잘 번져가지 않는다. 반면에 순식간에 퍼뜨려지는 능력으로 인해 가상 비장소는 가슴의 반복운동을 무한히 생동감 있게 지속되게 만들 수 있다. 제3의 비장소는 **선제적 가능성**과 반복의 **무한성** 때문에 무한의 윤리를 작동시키는 은유적 사건의 공간이 될 수 있다. 그런 맥락에서 제3의 비장소는 아직 상품 물신의 네트워크와는 **다른 연결 관계**(내재원인)를 만들 가능성에 열려 있다.

　제3의 비장소에서의 **사건**이란 가상공간에 타자의 이미지가 나타나는 것을 말한다. 우리 시대는 현실에서나 인터넷에서나 타자의 얼굴을 만날 수 없는 시대이다. 그런데 뜻밖의 사건에 의해 가상공간에서는 불현듯 타자의 이미지가 출현할 수 있다. 예컨대 세월호의 학생들은 수학여행 길의 즐거운 시간들을 휴대폰으로 전송해 보내왔다. 여행길에서 휴식을 취하는 학생들의 모습을 타자의 이미지라고 말할 수는 없다. 그런데 세월호가 순식간에 기울어지면서 학생들의 동영상이 문득 타자의 이미지가 되는 사건이 일어났다. 세월호가 침몰되면서 바다에서 사건이 일어나는 동시에 휴대폰에서도 사건이 일어난 것이다.

　가상 비장소에 나타난 타자의 이미지는 순식간에 전파되면서 사람들의 가슴을 두드렸다. 세월호 동영상은 〈외진 곳〉의 눈사람이나 《침묵주의보》의 노래, 《레몬》의 레몬처럼 금빛 전류를 흘리는 **은유적 윤리**의 순간을 보여준다. 여기서의 은유들은 타자와의 대면 대신 이미지를 통해 대상 a의 작동을 알리며 우리의 가슴을 두드린다. 또한 난파당한 신자유주의의 길 이면에서 길 없는 길을 통한 무한한 연결관계를 생성하게 해준다. 그 점에서 가상 비장소에서 사건이 일어난 순간은 가상 테크놀로지를 통해 미학적 은유가 회생한 순간이기도 하다.

가상 비장소의 사건을 통해 나타난 대표적인 타자의 이미지는 플로이드의 동영상이다. 흑인 소녀 프레이저는 플로이드의 죽음을 보며 '이런 일들은 주변에서 너무 흔히 일어나기' 때문에 동영상을 찍었다고 말했다. 흑인이 부당하게 죽음을 당하는 일은 중요한 사건이지만 벌거벗은 얼굴을 상실한 시대에는 더 이상 사건이 아니다. 프레이저는 플로이드의 벌거벗은 얼굴을 본 사람이 사건을 전파시키는 대신 숨죽이고 있을 것임을 알고 동영상을 찍은 것이다. 수동적 정동의 만연으로 대면의 상태에서는 사건이 일어나도 아무도 동요하지 않는다. 그것을 안 프레이저는 수동적 젤리에 선점당하지 않은 가상 비장소를 선택한 것이다. 가상 비장소에서는 젤리가 침투하기 전에 빠른 속도로 플로이드의 이미지를 전파시킬 수 있다. 되살아난 플로이드의 이미지는 '나는 숨 쉴 수 없다'라는 **은유적 이미지**를 동반하며 순식간에 퍼져갔다. 그렇게 해서 제3의 비장소에서 비대면의 방식으로 고통받는 타자와 만나는 사건이 일어난 것이다.

바디우는 사건이 일어나면 존재와 세계를 변화시키려는 움직임이 일어난다고 말했다. 그러나 사건이 일어나도 그 즉시로 젤리에 덮여지는 시대에는 어떤 사건도 사람들을 움직이지 못한다. 제3의 비장소에서 젤리의 속도보다 더 빠르게 타자의 이미지를 전파시켜야만 비로소 사람들이 동요하기 시작한다. 그 점에서 우리 시대에는 제3의 비장소를 통해 불현듯 타자의 이미지가 퍼뜨려지는 순간이 **진짜 사건**이라고 할 수 있다.[78] 프레이저는 동영상을 통해 보건교사 안은영처럼 젤리를 물리치며 사건을 발생시키는 일을 했다고 할 수 있다. 플로이드의 동영상은 제3의 비장소에서 일어난 사건인 동시에 안은영처럼 젤리와 싸우는 정동정치라고 할 수 있다.

세월호가 재난을 당하며 타자의 존재를 알렸듯이 플로이드의 동영상

---

[78] 오늘날은 진짜 사건이 너무 쉽게 침묵에 묻히기 때문에 젤리와 싸우는 정동정치가 필요한 시대라고 할 수 있다. 프레이저의 동영상에서 보듯이 제3의 비장소는 진짜 사건을 다시 솟아오르게 하는 정동정치의 무기가 될 수 있다.

은 흑인이 은유적 재난을 당했음을 알려주었다. 은유적 재난 시대에는 제 3의 비장소에서 벌거벗은 얼굴 대신 비대면의 이미지를 통해 타자와의 만남이 가능해진다. 타자의 이미지는 학생들의 어우러진 모습이나 플로이드의 목소리('나는 숨 쉴 수 없다') 같은 **은유**를 통해 우리에게 호소한다. 세월호와 플로이드의 은유적 이미지는 '외진 곳'의 눈사람의 은유처럼 타자와의 교감을 가능하게 하는 비장소의 능동적 정동의 반격이다.

우리 시대는 두 개의 비장소의 반격이 잠재하는 시대이다. 하나는 외진 곳 같은 은유적 재난의 비장소이며 다른 하나는 플로이드의 동영상 같은 제3의 비장소이다. 그 두 개의 비장소에서는 젤리에 선점당하기 전에 은유[79]를 통해 타자의 이미지를 사회 곳곳에 전파하는 일이 가능하다. 그 과정에서 '눈사람'과 '흑인의 목소리'를 통해 타자의 이미지를 회생시키는 것은 벌거벗은 얼굴의 윤리를 대신하는 **비대면의 은유적 윤리**이다.

비장소에서 은유적 윤리를 통해 타자를 회생시키는 일은 두 가지 매체를 통해 가능하다. 하나는 〈외진 곳〉이나 《파이란》 같은 소설과 영화를 통해서이며 다른 하나는 스마트폰과 인터넷 같은 신매체를 통해서이다. 전자는 속도가 느리지만 우리의 심연 깊은 곳에 타자의 이미지를 각인시킨다. 또한 후자는 빠른 속도로 일상의 곳곳에 전파되며 우리의 가슴을 두드린다. 이 두 가지 매체를 통한 은유적 윤리의 전파야말로 캐슬의 권력에 대항하는 은유로서의 정치이자 정동정치일 것이다.

피케티는 극단적인 불평등성의 사회를 세습 자본주의라고 부르며 제도적 차원의 교정이 필요하다고 말했다. 피케티의 주장은 개혁적 정치만이 자본주의에게 인간의 얼굴을 되찾아 준다는 것이다. 그러나 신자유주의처럼 젤리로 만연된 시대에는 그것만으로는 불충분하다. 수동적 젤리는 타자를 배려하려는 정치를 저지하며 모든 사람을 나르시시스트로 만들기 때문이다. 나르시시즘의 수호신 수동적 정동(젤리)을 뚫고 타자를 회

---

79 이 비장소에서의 은유적 이미지는 시뮬라크르이기도 하다.

생시키기 위해서는 은유적 윤리를 작동시키는 또 다른 정치가 필요하다. 제도적 차원을 넘어선 윤리의 정치화는 이제까지 잘 경험하지 못했던 모험이다. 그러나 정치적 인간학이라는 스피노자의 윤리학에 기대어 우리는 지금 그 모험을 시작해야 한다.

보건교사 안은영은 정동권력의 신무기 젤리에 맞서 금빛 전류의 은유적 윤리를 통해 에로스의 샘물을 퍼 올린다. 그 순간의 정동적 사건은 재난의 비장소에서 추방된 타자(옥상의 학생들)가 대상 a의 은유를 통해 이미지로 다가오는 과정이다. 비장소에서의 정동적 사건이란 비비탄총에 흘러든 전류, 《레몬》의 '레몬 향기', 플로이드 동영상의 '흑인의 목소리'가 전해지는 순간이다. 비장소가 잠재적인 반격의 공간이 될 수 있는 것은 그처럼 대상 a의 이미지(은유)를 창안하며 타자를 회생시킬 때이다.

비장소가 은유적 윤리로 전환되는 진행은 새로운 변혁운동에서도 찾아볼 수 있다. 예컨대 촛불집회와 미투 운동은 세습 자본주의와 캐슬 시대에 대항하는 새로운 변혁운동을 암시한다. 촛불집회의 촛불 퍼포먼스는 은유적 윤리를 '비장소'에서 '현실의 틈새 공간'으로 옮겨 온 연출이다. 여기서는 물밑의 비장소에서 생성된 은유적 윤리가 틈새 공간(광장)으로 도약하며 신자유주의에 저항하는 정치로 증폭된다. 또한 미투 운동 역시 남성중심적 나르시시즘 체제에 희생된 여성이 비장소에서 사건을 일으키는 순간이다. 여성 희생자는 나르시시즘 체제가 숨기고 있던 비장소에서 상처와 고통을 호소한다. 그 순간 물밑의 연대의 은유('미투')는 대상 a의 작동을 알리며 비장소를 은유적 윤리의 공간으로 전환시킨다.

과거에는 벌거벗은 얼굴로 대면하며 '물밑의 장소애의 공간'(삼포 등)에서 변혁운동을 추동하는 은유적 이미지를 생성할 수 있었다. 고통인 동시에 사랑의 장소였던 삼포와 몰개월 같은 은유가 증폭되며 가두의 투쟁에 불이 붙었던 것이다. 그 때문에 그 시대에는 물밑의 은유가 지상으로 도약하는 순간 모두의 장소애의 공간인 해방구를 열망할 수 있었다.

그러나 이제 장소애의 유토피아인 '밤길의 명동' 같은 해방구는 영원히 상실되었다. 우리 시대는 나르시시즘에 중독된 캐슬의 공간이 장소애의 유토피아를 대신하는 사회이다. 그와 함께 캐슬의 권력에 의해 재난을 당한 비장소가 유례없이 많아진 세상이기도 하다. 이제 진정성과 절정(ecstasy)의 경험으로서 장소애의 유토피아를 열망하는 행복한 세상은 다시 오지 않는다.

그 때문에 피케티의 U자 커브를 역전시키기 위해서는 비장소에서의 윤리적 모험이 필요해졌다. 피케티가 주장하는 제도적 개혁은 윤리적 모험이 선행하지 않으면 결코 실행에 옮겨지지 않는다. 왜냐하면 오늘날의 세계는 보이는 것이 전부가 아닌 세상이기 때문이다. 나르시시즘 체제를 지키는 눈에 보이지 않는 수동적 젤리가 사람들이 움직이지 못하게 곳곳에 달라붙어 있는 것이다. 우리의 의지와 상관없이 젤리 속에 사건이 묻히는 시대에는 깊은 심연의 샘물을 퍼 올리는 **정동적 사건**을 일으켜야 한다. 수동적 젤리가 우리를 가짜 뉴스와 혐오 발화의 세계로 이끈다면 정동적 사건은 추방된 타자의 이미지와 재회하게 해준다.

대상 a의 이미지인 **은유적 윤리**는 장소애의 은유('삼포')에서 비장소의 정동적 사건('미투[80]')으로 변주되었다. 과거에는 삼포와 몰개월에서 벌거벗은 타자와 만났지만 지금은 눈사람과 레몬 향기를 통해 비대면 상태에서 타자(이미지)와 조우한다. 그렇게 함으로써 윤리적 해방구를 상실한 세상에서 비장소를 윤리적 이미지가 연출되는 틈새 공간으로 전이시키는 것이다. 예전에는 이데올로기의 틈새에서 윤리적 해방구를 만들었지만 지금은 신자유주의 이면의 길 없는 길에서 은유적 윤리가 연출되는 틈새를 만들어야 한다.

촛불집회는 가두의 투쟁과 장소애의 해방구를 대체한 윤리적 스크린과도 같다. 여기서는 재난의 비장소와 제3의 비장소에서 발생한 정동적

---

80 미투는 나르시시즘을 에로스로 해체하는 정동적 사건의 은유이다.

사건이 증폭된 이미지로 연출된다. 꽃으로 돌아오는 학생들, 백남기 농민의 징소리, 명멸하는 소등 퍼포먼스가 그것이다. 새로운 틈새 공간에서는 아무도 캐슬의 중심가로 나가려는 사람이 없다. 그 대신 길 없는 길[81]에서 빈 가슴에 불을 켜고 타자가 귀환하는 이미지들을 응시한다. 그 순간 크리스마스트리가 윤리적 스크린에 확대되고 변혁의 황금시대의 기억이 영원회귀하면서 피케티의 U자 커브를 전복시키려는 정동적 모험이 시작된다. 이제 사람들은 캐슬 사회와 상품 네트워크의 나르시시즘에서 벗어나 인간의 존엄을 주장하는 또 다른 네트워크(내재원인)의 능동적 작동을 감지한다.

---

81 모든 길이 캐슬의 중심으로 향해 있기 때문에 촛불집회의 틈새 공간은 길 없는 길로 도약하는 실재계적 장소라고 할 수 있다.

제9장

비장소의 시대에서
정동적 시간의
회생으로

1. 미시권력과 정동권력의 결합
─《사이렌》의 경고

이제까지 우리는 비장소의 비극과 은유적 윤리의 반격을 살펴봤다. 양자의 관계는 존재론적 차별을 행하는 정동권력과 타자를 회생시키는 정동정치의 반격으로 설명될 수 있다. 정동권력이 우리의 화두가 된 것은 이 새로운 권력 장치가 우리 시대의 정치를 무력화시키는 가장 첨단의 방식이기 때문이었다.

그러나 정동권력에 대한 대응이 중요하다는 것은 그것만이 유일한 권력 장치라는 뜻은 아니다. 1장에서 살폈듯이 정동권력은 흔히 보다 복합적인 미시권력들의 장 속에서 움직인다.[1] 정동권력에 의한 타자의 배제의 이면에는 푸코의 규율권력 및 아감벤의 예외 상태와의 숨겨진 공모가 있다.

정동권력은 규율권력과 예외 상태 장치가 보이지 않게 영속되게 함으로써 타자가 사라진 세상이 계속되게 만든다. 타자의 서사가 상실되면 차별과 불평등성의 세상이 별다른 동요 없이 지속된다. 그런 조용한 세상을 만드는 데 정동권력이 앞장서고 있으며 오늘날은 일차적으로 정동적 권력 장치들에 대응해야만 존재론적 반격이 시작될 수 있다. 그런데 정동권력과 미시권력은 긴밀하게 얽혀 있기 때문에 존재론적 반격의 순간은 이미 다양한 미시권력에 대응하는 순간이기도 하다. 그 때문에 존재론적 반격이 더 깊은 현실성을 얻기 위해서는 다른 미시권력과의 공모 관계를 이해하는 것도 중요하다. 그처럼 다양한 미시권력들의 공모에 의해 '영원히 변화되지 않는 세상'의 비극을 보여주는 작품이 바로《사이렌》이다.

《사이렌》(고우진 극본 안준용 연출, 2021)은 정동권력과 미시권력의 공모

---

1   1장 3, 4절 참조.

가 만들어낸 **영속적인** 타자의 비극을 매우 잘 보여준다.《사이렌》에서 주인공 서혜선(박성연 분)의 사이렌은 타자를 어둠 속에 영원히 매장하는 미시권력에 대한 경고이다. 이 드라마는 소음 처리 회사(노틱 웨이브)의 서혜선 팀장이 회사 설비의 희생자들을 대신해서 사이렌으로 복수하는 이야기이다.

노틱 웨이브는 소음 처리 회사였지만 진공 탱크가 내는 음파의 소음은 어촌의 마을 사람들과 가축들을 질병에 시달리게 만들었다. 그런 상황에서 사회공헌팀장 서혜선은 회사의 소음을 은폐하는 역할을 하면서도 실상은 마을 사람들을 희생시키는 권력자들에게 복수할 기회를 노리고 있었다. 유년기에 미군 폭격장 근처에서 소음으로 난청이 된 그녀는 노틱 웨이브 팀장이 되어 가면을 쓰고 음파 총으로 복수를 하려 하고 있었다.

회사가 내는 음파의 소음은 잘 들리지 않지만 점점 마을 사람들을 질병과 죽음으로 내몰고 있었다. 노틱 웨이브는 도시의 소음을 제거해 부유층에게 건강을 주는 대신 바닷가 마을 사람들이 음파에 의해 뇌전증과 뇌졸중에 걸리게 했다. 이처럼 자본의 권력은 부자들에게 쾌감을 선물하는 대가로 비천한 타자들을 죽음정치의 예외상태의 존재로 만들고 있었다.

이 드라마에서 음파 소음은 그런 생명정치의 장치인 동시에《보건교사 안은영》의 젤리 같은 유해한 정동의 은유이기도 하다. 타자를 죽음에 유기하는 생명정치는 사건이 일어나도 모두가 침묵하게 만드는 정동적 장치를 함께 사용하고 있었다. 노틱 웨이브는 회사 오과장(조달환 분)의 죽음을 마을 사람들의 무고한 항의에 시달린 결과로 포장함으로써 희생자들을 혐오의 대상으로 만들고 있었다. 그처럼 타자를 배제하는 방식으로 어촌 마을의 비극이 아무런 저항도 없이 계속되게 만드는 것이다. 명확히 들리지 않는 음파 소음이 만연될수록 마을 사람들은 생명의 위협에 시달릴 뿐 아니라 침묵 속에서 혐오의 대상으로 전락하고 있었다. 음파 소음은 타자의 생명을 훼손시키는 동시에 부유층과 희생자들을 감성적으로 분할시키는 역할을 했다.[2] 즉 음파 장치는 부유층의 삶을 빛나게 하면서 변두리를 어둠의 비장소로 만드는 정동권력의 분할의 기제를 작동시켰다. 마을 사람들의 항의가 잘 들리지 않을뿐더러 그들이 오히려 혐오의 대상으로 조작됨으로써 죄 없는 사람들이 조용히 죽어가는 비장소의 비극이 계속된 것이다.

이 드라마는 그런 정동권력이 정부, 기업, 법률이 연결된 규율권력의 그물망과 공모의 관계에 있음을 폭로한다. 진공 탱크의 문제점을 적은 서혜선의 연구일지는 감시자인 본부장에 의해 폐기 처분되어 사라져 버렸다. 또한 과거에 서혜선이 고통받은 폭격장의 소음을 덮어버린 국방부 장관은 지금 국무총리로 승진해 있었다. 기업과 정부의 규율권력의 그물망은 비판적 담론을 감시하며 자본과 국가의 규율이 아무 문제없이 작동되게 만든다. 그런데 그처럼 규율권력이 비판을 무력화시킬뿐 아니라 체제를 더욱 영속화시키게 만드는 이면에는 희생자들을 보이지 않게 매장하는 정동권력이 있었다. 서혜선은 비정한 권력자의 승진의 배경에 희생자들이 매장되는 현실이 있음을 알고 절망에 빠지게 된다. 위선적인 규율의 신봉자를 국무총리로, 잔인한 규율사회를 캐슬로 상승시키는 것은, 고통받는 타자를 혐오하게 만들어 비장소로 추방하는 정동권력이었다.

서혜선은 노틱 웨이브 3주년 기념일에 국무총리가 참석하는 것을 노리고 음파 폭발 장치로 복수할 계획을 세운다. 그러나 서혜선의 계획은 사회공헌팀에 오과장을 대신해 새로 온 최태승(최진혁 분)에 의해 제동이 걸린다. 서혜선은 자신의 복수를 방해하는 오과장을 음파 총으로 살해했지만 그의 후임 최태승이 숨겨진 연구일지 usb를 찾아낸 것이다. 연구일지는 서혜선의 진실이었으나 복수를 결심한 시점에서는 감춰야 할 비밀이었다. usb를 뺏으려 최태승의 아파트에 나타난 서혜선은 복수의 방해자

---

2   랑시에르, 오윤성 역,《감성의 분할》, 도서출판 b, 2008, 14~15쪽. 감성권력은 도시의 부유층과 어촌의 희생자들을 선망의 대상과 혐오의 대상으로 분할한다.

최태승에게 다시 음파 총을 발사했다. 소음의 희생자를 위한 복수의 무기 음파 총은 권력자의 중추신경을 파괴해 죽음에 이르게 하는 장치였다. 그러나 최태승은 자신의 고막을 터트림으로써 간신히 중추신경의 파괴를 모면한다.

그동안 힘없는 타자들의 신체를 파괴하는 음파 소음은 그들을 비장소에 매장하는 유해한 정동과 함께 작동되고 있었다. 서혜선은 자신의 연구일지가 그런 비정한 권력을 멈추라는 사이렌 같은 경고였다고 말한다. 그러나 진실이 담긴 연구일지가 제거해야 할 찌라시로 취급되는 현실에서 서혜선은 자신의 경고가 불가능한 타자의 비밀임을 알게 된다. 죽음정치[3]와 결탁한 정동권력은 소리 없는 음파로 주민들을 죽게 만들면서 항의하는 그들을 오히려 혐오의 대상으로 조작했다. 진실이 찌라시로 전락하고 타자가 혐오의 대상이 되자 서혜선은 세상은 결코 변화되지 않을 것임을 깨닫는다. 정동권력은 비판을 감시하는 규율권력과 타자를 살해하는 생명권력에 달라붙어 차별의 세상을 영구화하는 장치였다. 이제 그녀는 세상을 변하지 않게 만드는 정동권력에 대응하는 방법은 음파 폭탄으로 복수를 하는 일뿐이라고 생각한다. 그렇게 해서 경고의 사이렌은 진실이 담긴 연구일지에서 음파 폭탄의 복수로 변질되고 말았다.

마침내 폭탄의 리모컨이 눌려지고 기념식장의 국무총리와 회사 간부들은 피를 흘리며 쓰러진다. 그러나 최태승이 내던진 리모컨을 찾아 건물에서 뛰어내린 서혜선의 죽음으로 복수는 중단된다. 그리고 TV에서는 서혜선이 우울증으로 자살했으며 오과장처럼 마을사람들에게 시달렸다는 조작된 뉴스가 흘러나왔다. 드라마의 진행은 미시권력과 정동권력이 지배하는 세상은 영원히 변화되지 않는 사회임을 다시 알리고 있었다.

하지만 변화되지 않는 세상에서도 작은 변화가 일어나고 있었다. 서혜선의 사이렌에 충격을 받은 최태승은 사건 조사팀의 조작 음모에 고개를

---

3   죽음정치와 생명권력은 아감벤의 예외 상태 장치에 의해 작동된다.

돌린다. 본사의 법무팀에 있던 최태승은 출세를 위해 오과장의 후임을 자원했던 인물이었다. 그러나 그는 서혜선마저 자살로 위장되고 마을사람들이 가해자로 내몰리는 현실에는 동조할 수 없었다. 조사팀이 서혜선이 폭격의 환청에 시달리며 우울증을 앓았다고 말하자 최태승은 회사 쪽에 문제가 있었다고 맞섰다. 또한 서혜선과 마을 사람들의 관계에 대해 묻자 그건 왜 물어보냐고 저의를 의심했다. 조사팀은 서혜선의 연구일지는 미친 여자의 찌라시이며 새로 시작하는 사업에는 시행착오가 있기 마련이라고 말한다.

최태승은 회사의 회유를 뿌리치고 사표를 제출한다. 그리고 마을을 떠나며 "세상은 절대 안 변해, 우리만 고통받아"라는 서 팀장의 말을 생각한다. 그는 세상이 과연 변화될 수 있는지 반복해서 자신에게 되묻고 있었다.

최태승의 변화만으로는 결코 아무 일도 일어나지 않을 것이다. 이 드라마의 핵심 주제는 지금 우리 시대에는 세상을 영속적으로 변화되지 않게 만드는 미시권력과 정동권력이 작동되고 있다는 것이다. 다만 그런 우울한 주제와 함께 정동적 반격에 대한 작은 암시도 제시하고 있다. 간질에 걸린 소음의 희생자인 이주 노동자 아들의 나무총이 바로 그것이다. 이 드라마는 결말부에서 아이가 장난감 나무총을 화면 밖 우리를 향해 겨누고 있는 모습을 보여준다. 아무런 위력도 없는 아이의 나무총은 서혜선의 음파 총과는 달리 복수의 신호가 아니라 우리의 정동에 울리는 또 다른 사이렌이다.

또 하나의 정동적 반격은 음파에 피해를 입은 새들의 바이러스의 전파이다. 조류에 의한 자연의 복수는 서혜선의 변질된 보복과 구분되는 정당한 정동적 사이렌이라고 할 수 있다. 서혜선은 복수를 결심하면서 처음과는 달리 연구일지가 새어나가서는 안 된다고 생각한다.[4] 그처럼 사건의

4　서혜선은 음파에 영향받은 새들이 퍼뜨리는 바이러스를 말하며 복수를 위해서는 조류의 영향을

원인을 감추려는 서혜선의 복수는 원한에 의한 수동적 정동의 발로일 뿐이다. 반면에 자연의 복수는 사람들이 망각한 능동적인 삶에 대한 근본적인 요인을 자각하게 하려는 경고이다. 자연재해는 서혜선이 연구일지로 밝힌 사건의 원인이 모든 사람들이 알아내야 할 진실임을 깨닫게 해준다.

자연의 보복이란 자연이 내리는 원한의 복수가 아니다. 그보다는 인간이 저지른 감춰진 잘못을 그대로 돌려줌으로써 악행을 멈추고 자연(내재원인)을 자각할 것을 명령하고 있는 것이다. 자연은 인간을 되비춤으로써 자신 안에 인간까지도 포함하는 원리를 말하고 있다.

그 점에서 자연의 보복은 원인을 묻히게 하는 인간의 보복을 넘어선 스피노자가 말한 내재원인에 의한 진실의 명령이다. 자연은 인간이 내재원인의 망각에 매몰되었을 때 존재 자체로서 그 진실의 절박성을 알려주는 마지막 버팀목이다. 이 드라마는 자연이 내리는 내재원인의 명령을 역으로 암시함으로써 모두에게 정동적인 사이렌을 울리고 있다. 자연을 교란하는 인간 세상을 폭로하면서 비극에서 벗어나려면 자연의 내재원인에 다가가 능동적 정동을 회복해야 함을 말하고 있는 것이다.

2. 비장소의 시대와 좀비의 서사
   ―《지금 우리 학교는》

《사이렌》에서는 정동적인 사이렌을 울릴 뿐 타자와의 만남은 이루어지지 않고 있다. 그 때문에 억울하게 '우리만 고통받는' 마을 사람들의 비장소는 회생하지 않는다. 다만 서혜선이나 자연의 보복은 타자의 고통을 일반 사람들도 경험하게 만들어준다.

이처럼 타자의 고통이 익명의 사람들에게 전파되는 또 다른 서사가 바

밝힌 연구보고서가 알려져서는 안 된다고 생각한다.

로 오늘날 성행하는 좀비물이다. 좀비물에서는《사이렌》에서 더 나아가 바이러스에 감염된 사람들이 공격성을 지니는 것이 특징이다. 이처럼 공격성을 지닌 좀비의 등장은 타자와의 만남이 불가능해졌다는 극단적인 절망의 표현이다.

예컨대《사이렌》은 타자가 무력화되거나 서혜선처럼 괴물이 됨으로써 그들과의 연대가 불가능해졌음을 암시한다.《지금 우리 학교는》(천성일 극본 이재규·김남수 연출, 2022)은 거기서 더 나아가 타자가 공격성 바이러스를 지닌 좀비를 유발시키는 요인으로서 스스로 배제의 대상이 되고 있다. 좀비들이 존재 자체로 배제의 대상이 되는 서사는 좀비의 발생 원인인 타자의 존재론적 소멸의 극단을 나타낸다. 다만《지금 우리 학교는》처럼 타자의 고통이 일상의 사람들에게까지 전파되게 함으로써 차별받는 타자에 대한 무감각을 반성하게 만드는 작품도 있다.

《지금 우리 학교는》에서 천재 과학자 이병찬(김병철 분)은 아들이 학교에서 왕따를 당하지만 아무 대처 방법이 없음을 알게 된다. 절망한 그는 아들을 강하게 만들기 위해 자신이 개발한 약을 투여한다. 그러나 이병찬의 약은 공격성을 지닌 좀비를 만들게 되고, 실험용 쥐에 물린 학생에 의해 좀비 바이러스가 학교 전체에 퍼져나가게 된다.

존재 자체의 파괴인 좀비는 신체를 위해하는 정동권력에 포위된 사회의 또 다른 모습이다. 과거에는 생각이 잘못된 사람들과의 갈등이 있었지만 지금은 **존재 자체의 훼손**에 의해 문제가 생겨나고 있는 것이다. 그러면서도《지금 우리 학교는》의 좀비 서사는 교육의 공간인 학교를 배경으로 하고 있는 것이 특징적이다. 이 드라마의 무대인 학교는《보건교사 안은영》이 암시하듯이 정동권력이 민감하게 작용하는 사춘기 세대들의 공간이다. 그와 함께 미성년인 학생들은 실상 정동권력 사회의 피해자이기 때문에, 학교의 공간은 함께 희망을 찾아야 할 곳이기도 하다.

《보건교사 안은영》과《지금 우리 학교는》은 성장의 공간인 학교가 비장소로 변해버린 비극을 보여준다. 학생들이 집단적으로 옥상으로 향하는 《보건교사 안은영》이 왕따의 지옥을 그리고 있다면, 《지금 우리 학교는》는 그보다 더 위험한 좀비의 지옥을 그리고 있다. 비장소의 비극은 젤리의 지옥에서 비존재의 지옥으로 진화한 것이다.

그런 맥락에서 《지금 우리 학교는》에서 인상적인 두 장면은 좀비도 희생자임을 환기시키는 대목이다. 학생들은 좀비를 죽여서라도 제거해야 한다고 여기지만 자신과 친했던 친구가 바이러스에 감염되자 사정이 달라진다. 온조(이수혁 분)는 절친한 사이였던 이삭(김주아 분)이 좀비 증세를 나타냈지만 그녀의 손을 놓을 수 없었다. 온조가 창밖으로 내보내진 이삭의 손을 잡고 놓지 않자 청산이 의자로 때려 이삭을 떨어뜨렸다. 애정과 적대의 긴장감이 퍼뜨려지는 그 순간 온조의 상처에 공감한 우리는 학교를 좀비의 지옥으로 만든 정동권력에 대해 생각하게 된다.

또 하나의 장면은 나연(이유미 분)이 '기생수'라고 멸시하는 경수(함성민 분)가 좀비에 감염되는 삽화이다. 기생수란 기초생활수급자의 줄임말로 단어 자체가 섬뜩함을 느끼게 한다. 그런데도 나연은 아무렇지도 않게 경수를 기생수라고 부르며 손등이 긁힌 그를 감염자로 내몰았다. 경수는 녹음실에서 30분 격리되어 시간을 보내며 비감염자임을 입증하고 있었다. 그러나 사과한다고 녹음실에 들어간 나연은 오히려 손수건의 피로 그를 실제로 감염시킨다. 나연의 극단적인 행동은 비천한 타자를 인격 자체가 강등된 존재로 보는 비열한 정동권력의 무의식을 상징한다. 여기서 핵심은 나연 자신의 비정한 성격이 문제의 초점이 아니라는 점이다. 나연은 특별히 괴팍한 성격이기보다는 기생수의 접근을 꺼리는 그녀의 아파트 단지 사람들의 감성을 대표하고 있다.

다만 다행스러운 것은 나머지 학생들이 경수에 공감하며 좀비에 감염되었는데도 그의 편에 서는 장면이다. 좀비의 출현으로 비장소가 되었던 학교는 그 순간 잠시 인간적인 장소로 회생한다. 경수에 대한 학생들의 공감은 일상의 감정을 넘어선 것으로서 좀비 바이러스가 만든 비장소의 비극을 극복하려는 무의식의 발로이다. 그러나 좀비가 된 경수가 공격적인 태도를 드러내자 학생들의 공감은 무용지물이 되고 만다. 그로 인해 정동권력의 시대의 **문제적 공간**인 학교는 다시 정동적 지옥으로 되돌아간다.

비장소의 비극은 '외진 곳'이나 학교, 군대 등에서 극단화된다. 그런 비장소의 비극 중에서도 좀비물은 타자와의 대면의 불가능성을 나타내는 절망의 상징이다.《지금 우리 학교는》에서 학생들은 한순간 공감력이 증폭되며 '기생수'와 대면할 수 있었지만 '좀비'와는 더 이상 접촉이 불가능했다.

좀비물의 성행에는 바이러스의 시대처럼 타자와의 대면의 불가능성을 호소하는 심리가 반영되어 있다. 그나마《지금 우리 학교는》에서처럼 학교를 배경으로 한 작품에서는 타자 상실과 비장소에 대한 자각이 얼마간 암시된다. 일상의 사람들이 변두리나 학교, 군대와는 달리 비장소에 무감각한 것은 〈물건들〉(김의경)에서처럼 쇼룸의 물건들이 장소애의 환상을 연출하기 때문이다. 그러나 환상을 연출하는 물건들이 사라지면 우리 자신이 순수 기억과 지속을 상실한 물건들처럼 우울해진다. 반면에 학교를 무대로 한《지금 우리 학교는》과《보건교사 안은영》은 좀비와 젤리를 통해 왜 우리 시대에 타자와의 대면이 불가능해졌는지 암시해준다. 그런 대면의 교감의 어려움에 대한 자각은 정동권력에 대응하며 타자를 회생시키는 새로운 방법에 대한 필요성을 알려준다.

이제 비장소의 시대에 다시 타자와 대면하는 일은 매우 지난한 일이 되었다.《지금 우리 학교는》에서 경수의 삽화는 우리에게 비장소에 대한 특별한 질문을 던져준다. 타자를 다시 만나는 길은 방송실에서처럼 '기생수'와의 대면을 확장시키는 것으로는 불가능하다. 기생수는 좀비로 몰락할 운명을 극복할 능력이 없기 때문이다. 젤리와 음파 소음과 바이러스로 가득 찬 세상에서는 대면을 통한 만남은 우울한 좌절을 가져올 뿐이다. 좀비물과 젤리의 환상은 정동권력이 선제적으로 일상을 장악했음을 경고하고 있다. 그 때문에 타자가 좀비로 변질된 사회에서는 역설적으로 바이러스에 대처하듯이 비장소와 비대면의 방법으로 타자와 재회하는 방법을 찾아야 한다. 비장소의 시대란 대면의 향수보다는 **언택트의 윤리**를 발명해내는 일이 긴급한 사회이다. 우리는 정동권력에게 일상의 모든 곳에서 선수를 빼앗겼지만 언택트 윤리에서는 아직 **선제적**일 수 있다. 미학의 가상공간과 제3의 비장소의 가상 세계에는 먼저 선제적으로 사건을 일으킬 가능성이 남아 있다. 그처럼 언택트의 방법으로 비장소와 비대면을 넘어서서 타자와 다시 만나는 모험을 그린 소설이 바로《작별하지 않는다》(한강)와《관내분실》(김초엽)이다.

3. 타자와 재회하는 순수 기억의 드라마
— 한강의《작별하지 않는다》

《사이렌》과《지금 우리 학교는》이 비장소의 비극을 그린 작품이라면 《작별하지 않는다》(2021)와 〈관내분실〉(2018)은 **미학**과 **제3의 비장소**에서 타자와 다시 만나는 소설이다. 비장소의 비극은 젤리와 음파 소음, 바이러스를 통해 타자를 죽음으로 내모는 정동권력에 의해 생겨난다. 반면에 미학과 제3의 비장소는 젤리와 바이러스가 스며들기 전에 타자의 이미지와 만나는 사건이 일어날 수 있는 곳이다. 비장소의 시대란 사건이 일어나도 아무 일도 없는 것처럼 조용히 묻혀지는 사회이다. 그러나 그런 사회에서도 미학은 은유적 윤리를 통해 타자의 회생을 갈망할 수 있다. 또한 인터넷과 스마트폰 같은 제3의 비장소의 모험을 통해 불현듯 사건을 회생시킬 수 있다. 제3의 비장소는 타자의 이미지와의 만남을 통해 사건을 귀환시키기 때문에 타자와의 만남 자체가 윤리적인 사건으로 떠오른다.

오늘날 제3의 비장소는 인터넷과 스마트폰을 넘어서서 VR과 메타버스로 발전해 가고 있다. 앞서 《용균이를 만났다》에서 살폈듯이 VR은 일상에서와는 다른 방식으로 타자를 만날 수 있게 해준다. 그 점에서 가상현실은 한강과 박민규 소설의 복수 코드적인 미학적 환상과 비슷한 기능을 한다고 할 수 있다. 다만 VR은 체험자가 가상공간 안에 들어서는 방식이기 때문에 복수 코드적 환상에 비해 교감의 강렬함이 부족하다. 진정한 교감은 복수 코드적 환상에서처럼 일상에 발을 딛고 선 사람과 가상 이미지로 회생한 실재계적 타자와의 만남에서만 능동적으로 고양될 수 있다. 그 순간 〈내 여자의 열매〉에서처럼 일상에 남은 사람의 순수 기억이 동요하며 타자와의 에로스적 교감이 회생하기 때문이다.

오늘날 발전된 가상 테크놀로지는 아직 윤리적 감동에서는 미학에 미치지 못한다. 그 대신 《용균이를 만났다》(VR)의 강력한 특징은 현장 같은 리얼리티를 지닌 채 타자와 만날 수 있다는 점이다. 그에 비해 〈내 여자의 열매〉나 〈아 하세요, 펠리컨〉에서는 타자가 회생하는 순간이 감동적인 반면 리얼리티의 호소력은 유보된다. 미학이 은유적 윤리로 우리의 마음을 움직인다면 VR은 재현을 넘어선 가상의 다큐적 리얼리티로 호소한다.

그렇다면 은유적 윤리가 미학적 효력을 발휘하면서 리얼리티의 호소력을 부가시킬 방법은 없을까. 오늘날 미학적 모험은 마침내 그 둘을 결합시키는 상상력을 발현시켰는데, 그것이 바로 특이한 환상적 리얼리즘 《작별하지 않는다》(한강)이다. 《작별하지 않는다》는 〈내 여자의 열매〉 같은 복수 코드적 환상에 《용균이를 만났다》와 비슷한 다큐적 리얼리티를 결합시킨 소설이다. 그 둘의 접합을 가능하게 한 것은 제3의 비장소의 발전이다. 오늘날 제3의 비장소는 다큐적 리얼리티를 환상 같은 가상공간에서 경험하게 하는 데 성공을 거두고 있다. 하지만 일상과 가상을 결합하며 순수 기억을 동요시키는 복수 코드의 방식은 아직 미학에서만 가능하다.

물론 세월호와 플로이드의 동영상 같은 제3의 비장소의 기습은 여전히 중요하다. 또한 촛불집회 역시 일상과 가상의 중첩된 틈새에서 실행되는 셈이다. 그러나 그런 우발적인 기습이나 틈새의 생성을 넘어서 가상 비장소의 소우주가 우리의 문화에서 핵심적 위치를 얻으려면 일상과 가상을 넘나드는 복수 코드 테크놀로지가 매우 중요하다. 즉 가상 비장소 테크놀로지는 일상에 위치한 사람의 순수 기억을 고양시키며 은유적 윤리를 발현시키는 방법을 찾아야 할 것이다.[5]

그 점에서 《작별하지 않는다》의 새로운 미학적 환상은 매우 시사적이다. 이 소설은 일상과 가상을 넘나드는 환상 미학에 가상 비장소의 리얼리티 기법을 결합시켜 강렬한 이미지들을 연출하고 있다. 《작별하지 않는다》에서 주인공 경하는 〈내 여자의 열매〉에서처럼 복수 코드적 환상을 경험하며 타자의 회생을 소망한다. 그와 동시에 그녀는 《용균이를 만났다》에서처럼 가상공간을 통해 다큐적 사건의 리얼리티를 경험하며 타자와의 교감을 증폭시킨다.

경하가 제주 공방에서 경험하는 환상은 미학적 환상인 동시에 가상 비장소에서 연출된 강렬한 리얼리티의 이미지들이기도 하다. 이 과정에서 중요한 것은 그런 정신적 비상의 순간에도 그녀의 신체는 가상 다큐와는 달리 여전히 리얼리즘 작가로서 일상에 위치해 있다는 점이다. 이것이 바로 복수 코드적 환상과 가상 리얼리티의 교묘한 결합의 모험이다. 이런 가상과 일상의 중첩과 결합은 미학뿐 아니라 메타버스의 운용과 정치적 변혁운동을 위해서도 많은 시사점을 지닌다.[6]

《작별하지 않는다》의 환상 경험이 〈내 여자의 열매〉와는 달리 다큐적 리얼리티와 혼성되는 것은 주인공들이 리얼리즘 작가들이기 때문이다.

---

5 마르크스가 일상에서 윤리적 유령을 발견한 천재였다면 오늘날은 가상 비장소에서 또 다른 윤리적 유령을 창안해내는 또 한 명의 천재가 필요한 시대이다.

6 현실과 가상을 넘나드는 복수 코드의 방식은 미학에서 널리 사용되고 있는데 새로운 변혁운동과 메타버스의 테크놀로지를 위해서도 매우 중요할 것이다.

〈내 여자의 열매〉에서 '나'와 아내의 공감대는 자연의 삶에 있으며 거세되어 가는 아내는 식물의 환상으로 회생한다. 반면에 《작별하지 않는다》에서 경하와 인선은 리얼리즘 소설가와 다큐 영화 작가이다. 그들의 공감대는 역사적 사건의 탐구에 있으며 그것을 통해 타자를 상실한 우울한 현실을 회생시키려 하고 있다.

그 과정에서 《작별하지 않는다》의 새로운 리얼리즘이 가상적 환상의 기법을 통해 리얼리티를 고양시키는 방법은 매우 독특하다. 이 소설이 리얼리즘적 주제와 환상적 탈주의 방법을 결합시킨 것은 우울의 시대의 정동적 난제를 돌파하기 위해서이다. 우리 시대는 정동권력이 리얼리티 자체를 안개처럼 희미하게 만들고 있으며[7] 그런 우울한 정동에서 면제된 사람은 거의 없다. 오늘날은 비장소의 희생자뿐 아니라 작가조차도 사회가 만든 제도화된 우울증[8]에 시달리는 시대이다. 타자와의 교감을 임무로 하는 작가는 일상에서 비장소의 비극에 더 민감해질 수밖에 없다. 그들은 '외진 곳'에 살지 않고 왕따를 당하지 않아도 현실 곳곳에서 비장소의 비극을 실감하는 사람들이다. 비장소의 비극이란 타자를 추방하고 리얼리티를 우울한 안개로 덮고 있는 상황이며, 오늘날의 환상 미학은 그런 안개를 뚫고 실재(the Real) 자체와 충격적으로 만나기 위해 사용된다. 리얼리즘인 《작별하지 않는다》가 〈내 여자의 열매〉처럼 정신적 위기에 놓인 작가의 환상적 모험을 통해 존재의 회생을 소망하는 것은 그 때문이다.

그로 인해 특이하게도 《작별하지 않는다》에서는 환상이 사용될수록 안개가 걷히며 리얼리티가 더 고양된다. 이 소설에서의 환상의 경험은 우울의 시대를 넘어서는 독특한 리얼리티의 고양이기도 하다. 즉 비장소의 비극을 경험하는 작가들이 미처 꽃피우지 못한 리얼리티 이미지들을 제3의 비장소 같은 환상 공간에서 연출하며 구원을 얻는 것이다. 오늘날 작가의

---

7   오늘날 미학이 약화되고 가짜 뉴스와 혐오 발화가 많아진 것은 바로 이 때문이다.

8   주디스 버틀러, 조현순 역,《안티고네의 주장》, 동문선, 2005, 135쪽.

새로운 실험적 임무는 정동권력의 틈새인 가상 비장소의 해방감을 연장하고 지속시키는 반격에 있을 것이다. 현실의 어떤 매체도 하기 어려운 그 일을 미학 쪽에서 먼저 하고 있는 것이 《작별하지 않는다》이다.[9] 인선의 공방에서의 경하의 환상은 가상 비장소의 다큐적 실험을 미학적 은유를 통해 상승시킨 정동적 모험이다. 가상과 현실을 왕복하는 그런 환상적 모험은 작가의 정동적 상승과 함께 특이한 방식으로 리얼리티를 고양시킨다.

《작별하지 않는다》에서 경하('나')는 인선과 정심(인선의 어머니)이라는 타자와 만나면서 우울한 무력감에서 벗어난다. 경하의 타자와의 만남은 존재론적 상승 속에서 리얼리티의 자각을 고양시킨다. 그러나 그런 타자와의 만남은 대면을 통해서가 아니라 미학적 환상과 가상 비장소의 연출을 통해서였다. 경하가 인선이나 정심과 교감한 것은 새와 눈, 촛불의 이미지, 그리고 다큐 자료와 영상을 경험한 순간이었다. 수동적 정동에 포위된 일상에서는 순수 기억이 위축되어 얼굴을 대면해도 타자와의 교감이 잘 일어나지 않는다. 반면에 환상과 가상 비장소에서의 정동적 이미지들은 심연의 순수 기억을 동요시켜 타자에게 공감하게 해준다. 그와 함께 리얼리즘 작가의 소망을 성취시키며 경하 자신의 존재의 회생과 함께 역사적 리얼리티의 고양을 자각하게 한다.

그처럼 이 소설은 타자(인선과 정심)의 구원과 작가의 자아(경하)의 회생이 동시에 일어나는 이중주의 작품이다. 자아와 타자의 이중주는 역사적 타자와 작가 자신의 이중주이기도 하다. 경하가 제주 공방[10]에서 인선과 정심을 만나는 순간은 우울한 현실에 매몰된 역사적 사건의 희생자(타

9   앞으로의 가상 테크놀로지의 발전은 가상 세계와 미학을 결합하는 일을 중요한 과제로 남겨두고 있다. 《작별하지 않는다》는 미학과 가상 비장소의 결합을 미학 쪽에서 먼저 보여주고 있다.

10 다큐 영화 작가인 인선은 4·3사건의 희생자인 어머니를 돌보기 위해 제주로 내려가 목공 작업을 하고 있었다. 경하는 손가락을 다쳐 서울의 병원에 입원한 인선의 부탁으로 제주로 가서 공방에서 환상을 경험하게 된다.

자)를 구원하는 순간이었다. 그와 동시에 그 순간은 병원 같은 우울한 현실을 넘어서며 정동적으로 고양된 가상 비장소에서 작가적 소망이 성취되는 시간이기도 했다. 오늘날은 타자의 회생과 미학의 부활이 동시적으로 요구되는 시대이다. 그런 동시적 두 과정을 통해 수동적 정동에 포위된 비장소의 시대의 우울을 극복하고 타자를 만나는 윤리적 미학의 반격을 시작하는 것이다.

경하가 인선과 교감하는 모험은 병실의 인선을 떠나 그녀(인선)의 분신인 새를 찾아 떠나는 순간부터 시작된다. 손가락을 다쳐 우울하게 병실에 누워 있는 인선은 경하에게 제주도의 집으로 가서 새를 구해달라고 부탁한다. 인선이 새를 부탁한 것은 실상은 자신을 구원해줄 것을 말한 것이다. 새는 경하의 심연에 가라앉은 순수 기억 속의 인선의 이미지이다. 이 소설에서는 현실의 비장소에 갇힌 인선보다도 가상 비장소(그리고 환상)를 통해 환기되는 순수 기억 속의 인선이 더 중요한 역할을 한다. 인선의 새의 부탁은 병원에 있는 그녀보다도 경하의 순수 기억과 제주의 공방에 있는 자신이 더 중요하다고 생각한 때문이었다.[11]

경하는 그런 인선의 새와 만나기 전에 제주도에 도착해서부터 폭설을 경험한다. 새가 심연의 인선의 이미지라면 눈은 인선이라는 타자와 만나는 윤리적 틈새를 여는 이미지이다. 경하는 눈을 맞으며 선형적인 신자유주의의 시간에서 벗어나 인선이 새의 이미지로 숨 쉬고 있는 순수 기억의 공간으로 들어서기 시작한다.

처음에는 새들이라 생각했다. 흰 깃털을 가진 수만 마리 새들이 수평선에 바짝 붙어 날고 있다고.

하지만 새가 아니다. 먼 바다 위의 눈 구름을 강풍이 잠시 흩어 놓은 것이다. 그 사이로 떨어진 햇빛에 눈송이들이 빛나는 것이다. 해수면이 반사한 빛

---

11 그곳에 있는 인선은 우울한 현실에 오염되지 않은 존재이기 때문이다.

이 거기 곱절로 더해져, 흰 새들의 길고 찬란한 띠가 바다 위로 쏠려다니는 것 같은 착시를 불러일으키는 거다.

(…중략…)

하지만 바람이 다시 몰아치기 시작하면 마치 커다란 팝콘 기계가 허공에서 맹렬히 돌아가는 듯 눈송이들이 솟구쳐 오른다. 눈이란 원래 하늘에서 내리는 게 아니라 지상에서부터 끝없이 생겨나 허공으로 빨려 올라가는 거였던 것처럼.[12]

경하가 눈송이들을 새로 착각한 것은 눈보라가 인선의 새와 만나는 공간을 열어주고 있음을 뜻한다. 일상의 시간이 직선적이라면 순수 기억은 선형성을 뛰어넘는 진폭이 큰 운동을 만든다. 하늘과 지상 사이에서 상하 운동을 하는 눈은 경하가 선적인 시간에서 벗어나 순수 기억의 공간으로 들어서게 만들고 있다. 《작별하지 않는다》의 눈은 《보건교사 안은영》의 젤리와 정반대의 특성을 갖고 있다. 신자유주의의 정동권력은 수동적 정동인 젤리를 통해 우리를 선형적인 표상적 시간에 얽매이게 만든다. 반면에 눈은 마치 선적인 시간이 멎은 듯이 표상 공간에서 해방된 능동적 정동에 젖어 들게 해준다.[13]

경하가 인선의 말대로 제주도의 새를 찾아 나선 것은 인선이 순수 기억 속에 특별한 존재로 각인되어 있기 때문이다. 순수 기억이란 선적인 시간의 회상의 한 점이 아니라 눈사람처럼 자신을 부풀리며 존재를 증폭시키는 시간이다. 경하가 폭설 속에서 인선의 흔적들이 있는 곳으로 향하는 진행은 눈사람처럼 존재가 부푸는 중에 특별한 잔여물 타자와 만나는 시간이다. 순수 기억의 드라마는 심연에 감춰진 타자를 만나는 동시에 경

---

12 한강, 《작별하지 않는다》, 문학동네, 2021, 59~60쪽.

13 베르그송은 우리가 매 순간 선적인 시간과 순수 기억의 시간이 교차되는 일상을 살고 있다고 말했다. 그런데 상품세계에 물신화된 신자유주의는 사람들을 선적인 시간의 회로에 고착시켜 순수 기억이 빈약해진 물건처럼 만든다. 경하가 만난 폭설은 그런 고착된 표상적 시간에서 해방되어 순수 기억이 자유로워지는 순간들을 경험하게 해준다.

하 자신의 회생을 경험하는 시간을 연출한다.

그런 타자와의 만남과 존재의 회생은 레비나스와 스피노자적인 의미에서 윤리적 정동의 순간들일 것이다. 그러나《작별하지 않는다》에서 눈이 열어주는 윤리적 틈새는 〈작별〉의 눈사람의 윤리적 소멸과는 구분된다. 두 작품에서 모두 정결한 눈의 이미지는 존재의 진정성을 증명하는 윤리와 연관이 있다. 하지만 〈작별〉의 눈사람이 된 주인공(그녀)은 거짓과 탐욕의 '아열대의 여름' 같은 세상에서 존재의 소멸을 경험한다. 반면에《작별하지 않는다》에서는 아열대의 정동에서 벗어난 **제3의 비장소** 같은 환상 공간에서 타자와 재회하며 존재를 회생시키고 있다.

〈작별〉에서 사랑을 포기하지 않은 대가가 눈사람의 소멸로 끝난 것은 비장소로 추방된 타자의 비극적 운명을 암시한다. 물론 여기서도 눈사람의 세계를 이해하는 사랑하는 사람이 아직 존재하기 때문에 타자의 흔적은 아름답게 그려진다. 그러나 인간애와 장소애가 사라진 비장소의 세상에서는 윤리의 결정체인 눈사람이 존재의 소멸을 피할 수 없다. 마지막에 연인과 입술을 댄 순간 몸이 녹는 경험을 하는 상황은 그 점을 암시한다. 그 대신 이 소설은 소멸의 순간까지도 인간적 정동을 포기하지 않는 역설적 능동성을 통해 존재의 오류를 수정하라는 감성적 반전을 호소한다.

반면에《작별하지 않는다》는 한발 더 나아가 타자를 구원하려는 지난한 모험을 시도하고 있다. 그것이 가능한 것은 주인공이 윤리적 구원의 열망을 지닌 작가의 위치에서 타자에게 다가서기 때문이다. 눈사람 뒤에 숨어 호소하던 내포작가는 이제 정동적 모험의 주인공으로 소설의 전면에 등장하고 있다. 경하가 경험한 폭설은 사라진 눈사람이 존재의 회생을 위해 진눈깨비 속에서 기다리던 것이기도 하다. 폭설은 눈사람의 비극을 넘어서기 위해 소멸의 미학을 제3의 비장소의 모험으로 전환시키는 환상적 통로가 된다. 제3의 비장소는 정동권력에서 해방된 동시에 그런 틈새의 시간을 지속시킬 수 있는 잠재성의 공간이다. 아열대의 정동에서 벗어난 그곳에서는 〈작별〉에서와는 달리 인선과 손을 잡아도 존재가 녹아내리지 않는다.

환상 미학을 통해 제3의 비장소의 사건을 일으키는 것은 단지 심리적 환상에 그치는 것이 아니다. 폭설 속에서의 환상은 순수 기억을 고양시켜 타자와의 만남을 가능하게 하는 능동적 정동의 증폭 과정이다.[14] 순수 기억이 증폭되면 타자와의 공감력이 점차 고조되며, 타자와의 만남은 선적인 시간을 지연시켜 다시 순수 기억을 팽창시킨다.[15] 그런 순수 기억의 고양 속에서 나타나는 환상은 빈약한 현실과 희미해진 타자를 회생시키는 강력한 미학적 장치이다. 순수 기억은 선적인 시간을 정지시키기 때문에 환상처럼 유출되지만, 그런 환상은 정동적 고양을 통해 상징계의 현실을 포위하고 있는 안개를 헤치며 실재(the Real) 자체의 인식력을 고양시킨다.

물론 순수 기억의 드라마는 환상이 아닌 일상적 현실에서도 연출될 수 있다. 그러나 수동적 정동에 포위된 신자유주의에서는 일상을 통해서는 능동성을 회생시키는 순수 기억이 잘 작동되지 않는다. 신자유주의의 일상에는 폭설 대신 젤리가 난무하기 때문이다. 〈샤갈의 마을에 내리는 눈〉을 끝으로 폭설의 시대는 끝났으며 오늘날은 《보건교사 안은영》처럼 젤리가 만연된 세상이다.

경하가 만난 폭설은 그런 일상을 정지시키고 순수 기억을 증폭시켜 환상적인 틈새를 열어주고 있다. 젤리의 시대에 이따금 내리는 폭설은 곧바로 화해의 축제를 만들지는 못한다. 폭설이 설렘이 되지 못하는 세상에서 경하는 세파를 뚫고 길 없는 길을 가고 있는 셈이었다. 경하가 다시 만난 폭설은 고통과 아름다움의 양면을 지니고 있으며, 타자와 만나는 축제가 아니라 제3의 비장소로 다가가게 하는 정동적 장치로 이미지화된다. 젤리

---

14 그처럼 능동적 정동을 증폭시키는 점에서 이 소설에서의 환상은 억압된 에로스를 회귀시키는 과정이라고 할 수 있다.

15 나병철, 《문학의 시각성과 보이지 않는 비밀》, 문예출판사, 2020, 410~418쪽 참조.

와 비장소의 시대에는 폭설이 열어준 윤리적 틈새를 통해 고통을 견디며 미학적 상상력과 제3의 비장소를 작동시켜야만 (순수 기억의 드라마를 통해) 실재에 접촉한 타자와 재회할 수 있다.

폭설처럼 순수 기억의 드라마는 아름다움의 경험인 동시에 상처의 경험이기도 하다. 눈은 인선의 병실 창밖에 내리는 아름다운 눈이기도 하지만 인선의 어머니 정심이 겪은 상처의 경험이기도 하다.[16] 깊은 상처를 경험해 냉전이나 신자유주의 같은 동일성 체제에 동화되지 못하는 존재를 우리는 **타자**라고 부른다. 4·3사건을 경험한 정심이나 그 고통을 함께 나눈 인선이 바로 경하의 순수 기억을 작동시키는 타자라고 할 수 있다.《작별하지 않는다》는 폭설이 열어준 고통과 아름다움의 틈새에서 타자의 상처의 경험을 통해 실재에 다가서며 에로스의 아름다움을 소망하는 소설이다.

이상하지 눈은. 하고 병실 창밖을 향해 중얼거렸을 때 인선이 떠올린 것도 그런 것들이었을까. *어떻게 하늘에서 저런 게 내려오지.* 창 너머의 안 보이는 누군가에게 조용히 항의하는 듯 그녀는 내 얼굴을 보지 않고 물었다. 눈의 아름다움이란 게 받아들이기 어려운 일이기라도 한 것처럼. 오래된 세밑의 밤에도 그렇게 낮은 목소리로 말했던 것 같이.

이렇게 눈이 내리면 생각나. 그 학교 운동장을 저녁까지 헤매다녔다는 여자애가.

흰 털실로 뜬 모자를 쓴 것처럼 그녀의 머리에 눈이 쌓여 있었다. 파카 호주머니에 찔러넣은 내 두 손은 딱딱하게 얼어 있었다. 우리가 눈 위로 발자국을 남길 때마다 소금 부스러지는 소리가 났다. *눈만 오민 내가, 그 생각이 남저. 생각을 안 하젠 해도 자꾸만 생가이 남서.*[17]

---

16 인선의 눈이 아름다우면서도 상처와 연관되는 것은 정동적 폭력의 현실 때문이며 정심의 경우에는 물리적 폭력의 현실 때문이다.

17 한강,《작별하지 않는다》, 앞의 책, 94~95쪽.

위에서는 손가락이 절단된 인선의 상처가 순간적으로 정심의 상처로 도약하고 있다. 두 사람의 상처는 병실과 4·3의 현장에서 눈의 기억과 연관되어 있다. 폭설을 뚫고 인선의 공방에 도착한 경하는 상처받은 눈의 기억으로 연결된 인선과 정심이라는 타자와 조우하며 순수 기억의 드라마를 증폭시킨다.

인선의 공방에 들어선 후 경하의 순수 기억의 드라마는 4·3의 드라마로 확장된다. 폭설 속에서 정전이 된 공방의 공간[18]은 경하의 심연을 더욱 동요시키는 가상 비장소의 무대로 전환된다.[19] 경하가 집에 도착했을 때 인선이 부탁한 새는 이미 죽어 있었다. 이후 정전이 된 뒤 다시 살아난 새에게 모이를 주면서 경하는 제3의 비장소에 들어서기 시작한다. 그 순간 다시 만난 인선은 경하의 순수 기억과 공방의 공간이 조우하며 만들어낸 가상 이미지라고 할 수 있다. 여기서부터는 환상 미학이 마치 가상 비장소처럼 작동되는 특이한 이미지들의 명멸이 펼쳐진다. 공방은 가상의 3D 스크린과도 같다. 이제 경하는 촛불을 켜고 인선과 정심의 평생의 짐인 4·3의 기억을 투사한다. 정전이 선적인 시간을 정지시키는 어둠의 스크린이라면, 촛불은 새와 함께 가슴에 들어온 인선을 이미지로 투영하는 빛이다. 촛불 속에서의 경하와 인선과의 대화는 정동권력의 방해를 뚫고 상처받은 타자와 다시 만나는 모험이다.

이처럼 일종의 가상 비장소에서 타자와 만나는 방식은 과거의 소설들처럼 공감을 통해 현장을 경험하는 것과는 다르다. 《작별하지 않는다》는 우리를 사건(4·3사건)의 현장으로 데려가는 대신 타자의 이미지와 재회하게 하며 심연의 잔여물을 회생시킨다. 그 점에서 이 소설의 특이한 가상 이미지들은 가상현실(VR)을 통해 사라진 타자와 만나는 영상 다큐(《용균

---

18 폭설은 경하의 순수 기억을 동요시키는 동시에 현실의 신자유주의 공간으로부터 단절시키는 기능을 한다.

19 이처럼 미학적 상상력이 가상 비장소의 테크놀로지로 전환되는 것은 두 주인공이 오랫동안 다큐 자료와 씨름하며 뇌의 연결망을 작동시켜온 작가들이기 때문이다.

이를 만났다》)와 비슷한 점이 있다. 이 소설에서의 사건은 역사적 재현보다는 《용균이를 만났다》에서처럼) 희미해진 타자와의 생생한 만남으로 발생한다. 이 소설은 4·3사건을 회상하는 소설이 아니라 심연에 들어온 인선과 정심이라는 타자와 조우하는 소설이다. 《용균이를 만났다》가 휴대폰 속의 966장의 사진과 25개의 동영상으로 가상 이미지를 만들었듯이, 이 소설의 경하는 4·3의 자료와 다큐 영상, 대화의 기억을 통해 가상의 인물들(인선과 정심)과 만난다.

《작별하지 않는다》가 《용균이를 만났다》와 다른 점은 경하의 순수 기억의 동요가 매우 중요하게 작용한다는 점이다. 가상현실의 기획은 테크놀로지를 이용해 우리를 타자와 만나게 하지만 그 이미지 자체가 순수 기억의 작용은 아니다. 반면에 《작별하지 않는다》는 테크놀로지 대신에 리얼리즘 작가(경하)의 뇌수의 작동에 의존하기 때문에 자료 및 영상과 교섭하는 순수 기억의 동요가 매우 중요하다. 아직 가상 테크놀로지로는 불가능한 순수 기억의 동요는 이 소설의 정동적 미학의 독특한 요체이다. 경하는 무의식적으로 가상공간에 리얼리티를 투사하는 동시에 자기 자신이 그 환상적 리얼리티 공간에 들어서서 심연의 동요를 느낀다. 그런 동요의 과정에서는 4·3의 타자들과 경하의 자아가 교섭하는 진실의 이중주가 울려온다. 인선과 정심의 이미지는 공방의 촛불로 투영된 것인 동시에 경하의 뇌의 스크린에 비춰진 것이기도 하다. 공방의 스크린이 가상 비장소라면 뇌의 스크린은 현실의 경하(신체)가 가상 비장소로 도약하는 장치이다. 여기서의 윤리의 이중주는 VR의 테크놀로지와는 달리 **가상과 현실(현실의 경하)의 이중주**로 작동되고 있다.[20] 가상과 현실의 이중주는 뇌의 스크린과 현실의 신체의 연결을 통한 정동적 도약의 장치를 포함하고 있다. 경하의 윤리적 정동이 증폭될 수 있는 것은 가상과 현실의 중첩을 통

---

20 그 점에서는 〈내 여자의 열매〉의 복수 코드적 방식과 비슷하다.

해 타자가 있는 공간으로 도약을 경험하기 때문이다.[21] 그런 윤리의 이중주는 상처받은 타자를 회생시키는 동시에 뇌수(가상 이미지)와 신체(현실의 존재)의 연결 속에서 환상 공간으로 도약하는 경하 자신을 회생시킨다.[22] 이 소설의 **가상 테크놀로지**는 VR을 넘어서서 존재론적 이중주[23]를 연주하는 복수 코드적 **미학**과 중첩되고 있다.

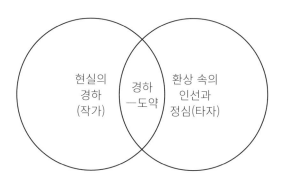

복수 코드적 미학에서 진실의 이중주(그리고 윤리의 이중주)[24]는 미학적 환상인 동시에 환상 공간에 들어선 경하가 타자와 교섭하는 과정이기도 하다. 그런 진실의 이중주는 서울에서의 경하와 공방에서의 그녀의 차이를 보여준다. 우울증에 시달리던 경하는 제주 공방에서 환상을 통해 타자와 만나면서 정동적인 도약을 경험하고 있다. 작가이면서도 타자를 그리지 못하는 무력감이 우울증이라면, 가상과 현실을 넘나드는 진실의 이중

---

21 VR의 경험은 대부분 가상공간 안에서 이루어지기 때문에 그런 도약이 미약하다. 반면에 경하는 〈내 여자의 열매〉의 '나'(남편)처럼 현실에서 환상으로 건너뛰는 도약을 경험한다.

22 VR은 가상공간 안의 경험일 뿐이다. 반면에 이 소설에서는 뇌(가상 이미지)와 신체(현실의 존재)의 연결을 통한 존재 자체의 회생이 이루어지는데 그 점은 이 소설의 존재론적 리얼리즘을 위해 매우 중요하다.

23 자신의 존재를 복수 코드를 통해 연출하는 것을 말한다.

24 윤리의 이중주가 경하가 타자를 만나는 과정이라면 진실의 이중주는 리얼리즘 작가가 4·3의 사건과 조우하는 과정이라고 할 수 있다.

주는 우울에서 벗어나 타자와 만날 수 있게 해준다.

그런 진실의 이중주의 효과는 경하가 정심의 상처의 경험을 인선과 자신의 관계에 적용시키는 대목에서 분명해진다. 경하는 처음에 자신의 심연에 들어온 인선과 만나지만 차츰 인선의 말을 통해 정심과 조우하게 된다. 그처럼 사건의 희생자인 정심이 경하의 심연에 타자로서 깊이 자리하게 되는 진행이 이 소설의 핵심적인 서사적 과정이라고 할 수 있다.

> 당숙네에서 내준 옷으로 갈아입힌 동생이 앓는 소리 없이 숨만 쉬고 있는데, 바로 곁에 누워서 엄마는 자기 손가락을 깨물어 피를 냈다. 피를 많이 흘렸으니까 그걸 마셔야 동생이 살거란 생각에 얼마전 앞니가 빠지고 새 이가 조금 돋은 자리에 꼭 맞게 집게 손가락이 들어갔대. 그 속으로 피가 흘러가는 게 좋았대. 한순간 동생이 아기처럼 손가락을 빨았는데, 숨을 못 쉴만큼 행복했대.[25]

> 불이 당겨지면 네 손을 잡겠다고 나는 생각했다. 눈을 허물고 기어가 네 얼굴에 쌓인 눈을 닦을 거다. 내 손가락을 이로 갈라 피를 주겠다.[26]

앞의 예문에서는 인선의 내면에 들어온 정심의 말이 제시되고 있다. 정심의 말은 상처의 경험이 사랑의 경험이기도 함을 증언하고 있다. 그런 타자의 말에 의해 정심은 점점 경하의 에로스를 소망하는 심연 속에도 자리하게 된다. 그리고 마침내 두 번째 예문에서는 경하의 입을 통해 정심의 말이 흘러나오는 진실의 이중주가 연주된다[27].

---

25 한강, 《작별하지 않는다》, 앞의 책, 251쪽.

26 위의 책, 324쪽.

27 "내 손가락을 이로 갈라 피를 주겠다"는 말은 원래 정심이 (동생에게 한 자신의 행위를) 인선에게 들려줬던 말이다. 그런데 그 정심의 말을 이번에는 경하가 서울에 있는 인선을 의식하며 하고 있다. 이 진실의 이중주는 자아와 타자의 만남인 동시에 현실의 작가가 역사적 타자와 함께 가상과 현실을 넘나드는 교섭이기도 하다. 이 같은 과정은 실재의 진리를 연출하는 진행으로 볼 수 있다.

이런 정동적 도약의 리얼리즘에서 진실의 이중주는 타자와의 만남인 동시에 능동적 정동의 증폭이기도 하다. 경하가 가상공간에서 사건을 경험하는 과정은 타자가 (뇌의 스크린을 통해) 자신의 내면에 들어오는 진행이면서 점차로 신체에서 정동이 증폭되는 흐름이다. 인선을 매개로 정심을 경하와 연결시키는 정동은 고통과 사랑의 정동이다. 상처의 고통은 실재에 더 다가서게 하기 때문에 그곳의 타자를 끌어안는 사랑의 소망을 생성시키는 것이다. 이 소설은 그런 에로스의 고양을 통해 멀어진 4·3사건을 상처받은 역사적 타자와 만나는 사건으로 회생시킨다. 경하의 입에서 정심의 말이 들리는 순간은 타자와 만나는 윤리적 사건의 순간인 동시에 정동적으로 도약하며 (작가로서) 역사적 사건과 재회하는 시간이다. 그런 사건의 정동적 회생을 통해 이 소설은 **리얼리티의 회생**이 **정동적 도약**과 연관이 있음을 보여준다. 경하가 제주에서 4·3과 만나는 과정은 서울에서의 우울증에서 벗어나 정동적으로 고양되는 진행이며, 우리 시대에는 그처럼 정동적 도약과 리얼리티의 회생이 따로 구분되지 않는다. 그와 함께 그 같은 정동의 고양과 리얼리티의 고취가 가상 기법과 미학적 환상, 비장소의 타자와 현실의 작가와의 이중주의 중첩을 통한 성취라는 점도 중요하다.

이 소설은 그처럼 미학적 도약과 가상 리얼리티를 결합시키는 독특한 정동적 리얼리즘을 보여준다. 더 나아가 그런 특이한 모험은 경하의 가상적 체험을 미학적 프로젝트에 연관시키는 수법에서 한층 특징적이 된다. 경하는 정동적으로 상승되는 순간[28] 그동안 방치해 두었던 인선과의 미학 프로젝트를 떠올린다. 눈 내리는 집에서 4·3의 당사자를 만나는 시간은 내면에 들어온 타자의 힘으로 꿈 프로젝트(미학적 기획)에 다가가는 과

---

28 경하가 공방에서 인선(인선의 이미지)을 만나는 순간은 얼마간이든 우울한 자아에서 벗어나 정동적으로 상승하는 과정을 나타낸다고 할 수 있다.

정이기도 했다.[29]

경하는 광주에 대한 소설을 쓴 후 희생자의 무덤이 밀물에 쓸려가고 묘비인 통나무들이 물에 잠기는 꿈을 꾸었다. 무덤을 쓸려내려 가게 하는 것이 사건을 매장하는 일상의 시간이라면 통나무들은 심연에 각인된 기억일 것이다. 경하는 인선에게 통나무에 먹을 입히고 시간의 밀물 대신 하늘에서 눈이 내려와 쌓이는 영상 다큐를 제안했다. 밀물이 폭력적인 일상의 시간이라면 눈은 타자를 품어 안는 순수 기억의 증폭을 의미한다.

이 꿈 프로젝트는 경하와 인선의 일정이 맞지 않아 4년의 시간 동안 방치되었다. 그 4년 동안은 밀물의 시간이 무덤들을 위협하는 세월이었으며 묘비인 나무들에 눈이 내리지 않는 시간이었다. 경하는 인선에게 계획을 포기하자고 말했지만 인선은 묘비로 심을 나무들을 준비하고 있었다. 그리고 손가락을 절단당하는 사고를 당한 후 경하에게 제주도의 집으로 가 줄 것을 부탁한 것이다.

경하가 공방에서 다시 만난 인선은 꿈 프로젝트의 상상력이 인선의 자료들과 교차되며 만든 이미지일 것이다. 경하는 병실에 누워 있는 인선 대신 꿈 프로젝트를 가동시키는 인선을 만난 것이다. 병실의 인선이 손가락 절단으로 상징적인 죽음을 경험하고 있다면 공방의 인선은 다시 회생한 꿈 프로젝트의 작가이다. 경하가 인선을 매개로 4·3과 만나는 시간은 인선의 안내로 통나무가 심어질 곳을 찾는 과정과 겹쳐진다. 이는 《용균이를 만났다》 같은 가상 비장소의 모험이 〈내 여자의 열매〉 같은 복수 코드적 환상과 접합되는 순간이기도 하다. 경하는 가상공간에서 4·3의 희생자가 회생하는 정동적 과정에서 현실의 작가로서 미학적 상상력이 고양되는 경험을 하고 있는 것이다. 그녀는 가상과 현실, 가상 테크놀로지와 미학적 프로젝트가 접합되는 중에 실재(the Real)의 진실에 다가서는 모험

---

29 경하는 정동적 도약 속에서 4·3의 리얼리티의 고양을 경험하는 동시에 자신의 미학적 완성물인 꿈 프로젝트에 접근하고 있었다. 꿈 프로젝트는 정동적 상승과 리얼리티의 고양이 서로 부합함을 입증하는 최종적 산물이다.

을 하고 있다.

경하는 인선이 프로젝트의 제목을 묻자 '작별하지 않는다'라고 말한다. 그러나 경하는 실상 지난 4년 동안 '작별'과 '작별하지 않는다' 사이에서 동요하고 있었을 것이다. 반면에 인선은 4년 내내 꿈 프로젝트 이외에 다른 것은 생각해본 적이 없다고 말한다. 그녀가 실제로 생각하고 있었던 것은 4·3의 상처에 대한 기억이기도 했을 것이다. 절단된 손가락을 포기하려는 서울의 약한 인선 이외에 제주도의 공방에는 포기하지 않는 또 다른 인선이 있었던 것이다. 경하가 공방에서 경험한 모든 가상적 환상들은 그런 인선에게 이끌려 꿈 프로젝트의 미학 공간 안에 들어서서 경험한 것이기도 하다. 이 소설에서는 타자와 만나는 '제3의 비장소'(공방)와 상처를 극복하는 '미학적 가상공간'(꿈 프로젝트)이 서로 연결되어 있다. 경하는 '인선의 영혼 이미지'와 꿈 프로젝트를 함께 경험하며 고양된 존재의 힘으로 현실(서울)의 병실에서 우울하게 위축돼 있는 존재를 되살리려 하고 있다.

이 소설에서는 그런 서로 연관된 정동과 리얼리티의 복합적 관계의 증폭 과정이 핵심 플롯이다. 경하는 정동적 고양을 통해 리얼리티(공방)와 미학 세계(통나무)에 다가설 수 있었다. 그리고 이번에는 공방의 인선과 통나무의 리얼리티 이미지를 통해 4·3의 폭력과 지금의 정동권력에 맞서 증폭된 **능동적 신체의 힘**(정동)을 생성하고 있다. 그 때문에 가상 테크놀로지(공방의 이미지)와 미학(꿈 프로젝트)의 결합은 4·3의 현실과 지금의 현실에 대처하는 강력한 미학적 정동정치의 새로운 발명인 셈이다. 여기서는 정동의 고양과 리얼리티의 상승, 역사적 회생과 존재의 능동적 반격이 서로 구분되지 않는다. 《작별하지 않는다》는 이제까지의 인식론적 소설을 넘어서는 새로운 **정동적 리얼리즘**이라고 할 수 있다. 존재론적 권력에 점령된 시대에는 과거와 달리 정동적 리얼리즘이 존재를 회생시키며 피폐한 현실에 강력하게 대응할 수 있다.

이 소설은 새로운 정동적 방식으로 가상적 프로젝트들(가상 비장소[30]와 미학적 가상)이 현실의 폭력의 시간에 휩쓸린 사람들에게 회생의 힘을 부여하는 역설을 암시한다. 그 과정에서 작가인 경하가 가상과 일상, 미학과 현실 공간에 동시에 발을 딛고 있는 점은 매우 중요하다. 경하는 환상과 미학에 영혼이 사로잡힌 존재인 동시에 어둡고 우울한 현실[31]과 싸우는 리얼리즘 작가이기도 하다. 이 소설은 그 같은 가상과 현실의 다중적 작동만이 일상의 대면을 방해하는 정동권력을 뚫고 실재의 진실에 다가설 수 있음을 시사하고 있다.

4. 비장소와 비대면을 넘어서
─ 김초엽의 〈관내분실〉

가상 비장소를 통해 일상의 우울한 정동권력을 넘어서는 또 다른 소설은 〈관내분실〉이다. 《작별하지 않는다》에서 인선의 공방이 신체가 없는 영혼의 이미지를 보여주듯이, 〈관내분실〉의 경우에는 신체를 잃은 사람들의 마인드와 만나는 과정이 그려진다. 〈관내분실〉에서는 몸이 없는 사람들의 영혼 이미지와 조우하는 곳을 도서관이라고 부른다. 《작별하지 않는다》에서 자료와 기억을 통해 인선과 만나듯이, 도서관에서는 이식된 데이터들을 통해 몸이 없는 정신과 만난다. 양자의 차이는 가상을 경험하는 사람과 이미지와의 교섭 방식에 있다. 전적으로 테크놀로지의 산물인 도

---

30 인선의 공방이 가상 비장소인 것은 인선의 신체가 없이 그녀의 영혼의 이미지를 보여주고 있기 때문이다. 이 소설은 그런 인선의 영혼 이미지와 교섭하며 서울에 있는 인선의 우울한 신체를 회생시키는 전개를 제시한다. 물론 영혼은 신체 없이 혼자서 움직이지 못한다. 그러나 스피노자에 의하면 (죽음 등으로) 신체가 없어도 신체의 본질의 관념은 남기 때문에 살아 있는 사람과의 상호 신체적 교섭 속에서 영혼으로 나타날 수 있다. 들뢰즈, 이진경·권순모 역, 《스피노자와 표현의 문제》, 인간사랑, 2003, 426쪽.

31 4·3의 현실과 지금의 현실을 말한다.

서관에서는 인선의 공방과는 달리 진정한 영혼의 교감이 생성되지 않는다.

〈관내분실〉은 가상 테크놀로지가 발전된 미래에 마인드 업로딩을 통해 죽은 사람과 다시 만나는 SF소설이다. 정신을 이미지로 되살리는 사후 마인드 업로딩 기술은 추모의 관습을 바꾸어 놓았다. 사람들은 이제 묘지와 봉안당이 아니라 도서관을 찾는다. 도서관에서는 고인을 추모하는 대신 인덱스를 통해 이미지를 소환해 데이터를 건네며 소통한다.

〈관내분실〉에서 주인공 지민은 도서관의 인덱스를 잃어버려 어머니의 마인드와 만나지 못하게 된다. 관내분실이란 도서관 어딘가에 마인드가 존재하지만 만나지 못하고 사라져 버린 상태를 뜻한다. 어머니의 마인드는 분명히 관내에 있지만 접촉 방법을 상실해 존재가 없어진 것이다.

존재하되 존재하지 않는 관내분실은 실제 현실에서의 사람들 간의 소통 불가능한 상태를 연상시킨다. 관내의 어딘가에 존재하지만 실제로 만날 수 없는 상황은 오늘날 우울사회의 숨겨진 풍경이다. 우울증이란 진정성을 상실한 세상에서 아무리 손을 뻗어도 진짜로 영혼을 만나지 못하는 상태를 뜻한다. 생전에 우울증을 앓았던 어머니는 죽은 후에도 비슷한 상황에 처할 것으로 생각하고 인덱스를 없애버렸다.[32] 가족 관계가 화목하지 못했던 지민 엄마는 사후의 마인드 기술이 자신을 구원하지 못한다고 생각한 것이다. 그녀는 평생을 우울증으로 고생한 뒤에 사후의 도서관에서도 우울증의 상태로 존재하고 있었다.

그런데 그 같은 관내분실은 비단 우울한 지민 엄마만의 문제가 아니다. 사람들은 처음에 도서관이 만들어졌을 때 이제 데이터로 이식된 영혼을 만날 수 있다고 생각했다. 그러나 곧 마인드란 망자의 그럴듯할 재현일 뿐 진짜로 영혼과 만나는 것은 아니라는 견해가 많아졌다. 사람들은 영혼

---

32 지민의 어머니 은하는 아버지(현욱)에게 마인드를 만드는 것은 어쩔 수 없이 허용하면서 인덱스를 없애줄 것을 유언으로 부탁했다.

과의 재회를 기대하지만 매번 만나지 못하는 영혼의 관내분실을 경험할 뿐이다.

가상 비장소의 마인드가 영혼이냐 아니냐의 여부는 존재의 능동성의 문제와 연관이 있다. 설령 신체 없는 이미지와 만나더라도 능동적 정동의 교감이 느껴지면 그 교섭은 영혼과의 만남일 수 있다.[33] 스피노자는 영혼 이란 능동적 정동을 생성하는 윤리적 정신이라고 생각했다.[34] 능동적인 윤리적 존재는 물리적 몸이 없더라도 상호 신체적인 교감의 능력을 갖고 있다.[35] 물론 신체 없는 영혼이란 덧없고 무의미한 것일 수도 있다. 그러 나 자아는 자신의 신체에 스며든 타자의 정동과의 상호 신체성 속에서 타 자를 영혼으로 만날 수 있다. 예컨대 《작별하지 않는다》에서 정심은 신체 없이 경하와 상호 신체적 교감을 하며 경하의 입(신체)을 통해 말을 하고 있다. 이는 가상공간에서의 정심의 정동적 이미지가 경하의 뇌와 상호작 용하며 존재의 역능을 증대시키는 과정을 나타낸다. 능동적 정동이 생성 되는 그 순간은 수동적 삶을 강요하는 정동권력과 맞서는 윤리적인 시간 이다.[36]

반면에 단지 테크놀로지에 의해 업로드된 마인드에는 그런 상호 신체 적 교감을 통한 능동성의 생성이 없다. 데이터에 의존하는 가상 테크놀로 지에 없는 것은 필사적인 정동적 도약을 통한 존재의 능동성이다. 테크놀 로지적인 데이터와 인간의 순수 기억의 차이는 재현과 표상을 넘어선 후

---

33 선사시대 사람들은 동굴 벽화에 망자를 그린 후에 능동적 정동을 통해 그 이미지와 교감하며 영혼 과 만날 수 있었다.

34 스피노자의 영혼은 초월적인 형이상학적 개념이 아니라 물질적 신체와 교섭하는 내재원인적인 존 재이다. 죽은 사람이라도 산 사람과 능동적인 상호 신체적 교감을 하면 영혼으로 고양되지만, 재 현된 이미지로서 수동적으로 반응하면 도서관의 마인드에 그치게 된다. 이정우, 《개념-뿌리들》, 철학아카데미, 2004, 54쪽. 들뢰즈, 《스피노자와 표현의 문제》, 앞의 책, 345~389쪽. 424~431쪽.

35 영혼은 몸이 있어야만 생겨나지만 여기서는 지민(타자)의 엄마와의 상호 신체적 교섭이 타자인 엄마의 몸을 대신한다.

36 가상 비장소에서의 죽은 사람과의 상호 신체성을 통한 영혼의 교감은 선사 시대의 동굴벽화의 기 적을 부활시킨 것과도 같다.

자의 정동적 도약에 있다. 경하는 정심과 얼굴로 만날 수는 없었지만 그녀의 살아 있는 정동[37]을 상호 신체성을 통해 만날 수 있었다. 정심의 정동은 순수 기억[38]을 자극하는 실재적인 것이기에 만지는 몸 위에 만져지는 몸이 감기는 정동적 도약의 과정이 가능했던 것이다. 그처럼 가상 비장소에서 능동적 정동의 도약과 에로스적 교감을 느낀 경하와 달리, 도서관 관내에서의 마인드들과의 조우에는 예측 가능한 감성의 교환이 있을 뿐이다. 도서관에서 만나는 것은 정밀한 데이터의 상호작용이기 때문에 실재적 정동이 살아 움직이는 에로스적 도약의 과정이 없는 것이다.

더욱이 도서관에 업로드된 데이터는 수동적 정동을 강요당하는 신자유주의의 생활에 근거하고 있다. 그런 수동적 정동을 재현하는 이미지와의 교감은 존재의 능동성의 측면에서 봉안당의 추모에도 미치지 못할 수 있다. 도서관의 마인드들은 데이터가 분실되지 않았어도 이미 영혼이 분실된 상태에 놓여 있다.

〈관내분실〉은 그런 **영혼의 관내분실**을 자각한 지민이 존재론적 반전을 일으키는 이야기이다. 도서관을 찾는 사람들은 마인드와의 수동적 만남에 만족하며 영혼의 관내분실을 망각하고 있다. 반면에 인덱스를 상실해 마인드를 잃어버린 지민은 엄마의 존재 전체의 상실을 생각하게 된다.

우울증에 걸린 엄마와 잘 소통하지 못했던 지민은 평소에 엄마를 필요 없는 존재로 여겼었다. 그러다 자신이 임신을 한 후에 복잡한 마음속에서 엄마의 부재에 대해 생각하게 되었다. 지민은 임신한 사실이 달갑지 않았으며 뱃속의 아이에게 별로 애정이 가지도 않았다. 그러나 그것이 자신에게 사랑하는 엄마가 부재했기 때문이라고 여겨지자 이제 엄마의 존재 자체에 대해 생각하게 된 것이다.

---

37 스피노자는 죽음 후에도 신체의 본질의 관념은 남는다고 말하고 있다. 들뢰즈,《스피노자와 표현의 문제》, 앞의 책, 426쪽.

38 순수 기억은 정동을 데이터에 그치지 않고 살아 있는 실재로 만들어준다.

지민의 엄마 은하가 우울증에 걸린 것은 지민을 낳고부터였다. 북 디자이너였던 은하는 소리 없이 여성이 차별받는 사회에서 아이라는 족쇄에 걸려 직장마저 잃게 된다. 그리고 마치 자아를 매각당한 것처럼 '진짜 삶'을 잃고 '은하' 대신 '지민 엄마'로 살게 된다.

여성 차별은 정상적인 평범한 일상처럼 행해지기 때문에 여성은 마치 투명한 감옥에 갇힌 듯이[39] 일생을 살게 된다. 은하의 남편 현욱 역시 아내의 우울증을 이해하지 못했으며 그녀가 차별과 불평등에 시달렸음을 알지 못했다. 모든 것을 쓸모에 따라 판단하는 신자유주의에서 은하는 출산 이후 쓸모가 없어진 존재로 전락했다. 은하의 진짜 삶이란 자아의 실현인 동시에 타인과의 화해된 삶이었을 것이다. 그녀의 우울증은 존재감이 하락한 상태에서 세상과 화해가 불가능하다는 고통의 경험이었다. 신자유주의에서는 평범한 사람들도 존재감이 강등된 채 살아가지만 화려한 물건들에 둘러싸여 그것을 알지 못한다. 반면에 차별의 희생자인 은하는 인격성의 하락을 고통스러워하며 우울증에 시달리게 된 것이다.

우울증이란 심연에 에로스의 샘물이 남아 있지만 두레박이 닫지 않는 상태와도 같다.[40] 샘물이 마른 일상의 사람들은 무감각한 물건처럼 잘 살아가지만 우울한 사람은 소통의 단절에 고통스러워한다. 은하가 마인드의 인덱스를 없애줄 것을 부탁한 것은 사후에도 그런 고통이 계속될 것으로 생각했기 때문이다.

그 같은 상황에서 지민은 은하와 비슷한 처지가 되자 엄마라는 존재에 대해 생각하게 된 것이다. 임신한 그녀는 태아에게 애정이 생기지 않는 자신이 무언가 잘못된 상태임을 막연히 깨닫는다. 그리고 그것이 엄마의 부재에서 시작되었음을 알고 엄마라는 존재가 상실되어서는 안 된다고

---

39 박완서, 〈닮은 방들〉, 《부끄러움을 가르칩니다》, 문학동네, 2006, 286쪽. 박완서는 여성의 일상을 무기수와도 같다고 표현하고 있다.

40 하성란, 〈당신의 백미러〉, 《옆집여자》, 창비, 1999, 158쪽.

느끼게 된다.

지민은 도서관 직원에게 인덱스가 없어도 기억을 자극할 물건이 있으면 마인드의 소환이 가능하다는 말을 듣는다. 엄마는 별로 흔적이 남아있지 않았지만 그녀가 표지를 디자인했던 종이책이 아버지의 집에 있었다. 도서관에서 엄마가 아끼던 종이책 네 권을 스캐닝하자 마침내 김은하라는 인덱스 이름이 떠올랐다.

지민이 헤드셋을 착용하고 의자에 앉자 반쯤 등을 돌린 엄마가 나타났다. 엄마는 생전에 이따금씩 공기 중으로 사라져 버릴 것 같은 모습을 보였다. 그러나 가상공간에 다시 나타난 엄마의 모습은 어느 때보다도 선명했다. 엄마는 고개를 돌린 채 무슨 말을 기다리는 것 같은 모습을 보였다.

어떤 사람들은 마인드가 정말로 살아 있는 정신이라고 말한다. 어떤 이들은, 이건 단지 재현된 프로그램일 뿐이라고 말한다. 어느 쪽이 진실일까? 그건 영원히 알 수 없을지도 모른다. 그러면, 어느 쪽을 믿고 싶은 걸까?

"무슨 말을 하더라도, 그게 진짜로 엄마의 지난 삶을 위로할 수 있는 건 아니겠지만."

지민은 한 발짝 다가섰다. 시선을 비스듬히 피하던 은하가 마침내 지민을 정면으로 바라보았다. 지민은 알 수 있었다.

"이제……"

단 한마디를 전하고 싶어서 그녀를 만나러 왔다.

"엄마를 이해해요."

정적이 흘렀다. 은하의 눈가에 눈물이 고였다. 그녀는 손을 내밀어 지민의 손끝을 잡았다.[41]

인덱스를 거부했던 엄마가 다시 나타난 것은 진짜 삶의 기억이 남아

---

41 김초엽, 〈관내분실〉, 《우리가 빛의 속도로 갈 수 없다면》, 허블, 2019, 271쪽.

있는 종이책을 스캐닝했기 때문일 것이다. 또한 되돌아온 엄마의 이미지가 선명했던 것은 그녀의 기억을 찾으며 회생한 타자에 대한 열정이 진짜의 이미지와 교감한 탓이다. 진짜 삶의 기억이나 타자에 대한 관심은 쓸모에 고착된 시간을 넘어서서 순수 기억을 동요시킨다. 선적인 시간을 넘어선 순수 기억의 동요는 일상의 시간의 연장선에 있는 다른 마인드의 소환과 구분된다. 마인드의 소환은 고인과의 재회이긴 하지만 여전히 일상의 재현적 시간의 연장선에 있다. 반면에 순수 기억의 동요는 선적 시간의 회로를 넘어선 순간을 제공하는 점에서 일상으로부터의 존재론적 반전이라고 할 수 있다.

순수 기억의 동요는 상실한 전존재의 회생을 암시한다. 진짜 삶의 강렬한 기억은 단순한 과거의 한 점이 아니라 엄마의 존재의 핵심으로서 특별히 각인된 순수 기억이다. 지민이 그런 기억을 자극할 물건을 찾는 과정은 엄마와 자신의 심연의 두레박을 퍼 올리는 과정이었다. 순수 기억의 동요를 통한 둘의 만남은 그들의 존재를 능동적으로 고양시킨 점에서 스피노자적인 **영혼의 회생**이라고 할 수 있다.

위에서 '이해해요'라는 말은 비단 왜 엄마가 우울했는지 이해한다는 것에 그치지 않는다. 그보다는 엄마의 진짜 삶에 대한 이해, 즉 스피노자가 말한 내재원인의 인식을 뜻한다.[42] 그런 진짜 삶에 대한 이해를 통해 상호 신체적 교섭을 표현하는 것이 바로 사랑의 정동의 순간이다. 그것을 느낀 엄마의 눈물은 존재감이 하락한 상태에서 벗어나 능동적 정동으로 도약하는 순간을 표현하고 있다. 엄마의 눈물은 불현듯 그녀의 이미지를 마인드에서 영혼으로 전환시킨다. 그 순간은 지민이 가상 이미지와 우울한 현실의 틈새를 건너뛰는 도약의 순간이기도 하다. 엄마의 이미지는 신체가 없지만 지민과의 상호 신체적 교섭을 통해 수동적인 마인드에서 능동적인 영혼으로 고양되고 있다. 생전에 서로 만나지 못했던 두 사람은 가상

---

42 스피노자의 자유로운 영혼은 내재원인을 아는 존재이다.

비장소에서 존재론적 반전을 통해 진짜 삶으로서 만나고 있는 것이다.

이 소설은 일상에서 불가능했던 영혼의 회생이 도서관이라는 제3의 비장소에서 실현되는 반전을 보여준다. 당연히 테크놀로지를 통해 인덱스로 마인드를 찾는 데 그치는 사람들은 도서관에서도 현실에서도 영혼의 관내분실을 알지 못한다. 반면에 인덱스 대신 진짜 삶의 흔적을 통해[43] 가상 이미지와 만난 지민은 영혼과의 만남으로 도약하고 있다. 지민의 관내분실의 해소는 가상적 제3의 비장소와 현실의 순수 기억의 복수 코드적 합작품이라고 할 수 있다.

그런 존재론적 도약이 진정성의 잔여물이 심연에 남아 있는 **여성 타자**에 의해 실행되는 점은 매우 중요하다. 은하처럼 여성 타자는 '제도화된 우울증'(버틀러)에 취약하며 공기 중으로 존재가 사라질 위기에 처해 있다. 그러나 여성 타자의 우울증은 진정한 삶에 대해 질문하며 존재론적 반전을 통해 영혼의 회생을 소망할 수 있다.

《작별하지 않는다》가 경화와 인선, 정심의 여성의 연대를 보여준다면, 〈관내분실〉은 지민과 은하의 재회를 제시한다. 두 여성 소설을 관통하는 주제는 21세기의 화두인 사라진 타자와의 만남이다. 식민지 말 김남천 소설이 암시하듯이 여성 시점은 타자가 사라진 시대에 중요한 반격의 방법이 된다. 일생을 존재 상실의 위기에 시달리는 여성 타자는 진정성이 사라진 시대에도 진짜 삶의 흔적을 심연에 간직하고 있다. 그 때문에 영혼의 관내분실의 시대에도 불현듯 가상 비장소[44]에서 존재를 회생시키는 사건을 일으킬 수 있다. 타자의 상실을 경험하는 우울의 시대에 김남천이 여성의 방을 주목했다면 한강과 김초엽은 가상 비장소를 반전의 공간으로 제시하고 있다.

---

43 진짜 삶의 흔적을 통해 공감하는 것은 내재원인을 아는 순간인 동시에 대상 a를 작동시키기 시작하는 시간이라고 할 수 있다.

44 김남천 소설에서는 '여성의 방'이 그런 역할을 한다. 또한 한강과 김초엽이 복수 코드적 방식을 사용했다면 김남천은 대화적 상상력을 통해 경직된 현실에 대응했다.

오늘날에는 현실에서의 사건 못지않게 가상 비장소에서의 사건이 매우 중요하다. 그와 동시에 타자가 귀환하는 사건을 일으키려면 가상의 경험이 현실에 발 딛은 사람의 정동적 도약과 접합되어야 한다. 정동권력의 바이러스가 만연된 시대에는 가상 비장소에서 타자와 멀어진 채 가까워지며 증폭된 정동으로 현실의 존재 자체를 변화시켜야 하기 때문이다. 〈관내분실〉에서 어느덧 엄마는 도서관에 있는 동시에 지민의 심연에 생생하게 존재한다.《작별하지 않는다》와 〈관내분실〉은 그런 언택트 윤리의 방식으로 비장소와 비대면을 넘어서는 정동정치의 첨병들이다. 21세기의 정동정치란 타자와 '작별하지 않는' 것인 동시에 '관내분실'한 영혼들을 되돌아오게 만드는 것이라고 할 수 있다.

5. 평등을 실천하는 정동정치
   ─문화의 정치화와 내재원인의 네트워크

21세기의 비장소의 시대는 평등의 감성과 윤리적 정동을 상실한 세상이기도 하다. 이제까지 우리는 오늘날의 평등과 윤리의 상실이 타자가 추방된 시대의 비극임을 살펴봤다. 타자가 추방되면 경제적 차별이 존재론적 차별로 전이되면서 보이지 않는 비장소의 시대가 도래한다.

과거에 자유가 억압된 시대에 우리는 은밀하게 뒷골목에 민주주의의 이름을 썼다.[45] 그때는 곳곳에 민주주의의 이름을 쓰는 일이 비밀리에 물밑에서 연대하는 일이기도 했다. 특히 어두운 곳에 민주주의를 적는 행위는 어둠 속의 타자와 교감하면서 정동의 물결을 일으키는 것과도 같았다. 은밀히 민주주의를 외치는 시에 의해 어두운 뒷골목은 장소애의 공간이 되었다.

---

45 김지하, 〈타는 목마름으로〉,《타는 목마름으로》, 창작과비평사, 1982, 8~9쪽.

그러나 오늘날의 불평등의 시대에는 평등의 이름을 쓸 공간이 존재하지 않는다. 평등의 이름은 이름 붙여지지 않은 타자와의 사이에서 써져야 하는데, 존재론적 형벌을 받은 타자가 소리 없이 추방되었기 때문이다. 비장소의 시대는 진정성의 이름을 쓸 공간을 잃은 시대이기도 하다. 타자를 회생시키고 평등의 이름을 쓰기 위해서는 심연의 샘물을 퍼 올리는 정동적 사건을 일으켜야 한다. 우리 시대는 뒷골목과 변두리라는 장소애의 공간을 잃은 대신 은유와 언택트 문학, 가상 비장소를 새로운 정동적 사건의 공간으로 필요로 하는 시대이다.

　　정동적 사건이란 상실한 타자의 서사의 귀환이다. 새로운 문학과 문화를 통한 정동정치는 타자를 회생시키고 90%들에게 능동성을 부여해 존재의 물결을 부활시킨다. 바로 그 존재의 물결에 젖은 틈새가 평등의 이름을 쓰기 위한 정동정치의 신새벽의 공간이다.

　　정동정치는 흩어진 사람들이 다시 모이는 연대의 물결을 만드는 정치이다. 그런 물밑의 연대로서의 정동정치는 비판 매체 및 현장에서의 시민정치[46]와 결합해야 한다. 정동정치가 물결을 만든다면 비판 매체와 시민정치는 그 물결이 열어놓은 틈새에 평등의 이름을 새겨 넣는다. 그 순간이야말로 정동적 문화와 시민정치가 교섭하는 탈중심화된 유기적 블록이 만들어지는 시간일 것이다. 탈중심화된 유기적 블록은 정동과 이성을 결합하며 정동적 사건이 지상에서 메아리치는 운동을 가능하게 한다.

　　이 과정에서 평등의 소망을 실천으로 이끄는 힘은 **정동정치**의 실행에서 생성된다. 마르크스는 불평등성이 심화된 시대에 유럽의 도처에서 변혁의 유령이 출몰하고 있음을 목격했다. 그러나 우리 시대에는 일상과 거리가 조용한 대신 스크린(《기생충》, 《오징어 게임》)에서 유령이 먼저 출현하고 있다. 스크린과 문학의 유령은 일차적으로 우리의 감성과 정동에 존재

46　시민정치 역시 회생된 **타자**와 교감하며 체제에 대응하는 **이중주**의 정치이다. 과거에는 노동자 같은 사회적 타자가 역사의 주체로 나서는 민중운동을 강조해왔다. 그러나 우리 시대는 민중이 주체로 앞장서는 정치보다는 이중주로 실행되는 정동정치와 시민정치가 필요한 시대이다.

론적 충격을 주고 있다. 인식론적 자각과 프롤레타리아의 단결을 선동하면서 곳곳에서 유령이 출몰하던 시대는 지나갔다. 이제 아무리 이성적으로 비판하고 평등의 구호를 외쳐도 정동의 물결이 없으면 사람들은 움직이지 않는다.

오늘날 거리가 이상하게 조용한 대신 유령이 가상공간에서 먼저 등장한 것은 일상이 보이지 않는 수동적 정동에 점령당했기 때문이다. 미학적 가상공간은 거리에서 쫓겨난 정동적 유령이 배회하는 장소가 되었다. 가상공간의 유령은 일상의 거리에 만연된 불투명한 안개(수동적 정동)를 불안하게 응시하고 있다. 그런 정동적 응시는 오늘날의 불평등성의 문제가 과거와 달리 정동정치에서 대응이 시작돼야 함을 분명히 말해준다.

문학과 대중문화가 먼저 촉구하는 능동적 반전의 근거는 유령을 출몰시키는 무의식의 위치, 모두의 심연의 대상 a이다. 유령의 응시는 자본의 영원한 제국에 충격을 주는 부정의 방식으로 우리의 심연의 대상 a를 동요시킨다. 예컨대《오징어 게임》마지막 장면에서 성기훈의 유령 같은 응시는 시즌 2를 예감하게 하며 심연의 대상 a를 자극한다. 가상의 유령은 깊은 잔여물 대상 a를 작동시키는 도전적인 서사와 은유, 문학과 문화가 필요함을 암시하고 있다.

이 같은 정동적 무의식의 출현은 정치의 현주소를 말해준다. 수동적 젤리로 연대와 실천을 얼어붙게 하는 시대는 은유로 금빛 전류를 생성하는 정동의 정치화를 절실히 필요로 한다. 정동의 정치화는 정치적 변혁의 회생을 위해 은유와 담론, 문학과 미학을 통한 투쟁을 요구하고 있다. 그 점에서 정동정치는 과거의 전사 대항 헤게모니의 역할을 이어받은 **문화의 정치화**[47]이기도 하다. 가령《오징어 게임》에서 성기훈은 노동운동에 참여

---

47 문화의 정치화는 벤야민의 예술의 정치화의 **확대된** 형식이라고 할 수 있다. 문화의 정치화가 의미하는 것은 문학과 예술뿐 아니라 대중문화 및 다양한 매체와 가상적 테크놀로지를 포함하는 영역에서 능동적 정동을 증폭시키는 정동정치가 필요하다는 것이다. 우리 시대에 문화의 정치화가 필요한 이유는 정동권력의 의해 무의식과 정동이 식민화되어 아무리 불만이 쌓여도 비판적 연대가

했었지만 과거와 달리 노동운동 문화는 대항 헤게모니의 힘을 얻지 못한다. 정동정치는 성기훈이 사상을 앞세우지 않은 채 어떻게 우리의 정동을 자극해 동요를 일으킬 것인지 질문한다. 정동적인 문화의 정치화는 사상의 아우라가 사라진 시대에 헤게모니를 대신해 다시 한번 쓰러진 사람들을 일으키려는 존재론적 모험이다.

문화의 정치화는 수동적 정동을 앞세운 우리 시대의 존재론적 권력에 대한 반격이다. 존재론적 정동권력은 식민화된 문화를 통해 정동과 무의식을 예속화하는 **정치의 문화화**이기도 하다. 정치적 변혁이 무력화된 시대는 권력과 저항이 정동과 문화의 영역에서 최초로 충돌하는 시대이기도 하다. 정치적 행위자가 직접 나서기보다는 대상 a를 둘러싸고 정동과 문화의 영역에서 전쟁이 벌어지고 있는 것이다. 문화의 정치화가 대상 a를 동요시키는 전략이라면 정치의 문화화는 대상 a가 작동되는 듯 보이게 만들어 사람들을 침묵시키는 방식이다. 문화의 정치화와 정치의 문화화는 쓰러진 사람들을 일으켜 세우는 정치와 차별을 견디며 가만히 있게 만드는 권력의 대결이기도 하다. 양자는 《오징어 게임》에서 성기훈의 노숙자의 응시와 '오징어 게임'을 감상하는 권력자와의 대치로 비유될 수 있다.

사람들을 침묵시키는 정치의 문화화는 정동을 식민화하는 존재론적 권력이며 그 핵심적 증상은 타자의 추방이다. 타자를 앱젝트(《기생충》)와 희생자(《오징어 게임》)로 만드는 오늘날의 정동의 식민화는 식민지 시대의 '묘지'(〈만세전〉)의 세상과 비슷한 점이 있다. 그러나 공간적 식민지 시대에는 기차간에서, 뒷골목에서, 술자리에서 타자와 만나는 일이 가능했다. 반면에 정동이 식민화된 시대의 타자는 더 보이지 않는 곳으로 추방되어 버렸다. 캐슬의 꿈을 꾸게 하는 권력이 수동적 정동(젤리)을 퍼뜨려 타자를 외면하게 만들었기 때문이다.

해체되고 사람들이 움직이지 않게 되었기 때문이다.

신자유주의의 정동의 식민화는 《스카이 캐슬》과 《보건교사 안은영》에서처럼 수동적 정동(젤리)을 유포시키는 일상에서 정점에 이른다. 예서 책상과 교육 코디에서, 스마트폰과 유튜브에서, 출생의 비밀과 신데렐라 드라마에서, 캐슬을 꿈꾸고 타자를 망각하게 하는 수동적 정동의 흐름이 퍼뜨려지는 것이다. 사람들은 캐슬의 환상을 대상 a의 작동으로 혼동하기 때문에 타자성의 망각 속에서 불평등성을 변화시키려는 행동에 나서지 않는다.

권력은 스피노자의 윤리론이 정동정치의 밑그림임을 간파하고 선제적으로 변질된 기획을 실행하고 있다. 새로운 정치의 문화화는 스피노자의 정동론을 납치한 전략을 보다 적극적으로 사용한다. 스피노자는 고통의 원인을 부분적으로만 알 때 수동적 정동 속에서 외적 체제에 예속된다고 말했다. 오늘날의 정치의 문화화는 부분적으로만 원인을 알게 만들고 총체적 요인은 보이지 않게 하면서 우리를 수동적 정동에 예속시킨다. 첨단의 진화된 정동적 권력은 사람들의 욕망을 현혹하면서 문제를 대신 해결해준다는 환상을 만들어낸다. 납치된 정동은 원인을 호도하는 방식으로 우리의 존재를 권력에 순치시키는 서사로 돌아온다. 캐슬화된 권력은 사건의 실체(원인)를 보여주는 대신 무의식적 잔여물을 자극하는 적당한 안줏거리(대상 a의 대리물)를 던져준다. 대상 a의 대리물에는 술자리에서 씹어대는 범죄자의 가십에서부터 《오징어 게임》의 '돈통' 같은 환상물에 이르는 다양한 정동적 장치들이 있다.

최고의 시청률을 자랑하는 주말드라마 역시 불평등한 사회를 그대로 놔둔 채 대상 a의 욕망을 대리적으로 채워주는 잉여 향락이다. 오늘날은 그런 드라마가 TV뿐 아니라 현실 자체에서도 곳곳에서 연출되고 있다. 정치의 문화화의 시대는 권력이 기획한 각본이 시각 매체와 일상 자체에서 **두 개의 드라마**로 연출되는 세상이다.

주말드라마와 현실의 드라마가 만드는 잉여 향락은 술자리의 안줏거리처럼 평등의 열망(에로스)을 대신해서 잔여물이 해소됐다는 환상을 갖게 한다. 그 같은 환상은 불평등성의 세상을 견딜 만한 세계로 성형하며 차별받는 타자를 망각하게 만든다. 타자의 상실은 이중주로만 연주되는 대상 a의 상실이기도 하다.[48] 심연 속의 대상 a가 망각되면 윤리적 욕망과 원인(내재원인)을 밝히려는 열망이 약화되면서 수동적 정동이 만연된다. 수동적 정동을 유포하는 드라마들은 희생자의 잔여물에 대한 공감과 내재원인을 밝히려는 열망을 모두 사라지게 만든다. 이것이 스피노자의 정동론이 납치당한 정치의 문화화 시대의 일상적 풍경이다.

대상 a와 타자를 망각하게 하는 정치의 문화화는 TV와 현실의 드라마에 그치지 않는다. 경제 전쟁과 상품 전쟁이야말로 불평등성을 그대로 둔 채 사람들을 상상적 세계로 호명하는 정치의 문화화이다. 경제 전쟁은 불평등성의 주역인 강대국이 차별의 구조는 그대로 둔 채 어벤저스 같은 정의의 무리에 가담하길 촉구하는 시나리오이다. 또한 상품 전쟁은 '인간이 꿈꾸고 기술이 실현하는' 아름다운 세상을 위해 비장소로 추방된 타자를 영원히 망각하게 만든다. 오늘날의 테크놀로지의 놀라운 발전은 경제 전쟁과 상품 전쟁을 선동하면서 희생된 타자의 망각에는 아무런 관심이 없다.

이런 타자의 망각의 비극은 미학과 문화의 타자성의 반격이 부진한 상황과 직결되어 있다. 특히 오늘날 테크놀로지적 창안이 상품의 신화에 매혹당해 메이저 문화 장르를 잉태하지 못한 결과에 상응한다. 진화한 테크놀로지가 경제 전쟁과 상품 전쟁에 총동원되는 흐름은 미학과 문화에서 위대한 장르가 유산된 증상과 표리를 이룬다. 지금까지 기술의 발전이 자본에 의해 전유되어 온 반면 미학은 타자의 위치에서 자본을 견제하는 역할을 해왔다. 그러나 테크놀로지와 미학의 조응은 기계 예술의 시대에 깨

---

48 대상 a는 제임슨과 라클라우가 역사적 주체를 대신해서 말한 실천적 순수 욕망(윤리)의 원인이다. 순수 욕망은 대상 a에 대한 열망으로서 나르시시즘적 욕망과는 달리 윤리적으로 작용한다.

지기 시작해서 가상적 기술의 시대에 가장 균열이 심화되었다. 문자 테크놀로지가 소설을 창안했고 기계 예술이 영화를 생산했지만, 전자매체와 인공지능 테크놀로지에는 어떤 위대한 미학도 없다. 변혁운동의 황금기에는 소설과 대중문화가 타자와 교감하며 90%들을 연대시키는 물결을 일으킬 수 있었다. 반면에 오늘날은 TV와 스마트폰에서, 인터넷에서, 제국의 기지에서, 어벤저스의 모험 같은 이미지 전쟁이 정치의 문화화를 위해 봉사할 뿐이다. 슈퍼 히어로가 문제를 대신 해결해주는 어벤저스의 모험은 사라진 타자를 더 보이지 않게 만들면서 강대국의 캐슬을 위해 헌신한다.

이런 테크놀로지와 실재의 윤리 사이의 불일치를 해소하려면 다중적 매체의 연대를 통한 문화적 반격이 필요하다. 부재하는 메이저 장르 대신 문화적 네트워크의 반격이 절실한 것이다. 오늘날 문화 강국이 된 우리는 부지불식간에 제국의 헤게모니를 돕는 하위 제국의 역할을 얼마간 하고 있다.[49] 상당수의 K팝과 K드라마는 범코리아와 범아시아에서 정치의 문화화에 봉사하고 있다. 다만 오늘날의 정치의 문화화는 헤게모니보다 더 표시가 나지 않고 매우 은밀히 실행된다. 그처럼 내밀하게 문화를 식민화하는 것이 정동권력이며, 그에 대한 미시적 반격이 바로 문화의 정치화이다. 문화의 정치화는 일상생활의 잠재적 변혁운동인 동시에 적과 서로 떨어진 채 격돌하는 문화적 진지전이다. 일상이 소리 없는 전쟁터가 된 시대[50]에 새로운 진지전을 관류하는 것은 정동정치와 다중적 매체의 연대이다. 오늘날에는 정치의 문화화를 위해 제국과 하위 제국이 제휴하는 대신 문화의 정치화를 위해 소설과 영화, 스마트폰이 연대해야 한다.

구체적으로 순화된 K문화를 넘어서서 정치적 무의식의 무기로서 K문

---

49 Jin-kyung Lee, "Visualizing and Invisualizing the Subempire", *Journal of Korean Studies* 23, no.1, 2018. 3.

50 우리 시대는 제임슨이 말했듯이 최초의 격돌이 수면 밑에서 이루어지는 시대이다.

학과 K비판문화가 필요할 것이다. 전자가 자본과 권력이 결합한 과잉 네트워크의 일부라면 후자는 또 다른 연결 관계(내재원인)를 작동시키는 은유적 네트워크의 반격이다. 오늘날은 '납치된 스피노자'와 '혁신된 스피노자'가 권력과 저항 양쪽에서 소리 없는 전쟁을 치르는 시대이다.

스피노자의 내재원인의 네트워크는 다양한 매체들의 연대로 활력을 얻는다. 새로운 스피노자는 가상의 무기들의 네트워크를 통해 타자를 회생시키는 정동정치를 실행한다. 이제 대면 공간은 《보건교사 안은영》이 폭로했듯이 제국과 하위 제국이 만든 젤리들에 점점 포위되어 가고 있다. 오늘날은 문학의 폭설 대신 정동권력의 젤리들이 난무하는 시대이다. 메이저 미학이 없는 우리에게 남아 있는 대항 방식은 금빛 전류를 생성하는 언택트 무기들의 네트워크이다. 안은영과 홍인표가 손을 잡듯이 소설, 영화, 다큐, 동영상이 교류하며 비비탄총(언택트 무기)으로 젤리를 물리치고 비장소로 추방된 타자들을 귀환시켜야 한다.

자본주의를 바꾸기 위한 이런 정동정치의 주장은 진리의 인식이나 경제구조의 변혁보다 실감나지 않을 수 있다. 마르크스 역시 정치와 경제를 중시했으며 경제적 토대를 강조했다. 그러나 경제적 토대를 바꾼다고 곧바로 세상이 바뀌지는 않는다.[51] 또한 진리의 인식에 기초한 정치 역시 저절로 사람들을 움직이게 하는 것은 아니다. 그것을 입증하듯이 평등과 정의가 짓밟히는 시대에 아무도 거리에서 분노한 유령을 보지 못하는 것이 오늘날의 수수께끼 같은 진실이다.[52] 자본주의의 제1의 증상에 이어 제2의 증상이 발생한 현실에서는 거리의 유령 대신 정동정치의 유령이 여러 매체에서 배회하고 있다. 모욕과 굴욕을 당한 사람들은 서사적 주인공도 역사의 주체도 되지 못한 채 재난을 당한 지하 공간을 떠돌고 있다.

---

51 과거 현실 사회주의의 실패는 그 점을 실감나게 입증하고 있다.

52 정동의 물결이 일지 않으면 아무리 현실 인식을 강조하고 이성적으로 계몽해도 사람들은 행동에 나서지 않는다.

마르크스는 "만국의 프롤레타리아여 단결하라, 그대들이 잃을 것은 쇠사슬뿐이다"라고 말했다.[53] 또한 1970~80년대의 민주화 시대에 우리는 거리와 광장에서 민중들의 연대를 외쳤다. 그때에는 인식론을 앞세운 사상이 진리를 실천하고 사회를 변혁한다고 믿었던 것이다. 그러나 지금은 프롤레타리아도 민중도 사라진 시대이다. 또한 소설의 위력도 사상의 신념도 눈에 띄게 약화된 시대이다.

타자가 추방된 오늘날은 위험한 소설은 물론 세상을 바꿔야 한다고 외치는 어떤 사상도 보이지 않는다. 작가와 사상가의 침묵은 타자의 상실의 직접적 산물이다. 한때 사상을 실천하는 행위자였던 프롤레타리아와 민중이라는 존재 자체가 소멸해버린 것이다. 오늘날은 불평등과 차별은 있지만 타자가 난민의 홍수 속으로 사라져 비판 사상이 난파당한 재난의 시대이다. 재난 시대의 타자는 《기생충》의 반지하의 난민처럼 스크린에서만 극단에 몰린 유령으로 출몰한다.

이런 시대에는 마르크스의 공산당 선언을 이중주의 연주로 변주시켜야 한다. 과거의 인식론적 사상의 선언은 타자를 회생시키는 이중주[54]의 존재론적 물결로 대체되어야 한다. 쓰러진 타자와 교감하는 이중주에서 재작동되는 것은 역사적 주체가 아니라 대상 a와 내재원인이다. 내재원인이 동요하는 순간 타자가 돌아오고 90%들이 신체를 능동적 존재로 회생시키며 사상을 부활시키게 된다. 그런 존재론적 이중주를 위해, 사상에 앞서 문학과 문화, 비판 매체의 연대를 통해 존재를 능동적으로 만드는 것이 바로 정동정치이다.

문학과 사상이 밀접한 관계에 있었던 때는 행복한 시대였다. 민족주의와 사회주의의 전성기 식민지 시대와 민족문학론이 주장되던 1970~80년대가 그런 세계였다. 그때에는 사상이 문학과 공조하며 심연에서 정동의

---

53 마르크스 엥겔스, 이진우 역, 《공산당선언》, 책세상, 2002, 60쪽.
54 예컨대 희망버스에서 "우리가 김진숙이다"라는 구호는 존재론적 물결을 일으키려는 시도이다.

물결로 일렁이면서 사람들을 움직이게 할 수 있었다.

그러나 지금은 사람들이 수동적 정동에 포위되어 사상이 신체 안으로 스며들지 않는다. 이제 사상과 문학의 공조는 해체되었다. **사상 없는 문학**과 **문학 없는 사상**은 시장에서 소비되거나 신체에 흡수되지 않은 채 공허하게 책갈피를 떠돌 뿐이다.

이런 '고요한 세상'에 대해 제임슨은 사상적 기획(대서사)이 무의식의 차원으로 이동한 때문이라고 말했다. 정치의 문화화는 머뭇거리는 사상이 되돌아오지 못하게 무의식을 조작하는 권력의 하수인들이다. 그 때문에 사상이 생생하게 신체를 움직이는 물결로 귀환하게 하려면 문화의 정치화와 정동적 무의식의 반격이 필요하다. 지금은 사상의 구호보다 먼저 **정동의 물결**이 일어나야만 사람들이 움직이기 시작한다. 사상은 실체를 잃은 채 낡은 책 페이지에서 떠돌고 있기 때문이다. 능동적 정동은 그런 공허해진 사상의 껍질을 채우는 살아 있는 알맹이다. 정동의 물결에 의해 사람들이 다시 움직여야만 명목만 남은 진실과 정의, 사상이 부활할 수 있다.

피케티는 존재론적 불평등의 세상에서 '사회주의가 시급하다'고 외쳤다. 그러나 그가 제안하는 다양한 제도 개혁은 '시급성'의 표현인 동시에 '실천'의 의문성을 동반한다. 피케티는 사회 변혁을 위해서 새로운 사회를 머릿속에 그리고 그것을 지칭할 말을 찾아야 한다고 말한다.[55] 이는 실상 변혁운동의 황금기에 우리가 현실에서 과감하게 실행했던 일들이다. 그러나 피케티가 간과한 것은 사상이란 타자와 교감하는 윤리적 정동을 통해서만 실천적 물결이 된다는 점이다.[56] 타자가 추방된 오늘날은 피케티의 제안만으로는 무의식 속에서 서성이는 사상을 돌아오게 할 수 없다. 문학의 폭설도 사상의 홍수도 없는 시대에 추운 거리에서 열광하는 사람

---

55 피케티, 이민주 역,《사회주의가 시급하다》, 은행나무, 2021, 11쪽.

56 우리는 이점에 대해서 4장에서 자세히 살펴봤다.

은 아무도 없다. 젤리로 인해 비장소로 추방된 타자가 귀환하지 못하면 시급한 사상 역시 돌아오지 않는다. 정동의 물결이 없다면 명목만 남은 이론은 추방당한 타자도 사상도 움직이지 못한다.

비판적 사상의 시급한 귀환은 끈질긴 정동정치의 수행이 전제되어야 한다. 긴급한 기후 위기의 대처에 지난한 노력이 필요하듯이, 시급한 불평등의 어둠을 해소하기 위해서도 끈기 있는 진지전이 요구되고 있다. 불평등성을 영속화하는 정동권력을 해체하기 위해 꼭 필요한 그 새로운 진지전의 이름이 바로 정동정치이다. 정동정치의 진지전이란 자본과 권력의 과잉 네트워크에 대항해 내재원인을 작동시키는 문화적 네트워크의 반격이다.

정동정치는 사람들이 능동적으로 모이고 움직이게 만든다. 과거에는 사상이 물결을 만들었지만 지금은 정동의 물결이 사상을 회생시킨다. 정동적 물결의 생성은 진지전처럼 시간이 걸리지만 일단 물결이 일어나면 한순간에 변화가 시작된다. 정동정치는 실천의 무기이며 안개에 휩싸인 정의와 윤리를 부활시키는 금빛 전류이다. 금빛 전류가 생성되면 학생들을 옥상으로 내모는 젤리를 물리치는 싸움이 시작된다. 또한 힘없는 사람들의 중추신경을 파괴하는 음파 소음에 맞서는 저항이 물결친다. 그런 정동 전쟁에서 희미했던 전류가 증폭되기 시작할 때 아무리 두드려도 응답이 없는 빈집의 사람들이 돌아온다. 또한 공장 안의 굉음에 짓눌려 보이지 않던 불안 노동자가 눈부신 이미지로 회생한다. 그 순간 '존재의 오류를 교정하라'고 호소하며 눈가루로 사라져갔던 사람이 돌아온다. 이제 불현듯 '외진 곳'의 타자가 귀환하면서 네모집을 밝혔던 크리스마스트리가 전 지구에 점등되기 시작한다. 그와 함께 사라진 타자들과 '작별하지 않는' 정치적 문화가 우울한 '관내분실'을 역전시키며 사랑의 정동의 물결로 돌아온다.

찾아보기

ㄱ

가라타니 고진 233, 234, 235

가상 네트워크 494

가상 비장소 492, 493, 494, 496, 524

가상 비장소 사건 497

가상공간의 유령 541

감성의 분할 48

감성의 오류 423, 426

감성적 불평등성 6, 348

감성적 불평등성의 사회 365, 389

감성적 회유 140

감정 8, 9, 27~33, 31

감정 자본주의 47, 49

감정의 상품화 59

〈개홀레꾼〉 292~296, 317~324

《거짓말의 거짓말》 124~129

〈경영〉 171, 179, 184, 196~213

경제 전쟁 544

계급적 효과 55

계급 효과의 고착화 59

〈고래사냥〉 92, 253

《고리오 영감》 120

《고백록》 114

고야마 이와오 165

고착화된 계급사회 86

《공산당 선언》 241

공산주의의 유령 50

과잉 네트워크 442~444, 471, 472

과잉 네트워크 사회 469

《관내분실》 514, 531~539, 538

구어체 337

구조화된 불평등성 87

권여선 406

규율권력 42, 48, 53, 54, 505, 507, 508

그람시, 안토니오 13

〈그리운 동방〉 324~331

금수저 자본주의 119

《기생충》 5, 6, 7, 13, 51, 54, 72, 147, 348, 356, 392, 434

길 없는 길 481, 490, 491, 492, 496, 502

김낙년 134

김남천 13, 171, 177~216, 538, 539

김선우 217, 218
김소진 287, 288
김의경 473
김지하 88
김초엽 531
김탁환 477

ㄴ

난민 470
《난장이가 쏘아올린 작은 공》 95, 253,
　436, 453
〈남매〉 184
〈남편 그의 동지〉 177
〈낭만적 사랑과 사회〉 121
《낭비》 183~196
낯선 두려움 170
〈내 마음의 옥탑방〉 148~150
〈내 여자의 열매〉 149~150, 362, 363,
　415, 515, 516
《내부자들》 62
내재원인 9, 10, 64, 66, 97, 106, 176, 203,
　211, 236, 240, 241, 245, 247, 255, 467,
　486, 547
내재원인의 망각 169, 170, 510
내재원인의 인식 537
노동계급의 분열 315
〈녹성당〉 179
〈녹천에는 똥이 많다〉 341, 348
능동적 정동 14
능동적 정동의 감염력 212, 257
능동적 정동의 귀환 60
능동적 정동의 이중주 46

능동적 체관 201, 213
능력주의 90
니체, 프리드리히 14, 30

ㄷ

다중적 매체의 연대 546
〈당신을 보았습니다〉 103~105
대리보충 113, 270
대상 a 63, 93, 106, 107, 238, 249, 355,
　385, 394, 399, 541, 547
대상 a 논리 353
대상 a의 대리물 63
대상 a의 위상학 64, 65, 66
대상 a의 은유 39, 500
대체 불가능한 불평등성 85
대항 헤게모니 13
대화저 무의식 199
대화적 여성 시점 209
데리다, 자크 112, 113, 270
《동감》 16, 152~153
《동백꽃 필 무렵》 115
들뢰즈, 질 7, 8
디스커넥트 인간형 74
《DP》 357, 393
떨어짐과 만남의 미학 291

ㄹ

라캉, 자크 64, 107
라클라우, 에르네스토 13, 107, 353~355
〈러브호텔〉 218~219
《레몬》 16, 404~406, 406~415
레비나스, 에마뉘엘 10, 11, 66, 112, 246

루카치, 게오르그 231, 340
리얼리티의 회생 528

ㅁ

마르크스, 카를 7, 127, 143, 234, 241,
　242, 390, 541, 547
마수미, 브라이언 7
〈맥〉 171, 174, 179, 184, 196~213, 221
모더니즘의 나체 187
모랄 171~177, 189, 200
목숨을 건 도약 81
〈몰개월의 새〉 113, 273~279
몸의 기억 337
〈몽고반점〉 415
무의식의 식민화 87, 88, 151
〈무자리〉 184
무증상 자본주의 143, 144
무한성의 윤리 249
무한의 네트워크 252
무한의 윤리 10, 11, 279, 356, 495
문정희 218
문화의 정치화 542, 546, 548
물 위의 도시 209
〈물건들〉 513
〈물의 처녀〉 220
미각의 연대 337
미시권력 41, 509
미시권력의 공모 53
미시 이미지 400
미시 이미지의 흐름 402
미시 이미지론 401
미학적 도약 528

〈민둥산〉 218
민중 소설 287, 290, 297

ㅂ

〈바다취조실〉 355
바디우, 알랭 109
박상우 147, 291
박선영 14
반복운동 160, 302, 311
반복운동의 비밀 161
반복의 무한성 497
반복충동 320
반세습의 은유 125
《반짝반짝 빛나는》 122
배수아 347
《버닝》 6, 7
벌거벗은 생명 43, 249
벌거벗은 얼굴 44, 45, 249
벌거벗은 얼굴의 상실 57, 352
〈벌레들〉 453
베르그송, 앙리 30, 401, 452
베르그송의 유물론 400
벤야민, 발터 141
변두리 286, 289
변두리 소설 287, 288, 290, 297
변두리의 카니발 313, 344
〈변신〉 421
변혁운동의 황금시대 225
변혁의 유령 5, 541
〈별을 세는 남자들〉 288, 335~344
《보건교사 안은영》 39, 40, 48, 50, 51,
　349, 361, 363~375, 392, 399, 473, 522

복수 코드적 미학 526
부재원인 107, 112, 242, 257, 260, 395, 491
부재원인의 서사 395
부재의식 189, 200
부재의식의 극복 204
불평등성의 트라우마 81
불평등성의 회귀 84
〈비 오는 날이면 가리봉동에 가야 한다〉 298, 303~306
비대면의 은유적 윤리 499
비식별성의 권력 42
〈비운의 육손이 형〉 325, 331~333
비장소 433, 434, 435, 441, 443, 447, 451, 458, 475, 492, 507, 508, 512
비장소에서의 윤리적 모험 501
비장소의 비극 513, 514, 517
비장소의 시대 514
비장소의 역설 444
비표상적인 사유 402
〈빈집을 두드리는 이유〉 473~477

ㅅ
사건 28, 109, 110
사건으로서의 공백 110
사랑 34
〈사랑의 불시착〉 115~117
〈사랑의 존재〉 111~113
3·1운동 251
〈삼포 가는 길〉 253, 469
상품전쟁 544
상호 신체성 9, 52, 336, 534

상호 신체성의 갈망 337
상호텍스트성 201
생명권력(생명정치) 43, 249, 506, 508
〈샤갈의 마을에 내리는 눈〉 147~148, 291, 522
서발턴 227, 283
서발턴의 구어체 소설 334
서발턴의 재발견 324
서발턴의 카니발 343
선물 277
선제적 가능성 497
〈성벽〉 261~266
세습 자본주의 59, 84
세습 중산층 140
세월호 사건 65, 160, 477, 478
소낙눈 사진 72~75
〈소년행〉 184
송경동 355, 478
《쇼룸》 473
수행적 과정 231, 283
수행적 서사 232
순수 기억 31, 151, 384, 452, 520, 522
순수 기억의 동요 537
순수 기억의 드라마 522
순수 기억의 소우주 314, 321, 324
순수 기억의 유출 408
순수 기억의 잔여물 155
《스카이 캐슬》 37, 38, 89, 122, 349, 434
스피노자, 바뤼흐 7, 9, 10, 11, 14, 25, 33, 61, 64, 66, 107, 236, 243, 500
스피노자의 자유 97, 98
스피노자의 존재론 99

스피박, 가야트리 283

시각적 권력 55, 57

시각적 차별 55

시간의 식민지 151

시간 환상 16, 151

《시그널》16, 153~156

시뮬라크르 70, 156, 157, 158, 357

《시월애》16, 151~152

식민지적 공백 110

신자유주의 57, 138~140, 359, 468

신자유주의의 증상 12, 390

신체검사 172, 190, 194

신체적 무의식 172, 174, 191, 194

실재계 64, 243

실재계로의 전회 258

실재계와 연관된 서사 64

실재계적 대상 a 358, 491

심리와 사회의 관계 192

심정과 사회의 분열 209

ㅇ

〈아, 하세요 펠리컨〉160~161, 362, 363

아감벤, 조르조 42, 43, 44, 146, 249

〈아침이슬〉253

〈안내자〉405, 406, 422~429

〈알 수 없어요〉105~107

알튀세르, 루이 240

애무 112

앱젝트 217, 227, 248

양귀자 287, 288

양극화된 사회 53

《어느 가족》5

언택트 사랑 117, 156, 159, 161, 375, 419,
    15, 71, 95, 145, 147

언택트 윤리 71

언택트 포옹 398

얼굴 없는 인간 15, 18, 146

얼굴 없는 정신 401

얼굴 팬츠 147

얼굴을 넘어선 정동 398

얼굴의 사랑 400

에로스 34~38, 260, 269

에로스 효과 35, 52, 228, 230, 236, 247

에로스적 도약 534

《에밀》114

엘뤼아르, 폴 79, 106

여성 타자 174, 175, 177, 538

여성의 방 175, 201, 205, 218, 539

《여신강림》51, 473

역사의 동인 248, 257

역사의 미로 170, 348

연대의 물결 358, 540

연대의 상실 358

《열린 사회와 그 적들》290

〈영자의 전성시대〉266~272

예외상태 42, 53, 505~510, 506

《오! 삼광빌라》122, 351

오제, 마르크 442, 445

《오징어 게임》6, 7, 144, 348, 356, 392,
    541, 542

〈옷과 밥과 자유〉100~102

《왕룽일가》290

〈외진 곳〉13, 436, 449~461, 491

《용균이를 만났다》68~70, 515, 516, 525

〈우리 모두가 세월호였다〉 478

우울 15, 409, 535

우울사회 532

우울의 시대 539

《원미동 사람들》 287, 290

〈원미동 시인〉 298

원효 97

〈월드 피플〉 13, 491, 439~440, 461~468

월러스틴, 이매뉴얼 5

위험천만한 대리보충 114

위험천만한 언택트 사랑 115

U자의 양극단의 세상 167

《윤리 21》 233

윤리의 이중주 68, 525, 526

윤리의 정치화 83, 500

윤리적 정동 82, 172

은유 488, 499, 500

은유로서의 난민의 시대 471

은유로서의 정치 14, 250, 252, 479, 488,
    499

은유적 난민 471

은유적 윤리 491, 492, 494, 496, 497, 499,
    500, 501, 514, 515

은유적 재난 시대 492, 499

은유적 정치 357, 393

은유적인 저항 426

《응답하라 1988》 54

응시 249, 250

응시의 자의식 263

이데올로기 269

이데올로기의 기제 264

이데올로기적 스크린 263

이리가레이, 뤼스 213

이상한 고요함 18, 145, 363

《이상한 변호사 우영우》 91~93

이상한 타자 93

21세기의 정동정치 539

이재웅 422, 461

이창동 341

〈인간에 대한 예의〉 286

인간의 비밀 66

인격성의 차별 56

인공지능 9, 401

인문학의 위기 167

인식론적 단절 242

인연의 끈 486

일상의 난민 473

일상의 재난 478

일신상의 진리 172, 174, 209

일심의 바다 97, 98

잉여 향락 64, 544

ㅈ

자기원인 234, 242

《자본론》 127, 128, 242

자본주의의 황금기 84

자아와 타자의 이중주 255

자연과 조화된 자유 99

자연의 복수 509

자유 79, 106

자유의 윤리 97

〈작별〉 404~406, 415~422, 521~522

《작별하지 않는다》 514, 538

잠재적 비장소 473

잠재적 사건 109
《장석조네 사람들》 290
장소애 441, 469, 500
장은진 436, 451, 468
재난 시대의 권력 478
재난 시대의 타자 547
재현 불가능성 292, 295, 309, 314
재현 불가능한 상호신체성 327
재현 불가능한 서발턴 318, 321
재현 불가능한 잔여물 333
재현 불가능한 정동 321, 329
재현을 넘어선 언어 284
재현의 서사 318
절차적 공정성 89
정동 8, 9, 25, 27~33
정동권력 41, 46, 48, 81, 505, 507, 508, 509, 512
정동의 식민화 11, 36, 46, 60, 62
정동의 정치화 541
정동적 감염력 10, 195, 210, 227, 230, 279
정동적 도약 528, 534, 539
정동적 리얼리즘 528, 529
정동적 무의식 541, 548
정동적 사건 501, 540
정동적 식민지 58, 60
정동적 유령 6, 50, 541
정동적 윤리 10
정동정치 7, 13, 14, 83, 87, 353, 356, 488, 499, 542, 546, 548, 549
정세랑 366
정언명령 234

정진영 364, 375
정치의 문화화 542, 544, 545, 548
정치적 인간학 83, 500
제1의 증상 390, 454, 547
제2의 증상 12, 18, 144, 390, 454, 547
제2의 현실 185
제3의 비장소 446, 492, 493, 496, 497, 497, 498, 514, 515, 521, 524
제3의 비장소의 모험 514
제임슨, 프레드릭 64, 107, 242, 257, 295, 491, 548
〈제퇴선〉 184
조선작 261
조현철 14, 393
존재론적 권력 86
존재론적 도약 538
존재론적 리얼리즘 488
존재론적 불평등성 391
존재론적 사건 477, 484
존재론적 소설 297
존재론적 오류 389
존재론적 이중주 526, 547
존재론적 자유 100
존재론적 저항 427
존재론적 전회 292, 479, 487, 488
존재론적 정치 7, 15, 88, 90, 360
존재론적 차별 54
존재론적 평등 99
존재론적 회의 291
존재의 오류 381, 391, 397, 408, 412, 415, 416, 468
존재의 유동성 90

존재의 이벤트 460
존재자와 타자의 이중주 246
좀비물 511
좀비 서사 511
종말론 165
주체 위치 354
주체의 박탈 179
죽음정치 249, 250, 508
죽음정치적 노동 250
증상 12, 390, 454
《지금 우리 학교는》511~514
지상명령 235, 240
지속의 상실 454
지속의 시간 457
지속적 공간 441, 452
지식인의 무력화 315
〈지하생활자들〉298
진실의 이중주 67, 479, 487, 525, 526, 528
진지전 14, 546, 549

ㅊ
〈처를 때리고〉179~183, 184
청각의 연대 337
청년 마르크스 240
총체성 61, 231, 257
총체성의 대안 65, 353
총체성의 서사 64
최재서 186
〈춤추는 남편〉184
침묵 사회 383
침묵의 권력 358, 386

《침묵주의보》51, 364, 365, 375~386, 392

ㅋ
카치아피카스, 조지 35, 52, 236
칸트, 이마누엘 234, 236, 246
〈칼날〉95
캐슬 440
캐슬 사회 57, 433, 434, 471
캐슬화된 권력 62, 64
쾌락 36
크리스테바, 줄리아 217

ㅌ
〈타인의 방〉421
타임슬립 151, 155
타자 33, 37, 43, 226, 230, 244, 245, 248, 255, 523
타자를 품어 안는 타자 213
타자성의 잉여 472
타자성의 회생 95, 141
타자와 만나는 사건 498
타자윤리 10
타자의 고통 510, 511
타자의 귀환 396, 484
타자의 망각 544
타자의 상실 170, 347, 544, 547
타자의 서사 141, 171, 227, 261
타자의 서사의 귀환 141, 540
타자의 서사의 부재 169
타자의 응시 261
타자의 자유 105

타자의 추방 12, 88, 144, 360, 390, 415, 542

타자의 카니발 296, 297, 340

탈중심화된 유기적 블록 540

《태양의 후예》 351

테크놀로지와 미학의 조응 545

ㅍ

《파이란》 16, 157~159

《펜트하우스》 37, 349, 351

평등 34, 79~84, 105

〈폐허를 보다〉 94

푸코, 미셸 41, 43, 48

프로이트, 지그문트 81, 409

《프롤레타리아의 물결》 14

플로이드, 조지 9

플로이드의 동영상 498

플로이드의 사건 71

피케티, 토마 59, 79, 84, 119, 131~135, 167

ㅎ

하성란 347

한강 415, 514

〈한계령〉 287, 292, 298, 307~312

한병철 47, 58

한용운 103, 107, 112, 113, 159

향락의 충동 186

〈할〉 491

헤게모니 351, 356

헤쓰, 모제스 240

혐오 34~39

혐오 발화 49

호모 사케르 42

《황금빛 내 인생》 122

황석영 113, 273

후쿠야마, 프랜시스 165

후쿠야마의 오류 170

희망버스 70, 96, 117

힘에의 의지 14, 30

지은이 **나병철**

언세대학교 국문과를 졸업하고 동 대학원에서 문학박사 학위를 받았다. 수원대학교
국문과 교수를 거쳐 현재 한국교원대학교 국어교육과 명예교수로 있다. 지은 책으로
《문학의 시각성과 보이지 않는 비밀》,《친밀한 권력과 낯선 타자》,
《특이성의 문학과 제3의 시간》,《소설이란 무엇인가》(공저),《감성정치와 사랑의 미학》,
《미래 이후의 미학》,《소설이란 무엇인가》,《소설의 이해》,《문학의 이해》,《전환기의 근대문학》,
《근대성과 근대문학》,《한국문학의 근대성과 탈근대성》,《모더니즘과 포스트모더니즘을 넘어서》,
《근대서사와 탈식민주의》,《탈식민주의와 근대문학》,《소설과 서사문화》,《가족 로망스와 성장 소설》,
《영화와 소설의 시점과 이미지》,《환상과 리얼리티》,《소설의 귀환과 도전적 서사》,
《은유로서의 네이션과 트랜스내셔널 연대》 등이 있다.

옮긴 책으로는《문학교육론》(제임스 그리블),《프롤레타리아의 물결》(박선영),
《냉전시대 한국의 문학과 영화》(테드 휴즈),《서비스 이코노미》(이진경),
《문화의 위치》(호미 바바),《포스트모더니즘 이후의 정치와 문화》(마이클 라이언),
《해체론과 변증법》(마이클 라이언),《중국문화 중국정신》(C. A. S. 윌리엄스)
등이 있다.

정동정치와 언택트 문학

평등을 실천하는 정치와 문학

1판 1쇄 발행 2023년 6월 30일

지은이 나병철
펴낸곳 (주)문예출판사 | 펴낸이 전준배
출판등록 1966. 12. 2. 제 1-134호
주 소 04001 서울시 마포구 월드컵북로 21
전 화 393-5681 | 팩 스 393-5685
홈페이지 www.moonye.com | 블로그 blog.naver.com/imoonye
페이스북 www.facebook.com/moonyepublishing | 이메일 info@moonye.com

ISBN 978-89-310-2317-6 93800

◦ 잘못 만든 책은 구입하신 서점에서 바꿔드립니다.

&문예출판사® 상표등록 제 40-0833187호, 제 41-0200044호